トーキョー・バビロン

Tokyo Babylon

馳星周

Hase Seisyu

双葉社

トーキョー・バビロン

装幀　重原隆

1

学生と思《おぼ》しい連中が喧嘩《けんか》をしていた。ふたりのサラリーマン風を六人の学生風が囲み、罵《ののし》り、蹴り飛ばしている。午後十時。最近の若造どもは繁華街のルールを無視して遊び歩いている。最近のサラリーマンどもは情けなさに拍車がかかっている。

「おい、こっちだ。あんなつまらん喧嘩なんか見てたって、一文の得にもならねえだろう」

先を歩いていた稗田睦樹《ひえだむつき》が振り返った。ネオンに照らされる顔には表情というものが一切《いっさい》浮かんでいない。稗田は繁華街が象徴するすべてのものに飽《あ》いている。そこが六本木《ろっぽんぎ》であれ池袋《いけぶくろ》であれ歌舞伎町《かぶきちょう》であれ、稗田が示す態度はまったく変わらない。

宮前佳史《みやまえよしふみ》はポケットに両手を突っこんで歩きはじめた。学生時代から歌舞伎町には縁がなかった。ここの猥雑《わいざつ》な空気は馴染《なじ》みがたい。六本木とは大違いだ。中華料理、韓国料理、東南アジア料理——スパイスの匂いが大気に溶けこみ、道ばたの嘔吐物《おうとぶつ》と混ざりあって鼻につく。いけ好かない街だ。通りを歩く人間たちもいけ好かない。

「睦樹、もう少しゆっくり歩けよ」

「時は金なり、だろうが、佳史」

稗田は振り返らなかった。大股で闊歩《かっぽ》し続けている。歌舞伎町は稗田の庭だ。かなりのスピードで歩いているくせに、器用に人ごみを縫っていく。昔から運動神経は秀でていた。サッカー部の花形ストライカーだったころの稗田を、宮前はよく覚えている。

「サッカー部のエースと学年一の秀才が、今じゃこの体《てい》たらくかよ」

宮前は小さくひとりごちた。食うに困っているわけではないが、日本経済の救世主と騒がれたひところに稼いでいた大金は、塵《ちり》のように消えてしまった。ちまちまと金を稼ぐために、その筋の人間にぺこぺこと頭を下げ、顎《あご》で使われ、くたびれ果てては眠りにつく毎日。愚痴《ぐち》のひとつもいいたくなる。

「なに情けねえこといってるんだよ」

宮前の独り言が耳に届いたのか、稗田が歩きながら振り返った。

「人生これからだろうが。嘆《なげ》いて諦めるには、おれたち、まだ若すぎるぜ」

稗田のいうとおりだった。ふたりともまだ三十になったばかり。これから先に広がる人生に大いなる夢を乗せてもいい若さだ。それなのに、まるで百年も生きてきたようにくたびれているのはなぜだろう。

稗田が足を止めた。宮前が近づいていくと馴れ馴れしい仕草《しぐさ》で肩を抱いてきた。

「なあ、佳史。この街を見ろよ。そりゃあ、バブルの頃に比べりゃ見る影もないが、それでもこれだけの人間が欲望に目の色を変えて集まってくるんだぜ。不景気だなんだっていったって、金はあるところには腐るほど転《ころ》がってるんだ。そいつを掠《かす》める手段を見つけることができりゃ、おれたちの人生はやっぱり薔薇《ばら》色だ。違うか？」

稗田の言葉に間違いはない。手段を見つけることさえできれば――いうは易《やす》く行うは難《かた》し。稗田になにか魂胆《こんたん》があって今夜呼び出されたことはわかっている。昔なら――二年前ならなにも考えずに飛びついただろう。今ではすべてに対して臆病《おくびょう》になっている。すべてが億劫《おっくう》になっている。五年前は十億単位の金を右から左に流していた。今は十万単位の金を稼ぐためにあくせくしている。それが疲れに関係しているのかどうかはわからない。

「しけた面《つら》見せるなよ、佳史。時代の寵児《ちょうじ》って呼ばれてたのはついこの前のことじゃねえか。ど派手なパーティ開いて、タレントを周りに侍《はべ》らせてよ」

「その話はよせよ」宮前は稗田の腕を邪険《じゃけん》に払いのけた。「昔を懐《なつ》かしがるんじゃなくって、未来を薔薇色に変えるんだろう?」

「そう、その意気だよ、佳史」

背中をどやされ、息が詰まりそうになった。背中に走るかすかな痛みが、心の奥底で燻《くすぶ》っている怒りに油を注《そそ》ぐ。

宮前は奥歯を噛《か》みしめて足を進めた。稗田がすぐに追い越していく。稗田の足取りはいつだって軽い。ひとりでいるときは、とりわけ軽い。会社にいるときは社長の無茶《むちゃ》な指示に忍の一字で堪え忍び、剣呑《けんのん》な光をたたえた目で辺《あた》りを睨《にら》み、肩をいからせ、重い足取りで歩いている。投資顧問会社といえば聞こえはいいが、その実態は、広域暴力団の三次団体——要するにフロント企業だ。社長を筆頭とする役員、部長クラスはその筋の人間とほとんど見分けがつかない。稗田にしても、宮前の幼馴染みであり、経済学部を出ているという理由でその会社に押しやられた。稗田が大学で学んでいたのはサッカー部における上下関係の厳しさのみで、経済に関してはなにも知らないに等しいというのに。

「おう、あそこだ」

稗田はコマ劇場の裏手にある雑居ビルを指さした。原色の連なり——恥知らずなネオンの明滅。

日本語と中国語とハングルがごっちゃになって乱舞《らんぶ》している。飲み屋なのか食い物屋なのか風俗店なのか、なにひとつ判然としなかった。

「あそこに、でっぷり太ったカモがいるんだよ、佳史」

稗田が振り返って笑った。ネオンに照らされて、稗田の下卑《げび》た笑顔はまだらに染め抜かれていた。

2

〈ロッソ・ネッロ〉はいわゆるアングラカジノと呼ばれる店だった。オーナーはばりばりのやくざ者。店長は雇われ。客はサラリーマン、ホステス、金融屋、外国人——ありとあらゆる職業の人間が集《つど》ってくる。中途半端な広さのフロアにテーブルが五台。ふたつがルーレット、他の三つがバカラテーブルになっている。客の入りは五分というところだった。人目をはばからずに非合法賭博に興じるにはまだ時間が早すぎる。深夜をまわれば、あぶく銭を稼ごうという連中がやって来て店内は足の踏み場もなくなるだろう。

稗田睦樹は店の入口で足を止め、ゆっくり店内を見渡した。目当ての男は一番奥のバカラテーブルにへばりついていた。

「おい」宮前に声をかける。「頼んでた金、持ってきてるよな?」

「ああ」

宮前は不機嫌そうに答え、財布からズクをふたつ取りだした。財布はグッチだったが、中身はすかすかだった。数年前の宮前の財布はズクではなく、帯封《おびふう》をした一万円札でぱんぱんに膨《ふく》れていたものだ。

落ちぶれたくはないもんだ——稗田は声に出さずに呟《つぶや》き、宮前からズクを受け取った。入口脇のキャッシャーにズクを差し出し、チップに交換させる。鉄格子の奥の換金係はにこりともしなかった。二十万程度のはした金しか換金しない人間は客ではないとでもいいたげだった。

稗田は鼻を鳴らした。盃を受けている組の名前を出せば換金係をへこませてやることもできる。だが、その代わり、別の日、別の場所で組のお偉いさんからこっぴどく叱《しか》られることになる。任《にん》侠稼業《きょうかぎょう》がこれほど理不尽なものだと知っていたら、決して足を踏み入れたりはしなかっただろう。大学のサッカー部より、さらに始末《しまつ》が悪い。

「さあ、少しばかり遊んでいこうぜ」

宮前の肩を押して促《うなが》し、店の一番奥のバカラテーブルを目指す。

「あのテーブルの一番右端に座ってる男がいるだろう。眼鏡をかけて、いかにもサラリーマンでございって形《なり》の——」

「あいつがどうした？　どうしたってカモには見えないぞ」

宮前は不服そうだった。宮前はいつだってなんに対しても、不服な態度を示すのだ。中学の時からそれは変わらない。たぶん、頭が回りすぎて、自分以外の他人がすべて間抜けに思えるのだろう。そうやって三十年近くも生きてきたから、それが習い性になっている。

「いいから、近くにいってもう少し観察するんだよ」

宮前の背中を肩で押した。宮前はたたらを踏みそうになった。相変わらず華奢《きゃしゃ》な身体だ。スーツを着ていればそれなりに見えるが、骨は細く、筋肉はたるんでいる。中学時代はいけ好かない野郎だと思っていた。今でもその思いに変わりはない。だれのどんな思し召しで、宮前なんかとつるむ羽目《はめ》になったのか。酔っぱらうといつもそのことを考える。

「相変わらず乱暴だな。少しは気を使えよ。こっちは堅気《かたぎ》なんだぞ」

宮前は細くて低い声で抗議した。稗田はそれを無視してバカラテーブルの左端に腰をおろした。ちょうど賭けが締め切られたところで、ディーラーがバンカーサイドに二枚目のカードを配りはじめていた。稗田は出目《でめ》をつけるためのカードをテーブルの端から拾いあげ、鉛筆を手に取った。隣席のホスト風の優男《やさおとこ》の手元を覗きこむ。てんこしゃんこ——バンカーとプレイヤーが交互に勝つ展開がしばらく続いているようだった。

プレイヤーサイドに配られた二枚目のカードを、右端の男が慎重にめくりはじめる。男が賭けているのは一万円のチップが五枚。五万の賭けが最大のバカラテーブルとはなんとも悲しくなってくる。カードを横にしてサイドからめくる男の指先が大きく顫《ふる》えていた。カードがゆっくりめくれていき、やがて男はふて腐れたようにカードを放り投げた。ドボン。バンカーの勝ち。客のため息や歓声にはお構いなしに、整然とチップがかき集められ分配されていく。それが終われば、すぐに次のゲームがはじめられる。

稗田はチップを指先で弄《もてあそ》びながら考え込むふりをした。その実《じつ》、視線の隅で右端の男の動きを観察した。男は額《ひたい》に汗を滲《にじ》ませながらテーブルの一端を凝視している。まるで断崖絶壁の先端に立って、身を投げ出そうとしているかのような表情だ。

男は再びプレイヤーにチップを張った。稗田はバンカーサイドにチップを置いた。賭けが締め切られ、カードが配られる。結果は待つまでもない。落ち目の男の逆を張り続けていれば必ず勝つことができる。

バンカーはナチュラル9。プレイヤーはダイヤのジャックとハートの7。バンカーが勝った。増えて戻ってきたチップを、稗田は宮前の方に押しやった。

「おまえも賭けてみろよ」

「おい、このままずっとバカラで遊んでようっていうんじゃないだろうな?」

宮前は神経質な瞬《まばた》きを繰り返した。株という博打《ばくち》ではイカサマとどっこいのような真似をして何十億という金をちょろまかして平然としていたくせに、この程度の盆の賭場《とば》は肌に合わないらしい。

「馬鹿野郎。ただ遊んでるわけがねえだろう。おれだって、こんな賭場に出入りしてるってことが上にばれたら、こっぴどい目に遭わされるんだぜ。いちおう堅気って建前《たてまえ》なんだからな。要は、あの男だよ」

「だから、誰なんだ?」

「ハピネスの総務課長だ。小久保光之《こくぼみつゆき》っていうんだがな」

小久保は懲《こ》りずにプレイヤーにチップを賭けていた。稗田はさっきより多いチップをバンカーに置いた。

「ハピネス? あの、消費者金融のハピネスか?」

宮前は賭けには加わらない。だが、さっきまでの神経質そうな態度は消えていた。ハピネスの総務課長という言葉が、半分寝ぼけていた宮前の神経を刺激したのだろう。

ハピネスというのは業界中堅の金融会社だ。本社は元は静岡だったが、今では西新宿《にししんじゅく》に立派な自社ビルを構えている。会長に創業者の原博《はらひろし》が収まり、社長はその息子――実質的に原一族のオーナー会社。創業が静岡ということもあり、関西に本拠地を持つ日本最大の広域暴力団との繋がりが昔から噂されている。静岡にはその暴力団の金庫番と目《もく》される組が勢力を誇《ほこ》っている。

「そうだよ。総務課長といえば聞こえはいいが、実際は渉外担当だ。総会屋やおれみたいな連中との付き合いやトラブル処理を任せられている野郎だ」

サラ金地獄という言葉が世間を賑《にぎ》わせていたころから、いわゆる消費者金融はマイナスイメージを払拭《ふっしょく》しようと躍起《やっき》になっていた。その甲斐《かい》あってか、業界一位の会社は経団連に入会するまでになっているが、実際にやっていることはサラ金時代と変わらない。過酷な取り立て。社員に課される過剰《かじょう》なノルマ。金の集まるところには怪しい連中が集まり、そいつらを排除するために、さらなる怪しい連中に金をばらまく。

ハピネスも例外ではない。ハピネスと黒い噂は切り離せない。昔も今も、アンダーグラウンドの世界に片足を突っこみながら、堅気でございという顔をして、堅気を地獄にたたき落としている。

「ハピネスの総務課長か……そりゃ、後ろめたいことのひとつやふたつはあるんだろうな。だけど、カモっていうのはどうだ？　あそこのバックには関西がついているって話じゃないか」

「関西が後押ししてるのは会長の原博とハピネスっていう金融会社だけよ。小久保が守られてるわけじゃない。それに、見ろよ、あの賭け方」

すでにさっきの賭けはバンカーの勝ちで終わっていた。小久保は鼻息を荒くし、今度はプレイヤーに十万円分のチップを賭けている。

「まだボーナスの時期でもないっていうのに、まともなサラリーマンが遊びで使える金じゃねえ。たった三ゲームで二十万はすってるぜ、あいつはよ」

「渉外担当ってことなら、特別にボーナスかなにかをもらってるんじゃないのか」

宮前がいった。見当違いも甚《はなは》だしい。

「馬鹿。ハピネスの原っていえばどケチで有名なんだよ。一億払えば済むところをケチって値切って、それでその筋の人間を怒らせて、結局一億より高くつく。そんなことを繰り返してる野郎だ。社員になんかびた一文使うもんか」

「じゃあ……」

宮前は探るような視線を小久保に向けた。小久保は宮前の視線にはまったく気づく様子もなく、血走った目を自分の置いたチップに向けている。

「ツケだよ、ツケ。いわなくてもわかると思うが、このカジノのオーナは筋者《すじもの》だ。ハピネスの総務課長なら取りっぱぐれることはねえだろうと踏んで、金を回してるのさ」

「ツケっていくらぐらいあるんだ?」

「そろそろ一千万を超えるんじゃねえかって話だ」

「一千万――」

宮前はカードを配りはじめたディーラーの手元に注意を移した。歌舞伎町を歩いていたときは眠っていたようだった瞳の奥が奇妙な光を帯び始めている。頭の中のコンピュータが動きだした証拠だった。

「もちろん、その金は返せないんだよな？」

「間違いないな」

稗田は唇を舐《な》めた。二枚目のカードをめくっていた小久保が呻《うめ》き声をあげている。落ち目の時はさっさと席を立つに限る。しかし、それができない人間だからこそ、落ち目のどツボにはまっていくのだ。

「金を回収できそうにもないとわかったら、この店のオーナーはどうする？」

「ハピネスに怒鳴《どな》りこむさ。だが、社員の不始末を会社が背負《せお》うことはないと、原は突っぱねるだろうな」

「となると？」

「あの小久保課長はフィリピンあたりで腎臓やらなにやらを抜かれることになるだろうなあ。あるいは、会社の弱みをしこたま握りこんでるんだろうから、それを寄こせといわれるのかな」

「ハピネスの弱みか……」

稗田の賭けたチップが倍になって戻ってきた。すでにチップは十万円分以上増えている。小久保はまたプレイヤーにチップを張っていた。意地になっている。この様子だと、しばらくはバンカーの目が続くだろう。稗田は返ってきたチップをそのままバンカーに張り続けた。

「腐るほどあるぜ。元はといえば街金なんだ。それが小賢《こざか》しい欲を出して表の世界に乗りこんできた。表面上は堅気を取り繕《とつくろ》ってるが、やってることは昔のまんまだ。取り立てはおれたちも真っ青の強引《ごういん》さだし、やくざに総会屋、ブラックジャーナリストに政治屋、汚い金をごまんとばらまいてる」

「なにを企《たくら》んでるんだ、睦樹?」

宮前が鋭い眼光を向けてきた。稗田は肩をすくめて薄笑いを浮かべた。

「それをおまえに考えてもらおうと思って連れてきたんだよ。なんとかなりそうじゃねえかよ、あの親父《おやじ》」

「なんとかっていわれてもな……この店のオーナーと利害が衝突するんじゃまずいだろう」

「なんてことはねえよ。見つからねえように動き回ればいいんだ——おい、なにしてんだよ、おまえ?」

宮前はありったけのチップをプレイヤーに張ろうとしていた。

「いいんだよ、これで」

宮前は思い詰めたような表情になっていた。目の奥の奇妙な光も消えている。稗田は不安を覚えた。確実にこの話に乗ってくると信じていたのに、宮前の態度は煮え切らない。負けると分かり切っている勝負に出て意思表示をしようとしているのかもしれない。プレイヤーの最初のカードはスペードの3。バンカーはクラブのジャックだった。どう考えてもプレイヤーが不利だ。

「待てよ——」

稗田が口を開くのと同時に、ディーラーが「ノーモア・ベット」と宣言した。もう、宮前をとめても無駄だった。

二枚目のカードが配られる。バンカー側のカードをめくるのはホスト風の若い男。プレイヤーのカードをめくるのは相変わらず小久保だった。ホスト風は無造作《むぞうさ》にカードをめくった。ダイヤの7。テーブル上に安堵《あんど》の風が吹き渡る。プレイヤーが勝つには5か6の数字を出すしかないが、確率的にも、状況的にもその可能性は低かった。

小久保は目の前に配られたカードを横にして、手前の端を折り曲げるようにしてめくりはじめた。口の中でなにか呟いているが聞き取れない。額に汗が浮き、それが目に流れ込んでいるようだったが瞬きひとつしない。

「よし、よし、よし、よし――」

小久保のつぶやきが大きくなる。半分折り曲がったカードを今度は縦に置いて、また端の方からめくっていく。

「よし、来たぞ！」

小久保はそう叫んで、裏返したカードをテーブルの中央に放り投げた。スペードの6。テーブルの上に白けた空気が流れた。プレイヤーの勝ちだった。あり得ないことが起こった。小久保だけがはしゃいでいる。いや、宮前も会心の笑みを浮かべていた。

「縁起《えんぎ》がいいな、睦樹。どうなるかわからないけど、とりあえず、やってみようか」

宮前が囁《ささや》くように呟いた。

「お、おう」

稗田は答えながら、回収されていく自分のチップに物欲しげな視線を走らせた。

3

勝ったり負けたりを続け、結局いつものように負けに落ち着いた。いやな目つきのクロークから借りだした金は五十万。たいしたことはないと自分にいい聞かせて、それでも借金の総計は一千万にならんとしている。

そろそろ限界だ。わかっている。わかっていてやめられずにいる。

カジノ側は暗《あん》に返済を迫ってくるだけで、表だった取り立てはしてこない。消費者金融の総務課長に恩を売っておきたいという下心は見え見えだが、自分はそれに胡座《あぐら》をかいている。おべっかとお世辞と恫喝《どうかつ》と。軽々しくそれに乗ってくるくると回り続ける自分。回りながら螺旋《らせん》をくだり、地獄へと真っ逆さまに落ちている。

なんとかしなければ。なんとかしてこの螺旋地獄から抜け出さなければ。抜け出す方法はわかっている。会長に辞表を叩きつけてやればいいのだ。退職金でカジノの借金を返し、田舎《いなか》に戻って百姓仕事を継げば、安穏《あんのん》な暮らしを送ることができる。

小久保光之は身震いした。十一月末の冷気がコートの胸元からじんわりと忍び込んでくる。北海道の冬はこんなものでは済まない。あそこでの百姓暮らしなどとんでもない。

路地をいくつか折れて区役所《くやくしょ》通りに出、職安《しょくあん》通り方向に足を向ける。時刻は十二時を回ろうとしていた。区役所通りの歩道は駅へ向かおうとする人の群れでごった返している。バッティングセンターの先でタクシーが渋滞している車道を渡り、少し職安通り方面に歩くと、そこが目的地だった。雑居ビルの壁面に看板が輝《かがや》いている。〈ブラド〉。俗にいうルーマニアクラブ。店の名前はドラキュラのモデルになったという貴族が由来《ゆらい》で、ホステスの半数がルーマニアから出稼ぎに来た娘たち。残りの半数はルーマニアとは縁もゆかりもない東欧の娘たちだ。なぜか警察関係者はこの手の店を好む。自分たちの会話を盗み聞きされる恐れが少ないからだろうか。

エレベーターで五階にあがり、店のドアを押し開く。日本人の黒服がすっ飛んできてコートを受け取り、「お連れ様がお見えです」と耳許《みみもと》で囁いた。黒服のいうとおり、新宿署生活安全課の大津心警《おおつしん》部補はフロアの中央のボックス席で染めた金髪の娘をふたり侍らせて悦《えつ》に入っていた。

「お待たせいたしました」

ボックス席の真ん前で小久保は丁寧《ていねい》なお辞儀をした。意識しなくても腰は四十五度の角度でぴたりと曲がる。

「遅かったじゃないか、小久保課長。すまんが、先にやらせてもらってるよ」

大津は悪びれもせずに笑った。人の金で飲むことが習い性になりつつあるようだった。

「いや、遠慮《えんりょ》などなさらずに、どうぞどうぞ」

唇に卑屈《ひくつ》な笑みを浮かべながら小久保は女を挟んで大津の右隣の空いたスペースに腰をおろした。右手はすでにスーツの内ポケットに滑り込ませている。

大津が侍らせている女たちはルイーズとケイトと名乗った。どちらも英語名でルーマニアとは無関係な名前だが、ここに来る客でそんなことを気にする人間はいない。そもそも彼女たちは片言《かたこと》の日本語しかできない。なんとか日本語で会話ができるようになるころには、なにがしの金を作って国に帰っていく。

ルイーズが作った水割りで乾杯し、小久保は内ポケットから茶封筒を取りだした。中身はビール券と高級スーツの仕立券だった。

「いつものやつと、スーツの仕立券が入っております。仕立券の方は管理官へと、会長からの伝言です」

「困るんですよね、こういうことをされても」

いかめしい口調でいいながら、大津は中身も確かめず茶封筒を自分のスーツの内ポケットに入れた。仕立てのいいスーツだった。警部補の給料ではとてもではないが手は出ないだろう。それもこれも、原会長が用意した仕立券を使ったか、ビール券を金券ショップで換金して買ったものに違いない。

「いえいえ。いつもお世話になっている大津さんへのせめてもの心遣いですから」

「原さんによろしくお伝えください。それで、どうですか、ここのところの景気は？」

「良くも悪くもないといったところでしょうか。会長にはいつも上に追いつき追い越せとはっぱをかけられてるんですが、ご存じのようにうちは銀行からの融資を受けずにやっている消費者金融でして、なかなか」

小久保は一息ついて水割りに口をつけた。こくのある甘い塊《かたまり》が舌の上を転がり、喉の奥ですっと消えていった。あまりの旨《うま》さに思わず目を剝《む》く。テーブルの上に置いてあったのはバランタインの三十年だった。小久保の記憶にあるこの店のキープボトルは十二年ものだ。それがいつの間にか三十年に変わっている。ここの支払いをハピネスが受け持つことを知っていて、大津が高い酒に切り替えたのだ。

卑《いや》しい男だ。さもしい人種だ。同じ収賄《しゅうわい》にしても現金を受け取るのならまだしも、ビール券や仕立券で己の良心を偽《いつわ》り、それでも浅ましくただ酒を食らおうとする。大津だけではなく、小久保の付き合いのあるほとんどの警官が卑しく、さもしかった。

だが、その卑しさもさもしさも飲み下していかねばならない。会長の原が小久保に期待しているのはそれであり、それ以上でも以下でもないのだ。総務課長といえば聞こえはいいが、取り立てがうまくいかずに支店長から怒鳴られている新入社員となんら変わりはない。

「しかし、おたくのところは業界でも十本の指に入る大所帯じゃないですか。そのうち、上場するなんて噂も聞きますよ」

大津はルイーズの腰をまさぐりながらにやついていた。

「それもこれも、大津さんたちのご協力のおかげです。ところで、原からひとつお願いがありまして」

「お願い？　なんだろう。遠慮せずにいってくださいよ。こちらにできることなら、なんだって協力しますから」

小久保は今度はスーツの右のポケットから名刺を一枚取りだした。

「この男の犯罪歴照会を――」

声を潜めながら名刺を大津の掌《てのひら》に押しつけた。大津は名刺をしげしげと眺めた。

「大木直人《おおきなおと》？　何者だ？」

「ブラックジャーナリストです。特に雑誌に寄稿しているというわけじゃなく、インターネットのホームページで経済界の記事を配信してるんですがね。それだけじゃ金にはならんでしょう。企業を脅して、その金で食っている男らしいんですがね」

「しかしね、小久保課長、実際にこの男がおたくの会社を脅してるんならともかく、犯罪歴照会なんかはそう簡単に外部の人間に教えられるものじゃないんですよ。わかってるでしょう」

大津はもったいぶるようにいった。いつもならふたつ返事で引き受ける依頼だ。なにか魂胆があるに違いない。

「どうすれば――」

「交換条件というわけじゃないんですがね、こっちにもお願いがあるんですよ、小久保課長」

大津はにやついたままでいる。込みあげてくる怒りを飲みこんで、小久保は大津を見つめた。

大津が内ポケットから、小久保が渡したのとは別の薄い茶封筒を取りだした。

「こっちがやるのが犯罪歴照会なら、小久保課長のところは債務者の取り引き状況照会があるでしょう?」

大津がいっているのは全国信用情報《ぜんこくしんようじょうほう》センターのデータベースのことだった。金融業界全体が提供しあった情報を基にしたデータベースで、債務者が過去にどの金融会社を利用したのか、返済状況がどうであるのかを知ることができる。もっとも、データベースにアクセスできるのは融資を申し込んできた客の信用を調べるためにだけと限定されている。もしそれ以外の用途でデータベースにアクセスしたことがばれれば、その会社はデータベースへのアクセス権を剝奪《はくだつ》される。つまりは、客の背景を調べることができなくなるわけで、消費者金融にとっては命運を断たれるに等しい。

小久保は受け取った茶封筒の中身を取りだした。プリント用紙が一枚。十人近くの名前と住所、電話番号が印字されている。

「名前は出せないんだが、とある所轄署の署長がいてな。来年辺り本庁に栄転するかもしれないんだが、自分の在任中に不祥事《ふしょうじ》を起こしたくないといってきてね。そこにあるのは素行《そこう》に問題のある警察官の名前なんだが――」

「身内を調べろということですか?」

大津の顔色が変わった。痛いところをついてしまったのだ。後悔したが遅かった。

「あんた、時々偉そうなことをいうね」

大津が押し殺した声でいった。

「そんな、滅相《めっそう》もない」小久保は慌てて首を振った。「偉そうだなんて、わたしの態度が無礼でしたら、お謝りいたします」

喋りながら大津の顔色をうかがった。大津が本気で怒っているのなら土下座をする必要がある。自尊心に訴えかけて悦に入らせてやるのだ。だが、ただの脅しならそこまでする必要はない。警官という人種は他人の視線に異様に敏感だ。衆人環視《しゅうじんかんし》のもとで土下座などしたら、怒りに油を注ぐ結果にもなりかねない。

「そんなにかしこまらなくてもいいよ、小久保課長」

大津は苦々《にがにが》しげにいった。

「しかし——」

「お互いの立場を尊重しあって、あまり狎《な》れた態度はやめようといってるだけさ」

「それはもう」

「身内を調べるんですかといったよな、小久保課長? たしかに、あんたのいうとおりだよ。身内を調べるなんてみっちいことだ。それも消費者金融に頭を下げてな。警察のやることじゃない。だがな、小久保課長。おたくだって、てめえらの身内をおれたちに調べさせてるじゃないのか?」

大津のいうとおりだった。原の猜疑心《さいぎしん》はとめどがない。辞めていった——自分が辞めさせた社員が社内情報を外部に持ち出しているのではないか。素行の悪い社員が会社の金を使い込むのではないか。ライバル会社に買収されている社員がいるのではないか。一度疑い出せばきりがなく、真偽を確かめないかぎり眠ることもできなくなる。そのとばっちりを受けるのは、いつだって小久保だ。懇意《こんい》にしている警官に頭を下げ、ビール券や仕立券を渡し、原が疑っている社員、元社員の犯罪歴を調べてもらう。時には、警官の休暇時に社員を尾行してもらうことさえある。

「申し訳ありません」

小久保は深く頭を垂《た》れた。

「わかってくれればいいんだよ、小久保課長。こちとら中途半端な大学出の警官は、キャリアに見下され、現場の連中に軽んじられてね。偉そうな態度には嫌でも敏感になるんだ」

「もう二度とこのようなことは——」

「いいから、頭あげなよ。おれは課長の頼みを引き受ける。課長はおれの頼みを引き受ける。五分五分の付き合いじゃないか」

「そういっていただけると助かります」

大津の口調は柔らかだったが、恫喝の色合いは消えたわけではなかった。警官ややくざはいつもそんな話し方をする。折り合いをつけるのが難しい。

「さ、小難《こむずか》しい話はここらでやめて、飲もうじゃないの、小久保課長」

大津がグラスを掲げた。大津は毛深い男だった。手の甲に生えた毛が、空調から送られてくる風でたなびいている。小久保は吐き気を覚えたが、唇をきつく結んでそれに耐えた。

4

身体が怠《だる》い。寝ても起きても、酒を飲んでいても、嘔吐感がいつもついてまわる。最初のうちは胃が荒れているのだと思っていた。だが、この怠さと吐き気は尋常《じんじょう》ではない。酒だけではなく、食物も身体が受け付けなくなっている。仕事に支障を来《きた》しはじめている。

柳町美和《やなぎまちみわ》は隣に座った客に聞いた。

「ねえ、内科の病院って、どこがいいのかな?」

サンローランのスーツを着た客は、産婦人科の間違いだろうとくだらない冗談を口にした後で、病院の名前を教えてくれた。

＊　＊　＊

レントゲンを撮られるのか、胃カメラを飲まされるのか——どちらも嫌だと思っていたが、どちらも受けずに済んだ。内科医は四十代の中年男だったが、美和を見てすぐに、血液検査を命じた。

「だめじゃないですか、もっと早くに診察に来ないと。黄疸《おうだん》が出てますよ」

そういわれて鏡を見た。確かに顔の皮膚全体が黄ばんでいる。暗い照明に照らされているだけの日々。明るい時間は眠りこけ、起きたそばから化粧を塗りたくり、営業電話やメールの送信に明け暮れ、美容院へ行った後で客との同伴に出かけていく。自分の顔色を気にしている暇などまったくなかった。

検査の結果はすぐに出た。

「アルコール性肝炎ですね。それもかなり症状が進んでいます。即、入院していただきます」

「入院？」

美和は医者の言葉を呆然と繰り返した。嫌な検査をいくつか受け、注射の一本も打ってもらい、後は薬を処方してもらえばすべては元の通りになると思いこんでいたのだ。

「そう、入院です。一旦《いったん》、お家に帰られて、必要なものを揃《そろ》えて戻ってきてください。詳しいことは看護師が教えてくれます」

医者はカルテになにかを書きこみながらいった。美和の目を見ようともしない。患者にとっては青天《せいてん》の霹靂《へきれき》でも、医者にはルーティンワークでしかない。

「冗談じゃないわ」美和は訴えた。「入院なんて、そんなことしてる暇はないの。今日も明日も明後日《あさって》も、仕事が待ってるんだから」

「死にますよ」

医者はにべもなくいった。

「死ぬって……」

「このまま入院もせず、同じ生活を繰り返していたら間違いなく死にます」

美和は言葉を失った。

＊＊＊

受付で入院の手続きを済ませてから、マンションに戻った。小振りのスーツケースにパジャマや下着、生理用品を詰めながら、病院へなど行かなければ良かったと思った。そう思ったそばから、病院に行っていなければ死んでいたのかもしれないと考えた。

思考が形をなさない。ふわふわと漂って、霞《かすみ》のように消えていくだけだ。

美和は携帯電話に手を伸ばした。水商売の女にとっては必要不可欠な商売道具。都会のど真ん中でひとりで生きている女にとっては、世界と繋がっているための唯一《ゆいいつ》の道具。

田舎の母に電話をかけた。なるべく心配をかけないように病気の進み具合を隠して入院する旨《むね》だけを告げた。

「あんたがしばらく働けないってことは、仕送りの額も減るってことかい？」

母親は美和の病状を心配する前にそういった。美和は電話を切った。

憤慨《ふんがい》しながら店のマネージャーに電話をかけた。

「こんな時間にどうしたんだよ、紀香《のりか》」

マネージャーは寝ぼけた声で美和の源氏名《げんじな》を口にした。自分でつけた名前ではない。プロポーションを売り物にしているテレビタレントに身体つきが似ているからとマネージャーにつけられた源氏名だった。

「わたし、しばらく仕事休むわよ」

「なんだよ、それ？」

マネージャーの声から眠たげな響きが消えた。

「ずっと調子が悪いっていってたでしょ？　さっき、病院に行って来たの。肝炎だって。しかも、即入院」

「入院？　困るぞ、そんなの。来週はパーティもあるっていうのに」

「わたしだって困ってるのよ。だけど、すぐに入院しないと死ぬって医者が脅すの」

「死ぬって……」

「肝臓、ぼろぼろだって」

「おまえ、半端《はんぱ》じゃなく飲むからなぁ」

マネージャーの他人事《ひとごと》のような口調が美和の神経をささくれ立たせた。好きで飲んでいるわけではない。金を稼ぐため、ナンバー一《ワン》で居続けたいという見栄《みえ》のために飲んでいる。同伴でワインをしこたま飲み、店に入ってからは売り上げを稼ぐために客にワインをねだってまた飲む。ワインが却下されればウィスキーやブランディを飲みまくる。店が引ければアフターが待っている。身体を狙ってあれやこれやの手管《てくだ》を弄《ろう》してくる男たちを、酒を飲み続けることで潰してしまわなければならない。

夜毎繰り返される客たちとの疑似恋愛。部屋に戻ってくるのはいつだって明け方過ぎで、眠りを欲する身体に鞭《むち》打って化粧を落とし、シャワーを浴びる。平均睡眠時間は五時間がいいところ。目覚めてもまだ酔いが残っていることの方が多い。

そんな暮らしを続けて収入は手取りで月に百五十万から二百万の間。決して少なくはない。それだけの金が欲しくて水商売に身を投げ出した。だが、すべてが自分のせいだといわれるのには我慢がならない。美和にそれを強制しているのは店側なのだ。

「だれが飲ませてるのよ。今月の売り上げは二番目だとか、佐奈《さな》に水をあけられてるぞとか、煽《あお》ってくるのはそっちでしょう」

「しょうがないだろう。お互い、それが商売なんだ。それで、入院はどれぐらいかかりそうなんだ?」

そう問われて美和は口を閉じた。「死にます」という言葉だけが頭の中を漂っていて、入院に関して指示された医者の言葉はなにひとつ覚えていなかった。

「多分、一週間ぐらいだと思うけど」

受話器の向こうから、マネージャーが漏らした安堵の吐息《といき》が聞こえた。ほんの少しだけ、自尊心がくすぐられた。美和は店の売り上げナンバー一を半年続けていた。店にとっても美和の戦線離脱は痛いのだ。

「それぐらいだったら大丈夫だな。身体を休めるチャンスだと思って、ゆっくりしろよ。ただし、お客さんに電話するのは忘れるなよ。客っていうのは移り気だからな。うかうかしてると、休んでる間に他のホステスに取られちまうぞ」

すぐに現実に引き戻された。マネージャーのいうとおりだ。夜の蝶《ちょう》たちほど質《たち》の悪い生き物はいない。

「わかってるわよ」

「病院はどこだ? 一度、顔を出すよ。欲しいものがあったらいってくれ」

美和は病院の名を告げた。欲しいものなどなにひとつ思い浮かばなかった。それよりもしなければならないことがある。慌ただしく電話を切り、携帯の発信履歴の窓を開いた。客の名前がずらりと現れる。

美和は最初の名前にカーソルをあわせ、発信ボタンを押した。

「もしもし？　稲垣《いながき》さん？　紀香よ。今仕事中？　ちょっと話す時間あるかな？」

勢いよく話しながら、少なくとも病院に向かうまでに百人に電話をかけてやろうと美和は決めた。

5

宮前佳史は自分の目の前で土下座している若い男を見おろした。ボッテガベネタの革のスーツが光沢《こうたく》を放っている。肩のあたりがよじれているのが悲しげだ。こんな男がこんなスーツを身にまとうのは、イタリアの革職人に対する侮辱になるのではないだろうか。

くだらない考えが頭をよぎる。最近ではくだらないことしか頭に浮かばない。

「お願いします、宮前さん。この通りです」

男は叫ぶようにいった。肩の革のよじれが酷《ひど》くなった。

「そういわれてもねえ、杉浦《すぎうら》君。そういう話をおれのところに持ってこられても困るんだよ」

杉浦が頭を上げた。まだ充分に若い。慶応《けいおう》大学を卒業して三、四年といったところだろうか。

サークル気分でベンチャー会社を立ち上げ、脇目もふらずに突っ走り、稼いだ金を無駄に消費し、気がつくと泥沼にはまっていた。いまどき、どこにでも転がっているような話だ。

「で、ですが谷岡《たにおか》さんをうちに紹介してくれたのは宮前さんじゃないですか」

「だから——君のところが出資してくれるところを探してるっていうから、将来性のあるベンチャー企業に出資したいという人を紹介しただけだよ。谷岡さんっていうのがどういう人かは、おれの知ったことじゃない」

宮前は少しばかり凄んで見せた。いつの間にか身につけた所作だ。昔は自分が演じていた役回りを今は杉浦が演じ、自分を痛めつける役柄を自分が演じている。

「そんな……」

「確かに、なにも知らないで谷岡を君に紹介したのは悪かったと思うよ。ただ、あそこが暴力団のフロント企業だったなんて、こっちはこれっぽっちも思っちゃいなかったんだ。君だってそうだろう？　だから投資を頼んだんだろう？」

杉浦は唇をきつく噛んだ。杉浦の胸の内を慮《おもんぱか》るのは簡単だった。自分に摑みかかりたいのだ。殴り飛ばしたいのだ。泣き喚《わめ》きたいのだ。だが、せっかくここまで育てた会社を諦めきれずに必死で大人を演じようとしている。

「自分が悪いんだってことはわかってます。でも……でも、自分には縋《すが》れる人はもう宮前さんしかいないんです」

「君も物わかりが悪いなあ。縋られても困るんだよ、こっちは——おい、お引き取りしてもらえ」

宮前は自分の後ろに突っ立っていた男に顎をしゃくった。スキンヘッドに屈強な肉体。それだけが男の存在意義だ。だれだって、なんのために男がそこにいるのかは想像がつく。

「み、宮前さん……」

スキンヘッドが腕を摑むと、杉浦はもがきながらなおも宮前に縋ろうとした。

「会社、売っちまいなよ、杉浦君。君はまだ若いんだ。これから、いくらだって新しい会社を興せるだろう」

「あ、あの会社は――あのソフトは、四年がかりでここまでにしたんです。そ、それを――」

「それが人生なのさ。君もこれでひとつ学んだ。それで良しとしなきゃ、本当に怖い連中が押し寄せてくるぜ」

スキンヘッドが杉浦を引きずっていく。おそらく、杉浦の耳には宮前の声は届いていないだろう。宮前がなんとかしてくれると、そう固く信じてここに来たのだ。まさか、あっけなく打ち捨てられるとは思ってもいなかったに違いない。

スキンヘッドと杉浦が部屋を出て行った。ドアが閉まっても杉浦の泣き叫ぶ声が聞こえてくる。

「全部、警察が悪いんだぜ、杉浦君よ」

宮前はつぶやき、煙草《たばこ》をくわえた。そう、すべては暴力団対策法が施行されたせいだ。やくざどもは地下に潜り、身元を巧妙に隠蔽《いんぺい》して表の経済界に乗り出してきた。フロント企業を作り、株を買い、会社を乗っ取り――世間知らずの若造がはじめたベンチャー企業などは連中の格好の標的だ。ITバブル華《はな》やかなりしころの連中のベンチャー企業狩りはそれこそ凄絶だった。一度食らいつかれたら骨の髄《ずい》までしゃぶられる。それが常識だ。今もそれは変わらない。

電話が鳴った。宮前はまだ半分も吸っていない煙草を灰皿に押しつけ、電話に手を伸ばした。

「宮前社長ですか？　どうも。あのお、例の総務課長の件なんですが」

電話は興信所からだった。渋谷《しぶや》にオフィスを構え、離婚関係の調査を専門に行っている。そこまでは表向きの貌《かお》。税務署には決してばれることのない収入の大半は、金融関係から回ってくる仕事で稼いでいる。

「どうした？」

「先週分のレポートがまとまりましたので……どうしましょう？　直接お持ちしましょうか？　それとも、宅配便かなにかで？」

「持ってきてくれ」

宮前は乾いた声で告げ、電話を切った。

＊　＊　＊

小久保光之には埼玉の狭山《さやま》に不動産を持っている。建坪二十、四ＬＤＫの一軒家。土地と家の評価額は三千万強。その家には妻と小学四年生の娘が住んでいる。小久保は平日は都内のビジネスホテルで寝泊まりし、週末にだけ狭山に帰っているようだった。

夫婦仲は冷えきっている、と報告書は告げている。妻も娘も、小久保とは一切口をきかないようだった。

小久保は毎日午前九時丁度《ちょうど》に、西新宿にあるハピネス本社に出勤する。午前中を社内で過ごし、午後は外出する。総務課長という役職にしては外出が多すぎる。その足取りはまるで営業の人間のようだ。ただし、訪れる先がいささか変わっている。

この業界に片足を突っこんでいる人間ならだれでも名前を耳にしたことがあるフロント企業、総会屋、右翼の事務所。時に小久保は手提げ袋を持ってそうした場所を訪れ、手ぶらで外に出てくる。手提げ袋の中身は金だろう。表の世界の看板を掲げてはいても、消費者金融は多かれ少なかれ裏の世界との繋がりを保持している。いずれにせよトラブルとは無縁になれない業種だ。トラブルシューターとしてのやくざ、右翼との繋がりは太ければ太いほど都合《つごう》がいい。

就業時間が過ぎても、小久保の仕事は終わらない。いや、夜になってからの方が忙しそうに振る舞っている。フロント企業や総会屋、右翼の接待。それに警察関係者との付き合いも加わっていく。小久保に酒をたかっている警官は、興信所が調べただけでも三名。警視庁が二課の、新宿署が生活安全課の、池袋署がマルボウのそれぞれ警部補。

ハピネスと警察の癒着《ゆちゃく》は昔から有名だ。当時社長だった原が、退官したばかりの警察庁副長官を顧問として雇い入れ、そこからハピネスと警察の蜜月《みつげつ》がはじまった。警察がハピネスを、ハピネスが警察をどう利用しているのかは藪《やぶ》の中だが、ある程度の想像はつく。お互いが、膨大《ぼうだい》な情報量を誇るデータベースを有しているのだ。

接待が終われば、小久保は秘密カジノへ流れていく。現在の借金は八百五十万。報告書にはそう記《しる》されていた。カジノ側の人間が取り立てに動くのはそう遠いことではないだろう。

宮前は報告書のファイルを閉じた。目を閉じ、こめかみに親指を押しつける。

「警察か……やっかいだな」

こめかみを揉《も》んでいると、携帯電話が鳴り始めた。宮前は携帯を手に取り、表示窓を覗《のぞ》いた。

「紀香」という文字が浮かんでいる。六本木のクラブに勤めるホステスからの電話だった。

あの店にはもう半年以上顔を出していない。今さら何の用だろうと訝《いぶか》りながら、宮前は電話に出た。

6

「くそったれ」

稗田睦樹は唇を嚙みながら携帯電話を切った。首筋を搔きむしり、折り畳んだ携帯をポケットに突っこんだ。

宮前佳史が降りるといってきたのだ。警察が絡んでいる。そんなやばいヤマには乗りたくないと。

今さら引くに引けなかった。組からは一億の金を稼いでくれれば、フロント企業の社員から組員に戻してやるといわれているのだ。会社勤めは真《ま》っ平《ぴら》だった。

なんとしてでも一億の現金が必要だった。小久保光之をはめなければ、金は手に入らない。宮前の頭脳がどうしても必要だった。

稗田は周囲の人間に八つ当たりするように乱暴な足取りで先を急いだ。もともと他人を威嚇《いかく》するのは癖《くせ》のようなものだった。不機嫌なときは抑制《よくせい》が利《き》かなくなる。大ガードをくぐって新宿駅前を南口方面に向かい、甲州《こうしゅう》街道を横切って代々木《よよぎ》へ向かう道へ入っていく。二十メートルほど先の雑居ビルの中に、稗田の会社はあった。株式会社サムワン。社名からは業種は推測もできない。要するに暴力団のフロント企業だ。株の売買と不動産の取り引き、そしてベンチャー企業への投資を主要業務にしている。

オフィスにたどり着いても、怒りは収まってはいなかった。部下を叱りとばし、乱暴に腰をおろす。デスクの上の書類に目を通そうと思ったが、集中することができなかった。

書類にハンコを押すために盃をもらったわけではなかった。真っ昼間に会社に出勤するために極道《ごくどう》になったわけではなかった。

煙草に火をつけ、目頭《めがしら》を揉んだ。

「おい、部長は？」

だれにともなく声をかけた。

「オフィスにいらっしゃるはずです」

応えてきたのは去年入社してきた若い社員だった。ここがやくざのフロント企業とはまったく知らずに入社し、怯《おび》えながら日々を過ごしている。

稗田は舌打ちしながら煙草を消した。電話に手を伸ばし、内線番号を押す。相手はすぐに電話に出た。

「部長ですか？　稗田です。ちょっとご相談したいことがあるんですが」

「睦樹、金になる話なんだろうな？」

部長──森田茂《もりたしげる》は蕎麦《そば》かなにかを啜《すす》っているような音を立てていた。

「勘弁《かんべん》してくださいよ、部長。例の、宮前のことでちょっと」

「電話じゃ面倒だ。こっちにあがってこい」

「わかりました」

稗田は電話を切るなり腰をあげた。小走りで廊下に出、階段を駆けあがる。階段を使い、息を切らして到着すれば森田は満足の笑みを浮かべる。エレベーターを使って楽をしようものなら、森田は途端《とたん》に不機嫌になる。宮仕《みやづか》えの悲しさは、堅気もやくざも関係ない。

中学から大学までの十年間、サッカーで鍛えた身体は鈍《にぶ》ったとはいっても階段を一フロア駆けあがっただけでは息切れひとつすることはない。稗田は必要もないのに肩で大きく息をして、森田のオフィスのドアをノックした。

「失礼します。稗田です」

だれも見ていないのに深く頭を下げ、ドアを開けた。正面のデスクは無人だった。森田は応接セットのソファでざる蕎麦を啜っていた。

「早かったな」

「当然です」

息切れの芝居《しばい》を続けながら、稗田はもう一度頭を下げた。森田がうなずき、向かいの椅子に視線を走らせた。

「失礼します」

稗田はその椅子に腰をおろした。

「宮前がどうしたとかいってたな？　なんかあるのか？」

「それなんですけどね、最近どうですか、あいつ」

「どうってのはなんだ？」

「こないだ、久しぶりに飲みに誘ったんですけどね、なんていうか、やる気が感じられないんですよ。もともとこっちの世界の人間じゃないじゃないですか。どうも罪悪感なんてのに気を取られてるみたいなんですよね」

「まあ、甘っちょろいやつだからな」

森田はざるに残っていた最後の蕎麦を口に放り込み、つゆに蕎麦湯を足して飲みはじめた。

「最近、引っ張ってくる人数も減ってるんじゃないですか」

宮前はＩＴバブルの寵児だった。インターネットが世間一般に浸透する以前から、オンラインショッピングの可能性に目をつけ、学生仲間と共にセキュリティプログラムの開発を続けてきた。大学卒業とほぼ同時にベンチャー企業である株式会社セリエウノを設立、自分たちが開発したセキュリティプログラムを大々的に発表した。バブル経済崩壊後の長い不況に倦《う》んでいた市場がそれに敏感に反応し、セリエウノの上場を後押しするのは時間の問題だった。上場後の株は天井《てんじょう》知らずで値を上げ、宮前は一夜にして億万長者になったのだ。

宮前はもう一つの会社を設立した。自らが開発したセキュリティプログラムを使ったオンラインショッピングモールの運営を業務とする会社だ。セリエウノの上場で稼いだ金を設立資金に回せばよかったのだが、宮前はそこで欲をかいた。時代の寵児に投資したいという連中から金をかき集める方法をとったのだ。その中に、ハイエナが紛《まぎ》れ込んでいるとも知らずに。

数ある希望者の中から、宮前はよりにもよってメイン投資家に谷岡を選んだ。谷岡毅《たけし》――この会社の社長、要するに暴力団のフロント企業のトップだ。谷岡にすれば、大学を卒業したばかりの若造をたらし込むことなどわけがなかっただろう。巧《たく》みに取り入り、金を握らせ、セキュリティプログラムの秘密を盗み、それを他の企業に売り飛ばした。

優れて革新的であるということは、世界にとって唯一無二の存在であるということに等しい。宮前の強みは、自らが開発したセキュリティプログラムが優れて革新的であったことだったが、谷岡の手引きでプログラムが解析され、似たようなプログラムが世に出回ると、ただただ窮地に陥《おちい》るだけだった。会社の売り上げは減少し、投資家が雪崩《なだれ》を打って逃げ出していく。出る杭は打たれるの言葉どおり、宮前の登場を苦々しく思っていた連中が宮前を叩きはじめる。特にマスコミにその傾向が強かった。宮前は調子に乗りすぎたのだ。栄光へ登りつめる軌跡より、頂点から滑落《かつらく》していくスリルを世論は好む。

セリエウノは設立三年目で破産を余儀なくされ、宮前には莫大《ばくだい》な借金と、谷岡への借りだけが残された。やくざに借りを作ることほど恐ろしいことはない。宮前はいまだにその時の借りを返し続けている。かつての自分のような若造を騙《だま》し、谷岡に売ることを強要されている。

そして宮前がいるせいで、稗田は元もと属していた組織からサムワンに派遣されたのだ。

ただ幼馴染みだったというだけの男のお目付役。お目付役だけならこれほど楽なこともないが、ついでに慣れない仕事もやらされている。恨んでも恨みきれない。しかし、ただ恨むだけならガキにでもできる。大の大人なら、目の上のたんこぶを利用して金を稼ぐべきだ。

サムワンでの日々は辛《つら》いが、おかげで商売の仕方を教わった。それまでは身体を張ったしのぎしかできなかったが、今では株や手形に関する知識で頭が膨らんでいる。きっかけさえあれば
——軍資金さえあれば、今以上の地位、暮らしを手に入れる自信があった。

そのためにも、宮前の首にはしっかりとヒモをくくりつけておく必要があるのだ。

「このご時世だからな、威勢のいいガキの数も減ってるのさ。宮前もあれが精一杯だろうよ」

「だといいんですがねえ」

稗田は腕を組み、足許に視線を落とした。もう息切れの芝居はやめていたが、森田がそれに気づいた気配もない。

「睦樹、歯にものが挟まったようないい方はやめろっていってるだろう」

「すみません。ちょっと活《かつ》を入れてやった方がいいんじゃないかと思いまして……うちの売り上げもここ二、三ヶ月頭打ちじゃないですか。このままだと本家の方からもなにかいってくるでしょうし――」

「そんなことはわかってるんだよ、稗田」

森田は蕎麦湯の入った器を叩きつけるように置いた。稗田に対する呼びかけも名前から名字に変わっている。この会社の売り上げ減は触れてはいけない話題だった。

「だけど部長、本家からなにかいってきた後じゃ、手遅れですよ」

「ま、おまえのいいたいこともわかるがな――」

森田がポケットを探りはじめた。稗田はライターを取りだした。森田が煙草をくわえるタイミングをはかって火をつける。幾つになっても、叩き込まれた躾《しつけ》は身体に染みついている。森田は威勢よく煙を吐き出した。

「宮前のやる気のなさを見たら、部長も社長も驚きますよ」

「わかってるといっただろうが。そのことに関しちゃ、おれも社長もなにも考えてないってわけでもないんだ。こっちに任せておけ」

稗田はライターをポケットにしまった。完敗だ。とりつく島もない。

「わかりました」

頭を下げて踵《きびす》を返す。

「睦樹よ、そんなことより、例の件、どうなってるんだ？」

森田の声が首筋に響く。倒産した食品メーカーの手形回収に関する話だろう。必死に駆け回ってはいるが、目処《めど》は全く立っていない。

「ひっちゃきこいてやってますよ」

稗田は振り返らずにもう一度頭を下げ、部屋を出た。

7

〈ハピネスの経営姿勢に疑問を呈す〉

出社すると、表にそう書かれた書類がデスクの上に載っていた。書類はパソコンのプリントアウトで総数十枚。一番最後のプリントアウトには大日本東紅会《だいにほんとうこう》有志と印字されている。

「これはだれが置いていったんだい？」

小久保はため息を押し殺して部下に尋《たず》ねた。

「会長室の秘書のだれかだったと思いますけど」

今度はため息を抑えきれなかった。小久保は椅子に腰かけてプリントアウトをめくった。いつものたわごとが大仰《おおぎょう》に書かれている。

曰《いわ》く、善良な市民に用もない金を貸し付けて高利の利子を取り立てるのはいかがなものか。曰く、返済に窮して自己破産、あるいは遁走《とんそう》、あるいは自殺した債務者の存在をどう考えているのか。

曰く、明るく平和な日本の未来のために、ハピネスのような非人道的な企業は糾弾《きゅうだん》されるべきである。

要するに、右翼を装ったどこかの団体が、活動資金欲しさに嫌がらせをしているにすぎない。

小久保は電話に手を伸ばし内線のボタンを押した。電話に出た相手を確かめることもせずに話しはじめる。

「総務課の小久保だけど、会長は？」

「いらっしゃいます。お繋ぎしますか？」

「いや、そっちに行くよ」

プリントアウトを丁寧に揃えて小脇に抱えた。部下たちには目もくれずにオフィスを出る。総務課長とは名ばかりで、実のところは遊軍のようなものだった。総務課を仕切っているのは副課長で、小久保は総務の仕事にはほとんどタッチしていない。従って、総務課の社員たちからも重きを置かれていない。たいていの社員はダメ課長と思っているのだろう。小久保がなにをしているのかを知っているのは、社内でも限られた人間だけだ。

エレベーターで最上階へあがり、会長室のドアをノックした。秘書の声が聞こえる前にドアを開け、無遠慮に足を踏み入れていく。ドアの先は待合室のようになっていて、女性の秘書がふたり、部屋を挟むように配置された机に座っている。小久保はふたりには目もくれずに先を急いだ。

若い方の——右側の秘書が小久保を止めようとしたが、年配の方が目でそれを制した。

会長室のドアをノックする。

「小久保です」

「今出勤か。待ってたぞ」

ハピネスの創業者にして現会長の原博の声が聞こえてきた。機嫌は良さそうだった。

小久保は目を伏せたまま進み、頭を下げた。巨大なマホガニー製の執務机が視界一杯に広がっている。

「顔をあげなさい」

「はい、失礼いたします」

顔をあげると、原が満面に笑みをたたえていた。機嫌が良さそうだと感じたのは間違いではなかった。

「また来おった」小久保が手にしたプリントアウトを見ながら原はいった。「どうせ金をたかるんなら、うちなんかじゃなくって、もっと大手のところに行けばいいのになあ」

「まことに仰《おつしや》るとおりで」

小久保は頭を掻いた。原の目前で手持ちぶさたになると、つい手が動いてしまう。

「放っておくというのが一番簡単なんだが、後々トラブルを引き起こすのも困る。それでだ、吉《よし》積《づみ》さんに対処してくれるようにお願いしておいた。後で顔を出してきてくれんか」

吉積一斉《かずなり》は関東を基盤とする広域暴力団の重鎮だった。数年後にはトップに登りつめるのではないかと噂されている遣《や》り手《て》で、活動範囲は幅広い。

「よ、吉積さんにお頼みになったんですか？」

「そうだ。彼なら間違いはないだろう」

「しかし、吉積さんがお相手なら、わたしではなく、常務が行った方がよろしいのでは……」

吉積のような大物が相手なら、少なくとも最初は役職の上の者が挨拶《あいさつ》に行った方がいい。

「なにをいっとる！」

原が急に声を荒げた。顔に浮かんでいた笑みは消え、目尻の皺《しわ》がきつい視線を際立《きわだ》たせるようになっていた。

「す、すみません」

小久保は反射的に頭を下げた。その頭上に原の声が突き刺さる。

「うちの社のあっち側の顔は小久保光之だということは、吉積君もよく心得ておる。他の者を間に挟んで手間取るより、おまえが直《じか》に行った方がよっぽどましだろう」

あっち側の顔――原はためらうことなくそうした言葉を口にする。その度《たび》に、わたしはただのサラリーマンなんですと抗《あらが》いたくなってしまう。もちろん、抗ったことはない。抗った瞬間に、サラリーマンではなくなってしまうからだ。

「会長の仰るとおりにいたします」

「うん。それでいい」

原はまた顔に笑みを浮かべた。好々爺《こうこうや》という表現がぴったりの笑顔だった。原は笑みを浮かべたまま席を立ち、机を回って小久保に近寄ってきた。緊張する小久保をよそに、親しげに肩に腕を回し、耳許で囁きはじめる。

「おまえに任せている仕事が激務なのはわかってるんだ。なにしろ、おまえはただのサラリーマンだし、向こうは海千山千の兵《つわもの》だ。辛いことも多いだろう。だがな、小久保。おれにはおまえしか頼れるものがおらんのだ。この会社の中でおれの苦労を分かち合ってくれる者は、おまえしかおらん。な、小久保」

「はい」

「おまえを渉外の任につけるときに約束しただろう。おまえの将来はこの原博が責任を持つとな。今は辛い。辛いが、それを忍べば、先にあるのは薔薇色の未来だ。それを忘れずに、職務に励んでくれ。いいな、小久保」

「承知しております。差し出がましいことを口にしました。おゆるしを」

小久保は深々と頭を下げた。考える前に頭を下げてしまう自分が悲しかったが、それ以外にするべきことがないのも事実だ。

「うん、わかってくれればいいんだ。じゃあ、早速だが、吉積君のところに行ってきてくれ。先方はずっと事務所にいるのでいつでも来てくれといっている」

「かしこまりました」

原が満足そうに頷きながら机に戻っていく。小久保は一度ためらってから、その背中に声をかけた。

「会長、業務とは関係のないことで、ひとつお願いがあるんですが――」

原が振り向いた。顔に浮かんでいた笑みは半分残り、半分消えかかっている。

「なんだ?」

小久保は唇を舐めた。そのまま言葉を濁《にご》して出て行けという自分と、現実を訴える自分が葛藤《かっとう》している。

「なにを勿体《もったい》ぶっているんだ？」

原の顔から笑みが完全に消えた。その瞬間、現実が小久保を覆った。

「た、退職金の前借りをお願いしたいんですが」

「退職金の前借り？　去年も五百万、前借りさせたはずじゃないか」

「それとは別に、まとまった金が必要になりまして……」

「またぞろ、博打に熱を上げてるわけじゃないだろうな？」

「いいえ、あの時会長にお誓いしたように、ギャンブルには一切手を出しておりません」

だれに対しても頭を下げるのを厭《いと》わなくなったように、保身のために嘘をつくことに良心の呵《か》責《しゃく》を抱くこともなくなった。小久保は精一杯の誠意を視線に込めて、原を真っ直ぐに見つめた。

「なんのための金だ？」

「女房の実家が、家を改築したいと言い出しまして、そのために」

「だったら、今すぐにどうのこうのという話じゃないんだな。考えておこう。もう行きなさい」

原はさよならをするように手を振って、自分の席に戻った。これ以上、とりつく島はなさそうだった。

「失礼します」

小久保は今度は頭を下げずに踵を返した。原は考えておくといいながら、借金の話をうやむやにしてしまう腹づもりだろう。原のことは充分に心得ている。忠誠心や恐怖心の代わりに、怒りが燃えたぎりはじめた。

会長室を出、廊下を歩きながら、小久保は小さなため息を漏らした。原に対する怒りは燻っている。ちょっとしたきっかけで大きく燃え上がりそうだ。問題は、その炎をどうやって噴出させたらいいのかがわからないことだった。

8

「最低一ヶ月は入院が必要ですね」

医者はそういった。美和は激しく抗議したが聞き入れてはもらえなかった。高いレベルで推移している肝臓の数値が下がれば、二週間から三週間で退院することもできるだろうが、その可能性は低い、と医者は冷たい声で告げた。

それからが退屈地獄のはじまりだった。腕に点滴のチューブをつけられ、ベッドで横たわるだけの毎日。検査をされるわけでも、手術を受けるわけでもない。ただ、安静にして病院食を一日に三度、きちんと食べることが義務づけられている。なにか変化があれば退屈を紛らわすこともできるのだろうが、病室ではそれはまったく望めなかった。

夜型の生活が長かったせいで、眠れない夜が続いた。トイレに行くにも体を洗うにも、点滴がいつでも邪魔だ。ヒステリーを起こして針ごと抜いてしまいたくなることが何度もあった。

電話をかけた客の一割ぐらいが見舞いに来てくれた。しかし、ただ横たわっているだけの美和に重病の面影《おもかげ》はなく、見舞客は拍子《ひようし》抜けするか、パジャマ姿の美和をいやらしい視線で眺めるかしただけで帰ってしまう。

退屈が心を蝕《むしば》んでいく。こんな時に恋人がいてくれたらと思うが、恋はとっくの昔に捨てていた。銀座《ぎんざ》や六本木で夜の仕事を二、三年も続ければ、男たちの底の浅さにロマンスへの期待など消え失《う》せてしまう。男たちの狙いは若さと肉体。ならばこっちはお金に絞らせてもらおうと誓ったのは三年も前のことだ。自分で捨て去ったものを望むのは馬鹿げている。なによりも惨《みじ》めだ。

入院して六日目で点滴が外された。黄疸も抜け、いろいろな数値も下がってきていると医者はいった。

「じゃあ、いつ頃退院できますか?」

美和は縋るように訊《き》いた。医者はカルテを見たまま首を振った。

「最初にお伝えしたとおり、一ヶ月は様子を見たいんですよ。でも、このまま順調に行けばあと二週間で退院できるかもしれませんよ」

二週間——永遠に入院していろといわれたような気がした。退屈は呪わしいが、それよりも金のことが心配になってきた。健康保険には加入しているが、ベッドの差額代だけで日に一万三千円は取られていく。一ヶ月で四十万。その間の収入は皆無《かいむ》だ。身体を壊してまで稼ぎ、貯めてきた金が消えていく。

「先生、わたし、働かないと収入がないんです。なんの保証もない仕事なんで……わかるでしょう?」

「焦《あせ》る気持ちはわかりますがね……自覚症状がないので軽い病気だと思ってるんでしょうが、自分が考えている以上にあなたは重病なんですよ。ここはじっくり構えて、根治《こんじ》しなきゃだめですよ」

医者はもっともらしい顔でそう告げた。美和の落胆《らくたん》など気にかける素振《そぶ》りも見せない。

ふて腐れて二日を寝て過ごした。三日目に寝ていることもできなくなった。一階の売店に行き、雑誌と書籍を買った。小説には手が伸びなかった。店に時たま顔を出す小説家がいるのだが、その小説家の品《ひん》のない行いを見ていると、金輪際《こんりんざい》小説など読むものかと思わされる。買ったのは株や国債の仕組みを丁寧に解説しているビジネス書だった。最低でも十日は寝ていなければならないのなら、その間にも金を稼ぐ方法を考えたかった。今は携帯電話でも株が買えると聞いたことがある。少しでも勉強しておこうと思ったのだ。

金融の仕組みは興味深かった。店で株や債券の話をしている客の横につくのは退屈だったが、こうして勉強してみるともっと話を聞いておくべきだったと思った。売店にある金融関係の書籍を買い漁《あさ》り、それでも足《た》りなくなって、見舞いに来てくれる客に頼んだ。

店のマネージャーが見舞いに来たのはその真っ最中だった。マネージャーはベッドの周囲に積み重ねられている本の山に目を丸くし、本の内容を知って皮肉《ひにく》な笑みを浮かべた。

「ホステス辞めて、株屋にでもなるつもりか？　まあ、このままだとその方がいいかもな」

「どういうこと？」

「どうもこうもねえよ。紀香がいつ店に出てくるかわからねえからって、お客さん、他の女にどんどんついていってる。このままじゃ、紀香、店に戻ってもナンバー一はきついぞ」

「他の女って、静《しずか》やミナミのこと？」

怒りが燃え上がって反射的に名前が口をついて出た。静やミナミはいつも売り上げナンバー一を競っているホステスたちだ。はじめのうちはただのライバル意識で角《つの》を突きあわせていただけだが、今ではお互いの存在をゆるしがたく思うまでになっている。

「あいつらだけじゃねえよ。ヘルプを除けば、だれだって一銭でも多く稼ぎたいって女ばかりなんだ。余ってる客がいるとなれば、ハイエナみたいに食らいつくのもしょうがねえだろう」

「だけど――」

「人のことより、てめえのことを心配しろっていってるんだよ。うまく退院できたとしても、前みたいにがんがん飲んで客に金を使わせるってわけにはいかないんだろう?」

痛いところを突かれた。医者にもくどいほどにいわれている。退院したからといって安心して以前と同じ生活を続けていたら、間違いなく肝臓は悲鳴をあげる、と。アルコール類は当然として、脂っこいもの、カロリーの多い食事も控えた方がいい。

仕事を変えろと宣告されたも同然だった。酒を控えることはできるかもしれない。見舞いに来てくれた客も病状を説明すると、素直に納得し、酒を飲まなくても紀香は紀香だからなあと一様にいってくれる。だが、この不況の中、飽きもせずに六本木の高級クラブに通うような男たちは例外なく精力的で、食も太い。同伴のときは、たいていの客は鮨や肉を食べに行きたがる。客にしてみれば、週に一度程度のことにすぎないが、ホステスは――売れているホステスはそれを連日つづけなければならないのだ。馬鹿《ばか》高いステーキを頰張《ほおば》っている横で、野菜サラダなどをホステスが注文すれば、客は気分を害する。気分を害した客はそのうち同伴には付き合ってくれなくなり、やがては店に顔を出すこともなくなっていく。店で酒を飲んで騒ぐことと、同伴でふたりきりで食事をすることは、客にとっては天と地ほどの差があるのだ。だからこそ、みんな不合理なシステムだと罵りながら、同伴に誘うといそいそと出かけてくる。

「見舞いに来てくれたお客さんは、もう前みたいに飲まなくてもいいっていってくれてるわよ」

「口じゃみんなそういうんだよ。昨日今日この世界に入ったわけじゃないんだから、そのへんはよくわかってるんだろう」

「しょうがないじゃない。好きで病気になったわけじゃないんだから」

「おれに当たるなよ。退院した後どうするかはおまえ次第なんだからな。おれはただ、前みたいには行かないぞって忠告してるだけだ」

「普通、お見舞いってさ、優しい言葉をかけてくれるもんじゃないの？」

「おまえ、そういうの嫌いだろう」

マネージャーのいうとおりだった。おためごかしは嫌いなのだ。体を張った世界に生きていて、綺麗事《きれいごと》にはなんの意味もないことを身に染《し》みて知った。客に嘘をつくのはともかく、同じ世界に身を置いている人間なら、現実をありのままに指摘してもらった方がよほどいい。それなのに、マネージャーの指摘する現実が心に痛いのは、やはり病気のせいで気持ちが沈んでいるからだろうか。

「とにかく、退院したら元通り働きに出るから。お酒はそんなに飲めないだろうけど、他の方法で頑張るよ」

「もったいねえよな」マネージャーは美和の言葉が届かなかったかのように呟いた。「いずれは紀香をチーママに、その後でママにって話もあったのによ」

「雇われママなんかごめんよ。わたし、自分の店を持つんだから」

美和はマネージャーに枕を投げつけたが、コースが外れ、壁に当たって床に落ちた。弾《はず》むこともなく潰れて横たわっている枕は、なんだか自分の未来を暗示しているように思えて、美和はきつく唇を噛んだ。

9

谷岡からの呼び出しがあったのはいつのころだったろう。ＩＴバブルの寵児として世間からもてはやされていたころは、週に一度はどこかで会って晩飯を共にしていた。それが二週間に一度になり、月に一度になり、今では谷岡から直接声がかかること自体希《まれ》になっていた。

指定されたのは、昔谷岡が足繁《あししげ》く通っていた赤坂《あかさか》の鮨屋だった。間口の狭い小さな店だったが、旨い鮨を出す。宮前はそこの煮蛤《にはま》がなによりの好物だったが、もう三、四年は口にしていなかった。

谷岡は昔と同じようにカウンターにひとりで陣取っていた。いつも一緒にいる運転手とボディガードは店の外で胡乱《うろん》な人間が店に入ろうとしないように見張っている。谷岡の他に客はいなかった。

カウンターの内側で鮨ネタを捌《さば》いている店の大将に小さく会釈《えしゃく》して、宮前は谷岡の左隣に腰を降ろした。

「遅れました。すみません」

宮前が謝ると、谷岡は腕時計を覗きこんだ。フランクミューラーの複雑時計だ。時価で二千万は下らない。

「まだ五分前じゃないか。相変わらず、時間には正確だな」

「谷岡さんに呼ばれたんですから、遅れるわけには……」

「だったら、謝ることはないだろう。時間より先に来ていたおれが悪いんだ」

谷岡は訥々《とつとつ》と喋る。怒っているのか、嬲《なぶ》られているのか、ただ単に事実を口にしているのか。その口調からはなにひとつ判断できない。

「すみません」

宮前はカウンターに出ていたビール瓶を手に取り、半分に減っていた谷岡のグラスに注いだ。

「しかし、しばらくぶりだな、宮前。景気の方はどうだ？」

谷岡はビールに口をつけながらいった。

「あまり、よくはありませんね」

谷岡の顔色をうかがいながら答える。谷岡は唇の周りについた泡を長い舌で舐め取りながら微笑んだ。

「みんな、同じことをいうんだよなあ」

「いろいろ努力はしてるんですが」

「そうだろう。だれだって、努力はするもんだ」谷岡がビール瓶を奪うように取り、宮前のグラスに中身を注いだ。「昔はおまえはこうだった」

泡がグラスを満たし外にこぼれ落ちても谷岡はビール瓶を傾けたままでいた。黒いカウンターが見る見る濡れていく。

「溢《あふ》れるほどの才能があって、次から次へと商売になるアイディアが湧いてきた。そうだろう？ところが、今はこれだ」

谷岡はビール瓶を縦にした。底の方にわずかに泡が残っているだけの瓶を宮前の手に押しつける。

「どうなっちまったんだ、宮前？」

宮前はビール瓶を手にしたまま、次の言葉を待った。

「十五億だ。正確にいうと、十五億三千八百万。利息を忘れてやってるのはおれの好意だってこと、覚えてるな？」

「はい」

宮前は頭を下げた。谷岡に借りている金。すべてを奪われ、挙《あ》げ句《く》の果てに背負わされた理《り》不《ふ》尽《じん》な負債。会社が潰れたときの負債は三十億を超えていた。愚かな学生起業家たちを騙し、谷岡に生け贄《いにえ》として捧げて、やっと半分までに減らした。それでも、すべてを完済するには永遠に思える道のりを歩いていかなければならない。

「森田がな――」谷岡は自分の会社の部長の名前を口にした。「最近、宮前がたるんでるとおれにいってきてな」

「森田部長がですか……」

「そんなことはないだろうといっておいたんだが、森田に売上表を見せられてな、確かに、うちの会社の業績はここ半年、落ちる一方だ」

谷岡は口を閉じた。なにをいえばいいのかわからず、宮前は谷岡を凝視したまま石像のように凍りついていた。職人が動かす包丁の音が時間の経過を報せていく。

「おれが好き勝手をやってるようにおまえには見えるかもしれんがなあ、これでも大変なんだよ」

谷岡はまたビールに口をつけた。宮前は慌てて空になったビール瓶を職人にかざした。女将《おかみ》が奥からやって来て、新しい瓶を置いていく。

「本家の方からやいのやいのいわれてな。働きの悪いガキをいつまでも飼っておくわけにもいかんのだな、これが。しかし、だ。生命保険をかけておまえを殺して、内臓を売り払ったところで十五億にはならん」

谷岡の声は相変わらず訥々としている。高ぶるわけでも、声を抑えるわけでもなく、それが本気なのか冗談なのかの見当もつかず、聞く者はただ顫え上がるしかない。

「谷岡さん――」

「もう少し気合いを入れてみろや、宮前」

「はい。仰るとおりに」

「じゃないと、おれもいろいろ考えなきゃならなくなるからな。よし、説教はこれで終わりだ。鮨を食おう」

谷岡がそういうと、待ちかまえていたというように次から次へとつまみが並べられていった。

「宮前と鮨を食うのは本当に久しぶりだなあ。さあ、食え。遠慮はいらんぞ」

谷岡に促されるままに、宮前は白身の刺身に箸《はし》をつけた。透き通った切り身は箸を通してでもその弾力が伝わってきたが、口の中で噛みしめてもなんの味もしなかった。

＊　＊　＊

味のしない鮨の味が口の中にへばりついたままでいる。魚の繊維がたとえようのない苦さを伴って歯の隙間《すきま》にはまりこんだままでいる。何度口の中をすすいでも、煙草や酒で口の中の匂いを消そうとしても、すべては無駄な足掻《あが》きにすぎなかった。

谷岡は説教だといったが、あれは恫喝以外のなにものでもない。もっと金を稼げ、もっとガキどもを騙しまくれ、そうしないと、おまえは殺された挙げ句に内臓を売り飛ばされることになる。愚かなベンチャー起業家たちをこの先何十人騙し続けたところで、負債の返済には気が遠くなるような年月がかかる。

まとまった金を手に入れて、日本から脱出する以外に手はない。香港《ほんこん》やフィリピンならまだしも、アメリカやヨーロッパにまで手を伸ばすほど、谷岡は暇ではあるまい。実際、谷岡から融資を受けた元本《がんぽん》はとっくに返済しているのだ。

宮前は電話に手を伸ばした。例の興信所の番号を押す。相手はすぐに電話に出た。

「この前ペンディングにしたあの総務課長の件だけど」

「はいはい、いかが致しましょう？」

「調査を再開してくれ」

「かしこまりました。それでは調査料の方はいつものように――」

左手で電話を切り、受話器を耳に当てたまま別の番号を押した。今度は長く待たされたが、宮前は焦ることなく呼び出し音に耳を傾けた。

「どうした、佳史？」

稗田はいきなりそういった。まるで宮前からの電話を待ちかねていたようだった。

「例の件、もう一度考えてみよう」

「本気かよ？　こないだはポリ公が関わってるやつは相手にしたくないっていってたのに」

「気が変わった。おまえと同じで、おれも金がいる」

「儲《もう》けは折半《せっぱん》だぞ」

「わかってるよ。ただ、そっちの谷岡や森田には絶対に知られたくないんだ。おまえもそうだろう？」

「そりゃそうだ。それで、手始めにどうする？」

「おれの方で興信所を使って小久保の周辺を調べさせてる。突破口が見つかったら作戦を練りはじめようと思ってる。おまえの方は――」

「おれは？　なにをすりゃいいんだ？」

焦りがそのまま表れたような口調だった。稗田は金を必要としているのだろう。それも、できるだけ早く手に入れたがっている。だが、なんのためだろう。稗田が金に困っているという話は聞いたことがない。

宮前は頭の中でメモを開き、保留事項として稗田の金への執着を書きとめた。

「小久保が通ってる裏カジノの動きを見極めて欲しいんだ」

「もう少し具体的にいってくれよ」

ため息を押し殺す。稗田は馬鹿ではない。ただ、自分の頭で深く物事を考えるのが苦手《にがて》なだけだ。いわれたことは忠実に実行できる。それ以上のことを期待しなければいい。

「連中が小久保をどう料理しようとしてるのか、それを知っておく必要があるんだよ」

「なるほど、そういうことか。よし、そっちの方はおれに任せておけ」

「慎重にやるんだぞ。こっちも小久保を狙ってるってことがばれたら、ぜんぶご破算《はさん》だ」

「おい、佳史。ガキのころみたいな口の利き方はよせよ。おれだってそれなりに修羅場《しゅらば》はくぐってるんだぜ」

稗田の声が急に低くなる。この手の連中はいつだって侮蔑《ぶべつ》には敏感だ。

「わかってるよ。念を押しただけだ。おれだって人生がかかってるんだからな」

「親父になにかいわれたのか？」

「性根を入れかえないと、フィリピンで殺されて内臓を抜かれるらしい」

「ただの脅しだよ」

間が抜けて聞こえるほど優しい口調で稗田はいった。谷岡の言葉が脅しなどではないということを、稗田はよく知っている。

「とにかく、頼んだぞ」

「ああ、なにかわかるたびにメールするよ」

稗田はそういって電話を切った。宮前は受話器を握ったまま視線を宙にさまよわせる。稗田の親身な声が耳にこびりついている。ぼんやりとしていた恐怖が実態を伴っていくのを見守った。

宮前は首を振って受話器を置いた。小久保を——ハピネスをうまくはめることができれば、億単位の金が手に入る。
それに賭けるしか、今のところ手はなかった。

10

〈ロッソ・ネッロ〉を経営しているのは東明会《とうめい》系の小さな組だった。関西を本拠地にする日本最大の広域暴力団が進出してきて利権が入り乱れている東京にあって、東明会は新宿に盤石《ばんじゃく》な地位を築いている。谷岡が経営するサムワンも東明会のフロント企業だ。

東明会は縦の繋がりが強いことで知られているが、逆にいえば横の繋がりが薄いということでもある。多分それは、東明会の基盤が新宿だということにも密接に関わっているのだろう。限られた土地に莫大な金が転がっている新宿では、横の繋がりを気にしながらの商売などはなからできっこないのだ。

横の繋がりが薄いからといっても、肩肘張《かたひじは》ってしのぎを削《けず》っているというわけでもない。要するに、てめえの尻はてめえで拭けという鉄則が徹底されているというだけのことだ。

稗田は〈ロッソ・ネッロ〉の扉を押した。用心棒兼案内係の無骨《ぶこつ》な男がふたり、稗田を迎え入れた。どちらも馴染みの顔だった。

「よう、景気はどうだい？」

稗田の馴れ馴れしい口調にふたりは戸惑いを見せた。

「まあ、そこそこってとこですかね」

「そこそこってことはねえだろう。あれだけ客が入っててよ。そうだ、綱井《つない》さんは来てるかい？」

「今日はまだです。あと、一、二時間で顔を出すとは思いますけど」

「そうか。じゃあ、それまで遊ばせてもらおうかな」

稗田はふたりに手を振って店の中に足を進めた。真夜中を過ぎて、店内はそれなりに混雑していた。五万円をチップに換えて店内をうろつく。小久保がこの前と同じ、バカラのテーブルに着いていた。この前と違うのは頰がげっそりこけていることと、張るチップの額が極端に少ないことだ。かなり追いつめられていることが遠くから一見しただけでそれとわかる。

稗田は小久保とは別のバカラ台でちびちびとチップを賭けた。稗田の張るチップの額にディーラーが舐めた視線を投げかけてきたが、卑屈な笑みでそれを受け流した。綱井良太《りょうた》が来れば、雇われディーラーは顫え上がることになる。見た目と持っている金で人を判断することの愚かさを嚙みしめればいい。

一時間ほどそうやって遊んでいると、背後から肩を叩かれた。振り返ると、綱井良太が不機嫌そうな顔をして立っていた。

「こんなとこで遊んでる暇があるのか、稗田？」

「たまには息抜きもしたいじゃないですか」

「な割にはしけた賭け方してるじゃねえか」

「少ない手持ちで一攫千金《いっかくせんきん》を狙ってるんですけどね、ダメっすか、やっぱり」

「相変わらずとぼけた野郎だな、おめえは」

綱井の表情がやっと緩んだ。稗田はバカラ台の上のチップをかき集めてポケットに押し込んだ。

「ここは儲かってるみたいですけどね、うちは最近きついんで」

「馬鹿いえ。うちだってアップアップだよ」

カジノ内を練り歩きはじめた綱井の後ろについて、稗田はかすかな笑いを浮かべた。綱井が脇を通るたびに、カジノの使用人たちが緊張して綱井の視線を受け止めている。だれになにをいわれるかわかったものではない。

「おれについてきたってなにも出ないぞ」

「わかってますよ。ただ、ちょっとツキがなかったんでね。綱井さんの側にしばらくいて、運気にあやかろうかななんて」

「ほざいてろよ……ま、好きにするといいさ」

「しかし、いつ来てもいろんな客がいますね、ここは。あ、あの客はこないだもいたな。暗いサラリーマン顔のくせに、すぐ熱くなるんですよ、あいつ」

小久保がいるバカラ台に近づくのを見計らって、稗田はいった。

「ああ、あいつか」綱井は声のトーンを落とした。「ああ見えてあいつな、ハピネスの総務課長なんだよ」

綱井の表情は緩んだままだ。稗田が小久保に水を向けたことも疑ってはいない。

「ハピネスってサラ金の?」

「今は消費者金融っていうんだよ」

「じゃ、金は使い放題ですか?」

「馬鹿。ただの雇われサラリーマンにそんなことができるか。借金だよ、借金。あいつが負ければ、うちが金回してやってんだ」

「ハピネスじゃ取りっぱぐれることもないですよね。いい商売だな、それ」

「だろう。見てろよ、貸し付けるだけ貸しておいて、あとできっちり回収してやるからよ」

「いくら回してるんですか？」

「これだよ」

綱井は人差し指を天井に向けて突き立てた。

「綱井さん、いいんすか、そんなに？」

「おまえもハピネスの情報ぐらい耳にしてるだろう？　表に出ちゃいるが、要は街金よ。後ろめたいことを腐るほど抱えてる。ちょいと脅しをかけりゃ、いくらでも引っ張ることができるんだよ」

「だったら、すぐ回収すればいいじゃないですか」

「阿呆《あほう》。一番美味《おい》しい時期が来るのを待ってるんだよ、こっちは」

「そんなもんすかねえ」

「そんなもんよ。これが――」綱井はまた人差し指を突き立てた。「一億や二億に化ける可能性もあるからな」

「なるほどねえ」

小久保のいたバカラ台を離れて、ふたりはルーレット台が並んでいるエリアに向かっていた。

綱井の口ぶりからして、今すぐ小久保をどうこうしようという腹ではないことはよくわかる。だが、日が変わればなにがどう転ぶかはわからないのがこの世界の常だった。宮前には適当なことをいって急がせなければならない。

「しかし、警察の方はどうやってるんです？　これだけ盛大にやってりゃ、嫌がらせもかなりあるだろうし、手入れだって……」

「だからハピネスなんだよ」

綱井は嬉しそうに突き出た腹を揺すった。

「どういうことなんすか？」

「ハピネスの会長は原っていうんだがな、こいつが何年か前に退官した警察庁の副長官を顧問に雇い入れてよ、それからハピネスと警察はこうなんだよ」

綱井は両手の人差し指を目の前で合わせてみせた。

「さっきのしょぼい面の総務課長な、警察方面の情報もたんまり握ってるんだ。すぐに追い込みかけない訳、わかったか？」

「いや、さすが綱井さんだ。おれなんか、そんな裏、全然見抜けなかったっすよ」

「当たり前だ。てめえに見抜かれるようだったら、そんなもん、裏でもなんでもねえだろうが」

「そりゃそうだ」

綱井と一緒に笑いながら、稗田は振り返ってみた。小久保は相変わらずなにかに取《と》り憑《つ》かれたような眼差《まなざ》しでディーラーの配るカードに見入っている。ハイエナどもが自分の背後に迫っていることには、まったく気づいている様子がなかった。

11

「課長、お電話です」

女子社員の声に、小久保は顔をあげた。平日の昼間に会社にいると、なにもすることがないのでクロスワードパズルと格闘していたところだった。

「だれから?」

「名前は仰りませんでした。ただ、小久保課長を出せって」

女子社員の表情で、電話の相手が歓迎せざる人物であることがわかった。胃がきりりと痛む。これだけの思いをしているというのに、あれ以来、原からは退職金の前借りの話は一切出ない。

「もしもし、お電話かわりましたが」

「小久保さんかい? おれだよ」

声を聞いた瞬間に相手が飯尾《いいお》であることはわかった。関西に基盤を置く広域暴力団のフロント企業で社長を務めている男だ。関西で揉め事が起こると、ハピネスでは飯尾に後始末を頼むことが多かった。

「どうしました、飯尾さん?」

「どうしたもこうしたもねえんじゃねえのか、小久保さん。ハピネスはうちに対してかなりの恩義があると思うんだがな」

「それはもう仰るとおりで……」

小久保は送話口に言葉を送りながら、何度も頭を下げた。相手が見ていないことはわかっていても、そうせずにはいられないのだ。

「おれがなにを怒ってるのかわからねえんだろう？　え？」

「は、はい。私どもは飯尾さんにはそれこそひとかたならぬお世話になっておりますし、飯尾さんを怒らせるようなことなどなにひとつ――」

「東紅会だよ」

「は？」

「おたくら、東紅会と揉めて、その処理を今度は東の方に押しつけたらしいじゃねえか。吉積が直々《じきじき》に出張《でば》っていったんだってな？」

「は、はい。それがなにか……」

小久保は額に浮かんだ汗を拭《ぬぐ》った。大日本東紅会の名前を出されても、なぜ飯尾が怒っているのか、その理由は見つからない。

「とぼけたこと抜かしてるんじゃねえぞ、小久保さん。ありゃ二年ぐらい前になるか。あんたんとこの原さんと常務が、雁首《がんくび》並べておれのところに来て、大日本東紅会とトラブルになっているんで、なんとかしてくださいって頭を下げてるんだよ」

飯尾は関東の出身だったが、長く関西を基盤にして生活していたので、言葉の端々《はしばし》に関西風の訛《なまり》が潜んでいた。それがことさらに飯尾の言葉を刺々《とげとげ》しくさせている。

小久保は絶句して宙を睨んだ。薄れていた記憶が甦《よみがえ》ってくる。飯尾のいうとおりだった。自分が実際に動いた案件ではなかったので、すっかり忘れていた。

「申し訳ございません」

　小久保は直角に腰を曲げた。総務課の社員たちが不審そうな視線を向けてきているのはわかっていたが、気にしてなどはいられなかった。

「おれはいいんだよ、おれは。おたくらとは長い付き合いだからな。そっちにもいろいろ都合があったんだろうってことは察しがつく。問題は、本家の若頭の耳にそれが入ったってことよ。かんかんなんだよ。面子《めんつ》を潰された、ハピネスをいてまえってな」

「大変失礼いたしました。わたくし、二年前はこの件に関わっておりませんでしたもので――」

「だからおれもよ、おたくの会長に電話したんだよ、最初にな。ところが、原会長は電話に出てくれねえ。しょうがねえから、小久保さん、あんたにおれの窮状《きゅうじょう》を訴えてるわけだ」

「あ、飯尾さん、しばらくお時間いただけませんでしょうか？　わたくしが責任を持ちまして、なにがどうなっているのか至急調べまして、折り返しお電話いたします」

「頼むよ、小久保さん。若頭はかんかんだけど、あの人はビジネスの世界に生きてるわけじゃないからな。おれとハピネスの間で話がつけば、なにも困ることにはならねえんだ。電話待ってるよ。ただし――それほど長くは待てねえからな」

「できるだけ速《すみ》やかにお電話いたします」

　小久保は電話を切った。汗が滝のように流れている。シャツを通り越してスーツの裏地まで濡れていた。深呼吸を数回繰り返し、右手に受話器を握ったまま内線の番号にかけ直した。

「総務課の小久保だが、原会長は？」

「外出しております。社に戻ってくるのは四時の予定ですが」

「じゃあ、常務は？」

「わたくしは会長付きの秘書です。常務のスケジュールは常務付きの秘書にお尋ねください」

電話が切れた。小久保は呆然として受話器を見つめた。湧きあがってくるべき怒りはどこにも見あたらず、胸の内を占めているのは虚無感だけだった。力のない指で常務室への内線ボタンを押した。

「総務課の小久保だが、常務に今すぐお会いしたいんだが」

「お急ぎのご用でしょうか？」

「今すぐ会いたいといったでしょう」

「少々お待ちください」

虚無感が消え、苛立ちが募《つの》ってくる。小久保はスーツのポケットに手を伸ばしかけ、つい数ヶ月前に職場が全面禁煙になったことを思い出した。煙草一本すらもまともに吸わせてもらえない会社で、おれは一体なにをしているのか——最近、頭にこびりついて離れない疑問が鎌首《かまくび》をもたげる。

「十分程度なら時間があるそうです」

受話器から流れてきた声に慌《あわ》てながら、小久保は頭に浮かんだ疑問を打ち消した。

「今すぐ、そちらにお伺いします」

受話器を置いて小久保は総務課を出た。

＊＊＊

「まずいな。会長にも困ったものだ」

小久保の説明を聞き終えると、西浦一徳《にしうらかずのり》は頭を抱えた。ハピネスの社長職には原の息子が就いているが、実際にはお飾りとして社長の椅子に座らされているだけで、全権限は原が握っている。常務の西浦と専務の高松《たかまつ》が原の両腕として会社の運営を仕切っている。常務になる前の西浦は総務部長として、今、小久保が押しつけられているような仕事を引き受けていた。そういう意味では西浦は小久保の直属の上司だった。

「常務は東紅会の件を吉積さんにお願いする話、ご存じじゃなかったんですか？」

「知ってたら止めてるさ。二年前に西に預けたものを、次は東にお願いしますなんて、常識で考えたってまずいじゃないか」

「どうします？」

「飯尾の様子はどうだったんだ？」

「怒ってますよ、そりゃ。ただ、あの人は完全にあっちの方の人じゃないですから。この件でごねて、うちから少し引き出そうと考えてるんじゃないかと」

「多分、会長は一銭も出さんというぞ」

「しかし、それじゃあ……」

小久保は恨みがましい目を向けたが、西浦は面倒くさそうにその視線を外した。

「とにかく、会長が戻るのを待って、お伺いを立ててみるんだな」

「ち、力になってはくれないんですか？」

「貸付金の融資の件で、この数日大わらわなんだよ。助けてはやりたいが、小久保、おまえだってもうこの仕事にはずいぶん慣れただろう。自分の力でなんとかしてみるのも、勤め人の義務だぞ」

偉そうに胸を張ってはいたが、西浦の視線は宙のあちこちをさまよっていた。裏の仕事に関わることを、西浦が極度に嫌うようになったのはここ一年ほどのことだった。

「常務――」

「十分なら時間があるといったよな。もう、十分は過ぎた。自分の職場に戻って、自分の仕事に徹しろ。それがハピネスの社訓だぞ、小久保」

耳の奥で神経に障《さわ》るような嫌な音がした。自分が歯噛みした音だと気づいて、小久保はわけもなくうろたえた。

＊＊＊

「飯尾に頼むと、金がかかるだろう」

原は不機嫌さを隠そうともせずにいった。顔はしかめたままだし、声もひび割れている。

「だから今回は吉積君にお願いしたんだ」

「しかし、会長。その事がもう飯尾さんの耳に入ってるんです」

「どこの馬鹿が口を滑らせたんだかな」

原は煙草を取りだし、火をつけた。ハピネス本社の全面禁煙を決定したのは原だったが、会長室をその範疇《はんちゅう》に入れなかったのも原だった。原は会長室で堂々と煙草を吸う。会長室を訪れる者は、しかし、だからといって喫煙をゆるされているわけではない。

「とにかく、漏れてしまったんです。あっちはカンカンになってますよ。会長とわたしで、飯尾さんに会いに行った方がいいと思うんですが」

「どうしておれがたかだか暴力団のフロント企業の社長に会いに行かなきゃならんのだ」

盛大に煙を吐き出しながら、原は喚くようにいった。駄々《だだ》をこねる子供のようだった。

「とりあえず詫《わ》びを入れておかないと、後々話がこじれることにもなりかねませんし」

「おまえが行ってこい」

「わ、わたしひとりでですか？」

「そうだ。うちが吉積に東紅会の後始末を頼んだことに飯尾がケチをつけてきたっていうんなら、そもそも吉積と話をつけたのはおまえなんだから、おまえが飯尾に頭を下げに行けばいいことだろう」

「しかし、それは会長のご指示で――」

「おれは知らんぞ。なにも知らん」

吐き捨てるようにいって、原は机の上に置かれた稟議書《りんぎしょ》に目を通しはじめた。小久保は絶句した。文字通り、開いた口が塞《ふさ》がらない。

いつからこうなってしまったのだろう。昔の原は独善的ではあったが、ここまででたらめではなかった。ハピネスを大きくしようと社員と一丸になって働き、創業当初の社員たちからは本当の父親のように慕われていたという。小久保が入社したときもそれは変わらなかった。新入社員の名前をすぐに覚え、気さくに声をかけては夜食代だといって千円札を握らせてくれた。ハピネスの基本業務――取り立てがきつい分だけ、原の父親のような包容力はありがたく、この会社になら骨を埋《う》めてもいいという気分にさせられたものだった。

ハピネスの業績が上がっていくのとほぼ比例して、原の態度も変化していった。簡潔にいえば、吝嗇家《りんしょくか》としての一面が肥大化していったのだ。新入社員に夜食代を握らせることもいつしかなくなったし、それどころか増える売り上げに反比例して経費の使い道に厳しくなっていった。業績を上げるためなら泥でも飲むと、はじめのころは裏社会の人間たちにも気前よく金をばらまいていたが、ある時からそれをケチるようになっていった。

数百万の金を惜しんで、それまで付き合いのあった人間から別の人間に乗り換え、それがこじれて数千万単位の金を払って詫びを入れる。原がそんなことを繰り返すようになったのはここ四、五年のことだ。ボケはじめているのではないかと思うことが多々ある。この食えない爺さんは死ぬまでボケないだろうと思うこともある。いずれにせよ、小久保が太刀打ちできるような相手ではなかった。

「会長――」

小久保が声をかけると、原は渋々《しぶしぶ》顔をあげた。

「小久保、おまえ、総務課長になって何年になる？」

「もうすぐ三年です」

「だったら、これぐらいの仕事、ひとりでこなして当然だろう。いつまでおれに頼るつもりだ？　おれはもう六十五だぞ。いい年をした爺さんを、やくざどもの前に連れだして、おまえ、楽しいか？」

　原にはまったくその気はないのだと、小久保はようやく得心《とくしん》した。すべての責任を小久保に押しつけて、自分は知らんぷりを決めこもうとしている。

「わかりました。わたしがなんとかしてきます」

「おお、いい返事じゃないか。それでこそ、我が社期待の総務課長だ」

　原の顔に突然、笑顔が浮かんだ。現金なものだ。

「多分、飯尾はごねてくるだろうからな。そうだな……五百万までだったら、おまえの裁量《さいりよう》で自由に使っていいぞ」

　押しつけがましいいい方だった。右翼もどきとのトラブルとはわけが違う。日本を二分する広域暴力団が相手なのだ。五百万で済むわけはない。しかし、そうした事実を原に突きつけても無駄なことはわかっている。

「五百万で足りなければ、また会長の指示をお伺いします」

「五百万でなんとかするのがおまえの仕事だ」

　原の答えはにべもなかった。

「わかりました。それから、あの……」

「なんだ、まだなにかあるのか？」

　さっきまで原の顔に浮かんでいた笑みは、もう消えていた。

「この前お願いした、退職金の前借りの件なんですが……」

「ああ、その話か」原は稟議書をめくり続けて、顔をあげる素振りすら見せなかった。「ここのところちょっと忙しくてな……そのうち、西浦に相談しておくから、もうちょっと待ってくれんか」

「わかりました」

小久保は一礼して原に背を向けた。会長室を出、秘書が控える待合室を通って廊下に出た。

また耳の奥で嫌な音がした。次いで、小さな塊が舌の上に転がってきた。小久保はその塊を掌に吐き出した。ニコチンに黄色く染まった歯の欠片《かけら》が、掌の上で細かく揺れていた。

12

二週間と五日目に、退院の許可がおりた。条件は、事細かな食事制限、大量の薬、週に一度の通院。美和は喜んですべてを受け入れた。退院したければ親を殺せといわれれば、そうしたかもしれない。それほど焦燥感《しょうそうかん》は強かった。

部屋に戻ると荷物の整理もそこそこに、馴染みの客に電話をかけまくった。

「ねえ、紀香、やっと退院したの。快気祝いに、なにか美味しいもの食べに連れていって」

ただし、脂のこってりした食事は厳禁だった。いきおい、同伴に行く店は鮨屋か料亭ということになる。大好きなマグロや鰤《ぶり》も口には入れることができない。

「それからね、明日、お店に復帰するから、みんなで盛大にお祝いしてほしいの」

六、七割の客の応答は満足のいくものだった。マネージャーに電話を入れ、明日は二十人ぐらいの客が来ると告げる。意外そうなマネージャーの声に加虐的な快感を覚えながら、バスタブに湯を張り、時間をかけて風呂に浸《つ》かった。
　翌日は午後一番で美容院に出かけ、ヘアカットとメイク、ネイルアートを念入りにしてもらった。その後は銀座へ行き、ドレスを新調する。試着室の鏡に映っているのは完璧なホステスだった。酒を飲もうが飲むまいが、食事に制限があろうがなかろうが、男ならだれだって隣に座って肌のぬくもりを感じたいと願うだろう。

　美和は上機嫌で帰宅し、上機嫌なまま客との同伴に向かった。芋洗《いもあらい》坂の途中にある鮨屋で鮨を食べ、客と手を繋ぎながら店に向かった。食べたのは白身の魚と貝類の握り。飲んだのは熱いお茶を三杯。勧められたビールを断っても、客は嫌な顔ひとつ見せなかった。

　酒の飲めないホステスはごまんといる。酒が飲めなくても、夜の仕事は充分に務まる。美和は自信を深めた。

　店に到着したのは九時少し前だったが、すでに六組の客が待っていて、歓声が美和を迎えた。快気祝いと称してドンペリのピンクが抜かれ、名前も覚えていないような高い赤ワインの栓が次から次へと抜かれていった。客たちがグラスを傾け、新しいワインのボトルが開けられていくたびに、美和は高揚《こうよう》していった。他のホステスたちの嫉妬《しっと》の視線などこれっぽっちも気にならない。客は入れ替わり立ち替わり訪れ、その度に新しいボトルが入れられていく。

　心配は杞憂《きゆう》だった。マネージャーの言葉はでたらめだった。入院する前も今も、美和はこの店のナンバー一のホステスだった。美和は有頂天《うちょうてん》になって、店内を蝶のように飛び回った。客から客へ。ボックス席から別のボックス席へ。

それでも、十一時を回ったころには疲れを覚えはじめていた。二十日近く、ベッドで寝ているだけの生活を送っていたのだ。肉体がホステスの仕事に音《ね》をあげてもおかしくはない。同伴した客の席に腰を落ち着け、ゆっくり烏龍茶《うーろんちゃ》を飲んでいると、黒服が呼びにやってきた。

「紀香さん――」

「少しは休ませてよ。こっちだって病み上《やあ》がりなんだから」

紀香が睨むと、黒服はたじろいで下がっていく。売り上げナンバー一のホステスに文句をいえるのはマネージャー以上の人間に限られる。いや、今日に限ってはマネージャーにも文句はいわせない。店の売り上げは百万単位になるだろう。今日の美和はこの店の女王なのだ。

三十分ほど客やヘルプの女の子とたわいない話を続けていると、わずかではあるが疲れが取れてきたような感じがした。そろそろ、他の客たちへのサービスも再開しなければいけない時間だ。十二時を過ぎれば、多くの客は帰ってしまう。

黒服に声をかけようと振り返り、美和は身体を強張《こわば》らせた。美和の客の席に、静やミナミが張りついていた。

「ちょっと――」空になったアイスペールを運んできた黒服に声をかける。「あれ、どういうことよ?」

「あのう」黒服はばつが悪そうに眉をひそめた。「あちらのお客様が、紀香さんは今日は疲れてるだろうから、もう呼ばなくてもいいと仰ってまして」

頭に血がのぼった。昂揚《こうよう》していた気分も、穴の空いた風船のように萎《しぼ》んでいく。静は一番奥のボックスで、ミナミは入口に近いボックスで、美和の大事な客に色目を使い、嬉しそうに笑っている。

泥棒猫――反射的にふたりを口汚く罵りそうになった。なんとかそれを堪えることができたのは、ナンバー一・ホステスとしてのプライドがあったからだ。客の目の前で、みっともない振る舞いをすることはゆるされない。

「ちょっとごめんなさい」

美和は客にそう告げて席を立った。

「マネージャーを呼んで」

黒服に耳打ちして、入口の側にあるキャッシャーへ向かった。すぐにマネージャーが追いかけてくる。

「どうした、紀香。さっきまでは有頂天だったのに、今は凄い顔をしてるぞ」

「どういうことなのよ、あれ」

美和は振り返って、静とミナミがいるボックスをそれぞれ顎で指し示した。マネージャーはそっちに視線を向けようともしなかった。頭を掻きながら、いい訳めいた表情を作った。

「しょうがないだろう。おまえの客が多すぎて、みんな退屈そうにしてるんだから」

「だったら、あの子たちじゃなくって、ヘルプの子をつけてくれればいいじゃない」

「だからさ、おまえの客が、静やミナミを場内指名したんだよ。指名されたら断れないだろうが」

「そんな――」

美和はマネージャーの肩越しに視線を飛ばした。静が座っている席の客も、ミナミが座っている席の客も、どっちも美和の大得意だった。いつでも美和に熱を上げ、美和と飲むためにこの店に通ってくる、そんな客だ。美和がいる場所で、他のホステスを指名するとは信じられなかった。

「二十日も店を休んでた結果がこれなんだよ。今日は快気祝いだからってみんな来てくれたけど、これが毎日続くなんて思うなよ、紀香。明日から大変だぞ」

マネージャーは吐き捨てるようにいって、その場を離れた。美和はなんだか取り残されたような気分になって、小さく唇を噛んだ。自分がとても無力で無意味な存在になったような気がしていた。

13

興信所からの報告書が連日、大量に届けられてくる。宮前はその一枚一枚を丁寧に読み込んだ。小久保光之の生活は、すでに頭の中で一瞬のうちに再現できるほど慣れ親しんだものと化していた。

やくざ、右翼、警察――小久保の交友範囲は多岐《たき》に渡っている。しかも、どれひとつとして小久保が自らの意志で選んだ付き合いではない。すべては社内業務だ。興信所の人間が盗み撮りした写真の中の小久保は決まって卑屈な表情を浮かべ、常に顔の一部を引き攣《ひつ》らせている。

給料のために自分を殺し、胃が痛む思いをしながら嫌な業務に精を出しているサラリーマン。おそらく、長い間自分を殺し続け、その挙げ句自分の意志がどこにあるのかもわからなくなっているだろう。そういう人間を宮前は何度も目にしてきた。会社の意志と自分の意志を混同してしまうのだ。
この男を攻めても無駄だ――宮前は結論をくだした。弱みを握り、脅しをかけたところで、小久保が用意できる金はせいぜいが数千万だろう。それでは足りなすぎる。あまりにも少なすぎる。稗田が小久保に目をつけたのも、宮前本人が小久保とその背景に興味を持ったのも、小久保という人間のせいではない。小久保がハピネスの社員だからだ。潤沢《じゆんたく》な運転資金を持つ消費者金融の闇の部分を担っている人間だからだ。ハピネスには常に、きな臭い噂がまとわりついているからだ。
小久保のファイルを閉じて、宮前はパソコンに向き直った。インターネットに繋がった状態で「ハピネス」と検索をかけ、表示されたデータを順に眺めていく。検索に引っかかったデータは千件を超えていた。それでもめげることはない。情報はいくらあっても困ることはないのだ。
ハピネス――業界五位の貸付金額を誇る消費者金融。営業形態は特異で、貸付金を銀行からの融資に頼るのではなく、独自のルートで海外から調達している。そのせいもあって、右翼やブラックジャーナリストからの攻撃の的《まと》になることが多い。自社の評判や信用が傷つくような事態を、どこの消費者金融よりも恐れるからだ。それが確かな告発でも、誹謗中傷《ひぼうちゆうしよう》に類するものであっても、ハピネスはとにかく金で片を付けようとする傾向がある。そうした体質が悪党どもにつけ狙われる理由になっていることがわかっていてもやめられないのだ。最初から表で商売をしていた連中なら唾《つば》を吐いて無視するところを、彼らにはそれができない。いつだって恐怖を裡《うち》に抱えながら金稼ぎに精を出している。

利用しなければならないのは、この恐怖だ。過度に体面《たいめん》を気にするその体質だ。

パソコンのスピーカーからメールの着信を報せる電子音が聞こえてきた。宮前はメールソフトを立ち上げ、メールを受信した。差出人は離婚した妻の顧問弁護士が所属する法律事務所。中身は支払いが遅れている慰謝料と五歳になる息子の養育費の督促状《とくそくじょう》だった。

舌打ちしながらメールを削除する。慰謝料は二億五千万の二十年分割。養育費は息子が社会人になるまでの間、月二十万の支払い。毎月、百万以上の金を吸い取られる計算になっている。それなのに、親権は完全に妻に奪われ、息子に会うこともかなわないのだ。

宮前はアドレスブックからメールアドレスをピックアップし、メールを書きはじめた。

相手はネットを通した闇金《やみきん》まがいの事業を興している男だった。ハピネスで金融業務を覚え、地方の支店長を勤め上げたあとで退職した。退職に際しては、ハピネスと揉め事を起こしたと風の噂に聞いている。男はネット事業を興すに当たって、ツテを頼って宮前と接触し、ネット事業のノウハウを教えてくれと請《こ》うてきたことがあった。

ツテとはつまり、谷岡絡み、東明会絡みということだ。

会いたいという旨をしたため、送信する。五分後に返信が来た。午前中ならいつでも歓迎――そういう内容だった。

もう一度返信を出し、インターネットの検索に戻った。インターネットは現代における最良の情報ツールだ。ハピネスのことも、暴力団や右翼の動向も、警察の不祥事も、検索をかけるコツさえ知っていればすべて手中にできる。

宮前は目薬をさし、モニタに真剣に見入った。

＊＊＊

　男は羽柴明《はしばあきら》という名前だった。そういえば、初対面の時にも豊臣家の末裔《まつえい》だという話を聞かされたことがあった。客の入りもまばらな〈ドトール〉で、羽柴の声は不必要に大きく響いた。

「それで、宮前さん、今日はなんの用で？」

　旧交を温めた後で、羽柴がいった。

「ええ、ハピネスのことをお聞きしたくて」

「おや。宮前さんがハピネスのことをお聞きになりたい？　こりゃ面白《おもしろ》いですな」

　羽柴の細い目が左右に忙《せわ》しなく動いた。

「いや、わたしじゃなくて、わたしの上の方がですね、なにやらハピネスに興味を持っているらしく、それで、わたしに情報を集めてこいと」

　宮前はコーヒーを啜りながら釘《くぎ》を刺した。こういう手合いはすぐに調子に乗りたがるが、反面、臆病すぎるぐらい臆病なところがある。暴力装置の存在をそれとなく匂わせただけで、絶大な効果を認めることができるのも、羽柴のような連中だ。

「上の方が……そうですか。それで、どんなことをお知りになりたいんで？」

「羽柴さんの知ってること、すべてです。ハピネスに関する情報、それなりにお持ちでしょう？」

　羽柴はまんざらでもなさそうに頭を掻いた。

「すべてといっても、わたし、一介《いっかい》の支店長止まりでしたからねえ……」

「前にお会いしたときに、お辞めになるときハピネスとかなり揉めたという話をお聞きしたと思うんですが」

「あれはね、宮前さん、とんでもないですよ」

羽柴の声が跳《は》ね上がった。他の客の視線が集まったが、羽柴は気にする素振りも見せない。宮前は苦々しい思いを押し殺して、羽柴の話に耳を傾けた。

「とにかくね、すべての元凶《げんきょう》は会長の原なんですよ、あそこは。どケチな上にとんでもなく猜疑心が強くてね。わたしが辞めるときも、顧客名簿を持ち出したとかなんとか難癖《なんくせ》をつけて、退職金を一銭でも減らそうとするんです」

「顧客名簿、持ち出したんですか？」

「まさか、わたしがそんなことするわけないじゃないですか」羽柴は下卑た笑みを浮かべた。「そもそも社外秘扱いなんだから、一介の支店長が会社の外に持ち出せるようなものじゃないですしね」

「原本はね」

宮前はぽつりといった。羽柴の下卑た笑みが顔一杯に広がっていく。

「ま、その辺はご想像にお任せしますがね。とにかく、辞めていく社員に難癖をつけるのは、あそこの体質みたいなものなんですよ」

「じゃあ、支店長クラスならともかく、一般の社員は会社の書類を外部に持ち出すことはできないんですね？」

「支店長と、まあ、本店の課長クラス以下はね。とにかく、外部より内部の人間を疑うというか、社員をまったく信じてないんですよ、原は」

一気にまくしたてると、羽柴はコーヒーに口をつけた。啜るというよりはがぶ飲みしている。喉が渇いて仕方がないようだった。

「ハピネスを辞めた後もね、何人か付き合いのある社員がいるんですよ」コーヒーを飲み終えると、羽柴は話を続けた。「そのうちのひとりが、去年、本店に異動しましてね。わたしなんかと付き合いがあるわけですから、そいつも不良社員のひとりと見なされてるんですが、とにかく仕事ができるんですよ。それで本社にね——」

「それで？」

羽柴の回りくどい話し方に堪えきれなくなって、宮前は口を挟んだ。

「そいつがいうにはね、電話を盗聴されてたり、メールを盗み読みされてるような気がするっていうんですよ」

「まさか」

「宮前さんもそう思うでしょう？　まっとうな企業がそんなことをするわけがないって。でもね、ハピネスはまっとうな企業なんかじゃないんですよ。原の独裁がまかり通ってますしね。その話を聞いたとき、わたしはあり得るなと思いましたよ」

電話の盗聴はともかく、メールの盗み読みは比較的簡単にできる。ハピネスのような規模の企業ならば自前のサーバーを使っているはずだし、だれかがそのサーバーのメンテナンスを任されているのだ。サーバーの中身を見られるということは、サーバーを通じてやり取りされているメールの中身も筒抜けだということになる。

「メールの盗み読みはともかく、電話の盗聴なんてそう簡単にできるとは思えないんですけどね」

宮前は頭の後ろで腕を組み、天井を見上げた。

「興信所を使ってるって噂です。もともと、会社を興した当初は、興信所を使って大口の顧客の信用調査を行ってたそうですからね」

「もしそれが本当だとして、ばれたら大事《おおごと》じゃないですか」

「ばれっこないって高《たか》を括《くく》ってるんですよ。原は社内じゃ独裁者。天皇みたいに振る舞ってるんです。内弁慶《うちべんけい》というかなんというか、社会的な一般常識に疎《うと》いところもありましてね」

「しかし、会社を辞めた人間まで縛りつけることはできないでしょう」

「だから――」羽柴は思わせぶりに言葉を切った。「ハピネスはやくざや右翼とも繋がりがあるじゃないですか。会社を辞めた後に、ハピネスに後ろ足で砂をかけるようなことをしたら、ただじゃ済まんぞと、怖い筋の人たちがやって来ることがあるんですよ」

「羽柴さんの時も？」

「わたしはそこまではやられませんでしたけどね……あ、あっちの線もあるか」

羽柴が独り言のように呟いた。

「あっちの線？」

「ええ。警察ですよ、警察。素行不良で馘《くび》になった社員が何人かいるんですけどね、馘にされた理由っていうのが、本人の前科だったり、家族の前科だったり、警察からの情報があったんじゃなけりゃ絶対にわからないようなことがよくあるんですよ」

警察とハピネスの繋がりは想像がついていた。ハピネスから警察へは賄賂《わいろ》かそれに準じるもの。警察からハピネスへの贈り物は顧客の犯罪情報。

「問題を起こしそうな社員は問題を起こす前に切り捨てる、と。ま、そういう会社ですよハピネスは」

羽柴は微笑んだ。自分が知っているハピネスの暗部を洗いざらいぶちまけて、なにかすっきりしたとでもいうような表情を浮かべている。

「警察やらやくざやら右翼やら、普通の会社じゃ、そんな連中とうまく付き合える社員なんて抱えてませんよね」

宮前は水を向けた。羽柴は満足かもしれないが、まだ情報が足りなすぎる。

「本店にそういう仕事専門の人間がいるっていう話は聞きますけどね」

「羽柴さんはご存じない？」

「わたしが本店にいたころは、総務部長の西浦っていうのがそういう仕事をしていたと記憶してますがね。今は常務に出世してるんだよな。となると、別の人間が引き継いでるんでしょうね」

興信所の報告書によれば、小久保は部下を従えることはなく、常にひとりで行動している。多くの人間が関われば関わるほど、情報漏洩《ろうえい》の危険は増大する。ハピネスもそのことは充分に弁《わきま》えているのだろう。

「総務部長ですか……部長がそういうやばい仕事をひとりでこなしてたんですか？」

「部下がひとりいたはずですよ。もうとうの昔に辞めて、渡米したって聞いてますが」

「渡米?」

「ええ。会社の裏を知り尽くしてる人間を、原がそう簡単に辞めさせるはずがない。因果《いんが》を含めて日本から追い出したんじゃないかって、もっぱらの噂でしたがね」

「そうですか……」

宮前は落胆を押し隠し、冷めたコーヒーを啜った。

14

メールで届いた宮前からの指示は頭痛がしそうなものだった。どんな形でもいいからハピネスと関係を持ったやくざと右翼団体を可能な範囲で調べ上げろ。

「できるかよ、そんなこと」

メールを読みながら口に出してみたが、やらなければ金を摑めないことはわかっていた。会社業務の傍ら、かつての仕事仲間、遊び仲間の溜《た》まり場にまめに顔を出しては、さりげなくハピネスの話題を挟み込む。

東明会だけでも、いくつかの団体がなんらかの形でハピネスから金を巻きあげていた。都内の任侠組織に範囲を広げれば、その倍、西に関係のある組織を含めれば、四、五倍にはなりそうな勢いだ。このまま無闇に調査をしていっても、手が広がるだけで収拾がつかなくなる。

「しかし、ろくでもねえ会社だな」

稗田は何度も同じ言葉を繰り返しながら、宮前にメールを出した。

その夜のうちに、宮前から電話がかかってきた。指示の変更——ハピネスからトラブル処理を依頼されたことのある団体をピックアップしろ。

なんのためだと訊いても、宮前はとぼけるだけで答えようとはしなかった。

昼間は仕事に精を出し、夜は酒を飲みながら情報収集に駆け回る。くたびれきってマンションに戻れば、冴子《さえこ》が稗田を待ちかまえている。数年前にキャバクラで拾い、そのまま居着いてしまった女だ。最初のうちこそ頭の足りないキャバクラ嬢そのものだったが、年を取り、経験を積むに従って手に負えない因業女《いんごうおんな》に変身していった。

「ねえ、睦樹。いつ新しいハンドバッグ一緒に買いに行ってくれるの?」

労《ねぎら》う言葉を口にする前に、冴子は必ずなにかをねだってくる。いつ追い出したっていいのだと自分にいい聞かせながら、これまでずるずると冴子と暮らしてきたのは、身体の相性が抜群にいいからだった。冴子の膣《ちつ》の内部には無数の襞《ひだ》が張り巡《めぐ》らされていて、その襞が固く勃起《ぼっき》した陰茎に絡みついてくると、稗田はなにも考えられなくなる。

「うるせえな。ここしばらく忙しくなるといってあんだろう」

稗田は服を脱ぎ散らかしながらトランクス一枚になってソファに腰を降ろした。脱ぎ捨てた服は冴子が丁寧に拾いあげていく。甲斐甲斐しさを装ってはいるが、その仕種はまるで餌《えさ》をねだる猫そのものだった。

「だったらお金だけちょうだいよ。わたしひとりで買ってくるからさ」

「ハンドバッグなら腐るほど持ってるだろうが」

稗田はソファの上に畳んでおいてあったスエットの上下に袖《そで》を通した。布地はすり切れ、ゴムも伸び始めている。冴子は捨てたがっているが、稗田はそれを頑《がん》として拒んできた。この世界に足を踏み入れ、事務所に寝泊まりしながら会長——親父や兄貴分たちの身の回りの世話をしていた間、ずっと身につけていたスエットだ。愛着がある。なにより、サッカーで鍛えていたころの引き締まった自分の肉体を忘れずにいることができる。このスエットがきついと感じるようになると、稗田はせっせとジムに通って肉体を引き締めるのだ。

「そんなこといったって、来週、美保《みほ》さんや晶子《あきこ》さんと出かけることになってるんだよ。何年も使ってるバッグなんて持っていったら笑われるわよ」

美保も晶子も、稗田と同じ世界の住人である男たちの女房だった。ふたりとも冴子よりは年上だが、なぜか冴子を可愛がり、食事だ温泉だといっては冴子を連れだし、ろくでもない知恵をつけて帰してよこす。

着慣れたスエットを身につけてビールの一杯でも飲めば気分もほぐれるところだが、晶子や美保の名前を出されたのならそうもいかない。見栄《みえ》を張ってこそのこの商売だ。冴子が馬鹿にされるということは、稗田が馬鹿にされたも同然なのだ。

「わかったよ。いくらするんだ、そのバッグは？」

「四十五万」

冴子はさらりといってのけた。

「四十五万だ？　ダイヤでもついてるのか、そのバッグにはよ」

「グッチの新作なの。どうしても欲しいのよ」

冴子は甘えるような仕種で床に下半身を投げ出し、稗田の膝《ひざ》に顎を乗せてきた。猫を思わせる視線のまま、稗田の内股を撫でさすりはじめる。その顔を形が崩《くず》れるまで殴りつけてやりたいと思いながら、稗田は冴子のなすがままでいた。怒りと性的な興奮は別物だ。冴子は稗田の弱点をよく心得ている。

「四十五万が高すぎるっていうんなら、睦樹、もっと安く買えるところ探してくれる?」

冴子が顔を上げ、乳房を太股《ふともも》に押しつけてくる。光沢のあるブラウスの下はノーブラで固くしこった乳首の感触が稗田の神経を直に刺激する。

「もう少し安いのにならねえのか?」

「睦樹、やくざでしょ? やくざなら自分の女にそれぐらいの金、平気で使ってよね」

憎まれ口を叩きながら、冴子の手は稗田の股間に伸びていた。直接触れるのではなく、手首をくねらせながら、焦《じ》らすよう動いている。

血が股間に集まっていく。脳にまわるべき血液すら、股間の海綿体《かいめんたい》に吸い取られていくようだった。

「冴子は睦樹がやくざだから睦樹の女になったんだよ。いっぱい美味しいもの食べて、好きな服やバッグも好きなだけ買えるからって、睦樹、そういったでしょう」

「馬鹿野郎。おれはやくざだぞ。女をこますのに、嘘ぐらいいくらでもつくさ」

「約束守ってよ」

冴子の手が稗田の勃起した陰茎を強く握りしめた。息が止まるほどの強さだったが、冴子は絶妙のタイミングで力を緩めた。緊張していた筋肉が弛緩《しかん》し、さらなる刺激を求めて脈打っている。

「冴子、しゃぶってくれよ」

稗田は冴子を見ながら懇願《こんがん》した。冴子の目には勝利を確信したような光が宿《やど》っている。口惜《くちお》しい。しかし、自分が冴子のいうがままになるだろうということはわかっていた。

「買ってくれる？」

「冴子、少しは我慢ってものを覚えろよ」

かなわないとわかってはいても、最後の抵抗を試《こころ》みずにはいられなかった。

「睦樹にいわれたくないわよ」

冴子の手が股間から離れていった。優美な雌猫《めすねこ》のようにくねっていた身体が強張《こわば》り、媚《こ》びも甘えも消えて刺々しい雰囲気《ふんいき》が冴子を覆っていく。稗田は自分の失敗を悟った。機嫌を損《そこ》ねた冴子にはなにも求められない。

「ちんちんおっ勃《た》てて、ただやりたいだけのくせにさ、偉そうに説教しないでよ。わたしがどれだけ恥ずかしい思いしてるか、睦樹、知ってるの？　美保さんも晶子さんも会うたびに新しい服とかアクセサリーで着飾ってるのに、冴子だけいつもみすぼらしいんだよ。美保さんも晶子さんも優しいからなんにもいわないけどさ、わかってるんだから」

急速に萎《な》えていく股間を寂しく感じながら、稗田はのろのろと身体を起こし、キッチンに向かった。先走りの体液で濡れた下着が不快だった。

「ちょっと、睦樹、聞いてるの？」

「ああ」

不機嫌に答えて、冷蔵庫から缶ビールを取り出す。プルリングを引いて乱暴に飲んだ。

「美保さんの旦那も、晶子さんの旦那も本家でばりばり働いてるって話じゃない。それなのに、睦樹ったら、わけのわからない会社に放り出されて、サラリーマンみたい。陰で笑われてるんだよ」

怒ったときの冴子の声は耳障りなほど甲高《かんだか》い。頭蓋骨に錐《きり》で穴を開けられているような不快さだ。

「うるせえな。それもこれも全部、本家の指示なんだよ。今どき、上の意向を無視できる極道なんかいるか」

「本家のことなんか知らないわよ。冴子は睦樹がやくざだから睦樹の女になったんだっていったでしょ。睦樹がサラリーマンみたいになるんだって知ってたら、他の男のちんちんしゃぶってたわよ」

抗《あらが》いがたい衝動に全身を包まれた。考えるより先に身体が動く。稗田は手にしたビールの缶を思いきり投げつけた。缶は飛沫《しぶき》を撒《ま》き散らしながら一直線に飛び、冴子の額を直撃した。冴子が悲鳴をあげて床に突《つ》っ伏《ぷ》した。

冷や汗が流れたが、身体を覆い尽くした衝動は消えなかった。冴子は額を押さえてのたうち回っている。稗田は間延びした足取りで冴子に近づき、屈みこみ、髪の毛を摑んで冴子の顔を引き上げた。

「だれに口利いてるんだ、冴子？　おまえがいったとおり、おれはやくざだぞ」

「ごめん。睦樹、ごめんね。冴子が悪かったよ。だから、ゆるして」

冴子の額が割れて、目に染みるような鮮血が流れ出していた。冴子に暴力をふるったことはこれまでにもあるが、流血させたのは初めてだった。

「四十五万のグッチのバッグが欲しいんだろう？　んなもん、いくらでも買ってやるよ」

「睦樹、ごめん。冴子が悪かったたってば」

「欲しいものがあるんだったら、黙ってちんこくわえて、黙って入れさせりゃいいんだよ。それをぐちゃぐちゃ偉そうに喋りまくりやがって。わかってんのか、冴子？」

冴子は身体を硬くして泣きじゃくる。額から流れる血が鼻水と混ざりあってその鮮烈な色を滲ませていく。赤から薄紅へ、薄紅から淡い桃色へ。冴子の顔に傷を負わせたことへの後悔はどこにもなかった。ただ、荒々しい衝動と破壊的な欲望が膨れあがっていくだけだった。

「おら」

稗田は血まみれの冴子の顔を股間に押しつけた。グレイのスエットが血に染まっていく。

「そんなにバッグが欲しいなら、死ぬまでしゃぶってみろ」

冴子は泣き続けている。泣きながら稗田のスエットを降ろしている。押さえつける布地がなくなった陰茎が、バネのように跳ねて、冴子の傷口の近くにぶつかった。血がついた陰茎は、生理中の女の膣に突っこんだ後のように生々《なまなま》しい。身勝手な欲望が否応《いやおう》なしに増していく。

「睦樹……後でちゃんとしてあげるから、傷……痛いよ」

「うるせえんだよ、おまえは」

稗田は冴子の頭を両手でがっちりと押さえこみ、陰茎を口に押し当てた。冴子の口が開き、陰茎が飲みこまれていく。血と涙にまみれた冴子の顔は凄惨《せいさん》だった。

目を細めて冴子の顔を見つめ、冴子の口の動きに神経を集中させる。

「すぐに突っこんでやるからな、冴子。傷の手当てはその後だ」

稗田はリズミカルに腰を動かしながら、寝言のように呟いた。

＊＊＊

冴子の額の傷は、中国人相手の診療をやっている闇医者に診《み》てもらった。出血量の割に、傷はそれほど深くはなく、ゆで卵の薄皮を消毒した傷口に貼り、上から絆創膏《ばんそうこう》で押さえつけただけで治療は終わった。

冴子は不満げだったが、文句はいわなかった。医者は縫うと傷跡が残ると断言したし、稗田の機嫌がまた悪くなるのを恐れてもいるようだった。

マンションに戻ると、冴子は寝室に閉じこもった。それが精一杯の抗議の印《しるし》なのだろうし、二、三日が経って稗田の気分が普段と変わらなくなれば手痛いしっぺ返しが待っているはずだ。

稗田はソファにだらしなく寝そべってため息を漏らした。射精にいたる直前までの、あの猛々《たけだけ》しい興奮はきれいさっぱり消えていた。

激情が去った後にはいつだって胸にぽっかりと穴があく。今日はことさらにその思いが強い。冴子の言葉が沁《し》みているからだ。

陰で笑われてる――自分でもよくわかっている。本家のために金を稼ぐ重要な役割だといえば聞こえはいいが、フロント企業とはその名の通り、ただの企業だ。会社のトップはやくざまがいの連中だとしても、下で働いているのは堅気たち。そんなところに「出向」させられたやくざ者は半端な落ちこぼれと見なされてもしかたがない。大学出身とはいっても、経済を学んでいた経済やくざとは違って、稗田はただサッカーをしていただけだ。プロになる夢が消えて、やけくそになってこの世界に足を踏み入れたのだから、潰しはまったくきかない。

こんなことのために極道になったわけじゃない――お決まりの台詞《せりふ》が頭に浮かんで消えていく。極道になったからには、あぶく銭を腐るほど稼いで、いい服を着て、いい車を乗り回して、いい女を取っかえ引っかえ連れまわす日々を送りたい。今の稗田にあるのは、この月十八万の賃貸マンションと冴子、朝九時に出社して夜まで働き回る仕事、そして手取りで五十万の給料だ。本家でしのぎに精を出していたころは、中古とはいえBMWの5シリーズを乗り回していたが、それも売り払ってしまった。月曜から金曜まで電車で会社に出勤するのに車など必要はない。

部屋の中を見渡してみる。ダイニングテーブルに食器棚、革張りのソファと大型のプラズマテレビ、ハードディスク内蔵型のDVDプレイヤー。どれもこれも、堅気の家にあるものと変わらない。それも中流家庭と呼ばれる家にあるものばかりだ。

稗田は髪の毛を掻きむしった。目を閉じ、目を開け、変わらない現実を確認する。病人のように重い足取りで食器棚の抽斗《ひきだし》をあけ、年季の入ったルイ・ヴィトンのセカンドバッグを取りだした。中には百万の現金が入っている。万一のためにと取ってある金で、これにだけは手をつけるなと冴子にもきつくいい渡してあった。

稗田は札を数え、五十枚をバッグに戻した。ためらいがちに寝室のドアをノックし、中に声をかけた。

「冴子、マジで悪かったよ。お詫びにってわけじゃねえけど、ハンドバッグ買ってこいよ。金はここにある」

返事はなかった。稗田はドアの前で待ち続けた。やがて、ドアが静かに開いた。冴子は泣き続けていたらしい。瞼《まぶた》が腫《は》れぼったく、鼻の回りが濡れていた。

「ほら」

稗田は五十万円を冴子の手に押しつけた。冴子は札を握りしめ、唇を噛みながら濡れた目で稗田を睨んでいた。

「なんだよ。まだ、文句あるのか?」

忘れていたはずの激情が舞い戻ってくる。こめかみの血管が脈打ち、鳩尾《みぞおち》の周辺が急速に熱を帯びていく。稗田は拳《こぶし》を握った。

「睦樹――」

冴子が抱きついてきた。稗田は不意《ふい》をつかれて呆然と立ち尽くす。

「なんだよ、冴子――」

「早く、組に戻ってよ。こんなの、もういや。睦樹、いっつも落ち込んで、苛々《いらいら》して。早く組に戻って、昔みたいな優しくて格好いい睦樹になって」

呆然としたままの稗田を尻目に、冴子はその場にしゃがみ込み、稗田のスエットと下着を降ろして萎えたままの陰茎を口にくわえた。

額の絆創膏と右手に握りしめたままの金が冴子の哀れさを一層引き立てていた。

15

「ま、話はわかったよ。そんなところじゃねえかとは思ってたんだ。小久保さん、あんたも物事の道理を弁えない親の下で、苦労してるね」

小久保がこれまでの経緯《けいい》と詫びの言葉を口にして頭を下げると、飯尾は表情を緩めた。

「そ、それじゃあ、ご理解していただけるんでしょうか」

小久保は背後を気にしながら頭を上げた。小久保の後ろには刺々しい空気を醸《かも》し出したままの若い衆が三人、微動《びどう》だにもせずに突っ立って無言の圧力をかけてくる。

「ま、おれは理解したがね、本家の若頭は、それじゃ納得しないと思うよ」

「そ、それじゃあ、どうすれば——」

小久保は足許に置いた自分の鞄に手を伸ばした。中には原から許可をもらった五百万がキャッシュで入っている。

「そうだな、三千万用意してもらおうか。それなら、若頭もハピネスがきっちり詫びを入れたってことで納得してくれるよ」

「さ、三千万ですか」

予想していた額のほとんど倍だった。自分の声が上擦《うわず》るのがわかってはいたが、とめることはできなかった。

「ま、妥当な金額ってとこじゃないかね、小久保さん」

飯尾は薄笑いを浮かべている。小久保が抗うことはないと高を括っている。飯尾の考えているとおりだった。飯尾が怖い。背後に控えている飯尾の手下たちが怖い。声を荒げられ、ほんの少し凄まれただけで縮みあがってしまう。もう何年もこの手の人種と付き合ってきたというのに、慣れるということがない。

だからといって、飯尾のいうがままに動いていれば、今度は原の大目玉が待っている。

「飯尾さんのお力で、なんとか千五百万になりませんか」

「いきなり半額かよ。小久保さん、あんたも頑張るようになったねえ」

飯尾の声は軽く響いた。だが、目は据《す》わりはじめている。

「さ、三千万という額だと、原を説得するのに時間がかかります。しかし、千五百万なら――」

「千五百万ならてめえの裁量でどうにでもなるといいたいのかよ？」

飯尾に遮《さえぎ》られて、小久保は金魚のように口をわななかせた。飯尾の声音《こわね》は急変し、質量を伴った眼光が小久保を射抜いている。

「なあ、小久保さん。あんたがただの使いっ走りだってことは、みんな承知してるんだよ。突っ張るのはやめて、自分でもそのことを認めたらどうなんだ」

「わ、わたしは――ハピネスの総務課長として、そ、それなりの裁量権をいただいております」

自分の口から流れてくる言葉が信じられなかった。飯尾ですら驚いたような顔をしている。口の中に違和感があって、それが小久保の意志に反して言葉を紡《つむ》いでいるのだとしか思えなかった。

小久保は口をわななかせたまま、舌で口の中を探った。違和感の正体はすぐにわかった。欠けて形が変わってしまった奥歯だ。あんな小さな欠片が、とてつもない重みを伴って小久保になにかを訴えているようだった。

「いうねえ、小久保さん。少し見直したよ。開き直ったんだかなんだか知らないが、やっと一人前になったって感じだな。よし、あんたのその度胸に免じて、二千万で本家の方には話をつけてやるよ」

「二千万……」

「あんたの裁量なんて話はもうするなよ。こっちはなにもかもわかった上でいってるんだ。会社に戻って、なんとか原を説得するんだな」

「飯尾さん――」

「原会長には、なにかをやるときには、じっくりものの道理ってものを考えてからにしろといっとくんだな――おい、お客さんはお帰りだ」

小久保は舌で欠けた奥歯を探り続けていた。そこから不可思議なエネルギーが湧いてくるような気がする。二千万では原は納得しないだろう。なんとしてでも飯尾を説得して、千五百万でまとめなければならない。

立ち上がろうとして、両肩を強い力で押さえつけられた。その力の強さが、かけた奥歯から湧いてきた力を簡単に押し流していく。

「な、なにをなさるんですか――」

「もう、タイムアップだ」

飯尾の手下のひとりがそういって、小久保を無理矢理立ち上がらせた。

「飯尾さん……」

「小久保さんよ、早く原会長を説得しないと、せっかく二千万まで下げたものが、三千万、いや、下手《へた》をすると五千万になりかねないぜ」

飯尾はにやついていた。強い力で背中を押されドアに向かいながら小久保は懇願した。

「お願いします、飯尾さん。もう少し、あとほんの五分だけでもお時間を――」

「とっとと帰れつってんだよ、馬鹿」

飯尾のにやついた顔にはなんの変化も現れなかった。背中を突き飛ばされ、たたらを踏んで廊下に出た。振り返る小久保の眼前で、ドアが乾いた音を立ててぴしゃりと閉まった。

＊＊＊

原も西浦も会社にはいなかった。ふたりとも、今日は社には戻らないらしい。小久保が飯尾に会いに行っていることを知って、雲隠れを決めこんでいるに決まっていた。顎に力が入り歯が歯茎にめり込んでいく嫌な音が耳の奥で響いた。このまま続けていれば、またどこかの歯が欠けてしまう。

小久保は社を抜け出し、歌舞伎町に向かった。夕方前の歌舞伎町は死んだように静かだった。飲食店は軒並みシャッターを降ろし、営業しているのは風俗店ばかりだ。客引きが大勢たむろしている一画を避け、路地を抜けて桜《さくら》通りを目指した。ひっそりと看板を掲げている行きつけのポーカーゲーム喫茶で、空いている席に腰を降ろす。コーヒーの注文をする暇もなく、機械にコインを投入する。画面に映し出されるトランプの札を見入っているうちに、仕事にまつわる嫌なことが頭から締めだされていった。

愚かなことはわかっている。博打はとんでもない額の金を浪費するただの現実逃避だ。わかっていても、やめられない。このまま闇雲《やみくも》に金を使っていけば、破滅が目の前に迫ってくることも重々承知しているのだが、博打に興じている間に訪れる微妙な陶酔感《とうすいかん》はなにものにも代え難い。

二時間ほどポーカーゲームを続け、十万円をすった。いつもなら青くなるところだが、今日は気分が違った。欠けた奥歯から湧いてくるエネルギーと鞄の中に入っている五百万のせいだろう。ポーカーゲーム喫茶を出ると、桜通りをさらに奥に進み、目に入った鮨屋に飛び込んだ。会計を気にせずに好きなものを好きなだけ口に放り込み、次はキャバクラに向かった。無知で傲慢《ごうまん》なキャバクラ嬢との会話が窮屈になり、一時間そこそこで席を立つ。

時刻はまだ十時前だった。

「構うことはないさ。会長も常務も好き勝手やってるんだ」

小久保はひとりごちた。鮨屋でビールを四本、キャバクラで焼酎の水割りを三杯飲んでいる。酔いがすっかり回っている。もう、欠けた奥歯のせいで生じた口の中の違和感も消えていた。これから起こることへの期待で気分が高揚し、スキップでもしてみたいような気分だ。

小久保はにやけた笑いを浮かべながら、コマ劇場の方向に足を向けた。〈ロッソ・ネッロ〉は午後十時から営業を開始する。深夜をまわるまでの数時間は閑古鳥《かんこどり》が鳴くような状態だ。客がおけらになってさっさと帰ることを警戒して、その時間帯は店が客に勝たせてくれることが多い。

「二、三時間遊んでちゃらっと稼いだら、今日はとっとと帰るぞ」

小久保はだれにともなく呟いた。自分で口にした言葉をこれっぽっちも信じられない自分が少しだけ悲しかった。

16

マネージャーの言葉は正しかった。客たちがちゃほやしてくれたのは最初の数日間だけで、その後は同伴をしてくれと電話をかけても断られることが多くなった。売り上げはじりじりと減っていき、それに比例するように静やミナミの態度が鼻につくようになってくる。マネージャーや黒服たちの視線が冷たくなっていく。売り上げナンバー一を鼻にかけて女王様のように振る舞ってきたツケが回ってきている。

このままの状態が続けば、いずれは静たちに今の地位を追われ、屈辱にまみれたまま同じ店で働き続けるか、他の店へ新天地を求めて移っていくかの選択を迫られるだろう。

「冗談じゃないわよ」

美和は自分にいい聞かせるように呟き、携帯電話に登録してある番号に順に電話をかけ続けた。同伴を断る客の口実は、たいてい仕事だった。やれ残業だ、やれ出張だ。歯切れの悪いその口調からは客たちが語る言葉のすべてが嘘にまみれていることがよくわかる。かといって、数少ない嘘をつかない客は美和の心の傷を抉《えぐ》って平然としている。

「酒飲まない紀香はつまらねえんだよ。そりゃ、身体壊したんだから可哀想《かわいそう》だとは思うけどさ、こっちだって高い金払って同伴させられるんだから、どうせなら楽しい姉ちゃんに金使いたいだろうよ」

酒を飲む美和の方が楽しいというのは、すべての真実を物語っているわけではない。酒を飲み、酔っぱらい、隙ができたホステスを口説《くど》くのがこうした連中の楽しみ方のひとつだ。酒を飲まない――酔わないホステスが敬遠されがちなのもそこに大半の理由がある。

「冗談じゃないわよ」

またひとりごちて、美和は電話をかけ続けた。五十人に電話をかけて、同伴の確約を取れたのはたったの三人。残りふたりをなんとかして摑まえて、一週間のスケジュールを埋めてしまわねばならない。電話番号も五十人を超えると、あとは馴染みの薄い客か、店から足が遠のいている客ばかりになる。厳しい戦いだが、諦めるのはいやだった。

携帯のジョグダイヤルを回すと、宮前佳史という名前がバックライトに照らされて浮かびあがった。

「佳史ちゃんかあ……」

入院したことを伝えても見舞いに来てくれなかった客のひとりだった。そもそも、宮前が店に足を運ばなくなってから、もう、一年は軽く経っている。それでも――だめでもともとだ。美和は勢いよく発信ボタンを押した。

「もしもし、佳史ちゃん？　紀香だよ。覚えてる？」電話に出た相手に訝る暇を与えずに、美和はマシンガンのように言葉を吐き出した。

「身体壊して入院したって電話かけたのに、佳史ちゃん、全然お見舞いに来てくれないんだもん。紀香、寂しかったよ。ね、今なにしてるの？」

「仕事だよ」宮前は不機嫌さを隠そうともせずに答えた。「なあ、紀香。おれの噂、耳に入ってるんだろう？　もう、おまえの店に遊びに行けるような身分じゃないんだ。営業電話をかけてくるだけ無駄だ」

電話を切る気配が伝わってきた。ここで引き下がっていたのではいいホステスにはなれない。

「そんなこといわないでよ。お勘定のことだったら少しは考えてあげられるし……」

「金だけの問題じゃないよ。貧乏暇なしっていうだろう。遊んでる時間もないんだ」

宮前の声からは自嘲《じちょう》と苦渋《くじゅう》が痛いほどに伝わってきた。

「佳史ちゃん、そんなに大変なんだ」

宮前の声が今の自分の気分と同調していくように感じて、美和はなにげなく呟いた。

「なんだよ、新しいテクニックを覚えたのか。おまえみたいな女が同情してくれるなんてな」

宮前は皮肉めいた声で続けた。数年前の記憶が鮮明によみがえる。宮前はいつも自信に満ちあふれていた。宮前のポケットは札束で膨れていた。自信めいた笑顔はどこか超然とした雰囲気を漂わせ、店の人間が影で「ひとりバブル」と囁いても、どこか嫉妬じみて見えたものだ。宮前は景気よく金を使った。ホステスのだれかが誕生日だといえば、ドンペリのピンクを惜しげもなく開け、アフターだといってはホステスたちを高級な焼き肉屋に誘った。宮前は自信に満ちあふれてはいたが、決して舞い上がっているようには見えなかった。それはおそらく、宮前の横顔に絶えず浮かんでいた皮肉に彩《いろど》られた表情のせいだったかもしれない。

いずれにせよ、あの頃の宮前は輝いていた。肝臓を壊す前の美和が店の中でだれよりも光り輝いていたように。

「同情っていうか、同病相憐《どうびょうあいあわ》れむってやつかな。紀香もきついのよ、ここのところ」

「病気のせいか？」

宮前の声から皮肉めいた響きが消えていた。電話を切る気配も遠のいている。

「入院してるときに電話でいったでしょう。肝炎やっちゃったの。無理いって早めに退院させてもらったけど、今でも薬たくさん飲まなきゃならないし、お酒飲むのはやめろって」

「ホステスで酒飲めないのはきついだろう」

「でしょう。最初は優しかったお客さんも、最近の紀香はつまらないっていって、全然付き合ってくれないのよ。このままじゃ売り上げ落ちる一方。わたしももう二十六だし、時々落ち込んでブルーになるよ」

「今さら他の仕事にも移れないしな」

「佳史ちゃん、同伴じゃなくっていいから、今度一緒に飲みに行こうよ」

なにをしてるんだろう、そんな暇があったら他の客に電話をかけていた方がましなのに——そう思っても、口は止まらなかった。

「飲めないいんだろう、紀香」

「馬鹿ね。言葉の綾《あや》ってやつじゃない」

沈黙が降りた。思案している宮前の顔をリアルに思い描くことができる。輝いていたころの宮前も、夜の六本木を王様気取りで闊歩しながら、ときおり、鋭い視線を宙にさまよわせているときがあった。なにを考えているのかと問うと、決まって、仕事のことさという返事がかえってきたものだ。

「なに考えてるの、佳史ちゃん」

昔と同じように、美和は訊ねた。

「仕事のことさ」

昔と同じ返事に、美和は自分の頬がゆるんでいくのを感じた。

「昔と変わってないじゃない」

「変わったよ。それより、紀香、おまえ、彼氏は？」

「なによ、わたしを口説くつもり？　いるわけないじゃない。色気よりお金。昔はよくそれで佳史ちゃんにからかわれたわ。紀香に金を使う客は馬鹿だって」

「そうだったかな……本当に彼氏はいないんだな？」

「いないよ」

「金に困ってるのか？」

宮前はもう不機嫌そうでも皮肉めいてもいなかった。妙に熱のこもった声で畳みかけてくる。

「今は別に困ってないけど、この調子でいくと、二、三年後にはやばいかなあ。三十過ぎたら自分のお店持とうと思ってたんだけど、まだまだ足りないし」

「金が欲しいか？」

「当たり前じゃない。お金が欲しいんじゃなかったら、こんな仕事してないわよ」

「今夜、空《あ》いてるか？」

「お店があるわよ。同伴してくれるの」

「店は休め。おれと飯を食っておれの話を聞いてくれ。そうすれば、おまえの日給分の金は払ってやる」

昨日の今日だ。身体の具合が思わしくないといえば、マネージャーもそれほど嫌な顔はしないだろう。なにより、宮前の態度の急変が気にかかった。

「いいよ。お店、休むわ」

美和はそう答えながら、胸に手を当てた。なぜだかわからないが、心臓がもの凄い速さで脈打っていた。

17

目の前に現れた紀香は記憶にある姿とは異なっていた。身体の線がシャープになり、バランスが取れたプロポーションが際立って見える。まだ少女の面影を残してふっくらとしていた頬も鑿《のみ》でそぎ落としたかのようで女のフェロモンがぷんぷんと匂い立つ。その分、目尻のあたりに険がうかがえるのはいたしかたのないことなのだろう。夜の女たちは容姿に磨きがかかるたびに、他のなにかを失っていくものだ。

もともと、紀香は美人というタイプではなかった。スタイルの良さと愛嬌と酒の飲みっぷりで人気を得るタイプのホステスで、年齢を重ねるに連れて化粧の仕方も洗練されてはいるが、下腹が膨らみ、目尻に皺が目立つようになれば客は自然と離れていく。その端境期《はざかいき》に自分が立っていることを、紀香は自覚しているだろうか。

「新宿なんて、久しぶり」

紀香は窓の向こうに映る新宿の夜景に目を輝かせた。パークハイアットのメインダイニングだ。

運良く当日でも予約が取れた。夜景が見下ろせる窓際の席は埋まっていたが、だからといって紀香ほどのキャリアを持つホステスが嫌な顔をするはずもない。

「マンションの部屋と六本木を往復するだけの毎日か」

「それと病院」紀香は唇を尖《とが》らせた。「まだ毎週通院してるの。薬もたくさん飲まなきゃならないし、もううんざり。ごめんね、佳史ちゃん。せっかくご馳走《ちそう》してくれるのに、食べちゃいけないもの結構あるんだ」

「なんでも好きな物を注文すればいいさ」

オーダーを決め、食前の飲み物が運ばれてくるまでの間は、宮前が店に行かなくなってからの空白を埋める質問に費やされた。質問をぶつけてくるのは紀香で、答えるのは宮前だ。

宮前は自らの転落の軌跡を包み隠さず語った。今ではやくざのフロント企業のために働かされていることも、借金の額もすべてをあらいざらいぶちまけた。

「大変なのね、佳史ちゃんも。六本木で姿を見なくなったわけだわ」

「金が必要なわけもわかっただろう?」

宮前は微笑みながら口を閉じた。慇懃《いんぎん》なウェイターがやって来て、飲み物の入ったグラスをふたりの前に置いていった。宮前のグラスはペリエで、紀香のグラスは烏龍茶で満たされている。

「佳史ちゃんは飲んでもかまわないのよ」

「仕事の話を済ませてからだよ、酒を飲むのは」

宮前はさらりといった。

「なんなの?　紀香に手伝わせたいっていってことは男絡み?」

紀香の目が貪欲《どんよく》な光を孕《はら》んできらめいた。

「その前にいくつか聞かせてくれ。おまえ、今貯金はいくらある？」

「どうしてそんなこと――」

「おまえの金をどうこうしようと考えてるわけじゃない。必要なことだから訊いてるんだ。答えろよ」

「二千万ぐらい」

紀香は烏龍茶に口をつけた。不満と不安をお茶と一緒に飲み干そうとしている。

「いつかは店を持ちたいといってたよな。どんな店だ？　今働いているクラブみたいな大箱の店か？」

「ああいうお店を経営するの、どれだけ大変か知ってるからね。紀香がやりたいのは、もっとこぢんまりとしたお店よ。カウンターがあって、ボックスが四つか五つぐらいの。それだと、雇う女の子も少なくて済むし。知ってるでしょう？　ホステスの派閥《はばつ》ぐらい始末に負《お》えない物はないのよ」

「店を出すのは六本木か？」

「やっぱり良く知ってる街だし、ついてくれるお客さんも六本木で飲む人が多いからね」

「ってことは、二千万もあれば開店資金には充分じゃないか」

「馬鹿いわないでよ」紀香は吐き捨てるようにいった。「そりゃ、二千万をまるまる注ぎこめば開店できるかもしれないけど、わたし、一文無しになっちゃうのよ。最初から売り上げが上がればいいけど、そうじゃないときは困るもの。貯金の他に運転資金が必要なの」

紀香は自分のことを「わたし」というようになっていた。よそ行きの顔から素顔《すがお》に戻ったというサインだった。

「いくら欲しい？」

宮前は率直《そっちょく》に訊いた。

「どんな仕事なのかもわからないのに、金額なんていえないわ」

紀香も宮前と同じぐらい率直だった。肝臓を壊し酒が飲めなくなったせいで客から引かれているというのは事実なのだろう。

「博打は好きか？」

紀香は首を傾《かし》げた。

「お客さんにたまに地下カジノに連れてってもらうけど、ひとりで行くのはやめておけっていわれるの。わたしみたいな人間はケツの毛まで抜かれるからって」

「すぐに熱くなるのか？」

「うん。やるのはいつもルーレットなんだけど、なんていうのかな、だんだん視界が狭くなっていってルーレットテーブルしか目に入らなくなる。もう、お客さんなんてそっちのけ」

紀香は照れ笑いを浮かべた。上出来だ。下手な芝居を打つより、小久保の横で熱くなってくれた方がいい。

「とりあえず、飯を食おう。食いながら話すよ」

視界の隅に前菜の皿を運んでくるウェイターの姿を捉《とら》えながら、宮前はうっすらと笑った。

＊＊＊

食後のコーヒーの間に席を外し、稗田に電話をかけた。

「今夜あたり、あのカジノに小久保が姿を現すと当たりをつけてるんだが、おまえ、来ないか？」

「あの野郎がしみったれた博打を打ってるの、また見に行ってなんになるんだよ」

稗田の声には苛立ちが混じっていた。なにか嫌なことがあったのだろう。そういう時の稗田は言葉遣いも態度も乱暴になる。

「ちょっと考えがあるんだ。おれは女を連れていく。おまえはおれたちには近づかないで成り行きを見守っててくれ」

「女？　なんだよ、それ。わかるように説明しろよ」

「女だといったら、説明しなくてもわかるだろう」

「おい、佳史――」

「とにかく、来いよ。小久保が女に対して興味を示したら、いよいよ仕事の開始だ」

「マジか？　おまえ、本気でやるつもりになったのか？」

稗田の声が低くなる。

「おれだって金が必要なんだよ。突破口《とつぱこう》が見つかれば、やって損はない」

「わかった。すぐに駆けつけるわ」

「じゃあ、後で」

宮前は携帯電話を切り、勘定を済ませて席に戻った。紀香は所在《しょざい》なげに煙草を吸っていた。

「そろそろ行こうか」

「そのカジノに？　わたし、うまくできるかどうか自信ないわよ」

「なにも考えずにただ博打を楽しんでいればいい。もっともルーレットじゃなく、バカラをやってもらうことになるが」

「バカラなんて、わたし、ルール知らないわよ」

「その方が好都合だ。さ、行くぞ」

「ちょっと待ってよ」

愚図《ぐず》る紀香の腕を取って、宮前は歩きはじめた。店の出口で上着を受け取り、エレベーターを乗り継いで、やっと建物の一階に到着する。タクシーに乗りこみ、行き先を告げるまで、紀香の声には一切耳を貸さなかった。

「ほんとに強引なんだから。そういうところ、昔とちっとも変わってないのね」

「そこまでいわれるほど、おまえと深く関わってたつもりはないけどな。ただの客とホステスだったろう？」

「わたしたちはね、客が気がつかないところまでちゃんと見てるのよ。ヘルプの子だって、一度しかついたことのないお客さんの癖とか好みとか、きっちり覚えてるんだから。ホステスだからって馬鹿にしてると、後で怖い思いするわよ」

紀香は不安を紛らわせるように喋りつづけた。宮前は適当に相槌《あいづち》を打ちながら漫然《まんぜん》と窓の外を眺めていた。タクシーの正面に大ガードがあり、その先に歌舞伎町の街並みが広がっている。夜はどこまでも深いというのに、歌舞伎町は煌々《こうこう》と輝いて恥じることもない。

昔は——有頂天だったころは新宿には目もくれなかった。遊びの中心は六本木で、たまに気分を変えて銀座に足を向ける。渋谷はガキの街だし、新宿や池袋は成功者がその成功の愉悦《ゆえつ》に浸《ひた》るにはいじましすぎる。まさか、数年後に自分がここで薄汚い仕事をこなすようになるとは思ってもいなかった。

「どうしたの、佳史ちゃん。考え事？　そういうところも変わってないよね」

「昔もそうだったか、おれは？」

「うん。じゃんじゃかお金ばらまいて馬鹿丸出しで遊んでても、時々むっつりして考え込むの。ごめんね、馬鹿丸出しなんていっちゃって」

「いいよ。その通りだったんだから。時々思うよ。あの頃、六本木で無駄に落としてた金があったらなって。馬鹿だった。本当に馬鹿だったな」

「でも、しょうがないじゃない。若くしてとんでもない大金摑んじゃったら、普通、馬鹿になって遊ぶわよ」

宮前は苦笑を浮かべた。馬鹿丸出しで遊んでいたころは、自分が金で買ったつもりになっていたホステスに慰《なぐさ》められることがあるとも思ってはいなかった。時は流れる。絶望的なほどの速さで目の前を流れ去っていく。

タクシーが大ガードをくぐり、最初の赤信号で停止した。そのままタクシーを降り、紀香と一緒に歌舞伎町の雑踏《ざっとう》に紛れ込んだ。腕時計は午後十時十五分を指している。小久保が〈ロッソ・

ネッロ〉にいる確率は五分五分だった。興信所からの報告書を熟読して、小久保の行動パターンはほぼ摑んでいる自信があった。週に一度か二度、小久保は必ず〈ロッソ・ネッロ〉に顔を出す。ストレスが溜まるだろう月末が近づくに連れ、その頻度は増していく。

すぐに〈ロッソ・ネッロ〉の入っているビルに辿《たど》り着いた。古いエレベーターに揺られて上昇していると、紀香の顔が強張っているのに気づいた。

「リラックスしろよ。今日は敵情視察みたいなものだ。バカラを楽しんで、小久保っていう男と何度か言葉を交わしてくれればいい」

食事の合間に紀香に伝えたのは、今回の仕事の概要《がいよう》だけだった。うまくいけばかなりの金になる――その一点だけを強調した。小久保が何者で、宮前がなにを狙っているのかは慎重にぼかして伝えてある。興信所が調べ上げた小久保の報告書には、女の影は見あたらない。単なる変わり者なのか、女に対して極端に臆病なのか、あるいは女にはまったく興味のない男なのか、そのあたりを見極めたかった。紀香に細かいことを教えるのはその後でも遅くはない。

「わかってるんだけどさ、やっぱり緊張しちゃうよね。でも、大丈夫。多分、ギャンブルやってるうちにそっちに集中しちゃうから」

エレベーターが停止した。フロアに降り立っても、カジノ特有の熱気はほとんど伝わってこない。客が集まるには早すぎる時間なのだ。カジノの店内に足を踏み入れると、案《あん》の定《じょう》閑古鳥が鳴いていた。客の姿はまばらで、ルーレットテーブル一台と、バカラテーブル二台にわずかな客がしがみついているだけだった。

入口脇のキャッシャーで三十万円をチップに換えながら小久保の姿を探した。いつもと同じ、一番奥のバカラテーブルにしがみついてカードの行方《ゆくえ》を追っていた。

「一番奥のテーブルだ。眼鏡をかけた冴えない男がいるだろう？」

紀香の耳許で囁いた。紀香が小さくうなずく。顎のラインがまだ強張っていた。

「適当に店内をぶらついて、それからあの男の隣でバカラをはじめるといい。ルールがわからないなら、テーブルの周りの人間に訊け。あの男とうまく話すことができたら、おまえの店を教えて、遊びに来るように仕向けるんだ。紀香ならできるだろう？　いつもと同じことをすればいいんだ。一、二時間遊んだら、ひとりでカジノを出ろ。すぐ近くに〈スターバックス〉があるから、そこで待っててくれ」

「佳史ちゃんは？」

「遠くから見守ってるよ」

宮前は二十万円分のチップを紀香の手に押しつけた。紀香は二、三度、深く息を吸い腹を決めたというように大股でフロアを横切って行った。その後ろ姿に気を配りながら、ルーレットのテーブルについてチップを賭けた。意識が紀香に向いているのでゲームに集中できない。却《かえ》ってそれが良かったのか、三回連続で赤黒の目を当てた。増えた分もそのまま賭けつづけたので、チップの数は八倍になっている。勝った分のチップを一旦手元に引き寄せ、今度は出目を吟味《ぎんみ》しながら数字の上に分散させてチップを置いた。視界の隅に動きがあるのを自覚して振り返ると、稗田が姿を現したところだった。

反対側に視線を走らせると、紀香がやっとバカラのテーブルにつこうとしていた。不安と好奇心をない交ぜにした表情でテーブルの様子をうかがい、やがておずおずとした所作で小久保の隣に腰を降ろした。

　小さなどよめきが起こった。手元に視線を戻すとルーレットのホイールが回転を終えていた。適当に置いたチップが当たっていた。望外のチップが手元に送られてくる。自分の運の良さに驚きながら、周囲の客に愛想《あいそう》笑いを向けた。稗田は金をチップに換えて、店内を冷やかすように歩いている。勝ったチップをまた適当に賭け、バカラテーブルに視線を戻した。紀香が小久保になにかを話しかけ、小久保は面倒くさそうにそれに応じている。拒否されたわけではない。後は、脈があるのかどうか、それだけが気がかりだ。

　またどよめきが起こった。今度のはさっきより大きい。ホイールに目を向けて、宮前は動きを止めた。球は赤の25で止まっていた。宮前が適当に賭けたチップの数枚も、赤の25の真上に置いてあった。三十六倍の払い戻し。どよめきが大きくなるわけだ。思わずディーラーの顔を見た。ディーラーは心なし青ざめている。宮前を狙って球を落としたというわけではなさそうだった。この手のアングラカジノではよくそういうことが起こる。最初に客に勝たせておいて、その気になった客を徹底的にむしるのだ。だが、今はその可能性も低い。

　幸運の女神という馬鹿げた言葉が頭に浮かんで消えた。バカラテーブルでは、紀香が小久保のアドバイスを受けながらチップを賭けているようだ。少し離れた場所で、稗田がふたりの様子を観察している。

　稗田と視線が合った。

　宮前は小さくうなずき、増えたチップの額を計算しはじめた。

18

ルーレットテーブルの方でどよめきが起こった。どうやら宮前は馬鹿ヅキのようで、大量のチップを抱え込んでいる。

羨望《せんぼう》に身体が顫える。あの様子では勝ち分も相当な額になるはずだ。立場が逆なら、冴子に渡した金を回収して充分にお釣りがくるだろう。今日、稗田がチップに換えた金は五万に過ぎない。極道がカジノで遊ぶにしてはしみったれた額だ。口惜しいが、それだけの金しか用意できない現実がある。

舌打ちを堪えて、稗田はバカラテーブルに視線を移した。宮前がいっていた女が、小久保の横に張りついている。顔は十人並みだが、ブラウスを押し上げる胸の膨らみと、すらりと伸びた脚は魅力的だった。胸は作り物やブラジャーの性能ということもありえるが、脚の長さは変えられないし、身体の他のパーツと確実に連動している。身にまとっているものをすべて剝ぎ取れば、ほとんどの男は生唾《なまつば》を飲み下すだろう。

小久保にも同じことが当てはまる。最初は面倒くさそうにしていたが、今では積極的に女に話しかけている。おそらく女はバカラのルールがわからないのだろう。ゲームが進行するたびに、小久保はなにやら説明を加えている。

宮前の電話を受けた時は、結局は美人局《つつもたせ》かと思ったが、小久保の様子を見ている限り、悪い考えではないように思えてきた。

ふたりがなにを話しているのかを聞きたかったが、それには距離がありすぎた。バカラテーブルにつけばそれも可能だろうが、ミニマム五千円のテーブルに、たった五万のチップで挑《いど》むことはプライドがゆるさなかった。

稗田はその場を離れ、ルーレットテーブルに足を向けた。宮前の目の前にはチップがうずたかく積まれていた。

「調子がいいみてえじゃねえか」

背後から小声で囁きかける。

「ああ、怖いぐらいだ」

宮前は振り返らずに答えた。その背中をからかうようにつつきながら、稗田は懇願した。

「少し回してくれ」

やっと宮前が振り返った。その顔には怒気《どき》が浮かんでいる。

「そう怖い顔するなよ。バカラで遊びたいんだが、慌てててできたもんで、持ち合わせがねえんだ」

思わせぶりな視線をバカラテーブルに向けると、宮前の表情に落ち着きが戻った。

「どんな様子だ？」

「いい具合だよ。おまえもいい女を見つけてきたな。小久保の野郎、ご機嫌でバカラのルールを教えてるぜ」

宮前は満足そうにうなずいて、ルーレットに向き直った。目の前のチップの山から無造作に数十枚を取りだし、インサイドに適当に置いていく。

「あまり調子に乗るなよ。脇の方に座って、ふたりの会話に耳を傾けておくだけにしてくれ」

ルーレットに向き合ったまま、宮前がチップを後ろ手で渡してきた。金色に塗られた一枚一万円のチップだ。ざっと見ただけでも二十枚はある。

「助かるぜ。ありがとうよ」

渡されたチップを握りしめて、稗田はバカラテーブルにとって返した。小久保のチップが増えている。それに反比例するように女のチップが減っていた。なにげない振りを装って、テーブルの端の席に腰を降ろした。

「だからね、バカラには波があるんだよ。今はバンカーの目が続いてるから、それに乗らなきゃだめなんだ」

プレイヤーにチップを張ろうとしていた女を小久保が諭《さと》していた。小久保のチップを見る限り、今は小久保に乗っていた方が勝ち目が厚いようだった。稗田は金色のチップを二枚、バンカーに張った。

「小久保さんのいうとおりなのかもしれないけど、バカラやるのはじめてなんだから、わたしのやりたいようにやりたいの。いい？」

思わず視線を向けそうになって、稗田はなんとか自制した。女はすでに小久保の名前を聞きだしている。いずれどこかの夜の女で、客あしらいがうまいタイプだ。そこにあのスタイルの良さがくっつくとなれば、人気も上々だろう。金は充分に稼いでいる。そんな女が、どうして宮前の話に乗る気になったのか。

カードが配られ、順当にバンカーが勝った。小久保のいうとおり、今はバンカーのツラ目が続く時間帯なのだ。

「ほら見なさい。ぼくのいうとおりにしていれば、負けずに済んだのに」

小久保が小鼻を膨らませながら女に話しかける。いつもは冴えない表情が輝いている。

「ほんとね。わたし、いつもだめなの。すぐ意地を張っちゃうのよね。次は小久保さんのいうとおりに賭けるわ」

他愛《たあい》のない会話とゲームが淡々《たんたん》と進んだ。バンカーの目が五回続き、その後はてんこしゃんこ——バンカーとプレイヤーの目が交互に出る展開が続いた。稗田のチップは最初のツラ目で三倍に増えていたが、その後は取ったり取られたりを繰り返すばかりだった。宮前の方も最初のツキの波が去ったようで、一度増えたチップがそれ以上になっている様子はなかった。

「そろそろ、わたし帰らなきゃ。小久保さん、ありがとう。おかげで、バカラの楽しみ方、よくわかったわ」

「最初からぼくのいうとおりにしてれば勝てたのに、残念だったね」

女のチップは半分ほどに減っている。だが、女は気にする様子も見せず、恥じらいと媚びの両方を含んだような見事な笑顔を浮かべて見せた。

「ううん。勝った方が良かったけど、全部すったわけじゃないし、それより、小久保さんと仲良くなれた方が良かったかな」女はヴィトンのハンドバッグから名刺を取りだして小久保に手渡した。「もし良かったら、遊びに来てね。小久保さんが来てくれたら思いきりサービスしちゃうから」

「あ、ああ……そうか、君はホステスなのか」

「こんな時間にこんなところで遊んでる女なんて、みんなそうでしょう。今夜はね、同伴の約束をすっぽかされて、それで頭に来てお店休んじゃったの。今度はご飯、一緒に食べようね、小久保さん」

女は軽やかに席を立った。未練がましくもなく、かといって、極度に媚びを撒き散らしているわけでもない。気の利かないホステスなら商売っ気が露《あら》わになりそうなものだが、女の見事な去り方を見れば、疑り深い男でも一度は店に顔を出してみようと思っても不思議ではなかった。

小久保は去っていく女の背中と手の中の名刺に交互に視線を這《は》わせていた。満更《まんざら》でもない表情が浮かんでいる。だからといって、鼻の下を伸ばしているわけでもない。良きにつけ悪《あし》きにつけ、小久保という男は自分をしっかりと弁えている。

稗田は自分のチップをかき集めて席を立った。トイレに行く振りをして小久保の背中にまわる。小久保はまだ名刺に目を凝《こ》らしていた。上から覗きこむと、縦に刷られた文字がはっきりと読めた。

〈クラブ　シャルロッテ〉

その横に、紀香という源氏名と店の住所、電話番号が印刷されていた。店の場所が六本木であることを確認して、稗田は静かにテーブルを離れた。

カジノの中に女の姿はすでになく、宮前はまだルーレットテーブルにへばりついている。どこかで女と待ち合わせでもしているのだろう。女と一緒にカジノを出て小久保に疑われることを用心しているのだ。相も変わらずの慎重さだが、稗田は鼻で笑った。そこまで気の回る男だったら、小久保はもっと気の利いた仕事をしているだろう。どこかが抜けているから、ハピネスにいいように使われているのだ。

キャッシャーでチップを換金すると、六十枚の札が戻ってきた。五万の元手で十二倍。宮前から回してもらったチップは無視するに限る。塞いでいた気分が和《やわ》らいでいく。

稗田は口笛を吹きながらカジノを出た。

＊＊＊

懐《ふところ》が暖かいと気分も大きくなる。稗田はタクシーを拾い、六本木に向かった。女の立ち居振る舞いから推測すれば〈クラブ　シャルロッテ〉は高級クラブということになるのだろう。六本木の相場でいえば、座っただけで最低、五万円。ボトルを入れれば十五万。普段なら躊躇《ちゅうちょ》するところだが、懐には六十万のあぶく銭がある。二十万使ったところで痛くも痒《かゆ》くもない。

店はすぐに見つかった。六本木の交差点から芋洗坂に降りていく途中のビルに、小洒落《こじゃれ》た看板が掲げられていた。大箱のクラブで、客席は優に五十席を超えているだろう。客の入りも上々で、こんな店に勤めるホステスがどうして宮前の話に乗ったのかという疑問が膨らんでいく。

何度か来たことのあるような顔をして、黒服に紀香を指名した。

「申し訳ございません、紀香さんは本日、お休みをいただいてまして」

「あ、そう。だったら、紀香と仲のいい子だったらだれでもいいよ。久しぶりに顔を見ようと思ってきたんだけどな。ボトル、もう切れてるはずだから新しいの入れてくれよ。そうだな、マッカランでももらおうか」

適当に応え、出されたおしぼりで顔を拭っていると、若いホステスが笑顔を浮かべながらやって来た。美季《みき》と名乗ったそのホステスに上田《うえだ》だと偽名を告げ、適当に会話を交わし、酒を飲んだ。美季の態度がほぐれてきたところで、肝心《かんじん》の話題に的を絞っていった。

「久しぶりに来たけど、相変わらず流行《はや》ってるな、ここは」

「そうかな。毎日、お客さんが少ないから同伴しろってうるさくいわれてるんだけど」

「店の人間ってのはそういうもんさ。ま、これだけ客が入ってれば、給料だっていいだろう？」

「わたしはヘルプだからそうでもないけど。十二時で帰っちゃうし。でも、お姉さんたちは景気がいいみたい」

「だろう。紀香はどうだ。あいつは昔から売れっ子だったから、今でもがんがん稼いでるんだろうな」

「上田さん、知らないの？　紀香さん、この前まで入院してたんですよ」

稗田は驚いた表情を浮かべた。芝居をする必要はまったくない。

「入院？」

「肝臓壊しちゃったんだって。それで三週間ぐらい入院して……もう退院して仕事にも戻ってきてるんだけど、一滴もお酒飲めなくなっちゃって」

「なるほど……」

稗田はうなずきながら、酒に口をつけた。やっと合点《がてん》がいった。酒が飲めなくなったホステス——もともと飲めなかったのならそれなりのやり方を身につけたのだろうが、途中から飲めなくなったのではそれまでの接客の仕方を大幅に変える必要に迫られるだろう。美季ほどの若さならいざ知らず、紀香は二十五を超えているはずだ。今さらやり方を変えるには年を取りすぎている。だからといって、すべてをうっちゃるには若すぎる。

「いい女を見つけてきたもんだ……」

稗田はひとりごちた。

「なに？」

「独り言だよ。そうか、紀香は身体を壊してたのか。可哀想になあ。可哀想だから、今夜はとことん飲もうか」

「それ、ちょっと違うんじゃない、上田さん」

笑顔を浮かべた美季の腰に手を回し、稗田はグラスに残っていたウィスキーを一気に飲み干した。

宮前は女──紀香を握っているのは自分だと考えているだろう。稗田が女の名前と店を突き止めたなど夢想《むそう》だにしていないに違いない。うまく立ち回り、紀香を丸め込むことができれば、宮前の裏をかくことも可能だ。

宮前がなにを企み、どうやってハピネスから金を引き出そうとしているのかはまだわからない。だが、肝心要《かんじんかなめ》のその時に、主導権をどちらが握っているかは大きな問題だ。

金を稼ぐために宮前の頭脳は必要だが、金を手に入れた後なら、宮前の貪欲さは邪魔になる。どちらも一銭でも多くの金が欲しいのなら、最終的に主導権を握った方が強いのだ。腕力で宮前を屈服させるのは簡単だが、頭脳勝負で稗田に負ければ、宮前は砂を噛むような屈辱感を味わうだろう。

それを考えただけで、稗田は上機嫌になる自分を感じていた。

「さあ、飲むぞ。美季、おまえも飲め。どんどん飲め」

稗田は朗《ほが》らかに笑ってグラスを傾けた。

19

「冗談じゃないぞ、まったく」

原は東京駅で小久保が買った鯛飯《たいめし》弁当を頬張りながら、顔をしかめつづけていた。鯛飯弁当は原の大好物で、出張の時には必ずこの駅弁がお供になる。会社業務にとって重要な出張の時も、今日のような時も、それだけは変わらない。

「おれはな、小久保、おまえを信頼してすべてを任せたんだ。な？　それがなんだ。五百万で話をつけることもできずに、二千万などとふっかけられおって。おかげで、この忙しい時期に、わざわざおれが大阪まで出かける羽目になったんだぞ」

鯛飯の粒が原の口から飛び出た。小久保は即座に緑茶のペットボトルを差し出した。原の身勝手な小言は聞き慣れているはずなのに、今日に限っては胃がずしりと重く感じられる。

結局、原は二千万で話をつけるという飯尾の提案を蹴ったのだ。駄々をこね、泣き言を繰り返し、何度も頭を下げてまわった挙げ句に、あの世界では飯尾の伯父にあたる大阪の暴力団の組長に直に詫びを入れにいくことになったのだ。もちろん、詫びを入れれば済むという問題ではない。小久保は一千万のキャッシュが入ったビジネスバッグを後生大事に抱えていた。二千万が一千万に下がっただけでもありがたいのだが、原にはそれすらも苦痛なのだ。

　こうなることは最初からわかっていた。人に頭を下げ、金を払うのが嫌なら、最初から筋を通しておけばよかったというだけの話だ。自らの失敗は省《かえり》みず、すべてを部下に押しつける。原の面の皮の厚さが羨ましい。

　小久保は原の小言に耳を傾けながら窓の外に視線を向けた。のぞみはすでに名古屋を離れていた。名古屋の街並みがどんどん遠ざかっていく。名古屋は好きな街だった。東京とはひと味違う無秩序《むちつじょ》が歓楽街を支配していて、アンダーグラウンドのカジノで飛び交う金もまた凄まじい。

　名古屋からカジノへと連想が飛躍して、小久保は小さく微笑んだ。このところ、バカラの調子がいい。一千万近くあったハウスへの借金が、今では七百万ほどに減っている。ツキが良くなってきたのは、あのホステスが隣に座った夜以降のことだった。小久保の内ポケットにはあのホステスからもらった名刺がお守り代わりに入っている。一度、六本木にあるという店にも顔を出すべきだろう。

「なにをにやついてるんだ、おい？」

「は？」

　原の声に、小久保は我に返った。

「自分の不手際《ふてぎわ》で大変なことになっているのに、なにをにやついてると聞いてるんだ」

「すみません。一昨日《おととい》が娘の誕生日でして、つい、その時のことを思い出しました」

　咄嗟《とっさ》に嘘をついた。娘の誕生日はまだ二ヶ月も先だし、この一ヶ月、家にはほとんど寄りついていない。

「ん？　そうか。幾つになった？」

原はそれまでの不機嫌さを忘れたかのように相好《そうごう》を崩した。その表情は話のわかる人の好い上司そのものだった。原の二面性がなによりも羨ましい。同じようなことができれば、人生はもっと素晴らしいものになるだろう。

適当に受け答えながら、小久保は舌先で口の中を探った。先端が欠けた奥歯の表面はざらついている。まるで、この半年の小久保の気分をなぞっているかのようだ。

「家族のためにも、もっともっと頑張らにゃあなあ、小久保課長。今回の失態は、娘さんの誕生日に免じてゆるしてやるからな」

臆面もなくいう原の顔から、小久保は思わず目をそらした。退職金の前借りのことは口には出せなかった。口を開けば、きっと罵りの言葉が飛び出てくるだろう。

＊＊＊

手配したハイヤーの中で、小久保は手持ち無沙汰《ぶさた》のまま原の帰りを待っていた。ハイヤーの前方には、広大な敷地を誇る純和風の家屋《かおく》が建っている。正門の前ではスーツ姿のいかつい男たちが周囲を睥睨《へいげい》し、威圧していた。飯尾の伯父にあたる組長の邸宅だ。本家の若頭を務めていることもあって、その隆盛ぶりは門構えからでも充分に伝わってくる。原はその家の中に一時間ほど前に入っていった。お供をするには小久保は格が低すぎる。原は明らかに落ち着きをなくした態度で、門をくぐる前に何度も後ろを振り返っていた。

話し合いは一時間程度で終わるはずだった。不義理を詫び、今後同じ過《あやま》ちを犯さないと誓い、頭を下げて金を差し出す。それだけで済むと、飯尾は請け負《うお》っていた。

小久保は腕時計を覗いた。飯尾のいうとおりなら、原はとっくに出てきてもいいはずだった。原の身を案じ、そんな自分に驚いた。小間使《こまづか》いのようにいいようにこき使われ、あしらわれ、それでも身を案じるというのは、サラリーマン根性もここに極まれりだ。大学生のころは、サラリーマンなどになるのは真っ平だと思っていた。なにを成すべきかもわからずに、とりあえずは卒業と同時にハピネスに入社したものの、仕事を覚え、給料を貯めて資金を蓄え、いずれは自分の会社を設立するのだと意気込んでいたのは、たった十数年前のことだ。それがどうしてこうなってしまったのだろう。ハピネスという後《うし》ろ盾《だて》がなければ、自分は何者でもないのだという現実に、理想や夢を食い荒らされてしまった抜《ぬ》け殻《がら》がいまの自分だ。

忸怩《じくじ》たる想いをなんとかかき消そうと、小久保は頭を振った。暗く重い現実より、もっと楽しいことに想いを馳《は》せた方がいい。たとえば、カジノ。ツキの良さをもたらしてくれたあのホステス。仕事では銀座のクラブを使うことが多いのだが、彼女は銀座のホステスとは明らかに違う匂いを放っていた。朗らかで気さく――銀座の高級クラブのホステスにはない気楽さがある。品性が下劣《げれつ》なホステスにあんな形で近づいてこられたら、普通はどうせ営業活動の一環だろうと洟《はな》も引っかけないところだが、彼女は心からバカラを楽しんでいた。顔は人並みだが、スタイルが抜群であの気性なら、きっと人気もあるだろう。わざわざ自分のテリトリーではない新宿までやって来て見ず知らずの男に声をかける必要などない。よしんば、あれが周到な営業活動だったのだとしても、あれ以降のツキを考えれば、それもまた悪いことではない。彼女がバカラテーブルの隣に座ってから、すべては変わりはじめたのだ。

「お、出ていらっしゃいましたよ」

運転手の声に視線を動かした。門前で陣取っているやくざたちが小さく頭を下げている。庭園風に手入れされた庭を、満面に笑みをたたえた原が歩いていた。

小久保はハイヤーから降りて、原のためにドアを開けて待った。やくざたちの挨拶を受けた原が手をあげる。

「小久保課長、待たせたな。いや、ご苦労さん」

やくざたちにうなずいて、原はそこで立ち止まった。小久保はため息を押し殺し、ドアを閉めて運転手に告げた。

「あそこまで移動して」

小走りで門前に移動し、原とやくざたちに頭を下げる。

「お疲れ様でした、会長」

「うん。話のわかる親分さんでな。道理を尽くして非礼を詫びたら、快くゆるしてくれたよ。うん、任侠はこうでなくちゃいかんなあ」

原はひとり、悦に入っている。よほど話し合いがうまくいったのだろう。帰りの新幹線の中では自慢話を嫌になるほど聞かせられることになる。

「本当によろしかったですね」

小久保は後から追いついてきたハイヤーのドアをもう一度丁寧に開けた。原が座席に腰を降ろすのを待ってドアを閉め、自分は反対側に駆けていく。小久保が乗りこむと、ハイヤーは静かに発進した。原は門前のやくざたちににこやかな笑みを向けていた。

「思いの外、うまく事が運んだな。おれが自分で出てくれれば、これほど簡単なんだが、いつもいつもそうするわけにもいかんだろう。小久保、次はもっと上手《じょうず》に立ち回ってもらわんとな」

「申し訳ございません。わたしの力不足で、会長にご迷惑をおかけしました」

「本当だぞ。総務課長になって何年になる？　そろそろ一本立ちしてくれんと、後釜を考えざるをえんからな」

「勘弁してください、会長。これでも、必死になってやっているんですから」

小久保は懸命《けんめい》に抗弁《こうべん》した。原の機嫌を損ね、社を追い出された人間を何人も知っている。ただ追い出されただけならともかく、なんだかんだと理由をつけられ、退職金さえもらえないこともあるのだ。

「おまえを馘にしたりはせんから、安心しろ。おまえはうちの要だ。人がやらんことをやってもらってるからな。ただ、最近は気がゆるんでいるみたいだからな、ちょっとお灸《きゅう》を据えてやっただけだ。これからも精進《しょうじん》しろよ」

「はい。心得ています——運転手さん、時間の方は大丈夫かな？」

小久保は運転席に声をかけた。帰りの新幹線のチケットはすでに押さえてある。よほど道が渋滞していないかぎり、余裕を持って東京に帰れるはずだった。

「いや、待て、課長。予定変更だ。今夜は大阪に泊まろう」

「しかし、明日は午前中に重役会議があると……」

「朝早い新幹線で戻れば充分間に合うだろう。宿を手配してくれ。帝国《ていこく》ホテルがいいな。それから、晩飯はふぐがいい。ミナミに旨いふぐ屋があったから、そこを予約してくれ。それから、女だ。飲みに行くと、朝がこたえるからな。ホテルの部屋に女を回してくれ」

原の声には揺らぎがない。業務を命じるのと同じ口調でポン引きをしろといってくる。おそらく、秘書課長が日頃、そんな仕事をこなしているのだろうが、小久保にははじめての仕事だった。

「会長、わたし、大阪はそれほど詳しくないので……」

「東京も大阪も変わらんだろうが。なんだったら、ほれ、関西支社に連絡を取ってみればいい。だれかがなにかを知ってるだろう」

そういうことではない。ポン引きをやらされるのが嫌なのだ。そう訴えても、原に通じないのはわかっている。唇を噛んで、黙って引き受けるしかないのだ。

小久保は舌の先で欠けた奥歯の表面をなぞった。ざらついた表面から熱いなにかが迸《ほとばし》ってくる。

「会長。ぼくはポン引きもしなければならないんですか?」

意志に反して言葉が飛び出てきた。小久保は口を閉じ、神経質な瞬きを繰り返した。

「ポン引き? なにをいっとる。そんなことも務まらんで、ハピネス本社の総務課長が務まるとでも思っとるのか、小久保。西浦も他の人間も、みんなやっとることなんだぞ。おれが望むことをかなえる。それが総務課長の仕事だ」

原はいい終えると、不機嫌そうに口をへの字に結んだ。小久保は無言で俯《うつむ》き、奥歯を強く噛みしめた。歯が欠けることはなかった。ざらついた奥歯の表面が、なにかを訴えかけてくることもなかった。

＊　＊　＊

方々に電話をかけ、頭を下げ、ポン引きまでやらされているのかと揶揄《やゆ》されながら、なんとか女を調達した。それも、領収書を切ってくれる女を。

ふぐを食い終わった後、女が待ち受けている部屋に原を送り返して、やっと今日一日の業務が終了したわけだ。小久保は自分の部屋のベッドに腰を降ろし、ミニバーから取りだしたビールを傾けながらリモコンでテレビのチャンネルを次から次へと切り替えた。有料放送はあっても、ハリウッド製の映画が放映されるだけで、アダルトビデオはなかった。そういうホテルではないのだ。自分ひとりの出張なら、もっと安い宿を取り、ビールを飲みながらアダルトビデオ鑑賞に耽《ふけ》ることが常なのだが、原と一緒ではそうもいかない。

小久保はため息をつきながらビールを空にした。新たなビールを取りだし、プルリングを引く。他の社員なら、仕事が終われば飲み屋か風俗店に繰り出すところだろう。それらしい領収書を切ってくれる店があるのだから、会社の金で思う存分遊ぶことができる。だが、小久保はそうした遊びとは無縁だった。女が嫌いなわけではない。ただ、風俗店で遊ぶことが苦手なのだった。見ず知らずの女に、みすぼらしい裸を見られるのが嫌だった。十数年前には他人に見せびらかすことに快感を覚えていた筋肉が萎み、脂肪に取って代わられ、見るも無惨《むざん》に変貌《へんぼう》した肉体。自意識が過剰にすぎることはわかっていても、やはり気持ちのいいものではない。ハピネスの若い女性社員と関係を結び、しばらくは愛人にしていたこともあるのだから、若い女に裸を見られたくないわけではない。見ず知らずの行きずりの女に見られるのが嫌なのだ。

セックスをするのなら、みすぼらしくなった裸を露わにしてまで交わるのなら、好きな女が相手であって欲しい。

そんなことをだれかにいえば、嗤《わら》われるだろう。だから小久保はだれにもなにも告げず、博打好きの変人ということで押し通してきた。

自分は愚かなのだろうか。ロマンティックにすぎるのだろうか。こんなみすぼらしい肉体の持ち主で、薄汚れた仕事をしているくせに。

ビール缶に口をつけて、すでに空になっていることに気がついた。いつの間に飲み干していたのだろう。物思いに沈むと、時間の流れが変化する。ミニバーを開けて中を覗いた。小久保の好きな銘柄《めいがら》のビールはすでになくなっていた。ルームサービスで頼むのも馬鹿らしくて、さほど好きではないビールの栓を開けた。ビールを喉の奥に流し込んでいると、げっぷの代わりに虚《むな》しさが込みあげてきた。

ベッドの上に脱ぎ捨てた上着の内ポケットからあのホステスの名刺を取りだし、何度か躊躇した挙げ句に、電話をかけた。

「小久保と申しますが、紀香さんはいますか?」

少々お待ちくださいという店の人間の声がし、やがて、朗らかな声が耳に飛び込んできた。

「やだ、小久保さん。本当に連絡くれるなんて思ってなかったのに」

紀香の明るい声が鬱屈《うっくつ》した想いを押し流していくのを、小久保ははっきりと感じていた。

20

小久保の姿は視界に入っていた。キャッシャーからフロアにいたる狭い通路で心許《こころもと》なそうに突っ立って店内を眺めている。小久保はフロアの一番奥まった狭いボックス席に通された。黒服がおしぼりを手渡しながらなにかを訊いている。やがて、「紀香さんでございますね、かしこまりました」という黒服の声が聞こえてきた。

指名されたからといって、即座に席につくわけではない。いま、美和の隣で鼻の下を伸ばしている客も、美和を指名しているのだ。美和ではないホステスが横に座ると、小久保は一瞬眉をひそめ、しかし、すぐにあるかなしかの笑顔を浮かべて若いホステスの話に耳を傾けた。こういう店で遊び慣れていないというわけではない。ただ、苦手なのだという雰囲気が強く漂っていた。

十五分ほどすると、別の黒服が美和の席に近づいてきた。

「紀香さん、お願いします」

美和は客に非礼を詫びて席を立った。小久保の席には向かわず、フロアの入口で店内を睥睨しているマネージャーに目で合図《あいず》を送った。ふたりとも無言で通路をキャッシャーの方に引き返し、囁きあう。

「どうした?」

「さっき来たお客さん、上客になりそうなの。わたし、長めにつけておいてくれる?」

「さっきの客?」マネージャーは肩越しに振り返った。「あんなしょぼそうなのが?」

「見た目で客を判断するなっていつも女の子に偉そうにいってるのはだれよ？　あの人はね、ああ見えても金融会社の総務課長さんなの。経費はかなり使えるって」

「どこで引っかけてきたんだ？」

「マネージャーには関係ないでしょ。初回だから、お勘定、少し低めでお願いね」

そういい捨てて、美和は身を翻《ひるがえ》した。踊るような足取りでフロアを横切り、とびっきりの笑顔を浮かべて小久保の真向かいの椅子に腰を降ろした。

「いらっしゃい、小久保さん。本当に来てくれたんだね。紀香、凄く嬉しいな」

「まあね……」

小久保は照れくさそうに俯いた。小久保が入れたボトルはグレン・モーランジュの十二年だった。テーブルチャージとボトルチャージ、サービスチャージそれに指名料で十二万は超えてしまう。自腹を切ってでも勘定は十万以下に抑えさせようと美和は決めた。

小久保の隣に座っていたホステス——光《ひかる》が遠慮気味に席を替わるかと聞いてきた。

「もちろん。小久保さんはわたしの大事なお客さんなんだから、光ちゃんもよろしくね」

美和は朗らかにいって、光と席を替わった。媚びすぎないように気を使いながら微笑み、小久保の目を真っ直ぐ覗き込む。

「昨日は暗い声だったけど、どうしたの？　カジノで負けちゃった？」

小久保の右腕を自分の両腕で抱え込み、抱き寄せる。乳房が二の腕に触れて、小久保がぴくりと痙攣《けいれん》した。

黒服がさりげなく烏龍茶が入ったデキャンタをテーブルの上に置いていった。光がホステス用の小振りのグラスに烏龍茶を注ぐ。氷はなしだ。一晩中烏龍茶を飲み続けていれば、お腹が冷えて仕方がない。店の人間はすべてを心得ていてくれる。光が差し出したグラスを受け取って、美和は声のトーンをあげた。

「小久保さん、乾杯。今日は来てくれて、本当にありがとう」

小久保が照れ笑いを浮かべながら、左手で自分のグラスを掲げた。自分を飾ることを知らない冴えない中年男が、烏龍茶に透けて歪《ゆが》んでいた。

＊　＊　＊

小久保のガードは固かった。どれだけ飲ませても、さりげなく身体に触れても、決して崩れることはなく、淡々とグラスを重ねるだけだ。

接待仕事の多いサラリーマンの中には、この手のタイプが意外にいる。年がら年中自分を殺して飲んでいるせいで、ひとりになってもその癖が抜けないのだ。気になるのは場が白けていないかどうかだけで、どれだけ酒を飲んでも酔うことがない。

「小久保さん、今日はひとりなんだから、そんなに身構えないでリラックスしなよ。お勘定も、紀香がちゃんと考えてあげるから」

「固いかな……これでもリラックスしてるつもりなんだけど」

「小久保さんみたいな人、けっこういるのよ。いつも周りに気を使ってばっかりいて、自分のことは二の次なのよね。そうやって飲んでるから、いつまで経っても酔わなくて、どんどん飲んじゃって、そして、そのうち身体を壊すの。お仕事大変なのわかるけど、ひとりで飲んでる時ぐらいは、わたしたちに気を使わなくてもいいから。気を使ってお金もらうの、本当はわたしたちホステスなんだから」

「ぼくは……そんなふうに見えるかな、やっぱり」

小久保はぽつりと呟いた。グラスを見つめる目に暗い光が宿っている。

「別に小久保さんがそうだっていうんじゃなくて、そういう人が多いって話よ。わたしたちの話なんてあんまり気にしちゃだめ」

「紀香は優しいね。まあ、だれにでもそうなんだろうけど」

「なにいってるのよ。小久保さんだってカジノでわたしに優しくしてくれたじゃない。確かにわたしたちはだれにでも微笑んで、優しく接しなきゃならないんだけど、小久保さんは特別」

紀香は小久保の太股に手を置いた。小久保は身を硬くし、疑わしそうな目で紀香を見つめた。予想どおりの反応だった。猜疑心の強い男はどこにでもいる。ちやほやされたくてこういう店に足を運んでくるくせに、ちやほやされる自分が信じられないのだ。

「ね、これ飲んでみて」

紀香は自分のグラスを小久保に手渡した。小久保は怪訝《けげん》な顔をしながら烏龍茶に口をつけた。

「烏龍茶だね」

「そう。さっきから、わたしだけあのデキャンタを飲んでるでしょう。中身は全部烏龍茶。わたし、先月身体を壊して二週間ほど入院しちゃったの」

「肝臓かい?」

「そう。ホステスもね、お客さんに気を使いすぎて、自分の身体を酷使《こくし》するのよね。もう、お酒は飲んじゃだめだって、お医者さんに止められてるの。ガンマＧＴＰとか、信じられないぐらい高い数値なのよね」

「それは大変だね。特にこんな仕事をしてると、飲めないのはきついだろう」

「そう。身体を壊す前は、絶対にやらせてくれないけど、大酒飲みで愛嬌のある紀香ちゃんで有名だったんだけど、今は愛嬌だけ。きついのよ、これが。でも、しょうがないじゃない。飲めば死ぬっていわれてるんだから。でもね、今日は、小久保さんが約束どおり来てくれたから、ちょっとだけ飲んじゃう」

紀香は空いていたグラスに、ほんの少しだけウィスキーを注いだ。

「おい、そんなことしなくてもいいよ」

慌ててとめようとする小久保を巧みにあしらって、紀香は口をグラスにつけた。

「本当に肝臓壊れて、ずっと入院する羽目になったら、小久保さん、紀香の面倒見てよ」

そういって、グラスの中身を一気に飲み干した。久しぶりのせいか、ウィスキーは舌の上で暴れ、喉をどつき、胃に下って激しく燃え上がる。それで体調が急変するということはなかったが、胃がきゅっと縮まってアルコール分が食道を逆流し、噎《む》せて何度も咳《せ》き込んだ。

「無茶するなよ、まったく……」

小久保が背中をさすってくれる。小久保の掌はうっすらと汗ばんで温かかった。

「やっぱりだめみたい」

涙が滲んだ目尻を、化粧に気をつけながらぬぐい取った。小久保が心配そうな表情を浮かべている。その顔からは、ほんの数秒前まで小久保が頑固《がんこ》にまとっていた警戒心や猜疑心といった物が消えていた。

「小久保さんのために無理して飲んだんだからね。罰《ばつ》として、今夜はアフターだよ。美味しいもの、たくさん食べさせてもらうから」

「わかった、わかった。わかったから、もう無茶はやめてくれ」

小久保は懇願するようにいった。美和は咳き込む振りをしながらにんまりとほくそ笑んだ。

＊＊＊

一旦警戒心を解いたあとの小久保は饒舌《じょうぜつ》だった。アフターで訪れたのは蕎麦懐石《かいせき》の店だったが、冷酒をぐびぐびと飲み、目を据わらせて妻子の悪口をまくしたてる。

普通の男が家庭の愚痴をこぼすのはうんざりさせられるが、小久保の場合は妻子から疎まれる本人がリアルに想像できて、却《かえ》って同情心を煽られる。

途中からカジノへ行こうと騒ぎ出した小久保をなんとかなだめて、美和は辛抱強く小久保の話に耳を傾けた。酩酊《めいてい》した小久保の話はあちこちへ飛び、やがて会社の愚痴へと変わっていく。

「まったく、ろくでもない会社なんだよ。とにかく、ワンマンの会長が最低だ。ぼくはその尻ぬぐいばかりさせられてるんだ。やってられないよ」

「どう最低なの？」

小久保のグラスに冷酒を注ぎながら、美和は水を向けた。

「金の亡者だ。おまけに、他人を一切信用しない。そのくせ、間抜けでさ、数百万の金をケチって、数千万で落とし前をつけるなんてことをしょっちゅうやってる」

「間抜けな人の尻ぬぐいって、やってられないわよね。わたしたちの世界にもあるけど、ほんと、頭に来ちゃう。やめちゃうとか、部署を替えてもらうわけにはいかないの？」

「それができるんなら、とっくにそうしてる」

力強くいい切って、小久保は酒を一気に飲み干した。よほど鬱憤《うっぷん》が溜まっているのだろう。かなりの量を飲んではいるが、撃沈《げきちん》するにはまだかなりの時間がかかりそうだった。

「知ってるかい？　うちの会社はね、不良社員が辞めたら、社内情報を悪用されないかどうかを確かめるために、興信所を雇って盗聴までさせるんだぜ。ぼくなんか、辞めたら真っ先に盗聴の餌食《えじき》さ。あの会長にプライバシーを盗み聞きされるなんて、真っ平ごめんだね」

「辞めた社員だけなの？　小久保さん、そんなに会長さんの尻ぬぐいばかりさせられてるんなら、辞められたら一番困る人でしょ。もう、盗聴されてるんじゃない？」

「そんなことはないよ。興信所に話をつけに行くのはぼくなんだからね。社員だけじゃないんだよ、うちの業務に不利益な記事を書くジャーナリストだとか、ライバル会社の社員のことも会長の命令で盗聴してるんだ。そりゃね、最初のうちは、他人のプライバシーをのぞき見るんだから、下卑た喜びを感じたよ。人間だから仕方ないだろう。だけどさ、そのうちだんだん自分のやってることが虚しくなってくる。なんだ、これは？　おれのやってることは泥棒やスパイじゃないか。そんなことがしたくてこの会社に入ったわけじゃないだろう？　がんがん仕事をして、金を貯めて、ゆくゆくは一国一城の主になって……夢のまた夢だよ。気がつけば、会社の奴隷《どれい》だ」

小久保の饒舌はとどまるところをしらなかった。口を挟むタイミングを見極めるのも困難だった。

「可哀想だね、小久保さん」

美和は小久保の頭を撫でた。薄くなった頭頂部が汗で濡れている。

「でもさ、盗聴とかするのって、犯罪でしょう？　小久保さん、会社辞めて、自分を盗聴したら、全部警察にばらすぞって脅せばいいんじゃない？」

「だめだよ」小久保は無念そうに首を振った。「やくざや右翼がたくさんついてるんだ。そんなことをしたら、拉致《らち》されて海に沈められるか、山に埋められるかのどっちかだ。ぼくはどこにも逃げられないのさ。警察だって……」

そこまでいって、小久保は瞬きを繰り返した。眠っていた警報装置が動きだしたらしい。

「でもさ、やなことが多い代わりに、お給料はいいんでしょう？」

紀香はさりげなく話題を変えた。この手のテクニックなら夜の世界で嫌になるほど身につけている。

「そんなことないよ。今の給料じゃ、生きていくのでかつかつさ」

「だけど、小久保さん、カジノでがんがんお金使ってるじゃない」

「借金だよ、借金。それも、君のおかげでかなり減ってきてはいるんだけどね。なんとかしなきゃと思って、退職金の前借りをお願いしてるんだけど、あのどケチ、言を左右にするだけさ。ぼくがミスを犯すのを待って、懲戒免職《ちょうかいめんしょく》かなにかにすれば退職金を払う必要もなくなるわけだから、前払いするのは馬鹿らしいと思ってるのさ」

「最低ね」

「最低だろう」小久保は寂しげな笑みを浮かべた。「ああ、酔いすぎた。酔い醒《ざ》ましにカジノに行こう」

「酔ってる時にカジノ行くの、まずいんじゃないの」

「いつもはそうだけど、今日は大丈夫。勝利の女神がここにいるじゃないか」

小久保の右手が伸びてきて、ミニスカートから伸びた太股に触れた。いやらしい感じはまったくしなかった。酔って目測《もくそく》を誤っただけなのだということがすぐにわかるからだ。

小久保はゲイなのだろうか？　いや、そうではないだろう。ただ、若い女にどう接していいのかがわからないだけなのだ。

「勝利の女神って、わたしのこと？」

「そう。この前、君とカジノで会ってから、連戦連勝なんだ。本当に信じられないぐらいついてるんだよ」

小久保はにやけた笑いを浮かべた。

「なによ。じゃあ、紀香が気に入ったから店に来てくれたんじゃなくて、カジノのためのなの」

わざと怒った声を出すと、小久保は慌てて否定した。

「いや、そうじゃないよ……」

「わかってるわよ。小久保さんって、可愛いわね」

「ぼくが？」

きょとんとした小久保の間抜け面に、美和は顔を寄せてキスをした。

「ね、カジノに行ってもいいけど、その前に、大阪でなにをしてたのか教えて。小久保さんがわざわざ電話かけてきたんだから、なにかあったんでしょ?」

小久保はキスされた頰を撫でながら、呆然としていた。

21

小久保はよほど紀香のことが気に入ったようだった。プライベートであれ接待であれ、三日と開けずに紀香の店に通い詰めている。

紀香の話によれば、別にしつこく口説かれているというわけでもなかった。アフターに誘われ、小久保の愚痴に耳を傾け、最後には〈ロッソ・ネッロ〉へ繰り出すのだという。紀香と出会ったころは連戦連勝で、小久保の意気も大いにあがっていたらしいが、ここに来て、また負けが込むようになっている。それでも、一千万近くあった借金は六百万弱にまで減っているらしい。紀香と小久保の間に信頼関係ができたのはいいが、小久保の借金が減るのは好ましくない。

「睦樹を動かすか……だけど、他の人間が関わってくることになると、なにかと面倒だしな」

宮前はパソコンを操作しながらひとりごちた。紀香から仕入れた情報をデータベース化している最中だった。知れば知るほどハピネス——原の阿漕《あこぎ》さと間抜けさが浮き彫りになっていく。こんなでたらめをやっている会社があそこまで大きくなり、ゆくゆくは株式上場を狙っているとはどうにも信じがたい。ただ運が良かったというそれだけで、貸付高で一兆円を超えようかという金融会社が存続しているのだ。

「どうにもこうにも《むし》ってやらなきゃ気が済まないな、これは」

マウスのポインタを画面にあわせて左ボタンをクリックする。モニタの画面が切り替わって、ハピネスがブラックジャーナリストや不良社員を盗聴するのに使っている興信所の資料が現れた。宮前がいつも使っている興信所が調べ上げてきたものだ。

島道《しまみち》調査事務所。名前も地味だが、商売の方も地味だった。横浜に事務所を構え、主に離婚関係の調査を請け負っているが、依頼が舞い込んでくるのは月に二、三度がいいところだ。収入のほとんどをハピネスの違法活動に負っているのだろう。調査員も所長の島道の他にはふたりだけという小さな所帯だ。

所長の島道基晴《もとはる》は元はといえば都内の所轄署を転々としてた警備公安畑の警官だった。警部補の昇進試験に五回失敗した後、退職して今の事務所を開いた。おそらくは、ハピネスと警察の繋がりから紹介されたのだろう。目端《めはし》が利くというわけではないが、実直に仕事をこなすタイプだと報告書には記されている。

興信所に払う金も馬鹿にならない。しかし、ここで金をケチっていてはどうにもならないというのも事実だった。

「金か……足掻いてもどうにもならないんだったら、あるところから借りるか」

宮前はメールソフトを開いた。紀香の携帯のアドレスあてにメールを書いて送信した。

＊＊＊

待ち合わせの時間より早めに、宮前は帝国ホテルのラウンジに着いた。すでに小久保がいるのを見つけて思わず腕時計に視線を落とした。

約束の時間まではまだ二十分近くある。小久保の前にはアイスコーヒーの入ったグラスが置かれているが、中身は半分以下に減っている。つまり、小久保は約束の時間の三十分前にはここに来ていたことになる。

少し迷ってから、宮前はキャッシャーに足を向け、慇懃な笑みを浮かべるウェイターにラウンジではなくバーに案内するように告げた。バーのテーブル席からはラウンジ一帯が見渡せる。ビールを頼み、ソファの背もたれに身体を預けながら小久保の様子を観察した。

小久保は小型のノートパソコンを熱心に操作していた。ときおり、思い出したように手を止めてはアイスコーヒーを啜り、ラウンジの入口に視線を向ける。紀香の姿がないことを確認すると、再びパソコンに向き合ってひたすらにマウスを動かしはじめた。モニタを見つめる小久保は眉間《みけん》に皺を寄せ、もともと細い目がさらに細くなって宮前の位置からはただの線にしか見えなかった。

あのパソコンのハードディスクにはどんな情報が詰まっているのだろう。ビールを舐めながら、宮前は想像を膨らませた。

盗聴の音声データか。いや、あの型のパソコンにはそれほど大容量のハードディスクはついていないはずだ。二、三日分のデータならともかく、何ヶ月にも亘る盗聴の音声データは入りきらないだろう。小久保が渉外担当として処理をしてきた公《おおやけ》にはできない仕事のデータだろうか。それならば大いにあり得そうだ。小久保があれほど集中しているということは、近々処理しなければならない問題のデータを頭に叩き込んでいるのだろう。

紀香はなんといっていた？　ハピネスがバブル期に関わった土地取引に関して、難癖をつけてくるブラックジャーナリストがいて、小久保はその対応に追われているはずだ。

紀香が視界を横切って、宮前は我に返った。紀香は脇目もふらずに小久保の座っている席に向かっていく。にこやかな笑みを浮かべ、右手を軽やかにあげて。小久保は宮前より先に紀香の登場に気づいていたようだ。慌てた様子でパソコンを閉じ、ビジネスバッグに押し込みながら迎合するような笑みを浮かべている。

紀香が小久保の向かいに腰を降ろしてなにかを告げた。小久保の笑みが本物のそれに変わる。和《なご》やかなその雰囲気は、同伴のために待ち合わせたサラリーマンとホステスそのものだ。

紀香のオーダーしたものがテーブルに運ばれるのを待って、宮前は腰をあげた。ビールの勘定を先に済ませてラウンジに降りていく。紀香は背を向けているので気づく様子はなかったが、途中で小久保が気づいて視線があった。それにつられて紀香が振り向く。

「宮前さん。ちょっと、遅刻よ」

紀香は頬を膨らませた。芝居には見えない。夜の世界を生き延びてきた女たちは、だれもが芝居上手なのだということを思い起こさずにはいられない。

「申し訳ない。道が混んでて」

宮前は悪びれずに微笑みながら、紀香ではなく小久保に向かって小さく頭を下げた。屈託《くつたく》のない青年実業家を演じるのなら、芝居をする必要はない。昔の自分をただなぞっていればいいだけのことだ。

「小久保さん、この人が宮前さん。小久保さんよ」

紀香が手慣れた口調で紹介した。

「どうも、はじめまして。宮前です。今日はわざわざお越しいただいて、ありがとうございます」

宮前が差し出した右手を、小久保はおずおずと握りかえしてきた。小久保の掌は汗でべっとりと濡れていた。普通なら不快に感じるところだが、今日はなにもかもが興味深い。獲物《えもの》との初対面。会社を興して天下を取るのだと勇んでいたころのように胸が躍っている。

「あ、どうも。ハピネスの小久保と申します……いや、あの、紀香さんからお話を伺ったときは、なんだか胡散臭《うさんくさ》い話だなと思ってたんですが……いや、これは失礼。でも、お顔を見て思い出しましたよ。確かにあなただ。何年か前に業界紙を賑わしてましたよね。あの会社、なんていいましたか……」

「セリエウノです」

「ああ、それです、それ。若きＩＴ社長が日本の経済を救う、そんな見出し、今でもよく覚えてますよ」

「昔の話です。せっかくの会社だったのに、ぼくがしくじりまして――」

「ふたりとも、立ちっぱなしじゃしょうがないでしょう」

抜群のタイミングで紀香が宮前たちの会話に割って入った。

「ああ、そりゃそうだ。小久保さん、とにかく座りましょう」

宮前はそういって、紀香の隣に腰を降ろした。小久保の目が一瞬だが鋭く動く。宮前と紀香の仲を見極めようとしているかのようだった。

「昔はよくあの店で遊んだんですけどね」宮前は小久保の機先を制して口を開いた。「今じゃとんとご無沙汰で……まだ紀香は店に入ったばかりだったんですけど、よくアフターで引っ張り回しました」

「そ、そうですか……」

「風の噂で、紀香があの店のナンバー一になったというような話は聞いてたんですけどね、そんな夜の女王が落ちぶれたぼくなんか相手にしてくれないだろうと思ってたんですけどね」

「わたし、そんな酷い女じゃないわよ。ちゃんと電話したでしょ」

「自分が病気になったときにな」

宮前は皮肉混じりにいった。紀香は唇を尖らせて、ストローの紙袋を宮前に投げつける仕種をした。打てば響くとはこういうことをいうのだろう。昔はそのプロポーションに惹《ひ》かれてなんとか籠絡《ろうらく》しようとしたものだが、ここまで頭の回転の速い女だとは思ってもいなかった。

「せっかく電話をもらったのはいいんですけど、貧乏暇なしを地で行ってまして。店には顔を出せないんですけど、たまにね、メールのやり取りをするようになったんですよ。大概《たいがい》は彼女の愚痴メールにぼくが慰めの言葉を返してあげる、みたいな感じの他愛ない内容なんですが、酒が飲めなくなって、客が離れてくって、彼女、落ち込んでましてね」

「そ、そりゃそうでしょうね」

小久保は軽く相づちを打った。眼鏡の奥の目が、パソコンを睨んでいた時と同じように細くなっている。宮前の話に真剣に聞き入っている証拠だった。

「ところが、ここ最近、なんだか彼女、めっきり明るくなって……なにかいいことでもあったのかって訊いたら、小久保さんと知り合いになって、可愛がってもらって、落ちていた売り上げも盛り返して最高に幸せ、なんていうメールが来たんですよ」

「あ、いや。わたしは別にそんな……」

「不況でどこも苦しいっていうのに、そんなふうに遊んでくれる人なんて珍しいと思って、なにをしてる人だって聞いたら、あのハピネスの総務課長さんだって伺ったんで――」

「わたしは嫌だっていったのに、強引に会わせろって……ごめんね、小久保さん。話だけ聞いてあげて。それで、小久保さんに迷惑がかかるような話だったら、とっとと断っていいから」

「冷たいこというなよ」

「だって、小久保さんには迷惑かけられないもん。宮前さんと小久保さん、どっち取るかっていったら、考えるまでもないでしょう」

「そりゃそうだけどさ……」

宮前は頭を掻いた。そうすれば、相手に好印象を与えることはわかっている。

「ま、まあまあ、とにかく、お話を伺いましょう。いちおう、紀香さんからは信頼できる人だと聞いてますから」

「そうですか……」

宮前は足を揃えて小久保に向き直った。真摯《しんし》な眼差しを向け、頭を下げる。

「もう、おわかりだと思います。こんな話、嫌になるほど舞い込んできてるでしょうから……ハピネスさんに、ぼく個人に対する融資をお願いしたいんです」

「おいくら入り用なんですか？」

小久保はさらりといった。口ごもることもない。金融会社に長年籍を置いてきた人間に立ち戻って、冷酷《れいこく》にさえ思える態度で宮前を見極めようとしている。

「五百万」

「それだけでいいんですか？　セリエウノのような会社を設立しようとしてるんなら、それだけじゃ足りないでしょう」

「会社じゃないんです。セリエウノでは痛い経験をしましたから……まず基礎を充分に作って、会社を立ち上げるのはそれからと思っていまして」

「基礎というのは、具体的には？」

小久保が身を乗り出してきた。宮前は内心でほくそ笑みながら、でたらめな話を滑《なめ》らかに垂れ流す。谷岡の下で働くようになって身についた、第二の本能とでもいうべきものだ。

「具体的にはいえませんが、あるものをネット上で安全に売るためのソフト開発をひとりでやってるんです。これがうまく行けば、ちょっとした儲けが出る。セリエウノの時のようなことにはせずに、地道にきっちり稼いで行こうと……ただ、先立つものがありませんでね。他の仕事をして食い扶持《ぶち》を稼ぎながら、ということをするには、手間隙《てまひま》がかかりすぎるんです」

「あるものって、教えていただくわけにはいきませんか？」

「勘弁してください。おわかりでしょうけど、インターネットに関することは、噂になっただけで、大手に人海戦術《じんかいせんじゅつ》で先を越されてしまって、ぼくのような個人は太刀打ちできないんですから」

「しかし、内容も聞かずにお金を貸すことは……まあ、うちは消費者金融であって、融資会社じゃないんで、お話を伺っても、融資できるかどうかはわかりませんがね」

小久保は身を引いた。急速に興味が薄れているようだった。

「ですから、融資というよりは、個人に対する貸し付けとして五百万、小久保さんの口添えでなんとかならないかと。セリエウノの件で、ぼくには億単位の借金がありまして、ただ借りに行ったんじゃ、門前払《もんぜんばら》いが落ちだと思うんですよ」

「しかしですね……」

首を振りかけた小久保に、紀香が手を伸ばして止めた。

「小久保さん、もういいよ。ご飯、食べに行こう」

「で、でも、いいのかい？」

「小久保さんに迷惑がかかるような話だったらとっとと断っていいっていったでしょう」

紀香は小久保の手を取って腰をあげた。

「ちょっと待ってくれよ、紀香」

宮前は懇願した。

「往生際《おうじょうぎわ》が悪いよ、宮前さん」

「もう少しだけ話を聞いてください、小久保さん」

縋るような表情を小久保に向ける。芝居をしているという実感が薄れつつあった。それほど紀香のタイミングは絶妙だったのだ。

「じゃあ、もう少しだけ……」

宮前の切迫した表情に押されたのか、小久保は再びソファに腰を落とした。紀香が不満げに眉間に皺を寄せている。

「ありがとうございます」

宮前はテーブルに両手をついて頭を下げた。

「い、いや、そこまでなさらなくても……お話をお伺いするだけですから」

「単刀直入《たんとうちょくにゅう》にいわせてもらいます。小久保さんのお口添えで五百万の融資を受けることができたら、ぼくが今開発しているソフトが完成してから向こう十年、小久保さんに毎月百万円をお支払いする用意があります」

「月百万で十年ですか？」

小久保が目を丸くした。無理もない。こんな突飛《とっぴ》な申し出など話に聞いたこともないだろう。

「自信があるんです」宮前は追い打ちをかけた。「今開発しているソフトが完成したら、かなりの儲けが期待できる。前の失敗がありますから、今度は会社経営も慎重にやって、少しずつ確実に会社を大きくしていく。そうすれば、小久保さんに月百万お支払いするぐらいなんとでもなるんです。ただ……当座の五百万がどうにもならないんです」

小久保は腕組みをしたまま口を開こうとはしなかった。細い目が落ち着きを失って忙しなく動いている。

「お願いします、小久保さん。誓約書でもなんでも書きますから」

「本当に月百万？」

「はい」

「そのソフトっていうのは、いつ頃完成する予定なんですか？」

「半年後です」

小久保は今度は無遠慮な視線を宮前の顔に当てていた。宮前はそれを真正面から受け止めた。

「月に百五十万なら」

小久保がいった。宮前は逡巡《しゅんじゅん》するふりをしてから、口を開いた。

「わかりました。百五十万、お支払いさせていただきます」

小久保の唇が嬉しそうによじれていくのを宮前は見逃さなかった。

22

計画は順調に進んでいると佳史はいう。佳史の話に耳を傾けるかぎり、その言葉に嘘はない。女を小久保にくっつけ、佳史自身も小久保との接点を持った。少しずつ小久保の牙城《がじょう》を切り崩していき、その時が来たら一気に攻めたてる。

理屈はわかるが、すべてがまどろっこしく感じられる。今すぐにでも金が欲しいのだ。それに、自分ひとりが蚊帳《かや》の外に置かれている感じも受ける。

「ねえ、どうこれ？」

冴子が買ったばかりのバッグをこれ見よがしに腕にかけて部屋の中を歩き回っている。どうと問われても、昔から持っているバッグとどこがどう違うのかすらわからない。細身のスーツはドルガバ、ブラウスはエルメス。いったい、身なりにいくら金をかければ気が済むというのか。

「聞いてるの、睦樹?」

「ああ。けっこういいんじゃないのか」

「けっこうじゃないわよ、かなりいいのよ、これ」

「良かったな」

冴子が近づいてきて、後ろから稗田に抱きついた。

「ありがとう、睦樹。わたしのお願い聞いてくれて。これからも頑張ってお金稼いで、ふたりでいい思いしようね」

気楽な女だ。稗田は苦々しい思いを押し殺して、冴子の手に自分の手を重ねた。

「ああ。金を稼がなきゃな」

＊　＊　＊

水曜の夜——〈シャルロッテ〉の客の入りは七分というところだった。十二時近い時間でこの体たらくでは、店の人間はかっかしていることだろう。稗田は黒服に案内された席につくなり、紀香を指名した。
最初に美季がやって来て、水割りを飲みながら他愛のない会話を交わした。そうしているうちに紀香がやってきて美季と席を交代した。黒いドレスに身を包んだ紀香は、手足がさらに長く見える。深く開いた胸元から覗く丸い膨らみは男の視線を釘付けにする。おかげで、顔の作りにはみんな無頓着《むとんちゃく》になるというわけだった。

「あの、初めましてですよね？」

無遠慮に稗田の顔を覗きこみながら紀香がいった。

「ああ、初めてだ」

「どうして紀香を指名してくれたのかしら？」

「この店で一番いい女をつけろっていってやったのさ。そしたら、おまえが来た」

稗田が無愛想にいうと、紀香はにっこりと微笑んだ。

「あら、嬉しい。それで、お客さん、紀香のこと気に入ってくれた？」

「顔はイマイチだが、身体は最高だな。今度やらせろよ」

そういう言葉には慣れっこになっているのだろう。紀香は笑顔を浮かべたままさらりと稗田の言葉をかわし、自分のための飲み物を作りはじめた。

「酒は飲まないのか？」

烏龍茶が入ったデキャンタに目を凝らしながら稗田は訊いた。

「この前、肝臓壊しちゃって、一滴でも飲んだら死ぬよってお医者さんに脅されてるの。あ、そうだ、お名前まだだった」

「稗田だよ」

「よろしくお願いします、稗田さん」紀香は烏龍茶の入ったグラスを掲げた。「飲める子がいた方がいいなら、だれか呼びましょうか？」

「いや、いいよ。ボトルをがんがん空にされちゃ、たまらねえからな」

「でしょ。紀香、そういう点でもできたホステスなのよ」

「てめえでいうなよ、馬鹿」

言葉尻はきつかったが、稗田は微笑みを浮かべてグラスに口をつけた。なるほど、この女は水商売のコツというものを心得ている。少しずつ探りを入れながら、稗田という人間を摑みつつあるのだ。

「稗田さん、この店、二回目でしょう？」

「ああ。美季に聞いたのか？」

「ううん。ボトルが入ってるから。前に来た時は美季がついたんでしょう？　美季、気に入らなかった？」

「そういうわけじゃねえさ」稗田は少し考え、それから付け足した。「おまえのことは宮前に聞いてたんだ」

「宮前って……佳史ちゃん？　稗田さん、佳史ちゃんと知り合いなんだ」

「意外そうだな」

「だって、取り合わせが……ごめんね。でも、稗田さんって、どっちかっていうとこれ系でしょう」

紀香は人差し指を頰の上から下に走らせた。

「はっきりいう女だな、おめえはよ」

「本当にこっちの人だったらこんなこといわないわよ。こっち系の人だからいうの」

紀香は「系」という言葉に力をこめていった。稗田の落胆には気づいていないようだった。確かに、今の稗田は「こっち系」に分類されるのだろう。玄人《くろうと》ではないが、かといって堅気でもない。しかし、かつての稗田は明らかに「こっち」の人間だったのだ。歌舞伎町を肩で風を切って歩けば通行人は道をあけたものだ。それが「会社」に派遣されてからは、いかつい物腰では商売にならないと自分を殺すことを強要され、挙げ句の果てに柔らかい物腰が身につきつつある。強面《こわもて》が効かないやくざなど、泳げない魚と一緒だ。

「佳史とは大学の同期なんだ。あいつは理工系のエリート、こっちはサッカーしかできない運動馬鹿だったけどな」

「へえ、意外。佳史ちゃんて、ここだけの話だけど、少しすかしてるところがあるじゃない？　いくら大学の同期だからって、稗田さんみたいな人と付き合うタイプじゃないと思ってたんだけど」

「小久保のことをあいつに教えてやったのもおれだ」

稗田は声を押し殺した。紀香の顔から笑みが消え、一瞬だけ素顔が覗けた。怯えと焦燥と何かに対する飢《う》え。

「稗田さん、なにしにここに来たの？」

「おまえこそなんで佳史の話に乗った？　おまえみたいなホステスならそこそこの金は稼いでるんだろう？」

「肝臓壊したっていったでしょう？　将来が不安なの」

「なるほどな……おい、店は何時に終わるんだ？」

「二時よ」

「アフター、付き合え。いいだろう?」

紀香がうなずくのはわかっていた。それでも、稗田は細めた目で紀香を凝視し続けた。

「お酒飲めないのよ、わたし。それに脂っこい食べ物もだめなの。それでもいいの?」

思わず笑い出しそうになった。宮前がこの女を選んだわけがよくわかる。

「かまわねえよ、そんなの。口説くのもお断りっていわれたっていいんだ。付き合えよ」

「わかったわ」

紀香がうなずいた。稗田はグラスの中身を一気に飲み干した。

＊　＊　＊

紀香に案内されたのは、芋洗坂を下った途中にある居酒屋風の蕎麦屋だった。小腹をすかした酔客《すいきやく》やホステスが蕎麦を啜る音があちこちで響いている。

「ここのお蕎麦、けっこう美味しいのよ」そういいながら、紀香はおろし蕎麦を注文した。「稗田さんは?」

「おれは焼酎《しようちゆう》だけでいい。水割りで頼む」

注文を取りに来ていた店員が、焼酎はなにがいいかと訊いてきた。米、麦、芋——それぞれに何種類もの焼酎があるという。

「なんだっていいんだよ、うまけりゃ。とっとと持ってこい」

凄んだわけでもないのに、店員は慌てて踵を返し店の奥の方に消えていった。

「前言撤回。稗田さんはやっぱりこっち系じゃなくって、こっちそのものの人だね。店員さん、可哀想」

「おれの知ったことか。それより、おい、佳史からはどう聞いてるんだ？」

「稗田さんがどこまで関わってるかわからないのに、そんなこと簡単に教えられないよ」

紀香は笑みを浮かべながらいった。稗田をやくざそのものだと言い切ったくせに、動じる様子は微塵《みじん》もない。

「小久保を佳史に教えたのはおれだ。小久保を利用して金を稼げないかってな。歌舞伎町の〈ロッソ・ネッロ〉ってアングラカジノに行っただろう？　あそこにまず、佳史を連れて行った」

「そうなんだ」

まるで興味がないという口調だった。頭に血が昇る。だが、それも紀香の手管のうちのひとつなのだ。稗田は冷静でいるように努めた。

「小久保をはめる計画を練ってくれと頼んだ。佳史はおれよりよっぽど頭の回転が速いからな。で、佳史も乗り気になって話はまとまったんだが、どうにもいけねえ」

「なにが？」

「やり方がまどろっこしすぎる」

「でも、こういうことって慎重にやった方がいいんじゃないのかしら」

「すぐにでも金がいるんだよ。そのことは佳史にもいってある。なのに、あいつはちんたらやってやがる」

稗田は口をつぐんだ。怯えた顔をした店員が蕎麦と焼酎を運んできて、ふたりの前に置いていった。紀香はすぐに割り箸を手にとって蕎麦を啜りはじめた。まだ二十代の若さで油抜きの食生活はこたえるのだろう。旺盛《おうせい》な食欲を見せている。

稗田は焼酎のグラスに口をつけた。芋焼酎特有の刺激臭が鼻をつく。焼酎を舐めながら思案を巡らせた。

どうやら紀香は稗田を鼻先であしらおうとしているようだった。稗田よりも宮前に信用を置いている。それも当然だろう。あっちは昔からの知り合いに加えて、人受けのする爽《さわ》やかな風貌《ふうぼう》の男だ。今日会ったばかりの稗田が対抗できるはずもない。

だが、宮前が紀香にすべてを話しているということもないだろう。自分をよく見せるために、宮前は他人に平気で嘘をつく。

「佳史に借金があるのは知ってるか」

稗田は変化球で攻めていくことに決めた。

「前の会社、潰しちゃったからでしょう？　景気の良かったころに比べたら相当へこんでるよね。だから、小久保さんをなんとかしようと必死なの、よくわかるわ」

「ただの借金じゃねえんだ。本物のやくざ相手に億単位の借りがある。そいつをなんとかしねえことには、佳史は一生奴隷だ」

蕎麦を啜り続けていた紀香の手が止まった。

「正確には借金、いくらあるの？」

「十億を割るってことはねえ。佳史のやつは利息を払うので一杯一杯だ。新しく事業をはじめるどころの話じゃなくてな。昔のてめえ自身みたいな若いやつらをだまくらかしちゃ、てめえの借りのあるやくざの親分に売り飛ばしてなんとかしのいでる」

紀香は完全に蕎麦を食うのをやめていた。瑞々《みずみず》しかった蕎麦の表面が少しずつ乾いていく。

「おれは疑ってるんだよ。その借金をチャラにするために、おれやおまえに内緒《ないしょ》で佳史がなにか良からぬことを企んでるんじゃねえかってな。佳史のことなら、おまえだってある程度は知ってるんだろう？　心の底から信用できる男か？」

紀香は蕎麦湯を汁《つゆ》に注いだ。蕎麦はまだ半分以上残っているが、食欲は完全に失せたようだった。

「そういうけど、わたし、稗田さんのことはなんにも知らないのよ」

「だったら、これから知ればいいだろう」稗田は紀香の目を覗きこんだ。「ひとりひとりじゃ、佳史の頭にはかなわねえんだよ」

「少し考えさせて」

紀香が目をそらした。時間を与えるつもりなど、稗田にはなかった。押して押して押しまくる。そうやってこれまで生きてきたのだし、それ以外のやり方は知らない。

「そんな時間はねえよ。今すぐ決めろ」稗田はいった。「じゃなけりゃ、この話はなしだ」

「そんなの一方的すぎるんじゃない？」

「これがおれのやり方なんだ」

「おれのっていうか、これのやり方っていう感じ」

紀香はまた人差し指を頬の上から下に走らせた。

「で、どっちにするんだ？」

紀香は答えずに、細めた目で稗田の顔を正面から見つめた。自分でやくざだといい切った男の顔を直視するとはいい度胸だった。いや、水商売の女特有の直感で、稗田が暴力をふるうことはないと高を括っているのかもしれない。

甘く見てると痛い目を見るぜ、ねえちゃん——稗田は声に出さずに毒づいた。

「いいわ。稗田さんのいう通りにしてみる」

稗田の考えを読みとったとでもいうようなタイミングで、紀香は口を開いた。

「本気だな？　後で考えが変わったなんていっても、おれには通じねえぞ」

「そんなこと、わかってるわよ。わたしの携帯の番号とメアド、お店で渡した名刺の裏に書いてあるから」

「おれのはこれだ」

稗田は会社の名刺を紀香に渡した。

「稗田さん、課長なんだ」

紀香は名刺を見て目を丸くした。

「らしくねえか？」

「ううん。なんか、ギャップがあって凄く面白い」

そこはかとなく浮かぶ紀香の笑みを見つめながら、たいした女だ、と稗田は思った。

23

宮前佳史への融資は危惧《きぐ》していたよりはるかにスムーズに進んだ。億単位の借金があるとはいえ、消費者金融や街金融への負債がゼロだったことも宮前に有利に働いたようだった。小久保のしたことといえば、融資担当の係長に宮前は自分の知り合いなのだとそれとなく匂わせただけだった。

これで、一、二年後には月百五十万の金が入ってくる。退職金の前借りをあてにしなくても、二年間を堪え忍べば金に困ることはなくなるのだ。

自分でも気が大きくなっているのがよくわかった。耐えに堪え続けた人生に転機が訪れたのだ。気が大きくなるのも当たり前だった。

仕事も順調だった。大きなトラブルもなりをひそめ、警察、やくざ、右翼の間を走り回りながら食事と酒を奢《おご》るだけで事足りる日々が過ぎていく。三日と開けずに六本木の〈シャルロッテ〉に通い、ナンバー一に返り咲けたと紀香にも感謝されたほどだ。

順風満帆《じゅんぷうまんぱん》の人生など頭をよぎったことすらなかったが、もしかするとこれがそうなのかもしれない。そんなことを考えるほどに、小久保は充実していた。これならば、カジノへ行っても負けるはずがない。

接待の仕事が一段落した木曜日の深夜、小久保は歌舞伎町の〈ロッソ・ネッロ〉に足を向けた。財布には十枚ずつのズクにした一万円札が五十枚、入っている。

実生活の充実ぶりが、やはり博打にも影響するのだろう。小久保は勝利を謳歌《おうか》した。賭けた方にずばり、ずばりと高いカードが入ってくる。バカラをはじめて二時間が経過したころには、最初の五十万は五百万までに増えていた。

あともう一息でカジノへの借金がちゃらになる。そう思って鼻息を荒くしたところで、入口の方でおかしな動きがあり、カジノ内があっという間に慌ただしい空気で包まれた。

「警察だ！　全員、その場を動くな」

怒鳴り声が聞こえても、その言葉は意味をなさずに耳を通り抜けていった。その声に続いて、私服や制服の警官がカジノ内に雪崩れ込んできて初めて、小久保は事態の深刻さに思い至り、戦《せん》慄《りつ》した。裏カジノで遊んでいたことが会社に——原にばれれば大変なことになる。逃げなければ。逃げるのが無理ならば、なんとか取り繕わなくては。そう考えはするのだが、足も身体も小久保のいうことを聞こうとはしなかった。

警官たちが慣れた手際でそれぞれのギャンブル台に置かれていたチップやカードを押収していく。着古した茶色のスーツを着た刑事が小久保のついていたバカラテーブルにやって来て、制服の警官たちに指示を与えた。そして、小久保に向き直り口を開いた。

「なにが起こっているのか、わかってますね？」

口調は丁寧だったが刑事の眼光は鋭かった。

「はい」

うなだれながら、小久保は懐かしい匂いを鼻の奥に感じた。なんだろうと思いを巡らし、それが煙草のホープの匂いであることに気づいた。父親が吸っていたのと同じ煙草だ。

「刑事さんはホープを吸ってらっしゃるんですか?」

思わず顔をあげて、小久保は訊いた。刑事は不思議な物を見るような目で小久保を見つめた。

＊＊＊

大型の警察車輛に乗せられて新宿署に連れていかれた。留置場の中で一時間ほど待たされて、取調べがはじまった。

「容疑はわかっているね? まず、名前と住所、それから職業をいって」

取調室にいたのは中年のふたりの刑事だった。小久保を椅子に座らせるなり質問を浴びせてくる。汗がとどまることなく噴き出てきた。指先や膝の顫えがとまらない。

「どうした? 口がきけないのか?」

もうひとりの刑事が机に両手をついて小久保の顔を覗きこんでくる。

「お、大津さんを呼んでください」

小久保は喘《あえ》ぐようにいった。

「大津? どこの大津だ?」

「せ、生活安全課の大津警部補です。お願いです。大津警部補を呼んでください」

「なんだよ、あんた、大津さんの知り合いかい? しかしなあ、いくら警官の知り合いだからといって法を犯したことがチャラになったりはしないんだよ」

「お願いです。大津警部補を呼んでください。そうじゃなきゃ、わたしはなにも喋りません。も、黙秘権《もくひけん》を行使させていただきます」

留置場で考えた台詞を小久保は機械のように吐き出した。

「大津さんを呼べっていったってなあ、この時間だ、家で寝てるさ。明日になったら、連絡つけてやるから、今日のところはおれたちで勘弁してくれないか」

最初に口を開いた方の刑事が諭すような口調でいった。小久保は頑《かたく》なに首を振った。

「大津警部補を呼んでください」

ふたりの刑事は顔を見合わせ、重く深いため息を漏らした。

＊＊＊

「参ったなあ、小久保課長。あんた、五百万を超える額のチップを持ってたそうじゃないか」

大津が顔をしかめながらいった。取調室の窓から差し込んできた朝日が大津の横顔を白く染めあげている。青い無精髭《ぶしょうひげ》との陰影が際立っていた。

「すみません。昨日は調子がよくて、つい――」

「そういうことを話してるわけじゃないだろうが」大津は苦虫を嚙みつぶしたような表情になった。「わざわざおれを呼び出して、安全企画課の連中も首を傾げてるよ。カジノ遊びだってあんた、昨日今日はじめたわけじゃないんだろう？　会社はそのことを知ってるのか？」

「だ、だからご迷惑だとは重々承知していながら、大津さんの名前を出したんです。どうしたらいいでしょう、わたし」

「どうしたらいいっていったって、捕まったものはしょうがないだろう。まあ、賭けてた金が金だから、不起訴ってわけにはいかないだろうが、書類送検ぐらいで済むから」

「それでも困るんです。大津さんもご承知のように、うちの原はこういうことにことさら厳しくて」

「それがわかってて、なんで博打なんかに手を出すんだ、あんたは？」

大津は腕を組み、椅子にふんぞり返って足を組んだ。

「わかっていてもやめられないんですよ。ス、ストレス解消にはバカラが一番だったんです」

「困った人だな、あんたも。てめえのケツはてめえで拭きなよ。それがけじめってもんだろう。いくら警察があんたの会社に世話になってても、あったことをなかったことにはできないんだよ」

小久保は口に溜まった唾を飲みこんだ。留置場で考えに考えはしたが、言葉に出すにはありったけの勇気が必要だ。しかも、この窮地を乗り切るには絶対に必要な言葉なのだ。

「ばらしますよ」

ありったけの勇気を絞り出しても、消え入るような声しか出なかった。

「なんだって？」

「なんとかしてくれないんだったら、ハピネスと警察の癒着、マスコミにばらします」

もうどうにでもなれと声を張りあげた。大津が慌てて腰をあげ、小久保の口を塞いだ。

「そんなでかい声出してどうすんだ、馬鹿野郎！　落ち着け。いいから、落ち着け。わかったか？」

小久保はうなずいた。毛深い手が離れていく。

「あんた、警察を脅すつもりか？」

「他に道がないんです。わかってください、大津さん。この件が公になれば、わたし、社を間違いなく追い出されます。この年で、この不況下で無職になったら、お先真っ暗です」

「マスコミにばらすっていったって、それこそハピネスを馘になった社員のでたらめだって、こっちは無視することもできるんだぜ」

「証拠がありますから」

「証拠？」

大津が目を剝いた。それまでの冷めた目が熱を帯びてぎらぎらと燃えあがる。

「ええ。こちらがお渡ししたビール券やスーツの仕立券の額面金額、お渡しした日付、その他諸々《もろもろ》、全部わたし個人のパソコンの中に入れてあります」

「そんなもの、あんたがでっちあげただけといえば済むじゃないか」

「そちらのお偉い方々が、うちの会長に宛てた手紙のコピーも取ってあります。ふたつ揃えば、マスコミは黙っていませんよ」

喋りつづけているうちに顫えが収まってきた。口も滑らかにまわるようになっている。大津は目をかっと見開いて小久保を睨みつけている。普段なら怯えるところだが、今日は違った。断崖がすぐ後ろに迫っている。体裁《ていさい》を取り繕ってなどいられない。

「本気か、小久保課長？　下手をすると、警察とハピネスを両方敵に回すことになるぞ」

「そんな事態にはなりたくないから、大津さんにこうしてお願いしてるんです。なんとかしてください。頼みます。お願いします」

小久保は腰掛けていた椅子を脇にどかし、その場で土下座した。精一杯這いつくばって、額を床に押し当てる。大津に告げた通り、ことが公になれば馘は必至だろう。ただ会社を追い出されるだけではなく、退職金も不祥事の言葉のもと、奪いとられるに決まっている。そうなれば、離婚も決まりだ。職を失った挙げ句に、残されるものは気が遠くなるような額の慰謝料と養育費、そして自分ではほとんど住んでいない家のローン。そんなことには耐えられない。そんなことがゆるされていいはずがない。

「わかったよ。もういいから頭をあげな」

「じゃ、じゃあ――」

「早とちりするな。おれひとりで決められることじゃない。他の人間と相談しなきゃな」

大津はむっつりした声でいった。無精髭が浮いた顔には怒気が宿っている。この窮地を無事脱出できたら、大津には目一杯いい思いをさせてやる必要がある。そう考えながら、小久保は懇願するような視線を大津に送り続けた。

＊＊＊

大津が戻ってきたのは一時間後だった。

「出ていいぞ、小久保さん」

「それじゃあ――」

「ただし、カジノで稼いだ金は諦めな」

「も、もちろんです。あ、ありがとうございました」小久保は大津の腕を取って何度も頭を下げた。「すべては大津さんのおかげです。小久保光之、大津さんのためならなんでもいたしますから——」

「いうことやることがいちいち大袈裟《おおげさ》なんだよ、小久保さん」大津は小久保の手をわずらわしそうに振りほどいた。「警察やハピネスを脅しておいて、よくそんな態度が取れるもんだな。見直したよ」

「切羽詰《せっぱつ》まっていたんです。わかってください。どうです、大津さん。明日、明後日にでも一席もうけさせてくださいませんか？ 感謝の印に、是非《ぜひ》」

「そりゃいいな。おれも、いろいろ聞きたいことがある。今日の夕方にでも電話をくれ。それから、これがあんたの持ち物だ」

留置された時に取り上げられた私物を、大津は机の上に並べた。ネクタイにベルト、鞄、財布、カード入れ。小久保はひとつひとつを丁寧に点検した。

「あの……」

「なんだ？」

「財布の中の金がないんですが」

「あんた、全部チップに換えたんだろう。諦めな」

大津は煙草をくわえ、火をつけた。いつもとは違って小久保の目を見ようとはしない。

「そんなはずは……カジノではまず二十万だけチップに換えて、その後は勝ち続けたものですから……まだ、三十万は残っていたはずです」

「記憶違いだろう。書類にも、あんたの財布には小銭が入っていただけだと書かれてたぜ」

なおもいい募《つの》ろうとして、小久保はやっと気づいた。大津が財布の中身を抜いたのだ。

「あの……ああ、そうですか。すみません、わたしの記憶違いでした」

なぜだかわからないが、全身がかっと熱くなった。とっくに慣れ、自分の身体の一部と化していた欠けた奥歯が突然、妙な質感を伴ってざらつきを露わにした。

「まあ、手間賃ってことで」

大津は薄笑いを浮かべながら煙を吐き出した。大津の吸っている煙草はマイルドセブンだった。ホープの匂いを身体に染みこませていた刑事の顔が懐かしく思い起こされる。

「それじゃあ、わたしはこれで失礼します」

「しばらくはカジノには近づくなよ、小久保さん。今度はお目こぼしはできないからな」

「わかりました。肝《きも》に銘《めい》じておきます」

五百万円分のチップの量が脳裏《のうり》に浮かんだ。あれがあれば、借金はほとんど帳消しにできるはずだった。手入れを食らってカジノが営業不能に陥っても、借金が消えるわけではない。

大津に見えないように唇を噛みしめて、小久保は取調室を後にした。

24

金曜の夜ということもあって、店は混み合っていた。前日に営業電話をかけまくったわけでもないのに、ひっきりなしにお呼びがかかり、ボックスとボックスの間を飛び回る。烏龍茶の飲み過ぎで、胃が重たかった。

小久保が姿を現したのは十一時を幾分まわったころだった。いかつい空気を醸し出した男を連れている。店は満席だったが、マネージャーに頭を下げて、なんとかＶＩＰ席を空けてもらった。小久保は今では得意客のひとりだ。マネージャーも嫌な顔はしなかった。

「ごめんなさい、こんな狭い席で。前もっていっておいてくれれば、ちゃんとした席用意したのに」

「いや、かまわないよ。金曜日のこんな晩に、がらがらの店じゃ却って気味が悪い。あ、紀香、こちら、佐藤《さとう》さん」

小久保の舌がほんの少しもつれたような気がした。おそらく、佐藤というのは偽名なのだろう。

「初めまして、佐藤さん。紀香です。小久保さんにはいつもお世話になってるんですよ」

頭の中の考えを締めだして、紀香は営業用の微笑を浮かべた。佐藤は無遠慮な視線を紀香の胸元に向けながら名刺を受け取った。

「佐藤さんはどういった子がタイプですか？」

「いや、紀香、女の子はしばらくいいんだ。ちょっと大事な相談があってね。それが終わってからでいい」

「わかりました。じゃあ、あとで飛び切り可愛い子、おつけしますね」

紀香は微笑みを浮かべたまま、ふたりの水割りを作りはじめた。小久保が声を低めて佐藤に囁きかけると、佐藤が咎《とが》めるような視線を紀香に向けてきた。

「この子は大丈夫です。ちゃんとわかってますから」

小久保が取りなすようにいった。佐藤はそれでも不満げだったが、やがて諦めたというように小さく首を振り、小久保との会話をはじめていった。ふたりの声が低いのと、他の客たちの騒ぐ声のせいで、内容を聞き取るのは骨が折れた。それでも、断片が紀香の耳に飛び込んでくる。

「例のデータと手紙のコピーのことだが……」

佐藤がいう。語尾はかすれて聞き取れない。視界の隅に映る小久保の顔が歪んでいく。

「うまい利用法って、まさか……あの時はしょうがなくいいましたけど……そういうつもりじゃ――」

「あれをうまく使えば大金になること、あんたもわかってるんだろう?」

佐藤の声がはっきりと聞こえた。ふたりは少しずつ興奮しはじめている。水割りを作り終えた紀香は、退屈に欠伸《あくび》を噛み殺しているようなふりをして、視線をふたりから外した。佐藤の前では油断《ゆだん》をしてはならない――強迫観念《きょうはくかんねん》じみた強い思いが湧き起こってくる。佐藤はサラリーマンには見えなかった。かといって、やくざでもない。やくざに似た体臭だが、なにかが決定的に違っている。そうした体臭を放つ人種を、紀香は警察官以外に思い浮かべることができなかった。

どこかの席でゲームが始まって、ふたりの声はまったく聞こえなくなった。舌打ちを堪えながら、それでも懸命に耳を澄ませ、視界の隅に映るふたりの表情をうかがった。

佐藤が鈍く光る目で小久保を見つめ、小久保はその視線にたじろいでいる。

「そ、それじゃあ、大津さんだって身内を裏切ることに――」

店の喧噪《けんそう》が一瞬途切れ、小久保の言葉が耳に入ってきた。小久保はよほど焦っているのだろう。

佐藤の本名と思しき名前を口にしていた。

「金が欲しいのはだれだって変わらないだろうさ。いいか、小久保さん――」

また喧噪がよみがえって、佐藤――大津の声をかき消した。騒いでいるのはゲーム業界の馬鹿な連中だろう。若くして小金を持ち、遊び方をだれにも教わらないままに繁華街に繰り出してくる。連中がやることといえば、くだらないゲームに、負けた罰ゲームの一気飲みだけだ。

大津のグラスが空になりかけていた。小久保は酒にはまったく手をつけていない。お代わりを作ろうと手を伸ばし、そのついでに耳を寄せた。

「まあ、あんたはその気がないかもしれないが、知っちまったもんはしょうがないだろう。目の前に人参《にんじん》をぶら下げられたら、食いたくなるのが人情だ」

「し、しかしですね……」

そこまでだった。背後から名前を呼ぶ黒服の声が聞こえてきて、小久保と大津の会話が途切れた。

「ごめんなさい。ちょっと他の席に顔を出して来なきゃ」

「ああ、いっておいで。こっちからいうまでは、代わりの女の子はいらないから」

「でも、水割りとか作ったりしなきゃならないし」

「自分たちでやるからいい」

大津の冷たい声に、営業用の微笑みで応えて、紀香は席を立った。後ろ髪が引かれる。こんなことは滅多《めった》にない。小久保と刑事と金の話。宮前や稗田はなんとしてでもその情報を欲しがるだろう。

＊＊＊

何組もの客を適当にあしらっていると、黒服にお客様がお帰りですと声をかけられた。慌てて腕時計に視線を落とす。まだ、小久保が来てから一時間しか経っていない。慌てて入口に向かうと、憮然《ぶぜん》とした表情の大津がエレベーターを待っていた。

「佐藤さん、もうお帰りですか？　まだ、女の子もつけてないのに」

「こういう店は苦手でな。話が終わったらとっとと帰ろうと最初から決めてたんだ」

「普段は六本木じゃないんですね、その様子だと」

「ああ、新宿が多いかな。六本木の空気は肌にあわん。ま、おまえのせいじゃない。気にするなよ。おまえひとりだけなら、ずっとお相手させてもらってもいいんだがな」

大津は下卑た笑みを浮かべて、紀香の乳首のある辺りをドレスの上から指で弾《はじ》いた。

「あん、感じちゃう」

紀香は怒りを押し殺して笑った。昔は肌が粟立《あわだ》ったものだが、今では意志の力で抑えることができるようになった。大津をエレベーターに押し込み、そのまま小久保の席にとって返した。小久保は放心《ほうしん》したようにソファに身体をだらしなく預けていた。

「ごめんね、ひとりぼっちにさせて」

紀香はさっきまで大津が座っていた席に腰をおろした。大津の体臭がまだ残っている。自分の身体にその匂いがこびりつきそうで不快だった。

「いや、いいんだよ。仕事の話をしてたんでね」

「商談？　あまりうまく行かなかったみたいね」

「まあね……いきなり切り出された話だから、ぼくも戸惑ってさ」

小久保のグラスは氷がほとんど溶けていた。黒服に別のグラスを持ってこさせ、紀香は水割りを作り直した。

「佐藤さんってなにしてる人なの？」

「え、佐藤さん？　ああ、あの人はね、経営コンサルタントなんだ。昔からの知り合いでね、今日、いきなり呼び出されたんでなんの話かなと思ったら、いきなり共同で会社を経営しないかなんていうんだ。びっくりしちゃってね」

小久保は汗をかいていた。暖房と客の熱気で店内は蒸《む》し暑《あつ》かった。ただの汗なのか、冷や汗なのかの判断は難しい。しかし、小久保が嘘をついていることだけははっきりしていた。

「はい、新しい水割り。小久保さん、全然飲んでないでしょう。薄目にしておいたから」

「ありがとう」

小久保はグラスを受け取って口をつけた。唇を湿《しめ》らす程度でグラスを置く。小久保は酒がことさらに強いというわけではないが、こんな飲み方を見るのは初めてだった。

「大丈夫、小久保さん？　なんだか疲れてるみたいだけど」

「実は、あんまり寝てないんだ。昨日、大変なことがあってね」

紀香が差し出したおしぼりで小久保は眼鏡を外して額の汗を拭った。目の下にはどす黒い隈《くま》ができている。確かに、睡眠不足の顔だった。

「大変なことって、また会社でトラブル？」

「いや、それがさ、歌舞伎町のあの裏カジノあるだろう。昨日、ひとりで出かけて大勝ちしたんだよ。五、六百万は勝ってたかな」

「凄いじゃない。勝ちすぎて寝不足なんて」

「そうじゃないんだよ、それが。もう少し頑張ろうと思って腕まくりしてたんだけど、その瞬間、警察が踏み込んできてね」

「手入れ？」

大津の嫌味《いやみ》な顔が脳裏を横切っていった。

「そう。いきなり逮捕されたんだ。事が事だけに、公になると馘になりかねないから、必死だったよ」

「必死だったって、無事に釈放されたの？」

紀香は身を乗り出した。

「うん。紀香にはいってなかったかもしれないけど、うちの会社、警察の上層部に強いパイプがあってね。会社にばれるのはやばいんだけど、ぼく自身も付き合いのある警官がいてさ、なんとかしてもらったんだよ」

その警官が大津だ――なんの証拠もないままに、紀香はそう確信した。裏で手を回してもらったお礼に、小久保が大津を飲み食いに連れだしたのだ。そして、大津はなにかをネタに小久保を脅すか、共犯者にしたてようとしていた。

「よかったね、小久保さん。他のお客さんに聞いたことがあるけど、裏カジノの手入れにあっても、賭けたお金や勝った額が大きくなかったらお目こぼししてもらえることもあるんだけど、大金を持ってたらまず無理だって。小久保さん六百万も勝ってたんでしょう？　普通だったら完全にこれだよ」

紀香は自分の手に手錠をかける真似をした。

「そうなんだよ。危機《きき》一髪《いっぱつ》ってところかな。でも、そのおかげで、ずいぶん疲れたな」

「そりゃそうよ。今日はさ、ちょっと飲んだらお家に帰った方がいいよ。明日、明後日とゆっくり休んで、いつものパワフルな小久保さんに戻ってもらわないと、紀香も困っちゃうし」

「売り上げが落ちる、か？」

「そ。小久保さんは大事なお客様なんだから」

紀香は小久保の腕に抱きついた。甘えるような仕種で胸を押しつける。小久保が身体を強張らせるのも、いつもと同じ反応だった。小久保はゲイではない。しかし、女遊びに長《た》けているわけでもなく、こうした小久保の反応には母性本能をくすぐられる。小久保に男を感じるわけではない。だが、可愛いとは思える。小久保がこういうタイプの男でなければ、宮前から頼まれた仕事も途中で放り出していたかもしれない。小久保のおかげで、ナンバー一の地位とプライドも取り戻すことができたのだ。手に入るかどうかもわからない大金を夢見て、不必要なリスクを冒す必要はどこにもない。

それでも、退院した直後のあの不安を拭い去ることはできなかった。身一つの水商売。身体を壊した瞬間にすべてを失うのだという実感は、今でも鮮明に思い浮かべることができる。あの気持ちを再び味わいたくないのなら、あの気持ちが現実になることを恐れるなら、若いうちに大金を摑んでおくことは無駄にはならない。

「そうだな。今週末はは久しぶりにゆっくりするかな」

小久保は身体の緊張をすぐに解いて、満更でもない笑みを浮かべた。

「そうしなよ。たまには家に帰って、子供と一緒に遊んだら」

「家には帰らない」

小久保の笑みが一瞬で消えた。強張った小久保の横顔はなにかを頑なに拒絶しているようだった。小久保の家庭はそれほどに冷たい空気が流れているのだろうか。

「ごめん、嫌なこといっちゃったみたいだね。だったらさ、小久保さん、日曜日、紀香と遊ぶ？」

小久保が怪訝な顔をした。

「明日はゆっくり寝たいから無理だけど、日曜日だったら紀香も暇だし、ぱーっと遊んで、ストレスと疲れ発散させちゃおうよ」

「い、いいのかい？　せっかくの休みなのに」

「休みっていったってさ、家でごろごろしてるか、買い物に出かけて必要もないもの買ってるだけだから。どこかにドライブ行ってさ、美味しい空気と美味しいもの堪能《たんのう》しようよ。日帰りドライブ」

「く、車持ってるの？」

「馬鹿ねえ」紀香は小久保の頰を軽く抓《つね》った。「レンタカーよ、レンタカー。可愛い車借りて、どこか楽しいところに行っちゃおうよ」

「紀香がいいんだったら、ぼくの方は全然かまわないけどね」

「じゃ、決まり。紀香、明日一日でどこに行くか考えるから、小久保さん、車の手配お願いね」

「車っていっても、どういう車種が……」

「それはちゃんと小久保さんが考えてくれなくちゃ。紀香に似合いそうな車、ちゃんと選ぶんだよ」

「あ、ああ」

紀香は微笑んだまま、小久保の耳に口を近づけた。

「エッチはなしよ。それでもいい？」

「も、もちろん。そんなつもりで紀香を贔屓《ひいき》にしてるわけじゃないよ」

小久保は可愛い。紀香は心の底からそう思った。

「それからね、ギャンブルはしばらくやめて。その約束守ってくれたら、ふたりで楽しく遊びに行けるよ」

「紀香にいわれるまでもないよ。ギャンブルはもう懲り懲りだ」

そう答えた小久保の横顔は、どこか引きつっているように見えた。小久保にギャンブルをやめることなどできはしないだろう。すっかり中毒しているのは傍目《はため》からでも充分に見て取れた。

25

興信所に超特急で調べろと命じた懸案《けんあん》の報告書類が自転車便で届けられた。宮前は馬鹿丁寧に封印された茶封筒を開け、書類を取りだした。大津という警官に関する報告書は、あっけないほどに薄っぺらだった。

報告書に目を通す前に、宮前は紀香との電話での会話を反芻《はんすう》した。小久保と一緒に店に来たという警官らしき男——佐藤と紹介されたが、小久保が思わず大津ともらしていたと紀香はいった。裏カジノの手入れで逮捕された小久保。そこから導き出されたのが、新宿署の大津心という警部補だった。大津は小久保にきな臭い話を持ちかけていたという。その話を聞いて居ても立ってもいられなくなり、どうしておれを呼ばなかったんだと紀香を罵り、逆に諭された——小久保さんにお金を借りる相談をした後で、佳史ちゃんがわたしの店にいるのはまずいんじゃないの？

紀香のいうとおりだった。警官らしき男が小久保にまとわりついていると聞いただけで、心がざわめき、落ち着きを失ってしまった。情けないにもほどがある。自分を鼓舞《こぶ》しながら、宮前は報告書をめくった。一ページ目には大津という男の簡単な略歴が記されていた。

報告書によれば、大津は早稲田《わせだ》を出て警察入りした準キャリアということになっている。その割には、四十代後半で警部補の肩書きのまま足踏みしているのは腑《ふ》に落ちない。宮前は指先で印字を追いながら報告書を読み進めた。

大卒で警視庁に入庁した大津は、警察学校卒業後、巡査部長の肩書きで赤坂署防犯課に勤務した。そこで四年を過ごし、次に渋谷署の防犯課に転属されている。おそらくは、防犯課のスペシャリストとして育てようという目論見《もくろみ》が警視庁にはあったのかもしれない。三十になった年に警視庁防犯部に配属され、そこで三年を過ごし、三鷹《みたか》、碑文谷《ひもんや》といった警察署を転々としたあとで、新宿警察署生活安全課に腰を落ち着けている。

警視庁での三年が怪しいと宮前は睨んだ。将来を嘱望《しょくぼう》されている準キャリアなら、登りつめた先が警視正の階級だとしても、警視庁で重職に就く可能性はある。そのためには、所轄勤務と本庁勤務をバランスよくこなしていく必要があるはずだが、大津の警視庁勤務はたったの三年だ。この三年の間に、なにかミスを犯して出世コースから外された可能性は大いにある。

二ページ目には大津の家族構成が記されていた。家族構成といってもたいした情報は得られなかったようで、A４の印刷用紙に半分の記載もない。

大津は栃木の出身で、宇都宮《うつのみや》の郊外に両親が住んでいる。二十五歳の時、小暮美奈《こぐれみな》という女と結婚していた。結婚と同時に、大津は警察の寮を出、武蔵野《むさしの》市に賃貸マンションを借りて引っ越している。翌年、美奈は男児を出産、赤ん坊は拓也《たくや》と名付けられた。

三十一歳の時、大津と美奈は離婚した。拓也の親権は美奈のものとなり、大津は毎月十万円の養育費を拓也が大学を卒業するまで支払い続ける旨の誓約書を、美奈の弁護士事務所に提出していた。

「離婚か……」

宮前は呟いた。警官の社会というのは驚くほどに保守的だと聞いたことがある。いくつになっても結婚しない警官は、人間的に問題があると見なされて出世コースからはずされることもあるらしい。離婚ということになれば、それは自分の履歴《りれき》に傷を付けるに等しい行為だ。大津が警部補の肩書きのまま所轄署で燻っているのはそのせいか。あるいは違う理由があるのかもしれないが、いずれにせよ、小久保から大金の匂いを嗅《か》ぎつけたなら目の色を変えるのは当然だろう。獲物を横取りされる可能性は高い。

報告書は三枚目で終わっていた。わざわざ自転車便を使わなくてもファックスで充分な量だ。舌打ちをしながら宮前は最後のページに視線を走らせた。時間が足りなかったせいもあるのだろうが、ろくなことは書かれていない。大津の署内での評判、行きつけの飲み屋――宮前は報告書をデスクの上に放り出した。

こちらが罠を仕掛けようとしている間に、鳶《とんび》が現れて油揚げをさらっていこうとしている。なんとかして阻止しなければならない。だが、相手は警官だ。慎重に事を構えないととんでもない目に遭う。

宮前はパソコンのメールソフトを開き、キィボードに向かった。今日は日曜だが、稗田のような人間が業務用に使っている携帯の電源を切ることはない。夜になれば、小久保とドライブに行っているという紀香からさらなる情報が入ってくるだろう。その前に、打てる手は打っておきたかった。

＊　＊　＊

稗田は眠たげな顔をしてやって来た。平日のスーツ姿とは違って、派手な柄のシャツにジャージ姿だった。気まずさを感じて、宮前は周囲に視線を走らせた。新宿署の管轄内だからと新宿を避け、中野《なかの》で待ち合わせたのは失敗だったかもしれない。歌舞伎町でなら今日の稗田の格好も背景に溶けこむが、中野では浮きあがっている。待ち合わせたのはごく普通の喫茶店だった。

「待たせたか？」

稗田は無頓着に頭を掻いた。慌ててシャワーを浴びて出てきたのだろう。整髪料の匂いが漂ってくる。

「そうでもない。用件を先に済ませよう」

宮前は素っ気《そけ》ない声でいった。稗田は顔をしかめ、苛立たしそうに煙草をくわえた。

「大津なら知ってるよ」煙を吐き出しながら稗田はいった。「よく知ってるってわけじゃねえ。マルボウじゃねえからな。だけど、新宿署の生活安全課のマッポなら、おれたちゃ、よく顔をあわせるからな」

「どんな男だ？」

「どうっていったってよ——」

稗田は脇を通りかかったウェイターを呼び止め、ビールを注文した。宮前は苛立ちを押し殺して待った。

「あっちは警部補だからな」注文を取って去っていくウェイターの背中を見つめながら稗田は口を開いた。「取調べを受けたことはねえし、歌舞伎町で少し言葉を交わしたぐらいだから、そうたいしたことはわからねえよ」

「印象だけでもいい。どんなタイプの男か知りたいんだ」

「まあ、一言でいえばろくでなしだな。悪徳警官ってわけじゃねえんだが、やくざが酒を奢って女を世話するといえば考えるふりをして、結局は断らねえ。そんなタイプのおまわりだよ。所轄署で燻って、そのうち正義感も義務も忘れてよ、美味しい思いにありつくことだけ考えて勤務してる。生活安全課にはよ、そういうのがやたら多いんだ。なんだかんだで、やくざや飲み屋、風俗の経営者なんかと顔をあわせる機会があるからな」

「目の前に大金をぶら下げられたら、後先考《あとさき》えずに食いつくと思うか？」

「後先考えて、結局食いつくタイプだよ」

「そうか、それはまずいな」

宮前は腕を組んだ。大津を排除しなければならない。だが、どうすればいいのかは闇の中だ。やくざとの付き合いはあるが、警官には対応のしかたもわからない。

「大津がどうしたっていうんだよ？　電話でいきなり大津っておまわりを知ってるかっていいやがって、こっちがわけを訊く間もなく呼び出したんだぜ、佳史」

「ああ、すまん。実はな……」

宮前は紀香から得た情報を詳しく稗田に話した。不服そうに煙草をくゆらしていた稗田の目が、徐々に厳しい光を帯びていく。すべてを語り終えるころには、稗田も宮前と同じように腕を組み、眉間に深い皺を刻《きざ》むようになっていた。

「解《げ》せねえな」

稗田は首を傾げた。

「なにが？」

「裏カジノで手入れを食らって、捕まったんだろう？　いくら小久保と大津の間に太いコネがあったってよ、逮捕された人間をなにもなかったかのように釈放するなんて、やらねえよ。書類の書き換えだとか、現場にいたおまわりの口を塞ぐとかやらなきゃならねえことが腐るほどある。政治家のお偉いさんが現場にいたというのとはわけが違うからな」

「だけど、小久保が逮捕されたのは木曜の深夜で、紀香の店に来たのが金曜の夜だ。すぐに釈放されたわけだし、手を貸したのは大津だ。それしか考えられない」

「だからよ、大津がどうしてそんな危険な真似をしたのか、そこが解せねえっていってるんだよ」

泡がすっかり消えたビールに口をつけて、稗田は顔をしかめた。

「ひとつ訊きたいんだが、所轄署の警部補ひとりで、逮捕した人間をなにもなかったことにして釈放するなんてことができるのか？」

「どうだろうな……無理なんじゃねえか。だれか、手伝ってくれる人間がいねえとな。それも、上の方の人間だ」

「上っていうと、警視とか警視正か？」

「所轄署じゃ、普通は署長が警視正だ。まあ、生活安全課の課長か副署長、あるいは署長ってところのお墨付きがなけりゃ、簡単にはできねえな。おい、佳史、なに考えてるんだ？」

宮前は稗田の煙草に手を伸ばした。煙草を吸うのは数年ぶりだったが、目まぐるしく動く脳を抑制するには刺激が必要だった。煙草をくわえると、稗田が火のついたライターを差し出してきた。慣れた仕種は稗田の人生の一端を物語っている。

「ハピネスと警察の一部は癒着《ゆちゃく》してる」宮前は一語一語を嚙みしめるようにいった。「大津は紀香の店で、小久保になにかを迫っていた……小久保は大津を脅したんじゃないか。大津というか、ハピネスと癒着してる警察幹部を間接的に——」

「おれにもわかるように話せよ」

「だからさ、逮捕されて小久保は動転したんだ。下手をすれば馘だからな。それで大津に泣きついたんじゃないかと思う。大津も困っただろうよ。どうにかしてやりたくても、自分ひとりじゃどうにもならない。それで、多分小久保は博打を打ったんだ」

「博打？」

「ハピネスと警察の癒着を示す証拠をばらすとかなんとか……そうなれば、大津だけじゃなく、ハピネスとの間に後ろ暗い関係を持ってる幹部も動揺するだろう？　それで、小久保は釈放されることになった。辻褄《つじつま》は合わないか？」

「上が動いたんなら、あり得るな……だけどよ、ハピネスと警察の癒着の証拠なんてあるか？どっちもその辺りには気を使ってるってのは普通だろう？」

「小久保はその間をずっと取り持ってきたんだ。こっそり証拠になるようなものを押さえていた可能性はある」

　帝国ホテルのラウンジでノートパソコンと首っ引きになっていた小久保の姿が脳裏に浮かんだ。あのパソコンの中にはどんなデータが入っているのだろう。

「だからこそ、今度は大津なんだ」

　稗田がまた首を傾げた。

「小久保の脅しが本当だったから、大津が今度は小久保に儲け話を持ちかけたんじゃないかと思う。その証拠とやらを使って、ハピネスから金を巻きあげようとか、そういったことを……」

「やばすぎるじゃねえか」稗田が唾を飛ばした。「おまえがぐずぐずしてるから、よこからハイエナがしゃしゃり出てきたってことだろうが？」

「ぐずぐずしてたのには理由があるんだよ。そんなことより、大津をどうするか考えよう」

「考えるったって、相手は現役のおまわりだぜ。それも警部補様だ」

「それでも、なんとかしなけりゃ、獲物をさらわれるだけだぞ。警察相手なら、おまえの方の得意分野なんだ。なにか、いいアイディアはないか？」

稗田はまた煙草をくわえた。忙しなく煙を吐き出し、灰を方々に撒き散らす。やがて、まだ半分も吸っていない煙草を灰皿に押しつけて、唇を舐めた。

「はめるしかねえな」

「はめるって、どうやって？」

「いろいろやり方はあるんだが、どのやり方で行くかは大津のことをもう少し調べてみねえことにはな」

「じゃあ、そっちの方はおまえに任せてもいいか？　こっちは興信所に大津のことを詳しく調べろといってある。報告があがってきたら、逐一《ちくいち》おまえに報せるよ」

「ああ、そうしてくれ。とにかく厄介《やっかい》なことになっちまった。なんとかしないとな」

稗田はビールに手を伸ばした。口をつけて顔をしかめ、まずいと呟く。不機嫌な目つきで周囲を見渡し、だれかを恫喝するように鼻を鳴らした。

「おい、睦樹、やめておけよ」

そんなつもりはなかったのに、思わず声が出ていた。しまったと思っても、すべては後の祭りだ。いつも――いつだってそういうものだった。

「なにをやめろってんだよ？」

「やくざみたいな真似だよ」

「おれはヤー公だぞ、佳史」

「わかってるけどさ……一緒にいるおれのことも考えろよ」

「考えてるさ。ところでよ、佳史、そういうおまえも、おれのこと考えてくれてるか？」

稗田が手を伸ばしてきて、宮前の肩を摑んだ。指が肩の筋肉に食い込んでいく。宮前は苦痛に耐えて、稗田の視線を受け止めた。

「金がいるんだよ、佳史。それも早けりゃ早いほどいい。おまえだってそうだろう？」

肩から二の腕にかけてが痺《しび》れてきた。宮前は稗田の腕を振りほどこうとしたが、稗田はぴくりともしなかった。

「ああだこうだいってぐずぐずしてねえでよ、とっとと金をいただく方法を算段《さんだん》しようじゃねえか、佳史。え？」

「わかってるよ。おれだって、金は必要なんだ」

涼しい顔をしたままでいるのはもう限界だった。宮前は苦痛に顔をしかめながらいった。腕だけではなく声も顫えていた。

ふいに、痛みが消えた。稗田が手を離し、無精髭の目立つ顎を撫でている。

「わかってくれりゃいいんだよ、佳史。おれにはおまえだけが頼りだからな」

稗田の表情が和んだ。

「とりあえずおまえも、歌舞伎町で大津のことを調べてみてくれないか」

「ああ。いわれなくてもそうするぜ。新宿署のマッポの話なら、いやになるぐらい転がってる街だからな、あそこは――ビール、ごっそさん」

稗田はそういって腰をあげた。宮前を恫喝していた時の危険な目の光は消え、眠たげな目が瞬きを繰り返している。宮前は大学時代の稗田のことを思い出した。同じゼミのだれかに誘われて、サッカー部の試合を見に行ったときのことだ。

試合は退屈だった。ただ、欠伸を噛み殺していた宮前の目を引いたのが稗田だった。覇気《はき》のない表情で、ピッチの上に突っ立っている。味方がピンチに陥っても、稗田の態度や表情は変わらないのだ。つまらなそうに――眠たそうにボールの行方を追っているだけだ。だが、相手ゴール前にボールが転がってくるとそれが一変する。緩んでいた目尻と唇の端が吊り上がり、精悍《せいかん》な肉食獣のようにボールに向かって駆けていく。その豹変《ひょうへん》ぶりに慌てた相手の守備陣が突進を阻止しようと詰め寄ってきても、委細《いさい》かまわず弾き飛ばし、ボールを自分の支配下に置いてゴールをうかがう。豹変ぶりにはもちろん驚いたが、なによりも心を奪われたのは、眠たげな目をした怠《なま》け者から獰猛《どうもう》な獣に変わる、その速さだ。瞬きするあいまに、稗田は別の生き物に生まれ変わる。そして、猛々しく確実に得点をあげるのだ。あの選手は危険だと、相手守備陣もその時点では気を引き締めるのだが、すぐに稗田の眠たげな目つきに警戒心を解いてしまう。気を緩めてはいけなかったのだと気づいた時には、すべてはもう手遅れなのだ。

試合は退屈だったし、観客席には数えるほどの人間しかいなかった。それでも、稗田がボールを持つとサッカー場はどよめいた。眠たげなフォワードが虎に変貌するシーンをだれもが待ち望んでいた。

稗田を舐めてはいけない。宮前は去っていく稗田の背中を睨みながら、心に刻み込むように小さな声でそう呟いた。

26

大津の評判は良くもなく、悪くもなかった。つまり、防犯畑の警官としては可もなく不可もないということだ。仕事に熱心だというわけでもないが、だからといって悪徳警官でもない。最も弱みを摑みにくいタイプの警官だ。

「どうしたもんかな」

歌舞伎町の雑踏を歩きながら、稗田は呟いた。そう簡単に突破口は見出せそうにもない。パスは繋がるのだが相手のペナルティエリア内になかなか侵入できない試合のようだ。なんとかして打開策《だかいさく》を見つけないといたずらに時間が過ぎ、やがてタイムアップの笛を聞くことになる。引き分けほどつまらないものはない。意味もない九十分を走り回されるぐらいなら、試合を放棄《ほうき》して不戦敗扱いされた方がよっぽどましだ。

「稗田じゃねえか。難しい顔してるな、おい」

野太い声が稗田の思考に割り込んできた。稗田は思わず顔をしかめた。この界隈で稗田の名前を呼び捨てにするのは兄貴分にあたる筋者か警官と相場が決まっている。辺りを憚《はばか》らない野太い声には聞き覚えがあった。

「久しぶりですね、田邊《たなべ》さん」

稗田は愛想笑いを浮かべながら声のした方に顔を向けた。新宿区役所の裏手の壁を背にして新宿署組対課の田邊が立っていた。その横には同僚と思しき男がいる。

「久しぶりもなにも、おまえ、飛ばされたんだろうが。なかなかいねえぞ、親分からの直々の命令で企業舎弟の子分になってこいっていわれるやくざなんぞな」

「あんまり苛《いじ》めないでくださいよ」

「苛めるもなにもねえよ。おれは本当のことをいっただけだ」

稗田は頭を掻き、田邊から視線を外した。相手の手口はよくわかっている。こっちを怒らせ反抗的な態度を取るように仕向けておいてから、あれこれと難癖をつけて情報を仕入れるなり、飲食代を奢らせようという肚《はら》なのだ。

「極道失格の烙印《らくいん》を押された割には、景気がよさそうじゃねえか、稗田よ」

「冗談じゃないっすよ。昔と違って、今は給料制なんすよ。毎日食っていくのでかつかつですわ」

「口の方も達者になったな」田邊は足許に唾を吐いた。「なにか、稗田。おれたちと付き合う時間もねえほど忙しいってのか？」

稗田が自分の手の内で踊らないのを悟ると、田邊は露骨《ろこつ》な恫喝に出てきた。

「付き合うもなにも、おれはもうマルボウの旦那がたとは無縁の毎日送ってるんですから」

「おう」田邊が足を踏み出してきた。稗田の肩に手を回し、強い力で引き寄せる。「おれを舐めてるのか、稗田？」

「そんなことはありませんけどね」

「口でいうのは簡単だからな、稗田。態度で表してみろよ」

「じゃあ、ちょっと一杯引っかけに行きますか、田邊さん？」

「おまえがそういうなら、しょうがねえな」田邊は稗田の肩に巻きつけていた腕を放した。ご満悦のせいか鼻の穴が膨らんでいる。「この先に最近できたタイ料理の店がけっこういけるんだ。そこで旧交を温めようじゃねえか」

「おれは付き合わないよ、田邊さん」

田邊の相棒が初めて口を開いた。田邊の野太い声とは対照的にか細く高い声だった。

「おう。おまえは帰っていいぞ。どうせ、早く家に帰らなきゃ、かみさんにがみがみいわれるんだろう。そんなやつと酒飲んでも、楽しくもなんともねえからな」

田邊の露骨な皮肉を相棒は涼しい顔で受け流した。それじゃ、と口の中で呟き礼もせずに背中を向けて遠ざかっていく。田邊が舌打ちした。

「あれでマルボウの刑事なんですか？」

「ついこないだ配属されてきたのよ。ったく、おかまみたいな喋り方しやがって。組事務所に連れていったって舐められるだけよ。困ったもんだぜ」

「そういうおまわり、多いみたいですね、最近」

「おい。もう一度、おまわりなんていい方したら、首絞めてその辺の生ゴミ置き場に叩きつけるぞ」

「すんません」

稗田は素直に頭を下げた。そのまま田邊と歩調を合わせ、歌舞伎町の奥の方に進み出した。頭の中身を切り替える必要がある。田邊にたかられるのではなく、酒と食い物を奢る代わりに情報を引き出すのだと考えればいい。部署が違うとはいえ、同じ新宿署の身内だ。大津に関する情報も、田邊の頭の中には詰まっているだろう。

田邊はすぐ先の角《かど》を右に折れた。無言のまま区役所通りを渡って職安通りの方へ向かっていく。稗田は一歩下がった格好でその後をついていった。いくらなんでもマルボウの刑事と極道が肩を並べて歩くことはできない。そのあたりの機微《きび》は稗田も充分に学んでいた。

バッティングセンターの斜向《はすむ》かいに建っている雑居ビルの中に田邊は入っていった。エレベーターの前で立ち止まって破顔《はがん》し、稗田を手招きした。

「ここの三階なんだ。若いタイ人が鍋振ってるんだけどよ、これがうまいのなんのって」

「へえ、そりゃ楽しみだ。田邊さん、そういえば昔から食い道楽でしたもんね」

田邊は満更でもない笑みを浮かべながらエレベーターのボタンを押した。ほとんど音もなくドアが開く。

「歌舞伎町でこんな仕事してりゃよ、中国でもタイでもマレーシアでも、旨いもの食わせる店探すってのがたったひとつの楽しみよ。おめえらもそうだろう?」

「そうすね。探せば旨いもの食わせる店、いくらでもありますよ、この辺りは」

愛想笑いを浮かべながら、稗田はエレベーターに乗りこんだ。稗田の世界にも田邊のような男たちはかなりの割合で存在した。しのぎそっちのけで、どこそこのなにそれが旨い、いやそれならあっちだと飛び回る。女はすぐに飽きるが、舌の方は別だというのがそういう連中の言い分だが、稗田には理解できたためしがなかった。旨いまずいの区別は付くが、それじゃあなにがどう旨いのかと問われれば首を傾げるしかない。昔から、質より量というのが稗田の食事だった。サッカーをやっていたころは特に顕著《けんちょ》だったが、今でも高級な鮨屋で極上の大トロをちびちび食らうより、回転寿司で赤身を大量に頬張る方がましだと思っている。
エレベーターが三階で止まり、ドアが開いた。途端に東南アジア独特の香辛料の香りが漂ってきた。フロアの左手にそれらしき看板があったが、すべてタイ語で書かれていてなにひとつ読みとることはできなかった
「さてと、悪いが、腹一杯食わせてもらうぞ、稗田」
田邊は稗田の背中をきつく叩き、大股でエレベーターをおりた。

＊＊＊

「どうだ、いけるだろう?」

田邊は鶏肉《とりにく》を頬張りながら自慢気にいった。香辛料をまぶして焼いた鶏肉で、表面はかりっと焼き上がり、中は柔らかくてジューシーに仕上がっている。確かに、田邊が自慢したくなるのもわかるほど旨かった。タイ料理といえばトムヤムクンぐらいしか思いつかないが、なるほど、ただ辛いだけの料理ではないのだ。

「ほんと、旨いっすよここ」

「だろう。売女《ばいた》でもポン引きでも、タイの連中は最近じゃみんなここに集まってくるんだ。タイだけじゃねえぞ。中国人もマレーシア人もコロンビア人もルーマニア人も、黄色いのから黒いのから白いのまで、舌の肥《こ》えた連中には評判がいいんだ」

田邊のいうとおり、繁盛《はんじょう》している店内には様々な人種が集っていた。料理は旨いし、フロアで働く若いタイの男女も爽やかな笑顔を絶やすことがない。これならば、繁盛するのも充分に理解できる。だが、そんなことのためにわざわざ田邊に飯を奢っているわけではない。

「田邊さん、話は変わりますけど、生活安全課の大津って警部補、知ってますか？」

「大津警部補か、もちろん知ってるぞ。クソ野郎だ」

田邊は口を大きく開けて下品《げひん》な笑い声をたてた。すでに生ビールを中ジョッキで五杯、焼酎の梅割りを三杯は飲んでいる。頬はうっすらと赤らみ、機嫌の良さそうな笑みがいかつい顔から消えることもなくなっていた。

稗田は慌てて周囲の反応を探ったが、日本人らしき顔はどこにも見当たらなかった。

「大津警部補がどうした？　てめえ、なにか悪さを企んでるのか？」

「そういうことじゃないんですけどね……こないだ、〈ロッソ・ネッロ〉っていう地下カジノが手入れ食らったじゃないですか」

「らしいな。うちはまったく蚊帳の外だけどよ」

「その時パクられた客の中にたまたまおれの知り合いがいましてね。ま、書類送検だけですぐに釈放はされたんですけど、大津っていう警部補に親切にされたっていってるんですよ」稗田は言葉を切り、ビールで喉を湿らせた。「だけど、大津っていやあ、おれも何度か顔を見たことありますけど、親切って感じじゃなかったよなあなんて不思議に思ってね、田邊さんが目の前にいるから訊いてみただけなんですけど」

「あいつはな、金と権力のあるやつには優しいんだよ。それ以外はゴミ扱いだ」

「そんなに嫌な野郎なんですか？」

「おまえ、知ってるか？　サツカンにはな、いいサツカンと嫌なサツカンのふた通りしかねえんだよ。大津は嫌な方だ」

サツカンというのは警察官を縮めた独特のスラングだ。極道にしても警察にしても堅気と自分たちを区別するための言語を有するという一点で、なにも違いはない。

「田邊さんはいい方ですよね」

「お、わかってるじゃねえか、稗田。もうちょっと飲め、おまえも」

田邊は脇を通りかかったタイ人に稗田の分の焼酎を注文した。まるで自分が奢っているかのような態度だった。

「大津はいわゆる準キャリだ。いい大学出て、それなりの階級について、いずれはキャリア様たちの手となり足となりってんでな……叩き上げでもキャリアでもない中途半端な存在で、たいていの人間は根性が腐ってくもんよ。大津もその口だな。あの年で警部補のまま所轄署に置かれてるってことは、もう出世の見込みもねえんだろう。嫌なサツカンにもなるわ」

「署内じゃどんな感じなんですかね？」

「署長や副署長におべっか使ってるよ。なんとかして本庁に戻りてえって腹づもりなんだろうな。本庁に戻りさえすりゃ、立て直しが利くと思ってるんじゃねえのか」

「そんなことしてるんじゃ、叩き上げの人たちからはそっぽ向かれますよね。孤立してるんだ」

田邊は水を飲むように焼酎を飲み下している。そのうち呂律《ろれつ》が回らなくなり、やがては女が欲しいと喚きはじめる。そうなる前にできるだけ情報を引き出しておかなければならない。

「孤立たってよ、屁《へ》でもねえだろう。警部補ともなれば、現場に出ることも少ねえしなあ。ま、嫌なサツカンだが、さっきのおれの相棒みたいなのよりはましだな。とりあえずと、同じ道を歩いてるからな。今どきの若いサツカンてのは、なに考えてるかわからねえよ」

「趣味とかそういうのはないんですかね」

稗田はおそるおそる訊いた。性急《せいきゅう》にすぎていることはわかっていたが、田邊の酔い方を見ていると急ぐ必要があるのも確かだった。

「趣味？　趣味ねえ……滅多に署内で顔をあわせることもねえからな。そうだ、株だ、株」

「株ですか？」

「ああ、今、インターネットでできるんだろう？　日がな一日パソコンを睨みつけてるって話を聞いたことがあるな。パソコンで株の取り引きしてるんだとよ。サツカンの安月給でよくそんな余裕があるもんだって、だれかが話してた」

株——痺れを切らしかけていた脳味噌が歓喜に湧いた。株ならば、宮前が得意とするところだ。大津をはめる策略もなんとか見つかるかもしれない。

稗田の焼酎が運ばれてきた。稗田はグラスを直接受け取って、田邊の顔の前に突きだした。

「さ、飲みましょう、田邊さん。今夜はとことん付き合いますよ」

「そうか、そりゃいいな」

田邊は呂律が怪しくなった舌で応じ、自分のグラスを高々と掲げた。

27

週末はあっという間に過ぎた。悩みに悩んだ末に選んだのはＢＭＷのＺ３という深紅《しんく》のオープンカーだった。とりあえず紀香の眼鏡にはかなったようで、嬉々として助手席に座っていた。向かった先は那須塩原《なすしおばら》。東京に比べて寒さは厳しかったが、積雪はまだなかった。観光牧場で馬に乗り、那須ハイランドパークでジェットコースターに絶叫し、公共温泉で湯船に浸かった。疲れのせいで、帰りの車中では眠気をこらえるのに必死だった。運転しながらあることないことなんでも喋った。紀香は時に声を立てて笑い、時に真剣な表情で小久保の話に耳を傾けていた。

正直、床《とこ》を共にすることを心のどこかで期待していた。紀香なら己の無様《ぶざま》な肉体を嗤うこともないだろう。宿もいつものビジネスホテルではなくパークハイアットを押さえていた。だが、自分の欲望を紀香に告げる勇気はなかった。日曜の夜も営業している西麻布《にしあざぶ》のバーでカクテルとジュースを飲み、笑顔で別れた。

紀香の笑顔はいつもと同じようにきらきらと輝いていたが、おそらく自分の笑顔は引きつっていただろう——忸怩たる思いを抱えながら、パークハイアットのベッドで孤独をかこった。なんとか眠りについたのが午前四時過ぎ。目覚めたのは七時前。肉体も神経も疲労の極限に達していた。それでも、仕事を休むことはできなかった。処理しても処理しても、懸案事項は次から次へとやって来る。一日時間を潰せば、五十万で済む仕事が百万、五百万の金額に跳ねあがってしまう。

出社して取るに足らない仕事を部下に任せ、とりあえずの緊急案件に取り組んだ。ハピネスが──原が過去に関わり合った大阪の土地買収にまつわる不正を匂わせた記事が先週末に発売されたばかりの業界誌に掲載されていた。記事を書いたのは高松邦夫《たかまつくにお》というジャーナリストだった。原からの指示は二度とこんなくだらない記事を書かせるなというものだ。

自分で蒔《ま》いた種を刈り取ることもせずにそのまま放っておき、いざとなると他人に押しつける。原のいつものやり方だ。

欠けた奥歯が舌の脇に触れた。ざらついた表面が小久保の心のざらつきと同化していく。小久保は指を噛んで気持ちを落ち着けた。この会社に対する忠誠心は日々薄れていく。だが、ここを辞めたからといってどうなるものでもない。再就職口を見つけても、今よりいい給料はとうてい期待できない。日々を惰性《だせい》で過ごし、一円でも多くの金を貯め、やがては……やがて、なにをすればいいというのだろう。

小久保は途方《とほう》に暮れ、顔を上げた。総務課の課員たちはそれぞれの仕事に没頭《ぼっとう》している。課長の小久保に気を使う人間はいない。家でも会社でも、小久保はただただ孤独だった。

ため息を押し殺しながら電話に手を伸ばした。すっかり記憶している電話番号を押す。すぐに回線が繋がり、関西訛りの飯尾の声が聞こえてきた。

「どうしたい、小久保さん?」

「ひとつお願いしたい件ができまして、飯尾さんのお力をお借り願えないかと思いまして」

「こないだみたいなことにはならないんだろうな?」

「それはもう。ちょっとふざけた記事を書いたブラックジャーナリストにお灸を据えてやっていただけないかと思っているんですが……」

電話の向こうで飯尾が皮肉な笑いを漏らした。

「ふざけた記事ね……ま、いいでしょう。若い者にくれてやる小遣い、そちらが出してくれるんならね」

小久保は百万と口にした。飯尾の声音ががらりと代わり、金銭交渉は難航《なんこう》した。飯尾と言葉を交わすたびに神経がすり減っていく。二百万で話をつけて電話を切った時には疲労困憊《ひろうこんぱい》していた。

オフィスを離れ、会議室の机に突っ伏して目を閉じる。

世界がぐるぐるまわっていた。

＊＊＊

いつの間にか眠っていたらしい。目覚めると、机の上に涎《よだれ》が溢れていた。時刻はすでに午後二時をまわっていた。慌てたが、小久保のことを気にする人間はだれもいなかった。いくつかの電話をかけ今週中のアポイントメントを取った。一息ついていると、社外からの電話を取った女子社員が小久保を顧みた。

「課長、お電話です」

女子社員は相手の名前を口にしなかったし、そのことを奇妙に思っている節《ふし》もなかった。小久保にかかってくる電話の主は名乗らないことが多い。

「わかった」小久保は電話に手を伸ばし、ボタンを押して受話器を持ち上げた。

「はい、小久保です」

「仕事中に済まないがね、おれだよ、小久保さん」

声には聞き覚えがあったが、すぐには相手の顔を思い出せなかった。

「すみませんが、どちら様で……？」

小久保は慇懃な声を出した。暴力団や右翼団体の人間はこちら側の言葉尻を捉えてねちねちと攻め込んでくる。

「綱井だよ。覚えてるだろう。あんたの好きな博打のさ」

その一言で思い出した。〈ロッソ・ネッロ〉の実質的なオーナーだ。何度かカジノで顔を合わせたことがある。

「こ、これはどうも。いつも、お世話になっております」

「参ったよ。手入れを食らうなんてな。あんたもパクられたんだって？」

「は、はい。たまたま、店にいたもので」

「変な噂を耳にしてるんだよ」

綱井の声が低くなった。

「変な噂ですか？」

「ああ。あの夜パクられた客の中で、あんただけが書類送検もされずに釈放されたってな」

喉が渇いて仕方がなかった。頭に噴き出た汗が首筋を伝わってワイシャツの襟《えり》を濡らす。

「あんたに融通を利かせてやってたのは、あんたがハピネスの総務課長だから。そこんとこ、わかってんだろう、小久保さん？」

「も、もちろんです」

「ハピネスと警察は繋がってるってのがもっぱらの噂だ。あんたに目をかけてやってれば、警察の情報ももらえるもんだと思ってたんだよ、こっちは」

「つ、綱井さん――」

「まだこっちの話は終わってねえ」

ドスの利いた声が小久保の鼓膜《こまく》を顫わせた。顫えあがりはしたものの、尻尾を巻いて逃げ出したいというほどではなかった。綱井は確か東明会系列の組織の幹部だ。同じ幹部とはいっても、吉積のような重鎮とは格が違う。吉積に怒鳴られることを思えば、綱井のそれはまだ可愛い方だった。

「それなのによ、手入れの情報を流してくれるどころか、てめえひとり留置場から逃げ出すとはどういう了見《りょうけん》なんだ、小久保さんよ?」

「知ってたらお教えしてますよ。わたしにも青天《せいてん》の霹靂《へきれき》だったんです」小久保は送話口と自分の口を手で覆った。「だいたい、わたしたちが警察とおつきあいがあるといっても、現場の人たちとはまったく面識がないに等しいんです」

「それじゃ、なにかい？　お偉いさんとつきあいのあるあんたはすぐに釈放されて、そうじゃない連中はどうなってもいいと、そういうわけか？」

「綱井さん――」

「まあ、起こっちまったことを今さらどうのこうのいってもしかたがねえ。だが、こっちも日銭商売でね。あの店が潰されたとなりゃ、貸し付けてる金を急いで回収しなけりゃならねえ。そこんとこ、あんたも金融屋ならよくわかるだろう？」

恐れていた言葉がやっと出てきた。釈放された後も、紀香と日帰り旅行に出かけていた間も、なるべく思い出さないようにと胸の奥に押し込んでいたのだ。

「あんたの態度によっちゃ、少しは温情をかけてやってもいいと思ってたんだが、その必要はねえみてえだな。ぐちゃぐちゃといい訳ばっかり並べやがって。今週中に、あんたに貸してる金、千五百万、きっちり用意して持ってこいや」

「ちょ、ちょっと待ってくださいよ」

声のトーンが跳ねあがった。仕事に没頭していた総務課員たちが一斉《いっせい》に小久保に視線を向けてきた。小久保は反射的に愛想笑いを浮かべた。そんな自分を呪いながら、頭の中で目まぐるしく算盤《そろばん》を弾いた。

「ぼ、ぼくが借りていたお金は六百万のはずです」借金が最も多かった時期で一千万弱。紀香と知り合いツキに恵まれてからは五百万近くを勝っている。一部を除いてすべて返済に充《あ》てたのだ。

「帳簿をよく見てくださいよ」

「見たからそういってるんだよ。あんたに回した金は都合一千と五十万。で、返金額が四百二十万だ。残りは六百三十だが、利息が九百万つく。三十は負けてやるとして、千五百。間違いはねえだろうが」

「そんな……利息が付くなんて話、聞いてませんでしたよ」

「だからよ、あんたが誠意を見せてくれりゃ利息のことは忘れてやってもよかったんだ。自業自得《じごうじとく》ってやつだぜ、こりゃ」

自業自得？　そんな馬鹿な。おれはただ、なにがあったのかという状況を説明しただけだ――

小久保は呆然と宙を睨んだ。その間も、綱井のだみ声は続いていた。

「念のためにもう一回教えておくが、期限は今週中だ。一秒でも期限を越えたら、こっちも肚を括って回収にあたらせてもらうぜ、小久保さん」

今度こそ本物の顫えがきた。

「ま、待ってください、綱井さん。どこかで会ってお話をさせてください」

「いっとくがな、小久保さん。吉積に泣きつこうったってそうはいかねえぜ。これはおれのれっきとしたしのぎなんだからな。いくら上の人間だからって口出しはさせねえ。そこんとこ、忘れるなよ」

電話が唐突《とうとつ》に切れた。小久保は受話器を握ったまま、両手を力無く垂らした。しっかり目を開けているというのに、世界はまだぐるぐるとまわりつづけている。間抜けのように突っ立っているというのに、総務課の課員はだれひとり小久保に注意を向けようともしなかった。

＊　＊　＊

原は四時前に社に戻ってくるということだった。小久保はまんじりともせずにその時間を待った。会長付きの秘書には、原が戻ったらすぐに報せてくれといい含めてあった。

四時を十分ほどまわったころに、小久保宛の直通電話が鳴った。秘書からだった。原がたった今戻ってきたという。ネクタイの結び目を直しながら会長室に向かった。小久保が来るということとを予《あらかじ》め原に告げていたのか、秘書は無言でうなずいただけで小久保を奥に通した。

「どうした？　そんな青白い顔をして」

原は執務机に向かい、煙草をくゆらせていた。上着は脱いでいる。艶のあるワイシャツが夕日を受けて橙《だいだい》色の光を放っていた。

「お、お願いがあります、会長」

「なんだ？」

「至急、退職金の前借りを――」

「またその話か」原は顔をしかめ、目の前に漂ってきた煙を煩《わずら》わしそうに手で払った。「しばらく待てといってあるだろう」

「それが、急にまとまった金が入り用になりまして」

「家の改築だといっていたな？　急ぐ話でもないと、この前話さんかったか？」

「そ、それが……」

「改築の話は嘘か？」

原が細い目をぎょろりと剥いた。不愉快極まりないという表情が皺だらけの顔に張りついている。

「女か？」小久保が口を開く前に原はいった。「女なんかに金を使うのはやめておけ。くだらん投資だ。いや、投資にもならんぞそんなものは」

「会長」

原の言葉が終わるのを待ちかねて、小久保は分厚《ぶあつ》い絨毯《じゅうたん》の上に両膝をついた。最初からこうすることは決めていた。博打の借金の肩代わりなら、一度、原にしてもらったことがある。その時、二度と博打には手を出さないと誓ったのだ。その誓いを破ったと知れば、原は激怒するだろう。だが、それでも金は必要だった。土下座をしても、原の靴を舌で舐めても、なんとしてでも退職金の前借りを認めさせなければならなかった。

「おまえ、まさか――」

「すみません。博打で作った借金です」小久保は深々と土下座した。「今週中に払わないと、家を取られます。そうなれば、うちは離婚。女房には莫大な慰謝料を請求されます」

「小久保っ。おまえ、あの時の約束を忘れたか!?」

原は吸いかけの煙草を小久保に投げつけた。吸い差しは小久保の後頭部に当たって跳ね、そのまま絨毯の上に転がった。髪の毛の奥が熱い。絨毯が焦げはじめる。それでも、小久保は額を絨毯に押しつけたまま動かなかった。

「申し訳ありません、会長。今後は二度と、二度と……」

「馬鹿者が！　そんな言葉が信じられるか」原は椅子を蹴立てて立ち上がった。「あの時おまえはなんといった？　会長にご迷惑をかけて申し訳ありません、二度とこんなことはいたしません、博打からは足を洗います、なんだったら誓約書も書きます。おまえはそういったんだ」

「そ、そのとおりです」

「誓約書なんぞ必要ないといったのは、おれの温情だ。おまえを信用したからだ。それをおまえは裏切ったんだぞ。わかっておるのか!?」

視界に原の靴が入ってきた。よく磨かれた黒のスリッポン。小久保はおそるおそる顔を上げた。

原の顔は真っ赤に染まっていた。目尻が吊り上がり、鼻の穴が開いている。唇の端には唾液が溜まっていた。

「すみません。本当に申し訳ありません。ゆるしてください」

腰を浮かせ、ますます前のめりになって小久保は土下座をつづけた。

「おまえの言葉なんぞ、信じられるか。おれはおまえになんといった!? やくざどもや右翼たちがいつもおまえには目を向けてるんだ。身綺麗にしておかないと、とんでもないことになる。口を酸《す》っぱくしてそういってきただろう」

「もう、もう二度といたしません。退職金の前借りができないと、わたしは――」

「のたれじね」

言葉の意味が理解できず、小久保は顔を上げた。原の顔が憤怒《ふんぬ》というよりは憎悪に歪んでいた。真っ赤に染まった原の顔を見て、小久保はやっと理解した――野垂れ死ね。原はそういったのだ。

「か、会長――」

「おまえの代わりなどいくらでもいる。破滅するのが嫌だったら、自分の才覚でなんとかしてみろ。うまく立ち回ることができたら、おまえは今後もおれの懐刀《ふところがたな》だ。失敗したら、それまでの器《うつわ》だったということだろう。いいか、小久保、退職金の前借りなどゆるさんぞ。会社の金はびた一文、おまえには使わせせん」

会社の金――おれの金。原の考えていることは一目瞭然《いちもくりようぜん》だった。約束を破ったのは確かに小久保が悪い。だが、それを理由に長年尽くしてきた小久保を切って捨てようという態度にはゆるしがたいものがあった。

小久保は土下座したまま歯噛みした。こんな仕事は嫌だ、無理だと固辞する小久保を脅し、すかし、甘い言葉を垂れ流して強引に総務課長の職に就けたのは原だった。

この仕事は要するにどぶ浚《さら》いだ。辛いだろう、苦しいだろう、だが忘れるな、小久保、おまえにはおれがついている。おまえになにかあったら、必ずおれが出ていって助けてやる。だからな、小久保、おれのため、会社のためにこの仕事を引き受けてくれ。

小久保が断崖絶壁に追いつめられた途端、原は踵を返して逃げ出そうとしている。口では偉そうな理屈を並べ立てているが、要するに金が惜しいだけなのだ。長年その下で働いてきたからこそ、小久保にはよくわかる。

ぎりぎりと音がする。きつく押し合わされた奥歯が圧力に耐えかねて横滑りし、擦《こす》れ合い、不愉快な悲鳴をあげている。

「わかったらとっとと出ていかんか。土下座なんぞするだけ無駄だ。床に額を擦りつけたっておまえの性根は変わらんからな」

原の台詞を耳にした途端、今度は左の上の奥歯がかちんという音をたてて欠け落ちた。舌の上に砕《くだ》けた歯の欠片が散らばっていく。

ざらついた奥歯の表面——左右にふたつ。

小久保はゆっくり身体を起こした。膝を手で払い、視線を原の足許に落としたまま小さく頭を下げた。原の顔を見ると、殴りかかってしまいそうで怖かった。

「失礼します」

「おう、早く出ていかんか。今週中に金を用意しなきゃならんといってたな？　うまく行かなかったら、来週からは出社せんでもいいからな」

難癖をつけて懲戒免職にするつもりか。おれの退職金までてめえの懐に入れるつもりか。

ざらついた奥歯から毒々しい憎しみが溢れてくる。原の会長室には憎悪が満ち満ちている。

ドアに向かいながら振り返った。原はそっぽを向いていた。どこまでも子供じみている。小久保は新たにできた左奥歯のざらついた表面を舌先でなぞりながら会長室を後にした。

＊＊＊

会社を出、歌舞伎町のポーカーゲーム喫茶で時間を潰した。勝ったり負けたり――五万円を無駄に使った後でも、原に対する腹立ちは収まらなかった。

ポーカーゲーム喫茶を出、紀香に電話をかけようと思い立って携帯を取りだした。紀香に話を聞いてもらえれば、少しは気が休まるかもしれない。紀香は天性《てんせい》の聞き上手だ。携帯を開き、紀香の番号を押そうとして指が止まった。

紀香に話を聞いてもらったところで金が手に入るわけではない。綱井は今週中に金を用意しろといったが、金を用意できなかったからといってすぐにどうこうという話にはならないはずだ。綱井にしたところで、金が回収できなければ意味がない。少しずつ金を返し、支払期限を引き延ばしていく――一ヶ月は猶予《ゆうよ》があるはずだ。その間に、なんとしても金を作らなければ。

小久保は携帯のアドレス帳を呼び出し、大津の携帯に電話をかけた。

28

小久保は十一時過ぎにやって来た。酔っているのか、顔がほんのり赤らんでいた。席についてすぐに、そうではないということがわかった。小久保は躁《そう》状態だった。そのせいで顔全体が紅《こう》潮《ちょう》している。

「楽しそうね、小久保さん。素敵なひとと美味しいものでも食べてきたんじゃない？」

「別に。歌舞伎町の居酒屋にいただけだよ」

小久保は顔の前で手を振った。なにげなさを装おうとしていたが、にやけた顔つきが小久保の意志を裏切っている。

「嘘。小久保さん、居酒屋ってタイプじゃないでしょ。本当に居酒屋だったら、もっと早い時間に顔出してるはずだし。どこのクラブ？」

「だから、そんなんじゃないって。むさい中年男ふたりで酒を酌《く》み交わしてたのさ」

にやけたままの顔で、小久保はそういった。美和は水割りを作っている合間に小久保の体臭を嗅いだ。香水やコロン、化粧水の匂いはしない。しかし、女ではないのだとしたら、小久保のこのにやけかたはいったいなんなのだろう？

「むさい中年って、会社の同僚？　それとも取引先の人？」

取引先ということはないだろうと思いながら、美和はカマをかけた。小久保の取引先とは要するに、やくざや右翼、警察関係者ということになる。そんな連中と楽しく酒を飲めるはずがない。

「どっちも違う」

小久保は美和の作った水割りに口をつけた。いつものように舐めるのではなく、三分の一ほどを一気に飲み干す。女のせいではなかったとしても、気分が高揚しているのは間違いない。

「こないだ、大——佐藤さんって人、連れてきただろう？　あの人と飲んでたんだよ」

目の奥に閃光《せんこう》が走ったような気がした。佐藤というのは大津だ。あの警官だ。

「ちょっとむっつりした感じの人だよね、佐藤さんって」

「確かに、あんまり取っつきはよくないよな」

小久保は顔を上に向けて笑った。らしくない。まったくらしくない。目の奥の閃光はすぐに消えたが、頭の中で警報ベルが鳴りはじめていた。

「なんの話で盛りあがってたの？　小久保さん、今日はなんか絶好調っていう感じだし」

「それはね、いくら紀香でも内緒。まあ、待ってろよ。そのうち、紀香の欲しいもの、なんでも買ってやるからな」

警報ベルの音が甲高くなっていく。小久保と大津。この間の会話。ふたりは手を組むことにしたのだろうか？

「なんでも買ってくれるって、どうして？　お金が入る予定でもあるの？」

「まあな。もうさ、うちの馬鹿会長の顔色をうかがいながらびくびくして暮らすのはやめだ。おもしろおかしく生きてやる」

もっと細かいことを聞きだす必要がある。大津となにを話したのか。なにをしようと企んでいるのか。身を乗り出した時、黒服が近寄ってきて美和を呼んだ。睨みつけたが、黒服はどこ吹く風だった。呼ばれたテーブルには上客がいた。機嫌を損ねるわけにはいかない客だ。美和はしぶしぶ腰をあげた。

「小久保さん、すぐ戻ってくるから。絶対に帰っちゃだめよ。今日、アフター行かない？　紀香、なんかお腹減っちゃって」

「いいよ。焼き肉でも鮨でもどんと来いだ」

小久保のテンションは相変わらず高い。危険なほど高すぎる。美和の代わりに小久保の席につこうとしていたホステスの耳許で、美和は囁いた。

「あの客、徹底的に飲ませておいてくれない？」

＊＊＊

店を出たのが二時。小久保は足元が覚束《おぼつか》ないほどに酔っていた。個室がある焼き肉屋に小久保を連れ込んだ。肉はモツやミノ、飲み物は小久保にレモンサワー、自分には烏龍茶をオーダーし、頼んだものが運ばれてくると、呼ぶまでは邪魔をしないでくれと店の人間に念を押した。

閉ざされた空間。泥酔《でいすい》した小久保。時間には余裕がある。なんとしてでも聞きだしてやる。美和は小久保の真横に席を移し、肉を焼きながら罠を仕掛けていった。他愛のない話題から、なんでも買ってやるといった小久保の言葉を引き合いに出してアクセサリーをねだり、そこから金の話に持っていく。回りくどいと自分でも思っていたが、念には念を入れろと宮前からは強く釘を刺されている。

「〈ロッソ・ネッロ〉が潰れちゃっただろう」小久保は呂律の怪しくなった口でいった。「あそこの経営者、やくざなんだけどさ。店が潰れて、金回りがきつくなったんだよ。それで、強引に借金の回収に乗り出してきてさ。おれ、六百万ぐらい借りてたんだけど、千五百万だなんて無茶いわれてさ」

美和は相槌を打った。なるべく口は挟まず、小久保の話したいようにさせた方が得策に思える。

「千五百万なんて金があるかよ。あったら苦労しないよねえ。しょうがないからさ、会長に退職金の前借りさせてくれって頼みにいったんだ」

気持ちよさそうに細められていた小久保の両目に、その瞬間暗い光が宿った。小久保はどこかなげやりな仕種で靴下を脱ぎ、それを壁に投げつけた。

「くそぼけ野郎が」

「どうしたの？　会長さんになにかいわれたの？」

「紀香ぁ、おれがどれだけあの強欲爺《ごうよくじじい》に尽くしてきたと思う？　それを、あの野郎……」

暗い光が宿った目に、いきなり涙が溢れ出した。小久保は声を出さずに泣いている。情動失禁《じょうどうしっきん》――感情の垂れ流し。少し飲ませすぎたかもしれない。

「あいつがそういう態度に出てくるんなら、おれも勝手にやらせてもらう。おれ、間違ってないだろう？」

「小久保さんはなんにも間違ってないよ。悪いのはその会長だよ、絶対」

「だよな」

小久保はレモンサワーに口をつけた。飲むそばから、口の端からサワーがこぼれ落ちる。スーツもワイシャツも濡れていたが、小久保はそれに気づく気配さえ見せなかった。

「だけどさ、小久保さん。勝手にやらせてもらうっていっても、向こうは会長で小久保さんは課長でしょ？　喧嘩売ったたって無理じゃん、そんなの」

「それが無理じゃないんだよ。おれはいいもの持ってるんだ」

「いいもの？」

「そう。いいもの。あの馬鹿、おれがそんなもの持ってるなんて思ってもいないんだ。知ってたら、あんな態度死んでもとれないからな」

小久保は涙のせいで鼻声になっていた。涙や鼻水は垂れ流し状態だったが、自分が泣いていることに気づいていないのかもしれない。

「いいものってなに？　それを売るとお金になるの？」

「とんでもない金になるんだよ。それに、あの馬鹿を苦しい立場に追い込んでやれる。一石二鳥だ。おれには大津もついてるしな」

佐藤という偽名のことも忘れて、小久保は肩を揺らして笑った。笑い終えると、テーブルの上に突っ伏した。もう少しで焼き肉の網の上に肘を乗せてしまうところだった。

「もう、危ないじゃない、小久保さん。気をつけてよ」

美和は肩を揺すったが、小久保はぴくりとも動かなかった。鼾《いびき》とも呻きともつかない音が聞こえてくる。耳を近づけてみた。小久保は寝言をいっていた。

「悪いのはおれじゃないんだ。おれじゃない。おれじゃない。おれじゃない」

壊れたレコードのように同じ言葉を繰り返している。

美和は小久保が多少動いても大丈夫なようにテーブルの上を片づけた。もう一度、小久保が完全に寝ていることを確かめてから携帯を取りだした。

宮前と稗田。どちらにしようと迷い、結局、宮前の番号を押した。こういう場合に頼りになるのは、稗田より宮前だ。稗田にはもっとぎりぎりの瞬間――たとえば、暴力沙汰が必要な瞬間まで待機していてもらおう。

29

想像以上に速いスピードで事態は進展している。それも悪い方向に。紀香からの報告は震撼《しんかん》すべきものだった。

早朝――朝五時に叩き起こされたというのに眠気はない。脳細胞がフルスピードで回転し、今にもオーバーヒートを起こしそうだ。

最優先事項は大津という刑事を表舞台から引きずりおろすこと。大津に変わって自分たちが舞台にあがること。小久保と大津が動きだす前に手を打たなくてはならない。連中がなにを企むにしろ、その動きは瞬く間に裏社会に伝わっていくだろう。暴力団とその企業舎弟、右翼もどき、総会屋、有象無象《うぞうむぞう》が金の生《な》る木を自らのものにしようと動き始める。そうなったらお手上げだ。

宮前も稗田も徒手空拳《としゅくうけん》で戦わなければならない。巨大な組織を持つ相手とはとてもではないが戦えない。

すべては秘密裏《ひみつり》に行う必要があるのだ。

興信所に、大津のパソコンのメールアドレスを大至急手に入れるように指示を出した。自分は日経新聞とインターネットで最新の株式動向を頭に叩き込み、旧知の株屋に電話をかけた。

稗田が調べたところでは、大津はオンライントレードで小遣い稼ぎをしているらしい。取り引きはたいした金額ではないだろう。十万、二十万の小金を儲けさせ、こちらに取り込んでしまいたい。

「久しぶりじゃないか、宮前さん。ここのところ名前を聞かないけど、逼塞《ひっそく》してるのかい？」

電話に出た株屋——山野《やまの》は皮肉めいた口調でそういった。いちいち頭に来ている暇はない。

「頼みがあるんです。おれに借りがあることは忘れてないでしょう？」

かつて、山野は自分の顧客にセリエウノの株を勧めまくっていたことがある。実際、セリエウノの株価は停滞することのない上昇曲線を描いていたのだが、谷岡に食い荒らされて社内事情は最悪だった。それが表に出れば株価は一気に暴落する。自身の保身のためもあって、宮前はセリエウノの内情を山野に一千万で売った。山野は株価が暴落する前に顧客にセリエウノの株を売り抜けさせ九死に一生を得た。

「まあな、あんときは助かったけどさ。こっちも金を払ったんだ。フィフティ・フィフティだろう？」

「おれが情報を売らなかったら、山野さん、その世界じゃ死んでたでしょう？」

ため息が聞こえた。

「頼みってのはなんなんだ？　場合によっちゃ、聞いてやらないこともないぜ」

「今日、明日中に必ず値上がりする銘柄を教えて欲しい」

「馬鹿いうなよ。こっちはそれを商売にしてるんだぞ」

「別に一千万、一億の金を作りたいといってるわけじゃないんだ。五万の金が明日には十万になっていればいい。そんな銘柄を教えてくださいよ、山野さん。迷惑は絶対にかけません」

電話の向こうで山野が考え込んでいる気配が伝わってきた。

「あのな、バブルの頃ならいざ知らず、今どきいきなり株価が倍になるってのはかなりやばい銘柄なんだ。わかるか？」

わかる。株価の変動が激しいということは、その株を使って良からぬことを企んでいる連中が背後に潜んでいるということだ。

「確かに、セリエウノの時は助かったよ。あれで首をくくった連中は大勢いるからな。だから、一度だけあんたを助けてやる」

宮前は唾を飲みこんで山野の言葉を待ち構えた。

「中山《なかやま》自転車って知ってるか？」

「聞いたことはあります」

宮前は答えた。中山自転車は群馬に本拠地を置く老舗《しにせ》の自転車メーカーだ。かつてはギアチェンジ機構の先端技術で輸出量を伸ばし優良企業ともてはやされたが、自転車そのものの世界的需要が減少したこともあり、バブル期から積極的に他の業務を展開、拡大してきた。そして、落とし穴にはまった。バブルの崩壊で業績が一気に悪化し、その隙に関西に基礎を置く広域暴力団に食いつかれたのだ。不渡りになりかかった一億円の手形。倒産を恐れた経営陣はその暴力団に泣きついた。結果、今では中山自転車はその暴力団のマネーロンダリング会社に成り下がっている。

「詳しい背景説明はしないぞ」山野は言葉をつづけた。「そんなこと知ったって、意味はないからな。今日の夕方、中山自転車は新業種への参入を表明する。おそらく、西の方のだれかが大金を必要としてるんだ。株価を引き上げたり、第三者割り当て増資とかなんとか、とにかく金を引っ張ろうとしている。それがあるから、大々的に発表することになってる」

「だとしたら株価はあがりますね」

「ところが、だ」山野は嬉しそうに笑った。「中山自転車には警察が目をつけてる。捜査もかなり進んでて、あとはいつ踏み込むかって段階になってるらしい。中山自転車と西の連中はそのことはまったく知らん」

「ということは——」

「ってことは、これからガサ入れ、逮捕を狙ってる連中が性懲《しょうこ》りもなく金を作ろうとしてるなんてことがわかったら、警察は明日にでも動くだろうってことだ。銘柄が銘柄だからな、倍にはならんだろう。それでも明日の午前中に確実に値上がりして、取引終了前には確実に暴落する。やばい株だからな。でかい金を注入すると目をつけられる。それから、売り抜け時を見間違えるなよ」

「ありがとうございます」

「いいって。あんたが復活する時を首を長くして待ってるから、その時にこのことを思い出してくれよ」

山野はそういって電話を切った。とりあえず餌は手に入れた。餌をつけるべき釣り針と竿《さお》は興信所からの連絡を待つしかない。それに、釣り針と釣り竿が手に入ったとしても、獲物が餌に食いつくとは限らない。他にできることは、小久保と大津の接触を引き延ばすことだけだ。

宮前は稗田と紀香に電話をかけた。

30

稗田は受話器を叩きつけるように置いた。宮前からの電話は驚きを通り越して怒りすらかき立てる。なによりも、これだけの重要な情報を紀香が稗田には報せず、宮前にだけ報告したという事実が腹立たしい。

そのうちこっぴどくお仕置《しお》きしてやらなきゃならねえな――口の中でひとりごちながら、稗田は腕を組んだ。

紀香のことはさておき、宮前からの指示をどうこなすかを考えなければならない。小久保と接触する時間をできるだけ少なくするために大津を引きずり回したい、なにかいいアイディアを考えてくれ――宮前はそういった。いうは易く行うは難しの典型だ。堅気や同業者ならまだしも、相手が警察となれば事はおいそれとは運ばない。

稗田は自分のデスクに座り直し、頭を抱えた。谷岡に頭を下げることはできないし、本家筋の連中の協力を仰《あお》ぐこともできない。分け前を手にする人数は少なければ少ないほどいい。

一時間ほどそうしていたが、アイディアはなにひとつ浮かばなかった。

「ちょっと外回りにいってくるぞ」

だれにともなく呟いて、稗田は会社を後にした。

＊＊＊

パチンコをしながらさらに頭を捻《ひね》った。新型機種だと謳《うた》われている台はよく回るが、当たりはなかなかでない。苛立ちがさらに増幅していく。新宿署生活安全課の警部補――現場に出てくることも滅多にない。そんな相手をどう引きずり回せばいいというのか。

「あら、睦樹ちゃんじゃない」

パチンコ台を睨んでいると、背中から声をかけられた。女言葉にそぐわない野太い声だった。振り返ると案の定、ジャージ姿の〝早苗《さなえ》〟が立っていた。

「久しぶりじゃない。なに怖い顔してるのよ？」

「余計なお世話だよ」

稗田は舌打ちしながらパチンコ台に向き直った。早苗が右隣の席に腰をおろすのが視界の隅に映る。よく手入れはされているがいかつい手がプリペイドカードをスロットに差し込んだ。かつてはその手の甲にも密集した体毛が生えていた。大金をかけて身体中の体毛をレーザー処理したのだと聞いている。

「こんな時間からパチンコかよ？　店、儲かってるのか？」

「そんなわけないじゃない。最近の男はさ、わたしみたいなおカマの良さがわかるやつが少ないのよ。睦樹ちゃん、たまには遊びに来てよ」

「そんな暇があったらな」

「暇があるからこんな時間にパチンコしてるんでしょ？」

早苗は口を尖らせた。外見も声も男そのものだが、仕種にはそこはかとない色気がある。元はといえば日体大でラグビーをやっていた体育会系の男だった。卒業後は新聞社に勤め、サツ回りの記者としてあちこちを駆け回っていた。それが、どこでどうなったのか、自分の中の同性愛傾向に気がつき、三十も半ばを過ぎてから新聞社をやめ、ゴールデン街に店を持っておカマとして生きはじめたらしい。〝早苗〟は源氏名であると同時に店の名前でもある。そっちの気のある仲間に連れられて店を訪れたことが何度もある。稗田にはその気はなかったが、サッカーとラグビー、同じ体育会系ということもあって話は弾んだものだ。

「その顔じゃ、睦樹ちゃんも景気悪そうね」

「景気が悪いわけじゃないんだけどな。どうにも勤め人ってのが性に合わない」

「そりゃそうよね。満員の通勤列車に乗るのが嫌で盃もらったっていう変《か》わり種《だね》だもの、睦樹ちゃん」

「毎日会社に行って、給料もらってよ。馬鹿馬鹿しくてやってられねえ。だけど、本家の決めたことに逆らうこともできねえしな」

「やくざも宮仕えと一緒だもんねえ」

「うるせえよ――」

早苗を罵って煙草に手を伸ばそうとした瞬間、頭の中にもやもやとした塊が浮かんだ。早苗は元新聞記者。新聞記者――ジャーナリスト。イエロージャーナリストにブラックジャーナリスト。連想ゲームのように言葉が次々と浮かんで消えていく。

小久保と大津のそもそもの繋がりとはなんだ？　ハピネスと警察の癒着だ。顧客の犯歴照会、やくざとのトラブル防止のため、ハピネスは警視庁や各所轄の幹部クラスの警官にビール券やスーツの仕立券を送っている。さらに、警察の内務調査にも例の顧客情報データベースを使って協力している。宮前はそう推測していたのではなかったか。

街金と警察の癒着は大スキャンダルだ。だが、どんなメディアもそんな情報を流してはいない。臭いと睨んでいる連中も警察権力に怯えているからだ。だが、根無し草の連中ならどうだ？　イエロージャーナリストにブラックジャーナリスト。ジャーナリズムの名のもと、金儲けに奔走《ほんそう》しているハイエナども。

そんな連中を使って大津に揺さぶりをかければ時間稼ぎにはなるかもしれない。都合のいい男もひとり、知っている。

そこまで考えて、大津は腰をあげた。パチンコ台の画面が煩わしいほどに明滅している。「大当たり」のデジタル文字が小躍りしている。

「ちょっと、連チャンでもないのに立ってまで喜ぶことないでしょう？」

早苗があきれ顔で稗田を見あげた。

「そうじゃねえんだよ。そうじゃねえんだ。早苗、助かったぜ。おまえのおかげでいいアイディアが浮かんだ。この台、おまえにくれてやるからよ」

唾を飛ばしながらそういって、稗田は踵を返した。パチンコなどにうつつを抜かしている場合ではない。一刻も早くあの男を捕まえなければ。

「ちょっと。なにが助かったのかわからないけどさ、礼をくれるんなら、睦樹ちゃんのチンコにしてよ」

早苗の下品な声が背中を追いかけてくる。稗田は思わず苦笑した。

＊＊＊

三本目の電話で菊田《きくた》を摑まえた。飲み過ぎかなにかで寝ていたのだろう、電話に出た声はかさかさに乾き、ひび割れていた。有無をいわさぬ口調で一時間後に新宿の喫茶店まで顔を出せと告げ、来なかったらどうなるかわからないぞと脅しをかけて電話を切った。

菊田和久《かずひさ》。業界紙出身のブラックジャーナリスト。記事を書くことより、自身が得た情報を金に換えることに勤《いそ》しむ男。かつて、サムワンが仕掛けていた企業買収を嗅ぎつけ、それをネタに小金を稼ごうとして稗田たちにこっぴどく痛めつけられたことがある。こすっからいのだけが取り柄のような男で、同席しているだけでも自分の魂《たましい》が汚されていくような気がしたものだ。

ろくでもない男だが、それゆえに、そのろくでもなさは一部でも知れ渡っている。今度の件には打ってつけの男だ。手綱《たづな》さえ、きちんと握っていればの話だが。

稗田のいいつけより十五分遅れて、菊田は喫茶店にやって来た。上目遣いの媚びるような表情で何度も頭を下げながら稗田の向かいの席に腰をおろす。

「遅刻だ」

稗田はむっつりした顔で告げた。途端に、菊田の表情が凍りつく。

「勘弁してくださいよ、稗田さん。これでも慌てて飛び出てきたんですから」

菊田の髪の毛は寝癖がついていた。顔は蒼白《そうはく》で、アルコールの匂いを撒き散らしている。

「何時まで飲んでたんだよ？」

「五時まで……」

「景気がよさそうじゃねえか、そいつはよ」

「と、とんでもない――」菊田は顔の前で大袈裟に手を振った。「貧乏暇なしってやつで。飲んでたっていっても、ゴールデン街ですからね。ひとつの店に居続け。できれば、綺麗所がいるクラブ辺りで豪勢に遊びたいんですけど」

「だったらな、いいアルバイトがある」

「なんですか？」

菊田の目が輝いた。どこまでもげんきんな性格にできあがっている。

「おれのいうことをやってもらいてえんだ。質問はなし。余計なこともいっさいやらねえ。約束できるか？」

「いくら貰えるんでしょう？」

「おまえの働き次第だ」

輝いていた菊田の目がすっと冷えた。

「お断りしてもいいものなんでしょうか？」

「断る？　おまえ、なにかいったか？」

「いいえ、滅相もありません。稗田さんにはあの節は大変お世話になりましたからね。やります。やらせてもらいます」

「しくじったり、余計なことを企んだりしやがったら、ただじゃすまさねえ。わかってるな？」

稗田は声に凄みを利かせた。自分でも惚《ほ》れ惚《ぼ》れするほどドスの利いた声だ。菊田が竦《すく》みあがる。やっぱりおれに一番向いているのは極道だ――稗田は菊田の顔を睨みながら自分の境遇を呪った。

「も、もちろんですよ。怒った時の稗田さんの怖さ、よく知ってますから。で、なにをすればいいんですか？」

菊田の表情は目まぐるしく変わる。怯えと打算、あるいは金の匂いを嗅ぎつけたハイエナの笑顔。手綱はきっちりと握らなければならない。

「新宿署に大津って警部補がいる」

「警察絡みですか？」

「それがどうした？」

「どうしたって……やばい仕事は勘弁してくださいよ」

「なにいってやがる。やばかろうがなんだろうが、金になりそうなことならなんにでも首を突っこむくせによ。そのせいで、何度も危ない目に遭ってるんだろうが」

「そ、そりゃそうですけど、わたしもけっこうな年になってきましたからね。そろそろ危ない橋を渡るのは控えめにしたいと……」

「ふざけたこと抜かしてるんじゃねえぞ、こら」

菊田は両手を顔の前であわせて拝むように何度も頭を下げた。

「怒らないで。ね、稗田さん。あんたマジで怖いんだから、怒らないで。お願いしますよ」

稗田は深呼吸を繰り返した。あっという間に頭に血が昇り沸点《ふってん》に達してしまった。このあたりを自制できなければ上には昇れない。

「おまえの働き次第だっていったがよ、マジな話、きっちり働いてくれればそれなりの金はくれてやる」

「わかりました。やります。やりますから、仕事の内容、説明してください」

「あんたもジャーナリストの端くれなら、ハピネスと警察の繋がりぐらい、耳にしたことがあるだろう？」

「ありゃけっこう有名な話だからね。でも、みんな怖がってどこにも書かない。警察だけならともかく、あそこはね、ほら、怖い人たちも後ろに控えてるし」

暴力団に右翼団体、それに警察。ハピネスの原があれだけでたらめを繰り返してもなんとかやっていけているのは、この三つの組織をうまく扱っているからだ。三竦み。警察はやくざに強く、右翼に弱い。やくざは右翼に強く、警察に弱い。右翼は警察に強く、やくざに弱い。その間隙《かんげき》を縫うようにしてハピネスは業績を上げている。

「別にそれをどこかに書けといってるわけじゃねえんだ。そいつをネタに、大津って警部補を引きずり回してもらいてえんだよ」

「どういう意味です？」

「大津に電話して、ハピネスとの癒着に関して匂わすんだ。新宿署じゃ大津がハピネスとの窓口を請け負ってることは確かだからな」

「そんなことしたら、日本中のおまわりに狙われかねないじゃないですか」

「だから、本格的に強請《ゆす》れといってるわけじゃねえんだよ。それとなく匂わせるんだ。金の話も交えてな。それで、一週間から十日ぐらい、大津をあんたに付きっきりの状態にさせておきてえんだよ」

菊田の目に理解の光が灯《とも》った。

「なるほど。稗田さんがなにか企んでる間、その大津ってのをなにかに釘付けにしておきたいんですね?」

「そういうことだ。できるか?」

「その大津っての、切れるおまわりですか?」

稗田は首を振った。

「うだつのあがらねえ準キャリだ。上におべっか使うことしか考えてねえ」

「だったら、なんとかいけるかもしれないですね……だけど、新宿署の警部補なんか引っかけて、稗田さん、なに企んでるんですか?」

「おまえの知ったことじゃねえだろう」

稗田は目を細め、低い抑制の利いた声でいった。ドスを利かせるよりそちらの方が菊田には堪えたらしい。崩していた体を真っ直ぐ伸ばし、媚びを交えた仕種で何度もうなずいた。

31

携帯電話を切りながら、小久保は首を傾げた。大津に電話が繋がらない。二日前に電話をかけた時には、近々時間を作って充分に計画を練ろうと話していたというのに。

借金返済の期日が目前に迫ってきている。金を返せないのはわかっているが、近い将来に金が入ると確信しているのとそうでないのとでは、綱井と相対した時の自信が違う。おろおろしていれば足元を見透かされるのが落ちだ。

意を決して、小久保はデスクの上の電話に手を伸ばした。新宿署に電話をかけ、生活安全課の大津警部補を呼び出す。

「申し訳ありません」受付が繋いだ電話に出たのは大津ではなかった。「大津警部補は会議中でして……どちら様でしょう?」

「小久保と申します。よろしければ、ご連絡頂きたいとお伝え願えますか?」

「小久保さんですね?　わかりました。確かに伝えておきます」

腑に落ちずに電話を切った。会議とは捜査会議の意味なのだろうか。新宿署の所轄管内で捜査本部が置かれるほどの重大な事件が起きたという話は聞いていない。

いずれにせよ、大津を摑まえなければ事は進まない。小久保はじりじりしながら電話を睨みつづけた。

＊＊＊

一時間半後に大津から電話がかかってきた。

「どうしたんですか、大津さん。携帯、全然通じないじゃないですか」

「すまん。ちょっと突発事態が起きてな。そっちにかかりっきりなんだ」

大津の声はどこか他人行儀《たにんぎょうぎ》だった。

「そんなんじゃ困りますよ。すぐにでも計画を練らないと――」

「あんたの気持ちはよくわかるが、こっちもそれなりの事情があるんだよ」

「だけど、それじゃ――」

話が違うという言葉を小久保は飲みこんだ。大津は苛立っている。いたずらに刺激しても良い結果は得られそうにない。

「こっちの方は来週中にケリをつける。悪いが、それまで待ってくれないか？」

「大きな事件でも起きてるんですか？」

諦めきれずに小久保は訊いた。

「いや。うちの内部の問題なんだ」大津の声に落ち着きが戻った。「うちとハピネスの関係を嗅ぎつけたやつが、おれに電話をかけてきてな」

「どういうことですか？」

心臓が早鐘《はやがね》を打った。警察との癒着、暴力団との癒着、右翼団体との癒着――ハピネスを脅迫するための材料が外部に流れているとなると、大津は態度を改めるかもしれない。

「そっちとの癒着をどこかで記事にされたくなかったら金をよこせといってきてるんだよ。たぶん、証拠もなにもない憶測記事になるんだろうが、こっちは悪い風聞《ふうぶん》を気にしすぎる体質なんでな。そっちに迷惑をかけないように。なんとか内々だけで処理しようとしてるんだ」

「それは、ありがたいことですが……」

「だろう。そっちの会長にこの件が伝われば、あんたの進退問題にも関わってくるんじゃないか？」

大津の指摘するとおりだ。前後の状況など考えずに原は小久保を非難するだろう。いや、退職金の前借りの話を否定したあの時の原の態度を考えれば、即刻馘にされるかもしれない。

顫えが来た。ほんの数週間前までは紀香と知り合ったおかげで運が上向いてきたと感じていたのに、今では四面楚歌《しめんそか》そのものだ。

「ほ、本当に来週中に片がつくんですか？」

「当たり前だ。これはおれたちに対する挑戦みたいなもんだからな。おれたちを舐めたらどうなるか思い知らせてやる必要があるんだ。来週末には全部片がついてるさ。とにかく、あの件はこっちから連絡する。それまで待っていてくれ」

大津はそういって電話を切った。心臓の片隅に取り憑いた不安が全身に広がっていく。小久保は欠けたふたつの奥歯を舌でなぞった。不安は強まっていくだけだった。

＊　＊　＊

「そりゃどういうことだ、小久保さんよ？」

金はないと告げると、綱井は声を荒げた。小久保はその剣幕に首をすくめた。

「い、今はないといったんです。もう少し猶予をいただければ、なんとか用意しますから待っていただきたいと――」

「なんとかじゃ話にならねえだろう、小久保さん」

風林《ふうりん》会館一階の喫茶店だった。綱井はあたりを憚らずに大声で話している。奇異《きい》の視線を向けてくる者はひとりもいなかった。

「か、必ずです。必ず用意します」

「いつだ？」

「一ヶ月後には――」

「それじゃ話にならねえな。今日が期限だって、あれほど念を押しておいたじゃねえか」

「あれだけの大金、そう簡単には用意できませんよ」

「使う時はあっという間に使い切るくせにな」

綱井の皮肉に、小久保は引きつった笑みを浮かべた。

「すみません」

「すみませんじゃすまねえからこういうことになってるんだよ。一ヶ月待てだ？　冗談じゃねえ。

そっちは天下の街金様じゃねえか。一千万や二千万ぐらいの現金、会社の金庫に眠ってるんだろう？　聞いたことがあるぜ。おたくの会長、ソウルでバカラにはまって一晩で三億負けたそうじゃねえか。ハウスに借りた金返すのに、カジノの人間を新宿の本社に呼んで、金庫から取りだした現金で支払ったってな」

　三億というのは大嘘だ。原が負けたのは一億でしかない。それでも、個人の遊興費と会社の金を混同しているという事実は曲げようがなかった。

「そ、それは会長だからできる話であって、わたしは一介の課長ですから」

「じゃあ、うちに借りてる金はどうなるんだよ？」

「ですから、一ヶ月待っていただければ――」

「二千万だな」

　綱井は相好を崩した。罠にかかった獲物を見つけた猟師《りょうし》のような笑みだ。実際、その金額を口にするタイミングを今か今かと待ち構えていたのだろう。

「そんな無茶な」

「無茶なもんか。利息だよ、利息。元金と合わせて二千万。一ヶ月後ならその額になるんだ。これでもよ、小久保さん、こっちは甘くしてやってるんだぜ。ハピネスの年利より低いぐらいじゃないのかい」

　利息を上乗せされるだろうということは予め考えていたが、二千万という数字は予想外だった。小久保は綱井を睨み、逆に睨み返されて怯《ひる》み、たじろいだ。

「い、今、退職金の前借りをするための手続きを進めてるんです。来月にはその手続きも済んで金が入りますから」

唇を噛みたい気持ちをこらえてそういった。大津との話が順調に進んでいれば、もっと気を大きく持ったまま綱井との会見に挑むことができたのに――なにもかもが思うとおりに進まない。苛立ちと失望感だけが強まっていく。

「ほう、退職金の前借りね。ハピネスの総務課長ともいったら、退職金もそれなりの額になるんだろうな、小久保さんよ。だったら、利率も上げさせてもらうか」

「か、勘弁してくださいよ、綱井さん」

「冗談だよ、冗談。だけど、ぶっちゃけたところ、いくらぐらい出そうなんだ？」

冗談めかした笑顔の奥で、狡猾《こうかつ》そうに舌なめずりしているのがよくわかる。摑まえた獲物は骨までしゃぶり尽くすというのが綱井のような人間たちのやり方だ。

「原はケチで有名なんです。綱井さんも知ってるでしょう？　さんざん値切られて、退職金の満額の六割にケチられました。綱井さんに二千万支払ったら、ほとんど残りません」

「確かに、あんたんとこのあれのケチぶりは有名だからなあ。あんたも可哀想にな。まともな会社でおれたちみたいなのと毎日付き合わされるサラリーマンなんてそうはいねえぜ。そこまで会社に尽くしてるってのになあ……せこいやつってのはとことんせこいもんだな」

綱井に同情されても嬉しくもなんともない。だが、小久保は愛想笑いを浮かべた。

「そうなんですよ。最近はほとほと愛想が尽きてるんですが――」

「念書、書けよ」

「はい？」

「念書だ。一ヶ月後に元金と利息を含めた二千万、耳を揃えてお返ししますっていう念書を書け。そうしたら、待ってやる」

綱井は腕を組んでソファにそっくりかえった。綱井の隣にいてさっきから一言も口を利かなかった若い男が紙とペンをテーブルの上に置いた。ご丁寧にも朱肉《しゅにく》まで用意してある。

「念書はご勘弁を。綱井さんが持ってるというならまだしも、他人の手に渡ったら――」

「おれが持ってるよ。ぐちゃぐちゃいってねえで早く書けよ。書けねえっていうなら、今すぐ一千五百万、ここに出しな」

綱井はどうしても念書を書かせるつもりなのだと小久保は悟った。一ヶ月後に二千万を返せばそれで済むが、そうでない場合、念書は他人の手に渡り、見ず知らずのけだものたちに小久保は骨の髄までしゃぶられることになる。

「どうしてもですか？」

抗いたいのに手が勝手にペンに伸びていく。小久保は自己嫌悪に駆られながら綱井に訊いた。

「当たり前だ。あんたのところだって、金を借りに来る人間になにか書かせるんだろう。それと同じだよ。カジノがあったときにゃ、カジノ内で全部済ませてたがな。もう、それは過去の話だしな」

綱井は嬉しそうに笑っている。抑制を利かせていなければ、小久保の目の前で舌なめずりすらするだろう。小久保はため息をひとつ漏らし、ペンを走らせて念書を書いた。

32

小久保は三日間姿を現さなかった。電話連絡もない。こんなことはこれまでにはなかった。だからといってこちらから電話するのもためらわれる。三日姿を現さなかったからといって客に電話するホステスも珍しい。

美和は小久保に電話する代わりに、宮前に電話をかけた。宮前も不在だった。こめかみの血管が膨れるのを感じながら、美和はメッセージを残した。

「ふざけないでよ。わたしだって仲間なんだから、なにがどうなってるのかぐらい教えてくれてもいいんじゃない!?」

三十分後に宮前から電話がかかってきて、六本木で落ち合うことが決まった。

＊　＊　＊

宮前は小型のノートパソコンをかかえて喫茶店にやって来た。席につくなりモニタを開きパソコンを立ち上げた。

「ちょっと、なにしてるのよ?」

「悪い、少し待ってくれ。いろいろ集めなきゃならない情報があってな」

「小久保さんに関係したこと?」

宮前は視線を美和に向けようともしなかった。腹に据えかねる。わたしがいなければ、なにもできなかったくせに。

「ああ。大津って警官をなんとかしようと思って、おれと稗田で動いてるんだ。今のところうまくいきつつある」

宮前の両手が忙しなく動く。注文を取りに来た店員にも、宮前は素っ気なくコーヒーと告げただけだった。

「動いてるって、なにを?」

「大津はネット上での株取引にはまってる。動かしてる金はみみっちいもんだけどさ。それで、おれがネット・トレーダーを装って大津に近づいて、十万ほどの金を儲けさせてやったんだ。もっと儲かる株はないかと一日に何通もメールが来るよ」

宮前はやっと顔をあげた。目の下に隈ができている。美和の店にも株を商売にしている客がいるが、だれもが口を揃えてこんなにきつい商売はない、いつだって時間との勝負だと口にする。そういう客はいつも早めに来て早めに席を立つのだ。早朝から情報をかき集め、株式市場が開く時間に備えなければならないからだ。宮前もおそらく睡眠時間を削っているのだろう。

「稗田さんはなにしてるの?」

「知り合いのブラックジャーナリストを使って大津に揺さぶりをかけてる。ハピネスと警察の癒着をばらすぞって……それへの対応と株の売買で、大津は身動きが取れなくなってるよ。少なくとも一週間は小久保から離しておける。株の方がうまくいけば、大津に大損をさせることもできるから、そうなれば、小久保どころじゃなくなるだろうな……で、小久保はどうしてる?」

話している間も、宮前は両手を動かしつづけていた。ちらりと見えるパソコンのモニタには色分けされた棒グラフが映っていた。

「それが、この三日、音沙汰なしなの」

「頼みの綱の大津が頼りにならないとわかって慌ててるんだろうな」

「携帯も留守電になってるし、三日顔を出さないぐらいでそうしょっちゅう電話かけるのもおかしいでしょう？　付き合ってるわけでもないのに」

宮前の手が止まった。モニタを見るのをやめ、美和の顔を凝視する。

「なによ？」

「紀香、おまえ、小久保と寝られるか？」

「ちょっとぉ――」

美和は唇を尖らせた。宮前を牽制《けんせい》するためのポーズだった。小久保のことは気に入っている。可愛いとさえ思う。たぶん、求められればゆるすことになるのかもしれない。それでも、小久保のような男に惹かれているという事実を知られるのは、美和のプライドがゆるさなかった。

「どうしてもというわけじゃないんだ」美和の表情に宮前は怯んだ様子を見せた。「ただ、あいつがいつも大事そうに抱えてる鞄があるだろう？　あれの中身を見たいんだ」

小久保の鞄――店にいる時だって預けることはせず、常に足元に置いている。

「それとわたしが小久保と寝ることとどういう関係があるのよ？」

「おまえの部屋に誘って欲しいんだ。ベッドルームでおまえたちがやってる間、おれと稗田で鞄の中身をコピーする」

「わたしがあんな男に抱かれて嘘の声出してるの、佳史ちゃんたちに聞かれるわけ？　いやよ、そんなの」

「おれたちは鞄を持って外に出るんだよ。コピーするっていっただろう？　書類だけじゃない。小久保が持ってるパソコンのハードディスクもコピーしたいんだ」

「それって時間がかかるんじゃないの？」

「そうだな……容量にもよるが、最低でも二時間は欲しい。その間、小久保をベッドルームから出さないでくれると助かる」

「どうしてもじゃないって、さっき佳史ちゃんいったわよ」

「どうしてもいやだっていうんなら、他の方法を考えるしかないけど……」

宮前は言葉を濁した。そうやって、他のやり方は手間がかかると匂わせる。狡《ずる》い男たちが使う常套手段《じょうとうしゅだん》だった。

「じゃ、他の方法考えてよ」

美和は素っ気なくいった。宮前はわざとらしいため息を漏らし、パソコンに視線を戻した。コーヒーが運ばれてきたが、その間もパソコンを操作しつづけた。平然とした顔をして、その実、必死になって打開策を考えている。なんとかしてくれと美和に泣きつくには、自尊心が高すぎる。もともとたいしたこともない自尊心のくせに。男たちのそういう部分にはほとほとうんざりさせられる。その点、小久保は楽だ。もともと低い自尊心。泣き言をいうのにも、繰《く》り言《ごと》をいうのにもためらいはない。底が浅いといえば浅いのかもしれないが、無理にもったいをつけようとする男たちに比べれば、よっぽど可愛いと美和は思う。

「なにかいい考えはないかな？　二時間だけ、小久保とあの鞄を引き離しておければいいんだ」

いいアイディアが浮かばなかったのか、沈黙に耐えかねたのか、宮前がやっと口を開いた。

「休日にデートに誘っても、あの鞄持ってこないわよ……そうだ、休みの日、小久保さん、どこに鞄置いてるんだろう？　家には全然帰ってないみたいだし、どこかのホテルかな？　わたしがデートに誘ってる間に、ホテルの部屋に忍び込めば？」

「簡単にいうなよ。おれも睦樹もプロの泥棒ってわけじゃないいんだぜ。ホテルの部屋になんか、おいそれと入り込めやしないよ」

「だから、気づかれないように小久保さんから部屋の鍵《かぎ》を盗めればいいんでしょう？　終わった後で気づかれないように戻しておけばいいいんだから」

「どうやって鍵を手に入れる？」

宮前はテーブルの上に身を乗り出してきた。パソコンは放ったらかしだ。メールが届いたことを報せる電子音が鳴っても、振り返りさえしない。

「たとえば――」美和は腕を組んだ。「プールに誘ったりとか。そうしたら服脱ぐでしょう？あ、でも、小久保さん自分の裸に自信がないっていってたから、プールはだめか」

「服を脱ぐシチュエーションか……」

「小久保さん、休日だってスーツだから。ネクタイ締めてないだけで。財布でもなんでも上着のポケットに入れてるんだよね……そうか、上着だけ脱がせればいいんだ」

美和は記憶をまさぐり、探していたものを見つけて目を輝かせた。

「どうした？　なにか考えついたか？」

「前にね、小久保さんのスーツあんまりよれよれだから、わたしが新しいのプレゼントしてあげるって話したことがあるの。もちろん、ブランド物なんかじゃないわよ。紳士服の青山とかああいうところで。週末、デートに誘って紳士服売り場で試着させるから、その隙に鍵を取れない？」

宮前は首を捻った。目がわずかに細くなっている。真剣に考えている証拠だ。

「やってみる価値はあるかもしれない。だけど、それがうまくいかなかったときは――」

「その時は、わたしも度胸決めるわよ」

美和はいった。宮前が唇を舐め、パソコンを閉じた。

「頼むよ、紀香。今のところ、おまえだけが頼りなんだ」

＊＊＊

電話が繋がらないのなら、メールを打ってみるしかない。美和は宮前と別れた後で小久保のアドレスにメールを送った。携帯ではなく、パソコンのアドレスだ。一時間後に電話がかかってきた。

「ごめん、ごめん。ここんとこ、ちょっと忙しくてさ。店にも顔出せなかった」

小久保は明るく振る舞おうとしていたが、声は重く湿っていた。

「いいのよ、そんなこと。今日はね、ちょっと話したいことがあってメールしたの」

「話したいこと？」

「うん。紀香ね、今月も売り上げナンバー一決定。小久保さんのおかげだよ」

「そりゃよかったね」

「それで、社長から金一封が出たの。たいした額じゃないんだけど、ほら、前に話したでしょ、小久保さんにスーツ買ってあげるって。今度の土日、どっちか空いてない？」

「そんな、悪いよ」

「全然悪くないよ。紀香の売り上げ伸びたの、絶対に小久保さんのおかげだから。ね、遠慮しないで。紀香の気持ちだから。なにもヴェルサーチのスーツ買ってあげるっていってるんじゃないんだし」

「そうかい……でもいいのかなぁ？」

「いいの。ね、小久保さん、土曜と日曜、どっちがいい？」

「日曜かな……」小久保は呟くようにいった。「その前に、今日、店に顔出してもいいかな？　また、愚痴聞いてもらうことになるかもしれないけど」

「小久保さんのことなら、いつでも待ってるわよ。今日、一緒にご飯食べる？」

「その時間はないんだ。でも、とにかく顔は出すよ。じゃあ、後でね」

電話が切れた。小久保の声はあまりにも元気がない。まるで死人が喋っているかのようだった。そこまで追いつめられているのだろうか——胸が痛む。美和は首を振り、心の痛みから目を逸《そ》らして携帯を閉じた。

＊＊＊

小久保は見るからにくたびれていた。身体全体がむくみ、顔が黒ずんでいる。目の下にははっきりそれとわかる隈。グレイのスーツはよれよれなのを通り越して今にも擦り切れそうに見える。

「疲れてるみたいね、小久保さん。大丈夫？」

冷たいおしぼりを渡しながら、美和は小久保の顔を覗きこんだ。

「うん。ちょっとややこしい仕事を抱えててね。ベッドに潜り込んでも、そのことばかり考えて、なかなか眠れないいんだ」

「また、こっち関係の仕事？」

美和は人差し指を自分の頬に当てて上から下に走らせた。

「いや、そういうわけじゃないけど」

「水割りにする？　烏龍茶かなにかの方がいいんじゃない？」

「紀香はいつも優しいなあ。紀香だけだよ、おれにそんなに優しくしてくれるのは」

小久保はおしぼりで顔を拭きだした。どこからどう見ても中年男の仕種。それでも、また胸が痛みはじめるのを止めることができない。

「とにかくさ、この店にいる時は外のこと全部忘れて、楽しんじゃお。ね？」

「ああ、そうしよう。水割りを作って。烏龍茶っていう気分じゃないんだ」

美和は薄い水割りを作った。早い時間帯のせいで、店内はまだすいている。黒服を呼び、あいている女の子をどんどんつけるようにと指示した。

「他の女の子はいいよ。今日は紀香の声が聞きたくて来ただけなんだから」

「ほんとに？　今の時間だったら、若くて綺麗な子、いくらでも呼べるのよ」

小久保はおしぼりで首筋を拭いながら首を振った。

「そう。じゃ、できるかぎり紀香が小久保さんの席についてるね。さ、乾杯しよう」

グラスとグラスが宙でぶつかり、乾いた音をたてる。氷が揺れ、照明を反射させ、淡い琥珀《こはく》色の液体が渦《うず》を巻く。

「もしかするとさ――」グラスに口をつけながら小久保はいった。「そのうち、この店にも来られなくなるかもしれないな」

「どういうこと？　飽きちゃった？」

「そうじゃなくってさ。会社を追い出されるかもしれないんだ。退職金もなしでね。それで苦労してるんだ――」

最初から溜まっている鬱憤を晴らすつもりで来たのだろう。小久保は蛇口《じゃぐち》が壊れた水道のように喋りつづけた。〈ロッソ・ネッロ〉の借金。無下《むげ》に断られた退職金の前借り、馘だという脅し。大津――小久保は佐藤といいはった――との話し合い。大津が摑まらないこと。翻意《ほんい》したのかと小久保は疑っている。大津が頼りにならないのなら、金策《きんさく》に走らねばならない。だが、それもうまくはいかない。

「おかしいだろう？　金貸しのくせに、金を借りるあてがないんだ」

吐き出した言葉の分を補《おぎな》おうとしているかのように、小久保はグラスを次々に飲み干した。薄目に作ってあるとはいえ、もうかなりの量のアルコールを摂取したことになる。小久保は酩酊しはじめていた。

「ハピネスなんか、くそ食らえっていうんだよ。おれがさ、なにもかもをぶちまければ、あんな会社一発で終わりなんだ」

「でもさ、そんなことしてもなんにもならないじゃない。なんとかして、小久保さんの退職金だけでも取り返そうよ」

「だからさ、佐藤がちゃんとしてくれるのを待ってるんだよ、おれは。それなのにあいつと来たら――」

小久保はそういって肩を落とした。泣き出しそうになるのを必死に堪えている子供のようだった。

「佐藤さん以外に頼りになる人いないの？」

美和は訊いた。小久保は黙りこくった。本当に孤独な男なのだ。胸が締めつけられる。甘い感情ではないことはわかっていた。同情だ。小久保に同情し、小久保を憐《あわ》れんでいる。

「そんな顔しないで。なんとかなるよ、小久保さん」

「……ありがとう。そんなことをいってくれるのは紀香だけだよ」

「とにかくさ、スーツ買いに行こう？　あまり気休めにならないかもしれないけど、気晴らしにはなるでしょう？」

ちくちくと痛む心から目を逸らして、美和は陽気な口調でいった。小久保の顔が少しだけほころんだ。

「そうだな。紀香に甘えようか」

「甘えて、甘えて。こう見えても紀香、姉御肌《あねごはだ》なんだからさ」

「おれも親分肌に生まれてきたかったよ」

小久保はいった。冗談のつもりだったのだろうが、言葉の響きがあまりに切実《せつじつ》すぎた。小久保は泣き笑いの表情を浮かべて自分の手の中のグラスを見つめた。

「じゃあさ、約束の時間と場所決めようよ。小久保さん、週末はどこに泊まってるの？」

「イーストシティ新宿ってところさ。伊勢丹《いせたん》パークシティの先の」

小久保はあっさりと答えた。美和はがっかりした気分を味わって、自分で首を傾げた。

33

「来たぞ。あれだろう？」

稗田に脇腹を小突《こづ》かれて、宮前は顔をあげた。フロアは混み合っている。若い男女の群衆の中に、紀香と小久保の顔が垣間《かいま》見えた。新宿伊勢丹メンズ館の五階。セール期間に突入したということもあって、紀香は安売り紳士服屋はやめて伊勢丹に行くと連絡してきた。小久保の定宿《じょうやど》は伊勢丹パークシティのすぐそばだという。これ以上都合のいいことはない。フロアの混雑具合も格好の隠れ蓑《みの》になる。

紀香と小久保は腕を組んでいた。お似合いのカップルとはお世辞にもいえないが、紀香が芝居をしているとも思えない。どちらかというと、紀香が率先して小久保の腕に自分の腕を絡めている。

「思いっきり浮いてるぜ、小久保のやつ。伊勢丹って感じじゃねえもんな」

稗田は独り言のように呟いた。

「おまえだって伊勢丹って感じじゃないだろう」

宮前は反射的にそう口にした。稗田は苦笑し、頭を掻いた。

「あいつよりましだと思いてえんだけどな。さ、冗談はもうお終《しま》いだ。仕事に取りかかろうぜ」

紀香は小久保をフロアの中央に誘導している。インターナショナルカジュアルウェアというコーナーだ。五階のフロアをぐるりと取り囲むように並んでいる高級ブランドよりはリーズナブルな衣服がディスプレイされている。

宮前と稗田は服を見る素振りを装いながら、少しずつふたりに近づいていった。紀香の声が段々聞き取れるようになってくる。

「ねえ、これなんかいいんじゃない？」

「ちょっと派手すぎるよ。休日に着るならいいけど、会社には着ていけない」

はしゃぐ紀香に、小久保は満更でもなさそうに受け答えしている。

掌がじっとりと汗ばんできた。インターネットや株の取り引きでは犯罪ぎりぎりの行為を何度も繰り返してきたが、実際に自分の手を汚す犯罪行為に携《たずさ》わるのはこれがはじめてだ。簡単な仕事だと自分にいい聞かせてもアドレナリンの分泌《ぶんぴ》はとまらない。宮前は相棒の横顔を盗み見た。稗田は落ち着いている。場数を踏んでいるだけのことはある。稗田にとって、今日の仕事など犯罪の内には入らないのだろう。

「あ、あれがいいよ、小久保さん。あれなら絶対に似合うし、仕事に着ていっても変じゃないよ」

紀香が声を張りあげて、小久保の腕を引いた。明るいネイヴィカラーのジャケットを手にして小久保の背中にあてがう。

「ほら、この色合いなら明るいし、小久保さん雰囲気が変わって女子社員の好感度アップだよ」

「そ、そうかな？」

小久保は頬を赤らめて紀香が手渡したジャケットをしげしげと眺めた。

「おい、そろそろだぞ」

稗田が押し殺した声でいい、歩くスピードを速めた。宮前は慌ててその後についていく。

「ちょっと派手すぎるんじゃないかな？」

「そんなことないよ。試しに、ちょっと羽織《はお》ってみる？」

小久保が答える前に、紀香は小久保のジャケットを脱がせにかかった。紀香たちに声をかけようとする店員はいない。みんな他の客の応対で手一杯の様子だった。

「じゃあ、ちょっと羽織ってみようかな」

小久保が自らジャケットを脱いだ。そのジャケットを紀香が奪うように受け取る。小久保にネイヴィカラーの方を渡しながら、小久保のジャケットを隙間なく吊された商品の上に無造作に置いた。小久保は真新しいジャケットに夢中でなにも気づいてはいない。

稗田が別の商品を見るふりをして、小久保とジャケットの間に立った。小久保からはジャケットが完全に死角になったはずだ。

稗田が宮前を促した。紀香も焦燥した視線を送ってくる。汗で濡れた掌をズボンに擦りつけながら、宮前は周囲に視線を走らせた。だれも宮前たちのことを気になどしていない。わかっていても身体が動かない。

「おい、佳史。なにしてるんだ？　急げよ」

稗田が小声で囁いた。やるしかない。唾を飲みこみ、ジャケットに手を伸ばす。心臓がでためにに脈を打った。額に浮いた汗が目に流れ込む。左のポケット――名刺入れにカード入れ。右のポケット――携帯と鍵。鍵を抜き取り、その場を離れる。足がもつれて転びそうになった。稗田の舌打ちが聞こえた。顔から火が出そうだった。

宮前はそのままフロアを横切り、階段へ向かった。踊り場にあるトイレの個室に入り、胃の中のものをすべて吐き出した。

＊　＊　＊

小久保の部屋は八〇三号室だった。稗田と一緒にホテルへ向かった。稗田はむっつりと黙りこんでいる。おそらく、宮前が吐いたことが気に入らないのだ。そんなやわな根性でなにができる――頑なに結ばれた唇が稗田の気持ちを雄弁《ゆうべん》に物語っている。

イーストシティ新宿は典型的なビジネスホテルだった。横に広がった奥行きのない建物に狭いロビー、慇懃なホテルマン。ロビーを突っ切ってエレベーターに乗る間、だれもふたりに声をかけてはこなかった。八階でエレベーターを降りる。清掃器具が廊下に放置されたように置いてある。いくつかの部屋で係が部屋を掃除している気配があった。

宮前と稗田は顔を見合わせた。時間は午後二時を過ぎている。部屋の掃除はとっくに終わっていると考えていた。

「ホテルの客みたいにどうどうと構えてりゃいいんだ」

稗田はいった。まるで出来の悪い生徒をたしなめる教師のような口調だ。なにもかもが気に入らない。稗田のすべてが気に入らない。

「わかってるよ、それぐらい」

それこそ、教師にたしなめられた出来の悪い生徒のように宮前はいった。そんな自分に、ますます腹立たしさが募っていく。

八〇三号室の清掃は終わっていた。稗田が鍵を使い、部屋に入る。宮前もその後に続いた。狭いシングルルームだった。部屋のほとんどを占めているのは小さなベッドだ。申し訳程度にライティングデスクが壁に張りつくように設置されている。入ってすぐ右手がクローゼットになっていて、そのすぐ先のドアはバスルームへ通じている。ベッドの上にもライティングデスクの上にも、ホテルの備品以外のものは見当たらない。

稗田より先に、宮前はクローゼットを開けた。スーツが二着、ハンガーに掛けられている。その下に小振りのボストンバッグと例の鞄が置いてあった。ボストンバッグの中には着替えと洗面用具しか入っていない。小久保の鞄をベッドの上に置いて、慎重に開けた。ノートパソコンと書類を挟んだプラスティックのファイルケースが三つ。大手都市銀行の預金通帳が三冊。バカラの出目を控えるためのカードが使用済み、未使用を含めて数枚。大量の名刺。使い古したアドレス帳。超小型の録音機と専用のテープが十二本。

テープに興味を奪われたが、諦めるしかなさそうだった。コピーしている時間はない。宮前はファイルケースとアドレス帳を稗田に渡した。

「時間は二時間だ。書類を優先してくれ。アドレス帳は時間に余裕があったらでいい」

「わかった。そっちもよろしく頼むぜ」

稗田はそういい残して部屋を出て行った。最寄りのコンビニで書類をコピーするためだ。宮前は小久保のノートパソコンをライティングデスクの上に置き、電源を入れた。ウィンドウズが自動的に立ち上がる。小久保はパスワードの設定をしていない。宮前は安堵のため息を漏らした。

持ち運んできた自分のパソコンを立ち上げ、USBケーブルでふたつのパソコンを繋いだ。自分のパソコンから、小久保のパソコンのハードディスクの容量を確かめた。いくつものファイルをひとつひとつ確かめている時間はない。可能ならば、ハードディスクの中身そのものをコピーするのが一番だった。

小久保のパソコンは二世代ほど古い機種だった。ハードディスクの容量も最新のものよりは小さい三十五ギガバイト。宮前のハードディスクは今日のために、残りの容量を五十ギガに広げてあった。

「よし」

宮前は呟き、パソコンのキィを叩いた。ウィンドウズが命令を実行しはじめる。これで、コピーが終わるまではなにもすることがない。宮前はバスルームへ行き、何度もうがいをして口の中に残ったままの嘔吐物を洗い流した。

＊　＊　＊

ハードディスクのコピーは一時間半で終わった。パソコンはすっかり熱くなっているが、小久保がここに戻ってくるまでには冷えているだろう。だれかにハードディスクの中身を盗まれたとは気づきもしないはずだ。

　宮前は稗田の携帯に電話をかけた。

「どんな様子だ?」

「あと三十分。アドレス帳にまでは手がまわらねえ」

　稗田は怒ったような口調で答えた。単調な作業に嫌気《いやけ》が差しているのだろう。それでも懸命に自制している。それほど稗田は金を必要としているのだろう。

「こっちは終わった。そっちも終わり次第戻ってきてくれ」

「わかってるよ」

　稗田は吐き捨てるようにいった。コピー機を前にして、店に出入りする客を睨みつけている稗田の顔が脳裏に鮮明に浮かんだ。ざまを見ろ。このゲームを仕切っているのがだれかを思い出せ。溜飲《りゅういん》が下がる思いで携帯を切り、今度は紀香に電話をかけた。

「おれだ。そっちはどうなってる?」

「えー、久しぶり。うん、今はね、お客さんとデートの最中。これから映画を見て、それから食事に行くの」

紀香の声は芝居がかっている。すぐそばに小久保がいるのだろう。

「映画?」

「そう。ブラピのやつ。たまたまジョイシネマでやってて、近くを通りかかったから見ることにしたのよ」

映画館なら都合がいい。暗がりの中、小久保に気づかれずに鍵の受け渡しができる。紀香の機転に、宮前は舌を巻いた。稗田とは大違いだ。

「わかった。適当に話して電話を切ってくれ。待て——あいつは気づいてないよな?」

「全然。うん、明日は仕事だからさ。そうだね。しばらくは遊ぶ時間はないかな。ごめんね。また電話してよ。週末より、週頭の方が都合がいいからね」

そういって、紀香は電話を切った。週末と週頭——謎掛けだ。映画館では前の方の席に座るという意味だろう。宮前は携帯を閉じ、ふたつのパソコンの電源を落とした。不思議と気持ちが落ち着いている。どうして吐いたりしたんだろう? なんてことはなかったのに。

稗田が戻ってくるのを待つ間、宮前はバスルームで使ったコップを丁寧に洗った。

34

コピーをする合間にちらりと視線を走らせただけだが、それがとんでもない代物《しろもの》であることはよくわかった。小久保がご丁寧に持ち歩いていたものは、要するにハピネスの稟議書のコピーだ。どの稟議書にも原の会長印が押してある。

やくざや右翼に対する接待費用や口止め料、仕事依頼料に関する稟議書。警察幹部に渡したビール券やスーツ仕立券にかかった費用に対する稟議書。興信所に依頼したブラックジャーナリストへの盗聴に関する費用の稟議書。

狂気の沙汰だ。どんな会社も多かれ少なかれ闇社会に関わっている部分はある。ハピネスと同じように表に出せない金を使っている。だが、こんなふうに裏の金を表に出すことは絶対にしない。ましてや、稟議書に会長の判を押すなどありえない。会社のトップ自らが手を汚していることのなによりの証拠になるのだから。そんな爆弾のようなものを、一介の総務課長が後生大事に抱えている。まったく狂気の沙汰だ。

「いってえ、どうなってるんだ、あの会社は?」

稗田は呟いた。数十枚もある稟議書の一枚でも外部に流出すれば、ハピネスは終わりだ。それこそ無数のハイエナどもがハピネスの足元に食らいつくだろう。逆にいえば、これさえあればハピネスから金を搾《しぼ》り取ることは簡単だといえる。

「面白くなってきたぜ」

書類をコピーする仕事は単調で気が滅入《めい》る。だが、そんな不服も霞むほどのインパクトが書類にはあった。紙に書かれた書類がこうなら、小久保のパソコンに残されているデータはどうなっているのだろう。

「とんでもねえ。きっと、とんでもねえことになるに違いないって」

コピー機を前にして独り言を呟く稗田に、コンビニの店員が不思議そうな視線を向けてきた。

「なんだてめえ、人の顔をじろじろ見やがって。なにか文句でもあるのか?」

店員は身震いして逃げ去った。稗田は満足の笑みを浮かべた。

＊＊＊

宮前と約束したのは午後九時だった。晩飯を食い終わった後でも、まだ時間に余裕があった。稗田は着替えをするために、一旦、自分のマンションに戻った。

冴子が稗田を待ち構えていた。

「ねえ、睦樹。今度みんなで松田聖子《まつだせいこ》のディナーショウに行こうって話があるの。チケットは美保さんのツテでなんとかなりそうなんだって」

「行ってくりゃいいじゃねえか」

稗田は上着を脱ぎながら答えた。その上着を冴子が引ったくるように受け取った。下心が見え見えな態度だった。

「ディナーショウに着ていく服と鞄がないのよ」

「鞄ならこの前買ってやっただろう」

「わたしが欲しいと思ってる服とは色が合わないのよ」

いつもなら、この辺りで癇癪《かんしやく》が爆発するのが普通だった。今日は不思議と心が落ち着いている。きっと、あの書類のせいだろう。あの書類がもたらすはずの金のせいなのだ。

だからといって甘い顔を見せれば、冴子はどこまでもつけあがる。稗田は舌打ちして顔をしかめた。

「ナイトドレスとバッグ、フェンディでいいのを見つけたの。ね、睦樹、なんとかならない？」

稗田が無造作に脱ぎ捨てたズボンと靴下を拾いあげながら、冴子は迫ってくる。

「いくらするんだよ？」

「全部で四十万。こないだのバッグより全然安いでしょ？」

「服も鞄も、おまえ、腐るほど持ってるじゃねえか」

「男と違って、女は新しい服を買ったら、それに合わせたバッグと靴も必要になるのよ。今回は、睦樹のこと考えて、靴は諦めたんだから」

玄関の下駄箱《げたばこ》は冴子の靴で埋まっている。稗田の靴はたった五足しかないというのに。

「ねえ、睦樹、お願い。わたしの持ってる服、ほとんど美保さんたち知ってるし、そんな格好じゃ恥ずかしくて――」

「いいよ。買ってこいよ」

冴子を遮って稗田はいった。冴子がきょとんとした顔をする。

「買っていいっていったんだぞ。嬉しくないのか？」

「ほんとにいいの？」

「くどいな。いいっていってるんだよ」

「睦樹、どうしたの？」

冴子は稗田の額に掌を当てた。稗田はその手を振り払った。

「近いうちに金が入るかもしれねえんだよ。まだ、確実にとはいえねえけど、こういう時はどんと押した方がいいんだ。そうすりゃ、金もおれのところに来たくなる」

冴子の顔がぱっと輝いた。

「じゃあ、靴も買っていい？」

「調子に乗るな、馬鹿。金が入ると決まったわけじゃねえといったろう。服と鞄、今回はそれだけで我慢しろ」

「ありがとう、睦樹」

冴子が抱きついてきた。冴子の重みで稗田はバランスを崩し、床に尻餅《しりもち》をついた。

「痛えな、馬鹿野郎」

「だって、嬉しいんだもん。睦樹がこんなにあっさりゆるしてくれるの、仕事が変わってから初めて。今夜はいっぱい舐めてあげるから」

「今夜はだめだ。明日にしてくれ」

「なによ、それ？」

冴子は稗田の上に馬乗りになって顔を睨みつけてきた。

「出かけなきゃならねえんだ。夜は遅くなる」

「女のとこ？　だから今日は優しいの？」

「馬鹿。ダチのところだよ。その金になるかもしれねえ仕事の相談に行くんだ」

「嘘じゃないでしょうね？」

「女だったら、こんなふうに戻ってくるかよ」

「信じてあげる。でも、これはちょうだいね」

冴子はトランクスだけの稗田の股間に手を伸ばした。

「早く済ませろよ」

冴子のなすがままにされながら、あの女はどうやってしゃぶってくれるのだろうと稗田は思った。あの女——紀香の顔が、稗田の股間を口に含む冴子の顔と重なった。こりゃ早くいけそうだ——稗田は微笑み、ゆっくり目を閉じた。

＊＊＊

宮前はパソコンと格闘していた。パソコンの周囲にはサンドイッチの包装が散らばっている。食う時間も惜しんで小久保のパソコンのデータを解析していたのだろう。

「凄いぞ、稗田」

モニタを睨みながら、宮前はいった。

「なにが凄いんだよ？」

「音声データが死ぬほど入ってる」

「音声データ？」

稗田は宮前の肩越しにモニタを覗きこんだ。いくつものファイルが並んでいるだけだ。

「ああ。ハピネスが興信所にやらせた、盗聴の音声データだ。稟議書の信憑性《しんぴょうせい》を補完《ほかん》してくれる。こいつは凄い。ちょっと聞いてみろよ」

宮前はカーソルをひとつのファイルに合わせて、マウスをダブルクリックした。しばらくの沈黙のあと、パソコンのスピーカーから音声が流れはじめた。

はじめに聞こえてきたのは耳障りなノイズだ。音声が流れている間、そのノイズが途切れることはなかった。

『だからさ、明日までには仕上げるから』

唐突にひび割れた男の声が流れてきた。だれかと電話で話しているのだろう。相手の声はノイズにかき消されてほとんど聞こえない。

『わかってますって。こっちだって駆け出しの小僧じゃないんですから、校了にはきっちり間に合わせますよ。心配しないでください……はいはい。とにかく、今書いてますんで』

受話器を置く音がして、ノイズだけが残った。モニタ上に現れたCDプレイヤーのスイッチ類を模したCGにカーソルを合わせて、宮前はまたマウスをクリックした。早送り——ノイズが甲高い音になって流れていく。宮前が再びマウスをクリックすると、同じ男の声が流れ出した。

『もしもし？　……あ、ハピネスの件ですか？　あれは、これ以上は無理だと思いますよ。なにしろ後ろにいる連中が連中ですからね。この前書いた原稿、あれでぎりぎりですよ……そりゃそうかもしれないですけど、だれがこっちを守ってくれるんですか？　そんな特集組んだら、そっちだって標的にされかねませんよ……でしょう？　ハピネスを記事にするなら、戦争するつもりでやらないと……わかりました。とりあえず後追い取材はやっておきますけど、あんまり期待しないでください。そっちが腹括ってくれないと、書けないことの方が山ほどあるんですから』

「これは今年の春、三月十九日の盗聴データだ。小久保がマメにファイル名をつけててくれるんで助かるよ」

音を止めて宮前はいった。

「こいつはだれだ？」

「佐々木純一《ささきじゅんいち》。経済専門のジャーナリスト。今年の二月に専門誌にハピネスのバブル時代の地上げに関する記事を書いたらしい」

「金目当てのブラックジャーナリストか？」

「いや」宮前は首を振った。「ブラックジャーナリストなら金を積むなりやくざに脅させるなりして口をつぐませてしまえばいい。佐々木はまともなジャーナリストだよ。だからこそ、ハピネスは佐々木の弱みを握ろうとして盗聴をしかけたんじゃないか」

「この盗聴の件、稟議書の中にあるのか？」

「もちろん」

稗田の問いに、宮前は胸を張った。机の右端に置いてあった小久保のファイルから一枚の書類を取りだして稗田に見せる。

日付の上に原の会長印と社外秘と書かれたスタンプが押してある。「ジャーナリスト、佐々木純一の盗聴に関する経費の件」。呆れるような見出しの後、事細かな数字が書きこまれている。

「狂気の沙汰だな」

コンビニで頭に浮かんだ言葉を稗田は繰り返した。

「まったくだ。こんなこと、他のやつらに話したってだれも信じちゃくれないさ。こんな馬鹿げたことをやってる会社なんて、あり得ない」

「だが、ハピネスはそれをやってるわけだ」

「しかも、こんなでたらめをやり続けてきながら、業績は順調に伸びている」

稗田は宮前と視線を合わせた。気にくわない男だが、今はそれもどうでもいいことに思える。

「天罰を食らわせてやる必要があるってことだよな？」

「そういうことだ」稗田の言葉に宮前は微笑みを浮かべた。「音声データと符合する稟議書は二十枚ある。とりあえず付箋《ふせん》を貼っておいた。あとは、賄賂やらなんやらの稟議書だが、こっちは裏が取れない。盗聴の線で押していこうと思う」

「裏なんか必要ねえだろう？　こういうものが見つかったってだけで向こうは打撃を受けるんだろう？」

「打撃を受けるのはハピネスだけじゃない。稗田、いろんな組や右翼団体の恨みを買いたいか？」

宮前のいう通りだ。おそらくは東明会も打撃を受けるだろう。その当事者が稗田だと知れれば、指を詰めるぐらいでは済まされない。稗田は自分の両手をじっと見つめた。指は十本とも残っている。今どき指が欠損した極道など流行らない。

「そうだな。そいつはごめんだ。で、どうする？」

両手から視線を外して、稗田は訊いた。

「やっぱり、小久保を使う」

「おい――」

疑問を呈しようとした稗田を手で制して、宮前は言葉を続けた。

「小久保のパソコンに入っていたデータはほんの一部だ。名前を割り出せた人間も、今のところ、佐々木純一だけだし……あいつの鞄の中に入ってた録音テープ、覚えてるだろう？」

「ああ」

「多分、あれがオリジナルなんだ。あのテープの中身を聞きたい。ハピネスが盗聴した人間の名前をできるだけ割り出したいんだ。こっちが握ってる情報量が多ければ多いほど、ハピネスにかかる圧力も強くなる」

「そんな焦れってえことやってる暇があるかよ」

稗田は声を荒げた。さっきまで宮前に抱いていた仲間意識は吹き飛んだ。代わりに頭を占めたのは冴子との約束だ。金が欲しい。できるだけ早く金を手に入れたい。

「焦ったら踏みつぶされるだけだ。向こうは今にも上場しようかっていう企業だぞ。おれたちはたったのふたりだ。慎重にことを進めた方がいい」

「でかいからこそ足元が脆《もろ》いんじゃねえのかよ？　だれかが流した風評で株価ががくんとさがる。それだけで、ああいうところは大わらわだ。情報の多さなんて関係ねえ。すぐに金を出すさ」

「原がどケチだってことは有名だし、紀香が小久保から聞きだした話もそれを裏づけてる。賭けてもいいよ、稗田。原は金を出し渋る。そんなことをさせないためにも、きっちり情報を押さえておくべきなんだ」

反論するための言葉が見つからなくて、稗田は宮前を睨んだ。宮前は怯まなかった。稗田以上に強い視線で見返してくる。素人《しろうと》に押し返されるようじゃ極道も終わりだ——弱気の虫が頭をもたげた。フロント企業に派遣されている間に取り憑いた虫だ。いつも現場に出ているのでなければ、極道だって牙《きば》を抜かれる。

「おまえがおれたちの脳味噌だ。好きなようにしろや」

稗田は吐き捨てるようにいった。

35

大津は見るからに憔悴《しょうすい》していた。頬がげっそりと痩《こ》け、身体が一回り縮んだように見える。まるで末期《まつき》の癌《がん》患者だ。

「大丈夫ですか？」

小久保は声をひそめて訊いた。すき焼き屋の個室だとはいえ、大声で尋ねることも憚られた。

「たいしたことはない。ちょっと寝不足なだけだよ」

「仕事ですか？」

大津は首を振った。

「副業の方でね……株だよ、株。仕事の合間に株価の動向をチェックして、仕事が終わってからそれを分析する。寝る間もない」

「儲かってるんですか？」

大津はまた首を振った。

「二週間ぐらい前まではいい感じだったんだが、ここのところツキが落ちててな」

小久保は湧き起こってくる憤懣《ふんまん》を押し殺した。株に目の色を変えて、自分たちの計画を忘れていたというのなら話にならない。

「それで、あっちの方はどうなるんですか？」

「それだよ、それ。小久保課長。その件で相談したかったんだ。例の、ジャーナリストなんだがな。どうにも埒《らち》があかない」

「どういうことですか？　警察に脅しをかけてきた人間ですよ？　なんとでもなるでしょう？」

「相手が特定できないんだ。狡猾なやつでな。常に公衆電話からかけてくる。事情が事情なだけに、大っぴらに捜査することもできないし……小久保課長、なにかいいアイディアはないかな？この件が片づかないかぎり、おれが動くことはできないんだが」

小久保は腕を組んだ。警察が手こずっている相手に、いいアイディアもクソもない。大津の話に乗ろうとしたのはとんでもない失敗だったのかもしれない。だが、他に金を作るあてとなるとどこにもないというのもまた逃れようのない現実だった。

「おたくの会社はこういうことには慣れているんだろう？」小久保がだんまりを決めこんでいると、大津は焦れたように口を開いた。「せめて、相手がだれなのかを特定したいんだよ」

「なんの手がかりもないんじゃ、難しいですよ。そりゃ、ハピネスも質の悪いブラックジャーナリストにはそれなりのやり方で対抗していますけどね」

やくざや右翼を使った恫喝は日常茶飯事《にちじょうさはんじ》だ。時には頑固な、あるいは強欲な相手を拉致監禁し、暴力で屈服させることもある。だが、それもこれも相手が何者であるかがわかっているからこそ取れる手段だった。

「だからさ、そのノウハウを使って……ブラックジャーナリストの動向に詳しいやつとか、小久保課長、どこかに心当たりがあるだろう？」

小久保は腕を組んだまま、じっと大津を見つめた。店の人間にはこちらが呼ぶまで待っていろと伝えてある。テーブルの上に置かれた鉄鍋《てつなべ》が虚しく見えた。大津を切り捨てることができれば、これほど楽なことはない。だが――自分の孤独さが身に染みる。

「ひとつだけお聞きしてもいいですか？」

「なんだい？」

「大津さんはぼくと組んで、ハピネスから金を取ることを本気で考えてくれてますか？」

「もちろんだ。おれだって金は欲しいからな。そこのところに嘘はないよ」

「もうひとつ」

大津が右の眉を吊り上げた。

「株でいくら損してるんですか？」

大津は口ごもった。

「教えてくださいよ、大津さん」

「三百万だ」

「なるほど。金が必要なのは本当のようですね」

「頼めるかな、小久保課長？」

「ハピネスと警察のため、か。どっちもぼくにはどうでもいいんですけど。大津さんだって、金を手に入れたら警察にいるつもりはないんでしょう？」

大津の視線が、一瞬だが胡乱に泳いだ。小久保にもそれでようやく納得がいった。ブラックジャーナリストの件を内密に処理すれば昇進させてもらえるという約束をお偉方から取りつけているのだろう。警察官といえども役人の端くれだ。出世という餌には滅法《めっぽう》弱い。だが、株で出した損金もある。出世と金――大津は頭の中で両方を天秤《てんびん》にかけているのだ。

「わかりました。なんとか手を考えてみます」

小久保はいった。苦々しい気分が込みあげてくる。

「助かるよ、小久保さん」

大津は安堵の笑みを浮かべた。なにもわかってはいない。

こんな男に人生を賭けようとしていたのか――小久保は暗澹《あんたん》たる気分にとらわれた。

＊＊＊

すき焼きはほとんど味がしなかった。肉の大半は大津の胃袋に収まり、ビールと日本酒の大半が小久保の胃袋に流れ込んだ。

酔っている。が、いつものような陽気な感情は溢れてこない。むっつりと自分の内側に落ち込んでいくように酔っている。皮膚一枚を隔てて、自分の内部と外界が完全に分離されているかのようだ。

紀香に会いに行く気分ではなかった。ギャンブルがしたい。博打を打ちたい。あの、すべてを燃やし尽くすような熱狂の渦に身を任せたい。だが、〈ロッソ・ネッロ〉は潰れてしまった。裏カジノはあの店だけではないが、長く足が遠のいていた店や新しい店ではタネ銭を借りることもできない。金がなければなにもはじまらない。

とぼとぼと夜の街を歩いていると携帯が鳴った。相手の番号は非通知になっていた。だれだろうと訝りながら、小久保は電話に出た。

「はい、小久保ですが」

「宮前といいますが、覚えておられますか？」

「もちろんですよ。どうしたんですか、宮前さん？」

宮前のことはもちろん、宮前と交わした契約のこともきちんと覚えている。宮前の会社から入ってくるはずの金。あれがいますぐに使えるのなら——

「ちょっとご相談したいことがありまして」

「融資の件なら、これ以上は無理だと思いますよ」

「いいえ、そうじゃないんです。別の件で……小久保さん、今から時間を作ってもらうことはできませんか。決して損はさせませんから」

「今からですか？」

「はい」

宮前の声は遠慮がちではあったが、どこか強い響きを伴っていた。

「融資の話じゃないとすると、金融屋にどんな用事があるというんですかね？」

「もちろん、お金にまつわる話です。興味はありませんか？」

小久保はそれには答えず、しばし無言で思案に耽った。大津は頼りにならない。だとしたら、だれと手を組めばいいのか。ひとりでやるというのは論外だ。こすっからい原から金を掠め取るにはそれなりの準備と計略がいる。宮前のまだ若く、聡明そうな顔が脳裏にまざまざとよみがえった。あるいは宮前なら——

「小久保さん、聞こえてますか？」

「すみません、聞こえてますよ。わたしは今、新宿にいるんですが、こちらまでご足労《そくろう》願えますか？」

「どこにでも飛んでいきます。どこに行けばよろしいですか？」

小久保は京王《けいおう》プラザホテルのバーを指定しながら首を振った。ほとんどなにも知らないに等しい若造に、なにを託《たく》そうというのだろう。

「わかりました。京王プラザなら二十分で着けると思います」

宮前は若々しい張りのある声を小久保の耳に押しつけて電話を切った。

おれがあの若さだったら、もっと思い切ったことができただろうか？　小久保は自問自答し、また悲しそうに首を振った。

＊＊＊

宮前は革製の書類鞄を携えてやって来た。電話でいっていたとおり、きっちり二十分が経っていた。宮前の几帳面《きちょうめん》さが嬉しくて、小久保は顔をほころばせた。

「すみません、お待たせしました」

「いや。ぼくもさっき来たばかりですよ。飲み物はなんにします？」

「じゃあ、生ビールを」

円形のテーブルを間に挟んで、宮前は椅子に腰を降ろした。小久保は手をあげてウェイターを呼び、宮前のビールを注文する。挨拶代わりの世間話をしているとビールが運ばれてきた。小久保は宮前と乾杯し、自分のジントニックに口をつけた。

「それで、用事というのは？」

「実はこれなんですが――」

宮前が鞄を開き、書類を挟んだファイルケースをテーブルの上に置いた。

「なんです、これ？」

「あるルートからぼくのところに回ってきたんです。小久保さん、いや、ハピネスにとって大変なものなんじゃないかと思いまして」

手に持ったままのグラスの中で、溶けはじめた氷が乾いた音を立てた。

「あるルート？　大変なもの？」

「ええ。とりあえず、目を通してみてください」

宮前はファイルケースから書類を取りだした。書類の一部が視界に入る。小久保は口に含んでいたジントニックを吐き出しそうになった。

稟議書――見覚えのある書体。社外秘のゴム印も見間違えようがない。小久保は書類を受け取り、目を通した。腕が顫えはじめた。ハピネスに不利な記事を書いたジャーナリストたちへの盗聴費用に関する稟議書だ。経費の使い道が明示され、原の会長印が押されている。書類はコピーだが、常に小久保が携帯しているものと寸分の違いもなかった。

「ど、どこでこれを？」

宮前にいいながら、小久保は自分の鞄を開いた。顫える手で中をまさぐる。稟議書の束はいつもと同じ場所に入っていた。ならば、あのコピーはどこから流出したのだろう？　酔いはすっかり醒めていた。代わりに混乱が襲いかかってくる。

「実は、ぼくもはっきりとは知らないんですよ。この書類を手に入れたのは、知り合いのこれ者でして——」

宮前は人差し指を頬に走らせた。やくざ者——最悪の事態だった。

「や、やくざが？」

「百パーセントやくざというわけじゃないんです。いわゆるフロント企業に勤めてる男です。たまたま、ぼくの大学の同級生でして。この書類、金になるんじゃないかといって、置いていったんですよ」

小久保は唾を飲みこんで宮前の次の言葉を待った。

「この書類を一目見て大変だと思いました。小久保さんにはお世話になっていることだし、まず、小久保さんにお知らせしなきゃと」

「こ、これ、全部目を通したんですか？」

混乱したまま小久保はいった。そんなはずはない——同じフレーズが頭の中で躍っている。そんなはずはない。原も幹部たちも稟議書は断裁《だんさい》されたと思っている。この書類の存在を知っているのは自分だけのはずだ。

「はい。やばいですよね、これ。というか、天下のハピネスがこんなやばいことをしてるのかと、正直、呆れましたよ」

「き、君のその知り合いに会うことは、で、できないかな？」

「どうしてもというならできますが、やめた方がいいと思いますよ」

「ど、どうして？」

「そいつはまだ、この書類がとんでもない爆弾だってことには気づいてないんです。もし小久保さんがのこのこ訪ねていったら、それこそやぶ蛇《へび》ですよ。相手はこれなんですから」

宮前はまた人差し指を自分の頰に走らせた。

「だ、だけど、この書類がどこから流出したのか突き止めないと――」

「そんなの、だれにもわかりっこないですよ。要するに、地下の世界からひょっこり現れてきたわけですから。だれの手をどう渡ってきたのかなんて、調べようがないんです。この書類の重要性に気づく頭のいい人間の手に渡らなかった幸運に感謝するぐらいですよ、できるのは」

「しかし――」

宮前の滑らかな言葉に、パニックに陥った脳がつい追従《ついしょう》しそうになる。宮前の言葉を信じた方が楽だからだ。だが、書類が流出したことは事実だし、その書類の大本《おおもと》を持っているのが小久保だけだったということも事実だった。

「もしかすると、この書類はだれかが捏造《ねつぞう》したものかもしれないと思っていたんですが、小久保さんの反応を見ると、どうやら本物のようですね」

「ちょ、ちょっと待ってくれ」

小久保はグラスに手を伸ばした。尋常ではないほどに喉が渇いている。顫える手でグラスをなんとか口に運び、ジントニックを半分ほど飲み干した。冷たい酒が混乱を鎮《しず》めてくれることを願っていたのだが、はかない希望にすぎなかった。とりあえず、頭を冷やさなければ。別の場所で、ひとりきりで。

「こ、これをぼくが預かってもかまわないかな？」

「どうぞ。コピーは取ってありますから？」

「コピー？」

小久保は甲高い声を出して、宮前を見つめた。宮前は薄笑いを浮かべている。

「そう。コピーですよ」

「ど、どうしてそんなことを――」

「決まってるじゃないですか」宮前の薄笑いが顔いっぱいに広がった。「ぼくの資金繰りが苦しいことは小久保さんもご存じでしょう？　これは金になるかもしれない。そう思ったら保険をかけておくのが普通じゃないですか」

「金って、しかし、ぼくのためにこの書類を持ってきてくれたんだろう？」

「そう。小久保さんにはお世話になりましたから。この書類が表に出て、小久保さんがお困りになるんなら、考えます。しかし、そうじゃないというんなら――」

宮前は最後までいわず、思わせぶりな笑顔で言葉を締めくくった。

36

うざったい客の相手をしていると、黒服が電話が入っていると告げに来た。電話の相手は宮前だった。

「動き始めたぞ」

宮前はいった。

「本当に？　とうとうね――」

「今日は店、何時に終わる？　細かい打ち合わせをしておきたいんだが」

美和は反射的に振り返った。客の入りは八分というところだ。この様子なら、定時に閉店するだろう。今ついている客は、さっきからアフターに付き合えとうるさく迫っているが、格別大切な客だというわけでもない。

「二時に終わるけど、いろいろあるから、フリーになるのは三時過ぎかな……」

「じゃあ、三時半に六本木で待ち合わせよう。喫茶店かなにかないかな？」

美和は終夜営業の喫茶店の名前と場所を告げた。我慢できなくて、最後に訊いた。

「小久保さん、協力してくれることになったの？」

「不承不承《ふしょうぶしょう》だけどな。じゃあ、三時半に」

電話が切れた。宮前はあまりに性急だった。それは稗田も変わらない。

「男ってどうしてこうなんだろう――」

美和はひとりごち、受話器を戻した。席に戻る前に営業用の笑みを顔に張りつけた。

「お待たせしてごめんね、桜井《さくらい》さん」

甲高い声を発しながら、仏頂面《ぶっちょうづら》をしている客のもとへ戻っていった。

＊　＊　＊

宮前と待ち合わせた喫茶店には十五分ほど早くついた。店内に足を踏み入れようとして、美和は凍りついた。店の一番奥の席に稗田が座っていたからだ。

どうして、と訝り、次の瞬間には頭を振る。稗田がいるのは当然だ。宮前は事態が動きだしたと告げたのだ。これからの細かい打ち合わせに稗田が同席するのは当たり前だった。

「こんばんは、稗田さん」

美和はわざと陽気な声をあげて稗田の向かいの席に腰をおろした。稗田はにこりともしない。

「やくざ屋さんが人より先に待ち合わせ場所に来てるのなんて初めて見たわ。人を待たせてなんぼの商売じゃないの？」

美和は稗田の顔を下から覗きこんだ。稗田はやはりにこりともしない。

「ねえ、なんとかいったら？　暗いよ、稗田さん。これから計画が動きだそうっていうのに」

「おまえ、おれより宮前を選んだんだよな？」

稗田がふいに口を開いた。低くよく通る声が鼓膜を刺激する。

「別にそういうわけじゃないわよ。ただ、あの時は稗田さんに連絡するより佳史ちゃんにいった方がいいと思っただけ」

「よく回る舌だな、おい」

「当たり前じゃない。商売なんだから」

美和は平然といってのけた。内心では稗田の怒りの度合いを知りたくてびくびくしていたが、それを表情に出さないのが水商売の女の鉄則だった。

稗田の口もとが綻《ほころ》んだ。

「たいしたタマだよ、おまえは。いつかこましてやるから覚えておけ」

「そういうことというお客さん、腐るほどいるわよ。知ってる？」

稗田の笑顔に安堵し、美和は軽口を続けた。稗田が微笑んだまま自分の右手を美和の左手に重ねた。美和が引っ込めようとした瞬間、左手に強い圧力が加わった。まるでロボットの手に握られたような強さ、痛さだった。

「おまえの客はどうか知らないけどな。おれはマジなんだぜ」

「放して」

美和は苦痛を堪えた。稗田に握られた左手が白く変色しはじめている。手首から先の感覚が綺麗に消えていた。

「おれのいったことがわかってるのか？　だったらうなずいて、ごめんなさいといってみろ」

美和は助けを求める視線を喫茶店のカウンターの方に向けた。従業員たちは稗田の放つ空気を敏感に嗅ぎ取って、見て見ぬふりを貫《つらぬ》いていた。

「放して」

美和はもう一度いった。声が顫えている。目頭が熱い。泣くもんか、頭をさげたりするもんか
――わけもなくそう思う。

「ごめんなさいは？」

稗田の顔には加虐的な笑みがへばりついている。美和は右手をシャネルのハンドバッグに伸ばした。これ以上続けるようなら、バッグを稗田の横っ面に叩きつけてやる。

「放して」

最後通告のつもりで美和はいった。稗田は笑ったままだ。

「謝ったら放してやるよ」

美和はバッグを摑んだ手に力をこめた。中には化粧ポーチや携帯が入っている。思いきり叩きつければ稗田だって怯むだろう。バッグを持ち上げようとした瞬間、稗田の手の力が消えた。稗田は何事もなかったかのように微笑みを消し、ビールの入ったグラスに口をつけた。

「悪い。待たせたか?」

宮前の声が後ろから飛んできた。

「そうでもねえよ」

稗田が不機嫌そうに答えた。美和は真っ白に変色した手をさすりながら、店員に声をかけた。

「ちょっと、早く注文取りに来てよ」

「なんだ。ふたりともご機嫌斜めだな。そんなに遅れたわけじゃないだろう?」

腕時計を覗きこみながら、宮前が稗田の隣に座った。

「今日はいやな客がいっぱいいたの」

美和は口もとを歪めていった。おっとり刀でやってきた店員に乱暴な口調でコーヒーをオーダーする。宮前はミルクティーを頼んだ。

「おれも、会社でいやなことがあってな」

店員が立ち去ると、稗田がいった。宮前が稗田と美和の顔を交互に見つめた。訝ってはいるが、なにかに気づいた様子はない。宮前は気が急《せ》いているようだった。

「今夜、小久保と会ってきた。例の書類のコピーを持って」

「どんな様子だったの、小久保さん」

美和はテーブルに身を乗り出した。書類の流出に関して、小久保が美和を疑うのではないかということがなによりも心配だったのだ。

「おまえのことはこれっぽっちも疑ってない。ただただ頭を抱えてたよ」

宮前は喋りながらテーブルの上にノートパソコンの入った鞄を置いた。美和はほっとして座席の背もたれに身体を預けた。小久保をはめたのは確かに自分だ。だが、小久保に嫌われたくはない。矛盾《むじゅん》していることはよくわかっている。それでも、小久保に対する不思議な感情を制御することはできなかった。

「それで、どういうことになったんだ?」

「小久保はおれに任せるといった。表向きはおれと小久保のふたりでハピネスを脅して金を巻きあげる」

「表向きは、な。それで、小久保はネタを提供してくれるのか?」

「ああ」宮前は嬉しそうに笑った。「あいつが持っている書類、テープ、パソコンのデータ——すべて提供してくれる。凄いぞ、睦樹。小久保はとんでもないものを隠し持ってる。あんなものをたかが課長が持ち出せるなんて、普通の会社じゃあり得ない」

「どうとんでもねえんだ?」

「警察から原会長に送られてきた手紙のコピーだ」

「警察の手紙？」

「警察の幹部も馬鹿だ。ハピネスに問題のある警官の債務状況を調べてもらった礼状を送ってくるそうだ。なになに警察署署長、なになに警視正ときっちり名前入りでな」

稗田が呆れたというように天井を仰いだ。

「そんなことまでしてるのか？」

「おまえが使ったジャーナリストの件で大津がすっかり身動き取れなくなった理由もこれでよくわかる。そんなものが世に出たら大問題だからな」

「他にはなにがでてきた？」

「原と某組の幹部がある事件に関して会談を持った時の様子を盗み取りしたテープがある。原が後日、その幹部に宛てた礼状のコピーも。文面は小久保が考えたそうだ」

稗田が口笛を吹く真似をした。

「それだけのネタがありゃ、大きく稼げるぜ、佳史」

「これだけのネタを使って、慎重に行動すれば、だ」

宮前と稗田が睨みあった。なるほど、稗田のいっていたとおり、ふたりの利害が完全に一致しているわけではないことがよくわかる。

「ちょっと、内輪揉《うちわも》めしてる場合じゃないでしょ」美和はふたりの間に割って入った。「そんなことより、佳史ちゃん、この後はどうなるの？　わたしはなにをすればいいの？」

「小久保にはとりあえず、隠し持っている資料を全部揃えてくれといってある。それが揃ったら、おれや睦樹が知っているブラックジャーナリストに情報を少しだけ流して記事を書かせようと思ってる。ハピネスに揺さぶりをかけるんだ」

宮前は鞄に右手を置いてリズムを取るように指で鞄を叩いた。稗田は宮前の言葉を鼻で笑い飛ばした。

「直接その資料を持ってハピネスに乗りこんだ方が早いんじゃねえか」

「体よく追い払われて、後で訴えられるのがおちだ。それがハピネスのやり方なんだよ。裁判には長い時間と金がかかる。その間に証拠を隠滅《いんめつ》されたらお手上げだし、裁判沙汰なんかになったら、おれたちの単独行動が上にばれる。諦めて尻尾を振って逃げるしかなくなるんだ」

「わかった。おまえの好きなようにしろよ」

稗田はそういいはしたが、目は不満に彩られていた。よっぽどお金が必要なんだ——美和は思う。宮前も稗田も金を必要としてこんなことをはじめたのだ。自分はどうだろう？　肝臓を患《わずら》い、将来に不安を感じて宮前の話に乗った。だが、皮肉なことに小久保のおかげで売り上げも伸び、売り上げが伸びた分屈託がなくなり、前にも増して客がつくようになった。先月の給料は二百万に近かった。金への執着は薄れている。それでも、一度乗った船から降りようという考えは湧いてこない。なぜだろう？　小久保を傷つけると考えると切なくなるのに、なぜやめることができないのだろう？

多分、知ってしまったからだ。不変だと思っていた世界が何気ないことをきっかけに足元からぐらつき、その姿を大きく変えるということに気づいてしまったからだ。今は金は必要がない。だが、五年後は？　十年後は？　二十年後は？　肌に張りがなくなり、乳房が垂れ下がり、下腹部に肉がつき——そうなっても、今と同じように自信満々で生きていくことができるとは思わない。少しずつ、だが確実に変わっていく世界を前にして焦り、悲しみ、怒り、失望し、絶望し、諦め、そうやって老《お》いていく。自分の容姿や男たちの感情が日々変わっていくものなら、信じられるものはもう金しかない。

小久保は美和を好いている。それは間違いない。だが、五年後に小久保が同じ気持ちでいるかどうかはだれにもわからない。確かなものなどなにもない。

「そういう情報が外部に漏れて、真っ先に社内で疑われるのは小久保だ。小久保にはぎりぎりまでしらを切れといってある。ハピネスの内部でどんな動きがあるか知っておきたいからな」

「だけど、小久保さん、耐えられるかしら。凄く神経が細いのよ」

美和は口を挟んだ。宮前が不機嫌そうに美和を見つめる。

「自分の人生がかかってるんだ。小久保だって腹を据えるさ。とにかく、ハピネスがごたごたしている間に、おれたちは次の手を打っておかなきゃならない。おれは小久保から受け取る資料を精読《せいどく》して、どこから攻めていくのが一番効果的なのかを考えておく。睦樹は引き続き、おれたちがハピネスを恐喝した時に動きそうなやくざや右翼の名前を洗い出しておいて欲しい。どこから矢が飛んでくる可能性があるのか、前もって知っておきたいからな」

「そいつは事だが、なんとかやってみる。ただし、東のことならともかく、西は時間がかかるぜ。名目上、おれは組には属してねえことになってるんだ。身内のことならともかく、他の組や敵対する組のことを訊いて回るとなると面倒なことになる場合もある」

稗田は一言ずつ考えながら発するようにいった。しっかりと腕を組み、ビールの入ったグラスを細めた目で見つめている。さっきまで見せていた宮前に対する敵意のようなものは影をひそめていた。

「だけど、できないというわけじゃないだろう？」

「なんとかやってみる。だが、あんまり期待するなよ」

「できる範囲でいい。無茶をして危険な目に遭ったら意味がないからな」

「おれのことを心配してくれるのか？」

「当たり前じゃないか。おれたち三人、だれかひとり欠けたってこの計画は失敗する。大企業を相手にしてるんだからな」

「気に入ったぜ、佳史、その答えはよ」

稗田が破顔した。男たちの駆け引きにはもううんざりだった。

「わたしは？　わたしはなにをすればいいの？」

「これまでと同じだ」宮前はいった。「小久保をおだて続けろ。喋らせ続けろ。あいつがなにを考えているのかを知ることができるのは紀香、おまえだけだからな」

「そんなことなら朝飯前よ」

美和は頬を膨らませた。宮前に脅され、危ない立場に立たされて、それでも小久保が店に顔を出すかどうかが不安だった。もう少し、小久保との絆《きずな》を深めるためのアクションが必要だ。

身体――それもいいかもしれない。美和はふたりに気づかれないように小さくうなずいた。

37

小久保から段ボール箱が送られてきた。中に入っていたのは大量の書類、カセットテープ、それに外付け用の小型のハードディスクだった。小久保はこうした資料を北新宿のトランクルームに預けていたらしい。
宮前はまず書類に目を通すことからはじめた。Ａ４の用紙で百枚近くあるだろうか。書類に目を通すことだけでも一日がかりの仕事になりそうだった。目薬をさし、椅子に座り直した。最初のファイルに収められていたのは、警察幹部から送られてきた礼状のコピーだった。

『原会長殿
先日は、厄介な用件をご快諾いただいて、まことに助かりました。我々一同、会長のご配慮にただただ感謝の気持ちを抱くだけです。またいただいたものは大切に使わせてもらっております。くれぐれもご自愛のほどを。
四谷南警察署署長　永谷治』

最初の書類がいきなりそれだった。コピーの欄外に小久保がしたためた日付が記されている。一年前の初春。この永谷《ながたに》という男はすでに別の所轄署か警視庁に異動しているかもしれない。名前をパソコンに入力し、要調査と書き加える。

できれば警察には触れたくない。だが、何事にも保険は必要だ。いざとなれば、警察関係者の尻に火をつける必要があるかもしれない。民間企業の人間より保身に関する本能が強い連中だ。意外とうまく行くかもしれない。

宮前はシャツの袖を捲《まく》り、書類をめくった。

＊＊＊

電話が鳴った。はじめは幻聴かと思った。それほど書類に没頭していたのだ。腕時計に目をやると、午後一時十八分を指していた。書類と向き合ってからまだ三時間ほどしか経っていなかった。

電話の主は谷岡だった。宮前は思わず居住まいを正した。

「どうも、宮前です」

「仕事の方はどうだ？　順調に行ってるか？」

谷岡の猫撫《ねこな》で声が受話器から流れてくる。まるで、受話器から谷岡の舌が伸びてきて耳の産毛《うぶげ》を舐めていったようなおぞましい感覚を覚えた。

「ぼちぼちやってます。谷岡さんはまだまだとおっしゃるでしょうけど」

谷岡が笑った。乾いてざらついた笑い声だった。宮前は身構えた。なにかを宮前に押しつけようとする時に、谷岡は決まってそんなふうに笑う。

「この前の小僧の件はうまくやってくれたな。たいしたもんじゃないが、会社ごとうちで引き取ることになった。今は赤字だが、そのうち儲けさせてくれるようになるだろう」

「それはよかった……これで、ぼくの借りも少しは返せましたかね？」

「ああ。だが、チャラにするにはまだまだだ。その辺のところはおまえもよくわかってるんだろう？」

「もちろんです」

宮前は静かな声で答えた。小久保が持ちこんできた書類と格闘していた時の昂揚感は薄らぎ、漠然《ばくぜん》とした不安、恐怖が頭上に立ちこめている。いつまでおれはただ働きをさせられるのか？いつになったら解放されるのか。

永遠にその時はこない——頭の片隅でだれかがそう囁いている。

「おまえにはまだしばらくは働いてもらわないとな」谷岡は咳払いをした。口調を変えて言葉を続ける。「それはそうとな、宮前。おまえ、ドリームベンダーって会社の山崎《やまざき》って男、知ってるか？」

「名前だけは」

フルネームは山崎和夫《かずお》といったはずだ。オンラインの英語翻訳ツールをプログラムし、それが爆発的に売れて巨万の富を築いた。それまでに存在していた英語の翻訳ソフトはどれもこれも実用にはほど遠いものだったのだが、山崎の作ったそれは完璧とはいえなくても実用には充分に耐えた。もともと、コンピュータ関連ではなく言語学を研究していた大学院生だったはずだ。ドリームベンダーは山崎が設立した会社で、今では年商五十億を誇るまでに成長している。

「そこは優良企業じゃないですか」宮前はいった。「新しく開発した日英中三ヶ国語の翻訳ソフトも好調に売れてると聞いてますし、他に悪い噂はないでしょう」

「表向きはな」

一瞬、谷岡の言葉が途切れた。ほくそ笑む谷岡の顔が脳裏に浮かんだ。

「山崎って野郎はな、昔からのサッカー狂いなんだそうだ。今でも、年に四、五回はヨーロッパに行ってサッカー観戦を楽しんでる。酔狂《すいきょう》なことだがな」

谷岡はもったいをつけて喋っていた。それもいつもの癖だった。宮前は話が核心に近づくのを辛抱強く待った。

「そのサッカー好きが高じてな、Jリーグのチームを買おうと動き回ってるらしいんだよ」

宮前が反応を示さなかったことに苛立つように、谷岡は口調を変えた。

「Jリーグですか？」

「ああ。素人だからな、どうやったらいいのかがわからないらしくて、あちこちに訊ねて回ってるって話が聞こえてきた」

「チームを買うのって、いくらぐらいかかるんですかね？」

「人件費やらなんやら、少なく見積もっても五十億はくだらないだろうな」

「ドリームベンダーは年商が五十億ですよ。山崎の懐にソフトの売り上げの一部が入ってきたとしても、それだけの金を作るのは難しいんじゃないですか？」

「それでもサッカーチームのオーナーになりたいらしい。なんていったっけ？　ロシアの石油成金がイギリスのチームを買っただろう」

「アブラモビッチですか？」

イングランドの名門チーム、チェルシーを買い取ったロシア人は金に物をいわせて世界中のスタープレイヤーを買い集めている。もし、山崎がアブラモビッチに自らを重ね合わせているのならお笑いぐさだ。そもそも、金持ちのレベルが違いすぎる。

「そう、そいつだ。山崎はそいつに刺激されてるらしいんだな」

「つまり、無理をしようとしているってことですね？」

「そう。ソフトの版権を形《かた》に金を借りるのか、あるいは株式を上場してそれで金を作るのか。どっちにしろ、リスクは高いんだが、山崎は周りの人間の忠告に耳を貸すつもりはないらしい」

自分と同じだ——宮前はデスクの上に転がっていたボールペンを拾いあげ、その尻を噛んだ。ちょっとした成功を収めたことで有頂天になり、まるで世界さえその手に収めたという錯覚に支配される。自分は全能の存在で、だれにも行く手を阻《はば》まれることはない。金は金を生み、自分をさらなる高みに連れていってくれる。なんの根拠もなしにそう信じこみ、目の前でぽっかり口を開けている奈落《ならく》の存在にはこれっぽっちも気づかない。ほんの少し、注意深く周囲を見渡すだけで気づくことができるというのに。

自業自得だ——谷岡から話が来るたびに、宮前は自分にそういい聞かせてきた。連中は自業自得だ。だから、ハイエナどもに目をつけられる。確かにそれはそうだろう。だが、まだ若く、目の前に開けた未来という道を傍若無人《ぼうじゃくぶじん》に歩いたからといって、どうしてそれが非難されなければならないのだろう。失敗は自分に跳ね返ってくる。傲慢の罪はいずれ償《つぐな》わされる時が来る。

「後でドリームベンダーと山崎、それにJリーグの約款《やっかん》なんかの資料を送るから、山崎をはめる方法を考えてくれないか。あの会社を取り込めたら、おまえの借りもほとんどチャラだ」

すべてチャラだとは決していわない。それが谷岡たちのやり口だ。生かさず殺さず、骨の髄までしゃぶり尽くす。希望があるように見せかけて、その実、どこにも希望はない。出口はどこにもない。

「わかりました」

宮前は憂鬱《ゆううつ》を抑えこんでそういった。

「じゃあ、よろしく頼むわ。あんまり腐るなよ、宮前。おまえは若いんだ。まだまだ先はある」

谷岡は甲高い笑い声を残して電話を切った。

＊＊＊

谷岡の笑い声が耳にこびりついている。永遠にその時はこない――だれかの囁きが頭の中でネオンのように明滅している。

宮前は書類から目を上げ、目頭を揉んだ。書類の字の輪郭《りんかく》がぼやけている。眼精疲労《がんせいひろう》――目だけではなく、全身が休息を求めていた。

だが、休むわけにはいかない。稗田の焦りは馬鹿馬鹿しいかぎりだが、それでも時間は切迫している。できるだけ早いうちにすべての情報を頭に叩き込んでおきたかった。

警察関係者からの礼状にも驚いたが、それ以上に内容が濃いのは、やはり、違法な盗聴に関する稟議書だ。稟議書の数は正確に六十二枚。イエロージャーナリスト、ブラックジャーナリスト、右翼を騙《かた》った強請屋、果てはハピネス社員の盗聴まで、原は指示している。指示しているだけではない。愚かなことに、稟議書に判を押してまでいる。

すべての稟議書の件名と日付とをパソコンに入力してデータベース化した。次は、その内容と実際の盗聴テープを付け合わせていく作業が待っている。

それが終わったら、これをどう使うか。マスコミに流すのは論外だ。いきなり電話をかけて金を要求するというのも馬鹿げている。ハピネスの——原の退路を断った上で仕掛けていかなければならない。

どうするべきか——なにをすべきか。

テープには小久保の手書きで盗聴した日付と符丁《ふちょう》のようなものが書かれたシールが貼ってあった。宮前は一番古い日付のテープをカセットデッキに放り込み、ヘッドフォンを装着した。

ノイズ混じりの音声が耳に流れ込んでくる。それでも、谷岡の笑い声と頭の中のだれかの囁きは消えることがなかった。

38

ハピネスと繋がりのある組は、東明会系列だけでも五指を超えた。他の団体を加えれば、何倍にもなるだろう。これが右翼団体ともなれば想像もつかない。

稗田は夜の歌舞伎町を徘徊《はいかい》し、世間話にハピネスの話題を紛れ込ませて耳を傾けた。金の匂いのする話に目ざとい連中が有象無象の情報を口にする。その中に出てくるのは大物の名前ばかりだ。東の筆頭は吉積。西の筆頭は飯尾。飯尾はフロント企業の社長にすぎないが、バックには西の極道たちを束ねる本家の若頭がついている。吉積もいずれは東のトップに立つだろうと目されている男だ。東明会も吉積が若頭補佐を務めている組織の下部団体に過ぎない。今どきのやくざは戦闘能力よりも経済力でのし上がっていくのが常識だ。吉積に飯尾。そのどっちかが動いただけでも稗田たちはあえなく吹き飛ばされる。

問題は、ハピネスになにかが起きた時に、本当にふたりが動くのかどうか、だ。金蔓《かねづる》が消えるとなれば、動くだろう。だが、たかだか数億の金をハピネスが奪われるだけだとしたら？　ハピネス自体になんの変化もなく、稗田たちが金を巻きあげたあとも、ハピネスとの関係がこれまでどおりに続くとしたら？

脂汗《あぶらあせ》をかくほど脳味噌を振り絞ってみたが、結論は得られなかった。当たり前だ。情報が少なすぎる。この手のことに疎すぎる。だれかの助けが必要だ。多少抜けているだれか。それと、もっともらしい嘘。

稗田は携帯のアドレス帳を呼び出し、登録している人間の名前に目を通した。これという人間はなかなか見つからない。類は友を呼ぶ。稗田の知り合いは稗田と似たような立場の人間が多かった。リストの最後の方で、ようやく適当な人間の名前を見つけた。

和田紀彦《わだのりひこ》。経済やくざの走りのような人間で、バブルの頃は飛ぶ鳥を落とす勢いだったと聞いている。だが、シャブにはまった。稼いだ金のほとんどをシャブに注ぎこみ、名声と権勢を失い、今ではほそぼそとしのいでいる。人柄が良く、落ちぶれた後でも親身にしてくれる人間がいたからこそ、辛うじて生き残っているという男だった。

シャブの食いすぎでぼけてはいるが、金の動き方にはまだ詳しいはずだ。

稗田は電話をかけた。呼び出し音が鳴り続けるだけで、和田は電話に出ない。諦めて切ろうとした時、やっと回線が繋がった。

「もしもし、和田さんですか？」

一抹《いちまつ》の不安を抱きながら稗田はいった。和田がシャブを食っていたら、話が通じるようになるまで待たなければならない。

「おう。和田だよ。おまえはだれだ？」

多少呂律がおかしかったが、和田の口調ははっきりしていた。稗田はため息を押し殺した。

「稗田です。覚えてらっしゃいますか？　谷岡の下で働いてる――」

「睦樹か？　そういや、おまえ、谷岡のところに飛ばされたんだってな。元気でやってるか？」

「まあ、ぼちぼちと。ただね、和田さん。商売しようと思ってやくざになったわけじゃないんで、いろいろと大変は大変なんですよ。覚えなきゃならねえことも死ぬほどあるし。もともと出来の悪かった頭には辛いんですよ、これが」

「そりゃそうだろう。そう簡単に金を稼ぐ方法を覚えられちゃ、こっちも商売あがったりだ」

和田は何度も咳き込みながら笑った。

「それでね、和田さん。実は谷岡から宿題を出されまして。これがおれには難問で途方に暮れてるんですよ。助けてもらえませんかね？」

「おれが？　おまえを？　そりゃ助けてやらんこともないが、高くつくぞ、睦樹よ」

和田の声が低くなった。シャブを調達させるつもりに違いない。それは最初から覚悟の上だった。

「ただで、なんてだれもいってないじゃないすか。和田さんの喜ぶもの、ちゃんとわかってますって」

「そうか。だったら、なんだって教えてやるぞ」

和田の声が高くなる。低くなったり高くなったり。子供のように気分がころころ変わる。

「ただね、こっちにもお願いがあるんすよ。谷岡の親父からは、てめえの頭できっちり考えてみろっていわれてまして。和田さんの助けを借りたなんてことが耳に入ったら、こっぴどく叱られるんで」

「口にチャックしておけばいいんだな。任せておけ。こう見えても、口は固いんだ」

和田は古くさい物言いをして、下品に笑った。口が固いというのはでたらめだ。シャブ中はシャブを手に入れるためならなんでもする。だが、話を聞きだした直後にシャブを渡してやれば、和田はすぐにシャブを食うだろう。そうなれば、記憶は混沌《こんとん》の波に飲みこまれて輪郭を失っていくはずだ。

ただし、会う場所には気をつけなければならない。

「この後まだ仕事が立てこんでるんで、夜にでもお邪魔していいすか？　確か、和田さんのマンション、百人町《ひゃくにんちょう》でしたよね？」

「夜？　今から来たっていいんだぞ、睦樹」

和田の舌がもつれた。シャブに飢えて気が急いている。

「そりゃ、おれもすぐにでもお伺いしたいんですけど……たっぷり用意していきますから、少しの間、我慢しててくださいよ」

「た、たっぷりか？」

「たっぷりです」

「よし。待ってるからな、睦樹。すっぽかしたらただじゃおかんぞ」

「そんなことしませんよ。じゃあ、九時頃お伺いしますんで」

和田がなにかいうまえに稗田は電話を切った。

＊＊＊

顔見知りの売人《ばいにん》を脅し、すかし、なだめてシャブを二十パケ買い叩いた。売値の七掛け。それでもかなりの出費だ。後で宮前に経費として請求したいぐらいだった。

シャブの入ったパケを上着のポケットに分散して入れ、稗田は一旦、自分のマンションに戻った。会社には打ち合わせのあと直帰すると伝えてある。オフィスの壁にかけられているマジックボードに、社員は行き先と帰社時間を書きこんでおくことになっていた。マジックボードに書きこむたびに、情けない気分にとらわれる。直帰？　組にいたときにはそんな言葉を使ったことすらなかった。

リビングに冴子はいなかった。だが、冴子の気配は濃厚に感じる。

「冴子、寝てるのか？」

稗田は上着を脱ぎながら寝室に声をかけた。返事はない。明らかに冴子の気配は寝室から漏れてきている。寝ているわけではない。稗田は舌打ちした。

「なにやってんだよ、冴子？　飯の支度《したく》はどうした？　八時にはまた出なきゃならねえんだからよ」

声を荒げるのと同時に寝室のドアが開いた。

「じゃじゃーん」

冴子が飛び出てきて、得意げに胸を反《そ》らせ身体を一回転させた。初めて見るロングドレスを身にまとっていた。この前いっていたフェンディのドレスだろう。

「どう？　欲情する？」

胸元に際どいデザインが施《ほどこ》されていて、冴子の乳房が今にもこぼれ落ちそうだった。

「そんな格好で行くつもりか？」

「あ、睦樹、心配してる。わたしのオッパイ、他の男に見られるのがいやなんだ」

「馬鹿野郎。いい年こいて、恥ずかしいって話だろうが」

「睦樹と違ってね、わたしはまだ充分若いの」

冴子は顔をしかめた。目尻にかすかにできた皺が冴子の言葉を裏切ろうとしている。たしかに冴子はまだ若い。だが、その若さは一秒ごとに失われていく。砂時計の砂と同じだ。冴子の砂時計にはまだ大量の砂が蓄えられている。それでも、砂は確実に下へと流れ落ちていく。稗田の砂時計に残っている砂は、冴子のそれより確実に減っている。おれだってまだ若い。だが、すべてを投げ捨てて一から人生をやり直せるほどには若くはない——稗田は深く息を吸いこんだ。

「そうだな。おまえは若いんだよな」

「どうしたのよ、睦樹？」

「なんでもねえ。それより、飯は？」

「夜出かけるなんて聞いてなかったもの、まだ作ってないわよ」

舌打ちをこらえて稗田はソファに腰をおろした。

「簡単にできるもんでいいから、なにか作ってくれよ。腹が減ってしかたがねえ」

「せっかくドレスに着替えて待ってたのに」

冴子は両手を腰に当てて、溜息を漏らした。稗田にドレス姿を見せたかったというのは本当だろう。手に入れたものはすぐに試してみなければ気が済まない、それが自分を飾る物ならだれかに見せて褒《ほ》めてもらわなければ気が済まない。女というのはそういう生き物だ。

「悪かったよ、冴子。だけど、仕事なんだ。わかってくれや。今度、ゆっくりできる時に見てやるからよ」

稗田は手にしていた上着をソファの手すりに投げかけた。胸ポケットからシャブの入ったパケが滑り落ちた。

「ちょっと睦樹、なによこれ？」

冴子は目敏《めざと》い。パケを見つけると、すぐに拾いあげた。

「なにって、シャブだよ」

「睦樹、こんなもの使ってるの？」

冴子の眼光が鋭くなっている。

「馬鹿。シャブなんか食ったら、それこそ指詰めもんだぞ。今夜会う相手の機嫌を取るために用意したんだよ」

「女？」

「オヤジだ。それもシャブ中のな――それ、元に戻しておけよ。それから、飯の支度だ。頼むわ」

稗田は面倒くさそうにいって目を閉じた。自分で思っているより疲労が激しい。すぐに眠りが訪れてきた。

＊　＊　＊

結局、冴子が用意したのはレトルトのカレーだった。それでもカップ麵《めん》よりはましだった。カレーを胃に詰め込んで、稗田は和田のマンションへ向かった。和田が住んでいるのは賃貸マンションだった。外壁にひび割れが目立つ古い建物で、住んでいる住人のほとんどは外国人だろう。インタフォンもなにもない。

和田は稗田を待ちかねていた。すぐにドアを開け、中に招き入れる。顔に浮かんでいるのは愛想笑いのみ。身も蓋もなくシャブを手に入れたがっている。

「も、持ってきてくれたか？」

散らかった部屋に稗田を誘導しながら和田はいった。興奮と緊張のせいで舌がもつれている。

「もちろん。約束したじゃないですか」

「く、くれ」

和田が振り返った。赤い絵の具を塗りたくったのではないかと思えるほど両目が血走っている。

「あとでお渡ししますから、そう焦らないでくださいよ、和田さん。まずは、話を聞かせてください」

「は、話って、なんの話だよ？」

「さっきお願いしたじゃないですか」

和田は髪の毛を掻きむしった。恨めしそうな目で稗田を睨み、効き目がないとわかると身悶《みもだ》えするようにその場で足踏みを繰り返す。ぶつぶつと口の中でなにかを呟き、やがて、身体の動きをとめた。

「ハ、ハピネスの話だったな？　ちゃ、ちゃんと話せば、本当にシャブをくれるんだな？」

稗田はうなずいた。パケを見せてやろうかとも思ったが、そんなことをすればやぶ蛇になる。シャブを目の前でちらつかされて平静でいられるシャブ中はどこにもいない。

「な、なにを聞きたいんだ？」

「座ってもいいですか、和田さん？」

稗田はいった。和田が壊れた人形のように何度もうなずいた。

＊　＊　＊

ハピネスに異変が起こったとしても、ほとんどの組関係者は傍観するだろう——和田はいった。ハピネスは都合のいい金の生る木にすぎない。木が立ち枯れを起こせば、別の木を探すだけだ。だが、飯尾と吉積は別だろう——和田はそうもいった。飯尾はハピネスとは密接な関係にある。

ハピネスからせしめた金で今の地位を築いた。新しい木を探すより、立ち枯れを防ぐ方策を必死で求めるだろう。吉積には面子がある。西とべったりだったハピネスを東のものにしたいと画策《かくさく》していた。一度、とある右翼団体の件でハピネスと繋がりを持ち、それを有効活用したいと願っている。ハピネスを取り込み、ハピネスの金を使えるようになれば、吉積の将来は盤石になる。金が使えるようになる時期は、早ければ早いほどいい。

要するに、稗田たちが気を使わなければならないのは、西の企業舎弟の大物である飯尾と東の有望株である吉積のふたりだということだ。どちらにしろ、心温まる情報ではない。

このふたりをどうあしらうのか。考えるだけ無駄だ。考えることは宮前に任せておけばいい。

和田は顫えていた。初めからシャブが手に入ると知っていなければ、こうなることもないのだろう。だが、一度でも手に入ると思うと抑制が利かなくなる。

「ありがとうございました。助かりましたよ」

和田の話が終わるのを待って、稗田はいった。釘を刺しておくのも忘れてはいけない。

「この話、他人には内緒でお願いしますよ」

「ああ、わ、わかってる。そ、それより、シャブはどうした？」

稗田は上着やズボンのポケットからパケを取りだし、和田の目の前に放り投げた。和田は見栄も外聞もなくパケに飛びつく。ひとつずつ数を数え上げていく。

「十九もあるぞ、睦樹。こ、こんなにもらっていいのか？」

「十九？　二十パケあるはずだぜ。ちゃんと数えたかい、和田さん？」

稗田は和田の手元を覗きこんだ。和田と一緒にパケの数を数えていく。たしかに、パケは十九しかなかった。テーブルの下や椅子の下を探しても、残りのひとつはどこにもない。

「これだけ散らかってちゃ、探しにくいな」

稗田は呟いた。いやな考えが頭蓋骨の中を占領しようとしている。残りの一パケを探す稗田を尻目に、和田は早速シャブを打つ準備をはじめていた。

やはり、パケは見つからない。たしかに、二十パケ買ったはずなのに。売人の元から自分のマンションに向かう間にはあったはずなのに。

「冴子か──」

マンションの床に落ちたパケ。元に戻しておけと稗田はいったが、冴子がそれを戻したかどうかは確認していない。

「くそっ」

そういえば、カレーが出てくるのが異様に早かった。とっとと稗田を追い出し、シャブを味わおうと考えていたのかもしれない。

「和田さん、ありがとうございました」

挨拶もそこそこに和田のマンションを飛び出し、タクシーを摑まえて自宅に向かった。歌舞伎町でキャバクラに勤め、やくざ紛《まが》いの連中とも付き合っていた女だ。大麻やシャブはお手の物だった。稗田と一緒に暮らすようになって、クスリとは手を切らせた。シャブ中の女と結婚したがる男がいるか──そう、怒鳴りつけると、冴子は泣いて誓ったのだ。もう二度と、クスリには手を出さないと。

あれから二年になる。冴子の中で誓いが色褪《いろあ》せたとしてもおかしくはない。稗田との暮らしが色褪せていっているのと同じように。

　五千円札を運転手に渡し、つりも受け取らずにタクシーを降りた。インタフォンも押さず、鍵を静かに回してドアを開ける。なにかが焦げるような異臭がした。家に注射器はないはずだ。となれば、冴子はシャブを焙《あぶ》って吸いこんだのだろう。

「冴子!!」

　怒鳴りながら部屋にあがりこんだ。寝室から異臭が漂ってくる。寝室に突進する。冴子がなにかを後ろ手に隠そうとしているところだった。床にライターが転がっている。

「シャブはどうした!?」

「ご、ごめん、睦樹。怒らないで……」

　冴子はジャージ姿だった。目尻に力がなく、声が緩んでいる。

「久しぶりだったから、ちょっとだけと思って……もうしないから。ね？　もう、絶対やらないからさ」

「ふざけんな、てめえ」

　稗田は冴子を足蹴《あしげ》にした。冴子が仰向けに倒れ、後ろに隠していたアルミフォイルが飛んだ。まだ溶けずに残っていた白い結晶が床に転がった。

「てめえのためによ、おれがどれだけ苦労してるか、わかってんのか？」

　激情に飲みこまれている。制御しなくてはと思っても、どうにもならなかった。クローゼットを開け、冴子が買ったばかりのドレスを引き裂いた。

「わかってんのかよ、冴子!?」

冴子は床に倒れたまま泣きじゃくっていた。

39

宮前にすべての資料を渡すと丸裸にされたような気分になった。明確な目的があって集めていたわけではない。だが、今になるといつかこの日が来ることがわかっていて、無意識の内に備えていたのではないかとさえ思えてくる。

宮前からの当面の指示はひとつだけ。頭を低くして仕事に励んでいてください。こちらの準備が整ったら、一気に行動に移すんです。

頭を低くして――いうは易く行うは難し。最近、胃の辺りに違和感を覚えることが多い。潰瘍《かいよう》ができているのか。まさか癌ではないだろうけれど。

資料を預けて三日後に、宮前からメールが届いた。

『飯尾と吉積に関して、小久保さんが知っていること、手元に持っている資料なりなんなり、すべて教えてください。以上、用件のみで失礼します』

なにを考えているのか、なにをしようとしているのか。宮前はなにひとつ教えてくれない。小久保をお使いに行く子供かなにかだと考えているかのように。

実際、そうなのだろう。ハピネスを脅すための資料は小久保が持っていた。だが、小久保はなにひとつ行動に移せずにいた。ありあまる情報をその手に握りながら、情報の扱いに困り果てていたのだ。そんな人間に重要なことを漏らしてくれるほど、世の中は甘くはない。結局、宮前と組んでなんとかハピネスから金を巻きあげたとしても、ほとんどの金は宮前に持っていかれるのだ。

それがわかっていながら、どうすべきかがわからない。そんな自分が腹立たしい。欠けてしまった両奥歯の表面のざらつきが苛立ちを助長する。おれを舐めるな。おれは、おれは、おれは
――何者でもない。

肩を落としながらパソコンのモニタを見つめた。ちょっとした仕事絡みで関西の飯尾からメールが届くことになっている。たいした案件ではないのだが、それを宮前に転送すれば喜んでくれるかもしれない。自分のさもしさが呪わしい。だが、今さら自分を変えることもできないのだ。

うなだれていると、パソコンではなく、携帯にメールが送られてきた。送り主は紀香だった。

『ちょっと相談したいことがあるんだけど、小久保さん、今週、時間ある？　返事待ってまーす』

文章の後に、店の名前と住所、電話番号が記されている。いつもの見慣れた営業メールだ。

『今週はちょっと行けるかどうかわからない。接待費を抑えろといわれててね』

皮肉めいた気持ちで返信を出した。紀香と宮前はグルなのだ。そうに決まっている。頭の悪いカモを見つけ、それを宮前に売り飛ばす。それが紀香の役割なのだろう。融資の話の時から、宮前は陰で動き回っていたに違いない。

紀香からの返信がすぐに来た。

『店じゃ、話しにくいことなんだよね。昼間でもいいから会えないかな？　あ、それから小久保さん、紀香って源氏名なんだよね。わたしの本名は美和。店以外なら、美和って呼んでいいから

ね』

携帯のディスプレイから目が離せなかった。紀香――美和。華やかな紀香の外見には似つかわしくない名前。だが、それが紀香の本名なのだ。接待でクラブやキャバクラには足繁く通っている。ホステスが自分の本名を教えてくれることはまずないということも知っている。自分のプライバシーを明かすのは、特別な客にだけなのだ。

顫える指先で苦労しながら返信を打った。

『どうして、本名を教えてくれたんだ？』

たったそれだけの短い文章なのに、入力ミスを繰り返して、書き終えるのに五分もかかってしまった。

紀香――美和からの返信がすぐに来た。

『うーん、そろそろ教えてあげてもいいんじゃないかなと思ったの。重い？　迷惑だった？』

返信する。指先はまだ顫えていたが、入力をしくじることはなくなった。

『いや、すごく嬉しいよ。明日の昼飯、一緒に食おうか？　一時頃になるけど、そんな時間でも大丈夫？　美和は――』

小久保は重い息を吐き出した。「みわ」と入力した文字を「美和」と確定させた瞬間、彼女が身近にいるような錯覚に襲われた。

『美和は起きているかい？』

『大丈夫だよ。今夜はアフターしないでまっすぐ部屋に帰って備えておくから。どこに行けばいい？』

紀香――美和は麻布十番《あざぶじゅうばん》に住んでいるはずだった。昼飯となれば家の近くがいいだろう。小久保は頭の中のメモ帳をめくった。数十軒の飲食店がリストアップされる。麻布十番――中華は胃に重いだろう。美和の肝臓は完璧に回復したわけではない。内臓に負担のかかる食事はまだ避けている。二、三ヶ月前にオープンしたばかりのカフェを思い出した。サンドイッチやスープぐらいなら美和の身体にもいいだろう。

小久保はカフェの名前と住所、電話番号を記して美和にメールを送った。

＊＊＊

「ね、もう一回いってみて」

紀香――美和がそういって笑った。まだ、美和という名前は小久保の喉に馴染んでいない。それでも、彼女の要望に応えて「美和」と呼びかけてみたのだ。

「み、美和――」

「どうしてどもっちゃうの？　ただの名前なんだから。はい、もう一回」

まるで保母《ほぼ》にあやされている子供のようだ。だが、美和に逆らうことはなぜかできない。逆らおうという気も起きないのだ。

「美和、なにを食べる？」

もともと微笑んでいた美和の顔がさらに輝きを増した。

「野菜サンドとガスパチョがいいな」

メニューに視線を走らせて美和は答えた。小久保はギャルソンを呼び、美和と自分のオーダーを伝えた。小久保が頼んだのはローストチキンサンドとカプチーノだ。ギャルソンは慇懃に頭を下げて去っていった。歩道に張り出した屋外のテーブルは日よけのパラソルで守られてはいるが、気まぐれを起こした太陽が季節外れの強い陽射しをアスファルトの上に注いでいる。照り返しが目の奥を灼《や》く。目を細めていなければ、美和の顔をまともに見据えることもできなかった。

「ね、どんな感じ?」

「どんなって、なにが?」

「わたしのこと、美和って呼ぶの」

「まだ、慣れてないからなあ」

手の置き場に困って、小久保は頭を掻いた。

「わたし、この世界に入って五年になるけど、本名教えたの、小久保さんで三人目だよ」

「三人目?」

穏やかな気分が吹き飛び、嫉妬が鎌首をもたげる。愚かなことだというのはわかっている。五年もホステスをしていれば、普通の人間が思い浮かべることができるありとあらゆることを経験しているはずだ。本名を教えたのが他にふたりというのは妥当というよりも、少ない方だろう。

「ひとりは、まだ右も左もわからなかったころに可愛がってもらったお客さん。本名はなんていうんだって訊かれて、反射的に答えちゃった」

「もうひとりは?」

そういいながら、小久保は内心で舌を巻いた。美和は天性の話し上手、聞き上手だ。いつの間にか話に引き込まれ、あるいは、合いの手のタイミングの良さに余計なことまで喋ってしまう。美和が人気ホステスでいられるのは、その肉体のせいだけではないのだ。

「初めて惚れちゃったお客さん。凄く好きだったんだけど、捨てられちゃった。まだ子供だったんだよね、わたし。だけど、それからは絶対に店のお客さんを好きにならないって決めたんだ」

もっと詳しく訊きたかった。だが、美和の口調は不自然なほどさらりとしていた。触れられたくはないという合図なのだ。

「でも、美和ならしょっちゅう口説かれるだろう？　中にはいいお客さんもいるんじゃないのかい？」

「いないよ。どんな人でも店に来る時の顔と外にいる時の顔は違うの。だから、店の中でだれかに恋愛感情を持つことはないの。こっちだって、プライベートとは違う顔作ってるんだし……でも、小久保さんは違うよね。こうして外で会っても店で会ってもいつも同じ」

裏表がないといえば聞こえはいいが、要するに情けない男だといわれているに等しい。自分を取り繕うこともできずに、いつも他人に利用されている。それがおれだ。小久保は声に出さずに自嘲した。

「そんなことはないよ。うまく世渡りができないだけさ」

「そこが小久保さんのいいところじゃない。他の女の子にも小久保さん、評判いいのよ。変にいやらしくないいし、気取ってもいないから」

「要は人畜無害だってことだろう？」

「どうして今日はそんなに自虐的《じぎやくてき》なの？」

美和はテーブルの上に身を乗り出してきた。ネイルアートを施した爪が陽光を受けてきらりと光る。極彩色の爪に視線を奪われ、やがて抑制できない感情が湧き起こってきた。

「だってそうだろう？　ぼくはいいカモだ。カジノで隣に座った女をなにひとつ疑わずに店に通うようになって、いいように振り回されて、結局、君と宮前の金儲けの道具に利用されているだけじゃないか」

「そのことを話そうと思ってたの」

美和は小久保の言葉に怯む様子も見せなかった。毅然《きぜん》としているその態度に、逆に小久保の方が落ち着きを失った。

「そ、そのこと？」

「うん。ちょっと待ってね」

美和が視線をカフェの店内に向けた。さっきのギャルソンが食事を運んでくる。ギャルソンが立ち去るまで、ふたりは無言で通した。

「美味しいね、ここ」

早速ガスパチョに口をつけ、美和がいった。

「そんなことより、続きを話そうよ。なにを話したかったたって？」

「宮前さんのこととか」

美和は喋りながらサンドイッチを頬張った。美和が性悪女《しょうわるおんな》だったとしても、その屈託のなさは否定しようがない。

「小久保さんがいったように、最初ははめるつもりだったの。宮前——普段は佳史ちゃんって呼んでるんだけど、佳史ちゃんに新宿のあのカジノに連れていかれて、あの男を引っかけられるかっていわれて。わたし、退院したばっかりで将来が不安で、お金になるっていわれて引き受けたのよ」

〈ロッソ・ネッロ〉のバカラテーブル。あの時は勝っている博打に夢中になって、美和が近づいてくる不自然さにはこれっぽっちも気が回らなかった。博打は身を滅ぼす。先人の言葉はいつだって正しい。

「佳史ちゃん、小久保さんのところに会社の機密書類のコピー持っていったでしょ？」

「あ、ああ」

「あれも、手に入れるの、わたしが協力したのよ。この前、そのスーツを買ってあげた時に」

「あの時か」

手にしていたサンドイッチを取り落としそうになった。あの社外秘の稟議書がどこから流出していったのか、ずっと頭を悩ませていたのだ。スーツの試着をするときに、着ていた上着を美和に確かに手渡した。ポケットに入っていたホテルの鍵を抜き取る時間はいくらでもあっただろう。あの時買ってもらったスーツを、小久保は今日も着ていた。美和に騙されたと気づいた後でも、このスーツを身につけると、なぜだか誇らしい気持ちになれたのだ。だが、その気持ちも消し飛んだ。今はただ、自分が惨《みじ》めなだけだ。

「そんなことまでした男に、なんの話があるというんだよ？」

小久保は乱暴にサンドイッチを嚙み千切《ちぎ》った。パンは紙のようにざらついていて、チキンには汁気がまったくなかった。

「最初にいったでしょ、退院したばかりで将来が不安だったから、佳史ちゃんの計画に乗ることにしたの。だけど、皮肉なんだけど小久保さんのおかげで売り上げ元に戻ったし、それで失ってた自信も取り返せた。なにがなんでもまとまったお金が必要だって思ってたんだけど、そうでもなくなっちゃったのよね。それに――」

美和は言葉を切って、ガスパチョをスプーンで口に運んだ。

「それに？」

「小久保さんを騙すの、すごく気が引けるの。なんだか、ずっとお世話になってた近所の人を騙してるみたいな感じ。わかってくれとはいわないけど、心が痛むのよね」

「そ、そんなこといわれたって、今さら遅いよ。ぼくは、持ってるものを全部宮前に渡してしまったんだ」

「正直にいうのが遅くなったのは悪いと思ってるの。だけど、凄く迷ってたの。小久保さんは知らないだろうけど、佳史ちゃんだけじゃないのよ。やくざ紛いの人もこの計画に関わってるの」

まただ。また、自分の与《あずか》り知らないところでなにかが勝手に動きだしている。

「やくざ紛い？」

「そう。佳史ちゃんの大学の同期なんだって。今は、なんていうんだっけ？　やくざとつるんでる会社――」

「フロント企業？」

「そう。そのフロント企業の社員やってるの。佳史ちゃんのお目付役で」

ぼんやりとではあるが、ある種のからくりが見えてきた。ＩＴバブルを謳歌していた宮前の会社とその凋落《ちょうらく》。バブル時代に表舞台に乗り出してきた暴力団はフロント企業を使って資金を増やしてきた。いわゆる経済やくざの台頭《たいとう》だ。だが、バブル崩壊と共に旨味のある話は激減してしまった。経済やくざたちが陸《おか》にあげられた魚のように喘ぎ、足掻き、瀕死の状態の時に天からの恵みのようにやってきたのがＩＴバブルだ。右も左もわからない学生たちがベンチャー企業を設立し、大金を稼ぎ出したのだ。やくざどもは舌なめずりしてＩＴベンチャーに群がった。甘い言葉をちらつかせ、おだてまくり、顔を繋ぎ、ありとあらゆる場所に連れていき、自分は特別な人間なのだと思わせる。さらに金を稼げばもっと高みに昇りつめられるのだと思わせる。そうして腸《はらわた》に食らいついたら、骨までしゃぶり尽くすのだ。

宮前も骨までしゃぶられた口なのだろう。骨だけになってもまだいい出汁《だし》が取れるからとしゃぶられ続けているのだ。お目付役がいるというのがその証拠だ。働いても働いても、金はやくざたちに吸い上げられる。

そこにだれかが小久保の話を持ってきた――一発逆転のチャンスが転がり込んできたというわけだ。

「そうか……美和を含めた三人で、ぼくをはめようとしたんだな」

「ごめんね。でも、わたし――」

「三人の企んでたことをぼくに話して、それで美和はどうしたいんだ?」

もう、美和という本名に臆することもない。両奥歯のかけてざらついた表面が小久保を深く淀《よど》んだ場所へと誘っていく。怒りとは違う。悲しみとも違う。どこか冷めたような感情が胸から頭にかけて広がっていく。

「わたしと小久保さんで、佳史ちゃんたちを出し抜くことできないかなと思って」

「出し抜くって、ふたりの裏をかいてぼくたちだけで金を手にするってことかい？　さっき、金はもういいといってたくせに」

「小久保さんを騙してまで欲しいとは思わないといったのよ。お金が必要じゃないなんて、そんな嘘、わたしいえないから」

なにをいっても、どんな態度を取っても、美和を怯ませることはできそうになかった。

「今さら君を信用することなんてできないよ」

込みあげてきた苦々しい思いを噛み砕きながら、小久保は告げた。もう、いい。宮前に付き合ってなにがしかの金をもらい、田舎へ戻ろう。かつて自分が夢見た人生はとうに崩壊している。今さら足掻いても、自分が惨めになるだけだ。

「だよね。だけどさ、小久保さん、もう知っちゃったんだから、今さら後に引けないでしょう？　なにも知らないふりしてこれからも佳史ちゃんに付き合って、その挙げ句に騙されてあげるわけ？」

答える代わりに、小久保は残っていたサンドイッチに手をつけた。味はなにも感じない。味覚が――いや、五感のほとんどが麻痺《まひ》している。結局は逃げているだけなのだ。美和の問いかけに答えることもできず、おまえはただこの場から逃げ出すことだけを考えている。

「どうしていいかわからないんだよ」

「だったら、ふたりで考えよ？」

「君のことが信用できないのに、そんなことは無理だよ」

自制したつもりだが、ほとんど叫ぶような言葉が喉からほとばしり出た。美和が目を丸くした。他の客たちの視線が横顔に突き刺さる。いたたまれなくて、小久保は水の入ったコップに口をつけた。慌てて飲みこんだせいで水が気管に入り込み、激しく噎せる。口から溢れた水がスーツを濡らした。

情けない。惨めさもここに極まれりだ。苦笑を浮かべて場を収めようとしたが、顔の筋肉が強張ってそれもかなわない。美和はおそらく笑っているだろう。呆れているだろう。

小久保はおそるおそる視線をあげた。美和は確かに笑っていた。だが、それは小久保の予想とは違って穏やかな暖かい微笑みだった。

「小久保さんのそういうところ、いいんだよね。だから、騙すのが辛くなるんだな。小久保さんって、もしかしたら究極の女たらしかも」

「ぼくが?」

「うん。ちょっとだけ待ってくれる? デザート食べたら、少し付き合ってもらいたいの。それでわたしの信用が回復できるとは思わないけど、とりあえずやってみないと気が済まないから」

「やるって、なにを?」

「だから、ちょっと待ってっていったでしょう」

美和はバッグからハンカチを取りだして、小久保のスーツの濡れた部分を拭いはじめた。

そんなことしなくていいよ――喉まで出かかった言葉が凍りつく。小久保はされるがままになりながら、太く短い息を吐き出した。

40

この部屋に引っ越してきたのはちょうど一年前のことだった。この一年間、いや、以前に住んでいた田町《たまち》のマンションにも他人を迎え入れたことはなかった。家族が上京してきた時も、わざわざホテルに部屋を取ってやり、自分の家に入れることはなかった。

理由は自分でもよくわからない。他人を部屋にあげるのがいやだったのだ。朝眠り、夕方前に起きだす生活の匂いが壁や床に染みついているような気がする。夜毎《よごと》客との疑似恋愛に没入し、誠実な言葉を口にすることもなく、相手の内面を探り、そのくせ自分の内面をさらさず、酒を飲み、猥談《わいだん》に興じ、過度の飲酒と飽食で内臓を傷め、生きたまま腐っていく。その腐臭に気がついたのはいつのことだろう。とにかく、それに気づいてからは部屋に人を招くことはしなくなった。

小久保は物珍しそうに部屋の中を見渡している。部屋に来てと告げた時の赤らんだ頰のままでだ。

「意外と綺麗にしてるんだね。失礼だけど、毎日が大変だからもっと散らかってるものかと思ってた」

「小久保さんを呼ぶつもりだったから、早起きして慌てて片づけたのよ」

「へえ、そうなんだ……」

部屋の観察を終えると、小久保は途端に居心地の悪さに襲われたようだった。視線を足元に落とし、所在なげに立ち尽くしている。どうしてこんな男がやくざたちと駆け引きをする仕事を任されたのだろう。

「お茶かなにか飲む？」

美和は小久保の背中に声をかけた。小久保は小さく首を振った。

「さっき飲んだばかりだから」

「そう。じゃあ、そんなとこに突っ立ってないで、そこのソファにでも座ってよ。小久保さんが落ち着いてくれないと、なんだかわたしまでそわそわしてきちゃうから」

「あ、ああ、そうだね」

小久保はぎごちない動きでソファの隅に腰をおろした。イタリア製の革張りのソファだ。客にねだって買ってもらった。この部屋にある調度の大半は同じように客に買わせたものだ。自分で買ったものは数えるほどしかない。それも、他人をこの部屋に招きたくない理由なのかもしれない。

「あのプラズマテレビ、大きいね」

沈黙に耐えかねたというように小久保が口を開いた。

「お客さんに買ってもらったのよ。ここにあるもの、ほとんどそう。猫撫で声出してお願いするとみんな買ってくれるの。もちろん、お金のある人を見繕《みつくろ》って買わせてるんだけど」

美和は喋りながらキッチンへ行き、冷蔵庫から缶ビールを取りだした。腹は決めていたはずなのだが、いざとなると心がざわめいてくる。肝臓を患って以来、アルコールは一切口にしてこなかったが、今日だけは特別だ。

「いいのかい、ビールなんか？」

居間に戻ると小久保が腰を浮かしかけた。

「いいの。今日だけ特別」

プルリングを引き、口をつける。喉に流し込んだりはせず、舌を湿らす程度に。それでも久しぶりのアルコールがじわじわと細胞に染み通っていくのを感じた。そんなはずはないのに、肝臓がきゅっと収縮するのを感じたような気すらする。缶ビールを持ったまま小久保の隣に座った。身を引こうとする小久保に太股を押しつける。

「わたしのこと信用できないっていうの、よくわかるの。だって、最初は騙すつもりで近づいたんだし。それで、どうしたら小久保さんに信用してもらえるかなって、ずっと考えてたのよ。わたし、頭悪いから、なかなか考えがまとまらなくて」

「美和は、頭はいいと思うよ。だから、店でも人気があるんだ」

「ありがとう」

美和はビールに口をつけた。今度は大量に口に含み、一気に飲み下す。目眩《めまい》がしそうだ。ビールがこんなに強い酒だとは思ったこともない。

「考えに考えて、結論をふたつ出したの。ひとつは、すべてを小久保さんに正直に打ち明けること」

「もうひとつは?」

小久保はそういった後で、生唾を飲みこんだ。

小久保が羨ましかった。ビールを飲んだ直後だというのに口の中が干上《ひあ》がっている。飲み下したくても唾も出ない。男と女の駆け引き、手練手管《てれんてくだ》は充分に身につけているはずなのに、小久保の前では言葉と身体が凍りついてしまう。やくざたちもそうなのだろうか。このうだつのあがらない小心な男を前にすると、虚勢を張る必要さえ感じなくなって、素顔をさらしてしまうのだろうか。だから、小久保はあんな仕事を任せられていたのだろうか。

小久保は美和を見つめている。もう一口、ビールを飲み下す。渇きが癒《い》えることはなかった。

「小久保さんとエッチすること。つまり、小久保さんの女になる。そうすれば、信じてもらえるかなって」

喉につかえているものを吐き出すように、一気にまくしたてた。小久保は何度も瞬きをし、それから視線を逸らす。

「それだって、宮前に指示されたからかもしれないじゃないか。ぼくが裏切らないように見張っておけってね」

「多分、そういわれると思った。だけど、これよりいいこと、考えつかなかったの」

美和はビールをサイドテーブルに置いた。小久保に身体を向け、手を握る。小久保はいったんは振りほどこうとしたが、すぐにおとなしくなった。肩がひとまわり小さくなったように見える。美和を抱けるという喜びよりも、これ以上傷つけられたくないという思いの方が勝っているのだろう。いじらしい。まるで捨てられた子犬のようだ。

「別にさ、小久保さんが気にすることないと思うの。もし、わたしに騙されてるって思うなら、ただわたしを抱いて、騙されてるふりをしてればいいじゃない」

「だけど――」

小久保はうつむいたまま、消え入るような声を出した。美和は小久保の右手を両手で強く握った。

「あのね、夜の女やってると派手に遊びまくってると思われがちなんだけど、わたし、本当にもう二年ぐらいエッチしてないの。だから、あんまり上手じゃないし、小久保さんのこと喜ばせてあげられないかもしれない。だけど、小久保さんとならしてもいいと思ったこと、何度もある。これだけは嘘じゃないよ」

「も、もう帰るよ」

小久保が立ち上がる。

「待って」美和は小久保にしがみついた。「小久保さん、わたしのこと好きじゃなかったの？ 気に入ってるから店に通ってくれたんでしょう？ このまま帰られたら、惨めすぎるよ。わたしのためだと思って……お願い」

小久保は溜息をついた。顎の下の筋肉が左右に動いている。やがて、意を決したように美和に顔を向けた。

「騙してるんでもそうじゃないんでもいいんだけど……どうしてぼくなんかと寝ようなんて思ったんだい？」

「好きだからに決まってるじゃない」

美和はいった。小久保は口を開いたまま凍りついたように動かなくなった。眼鏡が半分ずり落ちている。それでも、小久保は長い間動くことがなかった。

＊＊＊

小久保は上手だった。遊び慣れているというわけではない。どちらかというとその動きはぎごちない。だが、丹念《たんねん》だった。うなじを、鎖骨《さこつ》の上の窪《くぼ》みを、乳房を、乳首を、丹念に慈《いつく》しむように愛撫していく。小久保の指や舌が触れた部分が、その愛情に反応して熱を持っていく。乳首が何倍にも膨張し、そのうち自分の身体すべてが乳首に変貌してしまったような錯覚に襲われる。

なにもかもが心地いい。乳首に与えられる快感が徐々にくだっていき、股間が熱くなりはじめる。心地よさと欲求不満が交互に身体を支配し、やがて、欲求不満がすべてになる。

触れて欲しい。あそこに……いやらしく濡れているあそこに触れて、舐めて。

美和の気持ちを汲み取っていたかのように、その瞬間、小久保の手が下半身に流れた。まだ、触れてはくれない。小久保の指の先端が、太股を触れるか触れないかの微妙な感触を保ったまま下から上に這い上がってくる。

触ってもらえる——そう思うと、指はまた下にくだっていき、のろのろした歩みで太股をなぞりあげる。

限界だった。溜まっていた性欲が股間に集中している。痛いほどに勃起したクリトリスが包皮を押し上げている。空気が揺れるたびに、身体がひくひく痙攣する。

「お願い……」

美和は喘ぐようにいった。小久保の動きがとまる。じれったい。もどかしい。

「なんだって？」

「お願い、舐めて」

「さっきから舐めてるよ」

「違うの――」

美和は小久保の手首を取って自分の股間に導いた。指先が勃起したクリトリスに軽く触れた。それだけで電流が全身を貫く。美和の意図をようやく察知した小久保が指でまさぐりはじめた。

「凄い……ぬるぬるだ。糸を引いてるよ、美和」

小久保は感に堪えないような声を出した。股間から腕を抜き、指を美和の顔の前に持ってくる。小久保の指はぬめった液体にまみれていた。羞恥《しゅうち》と快感が美和の心臓を鷲摑《わしづか》みにする。

「いや――」

「感じてるんだ、美和。美和のあそこがぼくを欲しがってるんだ」

小久保は子供のように喜んでいる。じれったい。もどかしい。だが、今ではそのもどかしさすら快楽に直結している。

「お願い、小久保さん……」

「わかったよ。待ってて」

小久保が身体を入れかえる。小久保の吐息をクリトリスが受け止める。

期待していたとおりに、小久保は丹念に舌を使いはじめた。軽い絶頂を迎えながら、美和は小久保の髪の毛の中に指を入れ、めちゃくちゃにかき回した。

恋をしているわけではない。愛しているわけでもない。ただ、小久保が愛《いと》おしくてしょうがなかった。

41

「……ってことだ。おれたちが気をつけなきゃならねえのは、要するに飯尾と吉積だな。どっちも大物だぜ。どうするよ？」

稗田は宮前の机に片方の尻を載せたまま鼻毛を抜いた。顔をしかめているのは痛みのせいではない。来た時から稗田は不機嫌そうに顔をしかめていた。相手にしなければならないのが大物だと知って恐れを抱き、そんな自分に腹を立てている。

「どうにかしなきゃならないんだろう。小久保にふたりのことと、ハピネスとの繋がりを詳しく訊いてみる。どこかに突破口はあるはずだ」

「とっととハピネスに電話をかけて、金をいただいてトンズラするってのはどうだ？」

「何度いえばわかるんだよ。それだと、うまくいってもたいした金にはならない。おれたちが手に入れようとしてるのは億単位の金だろう？」

「そうだよな……」

稗田は抜いた鼻毛を指先で弾いた。先端に鼻くそがついた毛が床に飛んでいく。後で掃除をしなければ——宮前は溜息を押し殺した。

「機嫌が悪そうだな、睦樹」

「いろいろあってな。それより、他にしておくことはねえか？　じっとしてると、なんだか苛々してきてよ」

「会社の仕事はいいのか？」

「ここのところ暇なんだよ。社長も会社に顔見せてないしな。なにか企んでるんじゃねえか。その企みが本決まりになったら、またこき使われるのさ。ま、ハーフタイムみたいなもんだな、今は」

「じゃあ、昔馴染みと顔を繋いでおいてくれよ」

できるだけ早く稗田を追い出したかった。自分が潔癖《けつぺき》に過ぎることはわかっているが、自分の職場や部屋を稗田に汚されることは我慢がならない。

「昔馴染み？」

「こっちの人たちだよ」宮前は頬に指を走らせた。「その飯尾や吉積ってやつらが動きだしたら、情報が手に入るようにしておいてもらいたいんだ」

「そういうことはおまえにいわれなくてもとっくにやってるんだよ。そうじゃなくてよ、もっとこう……切羽詰まったような仕事はねえのかよ」

宮前はまじまじと稗田を見つめた。昔からせっかちで短気な男ではあった。だが、極道の世界に足を踏み入れてからは我慢を覚え、たとえ苛立っていたとしても滅多にそれを表に出すことはなかった。もちろん、宮前の前では別だ。それでも昔に比べれば格段に辛抱強くなっていたのだ。それが、すっかり学生時代の稗田に戻っている。

「なにがあったんだ？」

「なにもねえよ」

反応が速すぎる。腹を探られたくないばかりに、答えを予め用意していたのだろう。

「睦樹——」宮前はデスクに両肘をつき、手を組み合わせた。「もう少しの辛抱だ。手に入れた情報の分析と整理が終わったら、すぐにでも動きだす。喉から手が出るほど金が欲しいのはおまえだけじゃないんだ。もう少しだけ、辛抱してくれ」

「わかったよ——」

稗田はデスクから腰をおろした。ズボンのポケットに両手を突っこみ、ふて腐れたように背中を向ける。なにかがあったのだ。それは間違いない。会社か、あるいは家庭か。宮前は冴子の顔を脳裏に思い浮かべた。なにかのおりに、一度だけ紹介されたことがある。キャバクラ嬢あがりということで教養はなさそうだったが、頭の回転はそこそこに速かった。稗田になにか問題が起こったのだとしたら、冴子が関係している可能性は高い。単なる夫婦喧嘩。冴子の浮気——いや、それなら稗田は暴力をふるうだろう。暴力はストレスを発散させる。今日の稗田の態度にはそぐわない。

「睦樹——」

立ち去ろうとしていた稗田の背中に声をかけた。なにがあったかはわからないが、溜まっているものを抜いてやらないと、稗田は暴走するかもしれない。

「なんだよ?」

「仕事、ひとつ見つけたよ」

「なんだ?」

稗田の顔が輝いた。接触の悪かった電球にやっと電流が流れたというような変わりようだった。

「大津を引きずりおろすのに使ったジャーナリストがいるだろう？」

「菊田のことか？」

「そいつだ。こっぴどく痛めつけてきてくれ」

「どういうことだ、おい？」

稗田は身体を反転させて、宮前と向き直った。鞘《さや》から抜き放たれた刃物のように冴《さ》え冴《ざ》えとした殺気がどこかから溢れてきている。

「あとあとのことを考えてな……ハピネスに雇われた連中に襲われたと思いこませたいんだ。できるか？」

稗田は即座にうなずいた。

「目出し帽を用意していくさ。一言もしゃべらねえで足腰が立たなくなるまでぶちのめしてやる。それでいいか？」

「ちょっと待ってくれ」

宮前はパソコンに顔を向けた。音声データの編集ソフトを立ち上げ、数十種類のサンプルの中から稗田とは似ても似つかない声を選び、打ち込んだ文章を発声するよう指示する。

「いいか、ハピネスには二度と手を出すな」

パソコンのスピーカーから声が漏れてくる。耳をよく澄ませば、それが合成音であることは隠しようもない。だが、恐怖と苦痛に苛《さいな》まれている人間には違いはわからないはずだった。合成した音をファイル変換してＭＤに落とし、小型のＭＤプレイヤーと共に稗田に渡す。

「痛めつけた後に、これを流せ」

「おまえもいろいろ考えるよな。パソコンってのは恐ろしいぜ、まったく」

気の抜けたような表情を浮かべて、稗田はＭＤプレイヤーを受け取った。

＊＊＊

膨大な量だった情報も、そろそろ先が見えてくるという程度には目を通し終えた。パソコンと脳にインプットした情報が整理されていく。どこにあるかもわからなかった道筋がおぼろげに見えてくる。

やくざや右翼、警察関連の情報を使うのは危険にすぎる。残るはジャーナリスト関連。まがい物ではない連中を手なずけることができればうまく事を運べるだろう。稗田が菊田というジャーナリストを襲撃したことが噂になれば、ハピネスが自社に不利益を与える記事を書いたり行動を起こした人間に暴力で報復したという噂が流れれば、反骨心《はんこつしん》を持った連中は宮前が差し出す情報に飛びつくだろう。

作成したデータベースから、ハピネスに盗聴された経験のあるフリーのジャーナリストの名前を呼び出す。経歴を精査《せいさ》し、選抜する。

四人。とりあえずはそれで充分だろう。

宮前はエディタで文章を書いた。

『拝啓。

まずは同封のＭＤに録音されている内容をお聞きください。これは某社が探偵を雇い、あなたの電話を盗聴させた記録の一部です。この件に関してご興味がおありでしたら、下記のメールアドレスまでご一報くだされば幸いです』

ホットメールで取得した匿名《とくめい》メールのアドレスを書き加えて四通、プリントアウトする。それぞれの盗聴テープをＭＤに落とし、宛先を書いた茶封筒に入れて入念に封印する。これをポストに投函《とうかん》すれば事態は動きだす。

すべてをコントロールできるか？

宮前は目を閉じて目頭を揉んだ。自問するまでもなく答えはわかっている。すべてをコントロールすることなど不可能だ。関わってくる人間の数が多くなればなるほど不確定要素も増していき、予想外の事態が起こる可能性が飛躍的に高まる。

「それでも、やるしかないだろう」

ひとりごちて、用意しておいた切手を貼りつけた。その最中に電話が鳴った。

「佳史ちゃん、どんな感じ？」

紀香の声は不自然なぐらいに弾んでいた。

「明日の昼間、稗田も入れて三人でどこかで会おう。計画を説明する」

「時間と場所は？」

「後でメール入れておくよ」

「わかった。じゃあね」

宮前は静かに受話器を置いた。小久保を引き込んだ今では、紀香の存在価値は著しく低くなっている。できることなら外してしまいたい。他人に与える分け前は少ないにこしたことはない。

ばならない。

だが、もう少しだ。小久保の手綱を引き締めるためにも、紀香にはもう少し働いてもらわなければならない。

四通の茶封筒をまとめて、デスクの左隅に脱ぎ捨てたままになっていた上着を手に取った。上着の下には谷岡から送られてきた資料が入った大判の封筒があった。日本のアブラモビッチを目指している愚か者に関する資料だ。谷岡に目をつけられたのなら逃げ場はない。骨の髄までしゃぶられてゴミ箱に捨てられる。

肩の凝りを感じて、宮前は首を回した。関節が軋《きし》み、いやな音を立てる。昔は肩凝りとは無縁だった。今だって、肩凝りと人生を分かち合わなければならないほど年を取っているわけでもない。だが、この一年、肩凝りは酷くなっていく一方だった。まるで、日々の鬱屈が肩や首の筋肉に取り憑き、凝り固まっているかのように。

「もう少しの辛抱だ」

稗田に告げたのと同じ台詞を自分にいい聞かせる。右手で肩の筋肉を揉みながら、宮前は自分のオフィスを後にした。

42

レンタカーを借りてマンションに戻った。冴子は部屋にいなかった。引き裂いてしまったドレスの他に、冴子が気に入っていた赤いドレスが見当たらなかった。ディナーショウは今日のはずだ。引き裂かれたドレスを胸に抱いて、冴子は泣きじゃくり続けた。今日の朝も、腫れぼったい目を鏡に映しては、ディナーショウが台無しだと愚痴をこぼしていた。

稗田は冴子の私物を片っ端から改めた。シャブはない。どこにもない。シャブ中だったというわけではないのだ。たった一度、シャブを食ったからといって中毒への道を転げ落ちていくはずもない。それに、昨日の今日でシャブを手に入れるのには無理がある。

少しナーバスになりすぎている。きっと和田と会った直後だったからだろう。シャブ漬けにされて人格を破壊された女たちを数多く見すぎたせいだろう。

スーツを脱いで、動きやすい服に着替えた。伸縮性のある素材で作られたズボンにTシャツ、古びた薄手の革ジャン。チンピラ時代に愛用していた革ジャンで、いい服を買えるようになった後でも手放せなかったものだ。革ジャンのポケットに目出し帽と軍手を押し込み、部屋を出ようとしてMDプレイヤーを忘れていることに気づいた。プレイヤーは脱いだ上着の内ポケットに入れたままだ。

プレイヤーと一緒に携帯電話も革ジャンのポケットに入れた。ポケットが膨らみすぎてみっともない。だが、だれかに見せつけるわけでもない。

マンションを出て駐車場に向かった。携帯を取りだし、冴子に電話をかける。

「なんの用？　これからショウがはじまるのに」

「冴子、昨日は済まなかった」

車に乗り込みながら、稗田はいった。

「な、なによ急に。わたしだって悪かったと思ってたのに、先に謝られたらどうしていいかわからないじゃない。おかしいよ、睦樹。なにかあったの？」

「別に。ただ、ドレスのこと悪かったなと思ってよ。今日は遅くなりそうか？」

「たぶん。ショウが終わった後で、どこかに飲みに行こうって話になってるから。早く帰った方がいい？」

「いいや、付き合いは大切にしておけ。おれが組に戻った時に必要だからよ」

稗田は落胆を押し殺して答えた。後先のことを考えずに暴力をふるうのは久しぶりだ。それでも、身体はよく覚えている。だれかを思う存分いたぶった後は、性欲が高まってしまう。固くそそり立ったものを、柔らかく濡れたもののなかに突き立てたくてしょうがなくなる。冴子の帰りが遅いなら、ソープかどこかに行くしかない。

「おれもちょっと出かけてくる。帰りは遅くなるからちょうどいいじゃねえか」

「そうね——あ、ごめん。そろそろはじまるから。また後でね」

唐突に電話が切れた。稗田は舌打ちしながら携帯を閉じ、助手席の上に放り投げた。目を閉じて想像する。潰れた菊田の顔を。血まみれの顔を。ザクロのように弾けた皮膚とそこから覗く脂肪と筋肉を。少し落ち込んでいた気分が盛りあがっていく。細胞に力が漲《みなぎ》り、若返ったかのような錯覚すら覚える。

「そうよ、やくざなんて暴れてなんぼだろうが」

吼《ほ》えるようにいい、稗田はエンジンに火を入れた。

＊＊＊

菊田の住居兼事務所は荒木町《あらきちょう》にあった。築二十年は優に過ぎている古びたマンションの六階だった。ひとつの階に入っている部屋はたったのふたつ。マンションの外観は鉛筆のように細長い。

マンションの近くの路上に車をとめて、稗田は携帯に手を伸ばした。設定を非通知に変え、菊田に電話をかける。呼び出し音が六回鳴ったところで菊田が電話に出た。

「はい、オフィスＫＫです」

疲れて濁った声だった。稗田はすぐに電話を切った。オフィスといえば聞こえはいいが、要するに個人経営の事務所だ。バブル全盛のころにはアルバイトを数人雇っていたこともあったようだが、社員は菊田ひとり。仕事の打ち合わせでも、出版社の人間がここに来ることはない。電話をかけて仕事があるんだけどと告げれば、菊田はどこにでも飛んでいく。

車を降り、マンションに足を運んだ。エレベーターの中で軍手をはめ、目出し帽を取りだした。六―Ｂというのが菊田の事務所の部屋番号だった。目出し帽を額まで被《かぶ》り、ドアをノックする。インタフォンなどという洒落たものはついていない。

「どなた？」

部屋の奥から声がした。

「宅配便です。印鑑かサイン、お願いできますか？」

喉を締めつけて高い声を出す。

「ちょっと待ってくれ」

菊田の返事を聞きながら、目出し帽をすっかり被った。それほど待たされることもなくドアが開いた。チェーンロックはなし。菊田はそういう男ではない。開いたドアに手をかけ、力任せに引っ張った。

「な――」

予想外の出来事に呆然と立ち尽くしている菊田の鼻っ面に頭突きをぶちこむ。菊田は顔を押さえてその場に腰を落とした。覆っている手ごと靴の裏で菊田の顔を蹴り上げてドアを閉めた。鍵をかける。筋肉が心地よく火照《ほて》っている。菊田は床を這うようにして逃げようとしていた。尻の肉につま先をめり込ませ、後ろに反り返った身体を摑まえて引き起こす。

「た、た、助けてください。ゆ、ゆるしてください」

菊田の鼻からは大量の血が溢れ出ていた。菊田の目からは大量の涙が流れ出ていた。拳を握った手を弓なりに引いて潰れた鼻に叩きつける。菊田は蛙《かえる》の鳴き声のような悲鳴をあげて手足をばたつかせた。反対の拳を腹に叩き込んで、菊田を後ろに突き飛ばす。菊田は嘔吐しながら倒れ込んだ。ぶよぶよの腹だった。吐くだろうことは想定済みだ。

そう、昔もこうだった。ルールを知らないチンピラや学生をさんざんに殴り倒し、いたぶった。極道は自分の天職だと思っていた。それが――

指先が痙攣している菊田の左手を踏みつけた。分厚い靴底を通してなにかが折れる感触が伝わってくる。このために、ごつい編み上げのブーツを履いてきたのだ。昔そうしていたように。

菊田の口が大きく開く。悲鳴が漏れる前に稗田はその口を左手で塞いだ。菊田を引きずるようにして部屋の奥に進み、プリンタにセットされていたプリント用紙を無造作に摑み、丸め、菊田の口に押し込んだ。涙と涎と血で菊田の顔はぬめった光を帯びている。左手で胸ぐらを摑み、菊田の顔を引き寄せた。

だれかに襲撃されたのだということを強く印象づけるには顔を殴るのが一番だった。どす黒く腫れあがった顔は如実《にょじつ》に真実を物語る。

稗田は小刻みに拳を突き出した。目に入るのは潰れていく菊田の顔だけだった。聞こえるのは肉が潰れる音と自分の呼吸だけだった。

菊田が動かなくなった。苦痛から逃れるために気絶したのだ。唐突な終わり方に高ぶっていた神経が抗議の声をあげた。まだだ、これからだ、まだ終わってはいない。喉の奥から言葉にならない音の塊が迫《せ》りあがってくる。

唸《うな》りながら菊田を揺さぶった。菊田は目覚めない。口の中の紙を取り、もう一度激しく揺さぶる。菊田は目覚めない。

「根性がないにもほどがあるぞ」

稗田は吼えた。だが、菊田は目覚めない。部屋の中にあるものを片っ端から薙《な》ぎ倒し、投げ捨てた。久しぶりの暴力に熱を持った細胞が、その熱のやり場に困って身悶えている。

くそ、くそ、くそ——

電源が入ったままの菊田のノートパソコンを床に叩きつけた。その大きな音に、やっと理性が目を覚ました。人に聞きつけられたかもしれない。警察に通報されたかもしれない。

舌打ちし、台所に向かった。流しに置きっぱなしになっていた丼《どんぶり》に水を溜め、菊田の顔にかけた。

菊田が目を覚まし、すぐに苦痛に呻きはじめた。脇腹を蹴り上げる。菊田は芋虫《いもむし》のように身をくねらせ、喘ぎながら逃げようとする。

もっとぶちのめしてやりたい——もう潮時《しおどき》だ。興奮と理性が交錯《こうさく》し、なんとか理性が勝利を収めた。

稗田はMDプレイヤーのボタンを押した。

「いいか、ハピネスには二度と手を出すな」

合成音が終わるのと同時に、菊田の顔を踏みつけた。

「ゆ、ゆ、ゆるして……た、助けて」

菊田の声は潰れていた。狙い澄まして、ブーツの爪先を菊田の口に叩きつける。前歯が数本折れて、菊田はまた気を失った。

＊　＊　＊

筋肉は火照り続けているし、血は沸騰《ふっとう》し続けている。暴力をふるえば発散されるはずのストレスが、さらなるストレスとなって稗田の胃を締めつけた。

なにもかもが中途半端なのだ。菊田も、おれも——

ステアリングをきつく握りしめたまま首都高に乗り入れた。スピードで気を紛らせることができればと思ったのだ。だが、首都高はところどころで渋滞していた。

なにもかもが中途半端だ。

肩が凝っていた。長時間緊張し続けていた筋肉が反乱を起こしている。力を抜きたくてもそれができない。

首都高を降りて六本木に向かった。この中途半端な気分は、女を抱けばある程度は解消されることはわかっている。冴子はあてにできない。ソープで偽りの快楽を演じる女とする気にもなれない。となれば——

飯倉《いいくら》近くのコインパーキングに車を止め、稗田は紀香の店に向かった。午後十時を過ぎている。紀香はもう店に出ているだろう。

店に到着すると、席につく前にトイレに立ち寄った。目出し帽をかぶっていたせいで髪型が乱れている。手櫛《てぐし》で乱れを直し、水で顔を洗うと気分が少しだけましになった。

紀香はフロアの一番奥の席についていた。よく喋り、よく笑っている。仕種も伸びやかでいつにもまして華があった。いいことがあった——顔にそう書いてある。

黒服に紀香を指名したが、最初にやってきたのは別のホステスだった。どこか田舎臭い鈍重《どんじゅう》そうな女だ。女の問いかけに適当に相槌を打ちながら稗田は紀香を観察し続けた。

はっきりとどこがどう違うと指摘することはできないが、間違いなく今日の紀香は綺麗だった。顔や胸、手足といったパーツがどうということではなく、全体として美しい。

男ができたのだ——直感的にそう思い、思った瞬間に頭に血がのぼった。紀香を抱くつもりでこの店に来た。嫌がろうが抵抗されようが、なにがなんでも抱くつもりだった。それなのに、紀香は他の男に熱を上げている。自分勝手な理屈だということはわかっているが、それで自分を抑えることができるようなら極道にはなっていなかっただろう。刹那に生きたかったのだ。やりたいことをやりたいようにやって生きていこうと思っていたのだ。

だが、すべてが中途半端だ。だから、こんなところに座ってろくでもない嫉妬に苦しんでいる。

「あの、お客さん、ご気分でも悪いんですか？」

気がつくと、女が稗田の顔を覗きこんでいた。鏡を見るまでもない。苦々しい表情を浮かべていたのだろう。谷岡の下で働くようになってからそんな表情を浮かべるようになった。自分では気づいてもいなかったが、他人に指摘され、鏡を見てなるほどと間抜けな感想を持ったこともある。

稗田は拳を握った。それと意識しているわけでもないのに、爪が肉に食い込んでいく。かすかな痛みが菊田をいたぶってたときの昂揚感を呼び戻した。あれをもっと続けていることができたなら――耳の奥で不快な音が響いている。まるで砕けたガラス片を擦りあわせているような音だ。自分の歯ぎしりの音だった。女が身体を引いていた。気味の悪い客だと思っているのだろう。

十五分ほどで紀香がやって来た。

「ごめんね、遅くなって」

悪びれるふうもなく、稗田の横に腰をおろす。綺麗なだけでなく身ごなしも軽やかだった。

「気にしてねえよ。おまえが人気者だってことはわかってるからな。そんなことより、機嫌がよさそうじゃねえか」

「出勤する前に、佳史ちゃんに電話したの」

稗田の声にこもっていた棘《とげ》をさらりとかわして紀香はいった。

「佳史に？」

「うん、稗田さん、まだ聞いてない？　明日から本格的に動きだすみたいよ。昼間、三人で集まろうって」

「おれはなにも聞いてねえぜ」

「時間と場所、後でメールしてくれるっていってたよ」自分のグラスに水を注いで紀香は顔をあげた。「メール、まだ来てない？　わたし、勤務中は見られないから」

稗田は上着の内ポケットから携帯を取りだした。ディスプレイにメールの受信マークがついている。菊田を殴っている間か、あるいは首都高で苛立ちを募らせているときに届いたのだろう。まったく気がつかなかった。

メールは宮前からのものだった。

『明日の午後三時、ニューオータニのコーヒーラウンジに来られないか？　とりあえずの計画を話しておきたい。紀香も来る予定だ』

メールの受信時間は午後九時八分。やはり、車に乗っているときに受信していた。

「明日の三時、ニューオータニのコーヒーラウンジだってよ」

「けっこう、長かったよね。待つの疲れちゃったけど、やっとはじまるんだと思うと、少し気分が高ぶってくるの。稗田さんは？」

紀香が変わって見えた理由はそれか――自分の愚かさを自嘲しながら稗田は曖昧《あいまい》に首を振った。

「高ぶるなんてもんじゃねえよ。そうか、佳史の野郎、やっと重い腰をあげたか」

血の流れを妨《さまた》げていたものがすっと流れ落ちた。淀んで煮え滾《たぎ》っていた血が血管の中を流れながら放熱していく。宮前が計画を固めた。後は堰《せき》を切って流れ出す勢いに任せればいい。望んでいたのは行動だ。うじうじと考え続けることではなく、目的に向かって突き進む瞬間を待ち望んでいた。

「とりあえず、佳史ちゃんはいないけど、乾杯しよっか？」

紀香がグラスを掲げた。

「ああ。とりあえず、な」

自分のグラスを紀香のグラスに軽くぶつけ、稗田は中身を一気に飲み干した。

「ほんとにうまく行くのかな？」

「行くさ。佳史が考えてるんだぜ」

「稗田さん、佳史ちゃんのことそんなに信頼してるんだ？」

紀香は思わせぶりに微笑んだ。違和感を感じたが、昂揚した気分がそれを飲みこんでいく。

「肝っ玉はともかく、頭の出来は折り紙付きだからな。調子に乗ってやくざに目をつけられて、それから地べたを這いずり回ってるが、きっかけを摑めばまた大金を稼げる男なんだよ。小久保のことを嗅ぎつけたとき、おれはまっさきに佳史のところに行ったんだ。あいつならなんとかするだろうと思ってな」

「男同士の友情っていうわけ？」

「馬鹿、そんなんじゃねえよ。おれたちのは腐れ縁っていうやつだ。あいつのことをダチだなんて思ったことはねえし、佳史だって同じだろうよ」

「複雑だね」

紀香がぽつりといった。

「単純なんだよ。どっちかっていうとな。それより、どうだ、あのおっさんの方は？」

「佳史ちゃんが動きだすのをドキドキしながら待ってるみたいよ。お金はどうしても必要なんだけど、本当に事が起こるのは怖い。そんな感じ。わかるでしょう？」

稗田は肩を揺らして笑った。なにを今さらという思いが頭をよぎる。稗田が嗅ぎつけなかったとしても、いずれ小久保はだれか別の人間の目にとまり、骨の髄までしゃぶられていたに決まっている。

「それだけ期待してる金も、結局は手に入らないのにご苦労なこった」

「やっぱり分け前はあげないの？」

紀香の表情が曇った。軽い違和感を覚えたが暴力の余韻《よいん》と酒がそれを押し流していく。

「当たり前だ。ハピネスからいくらむしれるかはわからねえけどよ、せいぜいが二億か三億ってところだ。五億、十億ってわけにはいかねえ。そこまで事を大きくすると、おれたちだけじゃ手に負えない事態になるからな。三億なら、おれたち三人で一億ずつになる。まあ、博打を打って出たことに見合う金だ。だけどよ、ここに小久保が入ってきてみろ。ひとり七千万とちょっとか？　二億しか手に入らなかったらどうだ？　五千万？　冗談じゃねえ」

抑制がきかなかった。考える前に言葉が口をついて迸る。とめどなく溢れてくる言葉を押しとどめるには、酒で口を塞ぐほかはない。

「わたしにも分け前を渡さないことにすれば、稗田さん、一億五千万手に入れられるわけよね」

紀香の声は平板《へいばん》だった。さっきまでの華やぎが表情から失せている。

「だれもそんなことはいってねえだろう」

「でも、考えたことはあるでしょう？」

稗田は顔をしかめた。喋りすぎたせいで紀香にいらぬ疑惑を抱かせてしまった。

「考えたことがねえとはいわねえけどな。だけど、おまえがいなけりゃ小久保を捕まえておくこともできなかったんだ。おまえは外さねえよ」

「口ではなんとでもいえるわよね」

紀香の表情は晴れなかった。自分の表情が紀香と同じように曇っていくのを感じた。昂揚感は失われてしまった。一度失われてしまったものは二度と戻らない。溜息を押し殺しながら酒に口をつけた。ウィスキーはなんの味もしなかった。

「ねえ、佳史ちゃんはどう思ったのかな？」

紀香が物憂《ものう》げにいった。

「佳史がなんだってんだよ？」

「佳史ちゃんもさ、稗田さんと同じようなこと考えたに決まってるよね。分け前が減れば自分の取り分が増えるって。全部独り占めしたら三億？　佳史ちゃん、独り占めしようって考えてないかしら」

考えてるに決まってる——さっきまでは奔放《ほんぽう》だった言葉が喉の奥で凍りついていた。

43

自分の居場所を認識できずに軽いパニックに陥った。伸ばした指先に他人の肌が触れた。瞼を擦り、眼鏡を探した。いつも枕元に置いてあるはずの眼鏡がない。身体を起こしぼやけた視界の中で懸命にここがどこであるのかを思いだそうとした。

理解は唐突にやって来た。隣で寝ているのは若い女——美和だ。ここは美和の部屋だ。美和と交わり、微睡《まどろ》みの中で出勤する美和を見送り、美和のための夜食を用意し、戻ってきた美和ともう一度交わって眠りに落ちた。

眼鏡はスーツの内ポケットに入れたはずだ。スーツは美和のクローゼットに掛けてある。覚束ない足取りでベッドを降り、スーツを見つけて眼鏡をかけた。視界がクリアになり、気持ちが落ち着いていく。腕時計は午前七時を指していた。寝たのは五時近くのはずだったが、長年のサラリーマン生活で刻まれた体内時計が覚醒《かくせい》を促したのだろう。眠くはあったが疲れはなかった。

美和は深い眠りを貪っていた。化粧を落とした寝顔に疲労の影が張りついている。

足音を殺してベッドルームを出た。冷蔵庫の中身を確認し、梅干しを具にしたお握りをふたつ作った。たまに家に帰っても、妻はなにも振る舞ってはくれない。腹が減れば、こうして自分でお握りを作って食べる。自分でも悦にいるほど形良く握ることができる。お握りを皿に載せ、ラップをかけ、メモを置く。

『コンロの上の鍋にみそ汁が入っています』

顔を洗い、髪の毛の乱れを直すと、もう七時半を回っていた。これから出勤すれば八時半には間に合うだろう。ベッドルームに顔を向け、声には出さずに「行ってきます」と呟いた。だれも見ていないのに気恥ずかしさに顔が熱くなった。まるで新婚のようだ。かつては、妻も毎日玄関先で出勤する小久保を見送ってくれた。

すべては過去の話だ。どれだけ記憶が鮮明だろうと、失われたものは二度と戻っては来ない。

美和のマンションを後にすると、ふやけていた脳味噌がゆっくりと動きだした。昨夜の美和の言葉を反芻する。

『やっぱり、小久保さんに分け前をくれるつもりはないみたい』

やはり、最初から除《の》け者にされる予定だったのだ。甘言《かんげん》を弄し、おだて上げ、最後に切り捨てる。原のやり方とまったく同じだ。

だが、宮前は知らない。宮前の相棒の稗田という男も知らない。小久保と美和が手を組んだことはだれも知らないのだ。

「最後に臍《ほぞ》を噛むのはおまえたちの方だぞ」

だれにともなく呟きながら、小久保は満員の地下鉄に乗りこんだ。

＊　＊　＊

専用回線の電話が鳴ったのは昼休みの少し前だった。受話器を持ち上げると、耳に当てる前から慌てた西浦の声が聞こえてきた。

「どうしました、常務?」

「すぐにおれのところに来てくれ。大至急だ」

それだけで電話は切れた。緊急事態が出来《しゅったい》したということなのだろう。西浦のこんな慌て方は見たことも聞いたこともない。

やりかけの仕事を放り出して、すぐに西浦のオフィスに向かった。秘書には話をつけていたらしく、呼び止められることもなかった。西浦は自分のデスクに座り、青白い顔でパソコンのモニタを睨んでいた。

「どうしたんですか、常務?」

「『展望』を知ってるな?」

小久保はうなずいた。毀誉褒貶《きよほうへん》はあるが歴史の長い経済誌だ。この業界にいて知らない人間はいない。

「あそこの副編集長には、昔、ちょっと便宜《べんぎ》を図《はか》ってやったことがある。それで、時々情報を流してくれるんだが――」

西浦の口調は歯切れが悪かった。暗い予感が小久保の背筋を這い上がってくる。

「『展望』がどうしたんです? なにか、まずい記事が載るんですか?」

「さっきメールが届いたばかりで、詳しいことはわからんし、話が錯綜《さくそう》してるんだが、今朝早くから、細川《ほそかわ》というジャーナリストが編集部にやって来て、ハピネスの原稿を書かせろと編集長に直談判《じかだんぱん》したらしいんだ」

「うちのなにを書こうっていうんですか?」

「盗聴だ」

動揺を悟られたくなくて、小久保は西浦から視線を外した。宮前が動きだしたのだ。そうでなければ盗聴の件が外部に漏れるはずがない。

「自分がハピネスに盗聴されていた証拠を握っていると細川はいったらしい。単なる違法行為じゃなく、上場しようかという大企業が報道や言論の自由を踏みにじるとんでもない事態だから、なんとしてでもハピネスを告発したいんだと、そうねじ込んだそうだ」

「『展望』はそれを受け入れたんですか？」

「編集長はやる気満々だそうだ。細川が握っているという証拠は、どうやら盗聴を録音したテープそのものらしいんだよ。特ダネだ。雑誌の人間なら必ず飛びつく」

「ちょっと待ってくださいよ」

小久保は舌を舐めた。ここが正念場のはずだ。芝居をしてしらを切りとおさなければならない。いずれ、テープを外部に持ち出せたのは小久保だけだという事実に西浦や原は辿り着くだろう。だが、その瞬間を先に延ばせば延ばすほど宮前たちは有利に立てる。

「盗聴に関する資料は用済みになり次第、すべて処分してるんですよ。外部にそんなものが漏れるはずがないじゃないですか。もしかすると盗聴に気づかれた可能性はありますが、でも証拠があるなんていうのははったりです。そうに決まってますよ」

「細川が持っているものが本物かどうかはわからんよ。ただ、細川がそれを持っていると主張して『展望』の編集長がそれを信じたということが問題なんだ。そんな記事を書かれてみろ、裁判に持ち込んだとしてもイメージダウンは避けられない。そうだろう？」

「会長はもうご存じなんですか？」

「いや。今日は京都に出張にいっている」

西浦は弱々しく首を振った。「もし東京にいたとしても、会長に報せるつもりはない。腹を立てるに決まってるし、そんなときの会長がどうなるかはおまえも知ってるだろう。なんとか内密に事を収めたいんだ。おまえを呼んだのもそのためだ」

「『展望』と話をつけろとおっしゃるんですか？　あそこは買収は効きませんよ」

「そこをなんとかするのがおまえの仕事だろう。金でかたがつけられないとしても、やり方はいくらでもあるだろう」

西浦の顔は歪んでいた。

「別のやり方はもちろんありますが、必ずうまく行くという保証はありませんし、金もかかります。会長に無断でいいんですか？」

「おれが責任を取る。なんとしてでもこの記事を抑えるんだ。いいな、小久保」

「わかりました。できるかぎりの手は打ってみます」

小久保がそう答えると、西浦の肩からすっと力が抜けた。この五分で、十年は老《ふ》けてしまったようにうなだれている。

「だからわたしは盗聴なんかには反対したんだ」

「みんな反対してましたよ、心の中では。でも、会長は聞く耳を持たなかったし、だれも表だって会長に逆らうことはできなかった。しょうがないですよ、常務」

「あの人がいなけりゃ、うちはとっくに上場できてたんだ」

小久保は目を閉じた。ハピネスの足元が揺らいでいく軋みが聞こえる。それは甘美《かんび》な音色《ねいろ》だった。自分が実際に欲していたのは金なのではなく、ハピネスの崩壊なのかもしれない。原の自慢の会社が無惨に崩壊していく様を見たかっただけなのかもしれない。両奥歯の欠けてざらついた表面が舌の脇を刺激する。まるで歓喜の声をあげているようだ。

「聞かなかったことにしておきます、常務」

「そうだな。そうしてくれると助かるよ、小久保。おまえにはいつも苦労をかけるな」

「これがわたしの仕事ですから」

小久保は一礼し、西浦のオフィスを後にした。

＊＊＊

自分のデスクに戻り、宮前に電話をかけた。宮前が望んでいることは察しがつく。だが、実際に宮前の考えを耳にしないかぎり、それが正しいのかどうかを判断することができない。すっかり飼い慣らされた自分がいる。原の命を受けなければなにもできない自分がいる。だれかに命令されることを望んでいる自分がいる。腹立たしく呪わしい自分がいる。そんな自分に別れを告げるためにこうしているはずなのに、それができない。

発信音を聞きながら、自分は変われるだろうかと考えた。変われるわよ——美和の声が聞こえる。そうだ、そうとも。おれは変われるはずだ。

電話が繋がった。宮前の冷たい声が美和の声に取って代わる。

「困るよ、前もっていってくれなきゃ」

小久保は抑えた声を受話器に吹き込んだ。

「なんの話です？」

「たった今、常務に呼び出されて話を聞いてきた。細川というジャーナリストが『展望』にハピネスが自分を盗聴したという原稿を書きたいといってきたそうだ」

「細川さん、行動が早いな。二、三日かかると思ってたんですけどね。あれが効いてるのかな」

宮前は他人事のように呟いた。

「あれってなんだよ？　あれって？」

「昨日、菊田というジャーナリストが何者かに襲われたんですよ。襲わせたのはハピネスだという噂が業界内で駆けめぐってるそうです。正義派のジャーナリストは憤慨しているそうですよ」

「それも君がやらせたのか？」

「ノーコメント」宮前は含み笑いを漏らした。「『展望』をなんとかしろという業務命令を受けたんですか？」

「ああ。なにもしない方がいいんだろう？」

「なにかをしているふりはしてください」

「わかった。ほかにはなにかあるか？」

「『展望』みたいな話が、これからいくつかハピネスに持ち込まれると思います。心構えをしておいてください。いずれ、盗聴テープの出所《でどころ》が小久保さんだということはばれるはずですから。なにかいい訳を用意しておいた方がいいでしょう」

「そんなの、考えつくわけがない」

「だったら、ぼくの方で考えておきます。行動はくれぐれも慎重に。また、連絡しますよ。今度は動きがある前にね」

電話が切れた。宮前の嫌みったらしい含み笑いがいつまでも耳の奥に残っていた。

44

目覚めると小久保の姿は消えていた。テーブルの上のお握りを見つけて、美和は思わず微笑んだ。お握りは綺麗な三角で、慣れた手つきで握る小久保の姿を鮮明に思い浮かべることができた。お握りにはメモがそえられていて、鍋にタマネギのみそ汁が入っていた。十日ほど前に買って冷蔵庫に放り込んだままだったタマネギを使ったのだろう。小久保みたいなヒモなら悪くはないかも――たわいもないことを考えながらみそ汁を温め、お握りを頬張った。塩加減も絶妙でお米の味が引き立っている。みそ汁にはタマネギの甘みが行き渡って疲れた身体をしゃきんとさせてくれた。

シャワーを浴び、軽く化粧を済ませた。宮前たちとの会合が終わった後でカットハウスに髪の毛をセットしに行くつもりだった。メイクもその時に頼んでしまえばいい。少し迷ってからダークブルーのミニのスーツを選んで着替えた。最近のホステス用の衣装はドレス系のものが多い。たまにミニのスーツを着ていくと喜ぶ客がいる。そのままの格好で街に出れば、誰の目にも夜の女だと映るだろうが、そんなことを気にするのはとっくの昔にやめていた。

タクシーでニューオータニに向かった。宮前と稗田が先に来ていた。客に買わせたカルチェの腕時計は午後三時六分を示している。別に自分が特別遅れたわけではないのだ。

「お待たせ」

ことさら陽気な声を出してふたりの間に腰を降ろした。宮前は水を飲み、稗田は煙草をくゆらせている。美和が到着する前に、ふたりが込み入った話をしていた様子はなかった。

「遅ぇぞ」

稗田がいった。機嫌が悪そうだった。

「五分遅れただけじゃない。こんなの時間厳守のうちよ。特に若い女の子はね」

稗田が口を開く前に、宮前がテーブルに身を乗り出してきた。

「早速始めよう。紀香の分は勝手に注文しておいた。レモンティーで良かったよな?」

「うん。それで、どういうふうに進めるの?」

「何人かのジャーナリストに、盗聴テープを聞かせた。みんな怒りまくってたよ。全員とはいかなくても、そのうちの数人はハピネスを告発する原稿をどこかに書くだろう。なにしろ盗聴だからな、もしかすると一般のメディアも取り上げるかもしれない。ハピネスは激震するはずだ」

「あそこを揺さぶるってのはわかってるよ。前からおまえがいってることだろう? おれが知りたいのは、揺さぶった後に、どうやって金をいただくのか、その具体的な方法だ」

「今から話すよ」

宮前は辟易《へきえき》したというように天を仰いだ。注文していた飲み物が運ばれてきて、会話はしばし中断した。宮前と稗田は物思いに耽っている。美和はグッチのバッグの中に手を差し入れ、小久保が用意してくれた小型のテープレコーダーのスイッチを入れた。うまく録音できるかどうかはわからないが、小久保にそうしてくれと頼まれたのだ。

ウェイトレスが去っていくと、宮前が再び口を開いた。

「ハピネスはスキャンダル潰しに躍起になるはずだ。いや、というよりかかりきりになるだろう。ジャーナリストや出版社をなだめ、すかし、脅し、それでも埒があかなければ付き合いのあるやくざや右翼団体を動かして潰しにかかる。その一方で、盗聴に関する資料の出所も問われるはずだ。間違いなく小久保が疑われるし、そうなったらあの男のことだ。長くは耐えられないと思う。そこで、だ。紀香、おまえにやってもらいたいのは小久保にハピネスをやめる踏ん切りをつけさせることだ。ただし、おれがそうしたいと願ったタイミングで」

「小久保さんならとっくに辞めるつもりだと思うけど」

「だから、おれが望んだタイミングでハピネスから姿を消してもらいたいんだ。わかるか？　タイミングが大事なんだよ」

「佳史ちゃんがオーケー出すまで、会社に行き続けるように持っていけばいいんでしょ？　だいじょうぶ、なんとかやってみる」

「巷《ちまた》はスキャンダルで揺れ、肝心の小久保が姿をくらませば、ハピネスは動揺するはずだ。小久保がハピネスの暗部を一手に引き受けてたんだからな。小久保が消えて盗聴スキャンダルが次々に現れればさすがに足元が揺らいでくるだろう。重役の何人かは金でかたをつけようといいだすかもしれない。問題は会長の原だけだ。普通の会社なら重役会議で多数派が出ればそっちに流れていくんだが、あそこは違う。すべては原の腹づもり次第だ」

「それじゃ、金が手に入らないじゃねえか」

稗田が唇を歪めた。不満を隠そうともせず、鼻息を荒くしている。

「やっとおれの出番だ」宮前はさらりといった。「谷岡と話をつける」

「うちの社長と？　おまえ、なに考えてやがる？」

「おれやおまえがのこのこ出ていったって門前払いを食らわせられるだけだ。だれかが必要だし、谷岡なら打ってつけだ。なんとか、おれの思うとおりに動かせる」

「社長をどうしようっていうんだよ？」

「ハピネスから金を抜くいい方法を思いついた、つきましては一肌脱いでもらえませんかと正直に頼むんだよ」

「馬鹿かおまえ。全部、社長に持っていかれるだけじゃねえか」

稗田が声を荒げかけて、途中で周囲の視線に気づいた。美和は宮前の言葉を追いかけるので精一杯だった。すべてを理解しているとはいいがたい。小久保は理解できるだろうか？　テープにきちんと録音されているだろうか？

「谷岡には一億くれてやる。残りがおれたちの取り分だ」

「一億って、いくら寄こせというつもりだよ？」

「五億。原には小久保の身柄と小久保が持っていた資料と引き替えにすると申し出る。たぶん、原は飲む。いろいろと調べたんだ。原のことをな。今なら、あいつが考えそうなことは手に取るようにわかる。会社の屋台骨《やたいぼね》が揺らいでいようが、多少金を失うことになろうが、その頃には原の頭の中は自分を裏切った小久保に対する憎しみでいっぱいになってるはずだ。小久保を差し出すといえば、必ず金を出す」

「裏切ったっていっても、最初に酷い仕打ちをしたのはその原って男の方じゃない」

宮前の計画通りに事が進むなら、小久保は人身御供《ひとみごくう》にされてしまう。そう思った瞬間、勝手に口が動きだしていた。

「まともな神経じゃないんだ。エゴの塊さ。だからこそ一代でハピネスをあそこまで大きくできたんだし、ハピネスが業界の中堅以上の存在になれないんだ。田舎の親父なんだよ、ただの」

「谷岡にはどうやって目くらましするつもりだ」

「最初から一億しか取らないといっておく。谷岡の出番はおれを原に紹介することだけだ。おれが原からいくらむしり取るつもりなのかは一切報せない。小久保がおれたちの手の内にあることはだれも知らないんだからな。谷岡だってただ同然で一億が手に入るとなれば飛びあがって喜ぶさ。おれが借金を返すために真面目に働いてると思ってな」

「本当にそれでうまく行くのか？」

「行くさ。みんながみんな、自分の役割をうまくこなせばな」

稗田が腕を組んだ。不機嫌な様子は嘘のように消えている。手に入れた金の使い道を考えているに違いない。四億を三人で割れば一億三千万と端数。ふたりなら二億。宮前と稗田。あるいは美和と小久保。美和と小久保がその金を手に入れることができるのなら、二億はそれ以上の価値を持つ。ふたりで一組。ふたりで四億。お握りとみそ汁の味がありありと口の中によみがえった。

小久保と暮らすのも悪くはないかもしれない。金融業界に長く住んでいたのだ。四億を増やす算段もあるだろう。ある程度金が増えてから別れれば、一生、金に苦労することはなくなる。短い期間だったとしても、美和も小久保も甘い夢を見ることができるのならそれもいいだろう。

「とにかく、今は情報をリークしたジャーナリストたちが動きだすのを待ちながら、準備を整えておくことだ」

宮前が会議の終了を宣言するような重々しい口調でいった。だれもそれ以上口を開かなかった。

＊＊＊

目が回るような夜だった。開店と同時に客が押し寄せ、嬌声《きょうせい》と酒が店内を行き来する。空席は瞬く間に埋まり、美和の得意客も入れ替わり立ち替わり姿を見せた。アフターの誘いを手練手管を駆使して断り続け、やっと息をつけたのが午前二時半。挨拶もそこそこに店を出てタクシーに飛び乗った。

部屋のドアを開けると、醤油《しょうゆ》の焼ける香ばしい匂いが鼻腔《びこう》を満たした。廊下は暗かったがリビングキッチンの方から明かりが漏れてきている。

「ただいま」

奥に声をかけながらヒールを脱いだ。宮前たちと別れた後に小久保に電話を入れて、家で待っているようにいっておいたのだ。合い鍵は昨日の内に渡しておいた。美和の許可がない限り、絶対に勝手に入らないと確約させて。二時前には戻れると伝えておいたのだが、結局、一時間近く遅れてしまった。

「お帰り。疲れただろう。お腹減ってると思って、たいしてうまくないけど、夜食つくっておいたよ。あとちょっとでできあがるから」

小久保はキッチンで料理をしていた。茹《ゆ》でたパスタをフライパンで炒めている。肩越しに覗きこむと、パスタの中にいろいろなキノコが混ざっていた。醬油の焦げる匂いが食欲をそそった。

「キノコの和風パスタ。これなら内臓にも負担がかからないかなと思って」

「キノコ、どうしたの？」

「会社が終わった後でスーパーに寄って買っておいたんだよ。スープもつくってみたよ」

小久保の甲斐甲斐しさに驚きながら、美和はベッドルームに行き、ジーンズとTシャツに着替えた。バッグからテープレコーダーを取りだしリビングに戻ると、テーブルに食事が並んでいた。

「小久保さんは食べないの？」

並べられている皿は美和の分だけだった。

「うん。ちょっと腹が減っちゃって、十二時前にビールと一緒に軽く食べちゃったんだ。ぼくのことは気にしないで、冷めないうちに食べなよ」

「じゃ、食べてる間にこれ、聞いて」レコーダーを小久保に手渡した。「うまく録音できてるかどうかわからないけど。確かめる暇がなくって。もう、どうしてこういう日に限って忙しいのかしら——」

フォークでパスタを巻きあげ、口に放り込んで美和は言葉を失った。弾力豊かなパスタが口の中で跳ね、踊る。同伴でいろんなイタ飯屋《めしや》に行ったが、少なくともパスタの茹で方はプロ並みだった。

小久保はレコーダーの再生スイッチを入れ、真剣な面持ちでテープの内容に耳を傾けていた。

宮前の声はこもっているが、稗田の声ははっきりと聞こえている。多少聞き取りづらいところはあったとしても、大まかな話の流れは摑んでもらえそうだった。

スープには細かく刻まれた人参やジャガイモ、タマネギが大量に入っていた。肉類は見当たらないのにこくがあり、なおかつさっぱりしている。スープとパスタをあっという間に平らげ、美和は空になった食器を台所で洗った。洗い終えるころには、テープの再生も終わりに近づいていた。

「――動きだすのを待ちながら準備を整えておくことだ」

宮前の声が聞こえて、それっきりレコーダーは沈黙した。その後に入っているのは他愛のない内容だけだ。

「そこで終わりよ」

美和が声をかけて、小久保はやっとスイッチを切った。表情を失った顔でレコーダーを見つめている。まるで魂を抜かれてしまったかのようだった。

「だいじょうぶ、小久保さん？」

「だいじょうぶじゃないね」

小久保が答えた。声に張りがなく、それもまた作り物めいている。

「そうよね。佳史ちゃんも稗田も酷いわよ。最初から小久保さんのこと犠牲にするつもりだけなんだから」

「ぼくだけならいいけど――別によくはないんだけどね。彼ら、美和のことも切り捨てるよ」

「やっぱりそう思う？」

美和は小久保の横顔に自分の顔を寄せた。小久保が赤面《せきめん》する。やっと表情を浮かべた顔が緩んでいく。

「この話だと宮前も、その稗田って男も一億ちょっとしか手に入れられないことになる。これだけリスクを背負って一億じゃ割に合わないだろう。美和がいなければひとり頭二億だ。それなら、なんとかなる」

「わたし、殺されるかな？　稗田なんか、絶対にわたしとやりたがってるから、さんざん犯されて殺されるかも」

稗田が自分を見る目はわかっている。酔った客たちと同じだ。いつも顔ではなく胸や脚を見つめている。男たちの頭の中で自分がどんなふうに蹂躙《じゆうりん》されているのかは考えたくもない。

「そんなことさせないよ。あのふたりの裏を掻いてやる。後で臍を嚙むのは宮前たちの方さ」

「どうするつもり？　佳史ちゃんの計画だと、小久保さんを原に渡さない限りお金は手に入らないじゃない」

「なんとか方法を見つけるよ。少なくともこっちには有利な点がふたつあるからね」

「ふたつ？」

「ぼくと美和が手を組んだこと。それに、この計画をぼくが知ったことを宮前たちは知らない。このふたつさ」

小久保は掌の上でレコーダーを何度も弾ませた。眼鏡の奥の小さな目がさらに小さくなって一点を見つめている。自分の選択は間違いではなかった——美和は自信を深めた。

45

情報を提供した四人のジャーナリストのうちの三人から、原稿を発表する媒体を確保したという連絡があった。そのうちのひとりは、若者向けではあるがそれなりに名のある週刊誌に書くと言ってきた。雑誌の内容とは裏腹《うらはら》に編集長が硬骨漢《こうこつかん》で、これを期にハピネスのネガティヴキャンペーンを展開したいと考えているらしい。ハピネスの悪名はあまねく知られている。なにかあったら噛みついてやろうと身構えている人間は、ハピネスが考えているよりはるかに多い。

盗聴に手を染めていたという記事が全国発売の週刊誌に載れば、ハピネスはかなりのダメージを受けるだろう。だが、週刊誌の発売日を手をこまねいて見ているとも思えない。すでに『展望』にはハピネスからの揺さぶりがかけられているらしい。編集長と副編集長の対立が激化していると漏れ聞こえてくる。社主はハピネスとその背後にいる者たちのことを考え、副編集長側に立っているらしい。

『展望』が脱落するのはかまわない。だが、あまりに早く脱落されるのは困る。

宮前は細川に、他にふたつの媒体がハピネスの違法盗聴に関わる記事を載せる予定だと報せた。単独でなら及び腰になっても、仲間がいるとわかれば強気になる。人間というのはそういうものだった。

電話やメールでそれぞれのジャーナリストと連絡を取り、インターネットに氾濫《はんらん》するごみクズのような情報を取捨《しゅしゃ》していく。稗田や小久保との連絡を密に取り、ハピネスとその背後で蠢《うごめ》く連中の動きを把握《はあく》していく。

やくざたちは、飯尾も吉積もまだこの動きを把握していない。ハピネス側もなんとか自分たちの手で収拾を図ろうと足掻いている。小久保は上司から指示を受け、あれやこれやと走り回っている――適当に手を抜いて。

やがて抜き差しならないことが判明すれば、ハピネスは飯尾か吉積に泣きつくだろう。あるいは、右翼団体に。右翼からの抗議に弱いのは出版社も同じだ。

大地の深い底で、熱したマグマが蠕動《ぜんどう》している。ちょっとしたきっかけで、マグマは地表に溢れ出す。

久しぶりの興奮に、宮前は舌なめずりをしたい気分だった。

＊＊＊

『展望』が折れた。編集長は更迭《こうてつ》。副編集長が昇格して、細川の原稿は握りつぶされた。細川は激昂《げっこう》し、他の媒体を探し始めた。ハピネスは胸を撫で下ろしていると小久保から連絡があった。

「それじゃ、小久保さん、ほっとしているところに第二の爆弾を投げつけましょう。『週刊P』という週刊誌と『流星』という経済誌にもおたくの盗聴に関する記事が載るそうです。西浦さんでしたっけ？　上司に報告してやってください」

「西浦は卒倒《そっとう》するよ。『流星』は月刊誌だからまだ時間があるけど、週刊誌の方は時間がない」

「いよいよ、やくざさんのお出ましですか？」

「いや。その前に原に伺いを立てなきゃだめだろう。万一、交渉にしくじって、雑誌で原が現状に気づいたら、それこそ西浦は首を絞められる。ぼくも同じだけれど。それに、原が事態を知ったら、ぼくが真っ先に疑われることになると思う」

「そうなる前に、姿を消してください。ぼく名義で借りているマンションが青山《あおやま》にあります。小さい部屋ですけど、二、三週間隠れているのには充分でしょう。今日もビジネスホテルですか？」

「ああ。今週いっぱいということで部屋を押さえてある」

小久保はホテルの名前を告げた。宮前と稗田が侵入したホテルではなかった。さすがに、同じホテルに泊まり続ける気分ではないのだろう。

「わかりました。マンションの住所を書いた紙と部屋の鍵をホテルのフロントに預けておきます。すぐにホテルを引き払って、そっちに移動してください。ぼくもこれからなにかと忙しくなるので、なにかあったらメールで送ってください。あるいは、紀香経由で。いいですね？」

「わかったよ。退社間際に西浦に週刊誌と経済誌の件を伝える。西浦が原を捕まえるころには、ぼくは姿を消しているっていう寸法だ。原は怒るだろうなあ」

小久保の押し殺した笑い声が受話器を通じて聞こえてきた。おめでたい男だ。だが、小久保がおめでたすぎるからこそ、今度の件を計画することもできたのだ。

「よろしくお願いしますよ、小久保さん」

「ああ、こちらこそ」

「それから、新しい携帯を用意しておいてください。プリペイドでもなんでもいい。どうせ、明日からは今の携帯は使えなくなる。おそらく、ハピネスから電話やらメールがどんどん送られてくるでしょうからね」

「そうだろうね。じゃ、早速後でプリペイドの携帯を買っておくよ。新しい番号とメアドはみ……紀香に伝えておく」

小久保は一瞬舌をもつれさせた。気が逸《はや》っているのだろう。

「とにかく、なにが起ころうと落ち着いて行動してください。おそらく、『週刊P』を止めることはさすがのハピネスにも無理でしょう。激震が走ります。そうすれば、我々のチャンスは大きく広がる」

「ハピネスにはいくら要求するつもりなんだ？」

「ひとり一億で、計四億。ハピネスは――原は払うと思いますか？」

「さあね。その週刊誌の記事の内容によるだろう。いざとなれば、払うんじゃないか。盗聴の件が表に流れたってことは、警察との件も流れたと考えるべきだし、それはなんとしてでも止めたいだろう。どっちもぼくが深く関わってた案件なんだから。でも、ひとり一億で足りるのかい。ぼくはいいけど、宮前さんにはもっと金が必要だと思うけど」

「とりあえず、自由に動かせる金が一億あれば、それを増やすことができますから。この二年、ずっと株価ばかり見てましてね。今じゃ株のエキスパートです。一億を四、五倍にする自信があるんですよ」

「じゃあ、その時はぼくも宮前さんに乗せてもらおうかな」

「任せてください」意志とは無関係にこみ上げてくる笑いを押し殺しながら、宮前はいった。

「それじゃ、お気をつけて」

「君もね」

　電話を切りながら、ノートパソコンのモニタを自分の方に向けた。メールが三通届いている。その内の一通が、週刊誌に原稿を書くジャーナリストからのものだった。名前は福井裕二《ふくいゆうじ》。くだけた内容から硬派なものまでなんでも取材し、書けるライターとして業界では重宝されている男だ。『週刊P』は四週間にわたって、ハピネスの違法行為を告発する特集を組むことに決めた——福井はそう書いてきた。ついては、原稿を中身のないものにしないためにも、もう少し情報が手に入らないだろうか？

　もちろん、情報は腐るほどある。

　宮前はハピネス専用に構築したデータベースから、ハピネスに不良社員の烙印を押され、盗聴されていた元社員たちのリスト、盗聴テープをデジタル処理した音声データの一部を呼び出した。盗聴に至った経緯を詳細に書き記し、リストと音声データを添付してメールを送信した。

　来週からの四週間、ハピネスは揺れに揺れまくる。その四週間で、すべてを成し遂げなければならない。

「よし」

　小さく息を吐き出して、宮前は再びキィボードを叩きはじめた。

46

ハピネスが吉積に泣きついたようだという内容のメールが宮前から届いた。原のコネと政治力を駆使して『週刊P』の母屋《おもや》である出版社に圧力をかけていたのだが、それも失敗に終わったらしい。他の出版社なら広告費をすべて引きあげると脅せば簡単に屈するのだが、その出版社は若者向けの媒体が多く、消費者金融からの広告自体が少なかった。こうなると、ハピネスに打てる手はない。

飯尾ではなく吉積に泣きついたのも、相手が東京を基盤にする出版社だからだ。しょせん、大手出版社とはいっても業務規模は中小企業と変わらない。全国展開する大企業なら関西からの脅しも有効だろうが、中小企業の耳にはその声すら届かない可能性もある。

宮前からの指示は簡潔だった。ハピネスが関東に泣きついたことを関西に報せろ。

「陽動作戦《ようどうさくせん》の開始か。かったるいが、しょうがねえ」

稗田は椅子にかけていた上着に袖を通し、外回りに出てくるといい残して会社を後にした。陽は西に傾いているが、まだ充分に明るい。売人たちはまだ眠りを貪っているだろうし、和田はシャブの夢を見ているはずだ。

顔見知りの売人に連絡を取り、シャブのパケを五つ手に入れた。頭の中の帳簿に金額を書きこむ。あとで宮前に経費として払わせる腹づもりだった。

「あ、そういえば、冴子さんでしたっけ？　宮前さんの奥さん。昨日、お見かけしたんですけど、綺麗になりましたね」

「冴子を見かけた？」

稗田は周囲に視線を走らせた。キャバクラを辞めてからは、冴子は滅多に歌舞伎町の真ん中に足を踏み入れることはなかった。遊びに行くのなら六本木や銀座。歌舞伎町を歩けば、昔の冴子を知っている人間にいつどこでぶつかるか知れたものではない。冴子はそれを嫌っていた。

「ええ。小林《こばやし》の兄貴の奥さんと一緒に。なんかこう、ぴしっとしたパンツスーツなんか着ちゃって、スタイルがいいから格好いいんすよね。思わず見とれちゃいました」

「無駄話はいい。さっさと行けよ」

不機嫌にいって、稗田は売人に背中を向けた。小林の名前が胸を圧迫しはじめていた。シャブの売り買いでしのいでいる東明会の準幹部クラスの男だ。自分では決して売り物に手を出さないが、代わりに女たちにシャブを食わせ、自分のものにする。売人は奥さんといっていたが、どうせ、そこらのキャバクラか風俗で勤めていた女だろう。シャブを食いすぎて、性欲処理の相手として使えなくなれば捨てられるだけの女だ。

「おい」稗田は足を止めて立ち去ろうとしていた売人に声をかけた。「小林の女房って、前はなにやってたんだっけ？」

「〈シーン〉のキャバ嬢ですよ。ずっとナンバー一だったんだけど、今年の頭に店辞めて、小林さんと――」

わかったというように首を振り、稗田は歩き出した。〈クラブ・シーン〉は区役所通り沿いにある大箱のキャバクラだ。冴子もそこに勤めていた。小林の女とは昔馴染み、ただそれだけのことなのかもしれない。

消えることのない不安を払いのけて、稗田は和田のマンションに向かった。想像していたとおり、和田は部屋にいた。シャブに焦がれて顫えていた。

「お、おお、睦樹。おまえはいいやつだなあ。おれに親身にしてくれるのはおまえだけだ」

「また、頼みができちゃったんですよ、和田さん。聞いてもらえませんかね？」

「な、なんだって聞いてやる。おまえの頼みならな。それより、持ってきてくれたんだろう？昨日の朝、一発打ったのが最後でな。もう、死にそうなんだよ。わかるだろう？」

「とりあえず、これで落ち着いてくださいよ」

稗田はパケをひとつ、和田に渡した。和田はそれを拝むように受け取る。すでに視界にはシャブしか映らないのだろう。眼球はぴくりとも動かない。パケを凝視したまま、慣れた手つきでシャブを打つための用意をしていく。注射器、スプーン、精製水、百円ライター。スプーンにシャブの結晶を落とし、精製水を足してかき混ぜ、スプーンの底面をライターで焙る。シャブを受け取るまでは乱雑に顫えていた指先がぴたりと止まっていた。シャブを溶かした溶液を注射器で吸い上げ、ろくに確かめもせずに左腕の静脈に針を突き刺す。一気にシャブを血管に送り込んだりはしない。ポンプを少しだけ押し込み、そこで手を止め、恍惚《こうこつ》の表情を浮かべながら、さらにポンプを戻す。逆流した血液で注射器の内部がほんのり赤く染まっていく。押しては戻し、戻しては押し、和田はゆっくりシャブを味わった。ポンプを根元まで押し込んだ時には、風呂でも浴びてさっぱりしたという顔つきになっていた。目が潤《うる》み、眼球が忙しなく動いていることを除けば、クスリで宙を舞っている人間には見えなかった。

「ああ、極楽だ。助かったぜ、睦樹よ。金がねえわけじゃないんだが、外に出るのが億劫になってな。気がつくと、身体がいうことを聞かなくなってた。そうなるともう、地獄だよ。シャブが欲しいのに、買う金もあるのに、手に入れられねえんだ。だれかに電話をかけることもできない。睦樹が神様に見えたぜ」

「お愛想はいいですよ。また、聞きたいことができたんでお邪魔しただけですから」

「聞きたいこと?」

「内密にね。大丈夫ですか、和田さん?」

和田のなけなしのプライドを揺さぶってみる。和田は顔を赤くしてすぐに反応した。

「おれの口が固いのは有名だぞ、睦樹」

「そうでしたよね。すみませんでした」

素直に頭を下げると、和田は破顔した。虫歯だらけの黄ばんだ歯がシャブに食い尽くされた和田の精神を暗示しているように思える。

「で、なんだ?」

「またハピネスの件なんですけどね。ちらっと小耳に挟んだんですけど、なにかトラブルが起こって、ハピネスが吉積に泣きついたって……和田さん、なにか知りませんか?」

「吉積って、あの吉積か?」

「ええ、あの吉積に決まってるじゃないですか」

「そりゃ初耳だな。ちょいと調べておいてやろうか?」

恩着せがましいいい方だった。シャブで昂揚している今、和田は全能にでもなったような気でいるのだろう。ゴマをすればするほど、和田はどこまでも舞い上がっていく。

「お願いできますか？　和田さんしか頼りになる人がいなくてね」

「任せておけって。ハ、ハピネスだろう？　吉積だろう？　おれのコネを使えば、すぐに詳細がわかるってもんよ」

「内密に、ですよ。勝手に動いてることが谷岡社長にばれたら、おれ、これですから」

稗田は右手で自分の首を掻き切る真似をした。

「わかってるって」

「もし、和田さんの口からおれの名前が出たってわかったら、おれ、必ずお礼に来ますよ」

目を細め、声を抑えて和田に顔を近づけていく。和田の眼球が独楽《こま》のようにくるくる回った。

シャブがもたらした昂揚感の陰で、和田の本能が怯えている。

「お、おれを信用できねえっていうのか、睦樹？」

「信用してますよ。ただ、確認してるだけです」

稗田が表情を緩めると、和田は何度も瞬きを繰り返した。

「じゃあ、これ。うまく情報を手に入れてくれたら、また持ってきますから」

残りのパケを和田の手に押しつける。和田は瞬きをやめ、涎を垂らしそうな表情でパケに見入った。

「こ、こんなにもらっていいのか？」

「足りなくなったらいつでもいってください。できるかぎり都合しますから」

「睦樹、ありがとよ。おまえは本当にいいやつだぜ」

和田は歯を剝いて笑った。稗田はさりげなく後ずさった。そのままでいれば、抱きつかれていただろう。それはごめんだった。幾日も風呂に入っていないのだろう、和田の身体からは異臭がした。

「じゃ、よろしくお願いします。二、三日したら、電話入れますから」

「おう。おれに任せておけば確実だ。おまえのためだったら、なんだってしてやるからな」

和田の声を聞きながら、部屋を後にした。和田はすぐにでも外に出るだろう。そして、ハピネスが吉積に泣きついたとだれかれかまわず話しまくる。稗田の名前が出る可能性は否定できないが、いざとなれば、会社のために金儲けの話を探していたのだといい逃れすればいい。だれも、シャブ中の和田の言葉など話半分でしか聞きはしない。ただ、ハピネスと吉積という名詞だけが悪党どもの間を流れていく。歌舞伎町にも関西からやってきたやくざはいる。その内のひとりの耳に噂が届けば、飯尾までは一直線だ。ハピネスがまた西をないがしろにして関東に泣きついたと知ったら、連中はどうでるか？

「頭に来るよな、そりゃ」

稗田はひとりごちた。昂揚してしかるべきなのに、気分は沈んでいる。冴子のことが頭にこびりついて離れない。歌舞伎町？　小林の女？　くそったれ。

「おれだって頭に来てるんだからよ」

暮れ始めた空に向かって稗田は毒づいた。この前のことで冴子がシャブに魅入られたのだとしたら——ゆるせない。ゆるしはしない。自分の女をシャブ漬けにして喜んでいる馬鹿はいくらでもいる。たとえば小林のように。だが、それは自分が阿呆だと宣伝しているようなものだ。組の上の連中は決して快く思ったりはしない。現場に復帰したいのだ。日がな一日パソコンと格闘し、宮前に目を配り、営業ノルマがどうのこうのと説教を食らう日々はうんざりだ。昔のように、肩で風を切って街を歩きたい。チンピラどもを顎で使い、堅気が眉をひそめるような服を着て、精一杯粋がって太く短い人生を謳歌する。そのために盃を交わしたのだ。

だが、女房がシャブ中だと知れた途端、かすかに開かれていたはずの門は閉ざされる。稗田？ああ、女房をシャブ漬けにしちまった馬鹿か。放っておけ。あいつには企業舎弟がお似合いだ。そうなれば、せっかく危ない橋を渡って手に入れた金も無駄になる。

夕暮れの埃《ほこり》っぽい空気が歌舞伎町を覆っていた。眠っていた連中が寝床から這いだし、路上に姿を現しはじめている。冴子に直接問《と》い質《ただ》しても、のらりくらりとはぐらかされるだけだろう。ならば、小林の女に会って、冴子となにをしていたのかを訊き出す方が早い。

稗田は足を速めた。

＊＊＊

いくつか電話をかけ、小林が女に小さな店を持たせていることがわかった。飲み屋ではなく、水商売の女たちを相手にしたネイルアートとつけまつげを売りにした店だという。おそらく、シャブを食わせる客を物色《ぶっしょく》することも営業内容には入っているのだろう。元ナンバー一ホステスの名前で若い女を呼びよせ、これはと思う客にシャブを食わせるのだ。女の名前は里恵《りえ》というらしい。確かに、冴子を口説くために店に通いつめていたころ、耳にしたことのある名前だった。

里恵の店は区役所通り沿いの雑居ビルの中にあった。区役所に近く、店に向かう途中のホステスが立ち寄るには絶好のロケーションだろう。歌舞伎町にしては早い時間だったが、狭い店内は若い女たちで繁盛していた。

「ご用件をうかがえますか？」

場違いな闖入者《ちんにゅうしゃ》に怪訝な表情を浮かべながら、受付と思しきデスクに座っていた女が腰をあげた。

「里恵さんに会いたいんだが」

「店長にですか？　失礼ですけど、お名前は？」

「稗田だ。冴子の旦那だといえばわかる」

「少々お待ちください」

女は電話に手を伸ばし、声をひそめて話しはじめた。電話は一分もかからずに終わった。

「すぐお見えになります。少々お待ちください」

稗田は若い女たちが順番待ちのために座っている列から離れた壁に背中を預けた。まだ化粧をしていない女たちの肌は若々しく張りがある。二十歳《はたち》そこそこの女たち。渋谷や原宿《はらじゅく》あたりを歩いていれば、女子高生や女子大生と見まごうだろう。それが、化粧をほどこし、きらびやかな衣装を身につけるとしたたかな夜の生物に変身する。売り上げが伸びれば、それに比例して給料もあがっていく。この店にいる女たちが、他の女たちと違うのは身につけているものがどれも値の張るものだということだ。自分で買ったものより、客に買わせたものの方が多いに決まっている。

店の奥のドアが開き、病的に痩《や》せた女が姿を現した。他の客とそれほど年齢は変わらないはずなのに、かさついた肌と青白い顔色が女を老けて見せていた。店の外から来るのだとばかり思っていたが、どうやらその女が里恵のようだった。

「稗田さん？　冴子の旦那ですって？」

「籍は入れてないが、おれたちの世界じゃそういうことになってる。一緒に住んでる女が女房だ。おれのことは聞いてないか？」

「店を辞める時に、ちょっと聞いたかも知れないけど、あんまり覚えてないの。ごめんなさい」

里恵の言葉で疑念がさらに膨らんでいく。同じ職場に勤めていたといっても、それほど深い仲ではなかったのだ。

「まあ、そうだろうよ」

「ここじゃなんですから、狭いですけど、奥に部屋があります。どうぞ」

里恵は身を翻した。稗田はその背中を追った。確かに狭い部屋だった。広さは三畳もないだろう。小さな机がひとつと、ふたりがやっと座れそうなソファがひとつ。机にはノートパソコンが載っていた。ソファを勧められたが、稗田は断った。里恵は机に着き、意味もなく指先で長い髪の毛を弄んだ。

「それで、わたしになんの用？　冴子とはそんなに仲がいいってわけじゃないのに」

「だけど、昨日会ってただろう？」

机に両手を突き、上から覗きこむように里恵を見下ろす。里恵の髪の毛を弄ぶ指の動きが早くなった。

「たいして仲がいいわけでもないのに、冴子はあんたになんの用があったんだ？　それとも、あんたが冴子に用があったのか？」

「たまたま近くでばったり出くわして、懐かしくて昔話しただけよ」

「冴子はその昔馴染みに出くわすのがいやで、歌舞伎町には滅多に足を向けないんだがな」

「そんなこと、わたし知らないわよ。たまたま道ばたで会っただけなんだから。冴子がどうしてそこにいたのかなんて、知ってるわけがないわ」

里恵は爪で髪の毛を擦りはじめた。摩擦《まさつ》で縮《ちぢ》れた毛を不思議そうに見つめている。シャブが切れる直前の兆候《ちょうこう》だろう。

「シャブを売ったのか？」

「なんのこと？」

「とぼけるなよ。小林がシャブでしのいでることはだれだって知ってるし、あんたを見れば、シャブ漬けになってることはすぐわかる。冴子にシャブを売ってくれと頼まれたのか？」

「冴子の旦那さんだっていうから、忙しいのに相手をしようと思ったのよ。くだらないことしか訊かないなら、帰ってくれない。これからお客さんが来るの」

里恵は髪の毛を擦り続けている。稗田はその手を摑んで思いきり握りしめた。里恵の顔が歪む。

「なにするのよ、放して。わたしをだれだと思ってるのよ!?」

「小林の女か。それがどうした。どうせシャブでぼろぼろになったら捨てられるだけだろうが」

里恵の腕は細かった。筋肉と呼べるものはほとんどない。骨にそのまま皮膚が張りついている。その骨までが細い。小林に捨てられるのは時間の問題だ。おそらく、小林は次の女をもう見繕っているだろう。

「こんなにガリガリに痩せたんじゃ、抱いたって痛いだけだろう。もう、しばらく小林とはやってないんじゃねえのか？」

「放せよ！」

稗田の手の甲に里恵が爪を立てた。痛みが肘まで走った。里恵の長い爪の先端が皮膚に数ミリ食い込んでいた。稗田は手首をねじった。栄養が足りなくて脆くなった爪が簡単に割れた。里恵の手首を握る手に力をゆっくりこめていく。里恵は小さな悲鳴をあげた。ちゃちな虚勢が少しずつ剝がれていく。

「こんなことして、小林が黙ってないから」

「小林なんてのはクズだ。クズがいくら吠えようが知ったことじゃねえ。それに、おまえのために小林が一肌脱ぐとはとても思えねえな。半年前なら違ったかもしれねえけどよ」

稗田は里恵を嘲笑した。里恵はすでに泣きはじめている。

「冴子だって、すぐにわたしと同じようになるよ」

血が音を立てて引いていく。やはり、そうだったのだ。シャブを焙って煙を吸いこんだだけ。それも稗田に気づかれるまでの短時間の間だ。それなのに、シャブの与える快楽が忘れられなくなっている。和田の顔が、里恵の痩せ細った身体が、脳裏の冴子に折り重なっていく。

「やっぱりシャブを欲しがってたんだな？」

「馬鹿みたいだったよ。ちょっと試したいだけだっていってた。ちょっとで済むわけないのに」

里恵が笑った。稗田はその頰を張った。悲鳴をあげる代わりに、里恵は血走った目で稗田を睨んだ。

「いくつ渡したんだ？」

「小林に相談したら、冴子は稗田っていう馬鹿の女だって。面白いからシャブ漬けにしてやろうっていうから、上物をたっぷり渡してやったわ。今ごろぶっ飛んでるんじゃないの？　シャブで感覚がぶっ飛んで、今ごろ他の男のちんぽくわえ込んでるかもね。あんたの女だって、あっという間にわたしみたいになるんだよ」

「そりゃ、ありがたいな」

稗田は左手で里恵の口を塞いだ。頬骨を締めつけながら里恵を引き寄せ、右手で握った拳を腹に叩きつけた。胴回りも病的に細い。もう少し力を強くすれば、臍《へそ》からまっぷたつに折れてしまいそうだ。里恵の華奢さが稗田を躊躇させた。殺すつもりはない。ちょっと折檻《せっかん》してやればそれでいいのだ。

里恵が掌に嚙みついてきた。シャブのせいで痛みに鈍感になっているのだろう。油断した自分に腹が立った。いつも中途半端だ。だから、こんなところにいる。こんな女に嘲笑われる。そう思った瞬間、視界が赤く染まった。両手で里恵の顔を摑み、机に後頭部を叩きつけた。里恵は白目を剝いて気絶した。机に血が広がっていく。里恵の胸はゆっくり動いている。死んだわけではない。あまりにもあっけなさすぎる。アンモニア臭が鼻をつく。里恵の股間が濡れていた。失禁したのだ。シャブに冒された連中はなにもかもが緩んでいく。和田の口のように。

血が滲んだ手を里恵の上着で拭ってから、稗田は何事もなかったかのように部屋を出た。順番を待っている客と受付の女が怯えたように稗田を見た。安普請《やすぶしん》の店だ。里恵の悲鳴や後頭部を机に叩きつけた音が耳に入ったのだろう。

「邪魔したな」

稗田は笑いながら受付の前を通りすぎた。女は身じろぎもせずに稗田を見つめている。

小林のヤサはわかっている。この時間ならまだヤサにいるだろう。冴子をとっちめるのは後回しだ。冴子が稗田の女だとわかっていて、小林はシャブを売るよう里恵に指示を出した。

落とし前をつけなければならない。けじめを取れないやくざは半端者と見なされる。小林をぶちのめし、詫びを入れさせる。なににもまして優先させなければならないのはそれだ。

47

西浦はまだ会社にいた。小久保がオフィスに入っていくと、露骨に顔をしかめた。

「なんだ？　すぐに出なければならん。会食の約束があるんだ」

「お耳に入れたいことがあって来ただけです。すぐに済みますよ、西浦さんがどうしても会食に行くというなら」

「なんだ？」

「『週刊P』です。どうやら、『展望』が企画していたのと同じような記事が載るようです。それも、四週間連続で」

「な……」

西浦は絶句した。帰り支度をしていた手を止め、小久保を凝視した。その視線は、まるで小久保が消え去ることを念じているかのようだった。だが、そうはならないと悟ると、重いため息をつき、肩を落とした。

「『展望』をなんとか収めたと思っていたのに、今度は週刊誌か……詳しく状況を説明してくれ」

「お時間はいいんですか？」

「飯なんか食いに行ってる場合か。そこに座れ」

西浦は電話に手を伸ばし、秘書に会食をキャンセルしろと伝えた。

「理由なんてどうでもいい。とにかく、緊急の用件ができたので、今日は行けなくなったと伝えるんだ。後日、あらためてお詫びに伺うとな」

叩きつけるように受話器を置き、鼻から荒い息を吐き出しながら小久保を睨みつける。

「座れといっただろう」

「失礼します」

小久保は軽く頭を下げ、西浦が示したソファに腰を降ろした。

「『週刊P』といったな？　あそこは若者向けの雑誌じゃないか。なんでそんなところが――」

「時々硬派な記事も載せてます。常務がおっしゃったように若者向けということで、どこの会社も見落としがちにする週刊誌ですから。こちらのガードが緩い分、とんでもないスクープを載せることもあるんですよ」

「記事というのは盗聴の件か？」

西浦はこめかみを指で押した。青白い血管が浮きあがり、時折、思い出したように痙攣している。

「ええ。会長の指示でわたしが興信所に盗聴させたジャーナリストが原稿を書くようです」

「なんとか記事をボツにするように圧力をかけるわけにはいかんか？」

小久保は首を振った。

「『展望』と違って週刊誌ですからね、時間があまりありません。それに、あそこの出版社はもともとマンガが主体で、うちの広告もそれほど多くはないんです。広告を引き上げるぞと脅しても、それほど強い圧力にはならないでしょうし……」

「それでもなんとかするのがおまえの仕事だろう？」

「なんとかなりそうにもないから、こうして常務にお伺いを立てに来たんですよ。やくざや右翼を使えばなんとかなるかもしれませんが、相手は週刊誌ですからね。時間が足りないんです」

小久保は胸を張った。西浦は動転している。普段は威張《いば》り腐っているくせに、なにをどうしていいのかわからずにおたついている。本質的に、西浦は原と同じだ。こういう連中に、自分はいつも頭を下げていたのだ。生殺与奪《せいさつよだつ》の権利を握られていると思いこんで隷従していたのだ。溜飲が下がるというわけではない。ただ、今は現実がよく見える。

「とりあえず、會田《あいだ》先生にお願いしてみるか……」

西浦は再び電話に手を伸ばした。會田というのはハピネスが企業献金している与党の中堅代議士だった。もともとが新聞社の出で、報道や出版関係には強い影響力を持つとされている。

「衆議院議員の會田先生に電話してくれ。ハピネスの西浦が至急お会いしたいと伝えるんだ」

電話のスピーカーに向かって一方的にまくしたて、西浦は電話を切った。

「うまく行きますかね？」

「わからん。しかし、手を打たないわけにはいかん……しかし、いったいどこから情報が漏れたんだ？」

「さあ……半年前に辞めさせた相馬《そうま》って社員、覚えてますか？」

「相馬？　ああ、客に手をつけようとしたあの馬鹿か」

相馬豊樹《とよき》──ハピネスで借りた金を焦げつかせかけていた二十代前半の女性客に目をつけ、肉体関係を強要しようとしていたのがばれて馘になった。もともと崩れた雰囲気のある男で、管理職の受けは悪かった。サラリーマンというよりはチンピラの方が似合う男ではあったのだ。総務課の新年会のとき、たまたま相馬の話が出た。「課長、相馬さんが死んだの知ってますか？」ゴシップ好きの女性社員が小久保の耳許でそう囁いた。年末に川崎の繁華街で、ナイフで刺されて死んでいるのを発見されたのだという。女性社員は新聞のベタ記事で相馬の名前を見つけたらしかった。

西浦も原も、相馬のことは覚えていても死んだことは知らないだろう。利用するにはもってこいの男だった。宮前は週刊誌の件を上に告げたら雲隠れしろと指示してきた。その指示に従うつもりはこれっぽっちもなかった。宮前がハピネスを揺さぶっている間隙を突いて、宮前とハピネスを出し抜いてやる。小久保光之という男を舐めた償いをさせてやる。

「あの男、営業の前は総務にいたんですよ」

西浦が顔をあげた。

「総務に？　そうだな、半年ほど総務にいたんだったな」

「何度か、ぼくの仕事の手伝いをさせたこともありますし、破棄する資料を渡したこともあったと思います。もしかすると、彼から情報が漏れているのかも。相馬が総務にいた時期と、会長が盗聴を指示した時期は重なっていますし」

相馬に仕事の手伝いをさせたというのはあながち嘘ではなかった。ただし、だれにでもできるような仕事しかさせなかったことは口には出さない。

「相馬か……しかし――」

西浦の言葉を電話が遮った。西浦は受話器を持ち上げる代わりにオンフックボタンを押した。スピーカーから秘書の声が流れてくる。

「常務、會田議員は海外視察に出かけている最中だそうです。昨日出発して、お戻りは来週です」

西浦が問いかけるような視線を向けてきた。小久保は残念そうに首を振る。

「来週じゃ間に合いませんよ、常務」

「もういい」秘書にそう告げ、西浦は電話を切った。「どうする？　こんなときに海外視察とはな。どうせ税金を使って観光を楽しんでるだけなんだろう」

「他にもうちが献金している議員さんがいるでしょう。そちらに話を持ちかけてみては？」

「だめだ。會田より上の連中はわたしじゃ話をつけられん。会長に頼まないと……」

「じゃあ、会長に報せますか？」

「そんなことをしたら、おれもおまえも吊しあげられるぞ」

「会長がその週刊誌を見たら、もっと酷いことになるんじゃないですか？　僭越《せんえつ》ですが、ぼくも会長に頭を下げます。土下座しろといわれてもかまいません。ここは会長に自ら出てもらうのが一番だと思います」

「ちょっと待ってろ」

西浦が腰をあげた。

「どちらへ？」

「社長と相談してくる。まだ社にいるはずだ」

西浦の顔は紅潮していた。染みが浮いた赤らんだ頬を眺めながら、小久保は緩みそうになる顔を引き締めた。社長はただのお飾りにすぎない。話を聞きに行ったところで、自分たちでなんとかしろといわれるのが落ちだろ。西浦にもそれはわかっているはずだ。わかっていても、なにかに縋りたいのだろう。

西浦は脇目もふらずにオフィスを出て行った。足音が聞こえなくなるのを待って、小久保は腰をあげた。スーツのポケットから盗聴器を取り出す。ハピネスが使っている興信所から買い取ったものだ。電話のコードをたぐり、書類棚の後ろにあるモジュラージャックを見つけた。盗聴器をジャックに差し込み、抜いておいた電話のコードを盗聴器のジャックにさらに差し込む。棚の後ろには簡単には目は届かないだろう。盗聴器の受信範囲は五十メートル前後。小久保のデスクはその範囲内だ。受信機には自動録音用の小型レコーダーもついている。

小久保はほくそ笑みながらソファに戻り、西浦の帰りを待った。

＊＊＊

西浦は三十分で戻ってきた。相変わらず顔が赤らんでいる。

「社長はなんと？」

「おれの知ったことかだとさ。まったく、これがどんなにやばいことなのか気づいてもいない。会長に直接話を持っていってもいいのかと訊いたら、好きにしろと抜かしやがったよ。まったく、あの親にしてこの子ありだ。出かけるぞ、支度しろ」

「どこへ行くんですか？」

「会長のところだ。今日の昼、東京に戻ってきて、今は家に戻ってる」

「我々が行くことは？」

「もう電話で伝えた。とんでもない雷《かみなり》が落ちるぞ。覚悟しておけ」

西浦は鞄に細々としたものを放り込みはじめた。

「じゃあ、ぼくも支度してきます。下で待っててください」

西浦のオフィスを出て、総務課へ飛んでいく。自分の机に座り、抽斗を開けた。受信機とレコーダーが電源の入っていることを示す緑のランプを灯していた。小久保は電源を切った。受信機は電池が電源で、つけっぱなしにしておくと二十時間で切れてしまう。効率的に使わなければならなかった。

宮前から仕入れた情報を基にして作っておいたレポートをプリントアウトし、鞄に放り込む。

エレベーターに飛び乗って一階に行くと、すでに正面玄関に西浦専用のクラウンが停まっていた。ベンツに乗れるのは会長か社長だけだと決まっている。重役たちに用意されるのはあくまでも国産車だった。

「すみません、お待たせしました」

「今日はこっちでいい」

いつものように助手席に乗ろうとすると、西浦が苛立たしげに首を振った。小久保は肩をすくめ、後部座席に乗りこんだ。

「さっき話してた相馬という男のこと、調べられるか？」

「もちろんです。明日にでも興信所に話をつけてきましょう」

小久保は笑いをこらえた。西浦は予想どおりの反応を示してくれる。小久保に指示するということは、小久保の報告が事実と異なっていたとしても、西浦や原にはそれを知る術《すべ》がないということだ。死人を利用して宮前とハピネスを出し抜く——我ながらいいアイディアだった。

「会長は電話ではなんと？」

「詳しいことは話してない。ただ、おれとおまえで緊急に会いたいと伝えただけだ。やばいことが起こってるのは感じてるだろう。覚悟しておけよ」

「常務は覚悟ができてるんですか？」

「こんなスキャンダルでハピネスの上場が潰されたら泣くに泣けないじゃないか。なんのために、あんな男の下で数十年も働いてきたと思ってるんだ？　上場すれば、原一族の足元を掬《すく》うチャンスができるようになる。それまでの我慢だ。おれもおまえも」

西浦は興奮していた。おかげで、普段なら決して口にしない言葉を口走っている。

「うちが上場したら、会長を追い出すつもりですか？」

「具体的なことはまだ固まってないが、社内の何人かの人間とは話し合っている。ハピネスをもう一ランク上の企業にするには、あの人の存在が邪魔なんだ。おまえにもそれはわかるだろう？ハピネスを育てるにはあの人のバイタリティが確かに必要だった。だが、これからのハピネスに必要とされるのは洗練だ。あの人にはほど遠い。いいか、小久保、この件は内密だぞ。もし事がうまく運べば、おまえのことも引き上げてやる。おれがおまえを引き上げるんだ。そのことを忘れるなよ」

「はい。その時は是非」

小久保は頭を下げた。また、笑いの発作《ほっさ》に襲われる。西浦が語っているのは夢物語にすぎない。しょせん、西浦も他の役員たちも、原とは器が違うのだ。社内でクーデタが起きれば、原は全力でそれに立ち向かうだろう。骨肉あい食《は》む争いでは西浦が否定したバイタリティこそが必要とされる。洗練などごみために落ちているガラクタと一緒だ。西浦たちはあっという間に薙ぎ倒されるだろう。そんな簡単なことがわかっていない。そんな連中にいいようにこき使われてきた。

そんな人生とはもう、おさらばだ。

小久保は舌先で欠けた奥歯の表面をなぞった。歯は相変わらずざらついていた。

＊＊＊

「なぜ今まで黙っておった⁉」

西浦の状況説明が終わると、原は声を荒げた。雷鳴のように腹に響く重い声だった。

「申しわけありません」

西浦が深々と腰を曲げる。小久保もそれに倣《なら》った。

「『展望』の方がうまくいったので、安心しておりました」

「阿呆が。一ヶ所に情報が漏れたら、他にも漏れている可能性があると考えるのが普通だろう。小久保‼」

「はい」

「盗聴に関する資料は全部破棄しろと命じたはずだぞ。それもおまえ自身の手でやれといっただろう。それがどうして――」

「申しわけありません。これほど大事になるとは考えが至らず、部下にも資料の破棄を手伝わせていました。そこから漏れたのではないかと思います」

宮前の指示を頭の隅っこに押し込んで小久保はいった。

「だれだ？　だれがそんなことをした？　おれの目の前に連れてこい。給料をもらって働かせてもらっている会社に仇《あだ》をなすなど、とんでもない。おれが縊《くび》り殺してやるわ」

「もううちにはいません。素行不良で馘にしました」

「なんだと？」

原は小久保と西浦を睨《ね》めつけた。目尻が細かく痙攣し、皺で覆われた頬の皮膚が上下左右に揺れている。目は真っ赤に充血し、鼻の穴が大きく開いている。充血した目の奥で名状《めいじょう》しがたいなにかが蠢いている。

「週刊誌の記事を差し止めることはできんのか？」

「現状では無理です」

「やくざや右翼の連中は？　あいつらにはいつも美味しい思いをさせておるだろう。ただ飯を食わせることはないんだぞ」

「今から手を打ったとしても、最初の記事の発表には間に合いません」

「おまえはなにをしとったんだ？　こういうときのための総務課長だろう！」

原はいきなり、テーブルの上にあったクリスタルの灰皿を小久保に投げつけた。灰皿は小久保の左肩に当たり、床に転がった。吸い殻や灰が飛び散って、濃いグリーンの絨毯にまだら模様をつけた。

肩が痺れた。

「会長、お、落ち着いてください」

「くそが。給料分の働きもできんくそが。今までにおれから盗んだ給料を返せ、こ、この――」

小久保を蹴り飛ばそうとにじり寄ってくる原の腰に西浦がしがみつく。肩の痺れは熱さに代わっていた。そのうち痛み出すだろう。それほど強烈な勢いで原は灰皿を投げつけてきたのだ。

「会長、落ち着いてください。ここで小久保に八つ当たりしてもなんにもなりませんよ」

「八つ当たりだと!? なにをいっておるのだ、このうつけが！ こいつの職務怠慢《たいまん》でおれの大切な会社がダメージを被《こうむ》ったんだぞ。一発や二発ぶん殴ったところでなにが悪い？」

「そんなことより、対策を考える方が先でしょう。違いますか？」

ほとんど悲鳴に近い声で西浦は原に懇願していた。原の理不尽をとめたいからではなく、それこそ会社のダメージを最小限に抑えたいのだろう。その執念に呆れこそすれ、感謝の念は微塵も湧かなかった。

「対策を練るのがおまえらの仕事だ」

「我々ではどうにもならないから、会長のご意見を伺いにきたんです」

原はもがくのをやめていた。相変わらず鼻息は荒いが、目には理性の色が戻り、宙の一点を睨んでいる。

「くそ。なんでおれがこんなことを……會田には連絡を取ったのか？」

「海外視察中だそうです」

「なにが海外視察だ。どうせ税金で飲み食いしておるだけだろうが。みんな金が必要なときだけおべんちゃらをいいに来て、肝心なときに役に立たん。會田がだめなら、その上か。よし、おれが直接かけ合おう。西浦、おまえはうちと付き合いのある右翼の大御所たちに声をかけるんだ。その週刊誌と出版社に圧力をかけるよう頼み込め。小久保」

「はい」

「おまえはやくざだ。連中に片っ端から電話をかけて、いいアイディアがないかどうか訊いて回れ。それから、流出した資料の回収だ。どんな手を使っても取り戻せ。証拠さえなければ、知らぬ存ぜぬで押し通し、逆に名誉毀損《めいよきそん》で相手を訴えることもできる。民事で高額の訴訟を起こせば、たかが出版社、びびって手を引くに決まってる」

その言葉を待っていた。小久保は浮かびそうになる笑みを押し殺した。原を虚仮《こけ》にし、宮前を出し抜いてやる。

「わかりました。どんな手を使ってでも回収します」

「よし。ぐずぐずするな。時間が勝負だぞ。西浦はここに残れ、もう少し話したいことがある」

「それでは、失礼します」

小久保は頭を下げ、踵を返そうとした。

「待て。今は緊急事態だからおまえを殴ることはやめておく。ただし、これは間違いなくおまえの失態だ。減給処分にしておくからな。肝に銘じておけ」

原は勝ち誇るように宣言した。どうぞ、お好きなように——小久保は言葉を飲みこみ、そそくさとその場を後にした。

48

宮前が小久保のために用意した部屋は南青山のワンルームマンションだった。部屋の広さは三十平米《へいべい》。お飾りのようにつけられたベランダの向こうに青山霊園が広がっている。

美和はエレベーターを数回往復して、小久保に頼まれた荷物を部屋に運び込んだ。着替え一式に洗面用具、バスタオル。パソコンにプリペイドの携帯電話、そしてポータブルのテレビ。支払いはすべて美和がした。小さくはない出費だったが、これも先行投資だと思う他はない。宮前がチェックしにくるかもしれないから、そこで暮らしているという証拠を残しておきたいのだと小久保はいった。

埃の積もった床に雑巾《ぞうきん》をかけ、衣服をクローゼットに仕舞い、洗面用具をバスルームに置くと、それだけでもう午後二時を回っていた。店から部屋に戻ってベッドに潜り込んだのが午前五時。さすがに身体に応えた。

小久保に教えられたとおりにパソコンをセットアップするのに手間取り、さらに時間が過ぎていった。一度自分の部屋に戻って昼寝をしようと思っていたのだが、それも叶わぬ夢になりそうだった。

なんとかパソコンが動くようになるころには、すっかり汗をかいていた。手早くシャワーを浴び、小久保にいわれたように、ハピネスに電話をかける。

「総務課の小久保さんをお願いしたいんですけど」

「少々お待ちください。ただいまお繋ぎします」

相手の声が消え、『子犬のワルツ』のメロディが聞こえてきた。ただ電話をかけているだけだというのに、心臓がでたらめに飛び跳ね、シャワーで流したはずの汗が肌を覆いはじめていた。

「お電話かわりました。総務課ですが、大変申し訳ありませんが小久保は外出中です。ご伝言を承りましょうか?」

「あ、そうですか。それじゃ、西浦さんをお願いできますか?」

「西浦ですか?」

役員の名前を出されて、相手の声のトーンが変わった。

「そう。常務の西浦さん」

「少々お待ちください。すぐにお繫ぎいたします」

携帯を握る掌が汗でべっとりと濡れていた。急に煙草が吸いたくなって、美和はハンドバッグを引き寄せた。火をつけている最中に声が聞こえてきて思わず噎せそうになる。

「お待たせいたしました。西浦の秘書でございますが、ご用件をお伺いできますか？」

「あの、総務課の小久保さんか西浦常務さんと直接お話しするようにいわれてるんです。『週刊P』の件だと西浦さんにお伝え願えませんか？　きっと電話に出てくれると思うんだけど」

「少々お待ち――」

「いい。わたしが出る」

秘書の声にざらついた男の声が割り込んできた。おそらく、スピーカーで美和と秘書の会話を聞いていたのだろう。

「西浦ですが、そちらは？」

「相馬の代理の者です。小久保さんにお伝えください。資料は返してもいいが、ただというわけにはいかない。追って連絡するので待っていてください」

「ちょっと待て、君は――」

美和は急いで電話を切った。緊張のせいか煙草のせいかはわからないが、胃が急に重くなった。吐く直前の兆候だ。飲み過ぎたときと同じだが、ここしばらくはこんな感触は忘れていた。煙草を消そうと思ったが、灰皿を買い忘れていた。美和はトイレに駆け込み、煙草を投げ捨て、吐いた。黄色い胃液が煙草に飛び散った。グロテスクな光景のはずなのに、なぜか綺麗なオブジェのようだった。

美和は泣き笑いの表情を浮かべながら吐き続けた。

＊＊＊

「小久保の様子はどうだ？」

同伴の客と待ち合わせた場所に向かう途中で携帯に宮前からの電話が入った。

「今、同伴中なの。後にしてくれる？」

週末の六本木の街並みはいつもとなにひとつ変わらなかった。でたらめに光り輝くネオンのもと、黄色、白、黒と色とりどりの肌の持ち主が路上にさまよい出ている。人が入れ替わり、店が入れ替わっても、六本木という街に浮かびあがる景色はこの十年変わらない。変わったと気づくのは交差点に長年あった本屋がなくなっていることに思いを馳せたときだけだ。あの本屋は昔も今もこれからも、ずっとあそこにあるのだと意味もなく思いこんできた。それが突然なくなって、美和の体調もおかしくなっていったのだ。

「金と客とどっちが大事なんだ？」

宮前の苛立った声が美和のとりとめのない思いを断ち切った。

「もちろん、お金よ。早くこんな仕事辞めて、なんでもいいから自分のお店持ちたいわ」

「だったら、ちょっと席を外すと客に断れよ」

「わかった。電話を切ってちょっと待ってて。こっちから電話するから。ただし、長話は無理よ」

美和は電話を切った。宮前をできるだけ焦らすようにと小久保にはいわれていた。

小久保は見違えるように精力的になっていた。自分の現状を愚痴るだけで生彩《せいさい》のなかったサラリーマンが、まるでスポーツ選手のように溌剌《はつらつ》として動き回っている。人間には目標が必要なのだ、と美和は思う。目標を与えられて、小久保は変わった。ならば、わたしも変われるだろうか？　小久保のように生き生きとした表情を浮かべられるだろうか？　目標さえあれば。はっきりとした、自分のすべてを預けられる目標さえあれば、多分……しかし、その目標が見つからない。きっと夢といい換えてもいいのだろう。その夢が見つからないのだ。

自分の店を持つ——どんな店を？　クラブ？　キャバクラ？　小さなスナック？　いずれにしろ酔客から金を巻きあげるためにせこせこと生きていくしか方法はない。容姿が衰えていけば振り返られることもなくなり、忘れられていくだけだ。かといって、容姿の他に売りにできるものはなにもない。なにをすればいいのだろう？　なにをしたいのだろう？

美和はだれに見せるわけでもないのにふくれっ面を浮かべ、宮前に電話をかけた。

「お待たせ」

「不機嫌な声だな？」

「席を外すっていったら、客が他の男だろうってうるさくて」

考えるまでもなくすらすらと嘘が出る。水商売で培った能力だが、こんな能力がなんになるというのだろう。

「すぐにそんな男なんて相手にしなくても済むようになるさ。とりあえず、手短に済ませよう。小久保の様子は？」

「退屈を持て余してるみたい。毎日テレビに齧《かじ》りついてるみたいよ。あの部屋、狭いし、息が詰まりそうだって」

「もう少しの我慢だといってなだめておいてくれ。月曜には週刊誌が発売される。そうなったら、事態は一気に加速するはずだからな。仕事があって大変だろうが、小久保からは目を離さないようにしていてくれ。こっちからもマメに連絡を入れるようにするよ。紀香、いよいよだ。絶対に金を手に入れるからな」

宮前の声も普段とは違って熱を帯びているように聞こえた。小久保の声とは質がまったく違うはずだが、響きはとてもよく似ている。

「ねえ、佳史ちゃん、お金が手に入ったら、なにをする予定なの？」

「株でその金を増やす」

「増やしたお金は？」

「もう一度会社を作るのさ。借金を清算して綺麗な身体になって、今度こそ、おれだけの会社を作る。若かったときの失敗を教訓にしてな」

「会社って、佳史ちゃんにはそんなに大事なものだったんだ」

「おれの子供みたいなものさ。それを汚い手を使って奪われたんだ。取り戻したいと思うのが普通だろう？　どうしてそんなことを訊くんだ？」

宮前にも夢がある。おそらく、稗田にもあるのだろう。なにもないのは美和だけだ。

「ううん、なんとなく。じゃ、また電話するね」

美和は電話を切り、肩を落とした。

49

『週刊P』が発売された。胸を強調したグラビアアイドルの写真のすぐ下に挑発的な見出しが躍っていた。

『ハピネス――金融企業の闇　盗聴疑惑を徹底追及!!』

グラビアアイドルの肢体と活字のギャップが、逆に見出しのインパクトを強めている。実際の記事は六ページに亘って掲載され、編集部の意気込みが強く感じられた。若者向けの雑誌だということを考えてか、くだけた文体を使いながら、福井裕二は過不足なく自分がハピネスと関わっていった経緯、ハピネスから受けた不当な圧力、そして盗聴に至るまでの流れを書いていた。

近いうちに株式上場を狙っている企業の違法行為。明日になれば様々なメディアがこの記事を取り上げるだろう。ハピネスの出方を読めずに記事の掲載に迷いを見せていた『流星』もこの流れに乗るに違いない。ジャーナリストからの打診を断った雑誌も態度を改めるだろう。やくざや右翼を頼るにしろ、巨額の訴訟を起こしてメディアを怯ませる策を取るにしろ、ハピネスはその対応に苦慮することになる。

気が急いている。早くハピネスを揺さぶれと頭の奥で自分ではない者の声がする。

「まだだ」

宮前は歯の隙間から絞り出すようにひとりごちた。まだだ。まだ早い。メディアの攻勢に晒《さら》されて、ハピネスが土壇場《どたんば》に追いつめられたその時に、警察との癒着という爆弾を放り込んでやる。

宮前は電話に手を伸ばした。稗田は会社にいなかった。舌打ちしながら携帯にかけ直す。

「今、読んでる最中だ」

稗田は電話に出るなり、挨拶も抜きでそう告げた。

「そっちの世界の動きはどうなってる?」

「ああ、おれの流した噂に関西が食いついたらしい。今日か明日にでも飯尾が動きだすって話だ」

「ハピネスに因縁をつけに行くんだな?」

「けじめをつけに行くんだ」

稗田は拗《す》ねたようにいった。どうでもいいような言葉遣いにもこだわるのが稗田の悪い癖だった。

「ハピネスはどう対応すると思う?」

「まあ、飯尾が相手だからな、最初はすっとぼけるだろう。そのうち、西から大物がやって来て、その時になって慌てるのさ。あそこはいつもそうだ。なんてのかな、学習能力がゼロなんだよ」

「西の大物が出てくるのにどれぐらいかかると思う?」

「この雑誌が出たからな……だれだって金の匂いを嗅ぎつける。長くて一週間、短けりゃ二、三日ってところだろう。吉積がハピネスの金を持っていくのを指をくわえて眺めてるようなことはできないからよ」

「よし、わかった。飯尾が動きはじめたら、おれたちも行動開始だ。谷岡のここ数日のスケジュールはどうなってる?」

「ずっと会社にいるよ。今ごろはこの雑誌を目を皿にして読みまくってるんじゃねえか」

「飯尾や吉積の動きが耳に入ったら、すぐに連絡をくれ。いいな?」

「ああ、わかってるよ。じゃあな」

電話が切れた。宮前は受話器を置き、眉をひそめて掌を見つめた。べっとりと汗で濡れている。まるで自覚はなかった。意志と神経が乖離《かいり》しているような感覚だ。

自分は興奮している。だが、頭はしっかりと冷めている。

宮前は笑みを浮かべた。今覚えている興奮はセリエウノを立ち上げたときに感じていたのと同質のものだった。燃えさかる炎の中に足を踏み入れるような恐怖に似た感情、それとは正反対の自らが炎と化していくことへの期待。恐怖と期待がない交ぜになって別の感情を練りあげていく。一分一秒が喜びの連続だった。自分が呼吸する空気の中に麻薬の成分が入っているかのようだった。会社を立ち上げ、コンテンツを売り、株価の上昇と歩調を揃えて宮前の気分も舞い上がっていった。天高く、どこまでもどこまでも。そして、落とされた。

あの時と今の違いは経験だ。神経は興奮しているが、脳は冷徹に動いている。自分の心の動きを把握できているし、周囲の動きにも目が行き届く。二度とあの時と同じ過ちは繰り返さない。二度とだれかの食い物にされたりはしない。二度と——失意と絶望の淵《ふち》で足掻き続けることはしたくない。

金はいい。金は二の次だ。分不相応な金は破滅を招く。手枷《てかせ》足枷《あしかせ》を外して、自分の両足でしっかりと立ち、自分の意志で会社を育てていく。紀香にいったことは嘘ではない。セリエウノは宮前の子供のようなものだった。愛した子供は山賊《さんぞく》どもに奪われ、食い物にされてしまった。次の子供は絶対にだれにも渡さない。

宮前はもう一度受話器を手に取り、稗田の会社に電話した。谷岡と話したい旨を告げると、すぐに電話が繋がった。

「どうした、宮前？　おまえから電話なんて珍しいじゃないか」

谷岡の声は物憂げだった。おそらく、今月の売り上げのことを考えているのだろう。フロント企業の社長も楽ではない。上納金をしっかり納めなければ責任を取らされることになる。

「谷岡さん、今日発売された『週刊P』、お読みになりましたか？」

「ああ。朝一《あさいち》で知り合いから電話がかかってきてな。さっき、下のやつに買ってこさせたところだ。ハピネスの原ってのも馬鹿だな。盗聴なんて、まともな会社のすることじゃない」

「ぼくも呆れました。でも、記事を読む限りじゃあ、そんなことをしてもおかしくはない会社のようですね」

「やくざも顔負けだな。こっちはお上《かみ》に目をつけられちゃまずいからおとなしくおとなしく商売してるんだが……」

谷岡は欠伸を漏らした。物憂げに聞こえていた声だったが、睡魔《すいま》と戦っているだけなのかもしれない。ならば、眠気を吹き飛ばしてやろう。

「谷岡さん、まだはっきりしたことはいえないんですけど、ハピネスからいくらか金をむしり取ることができるかもしれません」

「どういうことだ？」

予想どおり、谷岡の口調が変わった。

「ぼくの知り合いのジャーナリストなんですけど、彼もどうやらハピネスに盗聴されたことがあるらしいんですよ。前に、飲み屋で小耳に挟んだんですけど、この記事を読んで、さっき電話してみました」

「それで？」

「『週刊P』に記事が載ったおかげで、他の媒体もハピネスを叩きやすくなっているはずだから、自分もどこかに原稿を書くといってるんです。そこそこ名のある男で、大手の週刊誌にもコネがあって……そこに記事が掲載されたらハピネスは困るでしょう？　そこで、記事を書くことを抑えさせるからとハピネスに恩を売って、何千万かの金を出させることができるんじゃないかと」

昔と違って、今の谷岡には千万単位の金も喉から手が出るほど欲しい額だろう。宮前が垂らした釣り針に食いつくのはあらかじめ決まっていたようなものだった。

「なるほどな……どういう計画を考えてるんだ？」

「谷岡さんは表に出ない方がいいと思います。ハピネスって、西や東の組織の金庫のような役目も果たしてると聞いたことがあります。そんなところになんの断りもなしに谷岡さんが出向いていったらまずいことになるでしょう？」

「いいや。逆におれが行った方がいい。どこの馬の骨ともわからねえやつが出てくりゃ、向こうは警戒する。あそこから小銭を奪おうと考えてる連中は腐るほどいるんだ。おれが出ていっても、どうということはないだろう」

谷岡はすっかり釣り針を飲みこんでいる。もはやどう足掻いても釣り針から逃れることはできない。

「わかりました。谷岡さんはとりあえずハピネスと顔をつないでください。その後でぼくが直接交渉に行きます。うちの口座に金を振り込んでもらえれば、谷岡さんにも問題はないんじゃないかと……」

「ちょっと待てよ、宮前」また谷岡の口調が変わった。疑り深いハイエナの声だ。「なんだっておまえがわざわざそんなことをしようなんていってくるんだ？　おれ抜きで話を進めた方がおまえにも美味しいだろうが」

「借金の額、なんとか減らしてください」

努めて神妙《しんみよう》な口調で宮前はいった。

「なんだと？」

「もう、かなりの間ぼくは谷岡さんに尽くしてきました。そろそろ解放してほしいんです」

「あのな、宮前よ。寝ぼけたこといってるんじゃねえぞ。おまえの借金は十五億だ。簡単にチャラにしてやれる額じゃねえだろう。おれが仏心《ほとけごころ》起こしても、上がうんとはいわねえよ。諦めろ。というか、とっくに諦めたんだと思ってたがな」

谷岡の声は出来の悪い子供を諭す親のようだった。いつもの屈辱感が心臓の辺りをちくちくと刺激する。だが、今はまだ興奮の方が強い。

「全部をチャラにしてくれとお願いしてるわけじゃありません。借金は少しずつでもちゃんとお返しします。その代わり、もう少しぼくに自由をください。まともな会社をもう一度立ち上げてみたいんです」

「ほう。少しはやる気が出てきたのか？　そりゃ嬉しいことだが、しかし、宮前、数千万のあがりじゃ、利息分にしかならんのだぞ」

「ハピネスの件は、ぼくの誠意をお見せしたいと思って話したんです」

沈黙が流れた。多分、谷岡はほくそ笑んでいるのだろう。下卑た笑いを浮かべながら、宮前に聞かせてやるための歯の浮くような言葉を考えている。

「よし、おまえの気持ちは充分に汲んでやる。ハピネスからきっちり金を搾り取ってこい。それができたら、おまえの処遇を上に打診してみる」

「ありがとうございます」

「午後にもう一度電話をよこせ。心当たりにあたっておく。たぶん、何人かは引っかかるだろうよ。まともな会社じゃないからな、そこは」

「よろしくお願いします」

宮前は頭を下げながら電話を切った。そこまでする必要はないとだれもがいうが、やくざ者はそうしたことには敏感だった。言葉と態度が違えば、それが電話だろうと必ず気づく。自分たちは不誠実な言葉を弄ぶくせに、他人がそれをすることは絶対にゆるさない。

「くそったれめ」

宮前は呟きながら、細めた目で電話を睨んだ。

50

宮前からの電話を切って、稗田は足元に倒れている小林の脇腹を蹴った。小林は呻き、真っ赤に充血した目で稗田を睨みあげた。

結局、里恵をぶちのめした夜は小林を捕まえることができなかった。酒を飲み、マンションに戻り、素知らぬ顔で冴子と接した。小林に落とし前をつけさせてから、冴子に詫びをいれさせる腹づもりだったのだ。

小林が稗田を探しているという噂はすぐ耳に入ってきた。自分の女を殴られた報復に出ようというのだ。こういう場合は先手《せんて》を取った方が有利になる。稗田は里恵が入院した病院で張り込み、見舞いに来た小林の後をつけた。手下と別れてマンションに戻るのを確認して、非常階段を使って先回りし、ドアの鍵をあけた小林を後ろから問答無用で殴りつけたのだ。

「て、てめえ、こんなことしてただで済むと思ってんのか!?」

手足をビニールの紐《ひも》で縛られた小林は芋虫のように身体をくねらせている。

「そりゃ、おれの台詞だわ、小林よ。おれの女房だと知ってシャブ売りつけて、本気でただで済むと思ってたのか?」

「ふざけんじゃねえぞ、稗田。シャブが欲しいっていってきたのはてめえの女房だ。おれは売ってやっただけじゃねえか」

「仁義ってやつはどこに消えちまったんだよ、小林? 身内を食い物にする極道なんぞ、犬っころのクソよりひでえぜ」

「なにが身内だ。てめえは見限られてフロント企業に送られた落ちこぼれじゃねえか。きっちり代紋《だいもん》背負ってるならともかく、てめえが身内なんてことは、これっぽっちも思ったことはねえよ」

「やっぱり、そういうことかよ」

稗田はまた小林の脇腹を蹴った。当然、部屋には土足であがっている。靴の爪先で肋骨《ろっこつ》を蹴られた小林は悲鳴ともつかない声をあげて身体をよじらせる。いつも同じ場所を蹴るのが肝心なのだ。少しずつ増していく痛みが、相手の精神を食い散らかしていく。最初に感覚が麻痺するまで痛めつけるよりは数倍も効果的だ。

「稗田、てめえ――」

「稗田さん、だろう。馬鹿が」

また、同じ箇所を蹴る。小林は身をよじって避けようとしたが無駄だった。悲鳴をあげ、咳き込み、身体を海老《えび》のように折り畳む。

「エンコ詰めてもらうしかねえかな、小林よ？　てめえの指なんぞもらったところでクソの足しにもならねえが、だからってなにもしねえわけにもいかねえしな」

「寝言いうなっていってんだよ。てめえこそおれの女房を病院送りにしやがって。頭《かしら》んとこにいってみるか？　どっちが悪いんでしょうってな？　エンコ詰めさせられるのはてめえの方だ。後で泣きっ面かくなよ」

「こりゃ、おれたちの問題だ。組は関係ねえ」

稗田は蹴るふりをした。小林の身体が衝撃に備えて硬直する。しかし、予想した衝撃が来ないとわかるとすぐにその身体は弛緩していった。小林が身体の力を抜いた瞬間を狙って、稗田は今度は本当に蹴った。さっきより、さらに強い力で。

小林は悲鳴をあげることもできなかった。咳き込み、息を詰まらせ、顔を蒼白にさせて反り返る。

「頭が悪すぎるぞ、小林。優しくしてもらいたかったら、それなりの口の利き方ってもんがあるだろう」

小林の返事はない。深い呼吸を何度も繰り返して痛みに耐えている。

「返事ぐらいしろよ、おい」

また脇腹を蹴る。小林の顔は涙でずぶ濡れになっていた。

「ぶっ殺してやる……」

涙で湿っていても、明確な憎悪が込められた声は小林の意思を乗せて稗田の耳に届く。

「詫び入れりゃ、ゆるしてやるっていってんだよ。土下座して、稗田さん、申し訳ございませんでした、もう二度とこんなことはいたしません、そういってみろ」

「詫びんのはてめえの方だ、馬鹿野郎が。本気でこんなことをしてただで済むと思ってやがるのかよ!? おれがこのことを上に報告すりゃ、てめえは簀巻《すま》きにされて東京湾に沈められるっての。腐れまんこのてめえの女房は客取らされてひーひーよがってるのが関《せき》の山《やま》だ。頭悪いのはどっちだ、えー?」

身体中の神経がざわざわと音を立てるのを稗田は聞いた。幻聴ではない。度を超えた怒りと憎しみが神経を伝わって全身を駆けめぐっている音だ。視野狭窄《しやきようさく》が起こり、床に転がる小林の姿しか見えなくなる。稗田は手にしていた雑誌を小林の顔に向けて放った。

「なにしやがる——」

雑誌を振り落とそうと首を捻った小林の脇腹に、思いきり爪先を叩きつけた。肋骨の折れるいやな感触が伝わってきた。

「いまなんていった?」

小林の顔を上から覗きこんだ。蒼白だった顔が色を失い、蠟《ろう》のようにのっぺりとした肌に変化していた。眼球が半分裏返って、唇の両端が痙攣している。

「寝てるんじゃねえぞ、小林」

軽く脇腹を蹴ると、小林は意識を取り戻した。身体をふたつに折ってばたつき、口から涎を垂らしている。

「いま、なんていったんだ?」

小林は答えない。激痛に耐えるので精一杯だということはわかっていたが、逆流した血をとめることはできなかった。

「聞いてることに答えろ、ボケ」

今度は容赦なく首を蹴った。小林の身体が独楽のように回転した。小林は反吐《へど》を吐いた。汚物が飛び散り、饐《す》えた匂いが充満していく。

「腐れまんこってのはだれのことだ、こら!?」

靴底で小林の顔を踏みにじった。小林は苦しそうに咳き込んでいる。

「なんとかいってみろよ、おい。さっきまでの勢いはどうした!?」

片足で顔を踏んだまま、もう片方の足で腹を踏みつける。拳を顔の真ん中に叩きつけてやりたかったが、黄色い汚物がそれを躊躇させた。こんなときにゲロが気になるのかよ——そう思った瞬間、激情が一気に引いた。両足の下で、小林の身体が断続的に痙攣している。殺したいわけではない。詫びを入れさせたいだけなのだ。けじめをつけたかっただけなのだ。

「おれを怒らせたらどうなるか、わかったか?」

小林の身体から降りながら、稗田は呟くようにいった。

小林の返事はなかった。汚物を身体になすりつけたまま、白目を剝いて気絶していた。

「また気を失いやがったのかよ」

稗田は舌打ちした。とっととやるべきことを済ませ、取り返しがつかなくなる前に出ていくべきなのだ。

キッチンの冷蔵庫でミネラルウォーターのボトルを見つけ、蓋を開けて中身を小林の顔にかけた。小林は意識を取り戻さない。

「おい、これぐらいでくたばったわけじゃねえだろう?」

汚物を気にしながら小林の身体を揺さぶった。小林は動かない。気のせいか、体温も下がっているように感じた。小林の顔からも血の気が失せている。

「おい、冗談だろう。ちょっと可愛がってやっただけだぜ」

小林の口に顔を近づけた。小林は呼吸をしていなかった。ショック症状を起こしたのか、あるいは嘔吐したものが喉に詰まったのか。慌てて小林を引き起こし、激しく背中を叩いた。もはや、汚れを気にしている場合ではない。

「おい、小林、冗談はやめようぜ。もういいから、起きろ。な？　起きるんだよ」

小林の身体を再び横たえ、心臓の上を何度も圧迫してみた。小林が意識を取り戻すことはない。死んでいる。間違いなく死んでいる。稗田はのろのろと腰をあげ、呆《ぼ》けたように呟いた。

「これぐらいでくたばるか、普通？　てめえ、どこまで根性がねじ曲がってるんだよ」

よろめくようにソファに向かい、倒れこむように身を投げ出した。手足が鉛《なまり》のように重い。煙草を口にくわえ火をつけようとして、手の先が激しく顫えているのに気づいた。人を殺したのはこれが初めてだった。

「どうする？」

煙草を一本灰にして、やっと頭が動くようになってきた。小林の死――だれかに嬲り殺されたことはすぐに伝わる。組は血眼《ちまなこ》になって犯人を捜そうとするだろう。面子を保つためにも必死になるに違いない。いずれ、冴子のことで稗田が小林を捜していたこともだれかの耳に入るだろう。そうなったら目も当てられない。ハピネスから金を奪うどころか、組の連中に命を奪われかねない。小林がいっていたように、小林は直参《じきさん》で、稗田は今では外様《とざま》だ。いくら特別な理由があったとしても、たかがフロント企業の人間が組の人間を殺したとあっては極道の世界に激震が走る。

「くそったれ」

小林の死体に毒づき、稗田は部屋の中を歩き回った。じっとしていると考えが悪い方向に向かうだけだ。なんとかして最悪の事態を回避する方法を見つけなければならない。

「くそ、くそ、くそっ」

罵りながら死体の周囲を歩き続ける。そのうち、壁に設置されたエアコンが目にとまった。同時に、なすべきことが次々に頭に浮かんでくる。稗田はエアコンのスイッチを入れた。運転を冷房に切り替え、設定温度を最低にする。吹き出し口から冷たい風が出てくるのを確かめて、今度はバスルームに向かった。バスタブに湯ではなく水を張る。とにかく部屋を——小林の死体を冷やして腐敗の進行をとめるのだ。腐臭が出るのが遅れれば、それだけ死体の発見も遅くなる。里恵はまだしばらく入院しているだろう。小林の手下も、この部屋の鍵を持っているとは思えない。だとすれば、それで数日は稼げる計算だ。

水を張っている間に死体のところへ戻り、手足を縛っていたビニール紐をナイフで切断した。両足を持って死体を引きずり、またバスルームへ戻る。まだ水は三分の一しかたまっていなかったが、かまわず死体をバスタブに押し込んだ。目を開けたままの小林に水が容赦なく襲いかかっていく。死体がすっかり水没するのを待って水を止めた。

「成仏《じょうぶつ》なんかできっこねえだろうけどな、恨んで出てきたりするなよ」

それが稗田の手向《たむ》けの言葉だった。洗面所にあったフェイスタオルを水で濡らし、自分が触れた記憶のある場所をすべて、丁寧に拭いていく。単純な作業に没頭すると、雑念が頭から消えていった。小林を殺してしまったことに対する戸惑いも、未来に対する不安も、今はない。あるのは悔恨《かいこん》と焦燥感だけだった。早く金を手に入れねば。金があれば、組に詫びを入れることもできる。事情を説明して謝れば、指を詰めるだけでゆるしてもらえるだろう。金がなければ、地獄に突き落とされる。金があれば——とにかく、なにがなんでも金を作らなければならない。それしか、稗田の生き残る道はない。

手にしていた雑誌と煙草の吸い殻をゴミ袋に入れ、灰皿も綺麗に洗った。もう一度部屋を見渡してみたが、拭き忘れた箇所はなさそうだった。ゴミ袋を持ったまま玄関に向かい、フェイスタオルでノブをくるんでドアを開けた。鍵もタオル越しに持ってかけ、郵便受けから中に放り込む。

背中が冷たかった。知らないうちにシャツが汗でべっとりと濡れていた。人を殺してしまったというのに、気になるのは濡れたシャツのことだけだ。

鼻から荒い息を吐き出しながら、稗田はドアに背を向けた。

51

電話が間断なく鳴り続ける。『週刊P』の記事を受けて取材を申請してくるメディアからの電話だった。

「取材の申し込みはすべて断れ。名誉毀損での告訴を検討しているところで、こちらから話すことはなにもない、すべては裁判で明らかにするといってな」

総務課の課員にそう指示して、小久保はイヤフォンを耳に当てた。レコーダーの再生ボタンを押すと、西浦の声が耳に飛び込んでくる。最初に録音されているのは仕事絡みの外部との電話。さらには、取引先からの『週刊P』に関する問い合わせが数件。早送りのボタンを押し、音声が途切れたところで再び再生する。

「会長ですか？　ちょっとご相談があるんですが。昨日、変な女から小久保あてに電話が入りまして」

「変な女？」

原の声は妙に間延びして聞こえた。盗聴器の性能のせいだろうか。

「ええ。小久保は留守だったんですが、だったらわたしに、と。相馬の代理の者だが、資料を返すのはかまわないが、その代わり金が欲しいと」

「恐喝じゃないか。それで、おまえはなんと答えたんだ？」

「それが、電話は一方的に切れたもので……どうしましょう？　小久保を問い質しますか？」

「あの馬鹿が、その相馬という男となんとかコンタクトを取ったんだろう。金か……一銭もださんぞ。馬鹿に伝えろ、やくざを使ってその相馬という男をなんとかしてもらえとな」

馬鹿——原は小久保の名前を口にしようともしていない。

「わかりました、とりあえず、小久保にはそう伝えます」

「おれはこれから議員会館に行ってくる。おそらく、話は長引くだろうから、今日はこの件についてはおまえに一任するからな。それからこれが片づいたら、あの馬鹿を馘にするぞ。退職金をくれてやるのも腹立たしいわ。懲戒免職にするための理由を探しておけ」

耳の奥で固いものが擦れあうような音がした。自分の歯ぎしりの音だった。欠けた奥歯の表面のざらつきが舌の脇を荒れさせる。

「しかし、会長。小久保はうちの秘密をずいぶん握っていますよ。ただで追い出すというのは——」

「やくざどもを使って顫え上がらせればいいだろう。あの馬鹿に、おれに楯突く根性があるものか。いいな、あの馬鹿は馘だ。これはもう決定事項だからな」

　原はそういって一方的に電話を切った。テープはそこでとまり、それ以上はなにも録音されていなかった。おそらく、西浦はオフィスを出たのだろう。テープを止めてイヤフォンを外し、小久保は電話に手を伸ばした。内線で西浦のオフィスを呼び出す。電話には秘書が出た。

「総務の小久保だけど、常務は？」

「ただいま、ちょっと席を外してます。ちょうどこちらからお電話差し上げようと思っていたところなんですが、小久保課長、お昼の予定は？」

「特に急ぎの用はないけど」

「でしたら、常務がランチを一緒にどうかと仰ってました。これから予約を取りますけど、ご希望の店はありますか？」

「常務はなんといってるんだい？」

「どこでもいいと……困ってるんです」

「だったら、あそこの蕎麦屋がいい」小久保は店の名前を告げた。「個室を予約するんだ。いいね。ぼくが昼前にそっちに上がっていくから」

「わかりました。常務にはそうお伝えします」

　電話を切り、額に手を当てた。案の定、汗がびっしり浮かんでいる。腹は決まったはずなのに、身体はいつもと同じ反応を示してしまう。

「課長、二番に外線です」

　電話の応対をしていた女子社員が顔をあげた。

「取材なら断れといっただろう――」

「飯尾さんという方からなんですが」

「ああ、わかった」

小久保は電話に出る前に、机に置きっぱなしだった缶コーヒーに口をつけた。すっかりぬるくなってただ甘いだけのコーヒーを舌の上で転がす。そろそろ連絡があるころだとは思っていた。ここまでのところ、事態は宮前の考えたとおりに進んでいる。小久保と美和がしていることを除けばの話だが。

「はい、小久保です」

小久保はおもむろに受話器を取り上げた。

「なんだか大変なことになってるらしいじゃないか。見たぜ、『週刊P』。おたくの会長、脳卒《のうそつ》中《ちゆう》にでもなってるんじゃないか?」

「今朝から対応に大わらわですよ。まったく、ぼくも会長にどやされて冷や汗掻きっぱなしですよ」

「こうなる前に、なにか手を打てなかったのかい?」

「情報が入ってきたのがついこの前なんです。相手が月刊誌なら打つ手もあったんですが、週刊誌だけに時間が……」

「そうだろうな。『展望』の方はうまく潰したっていう噂は聞いたが、週刊誌が相手じゃさすがのハピネスもお手上げか」

「とりあえず、訴訟を起こすことになると思います。いくら大手の出版社といっても、会社の規模でいえば中小企業ですからね。高額の賠償金を請求する裁判を起こせば、びびって和解に応じるでしょう」

「だが、裁判だと時間がかかるんじゃないのかい、小久保課長。四週間連続でおたくらを追及すると雑誌には書いてある。大急ぎで手を打たなきゃならないんだろう？」

「ええ、それはそうなんですが……」

「噂で、またおたくらが義理を欠いた行動に出てるって聞いたんだがな」

小久保はわざと返事を遅らせた。飯尾は不意《ふい》をつかれて絶句していると思っているだろう。

「義理を欠いたといいますと？」

「また性懲りもなくおれを無視して吉積に尻持《けつも》ちを頼んだだろう？」

「しかし、飯尾さん、これは普通の問題とは違いますから。緊急を要したんですよ。関東の組織の方がこの場合機動力もありますし――」

「またぞろ言い訳かい、小久保課長？」

飯尾の声が低く沈む。いつもと同じ、相手を恫喝するときの口調だった。

「言い訳といわれてもですね、こっちは会社の存続がかかってるんです。いちいち飯尾さんにお伺いを立てて動いているわけにはいかないじゃないですか」

電話の向こうで飯尾が驚いているのが手に取るように伝わってきた。小久保に反論されたことなどなかったのだ。怒るより先に驚いてもおかしくはない。

「今の言葉をそのまんま上に伝えてもかまわないのかよ？」

「緊急事態なんですよ、飯尾さん。いつものゲームは今回は勘弁してください」

「ゲームってのはどういう意味だ?」

どうやら飯尾は仮面をかなぐり捨てたようだった。品のない声はひび割れ、すっかり地金《じがね》が覗くようになっている。

「金をせびるための手練手管なら勘弁してくださいと申し上げてるんです」

「いつもと態度が違うな、小久保課長」

「だから、これはいつもとは違う緊急事態なんだとさっきから何度もいってるじゃないですか。そちらのいい分もわかりますがね、しばらく猶予をくれてもいいじゃないですか。うちは今までにもずいぶんそちらに貢献してるはずです」

「確かに緊急事態だろうよ。だが、どうなっても知らねえぞ、小久保。おれはガキの使いじゃねえんだからよ」

「どうぞお好きになさってください。いつまでもあなたの相手をしていられるほど、こっちも暇じゃないんです、今はね」

小久保は電話を切った。額だけではなく、全身に汗が噴き出ていた。飯尾からの電話がまたかかってくるのではないかと身構えたが、杞憂だった。おそらく、飯尾は憤怒と戦っているのだろう。なんとか自分を抑えることができたら、すぐに組の上層部と連絡を取って対応を練ってくるに違いない。西側の怒りは凄まじいものになるだろう。小久保の頭越しに西浦や原との会見を求め、入れられないとなったら徹底的にごねてくるに違いない。

知ったことではない、おれは馬鹿なんだから、これぐらいの失態をしても当たり前だ——口の中で呟き、汗を拭った。原に背負えるだけの荷物を背負わせてやる。

小久保は腕時計を覗いた。午前十一時五分前。美和はまだ眠っているだろう。だが、西浦と昼食を兼ねた打ち合わせをするのなら、美和が起きるタイミングに間に合わない。パソコンに向き直り、美和の携帯にメールを送った。

『どんな様子？』

驚いたことに、美和からの返信がすぐに来た。

『大丈夫。佳史ちゃんはまだ気づいてないよ』

文末にハートマークが付けられていた。小久保は微笑み、だれかに見られているのではないかと思ってすぐに真顔《まがお》に戻った。小久保に視線を向けている社員はだれもいなかった。電話が鳴り続けているだけで、総務課の様子はいつもとなにも変わらない。

＊＊＊

「それで、吉積の方はどうなっているんだ？」

せいろに盛られた蕎麦を啜りながら西浦がいった。

「とりあえず、裏からいろいろ手を回してみてくれるそうです。着手金として二千万、わたしの独断ですが支払いました」

「成功報酬は？」

「向こうは、五億と」

蕎麦を啜る音に舌打ちが混じった。

「足元を見られたな。しかし、まあいい。あの雑誌のキャンペーンが尻切れトンボで終わるなら、それでも安い方だろう。会長にはおれから話しておく。必ずうんといわせてやるから安心しろ。西の方は大丈夫なんだろうな?」

「すぐにうちが吉積に泣きついたことを察知したみたいですが、事情を説明してなだめていると ころです。今回は緊急事態ですから、向こうもわかってくれると思います」

小久保の嘘に西浦はうなずいた。急に表情を引き締め、声を落とす。

「相馬の方は?」

「一昨日、コンタクトが取れました。今は向こうからの連絡待ちです」

「それだがな、昨日の夜、うちに相馬の代理と名乗る女から電話があった」

「相馬の代理?」

「ああ。君あての電話だったんだが、君がいないと社員が告げると、おれに繋げといってきたらしくてな。『週刊P』の件だというんで電話に出たんだが、資料を返してもいいが、ただというわけにはいかんということだった」

「いくらで売ると?」

「いや。そこまでは話していない。用件を告げると、一方的に電話を切ったんだよ、向こうは。どうだ、信用できそうか?」

「結局、相馬は金が欲しくて資料をジャーナリストに売ったんですよ。どうやら期待していたほどの金額じゃなかったようですが……金で転ぶのは確実だと思いますが」

「問題はどれだけふっかけてくるかだな」

「そこら辺は、なんとかぼくが交渉してみます。いくらまでなら出せそうですか?」

「そうだな」西浦は勿体《もったい》ぶるように腕を組んだ。「一千万までなら、おれの裁量で出してもいい」

噴き出しそうになるのを小久保は必死でこらえた。一千万。この期《ご》に及んでも、西浦には事の重大さが飲みこめていない。なんという傲慢、なんという愚かさか。

「わかりました。なんとかその線で話をつけてみます」

おかしさと怒りが同時にこみ上げてきている。西浦の愚かさを嗤い、西浦の傲慢さに憤《いきどお》る。矛盾している。だが、いつだって小久保は矛盾した人生を歩んできたのだ。今さらその矛盾を嘆いたところで意味はない。

「よろしく頼むぞ、小久保君。この件がうまく片づいたら、君のことを会長によくいっておくからな」

西浦は駄法螺《だぼら》を平然と口にした。そういう人間なのだ。そういう会社なのだ。そういう世界なのだ。

小久保は微笑みながら西浦に頭を下げた。

「ああ、まだ話は終わってないんだ。君、サムワンという会社を知ってるか?」

「たしか、東明会と繋がりがある――」

「そう。そこだ。そこの社長――谷岡というんだが、今度の件で話したいことがあるから近々会いたいといってきたんだよ。君、なにか心当たりがあるかね?」

宮前が本格的に動きだそうとしている。宮前に西浦や原を会わせるわけにはいかない。なんとかして阻止しなければ。

「さあ。この状況に便乗《びんじょう》して金をせびろうって腹なんじゃないですか。会うなら、慎重を期した方がいいかと……なにせ、まともな会社じゃありませんし」

「しかし、まともじゃないからこそ、怒らせるわけにもいかんじゃないか。それにもしかすると本当に利用価値があるのかもしれんし……どうしたもんかな」

「じゃあ、まずわたしが会いましょうか。それで、相手の腹の内を探ってみますよ。でも、わたしの名前、もしかすると向こうも知ってるかもしれないか……」

谷岡の応対をしたのが小久保だということはすぐに宮前の耳に入るだろう。それは避けなければならない。

「向こうが君を知ってたらなんだというんだ?」

「ぼくはトラブルの処理係として知られてますから、あの人たちの世界では。ぼくが名乗ると、向こうは軽くあしらうつもりだと捉えかねませんからね。でも、名乗らなければいいか。顔までは知らないでしょうし。常務、向こうには総務部長の名前を出しておいてください。ぼくが部長の名刺を持って行きます」

総務部長の前野《まえの》は仕事中にくも膜下出血で倒れ、長期休暇を取っている。谷岡という男が部長の顔を知っている可能性は限りなく低い。

「そうしてもらえるか? 向こうも課長より部長の肩書きが出てきた方が安心するだろう。どうせ、長い付き合いになることもないしな」

「じゃ、手配しておいてください。明後日以降なら、都合をつけますから。とりあえず、向こうには谷岡さんおひとりでと伝えてください」

「わかった。よろしく頼む」

小久保はまた頭を下げ、踵を返した。宮前を揺さぶる必要がある。そのための計画が頭の中で形を取りはじめていた。

52

金一封と書かれた祝儀袋をベッドの上に放り投げ、美和は上着を脱いだ。袋の中身は見なくてもわかっている。一万円のピン札が一枚。それが売り上げナンバー一になったご褒美《ほうび》だ。衣装代の足しにもならない。しみったれている。ケツの穴が小さすぎる。だが、そこまで徹底してケチだからこそ金を儲けることができるのかもしれない。

美和は店のオーナーの顔を思い浮かべた。六十代後半の頭のてっぺんが禿《は》げた小柄な男だ。店に顔を出すのは月に一度、前月の売り上げナンバー一・ホステスにそのしみったれた祝儀を渡すためだけに現れる。いつもにこにこと微笑んでいて、孫を褒め称《たた》えるようにホステスに接するが、店長以下男のスタッフに向ける目はいつも怒っている。その目は人間はいくら年を取っても欲望を失うことはないと語っているようだった。

部屋着に着替えた後で、美和はパソコンを立ち上げた。携帯のメールでは送れる文字数が少なすぎるからと小久保に指示されて買ったものだ。レクチュアを受けて、なんとかメールの送受信はできるようになっていた。

宮前に感づかれると困るといって小久保はもうしばらくこの部屋に顔を出していなかった。小久保の滑稽《こっけい》なほどの気遣いや手料理が時に懐かしく感じられる。

小久保しか知らないメールアドレスに、小久保からのメールが届いている。

『美和、お疲れ様。今日も仕事は大変だったんだろうね。疲れているのに申し訳ないけど、業務連絡だよ。明日の夕方、そうだな午後五時ぐらいに、また西浦に電話をかけてもらいたいんだ。喋る台詞は「相馬の代理の者ですけど、小久保さんじゃ話にならないから、一度西浦さんとお話ししたいと相馬がいってるの。一千万だなんて冗談じゃないと怒って。握ってるのは盗聴の資料だけじゃないと相馬はいってます。またこっちから連絡します」この前と同じように、一方的に話して電話を切るんだ、いいね。なにかあったら、すぐにメールか電話をくれ。美和の電話には優先的に出るようにするから。

それから、そろそろ宮前たちにも揺さぶりをかける。できるだけマメに宮前と連絡を取って、向こうの動きや状況を教えてくれ。それとぼくが相当腐ってると宮前には思わせておいてくれ。

あと少しの辛抱だよ。必ず金は手に入る。それまで我慢してください』

メールをプリントアウトし、西浦に話す内容の部分を鋏《はさみ》で切り取った。前回、電話をかけたときは緊張のせいで話す内容を忘れそうになった。これがあれば大丈夫だろう。

メールソフトの返信ボタンをマウスでクリックして、美和は返事を書いた。

『寂しいよ。こっちにはこれなくても、たまには店に顔を出して。今日もスケベな客に胸触られちゃった。美和の胸は小久保さんのものなのに。明日の夕方、ちゃんとやるね。佳史ちゃんの件も。小久保さんも頑張って』

送信ボタンをクリックすると、文章が消えた。ブラックホールに吸いこまれていくように。文章だけではなく自分の気持ちさえ吸い取られたように、身体の内側に虚《うつ》ろな部分を感じた。

突然襲ってきた悪寒《おかん》に身をすくめ、美和は舌打ちしながらパソコンをシャットダウンした。

＊　＊　＊

目が覚めたのは午後一時前だった。シャワーを浴び、軽い食事を摂《と》って、宮前のオフィスに向かった。

宮前は上機嫌だった。鼻歌でも歌い出しそうな顔でパソコンと向き合っていた。

「いい感じなの？」

「ああ。このあとの十日が勝負ってところだろう。これを見ろよ」

宮前はリモコンでテレビをつけた。ワイドショウがハピネスの盗聴疑惑を扱っていた。

「ワイドショウでこれだ。ハピネスは揺れ続ける。自分たちの想像以上に企業イメージにひびが入ってるんだからな。ここで、警察との癒着の話を持ち出されたらイチコロさ。連中はすぐに金を出す」

「向こうと会う段取りはうまくいってるの？」

「明日、おれの知り合いが向こうの総務部長と会うことになってる。その後がおれの出番だ。総務部長って小久保の上司だろうけど、おまえ、話聞いたことあるか？」

美和は首を振った。

「知らない。最近、小久保さんかなり落ち込んでるから。あんまり口も利かないのよ」

「そりゃそうだろうな。狭い部屋に閉じこめられてりゃだれだってそうなる。うまく慰めてやってくれよ」

「その辺は大丈夫。あの人、わたしに気があるから。優しい言葉をかけてやると、少しは気が休まるみたい。ねえ、稗田さんはなにしてるの？」

「ハピネスを揺さぶるために、やくざの世界に情報を流してるよ。それと、おれのための情報収集。なんだよ、稗田が気になるのか？」

「そういうわけじゃないけど、あの人の顔あんまり見ないから、なにしてるのかと思って」

テレビでは訳知り顔のキャスターが、こんなことが本当にあるとは思えないと語っていた。それを聞いて、宮前が苦笑を漏らす。

「ハピネスはテレビ局に取ってはお得意様だからな。こんな腰の引けた報道しかできないんだ。それでハピネスは増長した。ま、おれたちにはどうでもいいことだけどさ」

「十日後にはわたしたち、お金持ちってわけね？」

「ああ。ハピネス側はなんだかんだと駄々を捏《こ》ねて時間を引き延ばそうとするだろうが、退路は断ってある。そのためにいやになるほど時間をかけたんだ。連中には金を払う以外の方法はない。そうだな、やっぱり十日だ。頑張ってもそれが限度だろう。十日後には、おれたちは小金持ちさ」

「小金持ち？」

「今どき、一億の金を手にしたぐらいじゃ、本当の金持ちとはいえない。それを資本金にしてどこまで増やしていくか。本当の勝負はそこだ。おまえ、自分の店を出すのか?」

「それが、まだわからないの。佳史ちゃんの話に乗ろうと決めたときはそのつもりだったんだけど。水商売も大変だし。いいお店にしようと思ったら、開店資金、一億じゃ足りないしね」

美和はヴィトンのバッグを指先で弄んだ。

「銀座や六本木にそれなりの店を出そうと思ったら、箱代、内装費、人件費、諸々あわせて軽く一億は超えるか……その金にしたって、すぐに回収できるわけじゃないしな。こぢんまりした店を出すつもりはないんだろう?」

「どうせ水商売を続けるなら、がっぽり儲けなきゃ意味ないわよ」

「そりゃそうだな」

宮前はまたパソコンの画面を覗きこみ、忙しそうにキィボードを叩いていた。

「佳史ちゃんはなんの会社を作るの? またパソコン関係?」

「この中に――」宮前は自分の頭を指差した。「腐るほどアイディアが詰まってる。どこから手をつけようか悩むぐらいだ。やりたくてもやれなかったことばかりだったからな、この数年は」

「わたし、だったら佳史ちゃんに投資しちゃおうかな」

考えてもいなかった言葉が口をついて出た。美和は自分の言葉に驚き、意味もなくバッグの留め金を外しては閉じるという行為を繰り返した。

「本気か? だったら歓迎するぜ。資本金は多ければ多いほどいいからな。一、二年で数倍にして返してやるよ。水商売よりはよっぽど確実だ」

美和の動揺には気づかずに宮前は陽気な声を出した。宮前は昂揚している。一世一代の戦いを前にして、戦士のような精悍な顔つきになっている。

「考えておく。じゃ、そろそろ帰るね。一回家に戻って、出勤の支度しなきゃ」

「小久保のことよろしく頼むぞ。腐って馬鹿なことをしないように、ちゃんと手綱を握っておいてくれ」

「うん、任せておいて」

美和はバッグを肩にかけ直して宮前のオフィスを出た。なんとか表情を取り繕うことで、宮前に動揺を悟られるのは避けることができた。気づかれていたら、その裏にある事実を見抜かれていたかもしれない。

どうしてあんなことを口走ってしまったのだろう。小久保を裏切ることなど考えてみたこともなかった。それなのにあの一瞬、まるで悪魔が取り憑いて勝手に口を動かしたみたいに言葉が口から迸っていた。一度発せられた言葉はそのまま思考にすり替わる。やっぱり宮前と手を組んだ方がいいんじゃない？　その方が確実にお金になるよ。小久保さんは頑張ってるけど、しょせんうだつのあがらないオヤジじゃない。

思考はとめどもなく膨れあがり、暴走していく。なんとか歯止めをかけようとしてみるが、すべては無駄だ。ただ押し流されてしまう。

「小久保さんのこと、愛してるんじゃないの？」

だれもいないエレベーターの中で口にしてみた。言葉はなんの重みも持たずにエレベーターの壁に跳ね返され、余韻も残さずに消えていく。小久保には好意的な感情を抱いてはいる。だが、それが愛だという自信はこれっぽっちもない。好きだから寝た。好きだから協力することに決めた。けれど――

考えすぎて頭が痛くなってきた。

「もう、なんなのよ、あんた？　優柔不断《ゆうじゆうふだん》にもほどがあるんじゃないの？」

美和はもう一度、叫ぶようにいった。言葉はまた壁に跳ね返され、エレベーターの稼働音に飲みこまれて惨めに消え去った。

53

昨夜から稗田の携帯が繋がらない。回線は繋がるのだが、稗田は電話に出ず、留守番電話サービスに転送されてしまう。メッセージを残しても、稗田からの返信はこない。自宅の電話はただ呼び出し音が鳴り続けるだけだった。

「なにやってるんだ、あいつ」

宮前は悪態《あくたい》をつきながらメールを打った。

『どこで油を売ってるんだ？　すぐに連絡をくれ』

今夜の谷岡とハピネスの総務部長との話し合いによっては宮前の出番が早まる可能性がある。その前にやくざたちの動向を知っておきたかったのだが、これでは話にならない。サムワン――会社にも電話をかけてみたが、稗田は外出しているという女子社員の声を聞けるだけだった。

なにかが起こったのだろうか。稗田の気の短さが突発事態を招いたのだろうか。

もう一度受話器に手を伸ばし、今度は谷岡に電話をかけた。

「すみません。昨日から稗田と連絡が取れないんですが、出張かなにかでしょうかね？」

「稗田？　なにか用があるのか？」

「ええ、来月早々に大学のゼミの同窓会があるといわれてまして。なんとか都合がつきそうなので連絡しようかと思ったんですが。できるだけ早く返事をくれといわれてたものですから」

「大学の同窓会ね。おまえも稗田もそんなものに興味があるのか？」

「たまには気晴らしをしにいってもいいんじゃないかという話になったんですよ。どうせつまらないだろうから、途中で抜け出すことになるとは思いますが」

「稗田な……別に出張なんて入っとらんと思うが、ちょっと待っててくれ――」

谷岡の声の代わりに電子音が奏《かな》でる保留音が鳴りはじめた。宮前は子機を顎と首の間に挟み、ハピネスの総務部長に見せる予定の書類を整理しはじめた。その最中に電子音が途切れた。

「今朝、出社して、またそのままどこかに出かけたそうだ。出先表には打ち合わせ、直帰とだけ書いてあるそうだ。どこかでパチンコでもやってるんだろう。あの馬鹿が。おっつけ連絡が入るんじゃないのか」

「わかりました。お手数をかけて申し訳ありません」

「おお、かまわんぞ。おまえと稗田が仲良くしている分には、おれはなにも気にせんからな。それより、今夜のハピネスとの打ち合わせだがな、六本木のステーキ屋になった。おまえもちらっと顔出してみるか？」

「いえ。向こうに余計な心配はさせたくないので遠慮します。ただ、谷岡さん、相手の顔写真なんて隠し撮りできませんかね？」

「写真？」

「とりあえず、相手がどんな人間なのか調べておきたいんです」

「それぐらいならなんとかなるだろう。うちの若いやつをステーキ屋の前で待機させておく。どうだ、いい金になりそうか？」

「ええ。千万単位の金は引き出してやるつもりです。谷岡さん……例の件よろしくお願いします」

「ああ、一応な、本家の方にはおまえの希望を伝えておいた」

谷岡の尊大な口調に磨きがかかっていく。

「ありがとうございます」

「おまえを飼い殺しにしておくより、好きにさせた方がうちも儲かる、そういっておいたからな。なんとかなるかもしれんぞ、宮前」

谷岡の魂胆は見え透いている。宮前に恩を売り、さらなる金を貢《みつ》がせようというのだろう。谷岡の考えなどどうでもよかった。要はくびきから解き放たれることだ。自分で稼いだ金を自由に動かすことができるようになれば、それこそ谷岡にかなりの金をくれてやってもお釣りが出る。ある程度金を貯めたら、国外に脱出するのだ。パソコンと電話回線さえあれば、世界中どこにいたって商売はできる。だが、やくざの威光は国内でしか通用しない。

「そうなったら頑張りますよ、谷岡さん。絶対に損はさせません」

「おう、期待してるぞ、宮前。なんてったって、おまえは時代の寵児だったんだからな。その気になれば、億や十億の金なんぞ、すぐに稼ぎ出せる。もっと前にやる気を見せておけばよかったんだ」

「それでは、失礼します」

谷岡の機嫌を損ねないよう、丁寧な言葉遣いで、しかし一方的に電話を切った。谷岡の戯《ざ》れ言《ごと》に付き合えるほど時間に余裕はないし、寛容《かんよう》にもなれない。

電話に顔をしかめて見せてから、宮前はオフィスを後にした。

＊＊＊

インタフォンを押しても返事がなかった。留守かと諦めかけたところで、スピーカーから声が聞こえてきた。

「はい？」

若い女の声だった。稗田の妻——冴子の声だろう。

「冴子さんですか？　宮前です。稗田の友人の。大至急稗田と連絡を取りたいんですが、こっちには？」

「あ、ちょ、ちょっと待ってください。すぐドアを開けますから」

冴子の声は熱っぽかった。鼻声というのではない。声自体が熱を帯びているような響きがする。もともとはもっとドライな感じの声を出す女だった。

なかなかドアは開かなかった。インタフォンと同じだ。妙に時間がかかりすぎる。苛立ちを抑えるのは並大抵《なみたいてい》のことではなかったが、冴子の気性を思い出して、宮前はなんとか自重《じちょう》した。

一度顔を合わせたことがあるだけだが、まだ相当に幼さを残した我《が》の強い女だった。気分を損ねると面倒なことになるタイプの女だ。

やがて、室内からだれかが近づいてくる足音が聞こえ、静かにドアが開いた。タンクトップにデニムのミニスカート姿の冴子が宮前を招き入れた。

「どうぞ、上がってください。ちょっと汚れてますけど」

タンクトップの下にブラをつけていないのはすぐにわかった。固く尖った乳首が布地を押し上げている。ミニの下も素足だった。これでは部屋にあがるわけにはいかない。稗田は短気なだけではなく、嫉妬深い男でもある。

「いや、稗田の連絡先がわかれば、すぐにお暇《いとま》します。どこにいるかわかります？」

「ちょっと電話で探してみます。こんなところに宮前さんを立ちっぱなしにさせてたって睦樹にばれたらこっぴどく叱られるから、お願い、上がって」

腕を引っ張られ、宮前はしかたなく靴を脱いだ。冴子は逃がすまいとするように宮前の右腕をしっかりと抱え込む。勃起した乳首と柔らかい乳房を二の腕に押しつけられて、宮前は狼狽《ろうばい》した。こんなところを稗田に見られたら、まちがいなく半殺しにされる。

居間に通され、無理矢理ソファに座らされた。腕を解放されて、ようやく冴子をまともに見ることができるようになった。冴子の頬は紅潮していた。目は血走っていた。口が半分開き、呼吸が速い。

なにかがおかしい。

「睦樹、機嫌が悪いと電話にでなくなるのよ。ちょっと待ってて。居場所は想像がつくから」

冴子は宮前の隣に腰を降ろし、電話に手を伸ばした。必要以上に腰を押しつけてくる。なにかがおかしい。

宮前は部屋の空気を嗅いだ。ほんのかすかだが、煙っぽい空気が鼻腔を刺激した。冴子はクスリをやっている。だからこその紅潮した頬、潤んだ目、血走った眼球だ。稗田はこのことを知っているのだろうか。

「あ、稗田です。どうも。そっちにうちの人行ってます？　……あ、やっぱり。電話に出るようにいってください。わたしじゃなくて、宮前っていう人が話したがってるっていって……うん、待ってます」冴子は送話口を押さえ、宮前に顔を向けた。「やっぱり、サウナにいた。ずっと寝てたんだと思う。ほんと、困った人ね。はい。すぐに電話に出ると思うから」

押しつけられた受話器を宮前は耳に押し当てた。谷岡の電話で聞かされたのと同じ保留音が鳴っている。

「宮前さんが来てくれてよかった。もう、どうしようかと思ってたの」

冴子が左手で宮前の太股を撫で回しはじめた。右手はデニムのスカートの中に潜り込んでいる。

「ちょ、ちょっと、冴子さん――」

冴子の手をとめようとした瞬間、保留音が途切れた。

「佳史か？　すまねえ。昨日、深酒して、寝過ごした。携帯、枕元に置いておいたんだがマナーになってて気づかなかったわ。それで、どうした？」

いつの間にか固くなっていた股間のものを、ズボンの上から冴子に握られた。しばらくそっちの遊びとは無縁だった。刺激に敏感になっているペニスは、もはや宮前の意思に耳を貸そうとはしない。

「あ、ああ。東と西の動向はどうなってるのかと思ってさ。ハピネスの連中と会う前に情報を整理しておきたいんだ――」

冴子がズボンのベルトを外しはじめた。止めようとしても、片手に受話器を持ったままでは動きが制限される。冴子は鼻歌をうたっていた。

「どうした、睦樹？」

「あ、ああ。それなのにおまえが全然捕まらないから、なにか不測の事態でも起こったのかと思ってさ。頼むから、連絡取るの怠《おこた》らないでくれよ」

自分の声と冴子の声が同時に鼓膜を顫わせた。

「だいじょうぶ。黙ってれば睦樹にはわからないから。これ一回きりだから」

ブリーフも降ろされ、剝き出しのペニスが天を仰いでいた。冴子の目は不自然に潤み、もともと速かった呼吸が喘ぐようなものに変わっていた。

「すまねえ。ここんとこ本業の方も忙しくてよ。つい気を抜いたら、不覚にも爆睡《ばくすい》ってやつだ。もう、こんなことはしねえ」

ぬめった柔らかいものが亀頭に絡みついてきて、宮前は思わず声をあげそうになった。冴子がソフトクリームを舐めるように右手で根元を握ってペニスを舐めている。左手は自分の股間に伸び、指がショーツの奥に潜り込んでいた。湿った淫靡《いんび》な音が聞こえてくる。自分を舐める冴子の舌が立てる音なのか、冴子の股間で立っている音なのかもわからない。まずい状況に陥っているのはわかっている。ただ、稗田と電話で話しながら稗田の女にフェラチオをされているという背徳的な状況に理性が蹴り散らかされていくのを黙って見守ることしかできなかった。

「おい、佳史、聞いてるのか？」

「あ、ああ。すまない。こっちもちょっと疲れ気味で少しぼーっとしてる」

冴子の口の中に亀頭がすっかりはまりこんでいる。冴子は口をすぼめ、強烈にペニスを吸い上げながら亀頭の裏側に舌先を這わせていた。根元は手で上下にさすられている。一瞬でも気を抜けば、冴子の口の中にぶちまけてしまいそうだった。

「これからが本番だってのに、お互い困ったもんだな。気合い入れ直そうぜ、佳史」

「そ、そうだな。それで、この後、時間はあるか？ 会って話をしたいんだけど」

「ちょっと身体が冷えてるからな。もう一風呂浴びてからサウナを出る。歌舞伎町なんだが、出てこられるか？」

冴子がペニスをしゃぶりながら、左手だけを使って器用にショーツを脱いだ。上目遣いで宮前を睨み、淫蕩《いんとう》な笑みをこぼす。冴子がなにをするつもりなのかを悟って、宮前は片手を前に突き出した。しかし、冴子は手首を握り掌を自分の胸に押し当てる。痛いほどに勃起した乳首が掌をくすぐったく刺激する。

「ああ。じゃあ、一時間半後に。新宿プリンスのコーヒーラウンジでどうだ？」

自分の声が顫えていないことを神に祈った。冴子がスカートをたくし上げて跨《また》がってくる。潤んだ襞の中にペニスの先端が潜り込んでいく。快感が亀頭の先から全身に駆け抜けた。低くくぐもった声を漏らしながら冴子が抱きついてくる。

「突きあげて。おまんこ壊れるぐらい突いて」

耳許で冴子が喘ぐ。受話器の向こうからなにも知らない稗田の声が響いてくる。

「わかった。一時間半後だな――」

根元が締めつけられた。挿入しただけで冴子は軽く達したらしい。宮前にしがみついたまま、わなわなと身体を顫わせている。冴子の熱い吐息が首筋にかかった瞬間、理性が音を立ててはち切れた。宮前はサディスティックな欲望に動かされて腰を突きあげた。

肩に激痛が走った。声をあげそうになった冴子が宮前の肩に噛みついたのだ。

「それじゃ、後で会おうぜ、佳史」

稗田の声が遠のいていく。宮前は電話を切り、受話器を放り投げて冴子の尻の肉を両手で握った。腰を突きあげながら、冴子を自分の方に引き寄せる。肩の痛みを忘れるほどの快感が脳を麻痺させていく。

「おまんこいいよ、おまんこいいよ」

冴子が喚きながら宮前の唇を求めてきた。宮前は冴子の口を思いきり吸った。

＊＊＊

射精と同時に理性が舞い戻ってきた。恐怖のせいで背筋《せすじ》に悪寒が走る。ペニスを抜くと、冴子はソファに身体を投げ出した。四肢に力がなく、死体のように横たわっているがときおり太股から腰にかけての筋肉が痙攣している。さらけ出されたままの性器から宮前の精液が溢れていた。ずいぶん溜まっていたからな――呆けたように考え、強く頭を振った。こんなことをしている場合ではない。ブリーフとズボンをはき直し、冴子をその場に残して寝室に足を向けた。

ベッドの上に丸めたアルミフォイルと使い捨てライターが無造作に置いてあった。大麻ではない。冴子は覚醒剤を焙って吸飲《きゆういん》していたのだ。稗田はこのことを知っているのだろうか？　知っているはずがない。昔から、稗田は覚醒剤を扱うやくざを毛嫌いしていた。自分の女房がシャブ中だと知ったら、ただでは済まないだろう。

アルミフォイルとライターを拾いあげて、宮前はリビングに戻った。冴子はまだソファに横たわっていた。

「冴子さん。これ、稗田は知らないんだろう？」

虚ろな目つきの冴子の前にアルミフォイルを突き出した。冴子はちらりと視線を走らせ、物憂げに口を開いた。

「昨日、殴られたの。もう、二度としないって誓ったら、睦樹、嬉しそうだったわ」

冴子はタンクトップの裾をまくった。脇腹に無惨な痣ができていた。

「睦樹って、あまり顔は殴らないの。馬鹿みたい……あっ」冴子は目を閉じ、身体を硬直させた。

「いっぱい溢れてきた。宮前さんの精液、凄い濃いね」

予想もしていなかった言葉を聞かされて、宮前は狼狽しそうになった。頬が赤らんでいくのを自覚しながら声のトーンをあげた。

「そういうことじゃなくて……今、おれたちが一世一代の仕事をしようとしてるの、知ってるんだろう？　こういうことで稗田の気持ちをぐらつかせたくないんだ。しばらくの間でいい、クスリはやめてくれないかな」

「それが最後なの。殴られたの悔しくて、むしゃくしゃして。そしたら、どうしてもしたくなって……」

もうクスリは残っていないという言葉に、宮前は肩の力を抜いた。この仕事の間だけ静かにしていてくれれば、それでいい。その後で稗田たちの夫婦仲がどうなろうと宮前の知ったことではない。

「自分で弄《いじ》ってたら、宮前さんが来て、どうしようかと思ったけど、もう奥が疼《うず》いてしかたなくって……宮前さん、わたしが思ってたより凄かった。まだ、中に入ってるみたい」

「稗田には内緒だよ。いいね？　じゃあ、おれは帰るから」

宮前は冴子に背を向けた。これ以上この場に残ると、いたたまれない気持ちが増していく。

「お願いがあるんだけどな、宮前さん」

ティッシュかなにかを取ってくれといわれるのだと思い、宮前は視線を左右に走らせた。

「明日までに、シャブ持ってきてくれない？」

「なに？」

驚いて振り返る。冴子が不敵な笑みを浮かべていた。

「シャブ。買ってきて。わたしが歌舞伎町うろうろすると、すぐ睦樹の耳に入っちゃうから」

「なにを馬鹿なことを。さっきぼくが——」

「このこと、睦樹にいってもいいの？」

冴子は自分の股間を指差した。わざと脚を広げ、白濁した体液にまみれている部分を強調する。

ほんの数分前まではあれほど甘美な快感を与えてくれた場所が、今ではただのグロテスクな汚物にしか見えなかった。

「宮前さんに無理矢理犯されたっていったら、睦樹、どうすると思う？」

「馬鹿なことを考えるのはやめろよ」

「買ってきてくれるの、くれないの？」

はったりでいっているのではないということは、冴子の勝ち誇った口調でわかっていた。どうしようもない性悪女だ。稗田を騙すことぐらいはお手の物なのだろう。冴子にいいくるめられた稗田は怒りを制御できなくなる。理性は吹き飛び、暴力衝動が稗田を突き動かし、宮前は半殺しの目に遭わされる。いや、運が良くて半殺しだ。運が悪ければ殺されるかもしれない。切れたときの稗田の怖さを、宮前は嫌になるほど知っていた。

「ぼくには無理だ。どこに行けば手に入るのかもわからない」

「じゃあ、睦樹にいうしかないわね」

「冴子――」

「わかってるでしょう？　睦樹と違って、宮前さんは頭がいいんだから。やるしかないの。違う？」

冴子のいうとおりだった。逃げ道はどこにもない。後先も考えずに快楽に身を委《ゆだ》ねた自分が恨めしかった。

「そうだな。なんとかするしか手はなさそうだ」

「じゃあ、そういうことで、お願いします」冴子は太々《ふてぶて》しく頭を下げた。顔をあげると、また淫蕩な笑みを浮かべた。「話はまとまったということで、宮前さん、こっちに来て。睦樹と会うまでまだ一時間半あるんでしょう？　もう一回しよう。それでシャワー浴びてから出かけた方がいいわよ。宮前さんのおちんちん、精液とわたしのいやらしい汁のせいで変な匂いついてると思うし」

「もう勃たないよ」

「そんなこと、試してみなきゃわからないでしょ。さ、来て」

逆らうことはできなかった。稗田の暴力への恐怖に首根っこを押さえられている。宮前は力無い足取りで前に進み、冴子が再び自分のペニスを口に含むのを呆然と見下ろした。

54

宮前は電話でいっていたとおり、かなり疲れている様子だった。目線が定まらず、心ここにあらずといった感じで稗田の言葉に耳を傾けている。

「で、どうもハピネスの方が飯尾に舐めた態度を取ったらしいんだ。それで、飯尾はカンカンになってるって噂だ……おい、佳史、おまえ聞いてるのか？」

「ああ、聞いてるよ。それで、飯尾はどう出ると思う？」

「直談判だろうな。何人か強面のする連中を連れてハピネス本社に乗りこんでいくんじゃないか」

「ハピネスはどう対応する？」

「まあ、目の前の緊急事態を優先させて飯尾には冷たく当たったんだろうが、バックがバックだからな。すったもんだした挙げ句、ハピネスが頭下げるしかないだろう」

　ここでやっと、宮前が稗田に正面から顔を向けた。

「そのすったもんだ、どれぐらい続くと思う？」

「さあな……一週間か二週間。一ヶ月ってことはないだろう」

「その間、東の方は？」

「傍観だろう。吉積はもうハピネスの言質《げんち》を取ってるはずだからな。飯尾とハピネスのごたごたがどう転んだって損はしねえ」

「そうか。じゃあ、ハピネスと西のごたごたが片づくのは、一週間と二週間の間を取って十日前後と見ておくのがいいな。その間に、こっちもハピネスに楔《くさび》を打ち込んでおく必要がある」

「できるか？」

「やるしかないだろう。まあ、すべては今夜の谷岡とハピネスの話し合い次第だけど……ここで諦めるわけにはいかないだろう、おれもおまえも」

「当たり前だ。だれが諦めるか」

　稗田は唇を綻ばせた。やっといつもの宮前に戻ったような気がする。心ここにあらずではこの先が思いやられてしかたがなかった。

「ちょっとトイレに行って来る」

　宮前が席を立ち、稗田の横を通っていった。稗田は鼻をひくつかせた。どこかで嗅いだことのあるような香りが宮前の通りすぎた後に漂っている。確かに記憶にある香りなのだが、それがなんなのかが思い出せない。もどかしい思いを弄びながら、稗田はぬるくなったコーヒーに口をつけた。

　今のところ、死体が見つかったという話は耳には入ってきていない。小林はクーラーの効いた空気と冷たい水の中で徐々に腐っていっているのだろう。腐臭が部屋から漏れて、近隣《きんりん》の人間が不審に思いはじめるのが三、四日後。腐臭が耐えがたくなって警察に通報されるのがそのまた二日後というところか。あるいは、入院中の女房が早めに退院して死体を見つける可能性もある。死んだのがやくざなら警察も本腰を入れたりはしない。問題はやはり、同業者連中の動向だ。稗田と小林が揉めていたという事実が割れるのはいつになるだろう？

　宮前がハンカチで手を拭きながら戻ってきた。また、あの香りが鼻腔を刺激する。なんだろうと目を閉じかけ、その香りに思い当たった。

「おまえ、おれと同じの使ってるんだな」

　稗田は呟くようにいった。

「同じのって？」

「ボディシャンプーだよ。おれはなんだっていいんだけど、冴子がいろんなメーカーのシャンプーやリンス、それにボディシャンプーなんか買ってきては、あれを使え、これを使えってうるさくてな。最近、やっとこれの香りが一番いいとかいって、ひとつの銘柄に決まったのよ。おまえもそれと同じ匂いがする。なんてったかな……たしか、ドイツ製のやつだよ」

「あ、ああ、そうか。ボディシャンプーのことなんて考えてもみなかったよ」

「おまえはひとりものだから、自分で見繕ってるんだろう？」

「デパートとかに行ったときに適当に選んでるだけさ」

宮前の声がうわずり、顔が青ざめはじめていた。

「そんなもんか……」

稗田は右手で頬杖《ほおづえ》をつき、煙草をくわえた。宮前がなににびくついているのかがわからない。たかがボディシャンプーの話ではないか。

煙草に火をつけ、煙を吐き出す。宮前はコーヒーに口をつけながら、神経質な瞬きを繰り返している。

「どうしたんだよ、佳史？」

「なにが？」

「さっきからおどおどしてるじゃねえか」

「おどおどっていうか……神経質にはなってるかもしれない。いよいよおれの出番だ。失敗はゆるされないし……」

稗田はうなずいた。なるほど、宮前はびくついている。情けない話だが理解は出来る。

「なるようにしかならねえんだからよ、気にしない方がいいぜ」

「そうだな。頭じゃわかってるつもりなんだけど」

そういいながら、宮前はまだおどおどしている。小林を殺してしまったことを告げたらどうなるだろう――不埒な考えが稗田の脳裏をよぎっていった。

＊＊＊

偶然を装って稗田は組事務所に顔を出してみた。顔馴染みの人間が数人、退屈そうにスポーツ新聞や週刊誌に目を通している。

「おう、睦樹じゃねえか。どうした、ここが恋しくなったか？」

高田《たかだ》という冴えないやくざ者が稗田に気づき、顔をあげた。他の連中も暇潰しの相手ができたといわんばかりにやって来て稗田を取り囲んだ。

「そういうわけじゃねえよ。たまたま近くを通りかかったから、みんな元気にしてるかと思ってよ。ま、恋しくないわけじゃねえけど、上の命令だからしかたないしな」

「景気の方はどうだ？」

「いいわけねえだろう。おまえらは？」

やくざたちは悲しそうに首を振った。

「ろくなしのぎがなくってな。一番稼げるのはシャブだけどよ、そっちの方は小林の野郎に抑えられてるし……中国人使って盗みやらせたり、クレジットカードの偽造やったりでなんとか細々やってるのよ、みんな。それなのに上の連中はおまえら企業舎弟うまく使って美味しい思いしてるわ」

「そういや、小林の面見えねえな。なにやってるんだ？」

「上の覚えがめでてえからって、今じゃ幹部気取りよ。ここに顔出すのも週一ぐらいのもんじゃねえか。てめえの女にシャブ食わす外道《げどう》のくせしやがって」

　稗田は他の連中に気づかれないように溜息を漏らした。案の定、小林には敵が多い。もし死体が発見されたとしても、それがすぐに稗田に結びつけられる可能性は低くなる。少なくとも時間は稼げる。それがなによりも重要だった。

「まあ、あの野郎は昔からいけ好かなかったけどな。ヤミ金稼業の方はどうよ？　ハピネスがとんでもねえことになって、なんか余禄《よろく》があるんじゃねえのか？」

　稗田は三上《みかみ》という男に質問を振った。

「ハピネスには一切手を出すなってお触れが出てんのよ。吉積ってのがいるだろう？　本家の若頭。あれがハピネスに取り入ろうとなにか企んでるらしいんだな。おれたち下《した》っ端《ぱ》はただ指をくわえて見てるしかできねえことになってるのよ」

「だけど、ハピネスってのはもともとが西のもんじゃなかったか？」

「だからよ。今度のごたごたで東京の組織の方が動けるだろうってんでハピネスの側から若頭に接触してきたんだとよ。これを機会に、西から奪ってやろうって魂胆なんだろう」

「向こうだって黙って見てるわけにゃいかんだろう？」

「あっちの窓口は企業舎弟なんだよ。向こうも本家が直接関わってるってんなら面子潰されたって大問題になるだろうが、企業舎弟に押しつけてたもんを今さらおれのもんだっていってもとおらねえだろう？　抗争にはならねえよ。お互いにハピネス食い漁って手打ちってことになるんだろうよ」

「なるほどな」

「そういや、飯尾ってのがその企業舎弟なんだけどよ、明日、こっちに乗りこんでくるらしいぜ」

口を挟んできたのは高田だった。

「おまえ、なんでそんなこと知ってるんだよ？」

「こっちに来てる関西の連中が話してるの小耳に挟んだのよ。その飯尾の露払《つゆはら》いさせられるってぼやいてた。いちおうこっちは盃交わしたものほんなのに、なんで企業舎弟なんかのためにこき使われなきゃならねえんだってな」

「そのうち、おれもおまえらをこき使ってやるよ」

稗田がいうと、やくざたちがまるで口裏を合わせていたかのように一斉に笑いはじめた。

「馬鹿いえ。おまえがおれたちをこき使うだと？　その前に、いい加減稼ぎが悪いからてめえなんぞ企業舎弟失格だっていわれるのが落ちだろう」

「そうかもしれねえな」

稗田も笑いの輪に加わった。笑いながら冷めた目でやくざたちを見回す。どいつもこいつもたるんだ顔つきにたるんだ腹をしている。冗談じゃない、てめえらと一緒にされてたまるか——声には出さずに毒づきながら、稗田は笑い続けた。

55

谷岡毅は人好きのする笑みを浮かべてやって来た。小久保は立ち上がり、深々と腰を曲げた。

「どうも初めまして。ハピネスの前野と申します」

「ああ、どうも。そんなにかしこまらずにお顔をあげてください。サムワンの谷岡です。このたびは、大変な時期だというのにわざわざお時間を作っていただいて、感謝しております」

谷岡は朗らかな声でいった。背景をまるで知らなければ、まっとうな企業家としか思えない態度に口調だった。小久保と谷岡は名刺を交換し、着席した。谷岡は店員が持ってきたメニューに目を通す。

「ハピネスのような大きな会社の部長さんにしてはお若いですな。相当な遣り手なんでしょう、前野さんは」

「いえ、そんなことは。他に適当な人間がいないからというだけのことだと思います。谷岡さんもご存知かとは思いますが、うちの総務部は人がやりたがらない仕事を押しつけられる部署なものですから」

「まあ、噂は耳にしておりますけどね……ここはなにがお薦《すす》めですか？」

「サーロインのステーキなら、お口にあうかと思います」

「なるほど。じゃあ、わたしもサーロインをいただきましょうか。それと八十二年のシャトー・マルゴーを組み合わせてみたいですな」

谷岡はメニューを脇に置いて悪びれもせずにいってのけた。小久保はワインに詳しいわけではない。それでも、やくざや右翼の大物を接待している間にある程度の知識は身についている。八十二年はボルドーワインのビンテージの年だ。ただでさえ馬鹿高いシャトー・マルゴーの値段がいくらに跳ねあがるのかは考えたくもない。

「いいですね。それではお近づきの印にそのワインで乾杯させていただきたいと思います」

小久保は店員を呼び、サーロインステーキのコースとワインを注文した。

「それで、早速ですがね、前野さん。例の盗聴騒ぎ、あれは本当のことなんですか？」

店員が去っていくと、谷岡が口を開いた。テーブルの上に身を乗り出すようにして、押し殺した声を出す。

「これから株式を上場しようとしている企業ですよ、うちは。そんな違法行為、するわけがないじゃないですか」

「だが、あの記事には信憑性がある。だからこそ、これだけの騒ぎになっているんでしょう？」

「でたらめです。だからこそ、うちは裁判に訴えることにしました」

「なるほど、そういうことにしておきますか。確かに、前野さんはお若いがハピネスの総務部長を任されているだけのことはありますな。場慣れしていらっしゃる」

「そんなことはないんです。今も、脇の下は汗でぐっしょりです」

店員がバスケットに入れられたシャトー・マルゴーのボトルを赤ん坊のように抱えてやって来た。ひととおりうんちくを垂れ、ワインをデキャンタに移していく。淡い紅色の液体から立ちのぼる香りが鼻腔を心地よく刺激した。谷岡が相好を崩している。よほどワインが好きなのか、あるいは、他人の金で飲み食いするのが好きなのか。おそらく後者なのだろうと小久保は見極めをつけた。テイスティングを谷岡に任せ、小久保は腕時計に視線を走らせる。これから約二時間、谷岡に付き合わなければならない。

「やはり、これは素晴らしいですよ、前野さん。どうぞ、一緒にやりましょう」

バカラのグラスに注がれたワインを回し、香りを嗅ぐ。空気に触れて広がっていく芳香《ほうこう》を鼻は確かに感じ取った。緊張していない証拠だ。小久保は微笑み、谷岡と乾杯した。

「まあ、あの記事はでたらめだ、捏造だというそっちの態度はよくわかるんですがね」

店員の姿が消えると、谷岡がまた口を開いた。ワインによる満足げな表情も、人好きのする笑みも消えて、粘《ねば》つくような視線で小久保を見つめていた。

「だれもハピネスの言い分なんて信じてませんよ。少なくとも、我々の業界ではね」

「ですが、あれはでたらめなんですよ、本当に。三流のジャーナリストが、金欲しさにでたらめな記事を書き飛ばしてるんだ。困ったものです」

「わたしが可愛がってる男がいるんですがね。その男がとあるジャーナリストを知っているそうなんです」

「ジャーナリストですか?」

小久保は身構えるような仕種をわざとした。いよいよ、宮前の名前が出てくるのだ。なにも知らないふりをしなければならない。なにかを悟られるようなことがあってはいけない。

「そのジャーナリストもハピネスに盗聴されたことがあると騒いでいるそうなんですわ、前野さん。『週刊P』に記事が載ったおかげで、そのジャーナリストも別の媒体に記事を書くチャンスが出来たと息巻いていると聞きましてね、なんとかお力になれないかと、そう思ってるわけですよ、わたしは」

宮前の計画はわかっている。手の内をすべてさらすことなく谷岡を操《あや》り、ハピネスの人間との橋渡しをさせる。ハピネス側と直接交渉できるようになれば、盗聴ではなく警察との癒着の証拠を突きつけて金を脅し取る。

もちろん、宮前の考えどおりにはいかない。ここですべてを堰きとめるからだ。

「まったく、騒ぎに便乗しようとする恥知らずなやつらが多いですね。事実無根なんですよ、盗聴なんて。それでも、うちのような会社には風聞被害というのがありますからね。ただでさえ信用が第一なのに……」

「そう。金融会社はなによりも信用が第一だ。なんとか手を打たなければなりませんな。それがでたらめであったとしても」

「谷岡さんにお願いすれば、なにか手を打ってくれる、と？」

小久保は声をひそめた。共犯者のような視線を谷岡と交わす。

「いや。この件に関しては、わたしは直接タッチすることはできんのですよ。実は、上の方からいろいろといわれておりましてね」

「だったら――」

「その若い男――宮前というんですがね、紹介しますよ。宮前ならハピネスの力になってくれるはずだ」

「どこの馬の骨ともわからない男を信用しろとおっしゃるんですか？」

「わたしの紹介だけじゃ信用できないと？」

谷岡が声を低くした。露骨な脅しが粘ついた視線に込められている。小久保はその視線を外した。ちょうど、前菜が運ばれてくるところだった。

小久保と谷岡は無言で前菜を食べた。谷岡は唇を曲げ、一口か二口食べただけで皿を脇に押しのけた。もはや、ワインの味などどうでもよくなっているのだろう。

「別に、宮前なんていう男を介《かい》さなくても、わたしたちふたりでどうにかなるんじゃないですかね、谷岡さん」

「わたしたちふたりで？」

「ええ。そちらに事情があって谷岡さんが表立ったことはできないというのはわかりました。でも、表立たなければいいだけのことですよね？　わたしは口をつぐんでいます。そうすれば、だれにもわからないと思いますが。協力費も、谷岡さん個人や会社にではなく、別名義の口座に振り込むか、もしくはキャッシュでお支払いすることもできますよ。その宮前という男から情報を引き出してください。それで、我々で対処方法を考えた方が確実だし、谷岡さんだって都合がいいでしょう？」

「なるほど……」谷岡は間を置くようにワインに口をつけた。「前野さんがわたしの立場を慮ってくれるというわけですか？」

「宮前という若者に金をくれてやる必要もない。うちがお支払いする協力費は一括《いっかつ》で谷岡さんが受け取ればよろしいんです」

谷岡はすでに針を飲みこんでいる。あとは釣り上げるタイミングを見計らうだけだ。自分の計画が第一歩の時点で破綻《はたん》したとしったら、宮前はどんな表情を浮かべるだろう。

「その方が、お互いに都合がいいかもしれませんな、確かに」

谷岡が唇を舐めた。宮前に繋いだ鎖を外す必要もなく、さらに金を手に入れることができるとなれば、谷岡は簡単に宮前を裏切るだろう。もっとも、金は出ない。谷岡が宮前から引き出して持ってくる情報は、すべて小久保のところで遮断《しゃだん》されるのだ。すべてが片づいた後で、谷岡がなにをしようが小久保の知ったことではない。その頃には金を手に入れて、美和とふたり、表舞台から姿を消している。

ステーキが運ばれてきた。小久保は前菜にはほとんど手をつけていなかった。ウェイターが前菜の皿にちらりと視線を投げかけ、不満そうに目を細めながらステーキの皿をテーブルに置いた。

「旨そうな肉ですな。ワインも引き立ちそうだ」

谷岡が相好を崩した。店員の態度はなってはいないが味だけは保証できる。小久保がそう告げる前に、谷岡は肉にナイフを入れはじめていた。

＊　＊　＊

谷岡と別れた足で久しぶりに美和の店に顔を出した。ワインのせいで気分が大きくなっている。気を引き締めなければ——なんども自分にいい聞かせるのだが、頬の筋肉が緩むのは止めようがなかった。

「ご機嫌みたいね。どうしたの？」

席についた美和が小久保の顔を覗きこみ、首を傾げた。

「明日の宮前の顔を直に見てみたいと思ってさ」

「じゃあ、うまくいったのね？」

美和は小久保の顔を見つめたまま水割りを作りはじめた。

「ああ。宮前に金をやる必要なんかない、あんたが仕切れば金も独り占めだっていってやったら一発さ。これで、宮前の計画は第一段階で頓挫《とんざ》だ。まあ、最初からハピネスに話を持ちかけるきっかけが計画のネックだったからな」

「それで、わたしたちどうするの？」

小久保は美和に渡されたグラスを宙に掲げた。美和と共に乾杯の仕種をして口をつける。できれば喉に流し込みたかったが、口をつけるだけにとどめた。明日になれば二日酔いで苦しんでいる余裕はなくなっているだろう。それぐらいの自制心は働いている。

「美和には、とにかく宮前の反応を見てもらいたいんだ。どんなふうに計画を変更しようとするのか、どうしても知っておきたい。ぼくは、明日はいろいろと忙しいんだ。やらなきゃならないことがたくさんある。明日は何時に起きる？」

「一時ぐらいかな。どうして？」

「じゃあ、起きたらすぐ、ハピネスに電話をしてくれ。その前後、ぼくは会社にいないようにするから、これまでと同じようにやって西浦に電話を繋がせるんだ。それでこういってくれ。『今夜九時。小久保課長にそう伝えてください』って」

「九時ね。わかった。必ず電話するわ。後は、佳史ちゃんね。ちょっと待っててくれる？　今のうちに電話して、明日会う約束しておくから」

小久保の返事も待たずに美和は腰をあげた。相変わらず、タイトミニのスーツを着こなして、形のいいお尻を振りながらフロアを横切っていく。何人かの客が美和の腰に露骨な視線を向けていた。小久保は嫉妬ではなく、優越感を覚えた。欲望を剥き出しにした客たちが頭の中で想像することしかできないスーツの中身を小久保は知っている。肌の張りや肉の弾力、勃起した乳首やクリトリスの可愛さ、濡れそぼる粘膜の愛らしさと淫靡さ、腰を突きあげるたびに美和の口から漏れる声。小久保はすべてを知っている。美和は小久保のためにだけ、その肢体を淫らにくねらせる。

気がつくと、股間が熱く猛っていた。もう一週間近く美和の肌には触れていない。美和と寝るようになる前は、何年もの禁欲期間をそれほど苦にもせずに過ごしてきたのに、覚えたての子供のようにペニスが敏感になっている。火照りを冷まそうと水割りを喉の奥に流し込んだ。だが、火照りを冷ますどころか火に油を注いだようなものだった。酔いが回るにつれ、抑えがたい欲望が広がっていく。

小久保は席を立ち、トイレに向かった。ブリーフの奥から勃起したものを引き出す。自分でも驚くほど固く紅潮していた。尿意はあるが勃起のせいで小便は出てこようとしなかった。途中で諦め、洗面台で手を洗う。前屈みになると亀頭がブリーフの布地に擦れて呻き声が出そうになった。

「馬鹿かおまえは」

呟きながら鏡を覗きこむ。頬を赤らめた自分が自分を見つめている。数ヶ月前よりは頬の肉が落ち、すっきりしているような感じがする。美和に買ってもらったスーツははじめのうちはしっくりこなかったが、今ではまるで自分の皮膚のように身体にフィットしている。一ヶ月前と今の自分のどこが違うのだろう。あの頃はすべてに対して投げやりだった。自分自身の将来に対してさえ責任を放棄していた。今はやる気が漲っている。セックスに対してだけではない。まるで生まれ変わったかのように自分のすることなすことにわくわくしている。おそらく、美和が自信を与えてくれたのだ。自分自身ですらうだつがあがらないと考えていた中年男を鼓舞し、身体を開き、演技ではなく感じている姿を見せることで、自信を持たせてくれた。

小久保は手櫛で髪の毛の乱れを整え、トイレを出た。美和はすでに席に戻っていて、小久保に指でOKサインを出していた。

「計画の進行具合知りたいから、夕方前にお茶でも飲もうっていったら、大丈夫だって。いろいろ訊いておくね」

「ああ、よろしく頼むよ」

小久保はソファに腰を降ろし、美和の手を取った。黒服や他の客の視線を避けながら美和の手を股間に押しつける。

「美和の後ろ姿見てたらこんなになっちゃったよ」

「馬鹿。人に見られるわよ」

美和は手を引っ込めた。それでも、美和の掌の温度が股間に残っている。

「今日、早めにあがれないかな?」

「ごめん、今夜は無理。十二時に予約が入ってるの。頑張ってもあがれるのは二時かな」

「じゃあ、美和の部屋で帰りを待ってるよ。それでいい?」

「大丈夫なの?」

「ちゃんと朝一で帰る」

「じゃあ、待ってて。なるべく早く帰るようにするから」

「コンビニでなにか買って、夜食作っておくよ」

美和の唇が綻んだ。営業用の笑みがすっかり消え、地の表情が浮かんでいる。

「夜食はいらない。太っちゃうから。それより、小久保さん、またお握り作っておいてくれる？朝だけど。それとおみそ汁。具はなんでもいいから」

「それぐらい、お安いご用だよ。たしか、十二時前なら開いてるスーパーが近くにあったよね？そこで材料調達しておくよ」

「ありがとう」

美和ははにかむように微笑んで、水割りのお代わりを作りはじめた。

「ねえ、美和……」

「なに？」

「なんていうのかな……あの、ぼくのどんなとこが気に入ってるのかなと思ってさ」

羞恥心に胸が苦しくなった。いい年をしてなにをほざいているのだろう。飲みすぎた。調子に乗って酔いすぎた。

「お握りとおみそ汁が凄く美味しかったし、嬉しかったの。だから」

美和はそういって、ホステス用のグラスに満たされた烏龍茶を一気に飲み干した。

56

小久保はいつもより激しく、執拗《しつよう》だった。普段なら一度果ててしまえばそれっきりだが、美和は二度、続けて求められた。しつこい客に付き合わされて身体も心もくたくたに疲れ果てていたはずなのに、一度射精した小久保が再び乳房に触れてきた瞬間、美和は疲れを忘れて抱きついていた。

二度目のそれは長かった。小久保は美和の身体の隅々まで——それこそ頭のてっぺんから足の爪の先までを撫で回し、舐め回した。その間、小久保の中指は美和の膣の中にすっぽりと収まり、小刻みな動きを繰り返して美和の官能を煽り続けていた。

美和が口を使わなくても、小久保のそれは二度目でも固く熱く、犯されるように乱暴に貫かれ、蹂躙され、息も絶え絶えに果てて美和は失神するように眠りに落ちた。

目覚めると、小久保はすでに消えていた。キッチンのダイニングテーブルにラップをかけたお握りが、コンロにはみそ汁の入った鍋が置かれていた。お握りの具は焼き鮭《じゃけ》と梅干し、それにおかか。みそ汁の具は蜆《しじみ》だった。細かく刻んだネギの入った器があって、小久保の名刺が添えられていた。名刺の裏には小久保の几帳面そうな文字が書き連ねてある。

『ネギはみそ汁を沸かした後で入れるといいよ。それと、焼き鮭の余りは冷蔵庫に入れてあるから、なにかの時におかずにして食べてください。焚《た》いたご飯は小分けにしてラップに包んで冷凍庫に入れてあるから。チンすれば美味しく食べられるよ。それじゃまた、今夜にでも連絡します』

美和はその文面に何度も目を通しながら遅い朝食を摂った。時計は十二時半を指している。食べた後でハピネスに電話しても充分に間に合う時間だった。

お握りは塩加減が抜群で米の味がよく味わえた。みそ汁は蜆から出た出汁をちゃんと味わえるように味噌の量が加減されている。美和はふいに母親のことを思い出した。母は料理が下手だった。いや、下手というより料理に対してなんの情熱も持っていなかった。自分がやらねばだれもしないから、しかたなく料理を作る。手を抜いて、いい加減に。料理に情熱を傾ける代わりに、母は自分を磨き上げることに熱中していた。美和と同じように顔は十人並みだったが、プロポーションはその年代の女性としては群を抜いていた。週に三日は近所のジムに通い、プールで泳ぎ、ウェイトトレーニングで贅肉《ぜいにく》をそぎ落としているような女だ。日に数度、バスルームで裸になって鏡に映し、乳房や尻の肉が垂れてくる兆候がないかどうか点検する。おざなりにされるのは家事と育児だった。父が家にいる間は真面目な母親を演じていたが、父が不在の昼間は美和と弟に目をくれることもなかった。母がジムに行く日に保育園まで弟を迎えに行くのは美和の役目だった。母がジム仲間と食事をしにいくといえば、自分と弟のために食事を作るのも美和の役目だった。美和の作るものなら、弟はなんでも食べた。決して上手な料理ではなかったが、母の作るものよりはよっぽどましだったからだ。

「わたしもこんなお握り、弟に作ってやりたかったな」

お握りを食べ終えて、美和はひとりごちた。時間はまだ十二時四十五分。美和は携帯に手を伸ばし、弟の番号を呼び出して電話をかけた。弟は国立大学を狙って三浪した後ですべてを諦め、地方の二流大学に潜り込んで物理だか化学だかを学んでいる。

「どうしたの、姉ちゃん。電話してくるなんて珍しいじゃん」

弟は寝起きのような声で電話に出た。正月に実家に帰ってくるときは真面目に授業を受けていると口にするが、信用できたものではない。

「元気かなと思って。ちゃんとご飯食べてる？」

「食ってるよ、学食ばっかだけど、母さんのご飯より百倍うまいから。おれ、ひとり暮らしはじめてさ、自分たちがどれだけ貧しい食生活送ってたのか、やっと理解したよ。よくあんなもの我慢して食ってたよな」

「お姉ちゃんの料理、どうだった？」

「まあまあ。といっても、母さんよりまずいもの、普通作れないだろう」

美和は唇を尖らせた。美味しかったと素直にいってほしかったのだ。

「なにかほしいものない？」美和は気を取り直していった。「お姉ちゃん、今度ボーナスがたんまり入りそうなんだ。もうすぐ誕生日でしょ？　なにか買ってあげるよ」

家族の者はみな、美和が水商売に身を投じたことを知っている。知っていて、知らない振りを続けている。自分を偽らないのは弟だけだった。

「ほんと？　じゃあさ、車買ってくれよ。車。こっちじゃ車ないと不便だけど、バイトだけじゃどうにもならなくてさ」

「馬鹿。おまえなんか死んじゃえ」

美和は鼻息を荒くしながら電話を切った。変な気を起こして電話などするのではなかった。せっかくの気分が台無しだった。しかし、この沈んだ気分で出す声なら、ハピネスの西浦を不安にさせることができるかもしれない。携帯をしばらく意味もなく撫で回してから、ハピネスの総務課に電話をかけた。

「小久保課長をお願いしたいんですが」

「申し訳ございません。小久保はただいま外出しておりまして。ご用件をうかがえますか？」

「じゃあ、西浦常務に回してください。相馬の代理の者ですとお伝えして――」

「少々お待ちくださいませ」

保留音を聞きながら、美和は食べ終えた食器をシンクに運んだ。

「お電話かわりました。西浦ですが――」

「相馬の代理の者です。小久保課長に伝言をお願い。今夜九時なら相馬が会ってもいいそうです」

自分でも拍手をしたくなるぐらい暗い沈んだ声が出た。西浦は不安を覚えるだろう。なにが起こっているのかと思案を巡らすだろう。もともと出口などないのだ。考えれば考えるほど迷路にはまっていく。

「今夜九時ですか？　場所は？」

「小久保課長はご存知のはずです。それじゃ」

美和は電話を切った。お湯を沸かし、紅茶を淹《い》れる支度をはじめる。気がつくとハミングしていた。弟との電話で沈んでいた気分も元に戻っていた。

＊　＊　＊

宮前と待ち合わせた喫茶店に向かう途中、携帯が鳴った。宮前からの電話だった。

「小久保はどこにいる？」

着信ボタンを押すと、宮前はいきなり切り出してきた。

「どうしたの？」

「小久保と話がしたいんだが、マンションにいないし、携帯も繋がらないんだ」

宮前の声は絶叫に近かった。

「そうなの？　わたし、てっきりあのマンションにいると思ってたけど」

「ちゃんと見張っておけといっただろう」

耳鳴りがして、美和は携帯を耳から遠ざけた。宮前のわめき声はまだ続いている。それが終わるのを待って、美和は携帯を耳に戻した。

「あのね、わたしだって仕事があるの。四六時中小久保さんを見張ってるのなんて無理。わかる、わたしのいってること？」

「くそっ」

電話の向こうの宮前の姿が鮮やかに脳裏に浮かんだ。青ざめた顔を忌々《いまいま》しげに歪めている。

「今待ち合わせの場所に向かってる途中なんだけど、佳史ちゃん、どこにいるの？」

「青山のマンションだ。おまえもこっちに来てくれ」

「なにがあったのよ？」

「電話じゃ話せない。とにかく、すぐこっちに来てくれよ、頼むから」

「稗田さんは？」

「あ、ああ、そうだな。あいつも呼ぶよ」

「じゃあ、すぐに行くから、待ってて」

美和は電話を切り、視線を路上に転じた。空車のサインを点灯させたタクシーがちょうど来るところだった。

＊＊＊

「ちょっと気晴らしに出かけてるだけなんじゃないの？」

部屋の中を見回しながら美和はいった。小久保の指示通り、人が生活しているように部屋を装っていたことが実を結んでいる。宮前はここに小久保が住んでいると信じているようだった。

「小久保さん、精神的にかなり参ってるみたいだったし、携帯の電源切っててもおかしくないよ」

「それか、怖《お》じ気《け》づいて逃げ出したか、だ」

宮前はリビングの中央で仁王《におう》立《だ》ちになり、天を仰ぐように顔をあげている。

「とにかく、なにがあったのか話してよ」

「谷岡が……」宮前はうつむいた。「稗田の会社の社長なんだが、全部自分で仕切るからおれが握ってる情報を寄こせといってきた。それじゃ、計画が台無しだ」

「なによそれ？　計画が台無しっていうか、そこからはじめる予定だったんだから、まだなにもはじまってないわけじゃない。あんなに自信満々だったくせに――」

「こんなはずじゃなかったんだ」

宮前は唇を噛み、肩を顫わせた。

「このあと、どうするつもりなの？」

「谷岡ってのはハピネスの総務部長と会っておれに橋渡しをする予定だったんだ。それが突然豹変した。多分、ハピネス側になにかいわれたんだ。ハピネスでどんな動きが起こってるのか、小久保に訊きたい。計画を練り直すのはそれからだ」

「だけど、小久保さん、もう会社に行ってないのよ。わかるわけないじゃない」

美和は腕を組んだ。この状況は小久保の予想にもなかったことだ。小久保の助けなしに自力で乗り切らなければならない。

「推測はできるはずだ！」

宮前は駄々を捏ねる子供のように首を振った。激しく動揺している。小久保はそもそもが杜撰《ずさん》な計画だと宮前の考えを笑っていた。世間を知らない若造が頭の中だけで組み立てた計画なんて、必ずどこかで頓挫する、ぼくがそれを早めてやるよ――小久保は微笑みながらそういった。闇カジノで鬱屈を晴らそうと躍起になっていたころとは別人のような顔つきで。

「じゃあ、とにかく小久保さんを捜さなきゃ」

「どこにいると思う？　心当たりはないか？」

美和は首を傾げた。あり得ない嘘をつくわけにはいかないし、かといって宮前が真実に近づきそうなことを口にすることもできない。小久保なら、美和になんといえと思うだろう――小久保の横顔が脳裏に浮かんだ瞬間、正解がわかった。

「博打、かな？」

「それだ」宮前は握り拳を作って掌に打ちつけた。「この時間じゃカジノはやってない。パチンコかポーカーゲームだな。あいつ、博打は新宿でやることがほとんどだったよな?」

「わたしの知ってる限りじゃね」

「よし」宮前は携帯を手にして電話をかけた。「睦樹か? 今、どこにいる? ……じゃあ、こっちには来なくていいから、歌舞伎町のパチンコ屋やポーカーゲーム喫茶を当たってくれないか? 小久保がいるかもしれない。それと、さっきの話、探ってくれたか?」

美和は宮前の脇に立ち、耳に神経を集中させた。ノイズに混じった稗田の声がなんとか聞こえる。

「谷岡の野郎、なんだか知らねえけど、朝から社長室にこもりっきりだ。様子を探ろうにもどうにもならねえ」

「くそっ。じゃあ、とにかく小久保を捜してくれ。多分、歌舞伎町で気晴らしに博打をやってるはずだ」

「おい、佳史。なにがあったんだよ?」

「いや、ちょっと確認したいことがあってな。それだけだよ」

「じゃあ、とりあえず小久保見つけたら連絡入れるわ」

「頼む」

宮前はそういって電話を切った。

「稗田さんには本当のこと教えないの?」

美和が訊くと、宮前の頬が数度痙攣した。

「あいつはおっちょこちょいで短気だからな。本当のことを教えると、なにをしでかすかわからない」

嘘だ――長い間夜の街で酔客と手練手管を駆使して戦ってきた女の直感がそう告げた。嘘をついている男の顔はすぐにわかる。宮前はなにかを隠している。それを探ることができれば、美和と小久保にもっと有利な状況を与えることができるかもしれない。

「そうね。確かに稗田さん、短気だから、教えない方が無難《ぶなん》かもね」

美和は心の奥底をおくびにも出さず、宮前の言葉にうなずいた。

57

小久保のパソコンはパスワードでロックされていた。小久保にまつわる言葉を思いつく限り打ち込んでみたが、すべてはねつけられた。確たるあてがあるわけではなかったが、それでも腹立たしさに変わりはない。

紀香は客と同伴の約束があるといって出ていった。そんなことどうでもいいだろうという宮前の言葉に、お金が手に入るかどうかもあやふやになったのにどうでもいいってことはないわと皮肉に答えながら。

「くそっ」

宮前は壁に肘を打ちつけた。汚れのない真新しい壁はぴくりともせず、ただ肘の先端に痛みが走っただけだった。

「くそっ」

肘をさすりながら宮前は毒づいた。だれに毒づきたいのかさえわからない。この状況を無視して出ていった紀香に対してか。必要なときにいない小久保に対してか。あるいは自分自身に対してか。

とっかかりが曖昧な計画であることはわかっていた。しかし、自信はあったのだ。ハピネスの状況と谷岡の性格を分析し、自分がハピネスと直に交渉するテーブルにつく確率は八十パーセント以上だと考えていた。今でもその考えに揺るぎはない。数億の金が入ってくるというのならいざ知らず、数千万単位の金で谷岡が自ら動くなどあり得ない。なにかが起こったのだ。自分の与り知らないところで、なにかが変わった。

そのなにかを探らねばならない。原因を把握し、分析し、計画を練り直す。プログラムのバグ取りと一緒だ。原因さえわかれば、解決できない問題などない。なんとしてでももう一度小久保と話し、ハピネス内部でなにが起こっているのかを推測する必要がある。

稗田からの連絡はない。当然だ。いったい、歌舞伎町に何件のパチンコ屋、ポーカーゲーム喫茶があるというのだろう。そのすべてを当たっても、小久保が捕まるという保証はない。もしかすると、博打とは別のことで気晴らしをしているかもしれないのだ。

宮前は部屋の中を詳細に改めた。どんなものでもいい、小久保の居場所を推測する手がかりになるものがあれば——藁にも縋りたい気分だった。

中年男がひとり暮らしをしていたにしては、部屋の中は整然としていた。バスルームやキッチン、ベッドを使った形跡は残っているが、生活臭というものが薄い。枕カバーに涎のあとはないし、洗面台に練り歯磨きをこぼした跡もない。洗濯物はきちんと折り畳まれ、食器棚の食器はぴかぴかに輝いている。ここに暮らしているのが稗田ならおかしいと思うところだが、小久保にはどこか几帳面なところがあった。まめに洗濯したり食器を洗う姿を違和感なく想像することができる。

「くそっ」

声がバスルームに反響した。手がかりになりそうなものはなにもない。宮前はバスタブに両手を突き、溜息を漏らした。

せっかく飛躍するチャンスを摑んだと思ったのに。かつてのようにスポットライトを浴びる位置にもう一度立つのだと誓ったばかりなのに。体よく飼い殺しにされ、ちまちまと稼いだ金を横取りされる生活からやっと逃げ出すことができるはずだったのに。

「おれは――」

バスタブを覗きこんだまま、宮前は口を開いた。だが、言葉が続かない。ろくでもない想いが喉まで出かかった言葉を遮っている。激しく首を振り、言葉を苦労して絞り出した。

「おれはこんなもんだったのか？」

時代の寵児だベンチャーの雄《ゆう》だともてはやされ、持ち上げられ、ただ運が良かっただけなのにその気になり、すべてを失った後でも自分は他人とは違うのだと思いこむことで苦難に耐えてきた。いつか、そのうち。いつか、必ず。いつか、あの栄光を再び。

いつかなどという日は永遠に来ないのだ。自分にはあると思っていた才能など、実はちっぽけなものでしかないのだ。人より計算が速く、機を見るに敏なだけ。それ以外の才能など皆無だし、人を引きつける魅力などどこにもない。ただ生意気で身の程知らずな若造が自分だ。

「おれは――」

　また、言葉が続かない。胃が痛み、体重を支えている両肩が痺れてくる。宮前は膝をつき、バスタブの縁に顎を載せた。視界が歪んでいる。息が苦しい。やっと、自分が泣いていることに気づいた。慌てて目をこすり、瞬きを繰り返した。

「まだ諦めないぞ。諦めてたまるかよ!」

　叫びながら視界が鮮明になっていくのを待った。淡い黄色のバスタブが視界一杯に広がっていく。排水溝の近くに小さな亀裂《きれつ》があるのがわかる。

　亀裂? 宮前は目を閉じ、深呼吸を繰り返してから目を開けた。このマンションは新築だ。バスタブに亀裂が入っているわけがない。黒く細長い筋――亀裂ではなかった。髪の毛がバスタブの底に貼りついている。宮前は髪の毛を指先で摘《つま》んだ。長い髪の毛だった。小久保のものではない。女のものだ。

「小久保が女を連れ込んだ?」

　天井に反響する自分の声を聞きながら、宮前は髪の毛を凝視した。小久保の顔と目の前の髪の毛がうまくマッチしない。小久保に女がいるとは思えないし、金で買える女を呼ぶとも思えない。ここに足を踏み入れる可能性のある女といえば紀香しかいないし、紀香が小久保と寝ている姿など想像もできなかった。しかし――

「紀香が?」

　宮前は髪の毛を摘んだままリビングに戻った。この部屋の生活臭のなさが別の側面を帯びて目に映る。紀香と小久保が手を組んでいるのだとしたら? 小久保はここに住んでなどいず、紀香が嘘をついていたのだとしたら？　宮前たちを出し抜いて金を手に入れたいだけなら、別に男女の関係である必要もない。金のために手を組んだのだとしたら——

紀香が座っていたソファの上に目を凝らす。背もたれに長い毛が一本、落ちていた。それが紀香のものである確率は八十パーセント以上だ。ソファの髪の毛を摘み、バスルームのものと長さを比べてみた。ほとんど一緒だった。この部屋でシャワー使った女は紀香だ。間違いない。とすれば、紀香と小久保が手を組んでいる可能性は飛躍的に高まっていく。

宮前は目を閉じた。脳裏から抜け落ちた記憶を確かめていく。谷岡は総務部長と会うといった。だが、ハピネスの裏の仕事を一手に引き受けているのは小久保ただひとりだったはずだ。総務課長という名の無任所課長。総務の業務とはほとんど関係なく動いている。なぜ、谷岡との会談にそういう仕事とは無関係な総務部長がしゃしゃり出てきたのか。

宮前は顫える指先で携帯電話を操作した。谷岡の携帯電話——落ち着け、呼吸を整えろ、なにひとつ気づかせるな。

「どうした、もう資料が揃ったのか？」

谷岡は鷹揚《おうよう》な声で電話に出た。

「それはもうちょっと待ってください。明後日までにはなんとか。それより、ひとつお聞きしたいことがあるんですが。谷岡さんがお会いになったハピネスの総務部長というのは——」

宮前は小久保の容貌を谷岡に伝えた。

「おう、それだ。そんな感じの男だったよ。まだ若いのに部長だってんで驚いたんだ。後で写真もあがってくると思うがな。それで、それがどうした？」

「いえ、相手のことをきちんと知っておきたいと思っただけです。それじゃ、失礼します」

宮前は電話を切った。谷岡と会っていたのは小久保だった。谷岡にいらぬ知恵をつけたのも小久保だった。

「くそったれが」

掌に爪が食い込むほどきつく拳を握った。原因はわかった。あとはバグを排除して問題を解決するだけだ。

宮前は紀香の携帯に電話をかけた。まず、紀香の身柄を押さえ、小久保にプレッシャーをかける。ふたりが揃ったところでなにを企み、なにをしていたのかを喋らせる。

「どうしたの？」

紀香はすぐに電話に出た。街の騒音が聞こえない。タクシーに乗っているのだろう。

「話し忘れたことがある。すぐに戻ってきてくれ」

「ちょっと勘弁してよ。わたしの話聞いてなかったの？　これから同伴の支度しなきゃ。大事なお客さんなの」

「断れよ」

「無理。話だけなら今電話でしてよ」

「ちょっと込み入った話なんだよ。電話じゃ話しにくいから戻ってきてくれといってるんだ」

「速攻《そっこう》でシャワー浴びて着替えないと間に合わない時間なの。明日、朝一で電話するから」

紀香の声が遠ざかっていく。宮前は慌てて言葉を吐き出した。

「ちょっと待て、まだ話が――」

遅かった。電話はすでに切られている。宮前は舌打ちしながら鞄を探した。シャワーを浴びるというのが本当なら、今すぐタクシーを摑まえてマンションに向かえば、出かける紀香を摑まえることができる。

電話が鳴った。紀香からかと一瞬思ったが、着信音を聞いて嘆息した。だれかからのメールが届いたのだ。鞄を手にし、玄関に向かいながらメールをチェックした。見覚えのないメールアドレス。タイトルは『冴子です』。足が止まった。携帯を持つ手が意志に反して顫えはじめる。軽く息を漏らし、気持ちを落ち着かせ、メールを開いた。

『宮前さん、持ってきてくれたやつ、最高。もう、昼からビンビン。すぐに来て。冴子のおまんこに固くて熱いのぶち込んで。来てくれないと睦樹に告げ口しちゃう。嘘じゃないよ。宮前さんのちんちん固くなるプレゼントつけておいたから。待ってるね。すぐにだよ』

メールには画像が添付《てんぷ》されていた。携帯についているデジカメで撮影されたものだ。画像を開く。宮前は息を飲んだ。腰までたくし上げられたミニスカート。黒いレースのTバック。股間の部分が指でずらされ、愛液にまみれた陰部がぬめった光を放っている。冴子の性器だ。

宮前は返信を打った。

『冴子さん、これから仕事の打ち合わせで出かけなければならないんだ。後にしてくれ。必ず、行くから』

昨日のことがありありと甦る。稗田と別れた足で渋谷に向かい、学生時代のツテを頼って外国人から覚醒剤を入手した。わざわざ渋谷まで足を伸ばしたのは、歌舞伎町でなにかをすればそれが稗田の耳に入る確率が高いと思ったからだ。覚醒剤を鞄に忍ばせ、もう一度稗田のマンションに戻った。心臓が破裂しそうだったのをよく覚えている。その後のことは虚ろだ。冴子は覚醒剤をその場で吸飲し、虚ろになった目で宮前を誘惑した。逃げることも、冴子を諭すこともかなわず、宮前は立ち尽くした。ズボンを下げられても、ブリーフを引き下ろされても動くこともできず、冴子にしゃぶられ、しごかれて勃起したペニスを犯された。そう、あれは間違いなく犯されたと表現すべきだ。神経は麻痺し、粘膜がどれだけ擦れあっても快感を感じることはなかった。ただ、ペニスだけが熱を持ち、固く屹立《きつりつ》し続けている。冴子はその上に跨り、腰を上下させ、獣のような声をあげては絶頂に達し続けた。

きっと、あれが忘れられないのだ。

冴子からのメールが届く。

『今すぐ来てっていったでしょ。来てくれなかったら、睦樹に電話する。嘘じゃないよ。宮前に犯された、あいつを殺してっていうから』

覚醒剤に陶酔した冴子の顔は瞼の裏に焼きついている。あの快感を引き延ばすためなら彼女はなんでもやるだろう。事情がなんであれ、宮前と冴子が関係を持ったことを知ったら、稗田は激怒するだろう。前後の見境《みさかい》もなくなるに違いない。

『わかった。なんとか都合をつけて、すぐに行くよ』

宮前は溜息を漏らしながらそうメールを書いた。こんなことをしている場合ではない。事は一刻を争うというのに、どうしようもないことでがんじがらめにされている。夢や希望が、一瞬の欲望に飲みこまれ蹂躙されていく。

「くそったれ!!」

宮前は叫んだ。声は部屋の壁に反響し、宮前を嘲笑うかのように宙をさまよって消えていった。

58

「くそったれ」

稗田は毒づきながら次の目的地に向かった。五軒先の雑居ビルにポーカーゲーム喫茶が入っている。その店が六軒めだった。組の息がかかっている場所は電話で確認を取ることができるが、他の組が仕切っている場所に電話をかけてだれそれはいるかなどと問い合わせたら、無用のトラブルを招きかねない。結局は、自分の足を使うことになる。

「どこにいやがるんだ、あの馬鹿」

稗田は呟く。できることなら歌舞伎町には長居したくないのだ。いつ小林の死体が見つかるかわからない。目を血走らせた小林の子分たちと出くわすかもわからない。

次の店にも小久保の姿はなかった。ただでさえもろい堪忍袋の緒が切れかけている。

稗田は携帯を取りだし、宮前に電話をかけた。

「どこにもいねえよ、あの馬鹿。今すぐ見つけなきゃならねえようなことなのか?」

電話が繋がった瞬間、稗田は吐き出すようにいった。

「今すぐ見つけてくれ。見つけたら、どこかに監禁しておいてほしい」

宮前の声は気のせいか顫えているように聞こえた。

「監禁?　なにがあった?」

「小久保と紀香がおれたちの裏をかこうとしてたみたいなんだ。谷岡があったハピネスの総務部長、見た目を聞いたら小久保と瓜二《うりふた》つだった。おれたちを出し抜いて、自分たちだけでハピネスから金を取ろうとしてたんだよ」

「なんだと？　なんで先にそれをいわねえんだよ？」

「あいつらがおれたちを裏切ってるってことがわかったのはついさっきなんだ。確認して、おまえに電話しようとしてたところさ」

相変わらず宮前の声は顫えている。紀香たちの裏切りに対する怒りが大きすぎるのだろう。稗田も自分の身体が顫えてくるのを感じていた。あいつらは陰で笑っていたのだ。稗田や宮前が必死で足掻いているその姿を、素知らぬ顔をして笑っていたのだ――必ず見つけて、二度と笑えないような顔にしてやる。

「どうやっておれたちの裏をかこうとしてたんだ？」

怒りを押し殺して稗田は訊いた。

「小久保は素知らぬ顔で会社に通い続けてたんだ。小久保がおれの用意したマンションにいるように、紀香が細工《さいく》してた。なんでもいいから小久保を早く見つけてくれ」

「てめえはなにしてるんだよ!?」

小久保を見つけなければならないのはわかっている。そのために、もう一時間以上も歌舞伎町をかけずり回っているのだ。宮前のものいいは神経に障る。

「おい、聞いてるのか？」

宮前からの返事がなく、稗田はもう一度吠えた。

「ああ、聞いてるよ。ちょっと調べものをしてたんだ。小久保が他にどんなことを企んでたのか調べなきゃならない。それと、紀香を摑まえなきゃ。おれは紀香の方を受け持つよ。それでいいだろう?」

宮前はいつもより早口でまくしたてた。相当に焦っている。混乱もしているようだ。稗田は唇を舐めた。普段は冷静な宮前が興奮しているせいで、逆に稗田の怒りは沈静していく。怒りが消えるわけではない。ただ、胃の奥底に沈殿し、息を潜めている。

「わかった。なんとかあの野郎を見つけ出してやる。とにかく、まめに連絡を取り合おうぜ」

「わ、わかった。おれもなにかあったらすぐに電話――」

宮前の言葉が終わる前に、稗田は携帯を耳から遠ざけた。握りつぶすように携帯のボタンを押し、通りの左右に視線を走らせた。歌舞伎町にポーカーゲーム喫茶は腐るほどある。ひとりではとてもじゃないが回りきれない。助けが必要だった。路地を抜け、コマ劇場の裏手に出る。ガキを相手にトルエンを売っているちんけな売人を見つけた。顔に見覚えがある。やくざにもなりきれず、売人を何年も続けている男だ。

「おい」

稗田は男に声をかけた。

「あ、稗田さん。おはようございます」

男は深々と頭を下げた。

「挨拶はいい。おれは今、組員じゃねえからよ。それより、おまえ、暇だろう?」

「いいえ。これから仕入れに行って、夕方までにブツ揃えておかないと」

「暇だよな?」

稗田は男に詰め寄り、目を覗きこんだ。

「あ……はい。暇です。すみません」

「最初から素直にそういっておけば、怖い目に遭わずに済むんだよ、馬鹿」

「すみません。ほんとにすみませんでした」

「よし。じゃあな、おまえの仲間かき集めて、歌舞伎町のパチンコ屋やポーカーゲーム喫茶に行ってほしいんだ」

「パチンコ屋ですか?」

男が首を傾げる。仕種のひとつひとつが卑屈で、相手を苛つかせるのに気づいていない。

「どこかにな、小久保って男がいる。そいつを見つけてほしいんだよ」稗田は小久保の外見を説明した。「わかったか?」

「だいたいのところは。それらしいやつを見つけたら、とにかく稗田さんに連絡入れます」

「よし、いい返事できるじゃねえか」稗田は財布を抜き出し三万円を男の手に押しつけた。「見つけたらあと二枚くれてやる。頑張って探してこい」

「わかりました」

尻を叩いてやると、男はロケットのように飛び出していった。その後ろ姿を目で追いながら、稗田は煙草をくわえた。これで、どこかの喫茶店で身体を休めることができる。後は男からの連絡を待つだけだ。

煙草に火をつけ歩きだしながら、稗田は肺に吸いこみかけていた煙を吐き出した。煙が喉を直撃し、噎せ、咳き込む。

小久保が歌舞伎町にいるのではないかと宮前がいったのは、小久保たちがこちらを裏切っていることが判明する前ではなかったか。青山のマンションに姿がないから、またぞろ歌舞伎町で博打にうつつを抜かしていると宮前は考えたのだ。小久保は裏切っていた。最初から青山のマンションにはいなかった。だとすれば、歌舞伎町で小久保を捜すのは無駄以外のなにものでもない。

「ちきしょう。三万、損しちまったじゃねえか、佳史よ」

稗田は吐き捨てるようにひとりごちた。そんなことにも頭が回らないとは、宮前も相当慌てている。

携帯を取りだし、再び宮前の番号に電話をかける。小久保を捜すのなら別の場所だ。その指示を仰ぎたかった。

呼び出し音が鳴り続けるだけで、宮前は電話に出なかった。留守電にも切り替わらない。稗田は舌打ちして電話を切り、メールを打ちはじめた。文面を書きあげ、メールを送信すると顔をあげた。

目の前にさっきの売人が立っていた。

「なにやってるんだ、おまえ?」

「あ、あの……あの人たちが稗田さんはどこにいるっていうんで……」

男は自分の後ろに人差し指を向けた。明らかに極道然とした男たちがこちらに向かっている。

三人——どれも見た顔だった。

小林の死体が見つかった——咄嗟に稗田は理解した。稗田が小林を捜していたことをどこかで耳に挟んだ連中がやって来たのだ。

「す、すみません。案内しなかったらゆるさないっていわれたもんで。す、すぐそこで捕まっちゃったんです」

　売人が唇の端に泡をためて弁明する。稗田は売人を乱暴に押しのけ、やくざたちを待った。

「稗田さん、ちょっとお伺いしたいことがあるんですけど、事務所まで来てもらえませんか？」

　左端の男が口を開いた。稗田より年下で、稗田がサムワンに移される前はまだひよっこだった男だ。名前は思い出せない。他のふたりも顔は覚えているが名前はわからなかった。

「訊きたいことってなんだよ？　わざわざ事務所に行ってみんなを煩わすことはねえ。ここで答えてやるからいってみろよ」

「ちょっと込み入ったことなんですよ。ここじゃなんですから……」

「ずいぶん、出世したな、おう。おれはここでいいっていってるのによ。まあ、おれは盃を一旦脇に預けられてる人間だからしょうがねえけどよ、状況が状況なら、てめえら全員指詰めもんだぞ」

　三人の顔が歪んだ。稗田をどう扱えばいいのか計りかねている。今や身内ではないが、まったくの他人ともいえない。下手に扱えば、谷岡が組にごねてくる。

「おれたちじゃなくて、榊原《さかきばら》の兄貴が稗田さんに用があるといってるんです」

「若頭補佐が？　おれになんの用だってんだよ？　込み入った話だってんなら、谷岡社長を通してくださいって、若頭補佐には伝えてくれよ」

「稗田さん、お願いしますよ。失礼だったことは謝りますから」

左端の男が軽く頭を下げる。やくざにそこまでさせたのなら、これ以上の抵抗はやめておいた方が無難だった。

「なにがあったんだよ？」

稗田は煙草を足元に投げ捨て、踏みにじった。

「小林さんの死体が今朝見つかったんです」

もぞもぞと蠢きそうになる顔の筋肉を意志の力で抑えつけた。上目遣いに男たちを睨めつける。弱みを見せてはならない。連中はとことんつけ込んでくる。

「小林が？　天罰でも下ったんだろうよ。あいつがおっ死んで喜ぶやつは腐るほどいる。なんでおれなんだ？」

「わかりません。自分たちはただ、稗田さんをお連れしろといわれてるだけですから」

左端の男は稗田から目を逸らしながらそういった。榊原に稗田を連れてこいと命じられたときは、小林を殺したのが稗田なのだと簡単に思いこみ、意気込んでやって来たのだろう。それが稗田の意外な反応を見て自信を失っている。

「おれだって仕事があるんだよ、な？　いくら若頭補佐がおれに用があるったってよ、まず、谷岡さんに話通すのが筋なんじゃねえのか？」

「ちょっと顔を貸してくれるだけでいいんです。それほど重要な件じゃないと思いますよ」

稗田は目を細めた。そうすることで凶暴な意志のようなものが表情に浮かぶことは承知している。

「生きのいい若いのが三人も来やがってよ、おまけに小林が死んだのなんだのいいやがって、それで顔貸すだけ？　だれが信じるよ、そんなこと？　若頭補佐、おれがやったと思ってんだろう？」

男たちは口ごもった。お互いの目を見つめ、頭を掻き、どうしたものかと天を仰ぐ。稗田を摑まえたのに連れて来られなかったということが公になれば、大目玉を食うのははっきりしている。しかし、だからといって稗田が口にした論理に逆らうこともできないのだ。

「でも、顔貸してもらえないってことになると、やっぱり稗田さんがやったんじゃないかって疑われることになりますよ」

また、左端の男が口を開いた。おそらく、三人の内でも出世頭だろう。頭が回るかどうかはともかく、責任のなんたるかは心得ている。

「だからよ、おれも行かねえとはいってねえんだよ。今は仕事の途中だから勘弁してくれといってるだけじゃねえか。それと、谷岡さんに話を通してくれってな。それさえクリアしてくれりゃ、いつでもこの顔貸すって。若頭補佐にはそう伝えておけや。おれの仕事の邪魔するってことは、本家のしのぎの邪魔するってことだぜってな」

稗田はまた煙草をくわえ、三人に背を向けた。何事もなかったかのように平然と足を踏み出す。

我慢できなくなったのはおそらく、真ん中の男だろう。稗田は動きをとめ、ことさらに時間をかけて振り返った。

「おい、待て、こら」

「まだなにかあんのか？」

他のふたりは無視して左端の男だけに視線を向ける。

「いえ。稗田さんのおっしゃるとおりですから。きちんと谷岡さんに話を通してから、またお目にかかりに来ます」

「だったらよ、子犬みたいにきゃんきゃんうるさく喚き立てるなよ。極道がみっともねえぜ」

稗田は歯を剝いて笑い、また歩き出した。今度は振り返らない。若いやくざたちの怒りと屈辱感を背中に感じながら、稗田は歌舞伎町を横切った。

＊＊＊

「冴子……冴子！」

マンションのドアを開けながら、稗田は冴子に呼びかけた。とりあえず、めぼしい荷物をまとめてホテルなりなんなりへ身を隠さなければならない。榊原に釘を刺すことには成功したが、小林の手下たちにはその手は効かない。問答無用で押しかけてくる恐れがある。

「冴子」

冴子の返事はなかった。稗田は舌打ちしながら靴を脱ぎ捨て、廊下を進んだ。リビングにも冴子の姿はなかった。ベッドルームのドアがわずかに開き、そこからかすかに人の気配が伝わってくる。濃厚な気配ではない。おそらく、冴子は昼間から眠りを貪っている。

また舌打ちしながら稗田はベッドルームのドアを開けた。途端に、覚醒剤特有の刺激臭が鼻をついた。胃の奥でなにかがもぞりと動きはじめるのを稗田は感じた。またクスリに手を出したのだ。性懲りもなく街にさまよい出て売人に金を渡し、稗田の留守中にひとり、酔いしれていてた。

「馬鹿野郎が」

拳を握りながらベッドルームに入った。冴子は布団に潜り込むようにして眠りこけていた。サイドボードにアルミフォイルと使い捨てライターが載っている。乱暴に揺り動かそうとして、稗田はシーツが乱れていることに気づいた。冴子は寝相はいい方だった。こんなふうにシーツが乱れるのは、決まって激しくお互いを貪った後だ。動きを止めて、鼻をひくつかせる。覚醒剤の匂いに薄められてはいるが、精液の匂いを嗅いだような気がした。もぞり、もぞりとなにかが活発に動きはじめる。もう、小林絡みのトラブルの件は頭から消えていた。炎のような怒りが脳細胞を焼きはじめている。

怒りをなだめながら、稗田はそっと冴子の身体にかかったシーツをめくった。冴子は全裸だった。胎児のように身体を丸め、尻を稗田の方に向けて眠りこけている。尻の肉の間に見える性器はまだはっきりと湿っていた。

シャブに神経をやられてひとりでオナニーしていただけなのかもしれない——なんとか縋りつくものがほしくてそう考えてみたが、まったく受け入れることはできなかった。ぬめりを指先で掬い取り、匂いを嗅いだ。その瞬間、身体中の神経が音を立てて燃えあがった。

「冴子！」

冴子の髪の毛を摑んで引き起こし、何度も平手打ちをくれた。叩くたびに冴子の顔が歪み、目が開く。だが、冴子はまだ桃源郷《とうげんきょう》をさまよっているのか視線が定まることはない。

「てめえ、どこのだれをくわえ込みやがった⁉」

もう一度、往復ビンタを食らわせる。衝撃が強すぎて冴子の頭が激しく揺れ、稗田が握っていた髪の毛の束がごっそりと抜け落ちた。冴子は頭を抱え、か細い悲鳴をあげはじめた。

「泣いてる場合じゃねえぞ、このクソ豚。シャブ食った挙げ句に男連れ込みやがって。覚悟はできてるんだろうな!?」

稗田は冴子に覆い被さった。首を丸めて逃れようとする冴子の顎に手をかけ、強引に自分の方を向かせる。

「売人か？　シャブが欲しくて、まんこの代わりにシャブもらったのか!?」

冴子の目はまだ焦点が合っていなかった。

「くそったれが！」

稗田は冴子を抱え上げ、バスルームに運んだ。バスタブに乱暴に押し込み、シャワーの温度を低めに設定して水を出す。冴子が暴れ、水しぶきが飛び散った。

「やめて！　なにするのよ!?」

しばらくシャワーを浴びせたままにしておくと、冴子が叫んだ。声に意志の響きがある。覚醒剤がもたらす偽りの桃源郷から現実世界に舞い戻ってきた証拠だった。稗田はシャワーを止めた。

「冴子、シャブ食いやがったな？　男連れ込みやがったな？」

バスタブの縁に両手をついて覗きこむと、冴子の顔色が変わった。

「ふざけやがって、てめえ――」

稗田は濡れて黒光りする冴子の髪の毛を摑んだ。右手は拳をきつく握る。冴子の目が大きく見開かれた。激しい恐怖が冴子の肌から張りを奪い取っていた。わななく唇が「やめて」と叫ぶように動いた。冴子の声帯が顫える前に、稗田は拳を冴子の顔面に叩きつけた。冴子はバスタブに後頭部を激しく打ちつけ、稗田の手の中に抜け落ちた髪の毛が残る。濡れた髪の毛は不快な感触を伝えてきた。冴子の両方の鼻の穴と唇の端から鮮血が溢れた。

「覚悟はできてたんだろう？　おれとの約束を破ったんだからな。亭主が必死になって金稼いでる間に、てめえはシャブに他の男のちんこか？　いい身分じゃねえか、冴子！」

稗田は吠えた。考える前に言葉が口からほとばしり出る。胃の奥で蠢いているなにかが、獲物を寄こせと喚き立てている。

「違うの！」

もう一度拳を叩き込もうと手を握った瞬間、冴子が血を吐き出しながら叫んだ。

「ごめん。ごめんね、睦樹。どうしてもシャブが欲しくて、それで、宮前さんにお願いしたの」

冴子の瞳は中央に寄り気味になっている。稗田の拳だけを見つめている。恐怖に歪んだ顔は醜《みにく》く、キャバクラの人気ホステスだった面影もない。

「佳史が？」

「シャブがなかったらおかしくなっちゃうって頼んだの。そしたら、睦樹の仕事が疎《おろそ》かになったら困るからって持ってきてくれて、それで……それで……」

「それでなんだってんだよ!?」

「シャブが欲しかったらやらせろって。前からわたしとしたかったって。わたし、嫌だっていったんだけど、シャブ吸ったら訳がわからなくなって……ごめんね、睦樹。ごめん。わたし、馬鹿だった。もう絶対にしないから、ゆるして。お願いよ」

「本当に佳史か？」

冴子は何度も首を縦に振った。

「一回きりだっていってたくせに、今日もさっき来て……睦樹は今日は帰ってこないからいいだろうって。やらせなかったら睦樹にこのことばらしてやるって。それで、シャブ吸わせられて、二回も犯されたの。嘘じゃないよ。わたし、馬鹿な女かもしれないけど、今までだって浮気なんかしたことないでしょ？　睦樹が好きなの。男なんか睦樹だけでいいの。それなのに、あいつ——」

突然、記憶が明確に甦る。宮前の身体から漂ってきたボディシャンプーの香り。それを指摘した時の宮前の慌てふためく姿。もぞり、もぞり、もぞり——胃の奥でなにかが活発に獰猛に動きだす。偉そうに人にあれこれと指示を出し、陰で人の女房を弄び、挙げ句、ハピネスから金を取るという計画も台無しになりかけている。

「本当に佳史なんだな？」

「あいつぶち殺して！　ぼこぼこにしてやって。ゴムだけはつけてってお願いしたのに、鼻で笑って中出ししたんだよ」

「くそったれ!!」

稗田は目を剝いて叫ぶ冴子の顔に、もう一度拳を叩きつけた。冴子は目を剝いたまま気絶した。

59

「ど、どういうことだ？」

原の慌てふためく声が聞こえてくる。盗聴器は快調に動いている。小久保はイヤフォンを耳に押し込んだまま笑いを堪えた。

「それが、小久保がいうには記事を押さえることが先決で、それ以外のことは後回しにしてもいいと会長がおっしゃったのでその通りにしただけだと」

西浦の声は低く小さい。原の雷が自分に落ちることを避けようと、必死になって身を縮めているのだろう。

「確かにそういいはしたが、物事は臨機応変《りんきおうへん》だろう。相手は飯尾だぞ。対応をおざなりにしたらどうなるかぐらい小久保もわかっているはずだ」

「し、しかし、小久保も今度の件では眠る暇もなく忙しく動いています。ひとりで全部やれというのはあまりにも無茶ですよ、会長」

西浦が自分のためにいい訳しているのを聞いて、小久保はさらにほくそ笑んだ。飯尾が直接乗りこんでくると電話をかけてきた後、小久保は西浦と話し合いを持った。そして、この件を原の責任にすることができれば西浦の立場も変わってくるのではと吹き込んでおいたのだ。

「まったく話にならん。これほど使えん男だとは思ってもおらんかった」

「裏の仕事を全部小久保に押しつけていたせいです。もっと、仕事を分担させていれば……」

「うちの薄汚い秘密を大勢の人間に報せておけば良かったというのか。このたわけが。そんなことをしとったら、とっくの昔に情報が外部に流出して、それこそ大変なことになっているわ」

「仮定の話をしてもしょうがありません。ここは、直《ただ》ちに飯尾に対する対策を練らないと……」

「飯尾はいつ来るといってるんだ？」

「今日、明日にでもという勢いだったそうです。会長に会えないなら、考えがあるとも……」

「とりあえず、小久保を呼べ。あんな馬鹿しか頼りにできないとは情けない話だが、あいつがおらんことにはどうしようもない」

「ただいま――」

小久保はイヤフォンを外し、抽斗の奥に押し込んだ。素知らぬ顔でネクタイの結び目を直し、電話を待った。電話はすぐにかかってきた。

「はい、総務の小久保です」

「西浦だが、すまんが、今すぐ会長室まで来てくれんか。飯尾の件だ」

「すぐに参ります」

電話を切り、そばにいた社員に会長室へ行って来ると告げてから、小久保は腰をあげた。

「例の記事の件ですか?」

社員がおそるおそるという口調で質問してくる。

「そうだ。君らも、もしかすると転職を考えておいた方がいいかもしれないぞ」

小久保はそういい捨てて総務課のオフィスを後にした。根拠のない噂ほど恐ろしいものはない。堅牢《けんろう》だったように見える企業も、噂ひとつで破綻することがある。噂が社内に広まっていけば、それだけハピネスの基礎体力も落ちていくことになる。

エレベーターに乗り込み、これから自分が話すべき内容をもう一度吟味した。ハピネスから搾り取る金は二億と決めていた。それ以下では少なすぎるし、それ以上では事態が混乱する。二億なら、美和と山分けしてもお釣りがくる。

エレベーターを降りると、会長室があるフロアには緊迫した空気が張りつめていた。秘書たちは視線を落として黙々と仕事に励み、会長室から流れてくる負の波動をやり過ごそうとしているかのようだった。

小久保はネクタイの結び目を直しながら会長室のドアをノックした。

「入れ」

「失礼します」

声を張りあげてドアを開けた。もちろん、視線は足元に落としてある。殺気のようなものを感じて目を上げると、なにかが輝きながらこちらに飛んでくるところだった。小久保は咄嗟に身をかわした。飛来物は鈍い音を立ててドアにぶつかり、絨毯を敷き詰めた床に転がった。クリスタルの灰皿だった。直径で十五センチ、重さで二キロはありそうだった。顔面を直撃すれば鼻血を出すだけではすまなかっただろう。原は自分の机に両手を突いて立っていた。鼻の穴が思いきり広がっている。

「な、なにをするんですか!?」

「黙れ。おまえの無能のせいで会社が危機に陥ってるんだぞ。飯尾に好きにしろといったそうじゃないか。おまえはなにを考えてるんだ!?」

原は机の上に視線を走らせ、なにかを摑んでまた小久保に投げつけた。純金製のペイパーウェイトだった。ウェイトは小久保を大きく逸れ、壁にぶつかって落下した。純金の塊だ。おそらく形も歪んだことだろう。後で形を元に戻せと部下に無体《むたい》な命令を下す原の姿が容易に想像できた。

「出版社に口をきいてもらうのは吉積さんの方にお願いしました。そこにまた飯尾さんがしゃしャり出てきたら、前回の二の舞になるじゃないですか。それに、わたしは流出した資料を回収する件で手一杯でした。相手が飯尾さんだからといって、丁寧に対応している時間がなかったんです」

「馬鹿者。相手は飯尾だぞ。他の物言いややりようがあっただろうが」

「ですから、余裕がなかったんです。あの電話の時は相馬という男を摑まえるのに、ほとんど寝ずに仕事をしてました。確かにわたしのミスです。しかし、わたしひとりであれをやれこれをやれといわれても、できかねます。無理です。ええ、無理ですとも。全部わたしひとりに押しつけようとした会長が悪いんです。馘にしてください。こんな仕事、もううんざりだ」

小久保は原を見据えたまま喚くようにいった。心臓はでたらめに脈を打ち、胃が収縮して痛みを訴える。原に対してこんな口の利き方をしたのは初めてだった。頭では芝居を演じているつもりなのだが、身体が拒絶反応を起こしかけている。情けないにもほどがある。だが、ここを乗り越えなければなにもはじまらない。

「な、なんだと?」

「全部ぼくが悪いんです。ぼくのせいです。だから、馘にしてください。ぼくは退職金を持って田舎に引き込みます」

「き、貴様、退職金だと? ふざけたことを抜かすな!」

原の怒声《どせい》は内臓に重く響く。でたらめな人間だがそれなりに修羅場はくぐっている。迫力だけは並大抵のものではなかった。小久保は背中を向けて逃げたくなるのを堪えた。

「まあまあ、会長。ここで小久保君に怒りをぶつけたってなんの足しにもなりませんよ。お互いに冷静になって、今後のことを……」

西浦が取りなすように割って入ってきた。原は鼻から息を吐き出した。顔はまだ赤い。指先も細かく顫えている。だが、それ以上怒鳴ろうとはしなかった。必死で自分を抑えている。西浦の言葉が正しいことを理解しているのだ。

「おまえの馘の件は、事態が収まったあとだ。いいか、普通に馘を切ったりはせんからな。懲戒免職だ。退職金など、びた一文くれてやるものか」

「なら、ぼくはこれで失礼します。弁護士を捜さなきゃならないので……いや、それよりも、どこかの出版社に行きますか。そこで、ぼくの知っていることを全部ぶちまけてもいい」

「会長。小久保君を怒らせてどうするんですか？　会社を潰すつもりですか？」

「しかし、この男が……」

「大人になってください。会社のためです。小久保君が今いったことを実行したら、文字通りハピネスは終わりです。あなたのいけないところは、社員を軽視しすぎるところだ」

「な……ふたりしておれをこき下ろすつもりか？」

「いい加減にしなさい！」

西浦が怒鳴った。原が目を丸くする。小久保だけでなく、西浦までもが原に対してこんな態度を取るのはこれまでになかったことだった。

「あなたのそういうところが会社を窮地に立たせてるんです。まだわからないんですか!?」

「お、おまえがおれを怒鳴ったのか？」

「聞き分けがないからです。いつまで子供気分なんですか？　さあ、腰をおろして。冷静になって対策を練りましょう」

原は力無く椅子に腰を落とした。魂が抜けてしまったかのような締まりのない顔つきになっていた。小久保も似たような気分を味わっていた。まさか、こんな形で西浦が自分に味方してくれるとは想像の埒外だった。

「小久保君もこっちへ来なさい。まず、会長にお詫びして。なにがあろうとあんな口をきいていいものじゃない」

「あ、はい……」

西浦の言葉に操られるように、小久保は原の前に立ち、頭を下げた。

「会長、無礼な物言いでした。申し訳ありません」

原はまだ呆けたような顔をしていた。精気の失せたその姿は一気に十歳も老けてしまったかのようだった。原のその姿が小久保に冷静さをもたらしてくれた。

「ですが、これだけはわかってください。ぼくだってハピネスの一員です。この会社をなんとか守りたくって、微力ではあっても精一杯頑張ってきたんです」

「わかった。もういい。確かに西浦のいうとおりだ。おれも悪かったんだろう。この件はお互いに忘れることにしよう。いいな、小久保?」

原は力のない声でいった。小久保はともかく、西浦にまで反抗されたことがよほどショックだったのだろう。すっかりしょげかえっている。しかし、それも短時間のことで、立ち直った後では激しく西浦のことを恨むようになる。原はそういう男だった。

「は、はい」

「西浦、飯尾はどうするかな？　案はあるか？」

「結局、いつもと同じで誠心誠意謝るしかないでしょう。もちろん、金も必要だと思いますが。会長とわたしのふたりで頭を下げれば、向こうも引くと思います。なんにしろ狙いは金なんですから。ただ、飯尾と会うということは吉積の方にも報せておくべきだと思います。吉積に頼んだ仕事を西に回すわけじゃないということをはっきりさせておかないと」

「わかった。そうしよう。ただ、問題は金だな。あいつはいくらなら納得する？」

西浦が小久保に視線を送ってきた。小久保は原の視界に入らないよう、だらりと下げたままの左手の指を五本、広げた。

「五千万というところでしょうか」

「小久保の対応がまずかったせいで、五千万か……」

「会長、その話はもう……だいたい、小久保君は五千万以上の価値のある仕事をやってくれてますよ」

「そうとは思えんがな……ま、ここは常務の顔を立てよう」原はいつもの口調に戻りはじめていた。「飯尾はそれでいいとして、流出した資料の件はどうなってるんだ？　そのために寝ずに働いていたんだろう？」

「はい」小久保は唇を舐めた。ここからが本番だ。「前に総務にいた相馬という男が資料を持ち出して、マスコミに売りつけたんです。彼は三億で自分が持っている資料を返却するといっています」

「三億だと？　泥棒猫がふざけたことをいいおって。そんなのは認めんぞ。断じて認めんからな」

原が机を叩いた。立ち直りが早いのもここまでくるともはや芸術だ。

「最初は五億といってきました。なんとか交渉して三億まで下げさせたんです」

「このままマスコミに記事が載り続ければ、うちの損失は三億ではききませんよ、会長」

西浦が助け船を出す。だが、原は頑固に首を振った。

「三億など論外だ」

「小久保君、どのあたりまで値段を下げられそうかね？」

小久保は腕を組み、考えるふりをした。値段はもう決まっている。だが、それをすぐに口にしたのではあらぬ疑念を抱かれかねない。原の疑り深さは身に染みている。

「ねばり強く交渉して、二億というところでしょうか。あまり時間がないのがネックでして……これだけ世間で騒がれてますし、千万単位の金じゃ、相馬は納得しないと思います」

「それを納得させるのがおまえの仕事だろう」

原が声を張りあげた。

「会長、やめてください。よし、小久保、おまえに二億預ける。それでなんとかするんだ」

「待て、西浦。おれはそんなこと許可せんぞ」

「これはわたしの専任事項ですよ、会長。あなたのゆるしがなくても、わたしの権限で決定できる。本当に目を覚ましてください。これは未曾有《みぞう》の危機なんです。二億でそれが回避できるなら安いもんじゃないですか。あなたは小久保ばかり責めますが、あなたのせいでやくざどもに支払った金は二億じゃききませんよ。忘れましたか、都合の悪いことは？　わたしのやり方が気にくわないなら、役員会にかけてわたしを降格させればいい」西浦は唇の端に唾をためて、原を睨みおろした。「しかし、この危機が去らない限り、会長に与《くみ》する役員は少ないと思います」

「ハピネスはおれの会社だ。おれがゼロからここまで大きくしたんだ」

「だったらなおさらのこと、目先の利益にとらわれるのはやめてください。上場できなくなったら、それこそ融資用の資金をかき集めるのだって難しくなる。そうなったらハピネスはどうなるんですか？」

原は西浦に反論しなかった。腕を組み、口をへの字に曲げて西浦と小久保の間の空間に目を凝らしている。そうしていれば、なにか妙案が浮かぶと信じているかのようだった。

「ハピネスのためなんです。わたしと小久保が二億着服するわけじゃない」

「他に方法はないのか？」

「ありません」

小久保はいった。また、心臓がでたらめに脈を打ち、胃が収縮している。だが、それは恐怖や不安ではなく、喜びのせいだった。二億が手に入る。間違いなく手に入る。

「よし、だったら好きにしろ。ただし、二億もの金を使って事がうまく運ばなかったということになったら、おまえたちふたりともゆるさんからな。それだけは肝に銘じておけ」

「もちろんです」応じたのは西浦だった。「小久保の交渉がうまくいかなかったら、会長に首を切られる前に、この会社が潰れてしまいかねませんから。小久保君だって全力を尽くしますよ」

「ハピネスを潰させはせんぞ。この会社はおれのものだ。おれの子供同然だ。それをどこの馬の骨ともわからんやつらに食い荒らされてたまるか」

原は今度は両手を机に叩きつけた。電話機が一瞬浮きあがり、間の抜けた音を立てながら着地した。

＊　＊　＊

「どうにもならんな、あの人は——」

エレベーターホールに向かいながら西浦は顔をしかめた。

「昔からああだったじゃないですか。汚い仕事は常務やぼくに押しつけて、自分は知らん顔。なにかあれば、この会社はおれのものだといって無理を通す。もっと前に役員みんなが力を合わせてあの親子を追い出すべきだったんです」

「確かにそうかもしれんが、今となっては手遅れだ。とにかく、この危機を乗り切るのが先決だからな。それはそうと小久保君、警察が捜査に着手したという噂を耳に挟んだんだが、本当かね？」

ドアが開いたエレベーターに乗りこみながら、西浦は声をひそめた。

「警察が？　そんな馬鹿な。なんのためにあいつらにいい思いをさせてきたんですか？」

「だからこそさ。世間がうちの盗聴問題で騒いでいる間になんらかの手を打って、うちと警察の癒着が表沙汰になる前にどうにかしようっていう肚なのかもしれない。汚い連中だからな。うちが話が違うと叫んでも、知らぬ存ぜぬを通されたらどうにもならない」

「それはありえますね。わかりました。調べておきます」

「頼む。それと二億は明日の昼までに用意しておく。君と相馬の交渉がうまくいったら、後はわたしが電話をかけるだけで君が受け取れるようにしておくから」

「警備員の付き添いもなしに、二億もの現金を持ち歩くのは怖いですね」

「だからといって、相手の口座に振り込むわけにはいかんだろう。表には出せない金なんだ」

「それはそうですね」

顔の筋肉が意志に反して緩んでいく。小久保は西浦に気づかれないように自分の太股をきつく抓りあげた。

「充分に気をつけてくれよ。ひったくりにあって二億を失ったなんて、洒落にならん。警察に被害届を出すわけにもいかんのだからな」

「タクシーを使います。ドアツードアなら、その危険も減りますから」

「そうしてくれ。じゃ、連絡待ってるよ。わたしはこれから飯尾との話し合いに備えていろいろ考えておかねばならないから」

「任せてください」

エレベーターが止まり、ドアが静かに開いた。エレベーターを降りる西浦の背中に、小久保は深々と頭を下げた。もう足を抓る必要もない。小久保は満面の笑みを浮かべた。

60

真鯛の握りを口に放り込もうとしたところで、携帯電話が鳴りはじめた。さっきからいかめしい顔で鮨を握っていた初老の男が険しい視線を美和に向けた。美和は「ごめんなさい」と呟きながら、バッグから携帯を取りだした。店内はしんと静まり返っている。声を出して話をしようものなら、今、美和が向けられたのと同じ険しい視線が飛んでくるからだ。どうやら、鮨は黙って食べて黙って帰れというのがこの店の流儀らしい。鮨を握る腕は確かなのかもしれないが、これではせっかくの味も半減する。情報誌かなにかでこの店に目をつけたらしい同伴の客——清水《しみず》も居心地が悪そうに鮨をつまんでいた。

小久保からのメールが届いていた。美和はカウンターの下でメールを開いた。

『やったぞ！　明日の今ごろは、ぼくら億万長者だ。詳しいことは夜にまた。頑張った甲斐があったよ』

小久保の喜びがそのまま伝わってくるような文章だった。ディスプレイに表示される文字そのものが躍っているような錯覚さえ覚える。静かに携帯を閉じ、マナーモードに切り替えてまたバッグに戻した。さっきまでの白けた気分が消え去り、胸の奥が熱くなっていく。億万長者——多分、小久保がいっていたようにひとりにつき一億の金が入ってくる。一億といわれてもぴんと来ない。

カウンターの中から険しい視線が飛んできた。握ったものは早く食べろといいたいらしい。馬鹿げている。いいたいことがあれば、表情や視線ではなく言葉にすればいい。

「もう行こうよ、清水さん」

美和は清水の肩を叩いた。

「店変えよう。こんなとこでお鮨食べたってこれっぽっちも美味しくないよ。わたし、もっと素敵なお鮨屋さん知ってるから」

店の空気が凍りついた。客も店員も板前も、そして店主であろう初老の職人もぴくりとも身動きせず美和を見つめていた。慌てふためいているのは清水だけだった。美和は落ち着き払った仕種でバッグから財布を取り出し、一万円札を五枚、カウンターに並べた。

「お釣りはいりません。これで商売の仕方もう少し勉強して。これぐらいのお鮨で馬鹿みたい」

美和は微笑んだ。初老の店主は苦々しげに顔を歪め、そっぽを向いた。

＊＊＊

鮨屋を出た後で、五万も払ったのはやりすぎだったという後悔の念に駆られた。店の近くの鮨屋に清水を連れ込んで、いつもの笑顔に迎えられながら鮨をつまんでいてもそのことが頭から離れなかった。昨日の自分でも同じことをしただろうか？　それとも、一億が手に入るとわかったあとだから五万円ものお金を無造作に使えたのだろうか？

そんなことを考えていると、さっきの店と同じで鮨を存分に味わうことができなかった。ビールと鮨で腹を膨らませた清水の尻を叩くようにして鮨屋を出、店に向かったのは八時を回ってからだった。太陽はとっくにビルの群れの彼方《かなた》に消え、六本木はいつもと同じ表情を浮かべていた。

美和の店が入っている雑居ビルの前に宮前が立っていた。顔に血の気がなく、血走った目を忙しなく周囲に這わせている。色褪せた唇が病人のようにひび割れていた。

なにか緊急事態が起こったのだ。宮前を慌てさせるなにか——そういえば、青山のマンションを出た直後にも電話がかかってきた。美和と小久保の裏切りに気づいたのかもしれない。

「あ、ちょっと待って、清水さん」

美和は小声で清水の注意を促した。宮前との距離は十メートルもない。もっと前に気づくべきだった。

「わたし、家に大事なもの忘れて来ちゃった。悪いけどすぐに取ってくるから、先に行って待っててくれる？」

「なんだよそれ……同伴の掛け持ちかよ、紀香？」

「そうじゃなくて、本当に忘れ物。根性曲がってるホステスじゃないんだから、掛け持ちなんかするわけないじゃない」

「だったらいいけど、なんだよ、忘れ物って？」

「内緒。女の子にそんなこと聞くもんじゃないわよ、清水さん」

清水の勘の鈍さにうんざりしながら、美和は宮前のいる方に視線を走らせた。失敗だった。ちょうど宮前の目がこちらに向いたところで、タイミングを合わせたかのように目が合ってしまった。

「紀香！」

宮前が叫んだ。その声には明らかに怒りが含まれている。逃げようかと一瞬思ったが、足元がピンヒールであるのを思い出して諦めた。走って逃げてもすぐに追いつかれるか、ヒールを折って足を挫《くじ》くのが関の山だ。宮前が鬼のような形相《ぎょうそう》で駆けてきた。

「なんだよ、やっぱり掛け持ちじゃねえか。すげえ怒ってるみたいだぞ、向こうは」

清水だけがひとり暢気《のんき》に構えている。清水は小柄な男だが、学生時代に柔道をやっていたせいで腕に覚えがあるらしい。

「小久保はどこだ、紀香!?」

荒い息を吐き出しながら、宮前は美和に腕を伸ばそうとした。だが、清水に邪魔されてその腕は行き場を失い、虚しく宙を泳いだだけだった。

小久保の名前が出た。やはりばれてしまったのだ。

「紀香、ほんとに掛け持ちじゃないのか?」

清水が肩越しに振り返った。美和はうなずいた。

「あんた、悪いけどどいてくれ。この女に話があるんだ」

宮前は清水に告げた。清水は薄笑いを浮かべて宮前に向き直った。美和は清水の背中に隠れるように移動した。

「おまえこそどけよ。おれは今日、この子と同伴なんだ。しっかり遊ぶつもりで来たんだよ。見ず知らずの男に邪魔されたくはないね」

「そういうことじゃないんだ。ちょっとその女に話があるだけだ」

「ちょっと話がある?　その割には兄ちゃん、あんたやばい顔してるし、どう見たって紀香は怯えてるぜ」

業《ごう》を煮やしたのか、宮前は清水を押しのけようとした。

「紀香、全部わかってるんだぞ。小久保は――」

一瞬のことでなにが起こったのかわからなかった。清水の手が宮前の腕を摑んだと思った瞬間、宮前が道路に転がっていた。宮前は腰を押さえながら呻いた。周囲で軽い悲鳴が起こったが、それも一瞬のことで、通行人は関わり合いになるのを避けようと足早に去っていく。

「てめえ、おれがちびだと思って舐めてるだろう？　紀香は嫌がってるんだよ。とっとと消え失せろ」

「紀香、小久保の居場所を教えてくれ。頼む――」

宮前は立ち上がろうとしたが、四つん這いになるのが精一杯のようだった。苦しげに喘ぎながら声を絞り出している。

「懲りねえ野郎だな。どうする、紀香？」

「ぼこぼこにしてやって」

美和は囁くようにいった。頭にあるのは時間を稼がなければならないということだけだった。宮前から逃げる時間、小久保に急を告げるための時間が必要だ。

「いいのか？」

「お願い」

「紀香――」

美和の声と宮前の声が重なった。

「おし、任せておけ」

四つん這いのまま美和に向かって手を伸ばそうとしていた宮前の脇腹に清水が靴の爪先をめり込ませた。宮前は腹を抱えるようにして転がった。宮前がいつも肌身離さず持っている鞄がすぐそばに落ちている。

「ごめんね、清水さん。今日の埋め合わせ、絶対にするから」

「なんか訳ありなんだろう？　今日は勘弁してやる。あのクソみたいな鮨屋で迷惑かけたしな。明日、電話寄こせ」

「うん。ありがと、清水さん」

美和は宮前の鞄を拾いあげて、ふたりに背中を向けた。

「紀香、小久保はどこだ!?」

宮前の悲鳴のような叫びが追いかけてくる。次の瞬間、それは本物の悲鳴に変わった。

美和は振り返ることもせず、一目散にその場を立ち去った。

＊＊＊

小久保はいつも使っているビジネスホテルに戻るところだった。電話で危急《ききゅう》を告げる。もしかすると稗田が待ち構えているかもしれない。早稲田のリーガロイヤルホテルで待ち合わせることになった。新宿や六本木近辺で落ち合うのは危険だと小久保がいったからだ。

リーガロイヤルホテルのコーヒーラウンジは薄暗かった。照明をぎりぎりまで落として、テーブルの上のキャンドルですべてを賄《まかな》おうとしている。小久保の姿はまだない。大急ぎでチェックアウトを済ませ、こちらに向かっている最中なのだろう。美和はラウンジの入口から一番遠い席を選び、紅茶を注文して小久保の到着を待った。手持ち無沙汰に耐えきれず、宮前の鞄を開けた。ノートパソコンに携帯電話、名刺入れ、カード入れ、書類のファイル、口臭予防用のスプレー。

さすがに財布はなかったが、携帯電話とクレジットカードが入ったカード入れがないのだから、宮前の行動はかなり制限されることになるだろう。

戯《たわむ》れに携帯電話を開いてみた。途端に、着信音が鳴りはじめた。ディスプレイに表示されているのは稗田の電話番号だった。感電したように、美和は携帯を取り落とした。美和の足元で着信音が消え、数秒をおかずにまた鳴りはじめる。周囲の視線が気になって、美和は慌てて携帯を拾いあげた。着信音が消えるタイミングを見計らって、マナーモードに切り替える。それでも、携帯はしつこいほどに振動した。まるで稗田の怒りを体現しているかのようだ。じわじわと不安が高まっていく。その不安に耐えかねて、美和は携帯の電源を切った。

気持ちを落ち着けながら、注いだ紅茶を飲み干したところで小久保が姿を現した。

「美和、ど、どういうことなんだ？」

小久保は眼鏡を半分ずり落としながら席についた。

「わからないわよ、わたしにだって。店の前で佳史ちゃんが怖い顔してわたしを待ってて、『小久保はどこだ？』って。ばれたことだけは間違いないわ」

「参ったな。こんなに早く露見《ろけん》するとは思わなかったよ。まだ、金も手に入れてないのに。あいつら、きっと会社を見張るだろうな。そうなると、いろいろ困ったことになる」

「なにか考えようよ。せっかくここまで来たのに、お金が手に入らないなんて馬鹿らしいじゃない」

「そうだね……ちょっと考えさせて」

小久保はハンカチを取りだして汗を拭きはじめた。タイミングを見計らっていたウェイトレスが美和たちの席に向かってくる。

「生ビールをください……いや、やっぱりウィスキーの水割りを。ウィスキーはなんでもいいですから」

美和の店に来る時も、小久保は必ず最初にビールを注文する。いきなり水割りを飲む小久保は初めてだった。

「宮前からはどうやって逃げてきたの？」

「ちょうど同伴のお客さんが一緒で、その人学生時代に柔道やってたの。その人に助けてもらった。佳史ちゃん、今ごろ病院かも。それと、これ――」

美和は宮前の鞄を持ち上げた。ノートパソコンが入っているせいでずしりと重い。腕が痺れてすぐにおろした。

「佳史ちゃんの鞄、こっそり持って来ちゃった。パソコンとか携帯とかが入ってるから、困ってると思うよ。それに、佳史ちゃんの携帯に何度も稗田からの電話が入ってる」

「じゃあ、宮前は少なくとも今夜一杯は動けないと考えていいのかな……稗田はどうだろう？」

「さあ。佳史ちゃんが話してると思うけど」

「宮前の携帯、ちょっと出してくれる？」

美和が鞄の中を覗きこんでいる間に、小久保の水割りが運ばれてきた。小久保はすぐにグラスに手を伸ばし、半分ほどを一気に飲み干した。すぐに頬が赤らんでいく。

「はい」

美和が渡した携帯を、小久保は生真面目《き》な表情を浮かべて操作した。電源を入れた途端、また携帯が振動しはじめた。

「この番号は稗田かな？」

美和はディスプレイを覗きこみ、うなずいた。

「そう。稗田。なんか、怒りまくってる感じ」

「なんでもない振りをして稗田に電話してみてくれないかな。もしかすると、稗田がなにをしてるかわかるかもしれない」

「大丈夫かな？」

「もしもの時はすぐに切ればいいさ。電話をかけたからってこっちの居場所がわかるわけじゃないからね」

美和は頷きながら宮前の携帯に手を伸ばした。途端に、小久保の顔つきが変わる。

「これを使っちゃだめだよ。向こうに番号が表示される。宮前の携帯なのに君が電話に出たら、稗田はなにかを感づくかもしれない」

真剣な眼差しで訴える小久保からは、初めて会った時の頼りなさはすっかり消えていた。美和は自分の携帯を取りだし、ディスプレイに表示されている番号に電話をかけた。

携帯を耳に当てる。心臓の鼓動が速まり、目の奥に違和感を感じる。緊張で掌が汗をかきはじめた。呼び出し音が聞こえるたびに、胃が痛む。

「もしもし？」

不機嫌というよりは警戒しているような声が聞こえてきた。

「あ、稗田さん？　わたし。紀香よ」

「紀香だ？　てめえ、よく電話かけてこれたな？　小久保のクソ野郎はどこにいる？」

いきなり怒声が爆発した。美和は携帯を耳から離し、小久保に視線を移した。小久保は身振りで話し続けろと美和を促す。

「なに怒ってるのよ？」

「すっとぼけてんじゃねえ。佳史から全部聞いてるんだ。てめえ、小久保と組んでおれたちをはめやがっただろうが？」

「ちょっと待ってよ。わけわからないわ。どうしてわたしが小久保さんなんかと組まなきゃならないわけ？」

嫌な客、乱暴な客が相手でも笑顔と口からのでまかせでいつも乗り切ってきた。この電話もそれと同じだ。

「もし、だれかを裏切らなきゃならないんなら、小久保なんかじゃなく、稗田さんか佳史ちゃんと組むわよ。馬鹿にしないで」

視界の隅で満足そうに頷いている小久保に勇気づけられて、美和は一気にまくしたてた。電話の向こうの稗田がたじろぐ気配が伝わってくる。稗田はおそらく、宮前から詳細を聞いているわけではないのだ。

「なんだと？　そりゃどういうことだ？」

「どういうことかって訊きたいのはわたしの方よ。なんだってわたしが裏切ったことになってるの？　稗田さん、佳史ちゃんになんていわれたのよ？」

「よ、佳史か……おまえと小久保が裏切ったから、小久保の居所を見つけろってよ」

稗田の言葉は歯切れが悪い。声も低く小さく、心ここにあらずという感じで響いていた。

「具体的にどうわたしたちが裏切ったのかは聞いてないの？」

「あ、ああ……」

「なによそれ。もしかすると、佳史ちゃんが稗田さんをはめようとしてるんじゃないの？　ううん、稗田さんだけじゃなく、わたしも。お金を独り占めしようとして。わたしなんにもしてないからね。もし裏切ってるんだったらこうして電話なんかかけないわよ。佳史ちゃんにどうしても連絡が取れないから、稗田さんにかけたんだから」

「佳史と連絡が取れねえ？」

「そうよ。携帯にかけても事務所の電話にかけても応答なし。それこそ変じゃない。本当に佳史ちゃん、なにか企んでるのかも」

「あの野郎、ふざけやがって」

巻き舌の冷たい声が回線から流れてくる。稗田は歯ぎしりさえしているようだった。

「ねえ、稗田さん、今どこにいるの？」

「佳史の事務所に向かってるところだ」

「いないわよ、そんなところに。絶対、陰でこそこそ動き回ってるに違いないんだから」

「紀香、ひとつ聞かせろ」

稗田の声が据わった。顔が見えなくても、その凄みだけは充分に伝わってくる。

「なに？」

「おまえ、本当に小久保と組んでおれを裏切ったわけじゃねえんだな？　嘘はつくなよ。嘘をつくなら、女に生まれてきたことを後悔するぐらいの目に遭わされるってことを覚悟しておけ」

美和は唇を舐めた。ルージュの味が口の中に広がっていく。すでに鮨の味は消え去っていた。

「裏切ってなんかいないわ」

「よし。別々に佳史の野郎を捜そう。見つけたら連絡するんだ。手は出すな。おれが駆けつけるまで待ってろ」

電話が切れた。小久保は眼鏡を拭いていた。水割りのグラスはすっかり空になっている。

「うまくいいくるめたみたいだね」

「すぐにわたしの言葉を信じたわ。もしかしたら、なにか心当たりがあったのかも」

「多分、そうなんだろうな。思ってもみなかった展開だよ。でも、おかげで時間が稼げた。美和、悪いけど、宮前を殴ったって人に電話して、宮前の容態《ようだい》がどんな感じなのか確かめてくれないかな」

「わかった。ちょっと待ってて」

発信履歴から清水の電話番号を探している間に、テーブルに置いてあった宮前の携帯がまた震動した。小久保が携帯を手にして確かめる。

「稗田からだ。放っておこう」

美和は清水に電話をかけた。

「もしもし、清水さん？　さっきはごめんね」

「紀香も隅に置けねえな。なんだ、あれ？　昔の男か？」

「そんなんじゃないのよ。前の店にいた時からしつこくいい寄ってくるストーカーみたいなやつ。

しばらく姿を見せないと思って安心してたのに、びっくりしちゃった」

また宮前の携帯が顫えはじめた。小久保が小さく首を振る。稗田からの電話なのだろう。

「ストーカーか。だったら気にすることもねえか。おれも久しぶりに運動していい汗かいたしな」

「どれぐらいぼこぼこにしちゃったの？」

「何回かアスファルトに叩きつけてやってから、腹に蹴り入れて、締め落としてやった。肋骨の二、三本は折れてるな。パトカーのサイレンが聞こえたからダッシュで逃げてきた。おかげでせっかく食った鮨を戻しそうになったぜ」

「ごめんね。この埋め合わせ、絶対するから」

「あたりめえだ。今度の同伴は紀香の部屋で手料理だな」

「それは勘弁。次に店に来た時、清水さん好みの若くてオッパイの大きい娘、横に座らせてあげるから」

「おい、それはねえだろう」

「ありがとね」

キスをする真似をして、美和は電話を切った。

「肋骨が二、三本折れてるかもって」

「肋骨か……だったら、すぐに動き回れるかな。時間を稼げたといっても、明日一日が限度だね」

「なんとかなる？」

「なんとかするしかないなら、全力を尽くしてやってみるよ。人生を賭けてみる価値はある。そうだろう?」

小久保は眼鏡をかけ直した。どこかびくついた印象は否めないが、目には強い光が宿っている。

「うまくいったら、また小久保さんのおみそ汁飲みたいな」

「いつでも作ってあげるよ……今夜はどこかに部屋を取ろうか？　どうせ、美和も自分の部屋には帰れないし」

いいよと返事をしようとした瞬間、また宮前の携帯が震動しはじめた。

「電源切っちゃってよ。うざったいから」

美和は顔を歪めながら小久保に懇願した。

61

脇腹の痛みで目が覚めた。差し込むような痛みが断続的に襲ってくる。後頭部と背中一面に鈍《どん》痛《つう》。記憶を取り戻すのに時間がかかった。

紀香の連れの男に投げ飛ばされ、殴られ――その後はすべて闇の中だ。どうやら、今はベッドで寝ているらしい。

宮前は苦痛を堪えて頭を上げた。脂汗が噴き出てくる。消毒薬の匂いが鼻腔を満たし、真っ白な壁が無言の圧力をかけてくる。ここは病室だ。気を失った後、救急車で運ばれたのだろう。枕元にナースコールのボタンがあった。手を伸ばそうとして、腕に点滴の針が刺されていることにやっと気づいた。苦労してボタンを押したところで力尽きた。一秒ごとに痛みが増していく。麻酔かモルヒネが切れかかっているのだろう。思考もまとまらず、口をついて出てくるのは単純な呪詛《じゆそ》だけだった。

「くそ……」

ベッドに力なく横たわり、くそという言葉を呟き続けていると、病室のドアが開き、看護師が姿を現した。中年の恰幅《かつぷく》のいい女だった。

「具合はどうですか？　お話できます？　外でおまわりさんが待ってるんですけど」

「おまわりさん？」

宮前は顔をしかめた。口を動かすと左の脇腹が痛む。肋骨が折れているのだろうか。

「あなた、だれかに暴行を受けたんですよ。なにがあったのか知りたいって……」

「ただの喧嘩です。訴えるつもりはありませんから」

宮前は苦痛を堪えて喋った。何時間ここで寝ていたのかはわからないが、時間が足りないことだけは確かだ。身体が動かないのなら、早く稗田に連絡を取って、小久保と紀香の身柄を押さえてもらわなければならない。

「でも、話を聞きたがると思うわ」

「そっちは後で。ぼくの鞄は？」

「鞄？　救急車で運ばれてきたとき、あなたはなにも持ってなかったけど」

鞄がない。あの中にはパソコンと携帯が入っていた。稗田の携帯の番号も、小久保のも紀香のもすべてあの中に入っていた。

「鞄がないと困るんです」

「だったら、なおさらおまわりさんと話をした方がいいんじゃない。盗まれたのかもしれないし」

この看護師は話にならない。病人や怪我人《けがにん》を赤ん坊扱いするのが当然だと思っている。

「今、何時ですか？　ぼくの怪我はどうなってるんです？」

「今は午前一時よ。あなたがここに運ばれてきたのは九時過ぎ。三時間近く意識を失っていたことになるわね。怪我は後頭部の裂傷。背中全体の打撲、それに左の肋骨が二本折れて、一本は亀裂骨折。コルセットで固定してるけど、痛みが酷かったらいってくださいね。痛み止めを注射してあげますから」

午前一時――まだ間に合わないわけではない。稗田に連絡を取り、状況を伝えることさえできれば、勝機はまだある。

「行かなきゃいけないところがあるんだ。すぐにでも退院したい」

「なにをいってるの。肋骨がおれたまま動いたりしたら、内臓が傷んで大変なことになるのよ。あなたの怪我は全治三週間。少なくとも、肋骨がきちんとくっつくまでは入院していなきゃだめよ」

「だったら電話を使わせてください」

「入院患者さんが使える電話はロビーにしかないし、あなたはまだ動けないわ」

「どうしても電話をかけなきゃならないんだよ!!」

叫び、呻く。声と筋肉の動きが脇腹に響き、棘だらけの棒を差し込まれたような痛みを呼び起こした。

「ほら。声なんか張りあげるからそうなるの。あなたのお名前とご家族の連絡先を教えてもらえるかしら？　ご家族の方が来てくれたら、頼み事もたくさん聞いてもらえるでしょう。わたしはこれから先生を呼んできますから。それと、おまわりさん。わたしが帰すわけにはいかないから、自分で伝えてくださいね」

看護師は点滴パックの位置を直して、逃げるように出ていった。

「くそ……」

宮前はもう一度呟き、身体を起こそうとしてみた。電話がここにないなら、電話のある場所に行くだけだ。稗田の携帯の番号なら、なんとか思い出すことができる。

首をあげ、両手をベッドのマットに押しつけて上体を起こそうとしてみる。今度は脇腹ではなく背中に痛みが走った。少し身体を持ち上げただけで息が荒くなり、腕が顫えた。顫えはすぐに全身に広がり、脇腹の痛みを増幅させた。とても耐えられそうにない。宮前は腕から力を抜いた。背中ごとベッドに倒れ込み、その衝撃にまた呻く。まるでフルマラソンを走ったかのような疲労が身体を覆い、肺が酸素を求めて喘いだ。

他人の助けと車椅子なしに電話のある階まで移動するのは無理だ——認めるしかない。では、負けも認めなければならないのか。明日の朝、スタッフが出勤してくるのをベッドで横たわったまま待ち、病院に呼びつけ、稗田を探させ、そして、小久保がすでにハピネスから金を奪い去った後だということを知り、悔しさと無念さに唇を嚙むしかないというのか。稗田に悪態をつかれ、谷岡に憐れみの笑みを投げかけられ、何事もなかったかのようにやくざたちの奴隷として生き続ける未来しかないというのか。うだつのあがらない中年男としがないホステスにしてやられたことを一生恨みながら過ごさなければならないというのか。

冗談ではない。

さっきの看護師が医者を従えて戻ってきた。医者の質問に応じ、痛み止めを打ってくれと訴える。痛みさえ引けば、身体を動かすことはできる。折れた骨が内臓に突き刺さろうがかまいはしない。意志の力で肉体をねじ伏せ、かつての栄光を取り戻すのだ。

家族の連絡先をしきりに聞いてくる看護師に、今夜は遅いから明日連絡したいと告げ、痛み止めの注射を急かす。左腕に注射針が刺さるのを、宮前は恍惚の表情で見つめた。

医者と看護師が去っていく。入れ替わりに二人組の制服警官が入ってくる。警官の質問に、宮前はなにも覚えていないと答えた。相手を訴えるつもりもないと。警官たちは未練たらしく病室に居座り、宮前の意思が翻らないことを確かめて、文句をいいながら病室を出て行った。

痛み止めを打ってもらってから三十分が経っていた。宮前は上半身を起こそうとした。痛みはある。だが、耐えられないほどではない。

痛みは靄《もや》のようなものにくるまれている。そっと起きあがれば、痛みは意識から切り離されたままのはずだ。ベッドに両手をつき、腹筋を引き締める。痛みはないが、額に脂汗が浮かんでくる。嫌な予感を感じて、宮前は一気に身体を起こした。痛みをくるんでいた靄が消え、激痛が全身を貫いた。呼吸ができない。内臓が傷んだのではないかという恐怖が痛みを増幅させる。

宮前は身体を凍りつかせたまま、痛みが過ぎ去るのを待った。急に動いたせいだ。痛み止めは効いている。痛みが去れば動けるはずだ。

どれぐらい身じろぎもせずにいたのかはわからないが、やがて、痛みが波のように引いていった。宮前はそっと足を動かし、床に爪先をつけた。スリッパを探し、履《は》き、おそるおそる立ち上がる。痛みはまた靄にくるまれていた。ゆっくり動けば、靄が消えることはない。手探りで暗闇の中を歩き、ドアノブを見つけ、ドアを開けた。照明の目映《まばゆ》い光が目を射抜いた。宮前は反射的に手を目の前にかざし、痛みに呻いた。

「くそっ」

自らを罵りながら、ゆっくり、静かに歩く。廊下は静まり返っていて、看護師の気配も感じられない。詰め所かどこかにいるのだろう。廊下の右手は数メートル先で行き止まりになっていた。左へ進み、やがてエレベーターの表示を見つけた。一階に降りると、薄暗い照明の向こうに公衆電話が並んだブースを見つけた。逸る気持ちを抑え、這うように足を進め、受話器を持ち上げて、テレフォンカードも小銭も持っていないことに思い至った。

「くそ、くそ、くそ――」

宮前はブースの台にもたれかかり、行き場のない怒りを持て余してさめざめと泣いた。

62

なんど携帯に電話をかけても宮前は出ない。

「あの野郎、マジでばっくれやがった」

身体の奥で怒りがうねっている。手足が自分の意志を無視して、てんでに動こうとしていた。

なにか殴りつけるものを求めて。蹴り上げるものを求めて。ただ裏切られただけでなく、女房を汚された。たとえ世界が滅びようとも、宮前だけはゆるさない。

宮前の事務所も無人だった。インタフォンをしつこく押しても返事はない。人の気配というものが感じられない。

「くそっ」

宮前は強化ガラスのドアを拳で殴った。痛みはすぐに怒りに吸収される。稗田は携帯を取りだし、谷岡に電話をかけた。

「おう、睦樹か。どうした？」

「社長、宮前の野郎、どこにいるか知りませんかね？」

「宮前？　なんの用だ？　あいつ、ふて腐れてるはずだぞ。おれがあいつの仕事横取りしたからな」

谷岡は含み笑いを漏らした。鼻の下を伸ばした顔が瞼の裏に浮かぶ。

「ハピネスの件ですか？」

「おまえも聞いてるのか？」

「ちょっと小耳に挟んだぐらいですけど。宮前には野暮用《やぼよう》なんですが、急ぎなんですよ」

「携帯にかけてみりゃいいんだろう」

「それが繋がらないんです。二時間も前からずっとかけてるんですがね。事務所の電話も留守電のままだし」

「二時間前から？　そいつはおかしいな、おい」谷岡の口調が変わった。「あの野郎、もしかしてばっくれたんじゃねえだろうな？」

「さあ、それはわかりませんが――」

「いや、その可能性はあるぞ。ここ最近、そろそろ自由にしてくれとかほざいてたからな。おい、睦樹、なんとしてでもあいつを見つけ出せ。手が足りなきゃ、うちの社員も使っていい。まだ、あいつにはたんまりと貸しが残ってるんだ」

「わかりました。見つけたら連絡しますよ」

「おう。明日はゴルフなんで一時には寝ちまうが、その前だったらいつでもいい、電話を寄こせ。あ、ちょっと待て。肝心なことを忘れるところだった。本家の榊原がおまえに用があるって電話を寄こした。おまえ、なにかやったのか？」

心臓が冷えていく。稗田は左手できつく拳を握り、胸に当てた。心臓は縮こまっているが、脈が速くなっているわけではない。だいじょうぶ、落ち着いている。落ち着いてさえいれば、ドジを踏むこともない。

「小林ってやつ覚えてますか、社長？」

「あのシャブでイカれたやつだろう。あいつがどうした？」

「殺されたらしいんで。おれ、ちょっと女房のことで小林と揉めてたんですよ。それで榊原さん、やったのおれだと思ってるんじゃないですかね」

「おまえがやったのか？」

「まさか。いくらくそったれでも、本家の人間を殺しちまったらどうなるかぐらいわかってますよ。昔のおれじゃないんだから」

そう、おれは昔のおれじゃない。暴れることしか能がなかったチンピラは成長し、経験を積み、自分の頭で金を儲けることを覚えた。小久保を見つけたのはおれだ。それなのに——怒りが脳味噌を溶かそうとする。落ち着け、落ち着け、落ち着け。

「だったら気にすることはねえな。ちょっと暇みつけて、早いとこ顔を出してこいや」

電話が切れた。稗田は頬が緩むのを感じながら携帯を閉じた。うまく乗り切っただけではなく、谷岡のお墨付きが得られたのだ。宮前を捜すのが簡単になる。サムワンの平社員に片っ端から電話をかけ、宮前を捜せと告げる。心当たりを徹底的に捜し回れ——理由を訊ねてくる者はいない。稗田の怒りが電話回線を通して伝わったのだろう。怒ったときの稗田の恐ろしさは社内に知れ渡っていた。

携帯をポケットにしまって、稗田は歩きはじめた。とりあえず、榊原のところに向かわなければならない。行きたくはないが、向こうが筋を通してきたのなら無視することはできない。任侠の世界は堅気の世界以上にルールでがんじがらめにされている。向こうは証拠を握っているわけではないだろう。しらを切り通せば大事にはならないはずだ。

＊＊＊

「待ちくたびれたぜ、睦樹」

榊原は自分の机にだらしなく脚を乗せていた。稗田が部屋に入っていっても立ち上がるわけでもない。

「すみません。谷岡社長の仕事であちこち駆け回ってたもんですから」

「もったいねえなあ。おまえを捜してた若い連中が驚いてたぜ、稗田睦樹の凄みは昔とちっとも変わってねえってな。そのおまえがフロント企業の社員じゃな。腐ってるんだろう、睦樹？」

稗田は背筋を伸ばして榊原の前に立った。宮前に対する怒りは相変わらずうねっているが、頭の方は冷静さを保っていた。

「最初の頃は腐ってましたけど、今はそうでも……だんだん、あっちの仕事の面白さもわかってきましたし」

「そうか……」

榊原は拍子抜けしたように呟いた。机から脚をおろし、立ち上がってズボンのポケットに両手を突っこんだ。スーツは黒いヴェルサーチ。左手の小指に大きな金の指輪。シンプルだが、榊原が筋者であることをはっきりと告げている。

「ところでな、睦樹。小林が死んだ。殴り殺されたんだ。小林の手下があいつの部屋で見つけた」

「敵が多かったですからね、あいつ」

稗田は両手で拳を握った。指先が石のように冷たくなっている。

「驚かねえのか？」

「だれかが殺《や》ってなかったら、おれが殺ってたかもしれないですから」

「おまえが？　なんでだ？　なんで身内を殺すんだ？」

「あのクソ野郎、おれの女房にシャブ売りつけてやがったんです。おれの女房だと知ってて

――」

「それで小林と揉めてたのか？　小林の女房病院送りにしたんだってな？　小林も同じ目に遭わせようとしてやりすぎたんじゃねえのか、睦樹？」

榊原が近づいてきた。額がくっつきそうなほど顔を近づけて、稗田の目を覗きこむ。稗田はその視線を正面から受け止めた。目を逸らしても、逆に睨み返してもだめなのだ。どっちの態度を取ってもつけ込まれる。

「女房をシャブ中にさせられるところだったんですよ。ぶち殺してやろうと思ってましたよ。だけど、忙しくて。思ってただけです」

「手を見せてみろ、睦樹」

稗田は甲を榊原に向けて両手を掲げた。小林を殴ったときにできた傷はすでに癒えていたが、ついさっき宮前の事務所のビルのドアを殴った痕《あと》が血で滲んでいた。

「これはなんだ？」

榊原が稗田の右手を取り、これ見よがしに傷跡を見つめた。

「頭に来てドアに八つ当たりしたんです。骨が折れたかと思うぐらい痛かった。馬鹿ですね、おれ」

「確かに、まだ血も乾いてねえな」

「三十分ぐらい前にできた傷ですから。小林が死んだのが三十分前だなんてことはないですよね？」

解放された右手を口に当て、稗田は傷口を舐めた。血の味が口の中に広がっていく。

「減らず口叩くな。これも役目ってやつよ。小林の手下たちがやいのやいのうるさくてな。おまえが怪しいってんだ。連中に任せたら問答無用でおまえに襲いかかるかもしれねえ。だから、おれがやりたくもねえことをやってる。睦樹、本当におまえじゃねえんだな？」

「おれじゃないです。けど、小林を殺ったやつには感謝してますけどね」

「小林の手下たちの前でそんなこというんじゃねえぞ。袋《ふくろ》にされる」

榊原は自分の机に戻り、腰をおろした。テーブルの上の金無垢《きんむく》のシガレットケースから煙草を取りだしてくわえた。稗田はライターを榊原の煙草に近づけた。谷岡のところに移ってからは無縁の仕種だったが、身体にはしっかりと染みついている。

「まあ、小林もあの通りの男だったからな。おれたち幹部の間でもなんとかしねえとって話は出てたんだ。だが、殺されたとなると話は違ってくる。阿呆でも身内は身内だ。組の代紋に唾かけられたようなもんだからよ。けじめはきっちり取らねえとな。その辺はおまえもわかるだろう？」

「ええ」

「もう一回だけ聞くぞ、睦樹。おまえじゃねえんだな？　もしおまえが殺ったんなら、おれに素直に吐いちまえ。女房の件があるんだ。指のひとつも詰めればおれがなんとか取りなしてやる。だがよ、睦樹、殺ったのにしらを切ってるんなら、後でばれたときはとんでもねえことになるぞ。もちろん、おれもてめえをゆるさねえ」

「おれじゃありませんよ」

稗田は歯ぎしりするようにいった。榊原の表情が緩む。

「よし。だったらいいんだ。嫌なことに付き合わせたな、睦樹。礼といっちゃなんだが、久しぶりに飯でもどうだ？　焼き肉、奢ってやるよ」

目上の人間にどうだと訊かれて都合が悪いと答える筋者はいない。問いかけは命令に等しいのだ。宮前を捜しに行きたいが、榊原の誘いを断ることもできない。稗田は歯噛みしながらうなずいた。

「いいですね。しばらく食ってないんで。ゴチになります」

「おうし、ゆるしてくださいっておまえが頭下げるまで食わせてやるぞ」

榊原が笑い、煙草の灰が床に落ちた。皮膚の下でなにかがぞろりと動く。制御しがたい怒りが満ちていく。

馬鹿野郎――相手は本家の若頭補佐だぞ。

後先考えずに暴れていた頃が懐かしい。だが、時は戻せない。稗田は静かに息を吐き出し、榊原の後に続いた。

＊＊＊

度々席を外す稗田に、榊原がとうとう怒りだした。

「睦樹、せっかくおれと飲んでるのに、なんだってんだよ？」

「すみません。谷岡社長に頼まれてる仕事で、いろいろ連絡取らなきゃならなくて」

稗田は深々と頭を下げた。榊原には酒乱の癖がある。臍を曲げるととことん相手に絡んでくるのだ。ここはとにかく榊原のご機嫌を取るしかなかった。電話をかけてくる相手はサムワンの平社員たちで、そのどれもが宮前は見つからないと告げてくるだけだった。

「谷岡なんてどうでもいいじゃねえか。携帯の電源、切っちまえよ」

榊原は両腕にホステスの柳腰《やなぎごし》を抱えてご満悦だった。まだ稗田に絡むまで酔っているわけではない。少し苛立ちはじめているだけなのだ。

「そう虐《いじ》めないでくださいよ、頭。おれがまだ本家の人間なら頭に忠誠を尽くすのが当たり前だけど、今は谷岡のところの人間ですから。あっちの顔も立てなきゃ」

「馬鹿野郎。おれは若頭補佐だ。頭なんておまえに呼ばせてるのを本当の若頭に見られてみろ、嫌味のひとつやふたつ聞かされるぐらいじゃすまねえんだぞ」

榊原は満更でもなさそうに右の女の太股に指を走らせた。女たちが嬌声をあげ、すぐに若頭に出世するわと囃《はや》したてる。榊原の相好がますます崩れていった。

また携帯が鳴った。今度は榊原のお咎めもなかった。稗田は榊原に頭を下げ、店を出た。廊下の端に立って携帯を開く。ディスプレイには公衆電話からの電話だと表示されている。首を傾げながら着信ボタンを押し、携帯を耳に当てた。

「睦樹か……」

宮前の声が聞こえてきた。

「佳史！　てめえ、どこにいる?」

「病院だ」

「病院だと!?」

宮前が口にしたのは港区にある総合病院の名と病室の番号だった。

「おれは動けないんだ。悪いが、こっちまで来てくれないか。大至急だ」

「すぐに来てくれだ？　ああ、頼まれなくてもすっとんでってやるよ。待ってろ」

電話を切り、店に舞い戻る。榊原はホステスにシャンパンの一気飲みをさせていた。

「頭、せっかく奢ってもらってるのに済みません。緊急の用ができまして」

「なんだと？」

榊原の表情が一変し、目が据わりはじめた。稗田は床に膝と手をつき、頭を下げた。

「谷岡社長のとこで、おれが男になれるかどうかの瀬戸際《せとぎわ》なんです。お願いします、頭。しょうがねえやつだと、今日は見過ごしてやってください。このお礼は、必ずしますんで」

土下座をしたのは初めてだ。宮前に復讐することを思えば、これぐらいはどうということもない。視線をあげると、榊原があんぐり口を開けていた。

「おまえが土下座してんのか、睦樹？」

「頭に礼を尽くすにはこれしか思い浮かばないんで」

「おめえが土下座するなんてよっぽどのことなんだろうな。いいぞ、行け。おまえが男とやらになったら、その時はおれが奢ってもらうからよ。ただし、半端な金じゃ済まねえぞ」

「ありがとうございます」

稗田は勢いをつけて立ち上がり、脇目もふらずにその場を立ち去った。

＊　＊　＊

病室は薄暗く、冷えていた。個室のほぼ中央に素っ気ないベッドがあり、ベッドの脇には点滴用のスタンドが立っている。複数の管が宮前の右腕に繋がっていた。宮前は眠っている。ときおり、苦しそうに顔が歪み、寝息が乱れた。

稗田はベッドに近づき、右手で宮前の首を軽く摑んだ。

「起きろよ、佳史」

首にかけた手にゆっくり力をこめていく。宮前が目覚め、口を開こうとしたが声は喉の奥で潰されて漏れてくることはない。宮前の顔が苦痛に歪み、血の気を失っていく。

稗田はさらに力をこめた。宮前の目が恐怖に塗り潰されていく。管の伸びた右腕と左腕をでたらめに振り回して逃れようとする。そうはいくか——掌全体にかけていた力を指先に移動させる。指先と爪が宮前の首に食い込んでいった。宮前が身体をばたつかせ、潰れた悲鳴をあげて顔を歪ませた。首を絞められたための反応ではなかった。稗田はもう一度宮前の右腕に繋がれた管を見、力を緩めた。宮前が喉を押さえて咳き込み、咳き込むたびに小さな悲鳴をあげた。

「肋骨でも折れてるのか？」

「な、なにをするんだよ」

小鳥のさえずりのような声で宮前は抗議した。途切れがちの声の合間に、どこかから息が抜けているような音もする。かなりの傷を負っていることは間違いなかった。

「なにがあった？」

「の、紀香だ……小久保の居場所を聞きだそうとしたら、連れの男に殴られて……」

「連れ？」

「同伴の客だよ。問答無用で……肋骨が二、三本折れてるのと、背中の打撲だ。寝返り打つだけでも死ぬ思いをするのに、なんだって首を絞めたりするんだ？」

呼吸が落ち着くと共に、宮前の声もはっきりしてきた。

「本当に紀香と小久保が裏切ったってのか？」

「ああ……あのマンションに閉じ籠もってたはずの小久保がのうのうとハピネスに出社してる。総務部長だと嘘をついて谷岡と会ったことはわかってるんだ。くそっ。あいつら、おれたちを虚仮にしやがって……」

稗田は右手で自分の口を覆った。激情に駆られてここまでやって来たが、宮前が嘘をついているとは思えない。少なくとも宮前が負っている怪我は本物だ。思考が混乱する。どちらかが嘘をついている。

「紀香はおまえが裏切ってるといってたぞ？」

「紀香に会ったのか？」

宮前は稗田に身体を向けようとして、またひとしきり苦痛に顔を歪めた。

「電話で話しただけだ。おそらく小久保も一緒だ」

「ふたりはどこだ？」

稗田は首を振った。

「馬鹿野郎。どうしてここに連れてこなかったんだ？」

考えるより先に身体が動いていた。いつの間にか拳に握られていた右手が宮前の頬にめり込む。宮前は悲鳴をあげる間もなくベッドから転げ落ちた。管がスタンドを引っ張り、薙ぎ倒す。針が腕の血管から抜けて、液体が床を濡らした。点滴のパックを蹴散らして稗田はベッドを回り込み、宮前の青い患者衣《かんじゃい》を摑んで引き起こした。嘘をついているのがどっちかなどどうでもいい。今はとにかく宮前に落とし前をつけさせることだ。

「馬鹿野郎だと？　死にてえのか、佳史？」

「む、睦樹……どうして？」

「冴子と寝ただろう、てめえ？」

宮前の表情が凍りついた。

「それを平然とした面しやがって。佳史、おれを舐めてんのか？」

拳を叩きつける。鼻血が噴き出し、唇が切れ、鮮血が床を染める。こんなもんでゆるしてたまるか――殴り続ける。見る間に宮前の顔が歪んでいった。

「なにをしてるんです!?」

突然、病室のドアが開き、廊下の照明が差し込んできた。年配の看護師が両手を口に当てて目を剝いていた。

「あんたには関係ねえ。すっこんでろ」

「その人は怪我人なんですよ！」

「やかましい。これは身内の問題なんだよ。他人は口出しするな」

看護師に向かってまくしたてながら、稗田は宮前を殴り続けた。頭で考えることと身体の動きが乖離している。

「やめなさい。警察を呼びますよ」

「勝手に呼べよ」

「そうさせてもらいます。ここは病院なんですよ。とんでもないわ！」

看護師が踵を返した。慌ただしく廊下を駆けていく足音がこだました。まだ宮前を殴り続けようとする身体をなんとか制御して、稗田は宮前を抱え上げた。折れた肋骨が内臓を痛めようがどうしようが知ったことではない。宮前は落とし前をつけなければならない。金のことを考えるのはその後だ。

病室を出て廊下を歩く。ナースセンターでさっきの看護師が電話にしがみついていた。看護師は稗田たちに気づき、電話を放り投げた。

「ちょっと、どこへ行くの？　その人は――」

「怪我人だってんだろう？　わかってるよ。とっととおまわりを呼べよ」

口にブレーキがかからない。オーバーヒート寸前の脳が煙を噴き出しながら回転している。

エレベーターを使い、一階に降りた。宮前が呻いている。泣いている。血を流している。一階に到着すると看護師が連絡したのか、守衛が待ち構えていた。

「ちょっとあなた、なにしてるんですか!?」

守衛は六十を超えた白髪《しらが》の老人だった。

「爺さん、職務に忠実なのはいいが、怪我をしたくなかったらすっこんでな。こいつはおれの身内だ。知り合いの医者んところに連れていくだけだ」

「し、しかし、担当の先生の許可がないと――」

「許可なんて後で取ればいいんだろうが」

守衛の視線が稗田の背後に張りついていた。振り返る――宮前の血が転々と床に落ちていた。

稗田は舌打ちしながら守衛を押しのけた。

「ちょっと、あんた！」

守衛は叫んだが、追いかけてくる素振りは見せなかった。だれだって自分の身が一番可愛い。

駐車場に出て、車の助手席に宮前を乗せた。シートベルトで身体を固定して、自分は運転席に乗りこんだ。

「佳史、まだ終わったわけじゃねえぞ」

エンジンをかけ、アクセルを踏む。タイヤが悲鳴をあげて車が急発進した。宮前がまた悲鳴をあげた。シートベルトが折れた肋骨の部分に食い込んだのだろう。

「悲鳴ばっかりあげてるんじゃねえ。なにかいうことがあるだろう？　稗田さん、申し訳ございませんとかよ」

「わ、悪かった……ゆ、ゆるしてくれよ、睦樹。頼むから……」

「こうなるとは思わなかったのか、え？　頭のいい宮前佳史様がよ、おれの女房に手を出してただで済むと本気で思ってたのか？　笑わせるぜ、佳史」

稗田はでたらめに車を走らせた。交差点に進入するたびに、わざと乱暴にステアリングを切る。

宮前の身体が左右に揺れ、絶え間ない悲鳴が宮前の口から迸る。

「しかたなかったんだ‼」苦痛に耐えかねたのか、宮前は絶叫した。「誘惑されたんだ。か、彼女はシャブをやってて……どうしようもなかったんだよ、睦樹。悪いとは思ったけど……一度寝たら、おまえに知られたくなかったらシャブを買ってきてくれって頼まれて……すまん、ゆるしてくれ。頼む。ゆるしてくれよ、睦樹」

シャブ——あのくそ女。シャブ——おれを騙しやがって。シャブ——宮前なんぞに股を開きやがって。

「何回やった？」

稗田は叫ぶように訊いた。宮前の返事はなかった。

「何回やったかって訊いてるんだよ」

「に、二回だけだ」

「馬鹿野郎。二回で済むかよ。あいつは好き者なんだ。一度火がついたら何回でも欲しがる女なんだよ」

道は真っ直ぐ前方に延びていた。交通量もほとんどないだだっ広い道だった。もう、どこを走っているのかもわからない。稗田はステアリングを左右に切った。車がロールする。宮前が悲鳴をあげる。

「嘘じゃない。二回だ。二回しかやってない」

稗田は急ブレーキを踏んだ。つんのめりそうになる身体を強靭《きようじん》な二本の腕で支えた。宮前はそうはいかなかった。奇妙な悲鳴を発し、それっきり動かなくなった。

63

美和が寝返りを打つ気配で目が覚めた。小久保はサイドボードに手を伸ばして眼鏡を見つけ、かけた。カーテンの隙間から早朝の太陽の光が部屋に差し込んでいる。一瞬、どこにいるのかがわからなくてうろたえたが、部屋の調度が記憶を甦らせた。フォーシーズンズホテルの部屋だ。稗田と電話で話した後でリーガロイヤルから移動して部屋を取った。美和が明日のためにいいホテルで一夜を過ごしたいと甘えたからだ。普段なら無駄な出費だと二の足を踏むところだったが、二億のことが頭にちらついて気持ちが大きくなったのだ。

美和がまた寝返りを打った。腹這いになった拍子に毛布がめくれ、滑らかな背中の肌が剝き出しになる。美和の産毛が日光を受けてきらきらと輝いていた。小久保は身体を屈め、美和の背骨に沿って舌先を走らせた。美和の背中が波打ち、欠伸混じりの吐息がその口から漏れてくる。

「いま、何時？」

「五時だよ。ごめん、起こしちゃったね」

「信じられない。いつもだったらこれから寝る時間だよ。小久保さんは起きる時間だろうけど」

「まだ寝てていいよ。ぼくはシャワーを浴びてくるから」

ベッドを離れようとした小久保の手首を美和が摑んだ。

「だいじょうぶ。わたしも起きるから。だって、今日からは店に出なくてもいいんだから。そうでしょう？」

産毛を輝かせていた光が今では美和の顔を染めあげていた。美和の顔には期待が満ち溢れている。

「うん、そうだよ。今日の夕方には、ぼくたちはそれぞれ一億円の金をこの手に掴んでるはずだからね」

「なんか、夢みたい」

「夢なんかじゃないさ。これは現実だ。ぼくたちが頑張ったその結果がこれだ」

小久保は喋りながら毛布で腹回りを覆った。夜なら気にすることも少なくなったが、さすがにこの明るさの中では美和にもたるんだ肉を見られたくなかった。

「なに隠してるのよ、今さら」

美和が毛布を払いのけようと手を伸ばしてきた。

「ちょ、ちょっと待って……」

「恥ずかしがらなくてもいいの。わたしは、小久保さんが好きなのよ。眼鏡をかけた顔も、このお腹も、小久保さんだから好きなの」

そういわれては為《な》す術《すべ》もない。小久保は抗うのをやめ、美和の好きにさせた。美和の手が腹に触れ、少しずつ下に降りていく。

「小久保さん、朝立ちってしないの?」

美和の指先がペニスに触れた。ペニスはだらしなく萎《しお》れたままだった。

「この年だし、昨日、頑張ったから……」

「じゃあ、美和が朝立ちさせてあげる」

美和の目が真剣味を帯びていく。右手で小久保のペニスを握り、左手で陰嚢《いんのう》をさすりはじめた。ペニスがすぐに反応し、美和の手の中で熱を持ち、固くなっていく。小久保は目を閉じた。全神経を下半身に集中させる。心地よさと快感が交互に押し寄せてきた。

「気持ちいい？」

「うん」

「口でして欲しい？」

「うん」

美和がいつ動いたのかはわからなかった。唐突に、亀頭が湿った粘膜に包まれ、吸い上げられる。小久保は呻いた。

「そ、そんなに強くしたら……」

「飲みたいの。我慢しないで口の中で出して。思いきり気持ち良くなって」

美和が囁いた。

＊　＊　＊

スーツは昨夜のうちにアイロン掛けするようにと部屋係に渡してあった。届けられたのは皺ひとつない新品のようなスーツで、袖を通すだけで今日は特別な日なのだということを小久保に告げているように感じられた。

ネクタイは美和が締めてくれた。いつもの野暮ったい結び方ではなく、最近の流行りなのだという結び目を太くしたやり方だった。

「まだ七時だよ。ちょっと早いんじゃない？　朝ご飯食べていけば？」

ネクタイの結び目を直しながら美和がいった。

「会社に行く前にレンタカー会社に寄らなきゃならないんだよ」

「レンタカー？」

「そう。二億なんて大金を持ってタクシーに乗りたくないからね。ああ、もちろん会社から出るときはタクシーに乗らなきゃならないんだけど、その後のこと。美和、免許持ってるんだよね？」

「ほとんどペーパードライバーだけど……」

「美和にはレンタカーの中で待っていてもらいたいんだ。ぼくが出社して、打ち合わせをして金を受け取って出てくるまで一時間か二時間ってとこかな。待てる？」

「もちろんよ。何時間だって待つわ」

「無事金を持ち出せたら、そのままレンタカーでどこか温泉にでも行こう。そこでゆっくりしながら、これから先のことを考えるんだ。金をどう使うか、ぼくたちはどうするのか……」

「小久保さんがよかったら、わたし一緒にいたいな。小久保さんなら、お金増やしてくれるでしょう？」

美和がネクタイから手を離し、小久保の胸に顔を埋めてきた。

「お金手に入れても、それをどう使えばいいのかわからないのよ。最初は自分のお店を持とうと思ったけど、六本木や銀座にそれなりのお店出そうと思ったら、一億じゃ足りないし……佳史ちゃんや稗田にはなにか考えがあったんだろうけど、わたしにはなにもないの。空っぽなの」

「そんなことはないよ。美和はまだ若いからいろんな可能性があって、そのどれに手をつけていいかわからないだけさ。ぼくぐらいの年になると、その可能性も少なくなっていくから逆に迷う必要もない」

「ありがとう。小久保さん、本当に優しいのね」

美和がはにかむように微笑んだ。女に「優しい」といわれたのは何年ぶりだろう。いや、何年ぶりどころか初めてのような気がする。今まで付き合ってきたどの女にも、女房にだって優しいといわれたことはない。大学時代は遊ぶことにかまけ、社会に出てからは仕事にかまけるだけの日々。手を出した女たちにもベッドを共にするまではまめまめしくモーションをかけたが、自分のものになったと思った瞬間、掌を返してきた。自分では必死になって生きてきたつもりでいたが、人生になにかを賭けたことなど一度もなく、自分に向ける愛情の十分の一も女に向けたことはなかった。

優しいという言葉をかけてもらえるはずはなかったのだ。

「ぼく、優しいかな?」

「うん、わたしにはとびっきり優しいわよ」

「そんなことをいわれたのは初めてだよ」

「小久保さん、じゃあ、生まれ変わったのね」

そのとおりなのかもしれない。新宿の裏カジノで美和と出会い、なにかが変わった。小久保は美和を抱きしめた。

「だったらいいな。本当にそうだったらいい」

腕の中で美和が笑い、小久保の頬にキスをした。

＊　＊　＊

美和が運転しやすいように、レンタカーは軽自動車を借りた。美和が運転する可能性はほとんどないのだが、万が一のことを考えておかなければならない。小久保は美和を運転席に座らせて、新宿に向かわせた。はじめのうちは、美和の運転は目を覆いたくなるほど酷いものだった。後方確認をせずに車を発進させたり、右左折させたり、挙げ句はアクセルとブレーキを間違えて後ろの車におカマを掘られそうになる。美和がステアリングを操作するたびに、前後左右からクラクションが響き渡った。だが、十分もそうしているうちに、勘が戻ってきたのか美和の運転は見違えるほどスムーズになった。

「教習所に通ってたの、十年近く前なのに意外と覚えてるもんね」

「自転車と同じさ。一度乗り方を覚えたら簡単には忘れないよ。後は慣れるだけだ。じゃあ、駐車場に入るよ。その先、歩道の切れ目に入っていって」

十メートルほど先に新宿サブナードの地下駐車場の入口が見えた。美和は無口になり、横顔を強張らせてステアリングを握っている。ウィンカーを出さずにステアリングを切りそうな気配だった。

「ウィンカー出して」

「あ、はい」

美和は素直に指示に従い、螺旋状の誘導路に車の鼻先を向けた。歩くより遅いスピードで誘導路を下り、発券機の横に車を停めたときには玉のような汗が額に浮いていた。

「車庫入れはさすがに無理だろう。ぼくがやるよ」

駐車券を受け取りながら席を入れ替え、小久保は新宿プリンス寄りに車を走らせて、駐車スペースに停めた。

「悪いけど、ここで待っててくれ。トイレとかでちょっと車を離れる分にはかまわないけど、必ず携帯は手元に置いておいて」

「わかった」

「じゃあ、行ってくる」

「行ってらっしゃい」

助手席から美和が身を乗り出してきて、小久保の頰にキスをした。だれかに見られていないかと不安になりながら、小久保もキスを返した。おれは生まれ変わったんだ、おれは今までの小久保光之じゃないんだ。頭の中に浮かんだ即興のメロディに乗って狂おしい思いが飛び跳ねる。

小久保は車を離れた。新宿プリンスのロビーから表通りに出、タクシーを拾ってハピネス本社に向かった。社屋の百メートルほど手前でタクシーを降り、周囲に注意深い視線を走らせながら歩く。宮前か稗田が見張っているかもしれない。その場合は裏口から社屋に入っていく必要がある。だが、ふたりの姿は見当たらなかった。美和の話によると、宮前は相当に痛めつけられたらしい。今ごろは病院にいるのだろう。稗田は宮前の姿を求めてあちこちうろついているのだろう。

金は手に入る。間違いない。

自然と足取りが軽くなった。会社に入ってしまいさえすれば、たとえあのふたりがやって来たとしても恐れることはない。金融会社だけあって、セキュリティには万全が期されている。部外者が侵入することはほとんど不可能だった。

「小久保課長」

突然、背後から呼びかけられ、小久保は首をすくめた。聞き覚えのある声だった。おそらく、社員のだれかだろう——そう思い、振り返った。大津警部補が人を小馬鹿にしたような笑みを浮かべて立っていた。

「ご無沙汰だったな。元気かい、小久保課長は？」

「お、大津さん……どうして？」

「まだ時間があるんだろう？　ちょっとこの辺ぶらつこうや」

大津は強引に小久保の肩に腕を回してきた。恐怖が身体を締めつける。大津の登場は予想外だった。

「あ、あの、今日は早い時間に会議があって……急いでるんですよ、大津さん」

「なんの会議だ？　あんたが持ってたはずの資料がどうして外部に漏れたのか突き止めようっていうのかい？」

「会議の内容は社外秘なんです」

凍りつきそうな喉に鞭打って、小久保は言葉を紡いだ。おれは変わったんだ、生まれ変わったんだ——自分にいい聞かせる。

「だからさ、会議が始まる前にいろいろ話し合おうぜ、腹を割って」

ハピネスの社屋が遠ざかっていく。小久保と美和の希望も遠のいていく。

「株にはまったはいいが、儲けられたのは最初だけで、あとはさんざんだよ、小久保課長。ついつい、ハピネスのライバル会社に融資を頼んじまった。あんたも知ってのとおり、おれたちは安月給だからね、身動きがとれなくなりそうなんだよ」

「大津さん……」

「おれはこれでも警官だぜ、小久保課長。あの週刊誌がおたくらのことをすっぱ抜いてから、いろいろ調べてまわったんだぜ。警察と顔見知りのハピネス社員はあんただけじゃないからな」

恐怖の締めつけがきつくなる。大津のことを忘れていたのは大きなミスだった。最初に話を持ちかけた相手は大津なのだ。宮前が排除したとばかり思いこんでいたが、ハピネスにまつわる騒動を黙って見ているたまではない。

「なにか企んでるんだろう、小久保課長。こっちにはお見通しだぜ。おれも仲間にいれてくれよ」

思わず辺りを見渡した。もちろん、助けの手が差し伸べられることはない。

「企んでるって、いったいなんの話ですか？」

「とぼけるなよ。会社をはめようとしてるんだろう？　てめえで隠し持ってた資料、くそったれのジャーナリストに渡して原稿書かせて、今度はその資料取り戻すからって会社に金を出させる。いい手を考えたじゃないか、小久保課長。だけど、忘れてもらっちゃ困るぜ。あんたが最初に一緒に儲けようって話を持ちかけてきた相手はおれだろう？」

逃げ出さなければならない。どんな手を使ってでも。金は目の前にある。それを横取りされるのはたまらない。

「いくら巻きあげるつもりなんだ？　五千万か？　一億か？　ふたりで山分けしても大金だ。そうじゃないか、小久保課長？　それともなにか？　他にも仲間がいるのか？　だったら、そんなやつとは手を切って、おれと組もうぜ。警官を味方につけたほうが心強いだろう？」

逃げ出さなければならない。だが、相手は警官だ。生半可《なまはんか》な方法では振り切れない。小久保の味方は美和だけだ。美和とうまく連携して窮地を乗り切らなければならない。その策を考えなければ。時間を稼がなければ。

「大津さん、今日なんです」

「なんだって？」

大津が足を止めた。

「金を奪って逃げるの、今日なんですよ。これから会社に行って、専務と打ち合わせしてから金を受け取ります。会長や専務はぼくがその金で流出した資料を買い戻してくるんだと思ってますけど――」

「だけど、あんたは会社には戻らない。そういうことだな、小久保課長？」

「え、ええ」

「金はいくらだ？」

「一億です」

反射的にそう答えていた。二億の現金はそれなりに嵩張《かさば》る。大津が二億をその目で見たことがあるとは思えないが、二億を五千万といい張ったのではいくらなんでも通じないだろう。一億なら、二億と誤解する可能性は高い。

「一億か……」大津が舌なめずりする。「ふたりで五千万。悪い話じゃないよな、小久保課長？」

「え、ええ、悪い話じゃありません。だけど、ぼくが会社にいかないと、その金は手に入らないんです」

「そりゃそうだな」

「一億の金を運ぶんですから、会社側も慎重になってます。多分、ドアの前にタクシーを呼んでそれに乗りこみます。大津さん、その先の信号で待っててくれませんか。ピックアップしますから」

「おれをうまく丸め込もうとしても無駄だぜ、小久保課長」

「そんなことしませんよ。警官を敵に回したって勝てっこありませんから」

充分に恫喝を利かせた目が小久保の頭のてっぺんから爪先まで、なめるように見下ろしていく。

「確証はないが、わかってるんだよ、小久保課長」

「な、なにがですか？」

「怪しげなメールでおれを株にはめたやり口さ。それとわけのわからない恐喝屋だ。あれ、あんたが差し向けたんだろう？　警察に揺さぶりをかけて、なおかつおれをこれから外すために。馬鹿だったよ、目の前の金に狂ってまんまとはめられたんだからな。それは認める。だがな、小久保課長。二度はごめんだ。そこまで馬鹿にはなりたくてもなれねえよ。今度、おれをはめようとしたら――」

「そんなことしませんよ。ここで大津さんに摑まったのが運の尽きです。いい方は悪いけど。これが昨日や一昨日なら、ぼくも悪だくみをしたかもしれませんよ。だけど、大津さん、今日がその日なんです。もうじたばたしたって遅い。ぼくの仲間はふたりいるんですよ。一億を三人でわけても三千万と少しにしかならない。だけど、大津さんとふたりなら、五千万になる。どっちと手を繫ぐかなんて、考えるまでもありません」

「信じてやろうか。小久保課長におれを裏切る度胸なんかないだろうからな。おい、仲間のふたりって、どこに住んでるんだ？」

「ひとりは港区、もうひとりは北新宿です」

「そりゃ都合がいい。もしかして、極道だとでもいうんじゃないだろうな？」

「のようなものです。フロント企業の社員で、稗田というんですが……」

「稗田か……聞き覚えはあるな。叩けば埃のひとつやふたつは出る身体だろう。よし、稗田は任せておけ。おれがちょっと手品を使ってそいつが身動きできないようにしてやるよ。もうひとりは？」

「宮前といいますが、警察とは無関係で……」

「おれにメールを寄こした野郎だな。どこで待機してるんだ？」

「青山にマンションがあって……そこで落ち合うことに」

「青山か……あっちの署に顔見知りはいねえな」大津は残念そうに首を振った。「まあいい。とりあえず、その稗田って野郎をなんとかしておこうか」

大津は携帯電話を取りだし、電話をかけはじめた。リラックスした様子を装ってはいるが、細められた目は終始《しゅうし》小久保に向けられ、逸れることがない。小久保は肩の力を抜いた。たとえ、この場から逃げ出すことができたとしても、結局、金を手に入れるためにはハピネス本社に向かわなければならないのだ。大津はただ、ハピネスから小久保が出てくるのを見張っていればいい。大津から逃れるには別の方法を考えなければならない。

大津が携帯の送話口を押さえて口を開いた。

「稗田ってのはなんだ、谷岡のところの舎弟か？」

「ええ」

「運がいいな、小久保課長。歌舞伎町で殺しがあってな、稗田ってのは重要参考人になってる。東京中の警官が探し回ってるよ」

「殺人ですか？」

稗田の横顔が脳裏に浮かんで消えた。人を殺したと聞いて驚きはしないが、ハピネスから金を奪おうと躍起になっているこの時期にそんなことをする人間だとは思ってもいなかった。宮前や稗田のことを信じていたら、今ごろはとんでもない目に遭っていたのだろう。その点でも美和には感謝しなければならなかった。

「そうだ。ま、殺されたのはマルボウだから、捜査にもそれほど熱が入ってるってわけじゃない。ただな、組同士の抗争に発展しないかどうか、警察が気にしてるのはそっちの方だ。宮前ってのは稗田の相棒かなにかか？」

「ええ」

「どこにいる？」

「さ、さあ……」

「フルネームと住所を教えてくれ。そいつも重要参考人扱いするようかけ合ってやる」

小久保は大津の質問に答えた。宮前と稗田が警察に追われるのなら、それに越したことはない。

大津はまた電話に戻った。刺すような視線を小久保に向けたまま、早口で喋っている。遣り手のビジネスマンといった趣で、悪徳警官には見えなかった。

大津の電話はすぐに終わった。

「これでよし、と。後はおれたちだけの問題だな、小久保課長」

「金を持ってきますよ」

「そう、その調子だ、小久保課長。おれを嵌《は》めようなんて考えは捨てた方がいい」

「もう、諦めました。覚悟はできてます」

「よし。じゃあ、金を取って来いよ。待ってるから」

大津は煙草のヤニで黄ばんだ歯をむき出しにして笑った。

64

地下駐車場は思いの外空気が冷えていた。小久保と別れて十分もすると膀胱《ぼうこう》が膨らみはじめ、そのうち尿意を我慢できなくなった。美和は車を離れ、トイレを探して駐車場内をうろついた。

結局、駐車場にトイレはなく、サブナードの地下街まで歩かなければならなかった。便器に腰をおろし、膀胱の筋肉を緩めていると携帯が鳴り出した。ディスプレイに表示されたのは小久保の携帯の番号だ。

美和は電話に出るのを躊躇した。勢いよく迸りはじめた尿は、派手な音を立てて便器に溜められた水を打っている。小久保であろうとなかろうと、他人に聞かれたい音ではない。

美和は左手首のカルチェに視線を落とした。小久保と別れてからまだ四十分しか経っていない。こんな時間に電話が来る予定ではなかった。なにか突発的な事故でも起こったのだろうか？　早く電話に出たいが、尿はすぐにとまりそうになかった。呼び出し音が一旦途切れ、またすぐに鳴りはじめる。小久保は急いでいる――それだけは間違えようがなかった。

美和は意を決して着信ボタンを押した。頬が熱を持っている。用を足している音を聞かれまいと、わざと大きな声を出した。

「もしもし？　どうしたの？　まだ電話もらう予定じゃないけど」

「緊急事態だ。詳しい話は後でするけど、悪徳警官に捕まった」

「捕まった？」

尿は出続けている。便器や壁に反響した音が小久保に聞こえているのではないかと気が気ではなかった。

「ああ、逮捕されたわけじゃない。ぼくがハピネスから金を騙し取ろうとしているのを知っていて、分け前をよこせっていわれてるんだ」

「小久保さん、今どこにいるの？」

「会社だよ。悪徳警官は――大津っていうんだけど、そいつは会社の外でぼくを待ってる。口では分け前を寄こせばいいといってるが、多分、根こそぎ金を奪われる」

「どうしたらいいの？」

やっと尿がとまった。これで会話に集中できる。美和は便器に腰掛けたまま、両手で携帯を握った。

「今からメールでそいつの写真を送る。ガラスドアの外から撮ったやつだから人相はわかりづらいと思うけど、外見はわかると思うから。とりあえず、そいつの特徴を摑んでもらいたいんだ」

「わかった。じゃあ、メール待ってる」

美和は電話を切り、放尿の後始末を手早く済ませてトイレを出た。小久保からのメールはすぐに送られてきた。メールの本文はなく、画像が添付されているだけだった。画像を開く。細身のスーツを着た背の高い男が映っていた。男は横を向いている。表情はよくわからないが、雰囲気は充分に摑むことができた。オールバックに撫でつけた髪の毛は頭頂が薄くなっているような感じを受ける。鼻が高く、頰はこけ、どことなく冷淡な印象が強かった。どこかで見たことがあると思い、すぐに小久保が店に連れてきたあの男だと気づいた。

また小久保から電話がかかってきた。

「画像、ちゃんと見られた？」

「うん、ばっちり。前に小久保さんが店に連れてきた人でしょう？」

「そうだっけ？　と、とにかく、そいつをなんとかしないとならないんだ。ぼくは身動きが取れない。美和に頼んでもいいかな？」

小久保の声は間が抜けていた。よほど動転しているのだろう。

「なんとかって、どうすればいいの？」

「わからない。じっくり考えてる暇がないんだ。ぼくはすぐに西浦のところに行かなけりゃならないし……美和にすべてを任せるしかないんだ。とにかくどんな方法を使ってもいいから、大津の身動きを封じてくれ」

「わかった。なんとかやってみるわ。ハピネスの近くにいるのね？」

「そうだよ。これからしばらく携帯は使えなくなる。留守電セットしておくから、なにかあったらメッセージを吹き込んでおいて」

「うん……あのさ、小久保さん。刑事って拳銃持ってるの？」

「普通は持ってない。じゃあ、切るよ。なにからなにまでごめんね」

謝る必要なんかない——そういおうと思った瞬間、電話は切れていた。

美和はもう一度大津の画像を見た。どうすればいいのかはわからない。だが、なにかをしなければならないことだけはわかっている。携帯を閉じ、ハンドバッグに投げ入れ、美和は車に向かって駆けていった。

＊　＊　＊

助手席に小久保がいないというだけで、運転も途端に覚束なくなった。ステアリングに覆い被さるようにしてアクセルを踏み、前後左右の車の動きにいちいち神経を尖らせる。何度か道を間違え、やっとハピネス本社の看板が視界に入ってきたときには、小久保との電話を終えてから三十分が過ぎていた。

ハピネス本社前は片道一車線の細い道が走っている。路上駐車のせいで車幅が極端に狭くなっていて、美和は途中で運転を諦めた。なんとかスペースを見つけて車を停め、額に噴き出た汗を拭った。車からハピネス本社までは三十メートル。サラリーマンやOLが行き交い、周辺は活気に満ちている。悪徳警官はハピネスの正面玄関の斜向かいで木製のベンチに腰をおろしていた。手持ち無沙汰なのは明らかで、煙草の煙で輪っかを作っていた。小久保の姿はない。小久保が、金を数えるのにそれなりの時間がかかるといっていたことを美和は思い出した。

時間はどれぐらい残されているのだろう？　三十分？　一時間？　いずれにせよ、じっくり事を構えている余裕はないはずだ。

美和は汗で濡れた額に粉をはたいた。大津をどうするにしろ、女の力で大の男に立ち向かえるはずもない。なにか、武器が必要だ。簡単で強力な武器が。運転席に座ったまま、美和は首を巡らせた。車の後方にヨドバシカメラの看板が見えた。唇を舐めて車を降りた。ルージュの味が舌にかすかな苦みを残した。ヨドバシカメラのある界隈は一度、客に連れられて歩き回ったことがある。家電製品をねだって一緒に買い物に行ったのだ。その時、どこかの路地の奥でミリタリー関連の商品を揃える店の前を通りすぎ、客にスタンガンを勧められた。ストーカーっぽい客に悩まされていた時期で、家電製品を買ってくれた客は美和の身を案じていた。

スタンガンなら大津の意識を失わせることができる。

記憶を頼りに歩きはじめた。いくつかの路地を覗き、入り込み、やがて目当ての店を見つけた。軒先《のきさき》に迷彩柄のジャケットやパンツ、ヘルメットが無造作に並べられ、店内のガラスケースにスコープやらなにやら、用途はわからなくても一目でミリタリー用品だとわかるものが並べられている。

　美和は迷うことなく店内に足を踏み入れた。店員は薄気味悪い笑顔を浮かべっぱなしの若い男がひとりいるだけだった。美和は店員にストーカーにつきまとわれて困っている、怖くてしょうがないと泣きついた。店員が勧めた五十万ボルトのスタンガンと口紅サイズの催涙スプレーを買った。ふたつ合わせても一万円にならない。驚きながら店員に使い方を習い、店を出た。歩きながら包装を解き、剝き出しのスタンガンと催涙スプレーをハンドバッグの奥に押し込んだ。ついでに携帯を取りだし、小久保に電話をかける。電話はすぐに留守番電話サービスに転送された。

「小久保さん、わたしよ。今、ハピネスの近く。スタンガンと催涙スプレー買って、それで大津ってやつなんとかするから。待っててね」

　電話を切ると、もう一度車に乗りこんだ。大津は相変わらずベンチに腰掛けている。ときおり腕時計とハピネスの正面玄関に鋭い視線を投げかけているのは待ち飽きてきたからだろう。大津はまだ煙草を吸い続けていた。煙草が吸いたい――美和は切実な欲求にかられた。バッグの中を探したが、煙草はなかった。煙草を買ってこよう。煙草で一服しよう。それから、行動に移るのだ。

　ドアを開けようとした――ドアは開かない。大柄な男が外に立っていて、ドアを塞いでいる。

「ちょっとどいて――」

　男に向かって怒鳴りかけ、美和は凍りついた。稗田が窓から車内を覗きこみ、おぞましい笑顔を浮かべていた。

「やっと見つけたぞ、この腐れまんこ」

ドアが閉まっていても、稗田の声ははっきりと聞こえた。美和はドアをロックしようとした。その前にドアが開き、稗田が上半身を車の中に潜り込ませてきた。

「つれねえじゃねえか。おれたち、仲間だろう?」

稗田の口と手が同時に動いた。右手が美和の髪の毛を摑み、引っ張り上げていく。

「小久保はどこだ?」

後頭部をシートに叩きつけられて、美和は一瞬、呼吸を忘れた。

「小久保はどこだって訊いてるんだよ」

「ハ、ハピネスの中。今、お金を受け取ってるところなの」

「なるほど。なんとかぎりぎり間に合ったってわけだな。おい、そっちに移れ」

髪の毛から手が離れた。美和は頭を押さえ、忙しない呼吸を繰り返した。助手席に稗田が乗りこんでくる。

「まったくふざけやがって。おれを出し抜こうなんぞ、百年早いんだよ。どうなるかわかってんのか、え? 金受け取ったら、小久保の野郎はぶちのめしてやる。生きてきたのが間違いだったってぐらいぼこぼこにしてやるよ。おまえはこっちだ」

「やめてよ……」

稗田の手がスカートの中に潜り込んできて、股間を強く押さえられた。

「いやになるぐらいぶち込んでやるからな。すりむけて血が出るまで腰振ってやる。てめえの身体ならそれなりの値段がつくからな。おれが飽きたら、ソープに叩き売ってやる」

「あいつが悪いのよ」

美和は稗田の手をはねのけ、フロントグラスの向こうを指差した。

「あいつ?」

稗田が目を細めて前を見つめた。大津がベンチから腰をあげ、ハピネスの様子を窺っている。

「大津っていう刑事よ。小久保さん、あいつに脅されてしかたなくあんたたちを裏切ったのよ。そうじゃなきゃ、小久保さんにそんなことできる度胸があるわけないでしょう」

「大津だ? マジかよ?」稗田は前方を凝視し続ける。やがて、その目が大きく開いた。「大津だ……あの野郎、佳史のおかげで追い払えたと思ってたのに……」

「あいつをなんとかしてよ。そうしたら、最初の予定通り、みんなでお金分けることできるのよ」

「大津か……畜生、くそったれ」

稗田はダッシュボードを激しく殴りつけた。

軽自動車のちゃちなダッシュボードが激しく揺れた。稗田は痛みを感じている様子も見せず、大津のいる方を血走った目で睨んでいる。

「それで、どういう段取りになってるんだ?」

「段取りもなにも、小久保さんがもう少ししたらお金を持って会社から出てくるから、三人でこの車に乗って、ホテルでお金を分けることになってるの」

「どこのホテルだ?」

「フォーシーズンズ……ねえ、どうするの?」

美和は脇にかかえたバッグを手に持ち替えた。スタンガンのせいでずしりと重く感じる。使うタイミングを見極めなければならない。稗田に大津をなんとかさせて、美和が稗田を片づける。うまく行けば――いや、なんとしてでもうまくやらなければならない。

「小久保はあとどれぐらいで出てくる？」

稗田はダッシュボードを殴った拳の指の付け根を舐めていた。かすかに血が滲んでいる。

「後三十分ぐらいかな。さっき、これからお金を数えはじめるからしばらく携帯は使えないって連絡があったの」

「三十分しかねえのか……だったら、今ここで大津をどうこうする余裕はねえな。ホテルに着いてから勝負するか。おまえらが合流したら、おれが後をつけて、ホテルの部屋でおまえらがあいつの気を引いてる隙に……」

美和は首を振った。大津と小久保が合流したら稗田に嘘がばれてしまう。

「そんな悠長《ゆうちょう》なことといってられないわよ。相手は刑事でしょう？　どんなこと企んでるかわからないもの。油断してる今が一番のチャンスよ。せっかくこうやって稗田さんがわたしのこと見つけたんだから、それも神様の思し召しじゃない？　あいつをうまくやっつければ、最初の予定通り、四人でお金を分けられるわ」

「三人だ」

稗田がぽつりといった。

「三人？」

「佳史は外した。あの野郎、おれの女房と寝てやがった……」

「どういうこと……」

驚きを隠しながら美和は訊き返した。口ぶりからして、稗田が宮前と会ったことは想像がついた。だが、ふたりの間でなにがあったのかは霧《きり》の中だ。

「今いったとおりだよ。佳史のことはもう忘れろ」

「佳史ちゃん、どこにいるの？　まさか殺しちゃったんじゃないでしょうね？」

「殺しちゃいねえさ」

「だったら、どこにいるのよ？」

「どうだっていいだろう、そんなことはよ。佳史がいなくなりゃ、取り分が増えるんだ。それより、問題はあいつだ」

稗田の目は血走り、ぎらついた光を放っている。多分、昨夜から一睡もしていないのだろう。こけた頬と相まって、餓《う》えて獰猛になっている肉食獣を思わせる。こんな物騒な雰囲気を身にまとった稗田に、宮前がなにをされたのかを想像するだけで身体中の肌が粟立った。

「この車、ぶつけちゃおうか？」

襲いかかってくる寒気に耐えながら、美和は口を開いた。

「なんだって？」

「だから、あの刑事にこの車ぶつけるの。小久保さんが会社から出てきた直後に。気絶したのを稗田さんがすぐ後ろに乗っけて、小久保さんもピックアップしてすぐに車を走らせればなんとかなるんじゃない？」

稗田は唇を噛んだ。ぎらついた目を左右に走らせている。人の多さと美和の言葉を天秤にかけているらしかった。稗田はまた拳をダッシュボードに叩きつけた。

「女ってのはくそろくでもねえことを考えつくよな」

美和は笑った。稗田が自分の考えに乗り気になったのは明らかだった。ＯＬ風のふたり連れが車の脇をけたたましく笑いながら通りすぎていく。美和はふたりをじっと睨みながら口を閉じた。

65

痛みと共に目覚めた。頭と脇腹、それに背中。それは鋭くもなく鈍くもなく、しかし、断続的に襲ってくる痛みで呼吸をするのさえ苦しかった。

喘ぎながら目を開け、そこが病室でないことに驚いた。寝ているのもベッドではなく、固いフローリングの床の上だった。手足をなにかで縛られているらしく身動きもままならない。激しい頭痛が記憶を呼び起こすことを妨げている。頭を振ってすっきりさせたかったが、その後に襲ってくるだろう激痛のことを考えると怖じ気をふるうしかなかった。

しばらく苦痛に耐えて横たわっていると、やがて頭の中の霧が晴れていった。病院に現れた稗田に拉致されたのだ。車に乗せられ、問いつめられ、乱暴な運転のせいでシートベルトがきつく食い込んできた。その後の記憶は断片になってばらけていた。何度も傷ついた脇腹を小突かれ、罵声を浴びせられ、そして稗田のマンションに連れ込まれたのだ。冴子を前にしてまた罵倒され、殴られ――その後はまったく記憶がない。気絶してしまったのだろう。

呻きながらなんとか身体を起こし、尻をずらして壁にもたれかかった。両腕は後ろに、両足は足首のところで布製のガムテープでぐるぐる巻きにされていた。宮前がいるのはリビングで、照明はついておらず、部屋全体が薄暗くなっていた。時計はどこにも見当たらず、時間の感覚を取り戻せずに宮前は舌打ちをした。

今は何月何日の何時なのだろう。稗田はどこにいったのだろう。紀香と小久保はどこにいるのだろう?

疑問が浮かぶたびに頭痛が宮前を苦しめた。まとまりかけていた思考が緩み、ゆがみ、形を失って崩れていく。痛み止めが欲しかった。今この瞬間、全身を苛む痛みを止めてくれるというのなら、悪魔に魂を売ってもかまわない。

人の気配を感じて、宮前は顔を左に向けた。確かに衣擦《きぬず》れの音がする。寝室にだれかいるのだ。

「睦樹か? そこにいるのか?」

宮前は声を張りあげた。肋骨が痛みを訴えたが、無視することでそれに耐えた。応答はなかったが、人の気配がはっきりと濃くなっていく。

「睦樹、そこにいるんだろう? 頼むからおれの話を聞いてくれ」

「睦樹なんていないわよ」

声と共にドアが開き、スエットの上下を着た冴子が姿を現した。右の瞼と頬がどす黒く膨れあがっている。冴子の顔は稗田の怒りを語ってあまりある。

「テープを切ってくれないか?」

「だめよ。そんなことしたら、今度こそ睦樹に殺されちゃうわ」

冴子は冷たい声で話しながら睦樹の目の前を通りすぎた。キッチンの冷蔵庫を開け、中を覗きこむ。

「なにもしなくても、このままじゃ殺されるんじゃないのか？　あいつは一度怒りだしたら手がつけられないんだ。凄まじく怒ってるんだろう？」

「お腹が空いたわ。昨日からなにも食べてないの。なのに、冷蔵庫には飲み物しか入ってない。シャブやり始めてから、ずっとこんな感じ。あんなの、やらなけりゃよかったわ」

冴子は低く沈んだ声でひとりごちるようにいった。稗田に殴られたショックだけではなく、覚醒剤が切れたことも影響しているのかもしれない。なんとなく、言動に脈絡《みゃくりゃく》がない感じを受ける。

「冴子さん、頼む。テープを切ってくれ――」

喋った拍子にバランスが崩れ、身体を支えようと肩に力を入れた瞬間、脇腹に激痛が走り、宮前は小さな悲鳴をあげた。病院にいたときより痛みは激しい。間違いなく怪我は悪化している。

冴子は冷蔵庫を開けたまま人形のように立ち尽くしていた。薄暗い部屋の中、冷蔵庫の明かりを受けた冴子は幽霊のようだった。

「テープを切ってくれたら、シャブを買ってきてやるよ」

宮前は囁くような声で語りかけた。冴子の肩が痙攣し、冷蔵庫が閉じられた。冴子はそれこそ幽霊のように力なく、ゆっくり振り返った。

「本当？」

「ああ。ぼくも怪我の痛みが酷い。覚醒剤なら痛み止めになる。それを手に入れて、ふたりで逃げよう。ここにいたって、睦樹にいいようにされるだけだ」

「本当にシャブ、手に入れてくれる？」

「ああ、約束する」

冴子はキッチンでなにかを探し、滑るようにフローリングの上を歩いてきた。右手に鋏が握られていた。

「すぐ手に入る？」

近くで見ると、冴子の腫れあがった顔は毒々しいまでに無惨だった。

「ああ。すぐに買ってくる」

「シャブやったら、またわたしのこと可愛がってくれる？　こんな顔じゃだれもしてくれないから」

冴子は泣いていた。宮前は苦痛に耐えながらうなずいた。とにかく、今は身体の自由を確保することが先決だ。

「もちろんだよ。君とのエッチは最高だった」

冴子は泣きながら微笑んだ。鋏で宮前の足のテープを切り落とし、傷のことなど頓着せずに宮前の身体を裏返しにする。宮前は悲鳴をあげたが、冴子の耳に届いているかどうかは疑問だった。おそらく、彼女の頭にあるのは覚醒剤のことだけだ。

宮前は傷に響かないよう細心の注意を払って立ち上がった。それでも、身体を動かすたびに太い針を差し込まれたような痛みがあちこちから襲いかかってくる。顔をしかめるのさえ大事業だった。

「ちょっと待ってて……」

口を開きかけた冴子を制して、宮前はバスルームに向かった。洗面台の上の鏡を覗きこむ——額の左側がたんこぶになって腫れ、右の目の下にどす黒い内出血の痕があった。それ以外目に見える外傷はないが、少なくとも冴子に同情できる立場にないことだけははっきりしていた。鏡は戸棚の扉を兼ねていた。病院で着替えさせられたのだろう、着ているのは青い患者衣だけだった。

棚には化粧品と薬品がきちんと区分けされて並べられている。痛み止めを見つけ、用量も確かめずに三粒、口の中に放り込んだ。水を飲むために屈む勇気はない。錠剤を噛み砕き、唾と共に飲み干した。

「ねえ、なにしてるの？　早くシャブ買ってきてよ」

バスルームの戸口にいつのまにか冴子が立っていた。

「ああ、今行ってくる……ぼくの鞄はどこかな？」

「なにいってんの？　鞄なんか最初からなかったわよ」

そういわれて、鞄を紛失したことを思い出した。脳はすっかり回復したつもりでいたが、昨日から今日にかけての時間の流れが入り組んでいる。

「そうだった……」

そうだ。鞄もなければ財布もない。携帯電話もない。これでは、なにかをしようにも身動きが取れない。

「ねえ、早くシャブ買ってきてよ」

「わかってるよ。金と携帯電話を貸してくれないか？」

「お金なんかないわよ。そんなもの持ってたらまたシャブ買いに行くだろうって、睦樹に財布ごと取り上げられたわ。銀行のキャッシュカードもクレジットカードも入ってたの。一文無しなのよ、わたし」

「金がなきゃ、シャブなんか買えないだろう」

宮前は怒鳴った。傷が痛んだはずだが、胃の奥でいきなり燃えはじめた炎が痛みすら瞬く間に焼き尽くしていく。

「あんたがお金持ってると思ったのよ」

「これでか？」宮前は青い患者衣を引っ張った。「どこかにポケットが見えるか？　この服のどこかに金をしまっておけるところがあると思うのか!?」

「ちょっと、怒鳴らないでよ。殴られた痕がじんじんするんだから」

「くそ。なにもかもおまえのせいなんだぞ」

宮前は冴子を押しのけ、居間に戻った。金がないというのは本当だろう。へそくりをしておくタイプには思えない。ガラス張りのキャビネットの上に置かれた固定電話に手を伸ばし、会社の番号を押した。だれかに着替えと金を持ってこさせるつもりだった。呼び出し音が鳴りはじめるのとほとんど同時に、インタフォンのチャイムが鳴り響いた。すぐに荒々しいノックの音が続く。ものものしい雰囲気に飲まれて、宮前は電話を切った。チャイムは鳴り続け、ドアは叩かれ続けている。

「うるさいわね」

金切り声をあげながら、冴子がインタフォンに応じた。

「ちょっと、静かにしてよ。病人がいるんだから」

「すんません。稗田さんはおられますか?」

野太い声が聞こえてきた。聞き間違えようがない。丁重さを取り繕おうとはしているがやくざ者の声だ。

「どちら様ですか?」

冴子も気づいたのだろう、口調が変わっていた。

「榊原の兄貴から言伝《ことづて》を持ってきたんです」

「榊原の兄貴って、若頭補佐のこと?」

「他にだれがいますか?」

「ちょ、ちょっと待っててください。すぐあけますから……」冴子はインタフォンから離れて顔を歪めた。「どうしよう、やくざだよ」

「言伝を持ってきたっていってたじゃないか」

「わかってないのね。表向き、睦樹はもう組の人間じゃないのよ。それなのに、組の人間が来るなんておかしい。なんかあったのよ」

冴子は髪を振り乱して訴えた。

「だけど、あいつらが用があるのは睦樹だ。おれたちじゃない」

「馬鹿。身内は一心同体なの。睦樹が組に迷惑かけてどこかに逃げたら、わたしが落とし前つけなきゃならなくなるのよ」

「でも、今さら逃げるわけにはいかないだろう。連中、玄関の前で待ってるよ」

「どうしよう……」

「とにかく応対するしかないだろう。ぼくはバスルームにいるから」

「わかったわ」

玄関に向かう冴子を見つめながら、宮前はバスルームに入った。静かに、だがきつくドアを閉めた。

「今、開けます」

ドアと壁のせいで冴子の声がくぐもって聞こえた。鍵を開ける音がそれに続き、宮前は息を飲んだ。

「どうも、失礼します。稗田さんはいらっしゃいますか？」

男の声には一種の緊張が含まれていた。宮前はドアに耳を押しつけた。不吉な予感が広がり、小さく首を振ってそれをはね除けた。昨夜から今日にかけて自分の身に起こったこと以上に悪いことなどあるわけがない。

「それが、朝早くから出かけておりまして。どこに行ったかはちょっと……」

「奥さん、その顔はどうしたんですか？」

「夫婦喧嘩です。主人に殴られて――」

冴子の声の後に沈黙がおりた。途端に不吉な予感が小憎《こにく》らしい顔をちらつかせる。

「……おい」

男が低く短く囁いた。

「ちょっとなにするの？　勝手にあがらないで」

冴子の小さな悲鳴は乱雑な足音にかき消された。何人いるかわからないが、男たちは土足で上がりこんできたらしい。

「そっちを探せ」

冴子と話していたのとは別の声が響いた。恐怖に突き動かされて、宮前はドアノブについている鍵を回した。外の足音が消えた。

「ここにだれかいるぞ！」

「やめて。なにするの？　ここはわたしの部屋よ！」

甲高い男の声と冴子の叫びが重なった。重い音がしてドアが揺れた。複数の人間がドアを蹴っている。

「稗田、隠れてねえで出てこいや。あんたも昔は鳴らした男だろう。こそこそ隠れてて恥ずかしくねえのかよ!?」

最初の男の声がドアを突き抜けてくる。宮前はドアにしがみつき、両手でドアノブを押さえた。

「聞こえてんのか、稗田!?」

ドアが重く激しく顫えた。だれかが体当たりをかましている。宮前は必死で体重をドアにかけた。体当たりされるたびにドアが軋み、歪む。時間の問題だとわかっていても、無駄な時間稼ぎを試みずにいられなかった。ドアに当たる衝撃が強まった。ふたりの男が呼吸を合わせて身体をドアに打ちつけている。木材がみしみしという音を立てはじめていた。

「家を壊さないで」

「じゃあ、稗田に出てくるようにいえよ」

「中にいるのは稗田じゃないの」

体当たりがやんだ。宮前はドアに身体を預け続けた。

「稗田じゃねえ？　だったらだれがいるってんだ？　間男《まおとこ》か？　おい、続けろ」

またドアが揺れた。

「奥さん、中にいるのが稗田だったら、女だからってゆるさねえぞ」

「本当に稗田じゃないのよ。今、出てこさせるから家を壊すのはやめて」

「だったら早くしな」

体当たりを続けていた男たちが後ずさる気配が伝わってきた。宮前は唇を舐めた。どこまで落ちていけばゆるされるというのだろう。

「宮前さん、出てきなさいよ。それ以上頑張ってたって無駄だから」

冴子のいうとおりだった。いずれドアは破られ、宮前は外に引きずり出される。ドアを開けようとしたが、手が動かなかった。肉体が再び痛めつけられることへの恐怖に麻痺している。

「宮前さん！」

「早く開けた方が身のためだぞ、おい」

男の恫喝は堂に入っていた。おそらく、いう通りにしなければ容赦のない仕打ちが待っているのだろう。宮前は歯を食いしばりながら手を動かした。鍵が外れ、ドアが開いた。

「てめえ、何者だ？」

男は三人いた。三人が三人とも、一目でそれとわかるやくざ風のいでたちだった。中央に立っている男は背が低く、両脇のふたりはいかつい体つきをしていた。冴子が涙で濡れた顔を手で拭っていた。宮前は抵抗の意志がないことを示すために両手をあげた。

「ぼ、ぼくは冴子さんの――奥さんの知り合いです」

稗田の名前を出すわけにはいかなかった。

「間男か？」

背の低い男が詰め寄ってきた。下から睨めあげるように宮前の顔を覗いてくる。顔を背けたかったが、男が発散する暴力的な空気がそれをゆるさなかった。

「え、ええ。まあ、そういうことです」

「おめえ、稗田がどういう男か知ってるのか？　ばれたら殺されるだけじゃすまねえぞ――」男が突然目を剝いた。「どこかで会ったことがあるな？」

「き、気のせいですよ」

男の顔に見覚えはなかった。だが、向こうがこちらを知っている可能性はある。宮前は身体の顫えと戦いながら否定した。

「いや、間違いなく見た顔だ。名前は宮前といったな……」

男が冷たい笑みを浮かべた。その目を見て、宮前は諦めた。

「谷岡さんのところで働いてます。もしかしたら、どこかで会ったかも……」

「それだよ。谷岡に飼われてる間抜け野郎だろう。だったらよ、稗田も知ってるはずだ。幼馴染みだって聞いてるぞ。てめえ、嘘つきやがったな」

「大学が同じだっただけです。もちろん、付き合いはあるけど、お互いに馬が合わない。嘘じゃない――」

「稗田はどこにいる？」

宮前の声など聞こえなかったという表情で男は訊いてきた。

「知りません」

「てめえの面にも傷があるな。間男がばれて稗田に殴られたのか……いや、稗田がその程度で済ますわけがねえ。なにかおかしいな」

男は振り返った。冴子の顔を見つめながら両脇の男たちに指示を出す。

「こいつを奥の部屋に連れていけ……ああ、そうだ。靴は脱いでやれ。それでいいですか、奥さん？」

冴子がうなずき、男たちが宮前を左右から挟み込んで腕を取った。肋骨に激痛が走る。宮前は呻いた。

「かなりこっぴどくやられたらしいな。知ってることを素直に喋った方が身のためだぞ。おれたち、医者みたいに優しくはねえからな」

「稗田がなにをしたっていうんです？」

喘ぎながら宮前は訊いた。やくざたちが問答無用で乗りこんで来るというのは尋常なことではない。形の上では盃を返したことになっているが、稗田はまだ身内なのだ。

「うちの組員を殺したんだよ」

男はいった。宮前は息を飲んだ。身体を襲う痛みも瞬時に凍りついた？　人を殺した？　一世一代の大勝負を打とうとしているときに？　男が嘘をつく理由はない。稗田は大馬鹿者だ。稗田と手を組んだ自分はそれ以上に救いがたい。

「奥さんも知ってるだろう？　小林って野郎だ。クズみてえなやつだが、身内は身内なんでな、組中で稗田の行方を追ってる。あいつはどこにいる？」

「知らないわ」

「そんなわけねえだろう。あんたたちの面見りゃわかる。浮気がばれて、ふたり揃って稗田にこっぴどくぶちのめされたんだ。さっきまで稗田の野郎はここにいたんだろう？　知らねえじゃすまさねえぞ」

「本当に知らないのよ」

背中のすぐ後ろでふたりの会話が続いていた。

「奥さんの言葉を信じたとしてもだ、心当たりぐらいはあるんだろう？」

我慢できなくなって、宮前は振り返った。冴子が肩を落として首を振っていた。

「本当に知らないんだって。なにもいわずに飛び出ていったの。わたし、殴られた後、ずっと寝室に閉じ籠もってたし、稗田、凄い焦ってたから関わり合いになりたくなかったのよ——」

「兄貴」

冴子の声を宮前の左の男が遮った。その目はフローリングの床に落ちたままのガムテープを見つめている。

「おまえ、あいつに縛られてたのか？」

兄貴と呼ばれた男が宮前たちを追い抜き、ガムテープを拾いあげた。

「宮前よ、おめえのことはこれから嘘つき野郎と呼ばせてもらおうか」

男は芝居がかった仕種で振り返り、鋭い視線を両脇のふたりに飛ばした。なんの前触れもなく、肋骨が折れている脇腹に衝撃を受けた。宮前は胃液を吐きながらくずおれた。あまりの痛みに声も出ず、息もできなかった。

「じっくり聞かせてもらうからな、覚悟しておけ」

男の嘲笑うような声が宮前の頭上に降りそそいだ。

66

大津は忙しなくチェーンスモーキングを繰り返していた。ハピネス本社ビルにもこれといった動きはなく、車の外の光景は平和なオフィス街そのものだった。

「まだ小久保からの連絡はねえのかよ?」

稗田は運転席の紀香に声をかけた。

「出かけられるようになったらすぐに連絡入れるっていってたから、そう焦らないで」

「焦るなだ? 無茶いうな。これが焦られずにいられるかよ」

大津を見張っているとニコチンへの欲求が抑えがたくなってくる。煙草はとうになくなっていたが、自分で買いに行くことも紀香に買いに行かせることも躊躇《ためら》われる。金を手に入れるための、現実的な行動を起こすことさえできれば煙草など忘れられるというのに、その時は遅々《ちち》としてやってこない。気を抜くと、無意識に右手がジャケットのポケットに伸びている。

右手が勝手に煙草の箱を探し始め、稗田は舌打ちした。右手が手にしているのは携帯電話だった。手持ち無沙汰に携帯を取りだし、開いたところでその瞬間を待っていたように携帯が鳴りはじめた。ディスプレイに表示されたのは冴子の携帯の番号だった。

「あの女、よくも電話なんか……」

稗田は呟きながら電話に出た。

「なんだ?」

「どこにいるの?」

「てめえには関係ねえだろうが」

「宮前の様子がおかしいのよ。さっきから苦しそうに呻いて、身体をばたつかせてるの。放っておいたら死ぬんじゃない?」

「あれぐらいの傷で死ぬかよ。逃げ出したくて芝居を打ってるんだ」

死ぬという言葉に紀香が敏感に反応した。目を細め、電話の内容に耳を澄ませている。

「じゃあ、これ聞いてみてよ」

冴子の声が遠ざかっていった。代わりに聞こえてきたのは熊かなにかの唸り声のような音だった。それが人の声だと理解するのに数秒の時間が必要だった。

宮前は呻いていた。人であることを忘れ去って、ただひたすら痛みに耐えるために呻いていた。折れた肋骨が内臓を傷めたのだろうか?

「やつはどうなってるんだ?」

宮前という言葉を出さないように気をつけながら稗田は訊いた。

「全身汗びっしょりでのたうってる。ねえ、睦樹、このままじゃやばいよ。睦樹が怒ってるのわかるし、わたしも悪かったって思ってるけど、ここで死なせたら警察沙汰でしょう?」

「車で病院に運んで、こっそり置き去りにしてこい」

「わたしひとりじゃ無理よ。睦樹に殴られたとこだって、まだ死ぬほど痛いのよ。頼むから早く帰ってきて。どこにいるのよ？」

「西新宿だよ。いま、大事な用を済ませてるところなんだ。終わったらすぐに帰る。それまではシャブでも食わせてやれ。そうすりゃ痛みも治《おさ》まるだろう」

「シャブは睦樹が全部捨てちゃったじゃない！」

冴子の声が耳に響く。稗田は舌打ちして怒鳴り返した。

「とにかく今は手があかねえんだ。できるだけ早く戻るからぎゃあぎゃあ喚くな」

一気にまくしたてて電話を切った。ポケットに入れようとして思い直し、電源を落とす。

「なにかあったの？」

稗田の横顔に視線を浴びせていた紀香が口を開いた。大きく見開かれた目に疑念が溢れている。

「なんでもねえ」

「だって、様子が変だったわ、今の電話。これから大金を手にしようとしてるのよ、わたしたち。なにかあったら――」

「なんでもねえっていってるだろう。黙らねえと、おまえも叩きのめすぞ」

「おまえも？」

「言葉の綾だ。いいから口を閉じてろ。もうすぐ小久保から電話がかかってくるんだろうが」

「佳史ちゃんなんでしょう？　佳史ちゃんになにかあったの？」

紀香は確信していた。なにも知らないと答えたところで信じはしないだろう。

「あの馬鹿、ちょっと可愛がってやったんだよ。骨の二、三本は折れてるかもしれねえが、命に別状はねえ」

　紀香が瞬きを繰り返した。

「佳史ちゃんをどこで見つけたの？」

「病院だ。あの馬鹿、わざわざおれに電話かけてきやがったんだ。それで、病院まで出かけて拉致ってきた」

「それで、問答無用で殴りつけたわけ？」

「当たり前だ――」

　稗田は言葉を切った。大津が携帯でだれかと話をしている。普通、刑事はひとりでは行動しない。警部補ともなればなおさらだ。大津は仕事をさぼってここにいるのだろう。電話の相手はおそらく警察官だ。大津はいい訳を口にしている。

「本当に命に別状はないのね？」

「ああ。そこまではしてねえよ。おまえもしつこいな。佳史に惚れてるってわけじゃねえんだろう。なんでそんなに気にしてる？」

　紀香が微笑んだ。いつもなら気にならないが、今は違う。稗田の目にはそれが作り笑いだと映った。

「だって、一応知り合いだし、死んだとかそういうことになったら目覚めが悪いと思ったの。それだけ」

　紀香はなにかを隠している。稗田は目を細め、どんな動きも逃すまいと紀香の表情を追った。紀香の微笑みが一瞬凍りつき、目を不安の影がよぎった。

「おい、てめえなにを――」

稗田が手を伸ばすのと紀香が頭を下げるのはほとんど同時だった。稗田の手は宙をかすめた。

紀香のハンドバッグの中で携帯電話の着メロが鳴っていた。

「小久保さんからよ」

紀香はディスプレイを確認してから携帯を耳に当てた。

「余計なことは喋るなよ」

紀香に摑みかかろうとしたことも忘れて、稗田は携帯に耳を寄せた。

「もしもし、わたしよ……うん。あの刑事のことは任せて。なんとかするから……うん、小久保さんは普通に出てくるだけでいいから。それで、あの駐車場で待ち合わせようよ？ ……じゃあ、後でね」

紀香が電話を切った。

「なんだって？」

「五分で出てくるって。あの刑事なんとかしなきゃ。小久保さんが今からあいつに電話するって。電話に意識が集中するから、こっちにチャンスあるんじゃない？」

「そうだな。準備しろ」

稗田は尻の位置をずらし、シートベルトを締めた。紀香がステアリングを握った。ギアをドライブに入れてサイドブレーキを解除する。軽自動車は身震いしながら進みはじめた。紀香は緊張した面持ちで正面を見つめていた。

大津は歩道と車道の境目近くに立って煙草をふかしている。車をぶつけるのに支障はなさそうだった。

「駐車場で待ち合わせるといってたな?」

「サブナードの地下駐車場。前にもそこで待ち合わせたことがあったの」

紀香の声には淀みがない。どこもかしこもつるりとしていて、嘘が嘘であると見破るためのとっかかりが見当たらなかった。

大津がポケットに手を入れた。携帯を取りだし、表情を輝かせながら耳に当てた。

「小久保さんからの電話よ、きっと」

「ぶつけろ」稗田はいった。「ゆっくり近づいていって、一メートルぐらいになったらアクセルを思いきり踏め」

「わかった……」

車はじりじりと前進していく。大津は携帯での会話に夢中になっているようだった。こちらに気づく気配はない。周囲の通行人も間抜け面をぶら下げているだけだった。

大津と車の距離が一メートルに縮まった。気配を察したのか、話をしながら大津が振り返った。

「やれ!」

稗田が怒鳴る前に、車は一度つんのめってから加速した。大津の顔が歪んでいく。カメラが被写体をズームアップするように、フロントグラス一杯に大津の顔が広がった。

衝撃があり、大津の身体が真後ろに吹き飛び、その後でようやく鈍い音が耳朶《じだ》を打った。あちこちで悲鳴があがる。稗田はシートベルトを外し、車を飛び降りた。大津はうつ伏せに倒れている。流血の兆しはない。

「すみません、大丈夫ですか？」

わざとらしい声を張りあげながら大津を抱き起こした。全身から力が抜けている。骨が折れている感触はなかった。額から右の頬にかけて擦過傷《さつかしょう》ができている。衝突の衝撃で気を失っているだけだろう。もちろん、身体のあちこちに打撲を負っているはずだ。

「病院に行きましょう。車まで運びます」

大津の身体を肩に担ぎ、よろめく振りをしてアスファルトに転がっていた携帯を踏みつぶした。実際、大津の身体は予想していたより重かった。稗田は歯を食いしばり、車まで駆け戻って後部座席に大津と一緒に乗りこんだ。

「車を出せ、早く」

ドアを閉めながら叫んだ。車が走り出す。間抜け面を驚愕の表情に変えた通行人たちが呆然と突っ立ったまま車を見つめていた。

「死んでるの？」

紀香がルームミラーを睨んでいた。

「いや、気絶してるだけだ。おい、紀香、おまわりにこんなことしたんだ。捕まったらただじゃすまねえ。なんとしてでも金手に入れて、警察の手の届かねえところに逃げねえと、おれたち全員おしまいだぞ」

「わかってるわよ」

紀香が叫び、強引にステアリングを切った。予期していなかった横Gに耐えきれず、稗田は大津の上に転がった。大津の身体からはニンニクの匂いがした。

＊＊＊

紀香の運転は空恐ろしかった。車線を変更するタイミングや右左折のコース取りがばらばらで予測がつかない。稗田は左右に身体を振られながら、不快な感覚に耐えた。

紀香は道も知らないようだった。新宿から遠ざかる道を走り続ける車に異変を察して、稗田が道を示さなければどこに向かっていたかもわからない。車は今、大久保《おおくぼ》通りを走っていた。明治《めいじ》通りを右折して靖国《やすくに》通りに入ればサブナードの駐車場にたどり着ける。

大津が呻いた。意識を取り戻しかけている。後部座席の周囲を隈なく探したが、使えそうなものはクロスしかなかった。稗田は大津の身体を引き起こし、後頭部を車体に叩きつけた。どの程度の打撃を与えれば大津が気絶し続けるのかはわからない。死んだら死んだときのことだ。車をぶつけた時点で、稗田たちは大津の復讐リストの最初に登録されている。このまま死んでもらった方がいいのかもしれない。

「なにしてるの？」

紀香が振り返り、車が蛇行《だこう》した。後続の車が激しくクラクションを鳴らした。

「前を見てろ。なんでもねえよ。気がつきそうだったから、もう一回寝てもらっただけだ。信号二つ目、右折だぞ」

「二つ目ね」

紀香はいきなり右車線に車を移動させた。ウィンカーをつけることをすっかり忘れ去っている。

おそらく、後方確認も怠っているだろう。またクラクションが鳴り響いた。稗田は振り返り、窓越しに後続の車を睨みつけた。ダークブルーに塗られたＢＭＷの３シリーズで、運転しているのは女だった。ＢＭＷは急にスピードを落とし、稗田たちとの車間をあけた。ＢＭＷの後方で別のクラクションが空気を顫わせていた。

ＢＭＷの背後から黒のベンツＥクラスが姿を現し、ＢＭＷを強引に追い越して稗田たちの車の背後に着いた。窓は全面スモーク。中にやくざが乗っているのは間違いない。だが、この辺りにはやくざ者御用達のベンツなど腐るほど転がっている。ベンツはＢＭＷを追い抜いただけで、それ以上スピードを上げることも車線を変えることもなかった。あまりじろじろ見つめていると難癖をつけられることも考えられる。稗田は身体の向きを変えた。車がスピードを落とし、右折車線の最後尾でとまった。

ルームミラーにベンツが映りこんでいる。振り返りたいという衝動と戦いながら、稗田はルームミラーを見つめた。やくざたちが活動をはじめるには時間が早すぎる——そのことが引っかかってベンツを意識から追い出すことができなかった。

大津がまた呻いた。

「気がつきそうなの？」

紀香が振り返る。

「おまえは前を見てろ。事故ったらなにもかもお終いなんだぞ」

「だって今は——」

「ほら、前の車が動きだしたぞ」

紀香が慌ててステアリングにしがみついた。車が揺れ、大津がまた呻いた。呻きはまだ小さいが、大津の蘇生《そせい》を強く予感させるものだった。もう一度後頭部に打撃をくわえてやりたかったが、後ろのベンツが気になった。

「もう少しだ……」

稗田は呟いた。やくざ者のベンツがサブナードの駐車場を使うとは思えない。駐車場にさえ入ってしまえば、思う存分動くことができる。

「それまで気絶したままでいなよ、大津さん。目が覚めると面倒なことになるからな」

二股に分かれる道を左に進むように指示し、その先を右折させる。ベンツはぴたりとくっついてくる。不安が雨雲のように膨れあがっていく。

「駐車場の入口はわかるのか?」

「うん。大丈夫だと思う」

紀香の声に合わせるように、また大津が呻いた。間違いなく近いうちに目を覚ますだろう。

「左車線には寄るな。伊勢丹の駐車場に向かう車が並んでるんだ。その先で左車線に――」

大津の呻きが大きくなった。稗田は舌打ちし、右の拳を大津の首筋に叩きつけた。呻きは小さくなったが、消えることはなかった。

車が左に曲がった。地下駐車場へと続く誘導路を降りていく。やはりベンツがその後に続くことはなかった。肩から力が抜けていく。いつの間にか奥歯を強く嚙みしめていたことに稗田は気づいた。

発券機の前で車が停まった。紀香が窓を開けたが間が開きすぎていて手は届きそうになかった。

「稗田さんごめんなさい。緊張しててうまくシートベルト外せないの。駐車券取ってきてくれない？」

「しょうがねえな」

大津の様子を確かめてから、稗田は車を降りた。駐車券を抜き取り、振り返る。紀香はハンドバッグの中を覗いていた。

「小久保から連絡あったのか？」

「ううん。今鏡見たら酷い顔になってるから、後でお化粧直そうかと思って」

稗田は舌打ちしたくなるのをこらえた。女という生き物は始末に負えない。

稗田が乗りこむと、車が再び動きだした。場内を西武《せいぶ》新宿駅の方に向かい、あいたスペースの手前で停止する。紀香がまた振り返った。

「またごめん。わたし、車庫入れ無理だと思う」

今度は舌打ちをこらえることができなかった。

「後ろに乗れ。こいつが目を覚まさないかどうか見ておけよ」

紀香と入れ替わりに運転席に座り、車を駐車スペースに入れた。かなり時間がかかったはずだが、小久保の姿は周りにはない。ギアをパーキングに入れ、サイドブレーキを引いた。キーを抜きながら口を開く。

「小久保との待ち合わせはここでいいのか？」

首筋に冷たい感触があった。ルームミラーに大型の携帯のようなものを持った紀香が映っていた。

火花が飛んだ。なにかで突き刺されたような痛みを感じた。振り返ろうとして、身体にまったく力が入らないことに気づいた。
なんだ——そう思いながら、稗田は暗闇に飲みこまれていった。

67

「確かに二億円、預かります」

書類にサインをしながら小久保はいった。女子社員が札束を大振りのアタッシェケースに詰めていた。

「よろしく頼むよ、小久保君。間違いなくこの金と引き換えに盗まれた資料を取り戻してくれ」

西浦が拝むような仕種をしてみせた。

「大丈夫ですよ。もう話はついてるんです。後は金と資料を交換するだけですから」

「君には迷惑をかける。これが終わったら、わたしらだけでなく会長の進退も含めて、いろいろ考えてることがあるから。君の待遇もよくなるはずだ」

「会長の進退って……」

「今度の件で、役員会の中でも会長に舵《かじ》を預けたままじゃ危険だという空気が生まれてきてるんだ。ま、詳細はまだ話せないが、勘のいい君なら察しはつくだろう……とにかく、今日の取引を無事済ませることに専念してくれ」

乾いた音が響いた。女子社員がアタッシェケースを閉じた音だった。

「常務――」

「ありがとう。君はもういいよ。ああ、念を押すが、このことはくれぐれも内密にね」

女子社員が頭を下げて部屋を出て行った。西浦はテーブルの上のアタッシェケースに手を伸ばし、持ち上げた。

「泥棒に目をつけられるなよ」

「わかってます。常務……それを受け取る前に、ちょっとお手洗いに行って来てもいいですか？　やっぱり、緊張してるみたいです」

「ああ、かまわんよ。わたしも緊張してるからね」

小久保は部屋を出てトイレに向かった。個室に入り、携帯を取り出す。電話はすぐに繋がった。

「もしもし、わたしよ」

美和の声は緊張に強張っていた。

「あと五分で社を出る。大津は？」

「あの刑事のことなら任せて。わたしがなんとかするから」

「本当に大丈夫なのかい？　無理しなくてもいいんだよ。とりあえず、この後大津に電話をかけなきゃならないんだが――」

「うん。小久保さんは普通に出てくるだけでいいから。それで、あの駐車場で待ち合わせようよ」

「駐車場って、サブナードのことかい？」

「じゃあ、後でね」

電話が切れた。小久保は携帯電話をじっと見つめた。声だけではなく、美和の話しぶりもおかしい。いつもは饒舌なのに、言葉が少なすぎた。大津をうまく排除できるのなら、別にサブナードで待ち合わせる必要もない。なにか突発事態が起きたのだ。

不安がじわじわと押し寄せてくる。便器に腰をおろしながら小久保は溜息を漏らした。わからないことをいじいじ考えてもしかたがない。美和は大丈夫といったのだ。だったら、その言葉を信じて行動するだけだ。

大津の番号を押し、携帯を耳に押し当てた。

「やけに遅かったな」

大津はすぐに電話に出た。口調に苛立ちが滲んでいる。

「一億もの現金を数えるには機械を使ってもそれなりに時間がかかるものなんですよ」

「そういうもんか……まあいい。それで、後どれぐらいで出てこれるんだ?」

「あと、五、六分というところです。今、トイレからなんですが、これから金を受け取って裏口から出ます」

「じゃあ、おれは裏口の方にまわってるぞ」

「いや、それは拙《まず》いです。異変が起こらないようにと守衛がひとり、裏口で目を光らせてますから。タクシーに乗ったら、必ず大津さんをピックアップしますから。ここまで来て裏切ったりはしませんよ、信用してください」

「おれはさっきの場所にいる——」

ふいに大津の声が途切れた。なにかが激しく衝突するような音がし、間を置いて乾いた耳障りな音が続いた。携帯がアスファルトの上を転がったのだ――小久保はそう感じた。

「大津さん、大津さん？」

問いかけても返事はない。やがて、唐突に回線が切れた。

「大津を轢《ひ》いたのか……」

小久保は唾を飲みこんだ。携帯電話をわけもなく見つめたが、外で何が起こったのか、正確なことはなにもわからなかった。

＊＊＊

空気がざわついていた。普段は忙しなく行き来している近隣のサラリーマンやＯＬが足をとめ、顔を見合わせたり囁きあったりしていた。

「なにかあったんですかね？」

小久保は運転手に訊いた。

「さあ、わたしも五分前にこっちに来て待機してたんで詳しいことはわかりませんが、事故だって声が聞こえましたよ」

「その割には、車もなにも見当たりませんね」

「そうですねえ」

運転手は首を振った。もう事故に関する興味は失せているようだった。

「それで、どちらへ向かいましょう？」

「原宿へ行ってください。神宮前《じんぐうまえ》の交差点まで」

小久保はそう告げた。美和のことが心配で、できれば東口に直接向かいたかった。だが、このタクシーは西浦が手配したものだ。小久保がどこで降りたのかは簡単に突き止められてしまう。どこかでタクシーを乗り換えるのが一番だった。

明治通りが混んでいて、原宿に着いたのは二十分後だった。美和に電話をかけたかったが我慢した。電話で聞いた美和の口調はどこかおかしかった。大津の他にも突発事態が起こったのかもしれない。電話は危険だとなにかが告げている。

原宿でタクシーを乗り換え、再び新宿に向かった。渋谷へ向かうそれとは違い、新宿へ向かう明治通りは比較的すいていた。しかし、それも途中までで、甲州街道を横切ってから先は、車は遅々として進まなくなった。小久保は業を煮やし、新宿通りとの交差点でタクシーを捨て、伊勢丹の裏手を通って靖国通りに出た。階段を使ってサブナードに降り、駐車場の入口の前で足をとめた。

深く息を吸い、周囲を見渡す。午前中ということもあってか、サブナードは閑散としていた。買い物というよりは通路代わりに地下街を利用しているサラリーマンやＯＬの姿が目立った。小久保が携えているアタッシェケースに注意を向ける者はいない。

意を決して小久保は駐車場に足を進めた。スチール製のドアの向こうは空気の質がはっきりと変容《へんよう》していた。冷えた空気はオイルやガソリンの匂いが混じり合って淀んでいる。

軽自動車はすぐに見つかった。別れたときに停めた場所から数メートル先のスペースに、国産のＳＵＶとベンツに挟まれて停まっている。美和は助手席にいた。フロントグラスに背を向け、座席越しに身を乗り出して車の後部を覗きこんでいる。轢いた大津を乗せているのかもしれない。美和以外に人の姿は見当たらなかった。

静かに近づき、窓をノックした。美和が怯えたように振り返り、小久保を認めて肩から力を抜いた。小久保は美和に声をかけながらドアを開けた。

「なにがあった――」

運転席でくずおれている稗田に気づき絶句した。

「ハピネスの前で待ってたら、いきなり乗りこんできたの。あの近くで見張ってたら必ず小久保さんを摑まえられると思ってたみたい。なんとかいいくるめて、この人に車をぶつけて、ここまで来たんだけど」

美和の口調は明快だったが早口に過ぎた。動揺を抑えきれないでいる。小久保は稗田の肩に手を触れてみた。稗田はぴくりとも動かない。

「どうやって？」

「これ」美和がかざしたのはスタンガンだった。「この人も目が覚めそうだったから、今、気絶してもらったの」

美和の機転には舌を巻くしかない。小久保は額に浮いた汗を拭った。小久保はドアを閉め、助手席側にまわって車に乗りこんだ。いつまでも車外にいたのでは他の人間に注意を引いてしまう。

「とにかく、よくやってくれたよ」

狭い空間に尻を押し込みながら小久保はいった。

「お金は？」

「ちゃんとあるよ」

微笑みながらアタッシェケースを叩いてみせた。緊張に強張っていた美和の顔がぱっと輝く。その笑顔を見られただけでも、苦労した甲斐があった。

「すぐここから移動しよう」

「待って。その前に、ちょっとでいいからお金を見てみたいの。だめ？」

「それぐらいならかまわないさ」

小久保はアタッシェケースを苦労して膝の上に置き、蓋を開けた。整然と並べられた一万円札の束が駐車場の暗い照明を受けてほのかに輝いた。

「全部本物なのね？」

「ああ。全部、君とぼくのものだよ」

「夢みたい」

「夢なんかじゃないさ。いろいろ苦労してきたことに対する報酬だ」

いきなり美和が抱きついてきた。首に腕をまわされ、頬に口づけされる。

「ありがとう、小久保さん。全部、小久保さんのおかげ」

「そんなことはない――」

照れ笑いを浮かべかけて、小久保は軽自動車を取り巻いている人影に気づいた。いかにもやくざ然としたスーツを身にまとった男が三人、こちらを覗きこんでいる。

「どうしたの？」

美和が顔をあげ、凍りついた。男たちはみな、剃刀《かみそり》のような目つきをしていた。真ん中の男は小柄だったが両脇の大柄な男たちに負けない威圧感を身にまとっていた。

「おれたちは稗田に用があるんだ。それと金にな」

小柄な男が口を開いた。

美和も口を開いた。反射的に口をついて出た言葉だ。美和の横顔は強張り、目尻が吊り上がっていた。小久保の表情も似たようなものだった。フロントグラスにぼんやりと浮かびあがる小久保の顔は引きつり、汗にまみれていた。

「いや――」

「宮前って小僧からだいたいの話は聞いてるんだ。稗田はおれたちに借りがある。その金は稗田がもらうはずだったものだ。つまり、おれたちのものだ。おとなしく金を車の中に置いたまま降りてきな。そうすりゃ、おまえらは見逃してやる。好きなところに行きゃいい」

宮前の名前が出てくるのは予想外だった。あの男が今、どこでなにをしているのかはわからない。だが、悲惨な目に遭ったのだろうことは容易に想像がついた。そして、その想像はすぐに数分後の自分に置き換えられる。胃が収縮し、吐き気がこみ上げてきた。

「稗田の野郎はなんで気絶してるんだ?」

小柄な男が車の中を覗きこんだ。車が三人の後ろを通過した。男たちの服装を見て、スピードを上げていく。

「不意をついて後ろから殴ったのよ……あの携帯電話ね? あれで稗田の居場所を予想して後をつけてきたの?」

「そうだよ、ねーちゃん。さ、さっさと金を置いて車から降りろ」

「だめよ、小久保さん。わたしたちのお金なんだから」

美和が鋭い声で囁いた。小久保は宥めようとしたが、口の中がからからに干涸《ひか》らび、舌が口蓋《こうがい》に張りついて離れなかった。なにかをいわなければならないのに、なにかをしなければならないのに、口が、身体がいうことを聞かない。いや、意志そのものが凍りついている。いつもそうだった。これで変われると信じていたのに、結局はなにも変わっていない。情けないままの、だらしないままの自分がここにいるだけだ。

「金を渡したくねえっていうなら、それでもいい。こっちはこっちのやり方でいただくだけだ」

男たちは笑っていた。小久保を見下していた。風采《ふうさい》のあがらない中年男に自分たちに逆らう気《き》概《がい》はないと頭から決めてかかっていた。

「小久保さん！」

美和が腕に縋りついてくる。この状況をなんとか切り抜けろと懇願してくる。

無理だ――舌が口蓋に張りついた口でそういおうとした。声は出なかった。自分がもどかしく、小久保はなんとか声を出そうと顎をあげた。ルームミラーに後部座席に横たえられた大津の姿が映った。

急に呪縛《じゆばく》が解けた。

「降りられるものなら降りたいんだ……」

小柄な男が意外だというふうに片方の眉を吊り上げた。

「素直に降りた方が身のためだぞ」

「後ろにもうひとり、乗客がいるんだ。新宿署の大津警部補。この車で轢かれて気を失ってる。

どうしたらいいんだろう？」

小柄な男が左の男にうなずいた。男は軽自動車の助手席側に回り、車の中を覗きこんだ。

「間違いないですね。大津の野郎です」

「刑事を轢いただと？　なに考えてやがんだ、てめえら？」

「他に方法がなかったのよ！」

美和が叫んだ。美和が恐れているのは男たちではなかった。せっかく手に入れた金を横取りされることをなによりも恐れている。

大津を確かめに来た男が元の位置に戻っていった。小久保は美和の耳に囁いた。

「稗田を起こすんだ。やつらに気づかれないように」

勝算があるわけではない。だが、なにかアクションを起こさなければ金を失ってしまう。

「気を失ってるだけか？　まさか、死にかけてるってんじゃねえだろうな？」

小柄な男がいった。美和が肘で稗田を小突いている。稗田が目覚める気配はない。

「気絶してるだけです。でも、さっきから身体が動いてて……もうすぐ意識が戻りそうで」

「だったらぐずぐずするな。さっさと金を渡してここから消えな」

「この金を全部取られると、ぼくたち一文無しになってしまう。ぼくも彼女も仕事を捨ててこの金を手に入れたんです。少しでいい、ぼくらの取り分を――」

「寝ぼけたこといってるんじゃねえぞ――」

小久保は鍵をロックするボタンを押した。短く鋭い音がして、ドアが施錠された。

「なにしやがる？」

「金を全部持っていくというなら、ぼくにだって考えがある。身体を張って手に入れた金なんだ。いいさ、襲いかかってくればいい。だけど、車を激しく揺らしたりしたら、後ろの大津警部補が目を覚ますぞ。そうなったらどういうことになるか、ぼくにだってそれぐらいのことはわかる。いくらやくざでも現職の警察官を殺すことなんてできるはずがない」

「てめえ――」

右端の男が形相を一変させた。小久保のような人間にいいようにあしらわれるのは我慢がならないのだろう。小久保の隣で、美和が必死になって稗田を小突き続けていた。

「待て」小柄な男がその男を制した。「頭がいいな、おい。確かに、後ろの男に目を覚まされちゃ具合が悪い。取引に応じてやるよ。百万ずつ持っていきな」

「たったの百万？　冗談じゃない。百万でなにができるっていうんだ」

小久保は声を張りあげた。音が車内にこもり反響する。

「でけえ声を出すんじゃねえ。大津が起きるだろう。そうなったら、てめえだってただじゃ済まねえんだぞ」

「今、ぴくって動いた」

小柄な男の声に、美和の声が重なった。

小久保は美和の左手を握った。喋る代わりに手で意志を伝える――もう少しだ、頑張れ。

「二千万だ。ぼくと彼女の取り分、ふたり合わせて二千万。それだけくれればいうとおりにするから」

小柄な男は眉をひそめた。両脇のふたりは唇を噛んでいる。怒りがふたりを包み込んでいる。

小柄な男が合図を出せば、ふたりは一斉に車に飛びかかってくるだろう。

「一千万だ」

小柄な男がいった。

「起きた」

美和が囁いた。その声に獣の唸り声のような音が続いた。稗田がうずくまったまま首を振っている。男たちからは死角になっているはずだった。

「稗田さん、動かないで。聞いてください。あなたに貸しがあるというやくざたちに取り囲まれて脅されてるんです」

小久保は唇を動かさないように気をつけながらいった。稗田の唸りと動きがとまった。

「なんだと……」

「金のことは佳史ちゃんから聞いたんだって」

美和が稗田に語りかける。小久保は小柄な男に叫んだ。

「二千万じゃなきゃだめだ」

「お金と稗田さんを渡せばわたしたちのこと助けてくれるって。でも、お金なんか渡せるわけないじゃない。わたしたちが必死で手に入れたんだから。どうしたらいいの？　考えてよ」

「いつまでも駄々こねてるとぶっ殺すぞ、この野郎」

「紀香、落とし前は後でつけてもらうからな」

美和と小柄な男と稗田の声が交錯した。稗田が身を屈めたままハンドルの下部を握った。ギアをドライブに入れ、パーキングブレーキを解除する。一瞬つんのめって、軽自動車が加速した。

男たちを跳ね飛ばし、そのまま反対側の駐車スペースに飛び込んでいく。

「危ない!!」

小久保は美和の上に身体を被せた。天地がひっくり返ったような衝撃が襲いかかってきた。闇がすべてを覆い、激痛と神経に障る音が闇を追い払う。

痛みに耐えながら小久保は顔をあげた。稗田がハンドルに覆い被さっている。耳障りな音の正体はクラクションだった。

「美和!?」

「わたしは大丈夫。小久保さんが守ってくれたから」

身体の下から美和のはっきりした声が聞こえた。後ろの座席で大津が身体を動かしていた。衝撃で意識が戻ったのだ。やくざたちは通路に倒れていた。遠くでだれかが叫び、足音がこちらに向かってくる。

「逃げよう――」

小久保はドアに手をかけた。シャシーが歪んでいるのか、ドアはなにかに引っかかって開かない。

「くそ」

小久保は窮屈な姿勢のままドアに体当たりした。後部座席で大津が叫びはじめた。

「なんだこれは!?」

四回肩をぶつけてやっとドアが開いた。小久保は転げ落ちるように車外に出た。

「急いで」

美和に手を貸し、降りるのを待って走りはじめた。

「こっちだ」

足音とは逆の方に向かった。大津の声がした。

「小久保、これはどういうことだ!?」

大津の声は駐車場に反響して消えることなく小久保の背中を追いかけてきた。

68

身体が麻痺して痛みを感じることを拒絶していた。だが、痛みが消えたわけではない。些細《ささい》な動きに反応して目覚め、宮前に襲いかかってくる。

やくざたちはチンピラをひとり、見張りに置いていった。いかにも間の抜けた粗暴な顔つきの男で、フローリングの床に胡座をかいて漫画雑誌を読んでいる。簡単に丸め込むことができそうではあった――怪我さえしていなければ。痛みに思考が掻き乱されなければ。

冴子は宮前の隣にいて呆けたような表情を浮かべていた。稗田が人を殺したと聞いて暗澹たる将来を思っているのだろう。上り調子のやくざ者に取り入ったのに、稗田はやくざの正道から外されてしまった。そのうえ殺人だ。冴子が思い描いていた薔薇色の未来はすっかり色褪せているのだろう。

玄関の方が騒がしくなった。チンピラがさっと立ち上がり、身繕いを整えてから姿を消した。

「若頭補佐、お疲れ様です」

「ごくろう」

チンピラの緊張した声に、ドスの利いた低い声が続いた。遠慮というものを知らない足音が近づいてくる。別のやくざが三人、姿を現した。先頭にいるのは恰幅のいい中年のやくざで、リビングの入口で足を止め、眠そうな目で宮前を見つめた。

「おまえが宮前佳史か？」

宮前はうなずいた。それだけで脇腹に激痛が走り、唇の端から呻きが漏れた。

「相当痛めつけられたらしいな。おれは榊原ってもんだ。しばらく一緒にいさせてもらうぜ――久しぶりだな、冴子」

榊原は冴子に微笑みかけた。だが、冴子は瞬きを繰り返すだけで口を開こうとはしなかった。

「黙《だんま》りかよ……まあ、しょうがねえか。旦那がやくざ殺しちまったんだ。落とし前つけるのに金がいるが、稗田にはねえだろう。ってことは、冴子、おまえが身体売るしかないもんな」

「別れるから」

冴子がいった。榊原は喉を顫わせた。

「それで事が収まるんなら、人生は楽だわな」

榊原が冴子の隣に腰を降ろした。元々三人掛けのソファだったが、榊原の身体に押される形で冴子が宮前にもたれかかってきた。さらに激痛が走る。どれだけ感覚を麻痺させても、目を覚ました痛みを抑えることはできなかった。

「大丈夫か、宮前？」

宮前は答えず、目をきつく閉じて痛みに耐えた。

「口も利けねえほど痛めつけられたのか……ったく、睦樹も切れると見境がなくなるからなあ。ま、今回はやりすぎちまったわけだがな」

チンピラがキッチンから飲み物を運んできた。缶ビールが榊原の目の前に置かれる。榊原が従えてきたふたりのやくざはリビングの入口でひっそりと佇《たたず》み、冷めた視線で飲み物を断った。

「まだおまえのことは谷岡には話してねえんだよ」榊原は缶ビールを開け、口をつけた。「まず詳しい話を聞かせてもらおうと思ってな。ハピネスから金をふんだくる話、おまえが考えたんだって？」

「話を持ってきたのは睦樹です。ぼくは計画を練っただけで……」

痛みがほんのわずかだけ遠のいていた。

「谷岡にはなにも報せず、てめえたちだけで儲けようとしたわけだ。そりゃまずいぜ、宮前君よ。ルール違反ってやつだ」

榊原は煙草をくわえた。チンピラがすっ飛んできて火を差し出す。榊原は煙をこれ見よがしに宮前に吹きかけた。宮前は咳き込み、激しく身体をよじらせた。

「ちょっと、暴れないでよ」

冴子が眦《まなじり》を吊り上げて立ち上がる。

「冷たい女だな、おめえも。相手は怪我人だぞ……おい、ちょっとこの女、隣に連れてけ。うるさく駄々こねるようだったら、おまえらのチンポで口を塞いでもいいぞ」

榊原の揶揄するような声に冴子の顔が青ざめていく。宮前は涙に霞んだ目でやくざたちが冴子を連れ立てていくのを眺めた。

「で、ハピネスからはいくらせしめるつもりだったんだ？　すぐに答えなくてもいいぞ。痛みが治まるまで待っててやるからよ」

「……三億です」

「おまえと睦樹と……それに後ふたりいるんだったよな？　ひとり一億にもならねえ金で谷岡を裏切るつもりだったのか……いや、そんなわけねえな。仲間の内のだれかをはめるつもりだったんだな？」

宮前はうなずいた。ここで嘘をついても意味はない。正直にすべてを話してゆるしを求めるのが最善の策だった。

「ところが、はめるつもりだったやつに裏切られたってわけだ」榊原はひとしきり笑い、急に真顔になった。「ハピネスはよ、東と西の大御所の財布代わりになってるんだ。わかってんだろう？　そんなところに手を出してただで済むと思ってたのか、おい？」

「海外に逃げるつもりだったんです。ずっと奴隷のように扱われてきた。谷岡さんはいつかは自由にしてくれるというけど、そんなのでたらめだ。なんとかして金を手に入れて……海外にいても金は稼げる。それで――」

「それでてめえの人生を取り戻そうとしたってか？　馬鹿が。負け犬は一生負け犬のままなんだよ。おれたちの世界じゃな――」

突然電子音が鳴り響き、榊原はスーツのポケットから携帯電話を取りだした。冴子が連れていかれた寝室から激しく争う物音が聞こえてくる。やくざたちに犯されているのだろう。チンピラが物欲しそうな目を寝室のドアに向けていた。

「なんだと!?」相手の話に耳を傾けていた榊原が凄みはじめた。「てめえら、三人もいやがってなにしてやがったんだ？　逃げられたで済む話か、こら。こっちはおめえ、取られた金を返してやるって段取りつけてるところなんだぞ」

榊原の思惑がそれで読めた。小久保たちが奪った金をハピネスに返してやることで、吉積という大立て者に恩を売るつもりなのだ。

「なに？　大津だと？　なんであいつがそんなところにいるんだ？」

大津の名前を聞いて、宮前は混乱した。あの警部補のことだろう。しかし、あの男はうまく遠ざけたはずだった。自分の与り知らぬところでなにかが起こっていた。すべてを把握しているつもりで、自分だけがなにひとつ知らずにいた。とんだ道化《どうけ》だ。

「大津にこっちの正体はばれてねえんだな？　確かか？　……よし、だったらなんとでもなる。とにかく、なんとしてでも逃げたやつらをとっ捕まえてこい。見つけるまで戻ってくるなよ。稗田は事務所の方に連れて行け」

榊原は荒々しい仕種で通話を切った。煙草の吸い差しをビール缶の中に放り込み、宮前を睨んだ。

「稗田は捕まえたが、他は逃げられたとよ……ハピネスの総務課長と女だ。どこに逃げた？」

「わかりません」

「あんまりいい答えじゃねえな。慎重に考えてから口を開いた方がいいぞ」

「本当なんです。昨日の夜から連絡が取れなくて……できるならこっちが居所を教えてもらいたいぐらいです」

「痛みが引くと態度がでかくなるみたいだな、おい？」

榊原は宮前の目の前で握り拳を作った。それを目にしただけで身体が引きつり、痛みがぶり返しはじめる。

「本当に知らないんです。知ってることを訊いてください。それだったらなんでも答えます」

宮前は懇願した。殴られる恐怖はなによりも大きかった。痛みへの恐怖の前では、プライドも欲望もなにもかもが霞んでいく。

「小久保ってやつと女は新宿の駐車場で落ち合ったそうだ。稗田が馬鹿やって、ふたりは逃げ出した。ところが驚いたことに、女と稗田が乗ってた車に大津っていう刑事が乗ってたんだとよ。刑事がどう絡んできてるんだ？」

「わかりません」

「おまえが計画立てたんだろう？」

「途中までです。後は、小久保が……」

「谷岡の話じゃ、おまえは頭が切れて使えるってことだったんだがな。あの親父も耄碌《もうろく》してやがる」

宮前は唇を噛んだ。身体の芯が炎に焙られたように熱くなっている。鼻水が出てきたが、それが涙なのかどうかはわからなかった。

「泣くな、みっともねえ」榊原は拳を握った手で携帯を取りだした。「かけろ」

「だれにですか？」

「総務課長でも女でもいい。泣き声聞かせて助けてくれっていってやれ。ふたりともど素人なんだろう？　案外泣き落としには弱いもんなんだ」

宮前は携帯を受け取った。一瞬迷ってから、紀香の番号を押しはじめた。小久保より紀香の方が与しやすいはずだった。発信ボタンを押して携帯を耳に当てた。しばらくすると、呼び出し音が鳴りはじめた。榊原の鼻息が横顔にかかる。宮前は呼び出し音の回数を数えた。恐怖を紛らわすことができるのならなんにだって縋りつきたい気分だった。

「出ねえのか？」

呼び出し音が十二回鳴ったところで榊原が焦れたように口を開いた。

「もう少し――」

唐突に回線が繋がり、紀香の声が流れてきた。

「もしもし？」

探るような声だった。

「紀香か？　おれだ。助けてくれ」

「佳史ちゃん？　どうしたの？　稗田さんが佳史ちゃんのこと――」

「今、やくざたちに囲まれてるんだ。その金を手に入れないと殺される」

演技をする必要はなかった。声は勝手に顫え、湿り、宮前の感じている恐怖と苦痛を相手に伝える。

「大丈夫なの？」

「大丈夫なもんか。だから、こうして頼んでるんだ。おれを助けてくれ、紀香」

返事はなかった。

「紀香！　本当に殺されるんだぞ。死にたくない。助けてくれ」

「だって……無理だよ。これはわたしたちのお金だもん」

紀香は戸惑っていた。もう一押しすれば——。

「おれが殺されてもいいのか？　おれだけじゃない。おまえたちがその金を持って逃げたら、睦樹も殺される」

「自業自得じゃないか」

聞こえてきたのは紀香ではなく小久保の声だった。

「小久保——」

「この金を手に入れるために身体を張ったのはお互い様だ。君はぼくを裏切ろうとした。だから、こっちが先手を打たせてもらったんだ。君たちは賭けに負けたんだよ。泣きつかれたって知ったことじゃない。この金はぼくと美和のものだ」

電話が切れた。榊原が大きく息を吐き出した。

「だめか……哀れな野郎だな、おまえも。谷岡のところで死ぬまでこき使われてるのが合ってるぜ」

榊原の声は耳を素通りした。美和——小久保は確かにそういった。紀香の本名なのだろう。宮前はそんなことも知らなかった。

奈落が口を開けて微笑んでいる。宮前はうなだれ、声をあげて泣きはじめた。

69

額が冷たかった。なにかで濡れている。手で擦ると血がべっとりとついた。稗田は呻きながら身体をよじらせた。頭と胸が痛んだ。どうやら車に乗っているらしいことを認識した。車はベンツ。運転席と助手席、それに稗田の隣にそれぞれやくざ者が座っている。

記憶はばら撒かれたジグソウパズルのピースのように無秩序に散乱していた。少しずつたぐり寄せ、正しい場所に当てはめていく。やっと状況を理解した。

「どこに連れていくつもりだ？」

稗田は右隣に声をかけた。小さな頭に見覚えがある。榊原の右腕を務めている辻本《つじもと》という男だった。

「決まってるだろう。事務所だ。ま、その前にやらなきゃならねえことがあるんだがな」辻本は振り返った。「おまえ、逃げたふたり、どこに行ったか知らねえか？」

小久保たちの姿がないのはそういうことだった。

「知らねえな」

「そういう態度取ってると、後で泣きを見るぞ、稗田。若頭補佐はもう、小林をやったのがおまえだってこと知ってるんだからな」

左隣のやくざが身構えていた。稗田が不審な動きをしたらすぐに飛びかかってくるつもりなのだ。動きたくても動けそうになかった。頭痛はともかく、胸の痛みは耐えがたい。駐車場の壁に衝突した際に、ステアリングに思いきりぶつけたのだ。肋骨が折れているかもしれない。宮前の苦痛もこんな感じだったのだろうか――稗田はゆっくり車内を見渡した。辻本以外のふたりは顔に見覚えはあるが名前は思い出せなかった。左隣の男は車で撥《は》ねられたことを恨みに思っている。機会があれば、躊躇うことなく稗田に襲いかかってくるだろう。

「あんなクズ野郎、死んだ方が世の中のためだ」

稗田はいった。

「そりゃ同感だが、だからって笑って済ませるわけにはいかねえ。クズだろうがなんだろうが、本家に金をきっちり納めてたんだ。指一本じゃすまねえぞ。ただし、知ってることをちゃんと喋ってくれたら、多分、榊原の兄貴が取りなしてくれる」

「本当に知らねえんだよ」

「考えろよ。死にたくなかったらな」

稗田は唸った。ふたりはどこへ？　――いくら考えてもわからなかった。

「なんでもいい。なにか手がかりになりそうなものを思い出せ。このままじゃ、てめえは地獄行きだぞ」

「今、思いだそうとしてるんだ。喚くなよ」

しゃべりながら稗田はやくざたちの様子を窺った。三人ともスーツが汚れているが、大怪我を負っている様子はなかった。チャカを持っている感じもしない。体調が万全なら、三人を相手にしてもなんとかなったかもしれないが、胸の痛みを考えると行動を起こすのは無謀だった。とても逃げ切れるとは思えない。

一世一代の大博打に負けてしまった。たとえ小久保と紀香を捕まえたとしても、金は手に入らない。小指を切り落とされ、惨めなままのこりの人生を送ることになる。

耳の奥でなにかが砕けるような音がした。嚙みしめていた奥歯が欠けたのだ。絶望が怒りに取って代わられる。佳史の野郎、小久保の野郎、紀香のクソ女《あま》――みんなでおれをこけにしやがって。

「おっと、そこまでにしておけよ、稗田。おまえがそんな面になるのは自棄《やけ》になってるって証拠だからな。チャカは持ってきてねえが、これならあるんだぜ」

辻本が懐からドスを抜いた。冷たい光を放つ刃先を向けられると、風船が弾けるように怒りが萎んでいった。

「携帯を貸してくれ」

稗田はうなだれながらいった。

「どこにかけるんだ?」

「あのふたりにだよ。ふたりともとうしろうだ。脅せば折れるかもしれねえ」

「電話に出るか?」

「だからあんたの携帯を貸してくれといってるんだ」稗田は怒鳴った。「おれの携帯じゃ出ねえだろうし、非通知にしたって疑われるだけだからよ」

辻本はドスをしまい、代わりに携帯を取りだした。

「うまくやれよ。できるだけ話を引き延ばして、どこに向かってるのか探るんだ」

記憶を探りながら、受け取った携帯で紀香に電話をかけた。電話中だった。いったん電話を切り、すぐにリダイヤルする――また、電話中だ。

「くそっ」

「だれと話してるんだろうな？」

「知るかよ」

辻本の質問をはねつけて、稗田はなにかに取り憑かれたようにリダイヤルし続けた。

「もしもし？」

何十回目かでやっと繋がった。電話を切りかけて、稗田は慌てて口を開いた。

「紀香か？　おれだ。てめえら、ふざけやがって」

「稗田さんも捕まってるの？」

紀香の声は乾いていた。

「もってのはなんだ？」

「佳史ちゃんもやくざに捕まったみたい。お金を返してくれないと殺されるって」

稗田は辻本を盗み見た。冴子との電話と宮前からの情報で稗田の居場所を突き止めたのだろう。西新宿から駐車場まで尾行して、行動に出たのだ。

「佳史のいうとおりだ。金を返せ」

「いや。これはわたしたちのお金だもん」

「おれたちの金だ」

「電話切るわよ」

紀香の乾いた声はにべもない。まるでサンドペーパーで削りだしたような声だった。

「待てよ。おまえら、やくざのことを舐めすぎてるぞ。出張ってきたからには必ずけじめを取らなきゃならねえんだ。おまえと小久保がどっかに逃げても、おまえの親や小久保の妻子がいるんだろう。そいつらが怖い目に遭うことになるんだ。おまえのせいで親が痛めつけられてもかまわねえのか？」

はったりだった。今のやくざはそこまではしない。暴対法で雁字搦《がんじがら》めにされているからだ。だが、紀香がそれに気づくことはない。

「お母さんは関係ないわ」

「だから、やくざにそんな理屈は通じないんだよ。おまえと小久保の身元は割れてる。諦めろって」

紀香の返事はなかった。携帯の送話口を手で押さえ、小久保と相談しているのだろう。稗田は歯を噛みながら待った。だが、紀香の声はまったく返ってこない。

「聞いてるのか、おい？」

「ちょっと待って。一旦、電話切るから。後で必ずかけ直すから待ってて」

稗田が言葉を発する前に電話は切れていた。

「くそったれ」

稗田は左手で自分の太股を殴った。鈍い痛みが胸の痛みを誘発した。

「どうした？」

「かけ直すってよ」

「そうか……見直したぜ、稗田。いい手を思いついたな。素人にはよく効く台詞だったぜ」

辻本は喉を引きつらせるように笑った。

「サツはどう動いてるんだ?」

「サツ?」

「小林の件でだよ」

「さあな。殺されたのはやくざだ。本腰入れて調べてるわけじゃねえだろうよ」

「どうしてやったのがおれだってわかったんだ?」

「マルボウからのタレコミだよ。おまえが小林のマンションに入っていくのを見てたやつがいたらしいな。ったく、なにも殺すことはねえだろう」

「てめえの女房ヤク漬けにされて嗤われてみろ。同じことをするんじゃねえのか」

辻本がまた笑った。喉を引きつらせるような笑い声は小馬鹿にされているようで腹立たしい。

「榊原の兄貴がいってたぜ。おまえはすぐ頭に血がのぼる。昔ならそれで良かったが、今のやくざはそれじゃまずい。だから、おまえを谷岡のところに預けることになったんだとよ。金儲けの方法と自分を抑える方法を覚えたら、組に戻すはずだったんだと。それを全部自分でおシャカにしやがって……結局、馬鹿はいつまでたっても馬鹿のまんまってことだな」

からかわれているというのに、いつもの身を焦がすような激烈な怒りは湧かなかった。ただ、深い落胆があるだけだ。

「その話は本当か?」

「嘘をついてどうなる。まあ、どっちにしろこれでおまえは谷岡のところにはいられなくなる。組に戻されるんだろうが、一生チンピラのままでうだつはあがらねえだろうな」

怒りはまだ湧いてこない。滾々《こんこん》と怒りを湧き出し続けてきた源泉が涸れてしまったかのようだ。稗田は首を捻った。こんなはずではない。強面の稗田睦樹はいつだって周りに恐れられてきたのだ。フロント企業に追いやられ、ネクタイを締めるようなざまになったとしても、稗田を怒らせるとやばいというある種の伝説が歌舞伎町には流れていた。それなのに、自分を自分たらしめてきた怒りが消えてしまった。

「とにかくよ、金を取り返すことだ」辻本が喋りつづけている。「そうすりゃ、榊原の兄貴がなんとかしてくれる。あの人はおまえに目をかけてたんだからよ」

携帯が鳴った。稗田は反射的に電話に出た。

「稗田さん？」

「ああ。決心はついたか？」

心ここにあらずという声が出た。考えているのは自分のことだ。消えてしまった怒りのことだ。怒りの代わりに腹の奥に陣取っている諦めだ。

それでいいのか？　本当にそれでいいのか？

「いくらわたしたちの肉親でも、やくざはそこまではしないって小久保さんがいってる。わたし、小久保さんを信じてるから。ごめんね、稗田さん。こんなこといえる立場じゃないのはわかってるけど……気をつけてね」

電話が切れても、稗田は携帯を耳に押し当てたままでいた。

それでいいのか？　それでいいのか？　それでいいのか？

同じフレーズが頭の中を駆けめぐっている。

「どうしたんだ、おい？」

目を剝く辻本に、稗田は携帯を渡した。

「切れちまったよ。今のやくざはそんなことしねえってよ。気をつけてねなんていいやがった。馬鹿にするにもほどがあるよな」

口が勝手に動いている。声には実というものがなかった。ロボットかなにかが喋っているような声だ。

「馬鹿野郎。こっちの話に向こうが乗ってこねえんなら、他のやり方でぶつかるしかねえだろう。連中の居所がわからねえと、おまえ、ぶっ殺されるだけだぞ」

「おためごかしをいうな。てめえが心配してるのはてめえの身だろう？　あいつら逃がしちまったら、責任問われるもんな」

「稗田――」

「もういいよ、辻本。おれはもうどうでもよくなっちまった」

稗田は背もたれに体重を預けた。心臓のリズムに合わせて胸の鈍痛が身体を駆けめぐる。

「おめえはよくても、こっちは困るんだ。もう一度電話をかけろ。どこにいるのか、なんとしてでも突き止めるんだ。やらねえなら、今この場で叩っ殺すぞ」

辻本は携帯を稗田の腕に押しつけてきた。鈍痛が鋭い痛みに変わり、きりきりと身体を締めつけた。消えていた怒りがむくりと鎌首をもたげる。

「これだ――」

「なんだと？　てめえ、寝ぼけてるのか？」

「これがおれだ――」

稗田は譫言《うわごと》のように呟いた。火がついた怒りは今では全身を起こそうとしていた。

「稗田――」

「やかましい‼」

握り拳を辻本の顔面に叩き込んだ。辻本はくぐもった悲鳴をあげ、後頭部を窓に打ちつけた。反動でこちらに戻ってくる頭を摑み、稗田は何度も頭突きを食らわせた。痛みと辻本の血が怒りの炎に油を注ぐ。

左隣の男が襲いかかってきた。肘を男の鳩尾にめり込ませ、首を摑んで男の頭を辻本の頭にぶつけてやった。

「なにしやがる、てめえ⁉」

助手席の男が吠えていた。稗田は辻本たちを放り出し、左手で男の顔を薙ぎ払った。そのまま運転席に身を乗り出し、運転手の首に腕をまわした。

「おれは稗田睦樹だ。なめんなよ、こら」

運転手がステアリングから手を放してもがいた。助手席の男が反撃に転じてきた。ベンツが車線を外れ、対向車線にはみ出ていく。重々しいクラクションが響いた。大型トラックが急ブレーキをかけていた。ふたりのやくざがそれに気づいて悲鳴をあげた。

「これぐらいでびびってんじゃねえ――」

稗田が叫び終える前に、ベンツとトラックが衝突した。

70

稗田からの電話を切って、美和は肩を落とした。血の気を失ったその手を、小久保は優しく握った。

「大丈夫。君は正しいことをしたんだ。あのふたりだって、ぼくらを騙すつもりだったんだ。食うか食われるか――ぼくらは食われずに済んだ。あのふたりは賭けに負けたんだし、自分たちがなにを賭けてたのかは知っていたんだからね」

タクシーはつんのめるように走っていた。首都高は渋滞の一歩手前といった混み具合で、運転手はアクセルとブレーキを交互に踏んでいた。目的地は横浜《よこはま》だった。とりあえず東京を脱出したかった。いずれ小久保が金を持ち逃げしたことがハピネスに伝わり、ハピネスからの依頼を受けたやくざたちが東京駅や空港に目を光らせるだろう。引き上げられる前に網の外に出てしまわなければならない。本格的な逃避行に移るのはその後の話だった。

「心配しないで。ちょっと胸が痛いだけ。悪いことしたとは思ってないから……あのふたり、本当に殺されるのかな?」

最後の言葉を、美和は囁くように口にした。

「いいや」小久保は首を振った。「最近のやくざはそこまではしないよ。殺したりしたら、死体の後始末だとかが大変になるからね。生かしておいて、死ぬまで搾り取るんだ」

小久保はそれとなく視線を逸らした。宮前が殺されることはないだろうが、やくざたちの剣幕からすると、稗田は相当に危ない橋を渡っていたに違いない。

「どっちが辛いかしら」

「どっちもどっちだね……でも、生きてさえいれば挽回《ばんかい》のチャンスはやって来る。ぼくらが今こうしてるように」

小久保は膝の上のアタッシェケースを叩いた。

「そうよね。わたしだって、ついこの前、肝臓を壊してお先真っ暗だったのに、今はこうだもの。佳史ちゃんは頭がいいし、稗田さんは行動力があるし、なんとかなるわよね」

「なるさ」

美和が肩に頭を載せてきた。小久保は手を回し、美和の髪の毛を撫でた。小久保の嘘に美和は気づいている。わかっていて付き合ってくれたのだ。

窓の向こうにレインボーブリッジが横たわっていた。ここを渡りきれば勝ちだというように、小久保たちを手招きしているように見える。小久保は右手をアタッシェケースに、左手を美和の頭に置いたまま目を閉じた。

＊　＊　＊

新横浜駅でタクシーを捨て、真横のホテルに向かった。チェックインにはまだ早い時間だったが、別料金を払うことでジュニア・スイートを用意してもらった。懐の心配をせずに済むというのは心地よい体験だった。

美和は部屋に入るなり歓声をあげ、あちこちを見て回った。今日経験した恐怖や緊張、宮前たちに対する良心の呵責もいっぺんに吹き飛んだようだった。美和のそんな気持ちを現金なものだと笑うことは小久保にはできなかった。

アタッシェケースをガラスのテーブルの上に置き、小久保はネクタイを緩めた。冷蔵庫からビールを取りだし、一気に飲み干す。水分とアルコールが細胞の隅々にまで広がっていく感覚を堪能してから、美和に声をかけた。

「美和、こっちにおいで」

「ちょっと待って」浴室から美和の明るい声が響いてくる。「ねえ、ここのバスタブ凄いよ。広いだけじゃなくて、ジャグジーもついてるの」

「後でゆっくり浸かればいい。とにかく、こっちにおいで。お金を見てみよう」

返事はなかったが、美和はすぐにバスルームから出てきた。神妙な面持ちと足取りでゆっくりやって来て、ソファに腰を降ろす。その間、美和の視線はアタッシェケースから逸れることがなかった。

「開けるよ――」

小久保が伸ばした手を、美和が遮った。

「わたしが開けてみたい。いい？」

「もちろん」

美和はテーブルの上に身を乗り出し、ゆっくりアタッシェケースに手を伸ばした。左右の留め金を外し、唇を舐めてから開けていく。美和の顔は緊張に強張っていた。帯で封印された札束が顔を出し、室内の暗い照明に照らされてはにかんでいるような光沢を放った。

「わぁ……」

美和が息を飲んだ。緊張に青ざめていた頰に朱《しゅ》が差し、黒目がちの瞳がきらきらと輝いていく。小久保もまた、札束にじっと視線を落とした。ハピネス本社でも見ていたが、あの時と今ではまるで実感が違った。上司も警備員も周りにはいない。二億の札束が、だれに咎められることもなく目の前にある。

「本当に二億もあるの？」

「機械で数えたからね、間違いないはずだよ」

「わたし、これまでのホステスのお給料で一億以上は稼いでると思うけど、実際に現金で手にすることってないから……ほら、通帳の数字が増えていくだけで。自分がどれだけ稼いでるのか実感が湧かなかったんだけど……」

「本物を見ても実感が湧かない？」

「そうね……」美和は溜息を漏らした。「どうしたら実感持てるの？　もっと違うこと期待してたの。なんていうのかな、やったんだって。わたしたちやったんだ、大金を手に入れたんだって気持ちが盛りあがるかと思ってたのに」

小久保はうなずいた。美和の気持ちは小久保のものと同じだった。うだつのあがらない人生を変えるために命を張り、やっと目的を達したというのに、なんの感慨もわかない。これが十億なら、目の前にあるのはたしかに大金だが、だからといって世界を変えるほどの額ではない。目の前にある、あるいは百億なら違う感情が芽生《めば》えたのだろうか――そうとも思えない。気分が昂揚していたのは、あの地下駐車場から逃げた時だった。タクシーに乗りこんだ時にはそのまま世界が滅びてもかまわないと思えるほどの達成感に浸っていた。だが、今はその感情も消えてしまった。もう一度味わいたいとたぐり寄せようとしても、なんの手応えもないままだ。

「明日になれば、また違うかもしれないよ。今日はなんといっても疲れてるし、感情が摩耗《まもう》してるだけなのかもしれない」

「そうだといいけど」

美和はアタッシェケースを閉じた。札束が視界から消えると、そこはいつもと同じでなんの代わり映えもしない世界があるだけだった。

「わたし、ジャグジーに入ってくる。小久保さんも入ろうよ」

美和が腰をあげた。二億の札束より、ジャグジー付きのスイートルームの方に手応えを感じているのかもしれない。

「そうしようか」

小久保はぽつりと呟いた。

＊　＊　＊

小一時間ほど勢いよく噴き出てくる泡と戯れ、そのままバスタブの中で交わった。美和の感度はいつもより高まっていて、乳首の勃起の仕方も、股間から溢れてくる愛液の量も尋常ではなかった。小久保をくわえている時間も長かった。飽くことなく舌を這わせ、空いた手で自分の突起を弄び、溜息を漏らし、眉間に艶《なま》めかしい皺を寄せる。限界が近いことを報せると、自ら小久保の勃起を襞のあわせめに誘い、長い脚を小久保の胴に絡めて自ら腰を振った。

「抓って。思いきり抓って」

美和は小久保の手を乳房に押しつけ、叫ぶようにいった。固くしこった蕾《つぼみ》を指の腹で押し潰すと、彼女は断末魔《だんまつま》のような声をあげた。

「大丈夫？　痛かった？」

「いいの。もっと抓って。滅茶苦茶にして」

彼女は譫言のようにいい、さらに激しく腰を振り立てた。実感できるものが欲しいのだ。なにがなんでも自分を実感したくて貪欲に小久保を飲みこんでいる。

小久保は乳首をつねりながら、美和の肩に噛みついた。実感が欲しいのはこちらも同じだ。自分はやり遂げた。金を手にした。いい女をものにした。それを実感したい。これが夢ではないのだと確認したい。

「美和」

小久保は美和の尻を鷲摑みにして引き寄せた。美和が一際《ひときわ》高い喘ぎをあげた。

「ここに入れさせてくれ」

人差し指を肛門に押しつけた。美和の身体が痙攣した。軽い絶頂に達したのだ。小久保は腰を突きあげながら、さらに指を押し込んだ。譫言のように言葉を続けた。

「ここに入れたい」

「いや。そこはいや」

美和が勃起を締めつけてくる。これ以上刺激を受け続けると暴発してしまいそうだった。小久保は勃起を引き抜いた。

「いや」

美和がまた口走る。肛門性交がいやなのか、勃起を引き抜かれたのがいやなのかは定かではない。

小久保は美和の身体を裏返した。

「いやよ。いやだってば」

美和はまたそういった。だが、身体からは力が抜けている。小久保の勃起は美和から溢れた愛液でまだ濡れていた。肛門にあてがい、愛撫もせずに一気に押し込んでいく。

美和が悲鳴をあげた。逃げようとする身体を力ずくで押さえこみ、腰を振った。美和は喘いでいた。泣いていた。腰の皮膚が細かく顫えていた。

「美和はおれの女だ」小久保は叫んだ。「金がなくなっても、また昔みたいな暮らしに戻ることになっても、おれは美和を手に入れた」

美和は泣き続けていた。小久保は腰を美和の尻に打ちつけ、果てた。精液がとめどもなく溢れ続けた。

＊　＊　＊

泣き続ける美和にかける言葉を見つけられず、小久保はひとりでバスルームを出た。適当に身体を拭い、あちこちが濡れたままの身体でベッドに潜り込んだ。

「くそっ」

肛門性交を強《し》いることでしか実感できない感情というのはなんなのだ——苦々しい思いが途切れることなく襲いかかってくる。小久保は目を閉じ、そのまま眠りに落ちた。

だれかの話し声で目が覚めた。声はテレビから流れてきていた。全裸の美和がシーツの中で小久保に身体を重ねていた。

「やっと起きたね」

美和が小久保の顔を覗きこんでくる。

「わたしが布団の中に入ってきても、いろんなとこに悪戯《いたずら》しても起きないんだもん。よっぽど疲れてたのね、小久保さん」

美和の声はいつもと変わらなかった。バスタブの中で声を押し殺して泣いていた姿すら、もううまく思い出せない。

「さっきはごめん」

小久保は美和を抱き寄せた。愛おしさが猛烈な勢いで押し寄せてくる。

「いいよ。泣いちゃったけど、わたしもいつもと違うことしたかったんだ。だけど、さっきだけ。もういいや。死ぬほど痛かったんだから。まるで強姦《ごうかん》された気分」

「本当にわるかった。もう、二度としないよ」

「明日はどうするの？」

美和の手が股間をまさぐってきた。硬くなるのを意識しながら、小久保は答えた。

「新幹線で大阪へ行こう。大阪で事態がどう動くのか見守って、大丈夫そうならそこでこの金を増やす方法を考える。やばそうなら関空《かんくう》から海外に飛ぶよ。パスポートは持ってきたんだろう？」

美和がうなずいた。美和の手はすっかり硬くなったものをしっかり握りしめている。

「海外ならハワイに行きたいな」

「そういう目立つところはだめだよ――」

美和の手の動きがとまった。顔をあげ、テレビをじっと見つめている。

「どうした――」

小久保はテレビを見て絶句した。自分の顔が映っている。

『……ハピネスは業務上横領《おうりょう》の罪で小久保光之総務課長を刑事告訴、警視庁はそれを受けて全国に指名手配したもようです』

キャスターが淡々と原稿を読み上げている。

「嘘だろう」

小久保は起きあがった。リモコンでチャンネルを替えていく。他の局では小久保に関するニュースは流れていなかった。すでに報道された後なのかもしれない。

「あいつら……」

原の顔が脳裏に浮かんだ。勃起はすでに萎え、悪寒が背筋を駆けあがっていった。

「なんでこんなことになったの？」

「知らないよ。ぼくを警察に訴えたりしたら、まずいことになるのは承知のはずなんだ」

「だけど、訴えられたんでしょう。どうするの？」

「着替えて」

小久保はベッドから降りた。この部屋には本名でチェックインしている。指名手配というのが本当なら、遅かれ早かれ警察がやって来るはずだ。

「着替えてどうするのよ？」

「いいから着替えて。早くここから出るんだ」

「もう終わったんじゃなかったの？　どうしてこんなことになるのよ？　小久保さん、そんなことひとこともいわなかったじゃない」

「こんなこと起こるはずがなかったんだ」

原だ。西浦たちの言葉を聞き入れず、独断で警察に訴えたのだ。あの老醜《ろうしゅう》にまみれた男ならやりかねない。考えておくべきだった。激昂した原には常識は通じない。怒りに任せて後先考えずに行動する。

「くそっ」

床に脱ぎ捨てたままだった衣服を拾いあげ、着こんだ。頭の中で逃亡ルートを計算する。まず大阪へ。そこから沖縄へ。沖縄から船で海外へ――だめだ。偽造パスポートを手に入れなければどこへも行けない。偽造パスポートを手に入れるツテがない。

小久保は悄然《しょうぜん》として肩を落とした。

「ここを出て、どこに行くの？」

美和がじっと見つめていた。彼女の顔に浮かんでいるのは紛れもなく不安と不審の表情だった。

「少し考えさせてくれ」

「でも、そんな余裕なんかないんじゃないの？」

「だから時間をくれといってるんだ」

思わず声を荒げてしまった。小久保は赤面し、俯いた。美和に八つ当たりしたところで現実が変わるわけでもない。考えろ、考えろ、考えろ。

いくら脳味噌を絞っても、出てくるのは脂汗だけだった。美和はまだ小久保を凝視している。ぬか喜びの反動で顔が青ざめている。瞳が潤んでいる。

「大阪へ行こう」

口が勝手に動いた。

「大阪？」

「そう。とにかく東京を離れるんだ」

美和の背中を押しながら足を前に進めた。身体を動かした途端、凍りついていた脳味噌が働きだした。新幹線に乗ろう。大阪に行こう。手元には二億の金がある。それだけの金があれば、コネがなくても偽造パスポートを手に入れることができるだろう。金があれば、不可能なことはない。

71

小久保は緑の窓口に並んでいた。十五分後に発車する「のぞみ」のグリーン車指定券を買おうとしている。小久保は汗まみれだった。照明が当たっておでこがいやな光を放っている。

美和は自販機で買った缶コーヒーを啜った。喉が渇いてしかたがない。どれだけ水分を送り込んでも、喉はすぐに干上がってしまう。渇きは身体を重くさせ、重くなった身体は気分を落ち込ませる。

終わったと思ったのに。賭けに勝ったと思ったのに。喜びが大きかった分、反動もまた大きい。風邪《かぜ》でも引いたみたいに身体が怠かった。右手にぶら下げたアタッシェケースが重く感じる。中に二億もの大金が詰まり、気分を天国に運んでくれるはずだったのに、鉛が詰まっているようにしか感じられない。

列が動いた。若い女のふたり連れが手に入れた切符を持って騒がしく喋りながらカウンターを離れていく。小久保の前にはまだ七、八人が並んでいた。小久保は神経質に肩を揺らし、カウンターと時刻表を交互に見つめていた。

マナーモードに切り替えていた携帯が震動した。心臓が握りつぶされたようなショックを覚え、美和は缶コーヒーを足元に落とした。慌てて周囲に視線を走らせたが、気に留める人間はいなかった。小久保も気づいてはいない。美和は小久保に背中を向け、携帯を開いた。ディスプレイに表示されているのは見たことのない番号だった。唇を舐め、背後に視線を走らせた。小久保はまだ電話に気づいていない。美和は電話に出た。

「はい？」

「紀香さんかい？　おれは榊原ってもんだが、折り入って相談があるんだがな。あんたたちが持ってる金のことでさ」

やくざの声だった。聞き間違えようがない。

「折り返し電話します。待っててください」

美和は相手の返事も待たずに電話を切った。どうしてそんな言葉を口にしたのか、自分でも理解できない。しかし、口にしてしまった以上、行動する他はなかった。携帯を握りしめたまま小久保にかけよった。

「ちょっとトイレ行ってくる。すぐに戻ってくるから」

「急いでね。あまり時間はないから」

小久保は引きつった笑みを浮かべただけだった。美和は小走りで緑の窓口を出た。携帯の着信履歴を呼び出し、榊原に電話をかけた。

「もしもし。すみませんでした」

「小久保というやつはそばにいるのか?」

「今は大丈夫です……相談ってなんですか?」

話しながら小久保が見える位置に移動した。また列が動いていた。小久保の前に並んでいるのは五人だけだ。

「その声じゃ、どうやらニュースを見たらしいな。警察も動きだした。このままじゃ、あんたらは捕まるし、その金も無駄になる。相談っていうのはよ、あんたが今までしてきたことを無駄にしないためになにをするかってことをな……」

榊原は思わせぶりに語尾を濁した。視界の隅に映る小久保は間抜け面を晒して列に並んでいる。券売機で自由席の切符を買い、中でグリーン車に乗り換えればいいのに、そんなことにも頭が及ばないほど動転している。昔の小久保に戻ってしまったみたいだった。

「いくらもらえるんですか？」

「話がわかるじゃないか。じゃあ、こっちもずばりいおう。二千万だ」

「わたしは二億持ってるのよ」

榊原のしゃがれた笑い声が聞こえてきた。

「だからよ、ねえちゃん、警察に捕まったら二億もクソもねえんだよ。いいか、小久保は全国に指名手配されたんだ。よっぽどうまく立ち回らなきゃ捕まるし、捕まらなかったところでこれから先ずっと人目を気にしながら生きてかなきゃならねえんだ。二億持ってたとしても、ぱぁっと使うってわけにゃいかねえ。なにより、警察が捕まえなくても、必ずおれたちが見つけ出すからな。あんたらはハピネスから取った金だと思ってるんだろうが、あそこのバックにはとんでもねえ組織がついてるんだ。どんなことがあってもあんたらを探し出すぜ。それより、二千万手に入れて堂々としてたほうが得だとおれは思うがな」

榊原がやくざだとわかったときから、話がどの方向に進むのかは予測できていた。美和はまた唇を舐めた。小久保はまだ列に並んでいる。

「どうすればいいの？」

「今どこにいるのか教えてくれ。それから、小久保と金をおれたちに渡すんだ。そうすれば、間違いなく二千万、あんたにくれてやる。口約束だが、必ず守るぜ」

「新横浜の駅です」

「新横浜か……東京駅かと思ったんだが、少しは頭が回るようだな、小久保ってのも。よし、ねえちゃん、すぐそっちに行くから――」

「小久保が新幹線の切符を買おうとしてるところなの。理由を作って乗る新幹線後《おく》らせるから……どれだけ待てばいいの？」

「二十分だ。東京駅で目を光らせてるやつらを新幹線に乗せる。新横浜は次の駅だからな」

「わかりました。また後で――」

美和は電話を切り、追いつめられた表情を浮かべた。小久保の前にはもう三人しか並んでいなかった。アタッシェケースを持ち直して、緑の窓口に戻った。二千万などとんでもない。そんなはした金のために宮前や稗田を裏切ったわけではない。死ぬような思いをしたわけでもない。だが、榊原の言葉を否定することもできなかった。小久保と一緒にいては、遠からず警察かやくざたちに捕まってしまうだろう。

「小久保さん……」

小久保に近づき、囁くように声をかけた。顔の筋肉を強張らせ、目を淀ませる。

「どうした？」

「ちょっと気分が悪いの。今、トイレで吐いてきた。緊張してるせいかな……新幹線、一本か二本、後らせてくれない。また吐きそうで」

汗で光った小久保の顔に焦りと不満の色が浮かんだ。それでも、小久保は気弱な笑みを浮かべる。

「わかった。しょうがないね。それじゃ、一時間後ののぞみにしよう」

「ごめんね」

「いいんだよ」

順番が来て、小久保はカウンターに歩み寄った。美和はその背中をじっと見つめた。罪悪感を覚えるかと思ったのに、なにも感じなかった。心に空洞が広がっているだけだ。

「あそこの喫茶店で待ってるから」

通路の先にある喫茶店を指差しながら美和は小久保の背中に声をかけた。小久保が振り返り、喫茶店を確認してからうなずいた。

「早く来てね。またトイレに行きたいから」

小久保がまたうなずくのを確認して、美和は踵を返した。

＊＊＊

「もしもし。紀香です」

声をひそめながら携帯に声を送った。トイレでは想像以上に声が反響した。他人に盗み聞きされているのではないかという被害妄想が広がっていく。

「うまく行ったか?」

「緑の窓口の近くに喫茶店があるんだけど、そこにいます。気分が悪いからっていってあるから」

「金は?」

「彼が持ってる。黒いアタッシェケースの中」

「よし。そのまま引き留めておけ。後十分もしないうちにおれの手下たちがそこに行く。二千万はおまえのものだ」

電話が一方的に切れた。美和がいうことを聞くと信じこんでいる。女がわかっていない男というのは哀れだった。美和はそのまま用を足した。尿意があったわけではないが、これからのことを考えると、膀胱を空にしておいた方がいい。緊張するに決まっているのだから。

二千万でお茶を濁すことなどできはしなかった。あのアタッシェケースの中身を丸ごと手に入れるためにこれまで奔走してきたのだ。榊原のいうとおり、小久保は警察かやくざに捕まるだろう。だが、指名手配されているのは小久保だけで、美和はまだしばらくは無関係でいられる。その間に逃げることができさえすれば、二億はまるまる美和のものだ。

化粧ポーチを取りだして、青のアイライナーを軽く頰に塗った。鏡に映る顔が病人らしくなった。化粧はホステスの武器のひとつだ。使い方はよく心得ている。

トイレを出、券売機で東京までの切符と自由席券を買った。榊原も美和が東京に戻るとは考えないだろう。喫茶店に戻り、喘ぎながら小久保の前に座った。

「大丈夫かい？」

「ちょっときつい……小久保さん、悪いけど、吐き気止めの薬買ってきてくれない？」

小久保は口を開く前に、美和の目を覗きこんできた。ばれているのかもしれない——直感が美和の身体を貫いた。

「顔色が悪いよ。熱もあるんじゃない？」

「そうかも……悪寒がするわ。風邪薬もお願いできる？」

「うん……さっきは怒鳴ったりしてすまなかった」

「さっきって？」

「ホテルでさ。恥ずかしい話だけど、気が動転してたんだ。やっと落ち着いた。君がトイレに行ってる間にゆっくり考えてね。いい案を思いついたよ。ぼくが知ってるハピネスの裏の部分の情報をすべて、マスコミにリークしてやるんだ。混乱が起こるし、警察もことの成り行きを見守ろうとするはずだ。その隙に、国外に脱出するんだ。必ずうまく行くよ」

小久保の目は輝いていた。美和に裏切られているとも知らず、必死に頭を働かせて妙案《みょうあん》を思いついたのだ。ふたりで幸せになる方法を考え続けていたのだ。

美和は思わず小久保から目を逸らした。

「あ、ごめん。薬、すぐに買ってくる。ぼくが戻ってきたら、ホームに行こう。涼しい風に当たっていた方がいいから。ここの勘定は済ませてあるからね」

小久保は慌ただしく席を立ち、喫茶店を出て行った。小久保が腰おろしていた椅子の背に、アタッシェケースが立てかけてあった。小久保の美和に対する信頼の証だ。通路を歩く小久保の後ろ姿が通行人の群れに飲みこまれて見えなくなった。

美和は唇を舐めた。小久保が好きだった。それなのに、小久保を裏切ろうとしている。どれだけ待っても罪悪感に責めたてられることはなく、だからといって昂揚しているわけでもない。小久保と一緒にいては危険に晒される。だから逃げるのだ。金を奪って。

アタッシェケースに手を伸ばそうとして、みそ汁の香りが鼻をついた。周囲にみそ汁があるわけではない。小久保が作ってくれたみそ汁の香りを唐突に思い出したのだ。みそ汁の香りは他の記憶を刺激して、数珠繋《じゅずつな》ぎになって脳裏に雪崩れ込んできた。楽しい思い出ばかりで、嫌な記憶はほとんどなかった。小久保とは駆け引き抜きで付き合うことができたのだ。店の客と疑似恋愛をする時とは違って、あるがままの自分でいられた。思わせぶりな微笑みも、化粧で表情を隠す必要もなく、素直に笑い、喜び、時に泣くこともできた。

そんな時間をこうも簡単に捨てていいのだろうか？　二億という金は、それと引き替えにする価値があるのだろうか。

美和は煙草をくわえた。いくら考えても答えは出ない。なら、自分以外のなにかに決断を託すのが最良の方法のような気がした。それが煙草であったとしても。

煙草が半分灰になっても、小久保は戻ってこなかった。やくざたちが姿を現わすこともない。美和は忙しなく煙草をふかし、やがて吸いさしを灰皿に押しつけた。煙草を吸い終わるまでに小久保が戻ってきたら一緒に行こうと決めていた。だが、小久保は戻らなかった。感慨はなにもない。まるで皮膚の内側が空っぽになってしまったような感覚があるだけだった。再びアタッシェケースに手を伸ばした。ケースはさっきの数倍も重くなったように感じられた。

喫茶店を出て、小久保が歩き去った方角を見つめた。無数の人の顔があるというのに、小久保の顔だけが見つからない。美和は途方に暮れたような表情でしばし佇んだ。

「なにしてるのよ。決めたんでしょう」

強い口調で呟き、改札口に向かって歩きはじめた。血相を変えた男が三人、こちらに向かって走ってくる。榊原の手下たちだろう。通行人が彼らの行く手から散り散りに逃げ出した。やくざたちは美和の顔を知らないのだ。

「美和？　どこに行くんだ？」

後ろから小久保の声が追いかけてきた。美和は振り返らず歩き続けた。

「美和、どこに——」

やくざたちの怒号《どごう》に小久保の声がかき消された。美和は唾を飲みこみ、足を速めた。

初出　「週刊大衆」二〇〇四年一月二六日号～二〇〇五年六月六日号
（この物語はフィクションであり、登場する団体および個人は架空のものです）

駳 星周●はせ　せいしゅう

1965年北海道生まれ。横浜市立大学卒業。出版社勤務を経てフリーライターになり、96年『不夜城』で小説家としてデビュー。同作品で吉川英治文学新人賞、『鎮魂歌 不夜城2』で日本推理作家協会賞、99年『漂流街』で大藪春彦賞を受賞。主な作品に『夜光虫』『雪月夜』『ダーク・ムーン』『生誕祭』『楽園の眠り』などがある。

トーキョー・バビロン

2006年4月20日　第1刷発行

著　者—— 馳《はせ》 星周《せいしゅう》

発行者—— 佐藤俊行

発行所—— 株式会社双葉社

東京都新宿区東五軒町3-28
電話03(5261)4818〔営業〕
03(5261)4831〔編集〕
振替·00180-6-117299

http://www.futabasha.co.jp
(双葉社の書籍・コミックが買えます)

印刷所—— 大日本印刷株式会社

製本所—— 株式会社若林製本工場

ISBN4-575-23547-4 C0093